L'avis des Lectrices Charleston

« Une lecture vraiment prenante qui donne le sourire et plonge parfois dans le désespoir en raison de relations complexes et tendues. L'empathie envers les personnages est inévitable. »

Cassandre Durandeau, du blog *Casscroutondeslectures*

« Tantôt touchant, tantôt révoltant, tantôt amusant, ce roman est une très belle découverte. »

Delphine Menez, du blog *L'heure de lire*

« Un superbe premier tome [...], j'ai été totalement conquise par l'univers de l'auteur et je veux la suite très vite ! »

Ivana Pereira, du blog *Comme dans un livre*

« *Les filles du Nightingale* est un *Grey's Anatomy* des années 1930 où les destins de jeunes femmes s'entremêlent [...]. Un roman féminin et romantique. »

Djihane Schmidt, du blog *Les instants volés à la vie*

« Une histoire prenante et touchante dans laquelle j'ai été embarquée dès les premières pages. »

Sandrine Dureuil, du blog *Vu de mes lunettes*

« J'ai beaucoup aimé ce roman. On pourrait presque sentir le désinfectant tant l'atmosphère des services du Nightingale est bien brossée. »

Carène Ponte, du blog *Des mots et moi*

« J'ai passé un très bon moment avec ce premier tome. J'ai beaucoup apprécié de découvrir les histoires des *Filles du Nightingale.* »

Alison Penglaou, du blog *My Little Anchor*

LES FILLES
DU NIGHTINGALE

Donna Douglas

LES FILLES DU NIGHTINGALE

ROMAN

Traduit de l'anglais
par Sophie DesHaies

CHARLESTON

Pour suivre notre actualité, rejoignez-nous sur la page Facebook : www.facebook.com/Editions.Charleston et sur Twitter @LillyCharleston.

Titre original : *The Nigtingale Girls*
publié par Arrow Books, une filiale de Random House Group Limited, London.

Édition française publiée par :
© Charleston, une marque des éditions Leduc.s, 2016
17, rue du Regard
75006 Paris - France
contact@editionscharleston.fr
www.editionscharleston.fr

ISBN : 978-2-36812-114-6

Traduction : Sopie DesHaies
Maquette : Patrick Leleux PAO

CHAPITRE 1

— Dites-moi, mademoiselle Doyle. Qu'est-cc qui vous fait croire que vous pourriez être infirmière ici ?

Après avoir grandi dans le quartier pauvre de Bethnal Green, plus grand-chose n'effrayait Dora Doyle. Mais son ventre s'agita de nervosité alors qu'elle se trouvait dans le bureau de l'infirmière en chef de l'hôpital d'enseignement Nightingale par ce chaud après-midi de septembre. Elle était assise, droite et fière, derrière un lourd bureau d'acajou, une silhouette noire imposante, son visage encadré d'une coiffe blanche élaborée, ses yeux gris remplis d'attente fixant Dora.

Dora essuya ses mains moites sur sa jupe. Elle transpirait sous son manteau, mais elle n'osa pas l'enlever, de crainte que l'infirmière en chef remarque les poignets effilochés de sa blouse.

— Eh bien..., commença-t-elle, puis elle s'arrêta.

Qu'est-ce qui lui faisait croire qu'elle pourrait un jour être infirmière ? Habitant de l'autre côté du parc Victoria, en face de l'hôpital Nightingale, elle avait souvent vu les jeunes femmes franchir le portail vêtues de leur grande cape lignée rouge. Autant qu'elle se souvienne, elle avait rêvé d'être l'une d'elles.

Mais des rêves comme ceux-là ne se réalisaient pas pour des gens comme Dora Doyle. Comme toutes les filles de l'East End de Londres, son destin se trouvait dans les ateliers de misère ou dans l'une des usines longeant l'étendue bondée de la Tamise.

Alors, elle avait quitté l'école à l'âge de 14 ans pour gagner sa vie à l'usine de vêtements de M. Gold et elle tentait de s'en accommoder. Mais son rêve n'avait pas disparu. Il avait grandi et grandi en elle, jusqu'à ce que quatre années plus tard, elle prenne son courage à deux mains et écrive une lettre de candidature.

— Qu'as-tu à perdre ? avait demandé Esther, la fille de M. Gold. Tu ne sauras jamais si tu n'essaies pas, ma chérie.

Elle avait même prêté à Dora son collier porte-bonheur pour l'entrevue. Elle sentait le métal chaud coller à sa peau humide sous sa blouse.

— C'est une hamsa, avait expliqué Esther tandis que Dora admirait l'exquise petite main en argent sur sa délicate chaîne. Mon peuple croit qu'elle apporte la chance.

Dora espéra que les pouvoirs de la hamsa ne touchaient pas uniquement les juifs. Elle avait besoin de toute l'aide qu'elle pouvait obtenir.

— Je suis assidue et une très bonne travailleuse, finit-elle par dire. Et j'apprends rapidement. On n'a pas besoin de me le dire deux fois.

— C'est ce que mentionnent vos références, répliqua l'infirmière en chef tout en examinant la lettre posée devant elle. Cette mademoiselle Gold pense beaucoup de bien de vous.

Dora rougit au compliment. Esther avait couru un véritable risque en rédigeant cette lettre de recommandation dans le dos de son père. Le vieux Jacob aurait été furieux d'apprendre que sa fille aidait l'une de ses employées à trouver un autre emploi.

— Mademoiselle Esther estime que je suis l'une de ses meilleures filles aux machines. J'ai de bonnes mains, dit-elle.

Elle vit l'infirmière en chef observer ses mains et les croisa rapidement sur ses genoux afin que la femme ne vît pas ses ongles rongés ni les callosités de la taille de boules de naphtaline qui couvraient ses doigts. « Les mains de grand-p'pa » disait sa mère. Mais elles n'avaient pas l'aspect de mains pouvant apaiser un front fiévreux.

— Je n'ai aucun doute que vous soyez une bonne travailleuse, mademoiselle Doyle, dit l'infirmière en chef. Ainsi que toutes les filles qui viennent ici. Et la plupart d'entre elles sont beaucoup mieux qualifiées que vous.

Dora leva le menton.

— J'ai mes certificats. J'ai suivi des cours du soir pour les avoir.

— C'est ce que je vois.

La voix de l'infirmière en chef était douce avec une teinte d'acier sous-jacente.

— Mais comme vous le savez, l'hôpital Nightingale est l'un des meilleurs hôpitaux d'enseignement à Londres. Des filles provenant de tout le pays attendent pour suivre une formation ici.

Elle rencontra posément les yeux de Dora de l'autre côté du bureau.

— Alors pourquoi devrions-nous vous accepter et pas elles ? Qu'est-ce qui *vous* rend si spéciale, mademoiselle Doyle ?

Dora baissa les yeux pour fixer le motif à chevrons couvrant le parquet poli. Elle aurait voulu dire à cette femme comment elle avait pris soin de son frère et de ses sœurs cadets et comment elle avait aidé à mettre au monde le plus jeune, Alfie, deux ans plus tôt. Elle aurait voulu expliquer comment elle avait soigné mémé Winnie lors d'une grave bronchite l'hiver dernier alors que tout le monde croyait qu'elle allait assurément y rester.

Mais par-dessus tout, elle voulait parler de Maggie, sa magnifique sœur qui était morte lorsque Dora avait 12 ans. Elle était restée assise près de son lit pendant trois jours, la regardant s'éteindre. C'était la mort de Maggie plus que tout qui lui avait donné envie de devenir infirmière et éviter la souffrance à d'autres familles comme la sienne avait connu.

Mais sa mère n'aimait pas qu'ils parlent de leurs affaires personnelles aux gens. Et ce n'était de toute façon probablement pas la réponse intelligente que l'infirmière en chef cherchait.

— Rien, dit-elle, vaincue. Je n'ai rien de spécial.

« Je ne suis que la banale Dora Doyle, la rousse de la rue Griffin », pensa-t-elle.

Elle n'était même pas spéciale dans sa famille. Peter était l'aîné, Alfie était le benjamin. Josie était la plus jolie et Bea était la plus coquine. Et puis, il y avait Dora, coincée au milieu.

— Je vois.

L'infirmière en chef fit une pause. Elle parut presque déçue, songea Dora.

— Eh bien, dans ce cas, je ne crois pas qu'il y ait autre chose à ajouter, ajouta-t-elle en ramassant ses notes. Nous allons vous écrire pour vous faire part de notre décision le moment venu. Merci, mademoiselle Doyle…

Dora sentit une vague de panique. Elle s'était elle-même laissé tomber. Elle put sentir le moment lui échapper et avec lui tous ses espoirs. Elle ne porterait jamais la grande cape lignée rouge et ne marcherait jamais avec fierté comme ces filles. Elle retournerait aux machines à l'usine de vêtements de M. Gold jusqu'au moment où ses yeux l'abandonneraient ou que ses doigts deviendraient si pliés de rhumatisme qu'elle ne pourrait plus travailler.

Les mots d'Esther Gold lui revinrent. *Qu'as-tu à perdre ?*

— Donnez-moi une chance, lâcha-t-elle.

L'infirmière en chef lui lança un regard désapprobateur.

— Je vous demande pardon ?

Dora put sentir son visage s'enflammer à partir de la racine de ses cheveux, mais elle devait s'exprimer.

— Je sais que je n'ai pas une éducation aussi convenable que les autres filles, mais je travaillerai très fort, je le promets.

Les mots se précipitèrent alors qu'elle voulut les laisser sortir avant de perdre son courage.

— Vraiment, mademoiselle Doyle, je crois difficilement…

— Vous ne le regretterez pas, je le jure. Je serai la meilleure infirmière que cet hôpital ait connue. Donnez-m'en seulement la chance. Je vous en prie, supplia-t-elle.

Les sourcils de l'infirmière en chef se levèrent jusqu'aux bords empesés de sa coiffe.

— Et si je ne le fais pas ?

— Je reposerai ma candidature, ici ou ailleurs. Et je continuerai jusqu'à ce que quelqu'un dise oui, déclara Dora sur un ton de défi. Je serai infirmière un jour. Et une bonne infirmière.

L'infirmière en chef la fixa si durement que Dora sentit son cœur s'effondrer au fond de ses chaussures empruntées.

— Merci, mademoiselle Doyle, dit-elle. Je crois en avoir assez entendu.

*

L'infirmière en chef Kathleen Fox observa de sa fenêtre Dora Doyle se presser à traverser la cour vers le portail, la tête baissée, les mains enfouies dans les poches. Il tardait à la pauvre fille de quitter les lieux.

— Alors ? demanda-t-elle à mademoiselle Hanley. Qu'en pensez-vous ?

— Assurément, ce n'est pas à moi de me prononcer, infirmière en chef.

Kathleen se sourit. La bouche de son assistante grimaçait sous l'effort de ne pas exprimer son opinion. Veronica Hanley était une grande femme aux larges épaules, aux traits forts, aux cheveux courts grisonnants, aux larges mains et à la profonde voix retentissante. Kathleen avait surpris certaines infirmières plus jeunes l'appeler « Monsieur Hanley ». Elle venait d'avoir 50 ans, 10 ans de plus que Kathleen, et elle était à l'hôpital Nightingale depuis qu'elle était étudiante. Elle inspirait la terreur dans les cœurs de toutes les infirmières, incluant les sœurs[1]. Même Kathleen devait se rappeler elle-même qui était la responsable.

— Malgré tout, j'accorde de l'importance à votre opinion, dit-elle.

— Ses chaussures étaient éraflées, il y avait un trou dans son bas et un bouton était lâche sur son manteau, lança mademoiselle Hanley sans hésiter.

— J'admets qu'elle n'était pas très prometteuse.

— Elle arrivait à peine à aligner deux mots.

— C'est plutôt vrai.

L'infirmière en chef avait l'habitude de s'entretenir avec des filles qui ne pouvaient s'empêcher de se vanter de leurs talents, de leur dévouement pour la profession et leur admiration pour Florence Nightingale. Mais Dora Doyle était demeurée assise, les yeux baissés sous cette explosion de cheveux frisés roux tel un lapin pris au piège.

Et malgré tout, il y avait quelque chose en elle, une étincelle de détermination dans ses yeux verts,

1. N.d.T. : Au Royaume-Uni, une infirmière diplômée principale est appelée « sister », soit « sœur », du fait que les premières femmes qui ont pris soin des gens étaient des religieuses. Aujourd'hui encore ce terme est employé, bien que les infirmières ne soient plus toutes des religieuses.

qui laissait croire à l'infirmière en chef qu'elle avait un véritable potentiel.

— Peut-être devrait-elle plutôt postuler à l'Infirmerie ? suggéra mademoiselle Hanley.

L'Infirmerie de la ville était un hôpital pour démunis, un ancien refuge pour sans-abris, tout près de la Tamise dans le quartier Poplar. Il était petit, peu financé et dirigé par un personnel insuffisamment formé et des auxiliaires. Il avait aussi une forte réputation auprès des gens du coin, qui l'appelaient « le Cimetière ».

— Après tout, elle n'a pas vraiment l'étoffe d'une fille du Nightingale, n'est-ce pas ? continua mademoiselle Hanley.

Elles furent interrompues par la domestique qui apportait le thé de l'après-midi. Elles se turent alors qu'elle déposait le plateau sur la console près de la porte et arrangeait les tasses et les soucoupes de fine porcelaine.

— Qu'est-ce qui vous fait dire cela, mademoiselle Hanley ? s'enquit Kathleen quand la fille fut sortie.

— J'aurais cru que c'était évident. Nous n'acceptons que des filles avec une formation et une éducation.

— Mademoiselle Doyle est convenablement qualifiée.

— Des cours du soir !

Les lèvres de mademoiselle Hanley s'incurvèrent en disant ces mots.

— Ce qui démontre assurément une détermination et du caractère à tout le moins.

Kathleen s'avança vers la table pour servir le thé.

— Je ne crois pas que cela soit facile pour une jeune fille de travailler de longues heures dans une usine de vêtements, puis de se précipiter pour étudier le soir, et vous ?

— C'est possible. Mais il faut plus que cela pour convenir au Nightingale.

« Sans aucun doute », pensa Kathleen en lui tendant une tasse.

Comme le Nightingale était un hôpital d'enseignement prestigieux, il avait tendance à attirer des filles d'un certain milieu. Bien éduquée, s'exprimant bien, des filles de la petite bourgeoisie qui cherchaient une manière respectable pour occuper leur temps avant de se trouver un jeune médecin à marier.

Elle savait que c'était la même chose dans la plupart des hôpitaux. Mais encore plus au Nightingale. Parfois, lorsqu'elle entendait les jeunes étudiantes discuter entre elles, elle se demandait si elle s'était accidentellement égarée dans une école sélecte de bonnes manières.

Mademoiselle Hanley s'était même vantée que la manière infaillible de l'infirmière en chef précédente pour découvrir si la fille était convenable pour une formation était de lui demander si elle appartenait à un club de tennis. Kathleen doutait que Dora Doyle ait déjà vu une raquette de tennis et encore moins en avoir tenu une dans ses mains. Mais elle était passionnée, déterminée et manifestement habituée à travailler dur. Ce qui était plus que ce qui pouvait être dit pour de nombreuses étudiantes qui franchissaient les portes du Nightingale. La plupart étaient peu préparées pour la rigueur du métier d'infirmière ; beaucoup d'entre elles ne se rendaient pas à la fin des 12 semaines de la formation préliminaire.

— Évidemment, la décision vous appartient, infirmière en chef, concéda avec raideur mademoiselle Hanley. Mais je dois dire que les filles de cette classe font rarement de bonnes infirmières. Elles n'ont simplement pas le caractère qu'il faut.

— Oh, je ne crois pas que mademoiselle Doyle manque de caractère.

Kathleen leva sa tasse pour dissimuler son sourire.

Elle se demanda ce que mademoiselle Hanley dirait si elle savait que Kathleen avait un jour été comme Dora Doyle, une fille d'ouvrier d'une filature de coton d'une petite ville du Lancashire, qui avait rêvé à quelque chose d'autre qu'une vie dans une pièce pleine de courant d'air d'une filature de coton. Elle aussi s'était un jour assise de l'autre côté du bureau d'une infirmière en chef à l'air menaçant et supplié d'avoir la chance de montrer ce qu'elle pouvait faire. Et maintenant, regardez où elle se trouvait. Elle avait à peine 40 ans et était déjà responsable du personnel infirmier de l'un des meilleurs hôpitaux d'enseignement du pays. Parfois, elle devait se pincer pour y croire. Évidemment, ce n'était pas tout le monde qui approuvait. Elle savait que certaines personnes au Nightingale pensaient qu'elle et ses idées modernes allaient ruiner la réputation de l'hôpital.

Le changement était un vilain mot au Nightingale. L'hôpital avait été dirigé de la même manière pendant les 30 dernières années, sous la main de fer de son ancienne infirmière en chef. Et quand elle avait pris sa retraite, beaucoup avaient cru que mademoiselle Hanley était le choix naturel pour poursuivre son bon travail, y compris mademoiselle Hanley elle-même. Mais le conseil d'administration avait décidé que le Nightingale avait besoin de sang neuf et avait choisi Kathleen.

Maintenant, après un mois à son poste, elle se sentait encore comme la petite nouvelle. Elle entendait les murmures du personnel plus âgé la suivre dans les couloirs lorsqu'elle effectuait ses tournées matinales, chacun se demandant quoi penser de la nouvelle infirmière en chef, laquelle souriait trop et parlait aux jeunes infirmières de la même façon amicale qu'aux médecins en chef.

Cela n'aidait pas que mademoiselle Hanley ne manque aucune chance de lui rappeler que « ce n'est réellement pas ainsi que nous faisons les choses ici au Nightingale, infirmière en chef. »

Elle alla regarder par la fenêtre. Au-delà de la façade gracieuse de style géorgien du bâtiment principal, lequel faisait face à la route dominant le parc Victoria, l'hôpital Nightingale constituait un pâté de maisons, d'extensions et de dépendances ordonnées librement autour d'une cour centrale pavée avec un petit amas de platanes en son centre. Ces bâtiments abritaient les salles communes, le bloc opératoire et le dispensaire. Plus loin se trouvaient les salles à manger, la maison des infirmières et les quartiers des médecins.

Jusqu'à quelques semaines plus tôt, son bureau s'était aussi situé là-bas. Mais quand elle était devenue l'infirmière en chef, Kathleen avait insisté pour déménager dans le bâtiment principal de l'hôpital afin d'être plus proche des salles.

Cela avait causé une grande consternation parmi les infirmières plus âgées. « Pourquoi a-t-elle besoin de nous surveiller ? », se demandaient entre elles les sœurs mécontentes, provoquées par mademoiselle Hanley, soupçonnait Kathleen. Mais cela avait valu la peine. Non seulement était-elle plus proche pour s'occuper des urgences dans les salles, mais son nouveau bureau offrait une bonne vue sur la cour, où elle pouvait voir tout le monde vaquer à ses occupations.

La fraîcheur humide du début de septembre avait laissé la place à quelques jours magnifiques d'été indien. Des patients se prélassaient dans leur fauteuil roulant à l'ombre des sycomores, goûtant aux rayons du soleil d'automne. Alors qu'elle observait, une jeune infirmière traversa l'arche en provenance du bâtiment abritant les salles à manger, retournant par la cour vers les salles, marchant d'un pas vif qui brisait presque, mais pas tout à fait, le règlement interdisant de courir.

Comme si elle savait qu'elle était surveillée, la fille rencontra soudainement le regard de Kathleen. Elle pencha la tête, mais pas avant que Kathleen voie le rouge de culpabilité sur ses joues.

Elle se détourna, souriant pour elle-même.

— Alors, vous ne croyez pas que nous devrions donner une chance à mademoiselle Doyle ? dit-elle.

— Je ne crois pas qu'elle pourrait s'intégrer.

« Je sais ce qu'elle ressent », pensa Kathleen.

Peut-être que pour une fois, mademoiselle Hanley avait raison. Si la nouvelle infirmière en chef ne pouvait pas s'intégrer, comment quelqu'un comme Dora Doyle pourrait-elle s'en sortir ?

CHAPITRE 2

Dora avait réussi à se convaincre qu'elle ne voulait pas être infirmière quand la lettre arriva.

Elle rentrait vers la rue Griffin avec son amie Ruby Pike lors d'une soirée bruineuse d'octobre après leur quart de travail à l'usine de M. Gold, quand sa petite sœur Beatrice arriva en courant, ses bottes défaites, ses boucles virevoltantes.

— D'accord, Bea. Où est l'incendie ? rit Dora.

— Ta lettre de l'hôpital est arrivée ! fit-elle à bout de souffle.

À 11 ans, elle ressemblait à une version miniature de Dora, avec son nez retroussé, ses cheveux roux et son visage parsemé de taches de rousseur.

— Mémé voulait l'ouvrir, mais maman a dit que nous devions t'attendre. Viens !

Elle agrippa la main de sa sœur, la tirant dans la rue.

Dora regarda Ruby.

— Ça y est, dit-elle.

— Imagine, à cette heure le mois prochain, tu ne seras plus dans ce foutu atelier de misère ! lança Ruby en souriant.

— J'en doute.

Dora savait qu'elle s'était ridiculisée lors de l'entretien. Elle était surprise qu'ils aient même pris la peine de lui écrire.

— Bien sûr que oui. Ils seraient stupides de ne pas te prendre. N'avons-nous pas toujours dit que tu as l'intelligence et moi la beauté ?

Dora sourit. Avec ses cheveux blonds ondulés et ses courbes plantureuses, Ruby ressemblait davantage à une vedette de cinéma qu'à une opératrice en usine. Mais elle aurait aussi pu être intelligente, si elle n'avait pas été trop occupée à flirter avec les garçons à l'école.

Ruby vit le sourire de Dora chanceler, alors elle prit son bras et la propulsa dans la rue à la suite de Bea, qui s'était mise à courir afin d'aviser le reste de la famille habitant au numéro 28.

— Cesse de t'en faire, tu vas être admise, dit-elle. J'estime que tu fais le bon choix. Cela ne me déplairait pas d'être infirmière, maintenant que j'y pense. Pense à tous ces beaux médecins. Sans parler de tous ces riches vieux messieurs avec des maladies incurables qui n'attendent que de mourir pour me laisser leurs effets personnels !

— Je crois que l'idée est de les garder en vie, Rube.

Elles avaient atteint le pas de la porte de chez Dora.

— Vas-y, fit Ruby en lui donnant une petite poussée. Tu ne peux pas remettre ça indéfiniment, tu sais.

— J'aimerais bien.

Elle craignait de voir la déception sur le visage de sa mère. Dora aurait peut-être abandonné l'idée, mais c'est tout ce dont Rose Doyle parlait.

— Eh bien, tu ne peux pas. Maintenant, entre avant que ta mémé change d'avis et l'ouvre pour toi. Tiens-moi au courant, d'accord ? dit Ruby en franchissant la porte voisine.

— Je n'aurai pas besoin, dit Dora. Si je suis admise, tu pourras entendre ma mère crier jusqu'à Aldgate !

La lettre était posée sur le manteau de cheminée de la cuisine, coincée derrière la vieille horloge. Le reste de la famille était disposé autour de l'âtre, faisant n'importe quoi sauf regarder la lettre. La mère de Dora, Rose, était en train de raccommoder des chemises, tandis que ses sœurs cadettes Josie et Bea jouaient aux cartes et que mémé Winnie épluchait des pommes de terre assise dans sa vieille berceuse. Le seul qui ne portait véritablement pas attention était Alfie qui jouait avec son train en bois sur le tapis.

Sa mère repoussa son raccommodage et sauta sur ses pieds dès que Dora entra.

— Te voilà, ma chérie, l'accueillit-elle avec un sourire figé. Tu as passé une bonne journée ? Je vais mettre la bouilloire sur le feu, d'accord ?

— Oh, pour l'amour de Dieu !

Mémé Winnie roula des yeux et jeta une nouvelle pomme de terre dans la casserole emplie d'eau posée à ses pieds.

— Dora, ouvre cette fichue lettre et tire ta mère de son agonie ou nous n'aurons plus jamais de paix dans cette maison. Elle a été à cran toute la journée.

Dora tira la lettre de derrière l'horloge et fixa le blason du Nightingale : la silhouette d'une femme portant une lampe. L'enveloppe crème épaisse lui parut lourde. Son cœur se mit à s'agiter dans sa poitrine.

— Est-ce que je peux la lire toute seule ? demanda-t-elle à sa mère.

Elle savait que ce serait de mauvaises nouvelles et elle avait besoin de temps pour se calmer avant de faire face à sa famille.

— Non, tu ne peux sacrément pas ! s'exclama vivement mémé Winnie. Nous ne sommes pas restées assises ici tout l'après-midi pour que tu puisses…

— Bien sûr que tu peux, ma chérie.

Rose Doyle lança à sa mère un regard la réduisant au silence.

— Prends ton temps.

— Mais ne prends pas trop de temps non plus, l'avisa sa grand-mère. Je t'avais dit que nous aurions dû l'ouvrir avec de la vapeur, dit mémé Winnie alors que Dora sortait par la porte arrière. Elle n'en aurait jamais rien su si nous avions fait attention.

Le soleil ne parvenait pas jusqu'à leur petite bande de terrain arrière et il était humide et assombri par le haut mur de briques qui le séparait de la ligne de chemin de fer. Dora se réfugia dans les latrines tout au bout. Le vent froid d'octobre sifflait à travers les trous de la vieille porte en bois, et elle s'assit sur le siège de pin patiné et lut la lettre à la lumière déclinante du soir.

Chère mademoiselle Doyle,

Le conseil d'administration de l'hôpital d'enseignement du Nightingale est heureux de vous informer que vous avez été acceptée dans son programme de trois ans menant à la licence d'infirmière. S'il vous plaît, veuillez vous rapporter à sœur Sutton à la maison des infirmières novices, le mardi 6 novembre 1934 après 16 h. Ci-joint une liste du matériel que vous devez apporter. Vous devrez aussi nous faire parvenir les mensurations suivantes pour votre uniforme, lequel vous attendra dès votre arrivée…

Un train passa en grondant, faisant vibrer la porte des latrines et trembler le sol sous ses pieds, tandis que Dora lisait les mots encore et encore, jusqu'à la signature : Kathleen Fox (infirmière en chef). Puis, elle empoigna l'enveloppe et vérifia l'adresse afin de s'assurer qu'elle était arrivée à la bonne personne.

Elle baissa la lettre et regarda droit devant elle les carreaux de journaux jaunissants coincés sur un clou rouillé à l'arrière de la porte. Provenant de quelque part à l'extérieur, elle entendit leur voisine June Riley chanter faux. Le son sembla provenir de milliers de kilomètres. Rien ne lui paraissait réel.

Quand elle émergea enfin, elle trouva sa mère dans la cour en train de balayer les dalles craquelées, les yeux fixés sur la porte des latrines. Elle se figea en voyant Dora.

— Eh bien ? dit-elle.

Dora hocha la tête, ne faisant pas confiance à sa voix. Rose Doyle lança un cri aigu de joie et laissa tomber son balai en bouleau avec fracas.

— Tu as réussi, s'exclama-t-elle et plaça son bras autour de Dora. Oh, Dora, je suis si fière de toi !

Le reste de la famille, qui s'était assemblé autour de la porte arrière, sortit de la maison, et soudainement Dora fut ensevelie dans une cacophonie de bondissements, d'acclamations et d'étreintes. Mémé

Winnie observait du seuil, les bras croisés sur sa poitrine.

— Je ne comprends pas pourquoi elle prend cette peine, ronchonna-t-elle. L'usine de colle était assez bonne pour toi et moi, Rosie. Pourquoi devrait-elle être différente ?

Dans la maison voisine, June Riley ouvrit la porte en grand et sortit la tête, son visage mince encadré par une auréole de bigoudis hérissés.

— Mais, qu'est-ce que c'est que ce raffut ?

— Notre Dora va devenir infirmière, répondit Rose, suffisamment fort pour que le reste de la rue entende.

June sortit en courant dans la cour vêtue d'un peignoir et de chaussons et enjamba la clôture où des lattes étaient brisées pour se retrouver dans la cour des Doyle.

— Eh ben, notre petite Dora, infirmière !

Dora put sentir l'odeur de gin dans l'haleine de June quand elle l'emprisonna dans son étreinte décharnée.

— Attendez que je raconte ça à mon Nick. Il est brancardier à l'hôpital, il veillera sur toi.

— Nous savons tout ce qu'il y a à savoir sur ton Nick, marmonna mémé Winnie. Tiens-toi loin de lui, Dora. Il y a un paquet de filles dans le coin qui souhaiteraient avoir fait la même chose, l'espèce de petit salopard.

— Mémé ! siffla Dora alors que June s'avança pour étreindre Rose.

— Je le dis comme je le pense, dit crûment mémé.

Elle regarda June et secoua la tête.

— Vois dans quel état elle est. Je suppose qu'elle vient de se lever. Elle passe son temps au pub jusqu'à pas d'heure, si j'ose dire.

Dora rougit, mais heureusement, June n'avait pas entendu mémé. La boisson rendait June Riley imprévisible, et elle pouvait tout aussi bien foncer sur mémé Winnie avec un tisonnier qu'éclater de rire. Ils étaient voisins des Riley depuis les 10 dernières années, depuis que le père de Dora était mort et qu'ils avaient emménagé avec mémé Winnie. La pauvre June s'était tournée vers l'alcool quand son mari s'était enfui, la laissant élever seule ses deux garçons.

Les Turnbull et les Prosser sortirent de la maison qu'ils partageaient de l'autre côté pour voir ce qui causait tout ce bruit, et Rose raconta la nouvelle encore et encore. Cela réchauffa le cœur de Dora de voir la fierté sur le visage de sa mère, c'était son heure de gloire autant que celui de Dora.

— C'est une bonne nouvelle, alors ? Qu'est-ce que je t'avais dit ?

Ruby sortit la tête par la fenêtre de l'étage, à côté de celui de sa mère, Lettie. Elle et June se saluèrent d'un hochement de tête sec. Les Pike habitaient au-dessus des Riley, mais les deux femmes partageaient rarement le même point de vue.

— Que vais-je faire sans toi, Dora ? L'usine de M. Gold ne sera plus pareille !

— Tu devras trouver quelqu'un d'autre pour te couvrir quand tu te faufileras dehors pour fumer une cigarette ! lui lança Dora.

— Je n'aurai plus personne avec qui rire, ça c'est certain. C'est un tas de misérables. Et pour ce qui est de cette vache d'Esther…

Ruby roula des yeux.

— Elle est gentille, dit Dora, pensant à la hamsa, toujours nichée sous sa blouse.

Elle avait tenté de la lui rendre, mais Esther avait insisté pour qu'elle la garde.

— Seulement parce que tu es sa favorite.

— Tu serais sa favorite aussi si tu mettais un peu d'effort au travail et n'étais pas aussi insolente !

— Je mets suffisamment d'effort dans cet endroit simplement en y allant, je te remercie. Je ne me tuerais pas pour remplir les poches de ce vieux Juif !

— J'espère que tu ne crois pas que tu auras la vie facile ?

Lettie se joignit à la conversation. Elle travaillait comme bonne dans les salles au Nightingale. Contrairement à sa fille, jolie et décontractée, c'était une femme aigre au visage maigre, toujours prête à voir le mauvais côté de la vie.

— J'ai vu la manière dont ils les traitent à l'hôpital. Ils les font travailler comme des bêtes et les gardent enfermées dans cette maison comme des nonnes. C'est « fais ci, fais ça », à longueur de journée. Et ces jeunes infirmières sont de vraies petites pimbêches. Elles sont très hautaines, ne sont pas de notre classe et ne nous adressent pas la parole. Je ne sais pas si elles vont t'accepter, ajouta-t-elle en examinant Dora de la tête aux pieds.

— Seigneur, maman, as-tu besoin d'être toujours aussi sacrément enjouée ?

Ruby roula les yeux vers Dora.

— Je ne fais que dire la vérité, dit Lettie avec mauvaise humeur.

— Ne t'occupe pas d'elle, marmonna mémé Winnie alors que Lettie et Ruby retournaient à l'intérieur et refermaient les fenêtres. Elle a toujours été une vieille vache amère. Juste parce que sa fille est une traînée.

— Mémé ! C'est de ma meilleure copine que tu parles !

— Ça ne l'empêche pas d'être une traînée, non ? Comme j'ai expliqué, je le dis comme je le pense.

— Ils ne vont pas réellement t'enfermer, n'est-ce pas Dora ? demanda sa sœur Josie.

Elle avait 14 ans et était la seule de ses sœurs à ne pas avoir hérité des boucles rousses et de la silhouette robuste de leur père. Josie était foncée, élancée et jolie comme leur mère.

— Bien sûr que non, Josie. Mais je vais devoir habiter à la maison des infirmières.

— Pendant combien de temps ?

— J'sais pas. Pour toujours, je suppose.

— Tu veux dire que tu ne vivras plus ici avec nous ?

Les grands yeux bruns de Josie s'emplirent de larmes en apprenant la nouvelle.

— Je viendrai vous rendre visite, dit Dora. Je vous surveillerai, m'assurerai que vous continuez vos travaux scolaires et que Bea se comporte bien.

— Je voudrais bien voir ça !

— Alors, tu devras la garder dans le droit chemin, n'est-ce pas ? demanda Dora en plaçant son bras autour des maigres épaules de sa sœur. C'est toi la grande sœur maintenant, Josie. C'est à ton tour de montrer l'exemple aux petits.

— J'essaierai, promit Josie. Tu vas me manquer, Dora, chuchota-t-elle.

— Tu vas me manquer aussi.

Alors qu'elle regardait la malheureuse cour arrière, Dora commença à se rendre compte de ce qu'elle quittait. La rue Griffin était loin d'être chic. Les étroites terrasses des maisons exiguës, assombries par les arches des voies ferrées surplombantes, avaient vu de meilleurs jours. Le briquetage était craquelé, les toits s'affaissaient et l'humidité suintait à travers les murs.

Alf, le beau-père de Dora, avait bien tenté de louer un meilleur endroit quand Rose et lui s'étaient mariés. Il gagnait suffisamment pour qu'ils déménagent dans l'un de ces nouveaux quartiers d'appartements que la Compagnie construisait, avec l'électricité, des toilettes intérieures, des salles de bains convenables et tout le reste. Mais Rose ne voulait pas partir sans sa mère, et Winnie n'avait pas l'intention de quitter la seule maison qu'elle connaissait depuis 50 ans.

— J'habite ici depuis que je me suis mariée, et ils devront me faire sortir dans ma tombe, avait-elle déclaré. Je ne veux pas vivre dans un endroit où personne ne se parle.

Et elle avait raison. Malgré ses défauts, la rue Griffin était une communauté de voisins très unis qui riaient ensemble, pleuraient ensemble et se côtoyaient durant les bons et les mauvais moments. Il y avait toujours une épaule sur laquelle pleurer, quelqu'un avec qui rigoler ou pour vous prêter quelques pièces quand le loyer était dû.

Au moins, lorsque Rose avait épousé Alf, ils avaient été en mesure de s'offrir la maison entière, plutôt que de se contenter d'être à l'étroit dans quelques pièces du rez-de-chaussée comme ils l'avaient été.

Ce n'était pas majestueux. Ils cuisinaient tous leurs repas sur un ancien fourneau dans la cuisine et se lavaient à l'évier dans la minuscule arrière-cuisine fermée par un rideau. Mais c'était accueillant, et Rose en prenait soin comme d'un palais. Les marches étaient blanchies chaque jour, les fenêtres brillaient, les rideaux en voilages scintillaient et la maison sentait toujours l'encaustique.

Dora savait que cela allait lui manquer. Mais il y avait une personne qui ne lui manquerait pas.

— Bon, bon. Qu'est-ce qui se passe ici ?

Comme animé par un signal, Alf Doyle se tenait dans l'embrasure de la porte, souriant à la scène. C'était un grand homme mesurant près de deux mètres, avec des cheveux noirs épais, un visage large et des yeux bleu vif.

Bea courut vers lui, Alfie chancelant derrière elle, et il les souleva aisément, un sous chacun de ses bras.

— Nous célébrons.

Le visage de Rose s'illumina en voyant son mari.

— Dora a été admise pour une formation d'infirmière.

— C'est bien vrai ?

Alf se tourna pour lui faire face, les deux enfants se tortillant toujours sous ses bras.

— N'est-ce pas toi la futée ?

— Mais elle va quitter la maison et partir pour toujours, annonça Josie.

— Ah ouais ? Je ne me souviens pas quiconque m'ait demandé si ça allait, dit-il en fronçant les sourcils.

— Tu ne peux pas m'en empêcher.

Le menton de Dora se souleva de bravade.

— Je peux faire ce que je veux jusqu'à ce que tu aies 21 ans, ma petite fille.

Leurs yeux se croisèrent, s'affrontant dans un défi silencieux.

— Il te taquine, dit sa mère en rompant le silence tendu. Ton père ne t'empêcherait jamais de t'améliorer.

— Ce n'est pas mon père.

— C'est encore moi qui décide.

Pas pour longtemps, était sur le point d'ajouter Dora. Puis, elle vit le regard suppliant de sa mère et demeura silencieuse.

— Nous devrions fêter ça, suggéra mémé. Je ne sais pas pour vous, mais je pense qu'une bonne bouteille de bière, ça se prendrait bien.

— Bonne idée, dit Rose joyeusement. Qu'est-ce que tu en penses, Alf ?

Tous les yeux se tournèrent vers lui. Fusillant toujours Dora du regard, il déposa Bea et Alfie junior sur le sol et fouilla dans sa poche.

— Ne plus voir ta tête misérable dans le coin est une raison de faire la fête, je suppose, dit-il en sortant une poignée de monnaie. Josie, va à la friterie. Du poisson-frites pour tout le monde.

— Mais j'ai fait du ragoût ! protesta mémé Winnie.

Alf grimaça.

— Raison de plus pour aller chercher du poisson-frites alors.

— Est-ce que je peux avoir du saucisson ? demanda Bea.

— Tu peux avoir ce que tu veux ma chérie, tant que tu te tiens tranquille.

Dora observa sa mère qui la suivait à l'intérieur.

À 42 ans, Rose était encore une femme magnifique. Ses cheveux foncés présentaient des fils argentés, mais personne n'aurait pu deviner que sa taille fine avait mis au monde six enfants.

— J'aimerais bien que tu ne lui répondes pas comme ça, dit mémé à Dora alors qu'elles retournaient à l'intérieur. Alf n'est pas un mauvais bougre. Et il rend ta mère heureuse. Elle mérite cela, après tout ce qu'elle a traversé.

Dora savait que sa mère n'avait pas eu beaucoup de raisons de sourire au fil des années. Veuve à 32 ans avec cinq enfants, elle s'était débrouillée pour élever sa famille toute seule. Elle avait travaillé beaucoup d'heures à nettoyer des bureaux et faire du reprisage pour la blanchisserie locale.

Et puis, lorsque Dora avait 13 ans, Alf Doyle était entré dans leur vie. Il ne ressemblait certainement pas à un chevalier dans une armure rutilante, avec son gros corps pataud et ses mains comme des jarrets de porc. Mais il avait assurément secouru Rose Doyle et ses enfants.

Un gentil géant, comme tout le monde l'appelait. Il travaillait comme chauffeur-livreur sur les chemins de fer. Ce n'était pas l'emploi le mieux payé au monde, mais c'était stable et au moins, il n'avait pas à faire la queue avec les autres hommes aux portails du dock chaque matin pour du travail.

Tout le monde disait que Rose était chanceuse. Après tout, ce n'était pas tous les hommes qui auraient pris une veuve et tous ses enfants. Mais

Alf aimait les enfants comme s'ils étaient les siens. Ils les emmenaient sur la côte et à la campagne, sur le plan d'eau du parc Victoria, les gâtaient de sucreries et de glaces et de toutes sortes d'autres délices.

Dora n'aurait pas pu le détester davantage si elle avait essayé.

Quand Josie revint avec la nourriture, ils avaient fait réchauffer les assiettes et étaient entassés autour de la table. Le poisson frit chaud et les frites étaient bien meilleurs que le tristement célèbre ragoût immangeable de mémé Winnie, particulièrement lorsque Dora avait la permission de manger cette pâte imbibée de sel et de vinaigre pour célébrer sa grande réussite.

— Je ne crois pas qu'ils te nourriront comme ça dans cette maison des infirmières ! dit Rose.

— C'est du travail difficile, d'après ce que j'ai entendu, marmonna Alf la bouche pleine de frites.

— Le travail difficile ne me fait pas peur, dit Dora.

— Un peu de travail difficile n'a jamais fait de mal à personne.

Mémé Winnie ôta son dentier et le glissa dans sa poche.

— Maman ! protesta Rose. As-tu besoin de faire ça à table ?

— Pourquoi pas ? Je n'en ai pas besoin, j'ai terminé de manger. Et il met mes gencives à vif.

Après le thé, Dora et Josie débarrassèrent tandis qu'Alf se reposait dans son fauteuil près du feu. Rose s'assit de l'autre côté avec son raccommodage et mémé Winnie somnolait dans sa berceuse.

— Tu sais ce que je vais faire un jour, Rosie ? T'acheter une maison. Une maison moderne convenable, à Loughton près de chez ta sœur Brenda. Tu aimerais ça, n'est-ce pas ? Quelque part avec un jardin décent, pas cette petite cour puante.

— Qu'est-ce que tu veux dire ? Cette cour a été suffisamment bonne pour moi toutes ces années, dit mémé en ouvrant un œil.

Mais Alf ne l'écoutait pas.

— Tu pourras faire pousser des fleurs et moi des fruits et des légumes et avoir des poules. Et nous aurions l'électricité dans toutes les pièces.

— Je ne supporte pas l'électricité, ronchonna mémé.

— Ça m'a l'air bien.

Rose sourit à son raccommodage. Elle n'arrêtait jamais de travailler, peu importe l'occasion. Le roi George en personne pourrait venir faire un tour pour son thé et Rose referait quand même quelques cols de chemises.

— Bien ? Ça serait mieux que bien, mon amour. Et c'est ce que tu mérites, ajouta-t-il en grattant son gros ventre et en soupirant de contentement. Je suis l'homme le plus chanceux du monde, tu sais cela ? J'ai une femme magnifique, des enfants charmants, qu'est-ce qu'un homme pourrait demander de plus, hein ?

— Écoute-le faire toutes sortes de stupides promesses qu'il ne peut pas tenir, murmura Dora à Josie alors qu'elles apportaient les assiettes dans l'évier de l'arrière-cuisine. Je ne sais pas comment maman fait pour endurer ça.

— Ça ne l'ennuie pas, répondit Josie en haussant les épaules tout en empilant la vaisselle dans l'évier profond. Elle sait combien Alf aime parler.

— Tout de même, j'aimerais qu'il arrête de parler de cette foutue maison à Loughton. Ce n'est qu'un chauffeur-livreur, pas le directeur de la Banque d'Angleterre !

— Dora ! Josie rit de surprise. Je ne sais pas pourquoi tu ne l'aimes pas.

Dora regarda sa sœur. Josie était très mature pour son âge. Quatre années les séparaient, mais depuis que leur sœur Maggie qui se trouvait entre elles était morte, elles étaient devenues plus des amies que des sœurs. Elles avaient déjà partagé toutes sortes de secrets, serrées l'une contre l'autre dans leur grand lit, chuchotant et riant ensemble sous les couvertures afin que Bea n'entende pas.

Mais il y avait des secrets que Dora ne pouvait pas partager, pas même avec sa sœur.

— C'est ainsi, marmonna-t-elle, et elle saisit une assiette de l'égouttoir pour la sécher. Il ne me manquera pas quand je partirai, ça, c'est certain.

— Ne parle pas de ton départ, je n'aime pas ça, dit Josie en faisant la moue.

Puis dans le même souffle, elle ajouta :

— Est-ce que tu crois que je pourrais avoir ton ancienne chambre quand tu seras partie ?

— Non !

Elle cria avec tant de force que Josie la fixa de surprise.

— Pourquoi pas ? Ce n'est pas amusant d'être coincée dans un lit avec Bea. Elle me donne des coups de pied toute la nuit et elle ronfle plus que mémé. Et elle est tellement curieuse aussi. Elle a toujours le nez fourré dans mes affaires.

— Peu importe, tu ne veux pas te retrouver dans ma vieille chambre. Elle est tellement froide et pleine de courants d'air et… elle est hantée.

Les yeux foncés de Josie s'écarquillèrent.

— Tu n'as jamais parlé de ça.

— C'est parce que je ne voulais pas t'effrayer. Mais il y a un fantôme, je t'assure.

À ce moment, Rose apparut dans l'embrasure de la porte de l'arrière-cuisine, les joues rosies par le porto au citron qu'elle avait pris.

— Tout va bien ? demanda-t-elle. J'ai cru entendre notre Dora crier.

— Elle dit que sa chambre est hantée, dit Josie.

Dora ne croisa pas les yeux de sa mère, mais elle put sentir son froncement de sourcils.

— Ta sœur se moque de toi, dit-elle brusquement. Tout ce qui hante cet endroit est votre mémé. Et elle suffit à faire peur à n'importe quel fantôme. Maintenant, Dora cesse d'emplir la tête de Josie de stupidités.

« J'aimerais que ce soit des stupidités », pensa Dora.

Après avoir terminé de laver la vaisselle, Dora se sentit détendue pour la première fois de la soirée quand Alf partit pour le pub. Elle joua au jeu de serpents et échelles avec Josie et Bea tout en écoutant Henry Hall à la radio. Mémé somnola près de la chaleur du feu, et sa mère poursuivit le reste de son raccommodage pour la blanchisserie.

Plus tard, elles se mirent toutes au lit. Mémé Winnie se plaignit bruyamment, affirmant que le poisson-frites l'avait rendu malade.

— Je vais probablement mourir dans mon sommeil, prédit-elle sinistrement en se levant avec raideur de sa berceuse.

— Personne n'est jamais mort d'une indigestion, maman ! rit Rose.

— C'est ce que tu penses, fit mémé sombrement. Vous allez rire jaune quand vous trouverez mon corps refroidi demain matin.

Dora et Josie se tenaient côte à côte à l'évier de l'arrière-cuisine en train de se brosser les dents.

— Je vais me sentir seule sans toi ici, dit Josie.

Dora cracha du dentifrice dans la bonde de l'évier.

— Tu auras Bea et Alfie.

— Mais je ne t'aurai pas toi.

— Je t'ai dit que je viendrai vous rendre visite.

— Promis ?

Josie se rinça la bouche et se tourna vers sa sœur, ses yeux foncés brillant.

— Promis, tu ne m'oublieras pas ?

— Comment pourrais-je t'oublier ? Je suis ta grande sœur, non ? ajouta Dora en caressant ses cheveux noirs soyeux. Je veillerai toujours sur toi, Josie.

Quand elles furent toutes au lit, Dora demeura allongée dans l'obscurité sous le poids de son vieil édredon à écouter le ronflement de mémé à travers le mur mince. Elle entendit chez les voisins June Riley crier après ses fils.

Mais aussi fatiguée qu'elle fût, elle n'osa pas s'endormir avant d'entendre le bruit de la clé d'Alf frotter le verrou.

Son ventre se tordit de peur alors qu'elle entendit son pas lourd dans le couloir.

« Je vous en prie, mon Dieu, pria-t-elle. Je vous en prie, ne le laissez pas entrer. Pas ce soir. »

Ses pas s'arrêtèrent de l'autre côté de la porte de sa chambre. Dora retint son souffle alors que la poignée se mit à tourner très lentement…

Il bougeait silencieusement pour un homme corpulent. Dora le sentit debout au-dessus d'elle alors qu'elle restait immobile, les yeux fermement clos, faisant semblant de dormir.

Mais il ne fut pas dupe.

— Je sais que tu es réveillée.

Il se pencha vers elle, son souffle chaud soufflant sur son visage, empestant la bière et la cigarette.

— Tu m'attendais, n'est-ce pas ?

— Laisse-moi tranquille, chuchota-t-elle dans l'obscurité, les yeux toujours fermés.

— Pas avant d'avoir obtenu ce que je suis venu chercher.

Il tira sur les couvertures, laissant Dora tremblante et découverte. Elle se recroquevilla de peur, la tête baissée, les genoux montés sur sa poitrine, comme si elle pouvait disparaître à l'intérieur de sa chemise de nuit de flanelle.

Mais c'était inutile. Il l'avait déjà immobilisée sur le lit avec un genou tout en se démenant avec les boutons de son pantalon.

— Je vais le dire à maman, le menaça-t-elle tout en se tordant pour l'éviter. Je vais crier et tout le monde va arriver en courant.

— Et puis ensuite ? demanda Alf en se moquant d'elle. Que se passera-t-il après selon toi ? Elle va peut-être me jeter à la porte, mais je te le dis, tu ne seras pas loin derrière. Crois-tu vraiment qu'elle voudra te revoir, sachant ce que toi et moi avons fait ?

Il se trouvait par-dessus elle, son gros corps l'écrasant. Son souffle était rauque et irrégulier alors que ses mains rugueuses la pelotaient sous sa chemise de nuit.

— Et le reste de la famille ? Ils se retrouveront à la rue avant que tu t'en rendes compte, sans moi pour payer le loyer. Est-ce cela que tu veux ?

— Je veux que tu me laisses tranquille.

Il grogna un rire.

— Non, ce n'est pas vrai. Tu aimes ça.

Il prit la main de Dora et l'enfouit dans son pantalon. Elle tenta de se libérer, mais il la tint fermement, la forçant jusqu'à ce qu'elle sente que son bras allait se briser.

— Tu devrais te compter chanceuse. Une petite vache aussi laide que toi, aucun autre homme ne te regardera plus jamais.

Soudainement, il tira les bras de Dora, les immobilisant au-dessus de sa tête tout en se pressant gauchement contre elle. Toute lutte disparue d'elle, Dora ne put rien faire d'autre que bloquer son esprit. Elle tourna son visage pour fixer le faible rayon de lumière provenant de la rue et filtrait entre les rideaux rose délavé, écouter les hurlements lointains de June Riley et se dire que tout ceci serait bientôt terminé.

CHAPITRE 3

Si les choses s'étaient déroulées comme sa grand-mère les avait prévues, lady Amelia Charlotte Benedict aurait dû célébrer ses fiançailles lors de son dix-huitième anniversaire. La comtesse douairière de Rettingham avait même pris la peine de faire une liste des meilleurs partis, commençant par le fils d'un duc et se terminant par un baronnet de second plan du Lincolnshire, pas l'idéal, mais mieux que rien, comme elle l'avait fait remarquer.

Et malgré tout, voilà que se trouvait Millie, lors d'un matin de novembre six mois après son dix-neuvième anniversaire, encore une fois dans le bureau de l'infirmière en chef. C'était simplement trop ennuyeux.

L'infirmière en chef ressentait de toute évidence la même chose.

— Donc, vous voilà de nouveau, Benedict, dit-elle avec un lourd soupir.

— J'en ai bien peur, infirmière en chef.

— Vous vous rendez compte que vous êtes la seule de votre groupe à avoir échoué à la formation préliminaire ?

Millie fixa le parquet.

— Oui, infirmière en chef.

— Savez-vous pourquoi vous avez échoué, Benedict ?

— Je crois que oui, infirmière en chef. Mais c'était un accident, ajouta-t-elle rapidement. Si la solution de lavement au savon n'avait pas explosé dans mes mains…

Elle vit l'expression menaçante de l'infirmière en chef et s'arrêta. Une étudiante n'était pas censée parler à ses supérieurs à moins qu'on s'adresse à elle. Même le contact visuel avec l'infirmière en chef était déconseillé. Millie connaissait des étudiantes qui se dissimulaient dans la salle d'utilités souillée durant ses tournées dans les services afin de ne pas se trouver en sa présence.

Ce qui était réellement dommage. L'infirmière en chef semblait être plutôt marrante quand on la connaissait.

Pas qu'il y ait une grande chance pour qu'une modeste étudiante n'y parvienne jamais.

— L'incident du lavement au savon était… malheureux.

Millie aurait pu jurer avoir vu la bouche de l'infirmière en chef se tordre.

— Mais ce n'est pas l'unique raison pour laquelle vous avez échoué à votre formation préliminaire. Selon votre tutrice, sœur Parker, votre attitude générale laisse beaucoup à désirer, ajouta l'infirmière en chef en consultant ses notes. Elle dit que vous êtes facilement distraite, que vous bavardez en classe et que vous passez de grands moments à rêvasser. Sœur Sutton dit aussi que vous êtes peu soignée et avez une attitude négligente concernant les règlements de la maison des infirmières. Je vois que vous avez été prise par le gardien de nuit en deux occasions à rentrer après 22 h, et sans laissez-passer de soirée.

— En fait, c'était trois fois, infirmière en chef.

Millie aurait pu se mordre la langue aussitôt qu'elle eut parlé. Sa grand-mère disait toujours que l'honnêteté était l'un de ses plus grands défauts et elle avait raison.

— Vraiment ? demanda l'infirmière en chef en arquant les sourcils. Est-ce que vous essayez d'établir un record, Benedict ?

— Certainement pas, infirmière en chef.

— Je suis heureuse de l'entendre.

L'infirmière en chef la regarda impassiblement.

— Eh bien, Benedict, je crains que toutes ces soirées tardives et ces promenades vous aient coûté cher. Alors que le reste de votre groupe commence sa formation dans les salles, vous êtes de retour à la case départ et allez devoir reprendre vos 12 semaines de formation préliminaire…

Le regard de Millie dépassa l'épaule de l'infirmière en chef et sortit par la fenêtre vers le ciel gris d'hiver, teinté de jaune par la fumée qui jaillissait des usines. L'hiver paraissait beaucoup plus morne à Londres, là où l'insidieuse humidité donnait mal aux os et qu'un épais brouillard acide roulait sur le fleuve, encrassait les poumons et laissait un goût métallique au fond de la gorge.

Ce n'était pas du tout comme les hivers dans le Kent, où l'air était vif, frais et agréablement froid, ne sentant rien d'autre que les feux de camp, la terre humide et les feuilles. Elle adorait alors sortir faire de l'équitation avec son père, galoper dans les champs nus, les récoltes rasées, la silhouette des arbres dénudés se démarquant de manière spectaculaire contre le vaste ciel vide.

La plupart des gens supposaient qu'une fille n'était pas intéressée par la terre, mais Millie connaissait bien chacun des quelque 5000 hectares de Billinghurst et tous les métayers qui s'en occupaient.

Naturellement, sa grand-mère n'approuvait pas.

— C'est ta fille, pas ton fils et héritier !

Millie avait surpris sa grand-mère gronder son fils.

— Vraiment, Henry, n'est-ce pas suffisamment difficile pour elle de grandir sans une mère pour la guider, sans qu'elle se transforme en une sorte de garçon manqué aussi ? La prochaine chose que nous apprendrons, c'est qu'elle porte des pantalons et tient compagnie aux bohémiens comme ta sœur Victoria. Et qui crois-tu voudra l'épouser alors ?

— Benedict, est-ce que vous m'écoutez ?

La voix de l'infirmière en chef la ramena brusquement à la réalité.

— Oui, infirmière en chef. Désolée, infirmière en chef. Vous disiez ?

— Je disais, Benedict, que ceci est votre dernière chance. Si vous échouez de nouveau à votre formation préliminaire, je n'aurai d'autre choix que de vous renvoyer du Nightingale.

— Oui, infirmière en chef. Je comprends.

— Vraiment, Benedict ? Je me le demande.

— Vraiment, infirmière en chef, honnêtement. Je vais vraiment m'efforcer de réussir ma formation préliminaire et devenir un atout pour cet hôpital.

Elle n'avait réellement pas le choix. C'était cela ou retourner penaude à Billinghurst et se marier.

— Dans ce cas, vous feriez mieux de retourner à la maison des infirmières et vous préparer à recommencer votre formation.

L'infirmière en chef nota quelque chose dans son dossier et le ferma.

— Peut-être que si vous vous appliquez davantage à vos études et moins à votre vie sociale, vous aurez plus de chance cette fois-ci, infirmière Benedict.

Millie sortit du bureau, où une file d'infirmières à l'air abattues attendaient nerveusement leur tour dans le couloir pour recevoir le courroux de l'infirmière en chef, et descendit. Elle alla immédiatement vers l'arrière de la maison des infirmières, vers l'étroite bande de terre envahie par les mauvaises herbes où les étudiantes se faufilaient pour griller une cigarette loin des yeux vigilants de la sœur responsable de la maison.

Glenda Pritchard, une fille de son groupe, s'y trouvait déjà, frissonnant de froid en train de tirer sur une cigarette. Elle fixait nerveusement le coin de l'édifice quand Millie le contourna.

— Oh, c'est toi, fit Glenda en plaquant sa main sur sa poitrine tout en soufflant de soulagement. Je croyais que c'était sœur Sutton de mauvaise humeur. Comment ça s'est passé avec l'infirmière en chef ?

Elle tendit sa cigarette à Millie.

— Eh bien, elle ne m'a pas envoyée faire mes bagages, ce qui est déjà quelque chose.

Millie prit une longue bouffée et exhala la fumée en un long jet.

— Mais je dois repasser ma formation préliminaire.

— Ma pauvre !

Glenda eut l'air compatissant. Elle était ce que sa grand-mère aurait appelé une fille « peu avantagée par la nature », avec des lunettes et des dents de lapin.

— Mais au moins, tu n'as pas à rentrer chez toi, ajouta-t-elle.

— Vrai.

Millie n'avait pas très envie de voir le triomphe sur le visage de sa grand-mère si elle devait retourner à Billinghurst.

— Mais je n'ai pas très hâte de passer encore 12 semaines avec sœur Parker non plus. Elle me déteste.

Millie prit une autre bouffée de la cigarette et la rendit à Glenda.

— Elle ne te déteste pas. Elle croit simplement que tu es un cas désespéré, c'est tout.

— Merci. Cela me rassure.

Après trois mois en formation préliminaire avec Glenda, Millie savait qu'elle avait de bonnes intentions, mais elle pouvait manquer de tact parfois.

— Je suis si jalouse de vous toutes. Vous allez commencer à travailler dans les salles tandis que je serai coincée avec les nouvelles étudiantes.

— Nettoyer la salle de formation chaque matin, lui rappela Glenda.

— Écouter toutes ses leçons, soupira Millie.

— Et lutter avec Mme Jones !

— Ne me le rappelle pas !

Mme Jones était le mannequin jouant le rôle de patiente qu'elles utilisaient lors des exercices en formations préliminaires. Millie semblait toujours finir par se battre avec elle. Une fois, le bras de Mme Jones lui était resté entre les mains. Elle avait cru que sœur Parker allait exploser de colère.

« Je me demande si tu es réellement faite pour être infirmière, Benedict », lui disait-elle presque chaque jour, la regardant par-dessus ses lunettes aussi épaisses que des fonds de bouteilles comme si elle était un spécimen dans un des bocaux alignés sur les étagères de la salle de classe.

Millie ne pouvait pas s'empêcher d'être maladroite. Les objets semblaient prendre vie de manière regrettable entre ses mains.

Comme cette misérable solution de lavement. Son visage s'empourpra à cette pensée. Durant les dernières semaines, elle avait fait des cauchemars et voyait l'eau savonneuse ruisseler du menton de l'examinatrice…

Glenda Pritchard lança la cigarette sur le sol et l'écrasa avec le talon de sa robuste chaussure.

— Quelques-unes d'entre nous vont célébrer notre dernière nuit avant que nous débutions dans les services. Tu as envie de venir avec nous ?

— Non, merci.

Même si Millie adorait habituellement les sorties, la seule pensée d'écouter tout le monde papoter sur leur nouvelle affectation de service la fit se sentir encore pire.

— Je crois que je vais rester ici et étudier.

— Toi, étudier ? Je voudrais bien voir ça ! se moqua Glenda.

— Je suis sérieuse. Je vais être une étudiante modèle, à partir de maintenant.

— Si tu le dis, dit Glenda avec un sourire. Mais je te donne une semaine.

« Nous verrons bien », pensa Millie en franchissant les doubles portes menant à la maison des infirmières étudiantes. Le vieil édifice victorien avait déjà été une magnifique demeure pour une famille aisée, mais maintenant les pièces et les couloirs élégamment proportionnés étaient dissimulés sous une peinture brune morne et d'épais voilages enveloppaient les baies vitrées, comme si la vue des rayons du soleil allait rehausser le pauvre moral des étudiantes plus que ce qui était bon pour elles.

Environ une centaine d'étudiantes habitaient la maison pendant les trois années de leur formation, entassées à trois ou à quatre par chambre, sous les bons soins, si ce mot convenait, de sœur Sutton, la responsable de la maison. Elle occupait trois pièces du rez-de-chaussée, tout près de l'entrée principale, desquelles elle et son horrible petit chien Sparky avaient un œil vigilant sur ses étudiantes. Elle était censée être comme une mère pour elles, mais son mauvais caractère et son lourd anneau de clés qui tintaient à sa ceinture lui faisait davantage ressembler à une geôlière.

Millie marcha prudemment devant sa porte tout en retenant son souffle. Elle avait presque atteint l'escalier montant à sa chambre lorsqu'elle entendit un lourd pas révélateur sur le palier au-dessus d'elle. L'instant suivant, la silhouette courtaude et large de sœur Sutton emplit l'espace en haut de l'escalier, bloquant la faible lumière provenant de la fenêtre du palier. Sparky, un petit Jack Russel terrier brun et blanc, se dandina autour de ses pieds en jappant.

— Benedict !

Millie se recroquevilla en entendant son propre nom.

— Pourquoi vous glissez-vous ici à cette heure de la journée ? somma sœur Sutton.

— Je suis allée voir l'infirmière en chef, sœur.

Millie tendit la main pour caresser Sparky. Il poussa un grognement sourd et recula derrière la volumineuse jupe grise de sœur Sutton.

« Espèce de désagréable petite chose ronchonneuse », pensa Millie. Rien comme Nero, le labrador adoré de son père.

— Hum. Pourquoi ne suis-je pas surprise d'entendre cela ?

Sœur Sutton la fusilla du regard. Ses yeux ressemblaient à de minuscules raisins noirs, presque perdus dans les plis flasques de son gros visage.

— J'espère qu'elle vous a remis votre renvoi.

— Non, sœur. Je dois reprendre la formation préliminaire.

— Quelle perte de temps ce sera pour tout le monde ! désapprouva avec impatience sœur Sutton. Pauvre sœur Parker, sa patience doit déjà avoir atteint le point de rupture grâce à vous, toutes ces filles inutiles. Mais je suppose que l'infirmière en chef doit savoir ce qu'elle fait, murmura-t-elle entre ses dents.

— Oui, sœur.

— Eh bien, ne restez pas là, ma fille. Allez dans votre chambre immédiatement !

Juste comme Millie allait passer près d'elle, la main de sœur Sutton jaillit, lui agrippa le bras et la retint.

— Avez-vous fumé ?

Ses minuscules yeux se rétrécirent davantage.

— Non, sœur, mentit d'un air coupable Millie.

Sœur Sutton avança son visage encore plus près du sien, si près que Millie put voir les poils raides et gris qui poussaient à son menton.

— Vous savez que je ne peux pas supporter cela. C'est une habitude dégoûtante et détestable.

— Oui, sœur.

Tandis que les yeux perçants de sœur Sutton scrutaient son visage, Millie capta soudainement une odeur familière.

— Est-ce du parfum Guerlain que vous portez, sœur ?

Sœur Sutton la libéra abruptement, les joues rouges.

— Quelle question impertinente ! bafouilla-t-elle. Comme si j'avais le temps pour de telles frivolités. Poursuivez votre chemin, ma fille. Montez à votre chambre. Je vais monter dans une minute et l'inspecter. Je suppose qu'elle est en pagaille comme d'habitude ?

Toujours en continuant de fanfaronner, elle descendit d'un pas lourd l'escalier, Sparky trottant derrière elle.

Millie la regarda partir, souriant pour elle-même. Fumer était peut-être une habitude dégoûtante et détestable. Mais ce n'était pas aussi mal que de fouiller dans les tiroirs des autres et de voler leur parfum.

CHAPITRE 4

La première impression de Dora concernant la sœur responsable de la maison fut qu'elle n'avait jamais vu quelqu'un d'aussi gros de toute sa vie. Sœur Sutton mesurait environ 1 mètre 50 et était presque aussi large. Elle emplissait l'embrasure de la porte de la maison des infirmières, son uniforme gris tendu prêt à éclater sur une incroyable paire de seins. Sa tête semblait connectée à son corps par une cascade de mentons tremblotants. Même ses chevilles étaient grosses, se répandant par-dessus ses robustes chaussures noires.

— Vous là !

Elle se dandina vers Dora à une vitesse étonnamment rapide, avançant comme si elle était sur des roues. Des mèches grises s'échappèrent de sa coiffe empesée. Derrière elle galopa un terrier jappant.

— Je vous ai vue, accusa-t-elle et pointa un doigt potelé droit entre les yeux de Dora, vous étiez en train de flirter avec le brancardier.

— Je ne flirtais avec personne !

— Ne me mentez pas, ma fille, je vous ai vue avec mes propres yeux. Tais-toi, Sparky ! rugit-elle au chien qui encerclait les jambes de Dora, les lèvres remontées et laissant voir des dents jaunes. Je vous surveillais de mon bureau. Vous êtes une honte. J'ai bien envie de vous renvoyer directement chez vous et d'informer l'infirmière en chef de votre conduite. Ce n'est pas cela que nous attendons de nos étudiantes ici au Nightingale.

« Ça alors, pensa Dora. C'est ma première journée, je n'ai même pas encore mis les pieds dans la place et j'ai déjà des ennuis. »

— Je ne lui demandais que des indications, protesta-t-elle.

— Croyez-vous que je sois simplette, ma fille ?

— Non, mais…

— Et je vous prie de m'appeler « sœur » lorsque vous vous adressez à moi.

— Non, sœur.

— Pardon ?

— Je veux dire, non, je ne crois pas que vous soyez simplette. Sœur.

— Je suis heureuse d'entendre cela. J'aimerais bien pouvoir en dire autant de vous. Quel est votre nom ?

— Dora Doyle, mademoiselle. Je veux dire, sœur.

— Êtes-vous Irlandaise ?

— Non, sœur.

Sparky bondit sur sa cheville. Dora fit un pas de côté pour éviter sa mâchoire qui s'activait et refoula son envie de donner un coup de pied à la pitoyable chose.

— Je suis heureuse de l'entendre. Les Irlandaises causent toujours trop d'ennuis. Folles, la plupart d'entre elles.

Elle considéra Dora pendant un moment.

— J'espère que je n'aurai pas d'ennuis avec vous ?

— Non, sœur.

— Faites en sorte que non, ou vous irez directement au bureau de l'infirmière en chef. Je n'endure aucune bêtise des jeunes infirmières.

Elle tourna soudainement les talons et se dirigea vers la maison des infirmières. Dora supposa qu'elle devait aller avec elle, alors elle ramassa sa valise usée et la suivit, faisant attention de garder une bonne distance entre elle et le chien grincheux.

L'étincelant linoléum crissa sous les pieds de Dora alors qu'elle suivait sœur Sutton à travers les dédales de couloirs, tous peints en un brun morne. Tout l'édifice était sinistrement silencieux et empli d'ombres lugubres.

La sœur responsable de la maison la guida jusqu'au sommet de la maison, où l'escalier était si étroit qu'elle pouvait à peine y faire entrer son corps corpulent. Dora soufflait derrière, mais n'osa pas s'arrêter pour reprendre son souffle.

Tout en montant, sœur Sutton récita une litanie de règles et de règlements.

— L'extinction des feux est à 22 h précises, et vous devez être de retour à la maison des infirmières avant cette heure à moins d'avoir un laissez-passer de soirée. Même si je n'ai aucune idée de la raison pour laquelle une fille respectable voudrait être à l'extérieur après cette heure, dit-elle. Le jour de la lessive est le lundi ; le matin, vous devez défaire votre lit et mettre vos draps et vos serviettes dans les sacs au bout du couloir. Vos effets personnels doivent être placés dans votre propre sac à lessive et laissés pour le ramassage les mardis et jeudis. Pendant que vous êtes à l'essai, vous ne devez pas quitter le terrain de l'hôpital. Et quand vous portez l'uniforme, vous devez vous comporter avec le décorum qui convient à la réputation de cet hôpital. Ce qui signifie qu'il est défendu de porter maquillage ou bijoux, défendu de rire, défendu de parler bruyamment et strictement défendu de parler aux hommes. Est-ce compris ?

Dora hocha la tête, mais elle commençait à se demander si elle allait se souvenir de toutes les règles de la maison des infirmières en plus d'apprendre des connaissances médicales.

Sœur Sutton s'arrêta si soudainement que Dora entra presque en collision avec elle et ouvrit une porte qui révéla une longue chambre mansardée contenant trois lits coincés sous la corniche. Une petite lucarne jetait une faible lumière sombre sur les lattes nues du plancher poli.

Une infirmière était assise sur le dernier lit de la chambre, ses pieds vêtus de bas relevés. Lorsque sœur Sutton fit irruption, elle sauta sur ses pieds si rapidement qu'elle faillit se fracasser la tête sur le plafond incliné.

— Que faites-vous ici, Tremayne ? demanda sœur Sutton.

— Je vous en prie, sœur. Je ne suis pas en service avant 17 h.

— Alors pourquoi traînez-vous ici ? demanda sœur Sutton, reniflant l'air. Vous n'étiez pas en train de fumer, j'espère ?

— Non, sœur.

La fille surplombait sœur Sutton, aussi grande et mince que la sœur était courte et large. Ses cheveux foncés étaient torsadés en un chignon lâche à la base de son long cou élégant. Dora plaqua une mèche frisée derrière son oreille et se demanda si elle réussirait un jour à ce que ses cheveux soient aussi ordonnés.

— Vous savez que je n'autorise pas que l'on fume dans les chambres. Si vous devez fumer, faites-le en bas à la bibliothèque ou à l'extérieur comme toutes les autres.

— Oui, sœur.

Sparky sauta aux jambes de la fille, griffant ses bas de laine noirs, mais elle ne broncha pas.

Dora put sentir sa tension alors que sœur Sutton inspectait la chambre à travers ses yeux plissés.

— Et qu'est-ce que c'est que ça ? demanda-t-elle en pointant vers le coin le plus éloigné. Pourquoi ce lit est-il aussi en désordre ?

Dora observa le lit impeccablement fait avec ses draps parfaitement rabattus et ses coins soignés et se demanda si elle imaginait des choses.

— Où est l'infirmière Benedict ? fit sœur Sutton.

La grande fille s'éclaircit la gorge.

— C'est son jour de congé, sœur.

— C'est scandaleux ! Vous, les infirmières, avez beaucoup trop de congés.

Sœur Sutton se rendit au lit et défit la literie et, avec un grand effort, retourna le matelas sur le plancher. Dora jeta un coup d'œil à la fille, mais le regard de celle-ci demeurait sur le tapis usé à ses pieds.

Sœur Sutton se releva, respirant péniblement.

— Dites à Benedict que si je trouve son lit encore dans un tel désordre, je l'envoie directement à l'infirmière en chef. Est-ce clair ? dit-elle.

— Oui, sœur.

— Et vous — Dora sauta lorsque sœur Sutton retourna son attention vers elle — que cela vous serve de leçon. Je ne tolère pas de laisser-aller chez les infirmières. Si vous n'arrivez pas à vous garder ordonnée et soignée, comment diable pensez-vous prendre soin des patients ?

Encore une fois, Dora sentit la grande force de son regard, la balayant de haut en bas, cherchant une faute.

— Eh bien ?

— Je, je ne sais pas, sœur, bégaya Dora.

Sœur Sutton fit un tss-tss de désapprobation et secoua la tête.

— Voici Doyle, dit-elle à l'autre infirmière. S'il vous plaît, aidez-la à s'installer.

Elle se tourna de nouveau vers Dora.

— Changez-vous et descendez pour le souper à 20 h. Votre formation commencera à 9 h précises demain matin. Tremayne vous montrera où aller. Viens, Sparky.

Elle partit, claquant la porte derrière elle.

Dora la fixa.

— Ça alors, est-elle toujours ainsi ?

— Parfois, elle est pire.

La fille se fraya un chemin dans la pièce.

— Viens, aide-moi à arranger ce lit.

— Je suis Dora, en passant, se présenta-t-elle alors qu'elles traînaient le lourd matelas de crin de cheval sur le lit.

— Helen. Mais nous ne sommes pas censées utiliser nos prénoms dans les salles, seulement nos noms de famille.

Elle poussa le matelas à sa place et se redressa, lissant sa robe à rayures bleues.

— Voilà, ça ira. Benedict pourra faire le reste en rentrant. Tu peux ranger tes affaires dans cette commode.

Elle fit un signe de tête vers le coin de la chambre.

— Je déferai ma valise plus tard.

Elle ne voulait pas qu'Helen Tremayne voie ses maigres affaires. Elle semblait si élégante que Dora était certaine qu'elle allait la prendre de haut.

— Comme tu veux, mais tu devras avoir tout plié et rangé avant le souper ou sœur Sutton ne sera pas contente. Et tu devrais aussi te changer.

Dora observa Helen alors qu'elle déroulait les manches de sa robe et attachait avec habileté les poignets avec d'élégantes manchettes amidonnées. Elle se demanda si toutes les infirmières étaient aussi brusques et détachées qu'elle. Si c'était le cas, Dora n'avait aucune chance.

Elle examina avec circonspection la pile de vêtements soigneusement pliés sur le lit : trois robes à rayures bleues, plusieurs tabliers blancs et bavettes, des cols, des manchettes et un sac de lessive. Au-dessus de tout se trouvait un carré de tissu blanc aussi empesé qu'un morceau de carton, dont elle n'avait aucune idée quoi faire.

Dora déplia soigneusement une robe et la secoua. Elle était si fraîchement lavée, qu'elle aurait aimé la tenir près de son visage et sentir le parfum propre et amidonné. Mais avec Helen Tremayne qui l'observait, elle ne put que se presser à l'enfiler.

C'était plus facile à dire qu'à faire. La robe était épaisse et lourde, doublée en calicot, et descendait presque jusqu'à ses chevilles. La pièce était assez fraîche, mais quand elle eut terminé de mettre sa robe et ses bas de laine noirs, elle étouffait.

— Que faites-vous quand il fait chaud ? demanda-t-elle.

Helen haussa les épaules.

— Tu le supportes, comme tout le reste.

Dora se débattit avec les manchettes. Les boutons étaient petits et délicats, et ses mains étaient moites d'affolement.

- Veux-tu de l'aide ? offrit Helen.

— Merci.

Dora étudia l'autre fille en train d'attacher les boutons. Même son uniforme sévère n'arrivait pas à dissimuler sa beauté saisissante. Son visage était un doux ovale parfait avec d'énormes yeux noirs encadrés de cils épais.

Elle aurait été encore plus belle si elle souriait, se dit Dora.

Ce n'était pas non plus aisé de lui parler. Dora essaya encore de faire la conversation avec elle.

— Depuis combien de temps es-tu ici ?

— Je suis en deuxième année d'étude.

— Et Benedict ?

— Elle est encore à l'essai. C'est ainsi que nous appelons les étudiantes en première année. Donne-moi ton col.

Dora lui tendit et leva le menton afin qu'elle puisse le fixer.

— Merci… aïe ! Ça fait mal !

— Je ne peux rien pour ça, tu devras simplement t'y habituer. Mettre de la Vaseline sur ton cou peut aider, si ça frotte trop… Voilà, c'est fait.

Elle fit une pause.

— Qu'est-ce que tu as autour du cou ?

— C'est une hamsa. Une sorte de porte-bonheur. Une amie me l'a donnée.

— Ce ne sera pas un grand porte-bonheur si sœur Sutton te prend à la porter, la prévint Helen. Tu ferais mieux de l'enlever et de la placer dans un endroit sûr.

Dora enleva la chaîne de son cou, l'enveloppa dans un mouchoir et le plaça dans le tiroir vide qui lui avait été assigné. Pendant ce temps, Helen confectionna avec dextérité une coiffe soignée avec le mystérieux carré de tissu empesé.

— Je n'arriverai jamais à faire ça ! soupira Dora en l'observant.

— Bien sûr que oui. Tout le monde y arrive.

Elle plaça la coiffe sur les cheveux frisés de Dora.

— As-tu apporté des pinces ? Peu importe, j'en ai de surplus. Mais tu devras peut-être faire quelque chose avec ta chevelure, dit-elle en fronçant les sourcils. Elle est censée être dissimulée en tout temps, et tu ne réussiras jamais à toute la mettre sous ta coiffe.

— Je devrais me raser la tête pour ça, dit Dora plaintivement.

La bouche d'Helen Tremayne se courba légèrement, le premier soupçon d'un sourire que vit Dora.

— Je ne crois pas qu'on en arrivera à ça.

Elle enfonça une pince dans la coiffe, évitant de justesse l'oreille gauche de Dora.

— Voilà, c'est le mieux que je peux faire, j'en ai bien peur.

Dora regarda son reflet dans le morceau de miroir au-dessus de la commode et un frémissement d'excitation se mit à monter en elle. Elle pouvait à peine croire la transformation. Dans son élégante robe à rayures, avec son col fermement attaché sous son menton et ses cheveux presque camouflés sous sa coiffe, elle ressemblait quasiment à une vraie infirmière.

— Je devrais y aller, je dois être dans mon service dans 10 minutes.

La voix d'Helen brisa sa rêverie. Elle se trouvait de l'autre côté de la chambre, enfonçant ses pieds dans ses chaussures.

— Assure-toi d'être dans la salle à manger à 20 h.

Elle jeta sa grande cape sur ses épaules et se précipita vers la porte.

— C'est dans l'édifice trois, de ce côté de la cour. Tu sors par les portes principales, puis tu tournes à droite. Et quoi que tu fasses, ne sois pas en retard.

CHAPITRE 5

Quand elle fut partie, Dora déballa rapidement ses effets personnels et les enfouit dans le tiroir vide. Elle n'avait pas grand-chose, juste des sous-vêtements et quelques robes, en plus de toutes les choses qu'on lui avait demandé d'apporter pour sa formation : des bas noirs et de robustes chaussures noires, des ciseaux à bouts arrondis, des stylos et des crayons et une montre.

Elle refoula un tremblement en plaçant soigneusement la montre dans le tiroir. Alf avait fait toute une histoire pour la lui acheter. Il lui avait présentée devant toute la famille, et elle avait dû faire semblant d'être reconnaissante et le laisser mettre ses bras autour d'elle et écouter tout le monde dire à quel point c'était un homme bon et généreux.

« Peu importe, se dit-elle. Tu es en sécurité maintenant. Il ne peut plus te faire de mal. »

À 20 h précises, elle se dirigea vers l'édifice trois comme Helen Tremayne lui avait expliqué. Elle suivit le son de vaisselle qui cliquetait et des bavardages excités tout le long du couloir et se retrouva dans une bruyante salle à manger vivement éclairée, empestant le chou trop cuit et le désinfectant. Elle était de la taille d'un gymnase et emplie de plusieurs longues tables. Tout au bout de la pièce, de la vapeur jaillissait d'un passe-plat où une femme costaude dans une blouse blanche distribuait des miches de pain, des bols et d'énormes pichets de chocolat chaud.

Chacune des longues tables était occupée par de jeunes femmes dans des uniformes de différentes couleurs : certains bleu roi, certains à rayures et certains violets. Près de la fenêtre, loin de l'agitation, un groupe de femmes en uniformes gris mangeaient leur repas dans un silence digne, servi par une domestique.

L'estomac de Dora gronda d'impatience ; elle avait été trop nerveuse pour manger le sandwich au saucisson que sa mère lui avait préparé à midi.

Sœur Sutton attendait à la porte.

— Vous êtes en retard, l'accueillit-elle. Et votre coiffe est de travers. Allez là-bas et asseyez-vous avec les autres filles à l'essai.

Alors qu'elle se frayait un chemin à travers la pièce, Dora vit Helen Tremayne assise à une table avec un groupe d'autres infirmières portant des uniformes à rayures, des étudiantes de deuxième année, supposa-t-elle. Dora lui fit un signe de la main, mais les yeux d'Helen la traversèrent et elle continua de manger.

Dora trouva une place au bout de la table des étudiantes à l'essai, où environ une dizaine de filles à l'air nerveux étaient assises et jetaient des regards de côtés autour d'elles. Contrairement aux autres filles à l'essai à la table, elles portaient toutes des brassards bleus, indiquant qu'elles étaient en formation préliminaires et pas encore laissées sans supervision dans les services.

Alors qu'elle s'assoyait, une fille à l'essai arriva du passe-plat en portant une bouteille de sauce brune, tel un trophée.

— Regardez ce que j'ai, sourit-elle.

— Vite avant que les plus vieilles s'en emparent !

Les filles au bout de la table la firent passer avec empressement, sous les regards perplexes de Dora et des autres nouvelles étudiantes.

— Les étudiantes plus vieilles ont le premier choix dans tout, expliqua la fille en face d'elle. Les filles à l'essai doivent se débrouiller avec ce qui reste. Et comme nous sommes nouvelles, nous sommes directement en bas de la pile.

— Comment sais-tu cela ? demanda la fille à côté de Dora.

— Mes sœurs ont suivi leur formation ici. L'une d'entre elles est infirmière-chef adjointe au service orthopédique pour hommes.

La fille était grassouillette et avait les cheveux foncés, avec un doux visage rond et un accent irlandais chantant. Dora se demanda ce que sœur Sutton en avait pensé.

Leur nourriture fut posée devant elles. La fille à côté de Dora donna un petit coup empli de dégoût au contenu du plat.

— Qu'est-ce que cette horrible chose ?

— De la graisse de rôti, dit l'Irlandaise en y enfouissant son couteau avant de prendre la louche et d'en verser une bonne quantité sur son pain. Essayez, c'est délicieux.

Elle enfonça ses dents dans la croûte, les yeux clos de bonheur.

— Ça a l'air répugnant, fit la fille en grimaçant. Je suis certaine que ma mère mourrait si elle savait que je mange une nourriture aussi horrible.

— Tu t'y habitueras, marmonna l'Irlandaise. Ma sœur dit qu'on devient si affamée qu'on finit par manger tout ce qu'ils posent devant nous.

Elle emplit sa tasse de chocolat chaud et offrit le pichet à l'étudiante à côté d'elle, une fille à l'aspect timide et portant des lunettes.

Avant qu'elle puisse le prendre, la fille à côté de Dora tendit le bras et le saisit, puis emplit sa propre tasse.

— Pouah, c'est révoltant.

— Nous ne pouvions pas savoir. Nous n'avons pas eu la chance de le découvrir.

Dora lui jeta un regard de biais. La fille était jolie, avec des cheveux châtains brillants soigneusement tressés et une expression dédaigneuse. Son petit nez pointait vers le plafond, comme s'il était retroussé en permanence vers le monde et à tout ce qu'il avait à offrir.

— Désolée, voulais-tu ceci ?

La fille lui offrit le pichet. Dora le prit et le tendit à la fille timide, laquelle lui sourit timidement.

Durant le repas, les nouvelles étudiantes bavardèrent entre elles, échangeant des histoires sur leurs écoles, leurs familles et comment elles étaient arrivées au Nightingale. Dora apprit que l'Irlandaise s'appelait Katie O'Hara. Elle venait d'un minuscule village d'Irlande afin de suivre sa formation au même hôpital que ses trois sœurs.

— C'était cela ou devenir nonne ! rit-elle.

Elle découvrit aussi que la fille avec le nez retroussé s'appelait Lucy Lane. Elle était enfant unique, son père avait fait fortune dans la fabrication d'ampoules, sa mère œuvrait pour des associations caritatives, et elle était simplement la meilleure dans tout. Dora sentit ses paupières s'affaisser quand Lucy commença à faire la liste des prix qu'elle avait gagnés à son école, allant des travaux d'aiguille à l'élève la plus polie. S'ils avaient remis un prix pour le meilleur moulin à paroles, elle aurait aussi gagné.

— Tout le monde s'attendait à ce que j'aille à l'université après l'école, mais j'avais décidé que je voulais être infirmière, annonça-t-elle. C'est une profession tellement utile, non ? Et bien sûr, une fois que j'avais décidé que je voulais être infirmière, je devais venir au Nightingale. Tout le monde sait que c'est le meilleur hôpital d'enseignement du pays. Seulement le meilleur pour moi, papa dit.

Dora demeura silencieuse. Mis à part Katie O'Hara, laquelle avait les pieds sur terre, les autres filles semblaient très snobs, parlant de leur école et de leurs poneys et de ce que faisaient dans la vie leur père. Elle ne se sentait déjà pas à sa place.

Elle jeta un regard en direction d'Helen Tremayne qui ne semblait pas à sa place elle non plus. Elle était entourée d'infirmières qui bavardaient, mais personne ne paraissait lui parler, et elle était assise là en silence, égrainant une croûte de pain entre ses doigts.

Il avait semblé qu'elles venaient à peine de commencer à manger quand le passe-plat se ferma avec fracas et que les sœurs se mirent sur leurs pieds. Instantanément, la pièce devint silencieuse. Dora lança furtivement un coup d'œil vers les femmes en uniformes gris alors qu'elles quittaient en file la salle à manger. Grandes, courtes, minces, grassouillettes, elles formaient un groupe intimidant, aucun sourire parmi elles.

— Elles ont l'air terrifiantes, n'est-ce pas ? chuchota Katie à travers la table. Dieu merci, nous n'avons pas à les rencontrer avant encore trois mois. J'espère réussir à acquérir quelques connaissances en soins infirmiers d'ici là !

Le silence dura jusqu'à ce que la dernière sœur soit sortie. Puis, il y eut une ruée d'infirmières vers les portes.

Dora se mit immédiatement à ramasser la vaisselle.

— Qu'est-ce que tu fais ? dit Lucy Lane.

— Je ramasse, qu'ai-je l'air de faire ?

Dora vida une des assiettes et l'ajouta à la pile.

Les autres filles se regardèrent et gloussèrent. Sauf Katie O'Hara qui lui murmura gentiment.

— Il y a des domestiques pour nettoyer les tables ici.

Troublée, Dora regarda autour d'elle. Effectivement, des femmes en blouse blanche entassaient les tasses et les assiettes sur d'énormes plateaux métalliques.

L'embarras la submergea.

— Je pensais que nous devions le faire nous-mêmes, bredouilla-t-elle.

— Quelqu'un n'est de toute évidence pas habitué à avoir du personnel, entendit-elle Lucy Lane dire à une autre fille alors qu'elles sortaient.

« Et alors ? aurait aimé lui crier Dora. Il n'y a rien de mal à se salir les mains. »

Après le souper, elles rentrèrent à la maison des infirmières. La fille timide, qui s'appelait Jennifer Bradley, alla directement dans sa chambre. Dora fut tentée d'aller se coucher aussi, mais se força à se joindre aux autres dans le salon. Après tout, elles allaient être ensemble jour et nuit pendant les trois prochaines années, alors elle devait faire un effort pour se faire des amies. Même si les choses n'étaient pas parties du bon pied.

Le salon était vaste avec un haut plafond, des ornementations de plâtre que Dora avait uniquement vu dans une église auparavant et une baie vitrée enveloppée de voilages ternes. Sa mère les aurait descendus et mis à tremper dans un seau avec du détergent en un rien de temps, pensa-t-elle avec un sourire.

La pièce était emplie d'un arrangement de canapés et de fauteuils usés qui avaient vu de meilleurs jours. De chaque côté du foyer se trouvaient des étagères pleines de vieux livres abîmés disparates et de jeux de société.

— Des jeux ? lâcha Lucy Lane d'un air incrédule en tirant une vieille boîte endommagée de l'étagère. Est-ce qu'ils croient que nous avons cinq ans ?

Dora ne dit rien. Après son embarras dans la salle à manger, elle ne voulut pas admettre qu'elle avait souvent du plaisir à jouer à des jeux de société avec ses sœurs.

Il y avait déjà quelques étudiantes plus âgées dans le salon en train d'écouter la radio et de rire ensemble dans un coin. Dora et les autres étudiantes s'assemblèrent dans le coin opposé et une fois encore, Lucy fut entourée de sa cour.

Dora se demanda si d'autres filles en avaient aussi marre qu'elle de l'écouter. Mais elles semblaient toutes très impressionnées, l'écoutant d'un air complètement absorbé alors que Lane pérorait de sa voix saccadée au sujet de tout, y compris l'état de sa chambre.

— C'est simplement affligeant, déclara-t-elle. C'est si froid et les lits ressemblent à ce qu'on retrouve en prison. Ma mère en mourrait si elle apprenait cela.

Katie O'Hara capta l'attention de Dora de l'autre côté de la pièce et roula des yeux une fraction de seconde vers le plafond. Dora supposa qu'elle était l'une des malheureuses qui partageaient la cellule de prison de Lucy.

— Et c'est si petit, Lucy poursuivit. Trois personnes, partageant une chambre si minuscule ? C'est inhumain.

Dora pensa à l'époque sur la rue Griffin alors qu'elle devait partager un lit deux places avec Josie et Bea, mais ne dit rien.

Puis, Lucy dirigea son attention vers les autres filles de leur groupe.

— Avez-vous vu la fille assise en face de moi à la table ? Celle avec les lunettes ? Quelle étrange petite chose elle est ! Elle n'a pas dit un seul mot de tout le repas.

— Probablement parce qu'elle n'a pas réussi à en placer un seul.

Dora ne s'était pas aperçue qu'elle avait parlé à voix haute jusqu'à ce qu'elle voit le regard venimeux que Lucy lui lança.

— Je te demande pardon ? dit-elle de sa voix saccadée.

Les autres filles regardaient Dora avec expectative, alors elle sentit qu'elle devait dire quelque chose.

— Je ne sais pas ce qu'ils vous apprennent dans vos écoles chics, mais d'où je viens ce n'est pas considéré comme poli de parler des gens dans leurs dos, dit-elle courageusement.

Le sourire affecté de Lucy n'atteignit pas ses yeux.

— Je suis certaine de ne pas avoir besoin d'une leçon de manières. Particulièrement pas de quelqu'un dans ton genre, ajouta son regard glacial.

Les autres filles gloussèrent, mais Dora et Lucy se regardèrent de chaque côté de la pièce. Dora eut le mauvais pressentiment qu'elle s'était fait une méchante ennemie.

À leur opposé, l'une des autres filles était en train de triturer les boutons de la radio, essayant de la régler.

— Cette satanée radio ne marche plus correctement depuis que Gordon l'a faite basculer, grommela-t-elle.

— Laisse tomber et mets un disque à la place, suggéra une autre.

Elles tirèrent une boîte de derrière le canapé et se mirent à y fouiller pendant qu'une autre fille remonta le gramophone. Après quelques chamailleries, elles tombèrent enfin d'accord. Un instant après, les sons grésillant de *You are my lucky star* emplirent la pièce. Les filles se mirent à virevolter dans la pièce avec des partenaires imaginaires, riant et se pâmant pour Eddy Duchin.

Mais les rires cessèrent abruptement quand sœur Sutton fit irruption et éteignit le gramophone, éraflant l'aiguille négligemment sur le disque.

— Extinction des feux à 22 h, leur rappela-t-elle brutalement alors que Sparky courait autour de leurs pieds, les encerclant. Vous devriez être en train d'étudier, pas d'être frivole. Vous avez des examens à passer si vous voulez être infirmières.

— Qui dit que nous voulons encore être infirmières ?

L'une des filles, une blonde mince, fit une grimace en direction de la porte qui se refermait tandis qu'une autre examinait avec un air affligé les éraflures sur le disque.

— Regardez ça. Il est ruiné. Elle a fait cela délibérément.

L'une des filles rattrapa Dora alors qu'elles montaient vers leurs chambres.

— Je m'appelle Amy Hollins, se présenta-t-elle.

— Dora Doyle.

— Je suppose que tout ceci te paraît assez étrange ? Je sais que j'étais effrayée au début. Mais tu vas t'y faire.

— J'espère bien.

— Reste simplement du bon côté de sœur Sutton, du moins jusqu'à ce que tu connaisses bien les ficelles.

— Merci.

Dora lui sourit de manière incertaine. C'était un soulagement d'enfin rencontrer un visage amical.

Alors qu'elles se dirigeaient vers l'escalier, Amy poursuivit.

— Avec qui partages-tu ta chambre ?

— Helen Tremayne et une fille nommée Benedict. Je ne l'ai pas encore rencontrée, mais…

Sa voix se suspendit quand elle vit l'expression d'Amy changer.

— Quelque chose ne va pas ?

— Tu partages une chambre avec Tremayne ?

Amy Hollins rit bruyamment.

— Bonne chance à toi alors. Tu en auras besoin.

Dora haussa les épaules.

— Elle m'a semblé correcte.

— Tu crois ? dit Amy avec un sourire en coin. Peut-être changeras-tu d'idée quand tu auras appris à mieux la connaître.

Elle se pencha vers Dora avec assurance.

— Un petit conseil. Ne lui fais absolument pas confiance.

— Pourquoi pas ?

— Parce qu'elle va te surveiller. Et chaque mot que tu lui diras sera rapporté à sa mère. Tu sais que Constance Tremayne fait partie du conseil d'administration, n'est-ce pas ?

— Le conseil de quoi ?

— D'administration. Ce sont ceux responsables de l'hôpital. C'est pour cette raison que Tremayne croit qu'elle est tellement meilleure que nous. Elle court toujours vers elle, lui racontant des histoires sur nous. Elle te poignardera dans le dos dès qu'elle t'aura regardée. Fais-moi confiance, je le sais, dit Amy. Pourquoi crois-tu qu'aucune autre fille ne lui parle ? Si j'étais toi, je me tiendrais loin d'elle.

Dora fronça les sourcils, essayant d'assimiler ce qu'elle venait d'entendre. Helen était un peu silencieuse et distante, mais elle ne lui apparaissait pas comme ne pas être digne de confiance.

— Je vais choisir mes amies, je te remercie bien, dit-elle.

Amy Hollins haussa les épaules.

— Comme tu veux. Je ne fais que te mettre en garde, c'est tout, lâcha-t-elle de mauvaise humeur. Mais tu ne veux vraiment pas que cela arrive aux oreilles des autres filles que tu es une amie d'Helen Tremayne ou elles pourraient croire qu'on ne peut pas te faire confiance non plus.

De retour dans la chambre, Helen était assise sur son lit en train d'écrire. Elle était plutôt différente dans sa robe de nuit fleurie, ses cheveux tombant en un rideau foncé soyeux autour de son visage.

Dora enjamba prudemment le tas de draps et couvertures sur le plancher.

— Toujours aucun signe de Benedict ?

— Elle ne va pas entrer avant l'extinction des feux. Elle ne le fait jamais.

— Cela ne va pas déranger sœur Sutton ?

— Probablement. Mais elle devra d'abord l'attraper.

Elle retourna à son écriture. Dora se changea rapidement dans sa robe de nuit, frissonnant à la froideur de la chambre. Sur la rue Griffin, il y aurait eu une bonne flambée dans sa chambre par une nuit aussi froide.

— Qu'écris-tu ? demanda-t-elle.

— Juste une lettre.

— À ton petit ami ?

— Je n'ai pas de petit ami.

— Un ami alors ?

— Si tu tiens à le savoir, j'écris à ma mère. Et j'aimerais terminer avant l'extinction des feux, alors si tu n'y vois pas d'inconvénient ?

— Désolée.

Dora l'observa scribouiller, sa main bougeant rapidement sur la page. Les mots d'Amy Hollins lui revinrent. Est-ce qu'elle parlait à sa mère de sa nouvelle compagne de chambre ? se demanda Dora.

Elle se glissa dans son lit et tira les couvertures jusqu'à son menton. Le matelas était dur et bosselé et les draps amidonnés étaient froids et raides contre sa peau. Mais ce n'était pas seulement le lit le problème. Il lui manquait de se brosser les dents à l'évier de la cuisine avec Josie, chuchotant et riant alors qu'elles se préparaient à se mettre au lit, Bea traînant dans les parages, tendant l'oreille pour entendre leurs secrets. Il lui manquait sa mère en train de chanter une berceuse pour endormir Alfie. Il lui manquait même le ronflement de mémé.

Le seul qui ne lui manquait pas était Alf Doyle. Elle frissonna sous ses couvertures, soulagée que pour une fois elle n'eût pas à dormir d'un œil, une chaise calée contre la porte. Quelques minutes plus tard, il y eut un bruit du plancher craquant en dessous d'elles et la voix de sœur Sutton retentit.

— Vingt-deux heures. Extinction des feux, infirmières.

Helen rangea sa lettre et traversa la chambre pour éteindre les lumières, puis sauta dans son lit.

— Bonne nuit, dit Dora.

— Bonne nuit.

Quelques instants plus tard, un souffle léger venant de l'autre côté de la chambre lui révéla qu'Helen dormait profondément. Dora était allongée sur le dos, fixant l'obscurité. Le silence parut se refermer sur elle.

Elle n'avait jamais quitté la maison auparavant, pas même pour une seule nuit. Elle sentit une soudaine vive envie de voir sa mère.

Mais lentement, graduellement, la fatigue de la journée eut le dessus. Alors qu'elle sombrait dans un sommeil agité, Alf Doyle se faufila dans ses rêves comme il l'avait fait durant tant de nuits, son corps volumineux s'approchant d'elle, ses grosses mains empotées la pelotaient dans le noir…

Elle ouvrit les yeux, vit la forme sombre au bout de son lit et poussa un cri.

Immédiatement, une main se plaqua contre sa bouche, l'immobilisant contre ses oreillers.

— Tais-toi, pour l'amour de Dieu avant de faire accourir tout le monde ! siffla une voix féminine.

Mais déjà il y avait des bruits de pas et de voix dans le couloir alors que les autres filles s'assemblaient à l'extérieur.

— Que se passe-t-il ? lança quelqu'un.

— Rien. Juste la nouvelle qui a fait un cauchemar.

La voix d'Helen était ensommeillée dans l'obscurité.

— On aurait dit que quelqu'un était assassiné, ronchonna l'une des étudiantes.

— Elle sera assassinée si elle me réveille encore, marmonna une autre.

Personne dans la chambre ne bougea alors que les pas s'éloignaient en traînant. Puis, le poids roula de la poitrine de Dora et elle put s'asseoir. Dans l'obscurité, elle ne pouvait que distinguer une forme au bout de son lit.

— Ç'est passé un peu trop près à mon goût, dit l'autre fille en ôtant son béret et en faisant gonfler ses cheveux.

— Je ne comprends pas pourquoi tu ne peux pas rentrer à l'heure comme tout le monde, ronchonna Helen en se retournant et montant les couvertures jusqu'à ses oreilles.

— Où est le plaisir dans cela ?

La nouvelle venue baissa les yeux vers Dora.

— Désolée, est-ce que je t'ai effrayée ? Tu ne dois pas t'en faire pour moi, je fais toujours ça.

Elle enleva un gant et tendit sa main.

— Comment vas-tu en passant ? Je suis Millie Benedict. Nous allons partager une chambre, n'est-ce pas plaisant ?

CHAPITRE 6

Millie se faufila à vive allure dans le couloir vide. Elle savait qu'elle aurait des ennuis si elle était prise en train de courir, les infirmières ayant le droit de courir seulement en cas d'incendie ou d'hémorragie, mais elle aurait encore plus d'ennuis de sœur Parker si elle était en retard la première journée de son retour en formation préliminaire.

Les nouvelles étudiantes étaient déjà occupées à nettoyer quand elle se glissa dans la classe. Chaque matin après le petit déjeuner et avant de commencer les leçons, les étudiantes en formation préliminaire devaient nettoyer chaque centimètre de la salle de classe et de l'espace de pratique. Elles humectaient puis essuyaient la poussière dans tous les coins, nettoyaient les placards, lavaient les bassins hygiéniques et les bouteilles, lavaient et poudraient les draps en caoutchouc imperméable qui protégeaient les matelas des salles communes.

Millie tenta d'entrer furtivement dans la salle de soins avant d'être vue, mais naturellement la surveillance attentive de sœur Parker, la sœur enseignante, la vit immédiatement.

— Oh, Benedict, c'est encore vous.

Sœur Parker avait peut-être l'air d'une vieille dame inoffensive avec ses cheveux blancs, ses yeux bleu vif derrière ses épaisses lunettes rondes et son doux accent écossais. Mais Millie savait à la suite d'expériences amères qu'elle possédait un dard de scorpion. Ses standards étaient extrêmement élevés, et elle pouvait réduire en larmes une étudiante à l'essai pour un lit mal fait.

— J'espère que votre manque de ponctualité ce matin n'est pas un signe des jours à venir, poursuivit-elle.

— Non, sœur.

Elle put sentir les yeux de sœur Parker sur elle à la recherche de fautes. Finalement, au soulagement de Millie, elle conclut.

— Eh bien, ne restez pas là à être décorative, ma fille. Ces casiers ont besoin d'être nettoyés.

Vraiment ? se surprit-elle, 10 minutes plus tard alors qu'elle s'agenouillait pour récurer les coins d'un casier avec du détergent et de l'eau chaude. Personne n'utilisait jamais les casiers de l'espace de pratique. Il était installé comme une salle commune, avec des lits, des cloisons, des chariots et tout l'équipement habituel, mais aucun patient ne voyait jamais ces choses. Et malgré tout, chaque matin, elles devaient frotter chaque recoin.

Millie savait qu'il n'était pas avisé de demander pourquoi. Une fois, au tout début de sa formation, elle avait eu la témérité de poser la question. Elle aurait aimé ne pas l'avoir fait. Sœur Parker avait fustigé pendant 10 minutes sur l'importance d'une routine d'hygiène régulière, « pas uniquement lorsque vous sentez que c'est justifié, Benedict », puis lui avait fait copier la leçon entière sur l'aseptisation de base, mot pour mot. Elle avait aussi bien fait comprendre que le travail d'une étudiante infirmière était de répondre aux questions, pas de les poser.

Millie ne s'était plus jamais exprimée en classe depuis.

Elle s'assit sur ses talons et examina les fissures douloureuses entre ses doigts. Le désinfectant mordait tellement ses engelures qu'elle en aurait pleuré.

En de tels moments, elle se demandait pourquoi elle avait quitté son ancienne vie. En tant qu'enfant unique du septième comte de Rettingham, elle était habituée à un monde de privilèges et de facilités. Elle fréquentait la haute société et se faisait servir par une suite de fidèles domestiques. Avant de venir au Nightingale, elle n'avait jamais eu à cuisiner, à nettoyer ou même à s'habiller elle-même, puisqu'elle avait une servante qui le faisait pour elle.

Elle sourit en imaginant ce que Polly, sa servante, penserait de sa maîtresse en ce moment, agenouillée, récurant des placards. Même elle n'avait jamais dû endurer une telle corvée, son épreuve la plus ardue était de persuader Millie d'enlever ses habits d'équitation pour enfiler une robe à l'occasion.

— En train de rêvasser de nouveau, Benedict ?

Sœur Parker se trouvait derrière elle.

— Non, sœur.

— Je suis heureuse de l'entendre. Assurez-vous d'aller dans les coins.

— Oui, sœur.

Millie reprit sa brosse de récurage.

Et même si sa nouvelle vie était difficile, elle ne retournerait pas à son ancienne. Elle aimait son père, et Billinghurst, et avoir grandi dans la campagne du Kent. Elle n'aurait aimé rien de plus qu'un jour devenir elle-même la maîtresse de la maison. Mais alors qu'elle grandissait, sa grand-mère avait été claire que son avenir était ailleurs.

« Billinghurst ne sera jamais à toi, avait-elle dit sans ménagement à Millie. Selon les termes du testament de ton arrière-grand-père, le domaine est conçu pour que seul un héritier mâle puisse hériter. »

Ce qui signifiait qu'à moins que Millie ne se marie et ait un fils avant que son père meure, son cher Billinghurst et ses milliers d'hectares des meilleures terres agricoles du Kent l'entourant seraient passés à un cousin obscur du Northumberland.

La comtesse douairière avait mis des énergies considérables afin de s'assurer qu'un tel désastre ne leur arrive pas. Pendant les deux dernières années, Millie avait été soignée et paradée comme un poney de concours devant un grand nombre d'hommes célibataires, avec son point culminant du marché de chevaux : la saison des débutantes.

Millie avait eu hâte d'y participer. Elle aimait les fêtes, s'amuser, et espérait se faire de nouvelles amies. Mais la réalité était très différente ; elle n'avait jamais vécu une expérience plus humiliante et pénible. Être chaperonnée dans des dîners et des danses interminables, changer de vêtements trois fois par jour, blablater avec exactement les mêmes personnes partout où elle allait. Et toujours sous l'œil critique de sa grand-mère, l'exhortant d'être plus enjouée et charmante face aux plus ennuyeux.

Et pour ce qui était de se faire de nouvelles amies... Millie avait découvert que la plupart des autres filles étaient encore plus pénibles que les hommes. Loin d'avoir du plaisir, elles étaient constamment prises dans des chamailleries insignifiantes et des rivalités mesquines, chacune aussi désespérée que leur mère ambitieuse d'être vues aux bons endroits et capturer le bon mari. C'était inutile au-delà des mots.

Millie était sortie de cette saison, non seulement sans mari et sans perspective de fiançailles en vue, mais avec la conviction qu'elle voulait faire quelque chose de plus utile de sa vie que d'organiser une maisonnée de domestiques et décider quoi porter pour le dîner.

Sa grand-mère avait été horrifiée la première fois qu'elle avait suggéré de devenir infirmière.

« Et comment crois-tu pouvoir rencontrer un mari convenable dans un hôpital ? » avait-elle demandé.

Heureusement, le papa adoré de Millie rejeta les objections de sa mère. Même si Millie soupçonnait que tous les deux s'attendaient à la voir abandonner et rentrer à la maison dès qu'elle aurait goûté au premier dur labeur.

Ce qui était la raison pour laquelle elle était si déterminée à passer au travers. Ne serait-ce que pour prouver à sa grand-mère que devenir infirmière n'était pas juste un autre engouement, comme les leçons de ballet ou de tennis.

Quand le nettoyage fut terminé, les vadrouilles, balais et brosses furent rangés, le temps des leçons était venu dans la classe.

Millie se sentit comme un vétéran lorsqu'elle se joignit aux nouvelles étudiantes qui s'étaient rassemblées autour des étroits bureaux de bois, tripotant nerveusement leurs crayons et carnets. Elle remarqua sa nouvelle compagne de chambre au fond de la classe et alla s'asseoir près d'elle.

— Rebonjour.

— Bonjour.

La jeune fille rousse la regarda à peine. Millie savait qu'elle n'était pas partie du meilleur pied en la réveillant au milieu de la nuit. C'était entièrement de sa faute, car elle ne se rappelait même pas qu'elles allaient avoir une nouvelle compagne de chambre avant que la pauvre fille se mette à hurler.

Elle avait essayé de présenter ses excuses ce matin alors qu'elles faisaient la queue pour la salle de bains, mais la fille lui avait à peine parlé. Millie espérait que ce n'était qu'à cause de la nervosité de la première journée et qu'elle ne s'avérerait pas être aussi peu amicale qu'Helen Tremayne. Elles partageaient une chambre depuis trois mois, et la seule fois qu'elles avaient parlé était quand Helen avait réprimandé Millie au sujet de son désordre.

La porte s'ouvrit et elles bondirent toutes sur leurs pieds lorsque sœur Parker entra dans la pièce et s'avança vers l'estrade surélevée à l'avant de la classe. Le squelette de la classe, baptisé Algernon, pendouillait mollement près du tableau noir derrière elle.

— Bonjour, infirmières, les salua-t-elle. Bienvenue à la formation préliminaire du Nightingale. En tant que votre sœur enseignante, je vais vous enseigner les habiletés de base des soins infirmiers et vous préparer à votre vie en salles des trois premiers mois de formation. Si vous êtes suffisamment chanceuses pour passer vos examens préliminaires — elle fixa Millie avec un regard éloquent par-dessus ses lunettes —, vous reviendrez ici pour des leçons hebdomadaires pour les trois prochaines années. Elles s'accorderont avec vos responsabilités d'infirmière dans les services jusqu'à ce que vous passiez les examens de l'hôpital et de l'État et deveniez des infirmières au Nightingale.

Un frisson d'excitation parcourut la classe. Sœur Parker tapa dans ses mains, demandant le silence.

— Vraiment, infirmières, si vous vous mettez à jacasser comme des singes chaque fois que je dis quelque chose, nous n'irons jamais nulle part.

Quand tout le monde se fut calmé, elle poursuivit.

— Habituellement à cette heure-ci, nous devrions prendre les leçons d'anatomie, de physiologie, de nutrition, de premiers soins et ainsi de suite. Mais comme ceci est la première journée de formation préliminaire pour la plupart d'entre vous — encore une fois elle regarda Millie —, nous allons débuter par apprendre à nous connaître. Je ferai le tour de la classe et chacune me dira son nom et d'où elle vient. Puis plus tard ce matin, nous aurons la visite du libraire, et vous pourrez acheter quelques manuels. Je vous indiquerai ce dont vous aurez besoin. Maintenant — elle se retourna pour faire face à l'étudiante à l'essai à lunettes tout au bout de la rangée, laquelle semblait être sur le point d'éclater en sanglots —, nous allons commencer par vous. Nom ?

— J-Jennifer Bradley, mademoiselle. Je veux dire, s-sœur.

— Parlez plus fort, Bradley. Vous n'êtes pas une souris.

Quelques filles dans la première rangée ricanèrent méchamment alors que la pauvre Jennifer Bradley devenait rouge de honte. Sœur Parker s'attaqua à elles.

— Comme vous semblez si sûre de vous, peut-être devrions-nous plutôt commencer par vous ? dit-elle en levant les sourcils.

La matinée s'étira. Millie s'entraîna négligemment à dessiner le cœur humain sur un coin de son carnet alors que toute la classe se présenta à tour de rôle.

Puis vint le tour de sa voisine.

— Je m'appelle Dora Doyle et je viens de Bethnal Green.

Elle dit cela avec un air de défi, le menton levé, son accent caractéristique de l'est de Londres résonant dans la pièce.

Puis tous les yeux se tournèrent vers Millie.

— Amelia Benedict, se présenta-t-elle. Mais vous pouvez m'appeler Millie.

— Absolument pas, répondit brusquement sœur Parker. Toutes les infirmières doivent être appelées par leur nom de famille en tout temps.

Alors que la fille derrière elle commença à réciter son nom, Millie remarqua une fille dans la première rangée avec des cheveux bruns tressés se retourner pour la regarder avec intérêt. Elle la fixa pendant un si long moment que Millie baissa les yeux vers la bavette de son tablier pour vérifier si elle n'avait rien renversé dessus.

Elles firent une pause pour prendre le thé au milieu de la matinée. Pendant que les autres étudiantes bavardaient ensemble, Millie remarqua Dora Doyle seule en train de regarder par la fenêtre vers la cour, perdue dans ses pensées.

Elle était tellement fascinante, la manière qu'elle avait de regarder durement le monde sous ses extraordinaires cheveux roux, comme si elle ne craignait rien ni personne. Mais selon la manière qu'elle avait criée dans la nuit, tout le monde aurait pensé que le diable en personne était à ses trousses.

Millie se dirigea vers elle, déterminée à briser la glace. Mais avant qu'elle eût la chance de dire bonjour, la fille aux tresses se fraya un chemin entre elles.

— Tu es Lady Amelia, c'est ça ?

— Millie, en fait.

Elle sourit d'un air triomphant.

— Je pensais bien t'avoir reconnue ! Tu as été présentée à la cour l'année dernière, n'est-ce pas ?

Millie la regarda en fronçant les sourcils, tentant de situer son visage avec son nez retroussé et sa bouche espiègle.

— Tu y étais ?

— En fait, non, mais j'ai vu ta photographie dans le *Tatler*[1]. Ma mère et moi suivons la saison des

1. N.d.T. : Le *Tatler* est un magazine britannique couvrant la haute société et la politique.

débutantes chaque année. Je suis Lucy Lane, en passant. Mon père est Sir Bernard Lane. Les ampoules Lane ?

Elle attendit dans l'expectative. Millie essaya d'avoir l'air impressionné.

— J'ai pensé moi-même faire la saison des débutantes l'année dernière, continua Lucy, mais la directrice de mon école était déterminée à ce que je poursuive. Elle voulait que je passe les examens d'admissions d'universités, tu vois. Elle a dit à mon père que j'étais facilement assez brillante pour Oxford…

Millie prit sa meilleure expression d'écoute, celle qu'elle avait cultivée lors d'interminables cocktails, tandis qu'elle chercha Dora du coin de l'œil. Elle n'était nulle part en vue.

— … et je dois partager une chambre avec la plus épouvantable Irlandaise. Si commune, je ne te dis pas, continua de jacasser Lucy. Terriblement religieuse aussi. J'ai à peine réussi à dormir la nuit dernière à cause des cliquetis des perles de son chapelet. Avec qui partages-tu ta chambre ? demanda-t-elle, prenant enfin une pause pour respirer.

— Doyle.

— Réellement ? Pauvre toi !

— Pourquoi dis-tu cela ? s'enquit Millie, perplexe.

— Eh bien, c'est évident, non ? Elle n'est vraiment pas de notre classe, non ?

Lucy lui fit un sourire de conspiratrice.

— Notre classe ?

— Tu vois ce que je veux dire.

Baissant à peine la voix, elle continua :

— Je me demande si nous pourrions faire en sorte que Doyle change avec moi ? Je suis certaine qu'elle et O'Hara s'entendraient bien. Ainsi, nous pourrions partager une chambre ensemble. Cela serait tellement amusant, n'est-ce pas ?

Millie ne pouvait imaginer rien de pire. Mais heureusement, elle fut épargnée de répondre alors qu'elles furent convoquées à regagner la salle de classe.

CHAPITRE 7

Après la pause, le libraire avait installé son stand dans la salle de classe avec des boîtes emplies de manuels exposés. Les nouvelles filles s'agglutinèrent tout autour. Millie, qui avait déjà tous ses livres depuis sa première fois en formation préliminaire, demeura assise à les observer.

— La sœur enseignante dit que nous n'avons pas à tous les acheter, mais je me suis dit que c'était aussi bien.

Lucy Lane rejoignit Millie, les bras pleins de livres.

Elle hocha poliment la tête, mais ses yeux étaient fixés sur Dora qui prit un livre d'une boîte, l'ouvrit puis le remit rapidement dans la boîte.

— Je sais à quoi tu penses, dit Lucy en lui faisant un sourire entendu. C'est désolant, n'est-ce pas ?

Millie lui jeta un coup d'œil.

— Quoi donc ?

— Doyle bien sûr. Regarde-la en train de fixer ces livres. Comme un chien affamé devant la vitrine d'un boucher. C'est évident qu'elle ne peut pas se permettre d'acheter quoi que ce soit.

Millie retourna son attention vers Dora. Pauvre fille. Elle était elle-même tellement habituée à avoir tout ce qu'elle voulait qu'il ne lui était même jamais venu à l'esprit que quelqu'un ne puisse pas s'offrir quelques livres.

— Regarde, la sœur enseignante est en train de lui parler, dit Lucy avant de tendre le cou avec empressement. Je parie qu'elle lui demande pourquoi elle n'a pas encore acheté quoi que ce soit. Allons écouter.

— Je ne veux pas, dit Millie en tournant la tête.

Mais il était impossible de rater ce qui se disait.

— Vous savez, Doyle, si vous ne pouvez pas vous permettre des manuels neufs, nous en avons quelques-uns d'occasion. Ils sont plutôt usés et un peu obsolètes, je le crains, mais au moins, ils sont mieux que rien du tout.

Ses mots firent s'arrêter brusquement et se retourner les autres filles.

— Oh, dieu, comme c'est embarrassant ! gloussa Lucy. J'en mourrais si c'était moi, pas toi ?

Millie se sentit humiliée pour Dora, dont le visage s'empourpra jusqu'à la racine de ses cheveux enflammés. Elle ne put entendre sa réponse bredouillée, mais sœur Parker lui répondit :

— Très bien, mais vous aurez besoin de manuels si vous désirez poursuivre votre formation préliminaire. Et vous en aurez assurément besoin si vous désirez passer les examens de l'État.

— Honnêtement, je ne comprends réellement pas ce que certaines personnes font dans ce cours si elles ne peuvent pas acheter quelques livres.

Lucy repoussa ses tresses d'un air indigné.

— Si tu me demandes mon avis, elle prend la place qui aurait dû être donnée à quelqu'un qui peut se permettre d'être ici.

Lucy avait parlé si fort que Dora se retourna pour les regarder. Millie se retrouva coincée au centre de son regard maléfique.

— Oh, mon Dieu, crois-tu qu'elle nous a entendues ?

Lucy sourit malicieusement.

Peu de temps après, ce fut l'heure du déjeuner. Millie se dirigea tout droit vers Dora, mais celle-ci sortit de la classe avant qu'elle puisse la rattraper.

Malheureusement, elle n'était pas loin de Lucy Lane qui la suivit dans la cour.

— J'ai réfléchi, commença-t-elle, à propos de partager une chambre…

— Je t'en prie, non, la coupa avec brusquerie Millie en se pressant vers le bâtiment de la salle à manger, laissant Lucy bouche bée derrière elle.

Dora ne se rendit pas à la salle à manger pour le déjeuner, mais revint à la séance pratique de l'après-midi. Son air de défi était de retour, sa bouche formant une ligne serrée. Mais lorsque Millie se fraya un chemin entre les autres étudiantes pour se placer près de Dora, elle put voir la méfiance dans ses yeux verts.

La séance pratique avait lieu dans une pièce, laquelle était disposée comme une petite salle commune avec huit lits, une salle d'utilités stériles et une salle de soins. À une extrémité de la salle se trouvait un placard contenant des plats, des instruments et des draps. Des cloisons et des chariots à deux étages en inox étaient garés tout au bout. De gros diagrammes colorés des différentes parties du corps humain décoraient les murs.

— Aujourd'hui, nous vous enseignerons comment faire un lit avec et sans un patient alité, annonça sœur Parker.

« Sœur Sutton sera heureuse, se dit Millie. Peut-être que si j'apprends à correctement faire un lit cette fois, elle cessera de le défaire chaque jour. »

Elle observa attentivement sœur Parker installer deux chaises au bout du lit. Puis, elle et son assistante se mirent à défaire le lit, enlevant les draps et les couvertures un à la fois, les pliant en trois et les posant sur les chaises. Tout en travaillant, elle poursuivit ses commentaires.

— Vous remarquez que nous secouons le moins possible les draps et les couvertures ? Ceci est pour éviter de créer de la poussière dans l'air et de propager les infections.

Elle plaça la dernière couverture sur les chaises et inspecta avec satisfaction le lit défait.

— Maintenant, nous allons vous montrer comment le faire, dit-elle.

Encore une fois, elle et son assistante bougèrent ensemble en une parfaite cadence, comme des partenaires dans une danse gracieuse, tirant sur les draps pour les serrer, les rentrant sous le matelas en des coins parfaits et ouvrant l'édredon afin qu'il soit complètement égal.

— Vous voyez comment nous tirons fermement les draps afin qu'il n'y ait pas de plis ?

Elle le démontra d'un grand geste de sa main.

— Est-ce que quelqu'un sait pourquoi nous devons faire cela ?

— Afin que cela soit bien propre ? se risqua l'une des étudiantes.

— Parce que cela évite les escarres, intervient Lucy.

— Très bien, Lane. Les escarres sont le résultat de mauvais soins des infirmières, rien d'autre. Durant votre service, nous nous attendons à ce que vous soyez absolument vigilantes.

Après la démonstration, la sœur enseignante jumela les étudiantes afin qu'elles essaient. Naturellement, Lucy Lane se proposa en premier. Elle parut ennuyée quand sœur Parker la jumela avec Jennifer Bradley.

— Pauvre fille, chuchota Millie à Dora. Je n'aimerais pas être la partenaire de Lane.

— Vraiment ? Je croyais que vous étiez de très bonnes copines, répliqua froidement Dora.

— Chut ! Silence, infirmières ! Vous devriez observer et prendre des notes plutôt que de bavasser !

Sœur Parker les regarda en fronçant les sourcils.

Lucy ressemblait déjà tout à fait à une infirmière professionnelle dans son uniforme immaculée, sa coiffe bien droite sur ses cheveux lisses châtains. Et elle accomplit toute la procédure à la perfection, ses mouvements vifs et assurés.

Malheureusement, sa partenaire la laissa tomber. Jennifer Bradley était trop nerveuse. De la sueur brillait sur son front, et elle se démenait pour suivre les mouvements fluides et rapides de Lane. Quand elles eurent terminé, on aurait dit qu'elles s'étaient battues sur le lit et non pas qu'elles avaient voulu le faire.

— Pas réellement un bon premier effort, désapprouva sœur Parker. Vous devriez apprendre à travailler ensemble. Non seulement cela est-il préférable pour votre dos, mais il rendra tout le processus plus rapide et plus simple.

— C'est entièrement ta faute, siffla Lucy alors qu'elles rejoignaient le groupe et qu'une autre paire prit leur place.

— Je-je suis désolée.

Les lèvres de Jennifer tremblèrent.

— Laisse-la tranquille, dit Millie.

— Mais elle était inutile !

— Elle faisait de son mieux. Tu vois qu'elle est nerveuse.

— Elle ne devrait pas être ici si elle n'est pas à la hauteur.

— Si cela dépendait de toi, aucune de nous ne serait ici, grommela Dora.

— Infirmières, je vous en prie !

Sœur Parker leur lança un regard d'avertissement.

— Si j'entends un autre mot, vous irez toutes vous expliquer chez l'infirmière en chef.

Lucy fusilla Dora du regard, mais ne dit rien.

Sœur Parker et son assistante démontrèrent ensuite comment faire un lit occupé, utilisant Mme Jones, le mannequin à taille réelle. Millie grogna. Elle s'était déjà battue avec Mme Jones au cours de sa session précédente de formation préliminaire et cela s'était toujours mal terminé.

Sœur Parker le savait aussi.

— Benedict, vous pouvez commencer. Comme vous avez déjà passé trois mois en formation, vous devriez être en mesure de montrer à tout le monde comment faire.

Ses yeux brillaient de malveillance derrière ses épaisses lunettes.

— Doyle, vous serez sa partenaire.

— Écoute, à propos de tout à l'heure…, essaya de dire Millie alors qu'elles prenaient leur place, mais Dora la coupa brusquement.

— Nous sommes censées exécuter ceci, tu te souviens ? répondit-elle en sifflant.

Elles se firent face chacune de son côté de lit, prêtes à commencer.

— Souvenez-vous de parler au patient, leur rappela sœur Parker. Vous devez expliquer chaque procédure en l'exécutant.

Millie observa Mme Jones avec appréhension. Elle semblait tout à fait indifférente à ce qui allait lui arriver.

Millie prit une profonde inspiration.

— Maintenant, Mme Jones, l'infirmière Doyle et moi allons changer votre lit, dit-elle vivement. Alors, si vous pouviez simplement bouger vos bras et vos jambes pour moi… c'est formidable.

Jusque-là, tout allait bien et Mme Jones semblait pour une fois coopérer, ses membres se pliant gentiment autour d'elle. Encouragée, Millie saisit ses épaules.

— Bien, maintenant, je vais vous tourner sur le côté vers moi… oh, merde !

Juste comme tout semblait aller si bien, Mme Jones s'anima d'elle-même. Millie se jeta brusquement vers elle alors que son poids mort s'inclinait vers l'avant, glissant de son emprise et se mettant à rouler hors du lit. Ce fut le genou de Millie qui attrapa le mannequin sous le menton et l'empêcha de heurter le sol tête la première.

Elle se figea ainsi, ses jambes se dérobant sous le poids de Mme Jones, la soutenant toujours d'un seul genou. Elle regarda l'autre côté du lit et vit Dora figée avec le drap tendu entre les mains.

Pendant une seconde, elles se fixèrent avec horreur. Puis, les coins de la bouche de Dora se mirent à tressaillir.

— Non, Benedict, ce n'est pas ainsi qu'il faut faire, soupira sœur Parker. Essayez de nouveau, seulement cette fois s'il vous plaît évitez de donner un coup de pied au visage du patient. Et pas de grossièreté !

Millie entendit un grognement provenant de l'autre côté du lit. Quand elle leva les yeux, Dora était occupée à rentrer les draps sous le matelas, la tête penchée. Mais ses épaules tressautaient. Millie tenta désespérément de retenir son propre rire, mais quand elle baissa les yeux et vit Mme Jones la regarder, son sourire figé toujours intact, elle céda.

— Est-ce que tout va bien, Benedict ? demanda sœur Parker.

— Désolée, sœur… accès de toux… tout ira bien dans une minute.

— Vraiment, infirmière, je ne crois pas qu'il soit approprié de tousser partout sur le patient, croyez-vous ?

Sœur Parker fronça les sourcils.

— Allez dans la salle de soins et prenez un verre d'eau. Allez avec elle, Doyle.

— Oui, sœur.

Elles n'osèrent pas se regarder avant d'être bien dans la salle de soins. Puis, elles éclatèrent de rire.

— Oh, mon Dieu.

Millie s'appuya contre la porte, tenant son ventre douloureux.

— Je crois m'être fait une hémorragie interne.

— Ce n'est rien comparé à ce que tu as fait à la pauvre Mme Jones, répliqua Dora.

— Il faudra plus qu'un drap propre pour la rétablir, c'est certain !

Elles se plièrent en deux, secouées de rire, les mains plaquées sur leur bouche afin que personne n'entende leurs hurlements étouffés. Elles gloussaient encore quand cinq minutes plus tard Katie O'Hara frappa à la porte.

— La sœur enseignante veut savoir si vous êtes mortes étouffées ?

Au moins, le désastre avait aidé à briser la glace. Alors qu'elles se mettaient en ligne vers la salle à manger pour la pause, Millie s'assura de semer Lucy Lane et rejoignit plutôt Dora. Quelques-unes des étudiantes de son groupe précédent de formation préliminaire étaient descendues pour le thé, et Millie sentit un pincement d'envie en les écoutant échanger des histoires excitantes sur leur première journée dans les services.

— N'aimerais-tu pas être avec ce groupe ? demanda Dora en se servant une tranche de pain avec de la confiture.

Millie hocha la tête.

— Je me sens tellement idiote de devoir reprendre ma formation préliminaire. Je n'ai même pas encore osé l'annoncer à ma famille.

Elle pouvait imaginer ce qu'en dirait sa grand-mère.

— Ce n'est pas juste. J'aurais pu passer, si ce n'avait été de...

— Quoi ? demanda Dora.

— Je ne peux pas te le dire. C'est trop horrible.

Millie secoua la tête, voulant refouler le souvenir.

— C'était le pire moment de ma vie.

— Oh, allez. Tu ne peux pas me laisser en haleine !

Millie hésita. Si elle n'en parlait pas elle-même à Dora, elle allait l'entendre de quelqu'un d'autre. Comme bon nombre de ses mésaventures qui étaient déjà rentrées dans l'histoire de l'hôpital.

— Durant l'épreuve pratique finale, je devais faire la démonstration d'une solution de lavement au savon, commença-t-elle.

— Et ?

— Et je l'ai très bien réussie J'ai tout bien fait jusqu'à la dernière minute et puis...

— Continue.

Elle ferma les yeux, frissonnant au souvenir.

— Ce n'était pas ma faute. Les satanées seringues ont comme explosé entre mes mains. Elles ont éclaboussé partout. La pauvre examinatrice en était couverte.

— Tu n'as pas fait ça !

Dora plaque sa main sur sa bouche.

— Oui, affirma Millie. Cela n'aurait pas été si terrible si l'examinatrice n'avait pas été sœur Hyde.

— Qui est-elle ?

— Elle dirige le service des maladies chroniques féminines ici. Un véritable dragon, tout le monde est simplement terrifié par elle. Et avec de bonnes raisons aussi. Si cela n'avait tenu qu'à elle, j'aurais été carrément expulsée du Nightingale après l'examen. Mais heureusement, l'infirmière en chef m'a donné une autre chance. Je ne crois pas que sœur Hyde en était très contente.

Dora rit.

— Tu es tout un numéro, tu sais ça ?

Millie lui sourit. Elle était habituée à ce que les gens rient d'elle. Et cela ne lui importait pas que Dora rie si cela signifiait qu'elles pouvaient être amies.

Alors qu'elles se dirigeaient vers la salle de pratique, Dora parla soudainement.

— Cela ne me dérange pas, tu sais. Si tu veux que je change avec elle.

— Qui ?

— Ton amie Lane. Enfin, cela a du sens, non ?

Elle ne regarda pas Millie en parlant.

— Vous deux avez tant en commun…

— Es-tu en train de dire que je suis une horrible petite snob ? Merci beaucoup !

— Non, mais…

Millie s'arrêta dans le couloir, forçant Dora à se tourner pour la regarder.

— Promets-moi que tu ne vas même pas songer à me laisser avec elle ? dit-elle solennellement. Je ne crois pas que je pourrais endurer son babillage sur sa richesse et son intelligence.

Dora n'ajouta rien avant qu'elles aient atteint la salle de pratique.

— Donc cela ne te dérange pas de partager une chambre avec moi ?

— Cela dépend, dit Millie.

— De quoi ?

— Si tu vas me punir par ton silence comme Tremayne le fait tout le temps.

Dora sourit avec réticence.

— Je vais essayer de ne pas le faire. Même si c'est difficile de parvenir à placer un mot avec toi !

— Je sais, soupira Millie. Ma grand-mère dit tout le temps que je dois essayer de maintenir un silence digne, mais je n'y arrive pas.

Elles s'assurèrent d'être assises ensemble au souper. Encore du hachis gris et des pommes de terre dures bouillies, pensa Millie. Elle tenta de ne pas imaginer le succulent rôti devant lequel s'assoiraient son père et sa grand-mère à Billinghurst.

Un groupe d'étudiantes de deuxième année murmuraient à la table voisine. Elles planifiaient une fête, supposa Millie en se souriant. Sœur Sutton croyait toutes les régenter, faisant des rafles dans les chambres et rôdant dans les couloirs avec son misérable chien qui reniflait leurs méfaits. Sans parler de M. Hopkins et son armée de brancardiers qui montait la garde devant le portail de l'hôpital. Mais ils auraient été étonnés de toutes les bêtises qui se déroulaient juste sous leur nez.

— Mais cela semble très cruel de ne pas l'inviter, disait l'une des étudiantes.

— Si tu l'invites, personne d'autre ne va venir, objecta une autre.

— Elles vont trop craindre qu'elle en parle à sa mère. Elle ne viendrait pas de toute façon. Elle ne participe jamais à rien. Tout ce qu'elle veut toujours faire, c'est demeurer dans sa chambre et étudier.

— On dirait qu'elles parlent de Tremayne, dit Millie à Dora.

— Cette fille, Hollins, m'a prévenue à son sujet hier soir, dit Dora en remplissant sa tasse de chocolat chaud. Elle disait qu'il ne fallait pas lui faire confiance. Mais elle me paraît correcte. Un peu silencieuse, mais il n'y a rien de mal à cela.

— Oh, elle n'est pas mal. Je la plains, en fait.

Peu importe à quel point la formation était ardue, Millie s'était faite de très bonnes amies au Nightingale. Elles se rassemblaient dans les chambres des unes et des autres pour bavarder et étudier, faisaient des sorties au cinéma et s'invitaient à prendre le thé au café du coin si elles pouvaient se le permettre.

Mais d'après ce qu'elle en savait, Helen Tremayne n'avait pas d'amies. Millie avait fait de son mieux pour l'inclure, l'invitant lors de ses différentes sorties. Mais Helen avait refusé si souvent, qu'elle avait cessé de l'inviter.

Après souper, elles retournèrent dans leur chambre. Millie avait pris des arrangements pour aller voir certaines de ses amies afin de savoir comment elles s'en étaient sorties lors de leur première journée dans les services.

— Pourquoi ne viens-tu pas avec nous ? demanda-t-elle à Dora en retirant les pinces de ses cheveux et goûtant à la merveilleuse sensation de liberté lorsqu'ils tombèrent autour de son visage.

— Merci, mais je préfère rester ici. De toute façon, je suis un peu à court jusqu'à ce que nous soyons payées.

— Je t'invite, offrit Millie.

Le sourire de Dora se tendit.

— Non, merci, refusa-t-elle poliment.

Millie l'observa défaire ses chaussures. Elle avait réfléchi tout l'après-midi à ce que Lucy avait dit et savait qu'elle devait s'exprimer.

— Écoute, au sujet de tes livres.

Elle vit les épaules de Dora se raidir, mais poursuivit.

— Je sais que tu manques un peu d'argent, alors je me disais… pourquoi je ne te donnerais pas les miens ? Je peux aisément en commander d'autres, et nous pourrions les partager jusqu'à ce qu'ils arrivent…

Elle ne s'attendait pas à ce que son offre reçoive un remerciement, mais elle ne s'attendait pas à l'expression glaciale de Dora lorsqu'elle se retourna pour lui faire face.

— Crois-tu que j'ai besoin de charité ? dit-elle froidement.

— Non, pas du tout. J'ai juste pensé…

— Tu as pensé que comme tu es riche et que je suis pauvre, j'allais être reconnaissante d'avoir tes affaires d'occasion ? Eh bien, laisse-moi te dire quelque chose. Ma famille n'a jamais accepté la charité et nous n'allons pas commencer maintenant.

Dora se détourna pour continuer de délacer ses chaussures. Millie sentit une grande honte l'envahir.

— Je… je suis désolée, bredouilla-t-elle.

Elle avait encore mis les pieds dans le plat. Comment avait-elle été aussi stupide ? Dora avait raison, c'était très impérieux de sa part de vouloir accorder sa générosité à tout le monde. Elle était aussi mauvaise que sa grand-mère, ordonnant que les restes de cuisine soient distribués parmi les métayers puis s'attendant à ce qu'ils soient reconnaissants.

Millie se changea en silence. Elle se sentait misérable, elle ne trouva même pas la force de se mettre en colère lorsqu'elle se rendit compte que sœur Sutton avait encore une fois fouillé dans ses tiroirs et confisqué son rouge à lèvres. Elle était appuyée contre la commode, essayant de tamponner un peu de poudre sur son visage, quand elle entendit le craquement du parquet derrière elle et vit le visage de Dora se refléter derrière son épaule.

— Je suis désolée, bredouilla-t-elle.

Millie croisa ses yeux dans le miroir.

— Moi aussi. Je ne voulais pas t'offenser, vraiment.

— Je sais. Tu voulais seulement aider et je n'aurais pas dû sortir de mes gonds ainsi.

Dora sourit honteusement.

— Pouvons-nous recommencer du début ? Être amies ?

Elle tendit une main. Millie la prit avec gratitude.

— Oui, s'il te plaît. Et je promets de ne plus jamais t'offrir quoi que ce soit.

— Oh, fit Dora en se tordant les lèvres. Eh bien, c'est dommage, parce que je n'aurais pas refusé d'emprunter ces livres. Juste un prêt, quand tu ne les utilises pas ? ajouta-t-elle précipitamment.

— Je t'en prie, prends-les…, commença Millie, puis elle s'arrêta.

Elle pouvait voir d'après l'attitude de fierté du menton de Dora que jamais elle n'allait accepter quelque chose qui pourrait avoir même l'air de charité.

— Emprunte-les quand tu veux, offrit-elle.

CHAPITRE 8

Tous les jeudis, Veronica Hanley rencontrait sœur Parker et sœur Sutton pour confectionner une courtepointe.

Aucune d'entre elles ne se souvenait depuis combien de temps elles y travaillaient ou même pourquoi elles avaient commencé. Mais cela n'avait pas d'importance. Mademoiselle Hanley et les deux sœurs âgées se réjouissaient d'avance de s'installer confortablement dans les fauteuils rembourrés du petit salon douillet de sœur Sutton et de refaire le monde pendant qu'elles taillaient et cousaient. Cet arrangement convenait à Veronica Hanley, laquelle ne pouvait tolérer aucune forme d'oisiveté. Elle ne se serait jamais permis de s'asseoir et de boire du thé pour simplement bavarder. Mais découper de soigneux carrés de tissu, les ourler et les épingler pour ensuite les coudre ensemble lui donnait un sentiment d'utilité.

Elle savait que les autres sœurs attentaient avec impatience leur rencontre hebdomadaire autant qu'elle. Florence Parker et Agathe Sutton étaient des infirmières adjointes quand Veronica Hanley était arrivée au Nightingale comme étudiante. Elles étaient devenues des sœurs de leur propre service quand elle avait obtenu son diplôme et avait travaillé comme infirmière-chef adjointe au service de soins pour hommes sous la supervision de sœur Parker pendant de nombreuses années.

Aujourd'hui, les deux femmes étaient dans la soixantaine, et approchant de la fin de leur carrière d'infirmière, elles avaient reçu des emplois moins ardus de surveillance des étudiantes. C'était une grande gentillesse de la part de l'ancienne infirmière en chef et tellement typique d'elle, se dit mademoiselle Hanley. Jamais elle n'aurait imaginé mademoiselle Fox, avec sa folle passion de tout moderniser, d'avoir une telle pensée pour deux vieilles dames. Elle les aurait mises à la retraite depuis bien longtemps, les jetant comme de vieux matelas d'hôpital qui auraient bien servi, mais qui n'avaient plus d'utilité.

Mademoiselle Fox aimait se débarrasser de tout ce qui était « désuet » comme elle disait. Veronica Hanley assaillit fiévreusement le carré qu'elle ourlait en se souvenant de la discussion qu'elles avaient eue ce matin même.

— Vous portez-vous bien, Veronica ? s'enquit Florence Parker de son doux accent écossais. Vous brandissez cette aiguille comme Brutus lors des ides de mars.

— Je vais bien, merci, Florence.

Elle baissa les yeux de frustration sur les gros points hideux qu'elle venait de faire. Elle était déterminée à ce que cette satanée femme ne gâche pas le plaisir de son après-midi, assise avec ses amies autour d'un feu crépitant, Sparky somnolant sur le tapis à leurs pieds. À l'extérieur, le vent de novembre hurlait, projetant la pluie comme des cailloux contre la fenêtre.

Et malgré tout, elle n'arrivait pas à oublier.

— Je suppose que cela a un lien avec notre nouvelle infirmière en chef ?

Florence Parker l'observa avec perspicacité pardessus les montures de ses lunettes.

— Allons ma chère, vaudrait mieux tout déballer. Qu'a-t-elle fait encore ?

Veronica pressa fermement ses lèvres ensemble dans un effort pour ne pas parler. Ce n'était pas son genre de râler et de se plaindre. Son père ne l'aurait jamais toléré. Même quand sa mère était morte en Inde et qu'elle était au loin au pensionnat, elle n'avait pas eu la permission de verser une seule larme.

« Il n'y aura pas de pleurs ou de gémissements devant les serviteurs », avait abruptement déclaré son père alors qu'ils suivaient le cortège funèbre sous le soleil torride de Bombay.

Mais il ne s'agissait pas de se plaindre par pur plaisir, décida-t-elle.

— Elle a éliminé le recueil de bains, dit-elle.

Un silence tomba. Veronica attendit une explosion d'indignation de la part des autres sœurs.

— Est-ce tout ? dit Florence en retournant à sa couture. Vraiment, Veronica, selon la manière dont vous parliez, je croyais que c'était quelque chose de véritablement sérieux.

— Mais *c'est* sérieux.

Veronica la fixa, incrédule. Comment ne pouvait-elle pas voir à quel point cela était sérieux ? Du plus loin qu'elle se souvienne, chaque service gardait un grand livre détaillé consignant le moment auquel chaque patient avait pris un bain. C'était une pierre angulaire des soins des services, précieusement conservée en de nombreuses années de tradition. La seule idée de s'en débarrasser était un sacrilège.

— Eh bien, je ne vois pas de mal à cela, reprit Florence. Je dois dire que je suis surprise que nous les ayons même encore. J'ai toujours pensé que c'était un système plutôt absurde et une grande perte de temps. Une sœur sait assurément si l'un de ses patients a pris un bain en trois jours. Il serait plutôt pitoyable si ce n'était pas le cas.

— Mais… mais…

La bouche de Veronica s'ouvrit et se ferma, mais aucun son n'en sortit. Pour quelqu'un qui avait reçu sa formation à l'hôpital d'enseignement de soins infirmiers St-Thomas que Florence Nightingale avait fondé et qui avait même rencontré mademoiselle Nightingale en personne, sœur Parker adoptait une attitude plutôt surprenante concernant les standards, décida-t-elle.

— Eh bien, je suis d'accord avec vous, Veronica. C'est une véritable honte, déclara Agatha Sutton, ses mentons tremblotant alors qu'elle se coupait une autre tranche de gâteau. C'est ainsi que nous avons toujours fait les choses ici, et mademoiselle Fox devrait respecter cela.

— Exactement.

Veronica hocha la tête en signe d'approbation, essayant de ne pas remarquer qu'Agatha semait des miettes partout sur leur couture.

— Il n'y a rien de mal avec le changement, Agatha. Si nous insistons pour continuer à faire les choses comme nous les avons toujours faites, alors nous amputerions encore les jambes des gens sans anesthésiant et percerions des trous dans leur tête pour laisser sortir leurs mauvaises humeurs, indiqua Florence Parker.

— Ce n'est pas du tout la même chose, s'exclama avec colère Agatha Sutton.

— Ah non ? Le monde change, que cela nous plaise ou non. Nous devons accepter les nouvelles méthodes ou être laissées derrière. Ce n'est pas tous les changements qui sont mauvais, vous savez.

— Eh bien, je n'en approuve aucun.

Veronica Hanley fixa son regard sur le manteau de la cheminée pendant que les sœurs se chamaillaient. Une pie empaillée emprisonnée sous un dôme de verre la regardait de ses yeux vitreux. Agatha se passionnait de bibelots. Chaque table et bahut semblait être bondés de décoration en porcelaine, de presse-papiers en verre, de chopes à forme de bonshommes, et une curieuse créature faite de coquilles polies où on lisait l'inscription « un cadeau d'Hastings ».

C'était trop sentimental à son goût. Elle n'avait pas le temps pour des babioles fantaisistes. En tant que fille d'officier de l'armée britannique, voyageant d'un continent à un autre, elle avait appris rapidement à ne pas trop s'attacher à quoi que ce soit.

— Je crois que cela ne peut mener qu'à la paresse, déclara Agatha.

— Je suis d'accord, dit fermement Veronica. Et je suis certaine que Mme Tremayne aura le même sentiment quand je lui en parlerai.

Florence Parker posa son ouvrage et la regarda vivement.

— Vous allez en parler à Mme Tremayne ?

— Pourquoi pas ? Elle fait partie du conseil d'administration. Elle doit savoir tout ce qui affecte la réputation de l'hôpital.

— Je suis d'accord, mais c'est assurément la responsabilité de l'infirmière en chef de lui en parler, pas la vôtre.

Deux grosses plaques colorées brûlèrent les joues de Veronica et pas seulement dues à la chaleur du feu. Ce n'était qu'un léger reproche, mais il fit mouche.

— Mme Tremayne voudrait savoir, insista-t-elle obstinément.

Constance Tremayne s'était confiée lorsqu'elle avait gracieusement invité mademoiselle Hanley à prendre le thé peu de temps après la nomination de mademoiselle Hanley.

— Je peux vous assurer, mademoiselle Hanley, si la décision m'avait appartenu, cela aurait été vous aux commandes, avait-elle dit, et elle avait versé le thé dans de délicates tasses en porcelaine.

Elle était tellement gracieuse et élégante, avec une ossature délicate comme une ballerine.

Elles s'étaient rencontrées la première fois quand Veronica Hanley était une jeune fille. Avant de commencer sa formation au Nightingale, elle avait passé deux années comme élève infirmière dans un petit hôpital d'Ipswich où Constance Tremayne était jeune infirmière-chef adjointe.

Pas que Mme Tremayne se souvienne d'elle. Veronica avait préféré ne pas mentionner leur précédente rencontre. Elle supposa que Constance n'aurait aucun intérêt à se souvenir de cette époque.

— Je crois bien que le Nightingale sera bon pour une aventure plutôt cahoteuse avec mademoiselle Fox, avait poursuivi Mme Tremayne. Mais j'espère que je peux compter sur vous pour aider à garder notre petit navire en eau calme. Et si vous découvrez quelque chose qui ne va pas, vous savez que vous pouvez toujours le porter à mon attention…

Veronica savait exactement ce qu'elle voulait dire. Elle n'approuvait pas l'espionnage ou aucun autre comportement sournois. Mais elle ne croyait pas qu'il y avait quoi que ce soit de sournois dans la demande de Constance Tremayne. Elle savait que le Nightingale signifiait autant pour Mme Tremayne que pour elle. Elle demandait ceci uniquement pour le bien de l'hôpital.

— Je ferai de mon mieux, Mme Tremayne, avait-elle promis solennellement.

Constance Tremayne avait doucement ri.

— Appelez-moi Constance, je vous en prie. Après tout, nous sommes amies.

Veronica avait été si flattée et troublée qu'elle avait fait déborder du thé dans la soucoupe. Elle avait voulu lui rappeler jusqu'où remontait leur rencontre, mais avait le sentiment que Mme Tremayne ne voulait pas le savoir.

— Tout à fait d'accord, dit Agatha en suçant le bout de son fil. Vraiment, Florence, je suis très surprise. Veronica comprend comment les choses doivent être faites. Elle a consacré sa vie au Nightingale. Nous ne voulons pas qu'une petite gamine arrive et gâche tout.

Elle plissa les yeux vers la lumière alors qu'elle essayait d'enfiler l'aiguille avec ses petits doigts boudinés.

— D'où vient-elle de toute façon ? Est-ce que quiconque sait quelque chose à son sujet ? Elle est irlandaise, n'est-ce pas ?

— Je crois qu'elle vient de quelque part dans le nord, dit Veronica. Le Lancashire, je crois.

— Eh bien, c'est aussi mauvais, dit Agatha Sutton. Elle ne sait pas comment nous faisons les choses ici. Tandis que Veronica…

Elle s'arrêta soudainement, jeta son ouvrage et se mit difficilement sur ses pieds. Veronica et Florence échangèrent des regards narquois alors qu'elle se traînait de l'autre côté de la pièce, Sparky sur ses talons, ouvrait la porte et criait :

— Vous ! Oui, vous ma fille. Est-ce que je viens de vous entendre courir ? Ne discutez pas avec moi, je fais confiance à ma propre ouïe plus qu'à vous. Non, je ne veux pas entendre vos piètres excuses. Elles ne m'intéressent pas. Si je vous prends à courir de nouveau, je vous envoie chez l'infirmière en chef. Et vous serez sans doute moins empressée de vous rendre à *son* bureau.

Elle claqua la porte, se pressa jusqu'à son fauteuil, s'y affaissa et reprit son ouvrage comme si rien n'était arrivé.

— Rien ne vous échappe, n'est-ce pas Agatha ? dit Florence Parker, amusée.

— Tout à fait. Il faut être très ferme avec ces filles. Dieu sait que certaines en ont besoin. Vous ne pouvez pas vous imaginer le manque de discipline quand elles arrivent ici. Certaines sont à peine mieux que sauvages. Cela me fait me questionner sur ce que leur mère ont fait durant toutes ces années.

Elle recommença à enfiler son aiguille, jusqu'à ce que Veronica la lui prenne.

— Je dois approuver, dit Florence. Il est très difficile de les faire se concentrer en classe. Il a fallu deux semaines pour faire cesser leurs bêtises. Et pour certaines, ce n'est pas encore terminé.

— Comment est le nouveau groupe ? demanda Veronica en tendant l'aiguille enfilée à Agatha.

— Un groupe plutôt mélangé, je crains. Certaines sont assez intelligentes, mais il y en a une ou deux qui me désespèrent.

— Laissez-moi deviner, Benedict ?

Agatha Sutton secoua la tête.

— Elle est tout simplement la fille la plus frivole que j'ai jamais rencontrée. J'aurais cru qu'elle serait retournée chez elle après avoir échoué la première fois à sa formation préliminaire. Après tout, ce n'est pas comme si cette fille avait besoin d'une carrière.

— Je dois dire que j'étais surprise de la voir revenir, acquiesça Florence. Peut-être a-t-elle plus d'esprit que nous lui accordons ? Elle essaie assurément très fort. Même si elle a tendance à manquer de concentration.

— Ce n'est pas ce que nous voulons dans les services, dit fermement Veronica.

— Je croyais que la mettre dans une chambre avec Tremayne la calmerait, mais on dirait que cela n'a pas fonctionné, dit Agatha.

Veronica sourit d'un air approbateur. Helen Tremayne serait une bonne influence pour n'importe qui. Sa mère devait être si fière d'elle.

— Je suis surprise que l'infirmière en chef lui ait laissé une seconde chance, dit-elle.

Florence lui lança un regard vif.

— J'ose espérer qu'elle a ses raisons.

— Je suis certaine que vous avez raison. Mais je dois dire qu'elle a pris des décisions assez étranges avec ce nouveau groupe, dit Veronica avant de faire une pause. Parlant de cela, comment se débrouille cette autre fille ? Celle avec les cheveux roux ?

— Vous voulez dire Doyle ? Elle est très brillante.

— Réellement ?

Ce n'était pas la réponse à laquelle Veronica s'attendait. Elle avait cru que Florence Parker aurait roulé des yeux et se serait désolée du mauvais jugement de l'infirmière en chef.

— Nous parlons bien de la même fille, n'est-ce pas ? La commune ? Plutôt ordinaire ?

Florence fronça les sourcils.

— Réellement, Veronica, on dirait que vous vous êtes fait une très piètre opinion d'elle. Mais je peux vous assurer, Doyle travaille très dur et démontre une grande habileté naturelle. J'irais même jusqu'à dire qu'elle est une infirmière-née.

Elle soupira.

— Malheureusement, peut-être qu'elle n'ira pas plus loin que la formation préliminaire.

— Pourquoi pas ?

— Elle n'a pas de livres. Elle donne toutes sortes d'excuses, mais il est évident qu'elle ne peut pas se permettre de les acheter. Je lui ai offert des livres d'occasion, j'ai même pensé lui procurer une sorte de bourse d'études, avec l'approbation de l'infirmière en chef, mais elle n'en veut pas. Elle refuse absolument tout ce qui s'approche de la charité. Elle a une fierté obstinée de l'East End qui, je crains, la mènera à sa perte.

— Je ne crois pas vraiment que les gens de l'East End ont quoi que ce soit à être fiers.

Les lèvres de Veronica remontèrent. Elle capta le regard réprobateur que Florence lui lança.

— C'est vrai, insista-t-elle. Vous savez aussi bien que moi comment ces gens vivent. Combien d'années avez-vous passé à laver des corps crasseux n'ayant jamais vu d'eau chaude, à raser, et à donner des bains de souffre à des enfants grouillant de poux, de gales et de teignes ? Sans parler de soigner des prostituées croulant sous des maladies vénériennes répugnantes.

— Si vous les détestez autant, je me demande pourquoi vous êtes restée ici si longtemps, fit Florence Parker, ses yeux sur son ouvrage. J'aurais pensé qu'une confortable maison de convalescence avec de beaux patients propres et des maladies respectables vous aurait mieux convenu.

Veronica sentit les minuscules yeux noirs d'Agatha pivoter vers elle.

— J'avais le sentiment qu'il était de mon devoir de rester ici, dit-elle avec raideur. Après tout, mademoiselle Nightingale a elle-même travaillé dur pour établir des standards d'excellence parmi la crasse et les difficultés.

La bouche de Florence s'incurva.

— J'espère que vous ne comparez pas le Nightingale avec l'hôpital de campagne de Scutari ?

Veronica rougit. Elle respectait Florence Parker, mais parfois trouvait qu'elle était plutôt malicieuse.

— Bien sûr que non, fit-elle. Je dis simplement que mademoiselle Nightingale ne s'est pas défilée de son devoir et moi non plus.

Mais c'était plus que le devoir qui la retenait à l'hôpital Nightingale. C'était la seule maison et la seule famille qu'elle connaissait depuis plus de 30 ans.

— De toute façon, si vous voulez mon avis, c'est une honte.

Agatha Sutton ramena le sujet vers Dora Doyle.

— La fille n'aurait jamais dû avoir le droit de venir ici en premier lieu si elle ne peut pas se le permettre.

— Je suis d'accord que cela semble plutôt cruel, lui offrir cette chance sachant qu'elle ne pourra pas aller jusqu'au bout, soupira Florence Parker.

Veronica Hanley baissa la tête et sourit à sa couture. Une autre idée ridicule de l'infirmière en chef, pensa-t-elle. Comme de se débarrasser du recueil de bains.

CHAPITRE 9

L'infirmière Tremayne était l'une des rares étudiantes que le brancardier en chef Edwin Hopkins approuvait. Il s'enorgueillissait de ses propres standards élevés, même si parfois son régiment bigarré de brancardiers n'était pas à la hauteur. Les vieilles habitudes ont la vie dure. Il avait été un officier d'ordonnance dans la 38e division d'infanterie durant la Grande Guerre et 16 ans plus tard, il ne se présentait jamais au travail sans être aussi élégant que pour une parade, ses chaussures bien polies, son uniforme brun repassé, sa moustache parfaitement taillée et ce qui restait de ses cheveux soigneusement lissés en place avec une généreuse portion de pommade Brylcreem.

Il aimait la propreté, l'ordre et la ponctualité, et l'infirmière Tremayne avait toutes ces qualités. Chaque matin, beau temps, mauvais temps, il la voyait traverser la cour vers son pavillon pour remettre une lettre à poster. Elle était réglée comme une horloge, alors qu'il prenait sa tasse de thé matinale en jetant un coup d'œil au *Daily Sketch*[1]. Et chaque matin, elle le saluait respectueusement.

— Bonjour, M. Hopkins.

— Bonjour, infirmière, répondait-il. Une autre lettre ? C'est adorable.

Puis, il regardait l'enveloppe pour vérifier le timbre et l'adresse. C'était toujours la même.

— Je parie qu'il y a bien des mères qui aimeraient avoir une fille comme vous, écrivant chaque jour. Je suis certain qu'elle en est reconnaissante.

Et l'infirmière Tremayne lui faisait toujours le même petit sourire triste.

— Je l'espère, M. Hopkins, disait elle.

Et ensuite, elle s'en allait, tête baissée, marchant d'un bon pas vers l'édifice des salles pour commencer sa journée.

L'infirmière Tremayne avait de bonnes manières. Elle était très posée et distinguée, et jamais un cheveu de travers, pas comme certaines qu'il voyait se précipiter dans la cour quand elles croyaient qu'elles ne seraient pas vues, épinglant leur coiffe et attachant leur col et leurs manchettes tout en marchant. Contrairement à la plupart d'entre elles, il n'avait jamais pris l'infirmière Tremayne à essayer de se faufiler devant son pavillon après l'extinction des feux ou escalader une fenêtre que quelqu'un avait laissée ouverte derrière la maison des infirmières. Pour autant qu'il le sache, elle n'avait même jamais demandé un laissez-passer de soirée. Et à vrai dire, selon son opinion, les filles qui se baladaient dans

1. N.d.T. : Journal britannique national en tabloïd.

les rues à cette heure du soir couraient après de sérieux ennuis.

Il avait attrapé un groupe de celles-ci la nuit précédente, évidemment éméchées, en train de glousser alors qu'elles essayaient de se faire la courte échelle jusqu'à la gouttière. Bien sûr, elles s'étaient toutes retrouvées devant l'infirmière en chef ce matin, mais cela aurait pu être bien pire. Dans l'état qu'elles étaient, elles auraient pu se briser le cou.

Mais pas l'infirmière Tremayne. Elle n'était pas le genre à se promener et à se mettre en état d'ivresse. Il doutait même qu'elle sache ce que c'était que de s'amuser. Elle portait toujours cette ride d'inquiétude entre les sourcils, les épaules voûtées comme si elle portait le poids du monde.

Pas étonnant qu'elle ne fasse pas tourner les têtes comme les autres étudiantes. Ses brancardiers traînaient souvent dans son pavillon simplement pour observer les infirmières passer et émettre des commentaires sur leurs préférées. Hopkins n'approuvait pas, mais certains de ces gamins de l'East End n'avaient pas appris à respecter les dames comme lui. Les infirmières plus coquines en ajoutaient même en se baladant, jetant des regards par-dessus leurs épaules pour leur faire les yeux doux.

Mais ils ne passaient jamais de commentaire sur l'infirmière Tremayne. La plupart d'entre eux ne semblaient même pas la remarquer lorsqu'elle passait, la tête baissée, sa grande cape enroulée autour d'elle.

M. Hopkins soupira. Comme il le disait souvent à Mme Hopkins, il n'approuvait pas la flânerie. Mais s'il y avait une fille qui en méritait un peu, c'était bien la pauvre infirmière Tremayne.

Helen se dirigeait vers la salle Holmes, le service chirurgical pour hommes, s'inquiétant de ce qu'elle venait de faire. Elle paniquait toujours après avoir posté une lettre à sa mère, au cas où elle aurait accidentellement laissé échapper quelque chose. Elle essayait d'être prudente, mais il était difficile d'avoir les idées claires quand elle était fatiguée après une longue journée dans les services.

Pas que ce qu'elle écrivait importa réellement. Que ce soient quelques lignes gribouillées ou plusieurs pages détaillant toutes les procédures médicales qu'elle venait d'apprendre et toutes les louanges qu'elle avait reçues dans son rapport de service pour son dur labeur, sa mère était tout de même amèrement déçue d'elle.

Helen avait 14 ans quand sa mère lui avait dit qu'elle serait infirmière. Il ne lui était pas venu à l'esprit de discuter. Sa mère choisissait sa coiffure, ses vêtements, ses amies et tout le reste, alors pourquoi son avenir serait-il différent ? Comme son père très bonasse, Helen avait compris tôt dans sa vie que sa mère n'aimait l'opinion de personne d'autre que la sienne et que la manière la plus rapide de faire cesser tout désagrément était de simplement renoncer immédiatement.

Et après avoir décidé que sa fille serait infirmière, Constance Tremayne n'aurait jamais considéré l'idée qu'elle fasse sa formation ailleurs qu'au Nightingale.

— Il a une excellente réputation, avait-elle dit. Et comme je fais partie du conseil d'administration, je pourrai te surveiller, avait-elle ajouté sévèrement.

— Mais si je ne suis pas acceptée ? avait demandé Helen.

Sa mère l'avait regardée comme si c'était la question la plus ridicule du monde.

— Bien sûr que tu seras acceptée, petite idiote, avait-elle dit. J'y viellerai.

Et c'est ce qu'elle avait fait. Helen était restée muette durant son entretien alors que sa mère avait fait toutes sortes de promesses en son nom, d'être bonne, honnête et intègre. Elle avait si bien chanté les louanges de sa fille qu'Helen ne s'était presque pas reconnue elle-même. Ce n'était certainement pas la même fille que sa mère critiquait tout le temps d'être paresseuse, négligée et marchant avec les épaules voûtées.

Son entretien s'était déroulé avant le départ de l'ancienne infirmière en chef, ce qui était aussi bien, car Helen soupçonnait que sa mère n'accordait pas beaucoup d'estime à la nouvelle. Elle avait été très en colère quand le reste du conseil d'administration n'avait pas tenu compte de son avis et avait nommé mademoiselle Fox. Helen n'était pas certaine que sa mère soit en mesure un jour de leur pardonner à eux ou à la nouvelle infirmière en chef.

Mais l'ancienne avait été taillée dans la même étoffe que Constance Tremayne. Ensemble, elles avaient secoué la tête et désapprouvé l'état épouvantable des jeunes filles de nos jours, et Constance Tremayne avait convaincu l'infirmière en chef que sa fille n'était pas du tout ainsi, qu'elle était une jeune femme honnête, très religieuse, qui allait à l'église tous les dimanches, travaillait dur à ses études et n'avait aucune vie sociale.

Quand l'entretien s'était terminé, l'infirmière en chef avait dit :

— Eh bien, Mme Tremayne, j'espère qu'Helen deviendra une infirmière aussi excellente que sa mère a de toute évidence été.

Et Constance Tremayne avait minaudé, s'était pavanée et l'avait remerciée pour son temps. Et ensuite, elle avait traîné Helen chez Bentalls[1] dans Kingston et l'avait équipée de robustes chaussures noires, d'une montre avec une trotteuse et d'une demi-douzaine de combinaisons horribles qu'elle avait insisté pour qu'Helen les porte même si leur seule vue la répugnait.

Elle ne croyait pas qu'elle serait un jour une aussi bonne infirmière que sa mère avait été. Constance Tremayne était une femme avec une telle énergie et une si grande intégrité, qu'en comparaison sa fille n'allait être qu'une déception.

De très loin vint le faible grondement du tonnerre. Helen leva les yeux vers le ciel gris, encore lourd et sombre de nuages. Il était près de 7 h un dimanche matin de novembre qui s'annonçait gris et humide.

Elle se demanda s'il pleuvait à Richmond et si quelqu'un allait s'aventurer à l'église pour le service de son père. Elle détestait penser qu'il travaillait si fort sur ses sermons et que personne n'était là pour les apprécier.

1. N.d.T. : Le Bentalls est un grand centre commercial haut de gamme de Londres dans le quartier Kingston.

— Helen, attends !

Elle jeta un coup d'œil par-dessus son épaule vers un jeune homme se précipitant vers elle, son sarrau blanc flottant derrière lui.

Elle étouffa un soupir d'irritation alors qu'il lui emboîtait le pas. Elle était grande, mais il la dépassait d'une demi-tête, dégingandé, ses cheveux noirs se dressant en des touffes désordonnées, défiant ses tentatives de les peigner.

— Je te cherchais, dit-il.

— Que veux-tu, William ?

Il parut blessé.

— Un gars ne peut pas montrer un intérêt pour sa sœur sans avoir d'arrière-pensée ?

— Pas dans ton cas.

De grosses gouttes de pluie se mirent à éclabousser le pavé. Helen accéléra le pas, mais William l'attira à l'abri sous les arbres au centre de la cour.

— Je ne peux pas rester ici, je vais être en retard, protesta-t-elle.

— Tu n'es pas attendue en salle avant encore 10 minutes.

— Nous ne sommes pas censées parler aux hommes.

— Je suis ton frère, je ne compte pas. Quoi qu'il en soit, je voulais te demander une faveur.

Quelques autres infirmières avaient aussi trouvé refuge sous les platanes. Helen prétendit ne pas remarquer quand son frère leur lança un regard appréciatif. Elle tapa du pied et leva les yeux vers le ciel. Encore quelques minutes, et elle courait le risque d'être en retard. Qu'est-ce que dirait sœur Holmes alors ?

William, pour sa part, ne semblait pas pressé de se rendre quelque part. Il se tenait là, en train de siffler, les mains dans les poches de son sarrau blanc, indifférent aux besoins de ses patients qui attendaient. Ainsi était la vie d'un interne principal, pensa Helen.

— Des nouvelles de mère ? demanda-t-il.

— J'ai reçu une lettre hier.

Il sourit.

— Laisse-moi deviner. Plusieurs pages d'une petite écriture, te mettant en garde contre tout, allant de fraterniser avec les étudiants en médecine et de ne pas porter tes combinaisons ?

— Ce n'est pas drôle. De toute façon, c'est toi qu'elle devrait avoir à l'œil, pas moi. Pourquoi est-ce que *tu* ne reçois jamais de lettre d'elle ?

— Je reçois des lettres d'elle. Tout le temps. Mais je n'y peux rien si je suis trop occupé à sauver des vies pour lui répondre, n'est-ce pas ?

Son expression de feinte innocence fit sourire Helene malgré elle. William savait comment s'y prendre. Il le savait en tout cas avec les infirmières qui lui souriaient entre les branches ruisselantes des platanes.

Il savait autant s'y prendre avec leur mère. Il la charmait et la flattait tellement que Constance Tremayne était aussi aveugle à la vraie nature de son fils qu'elle était méfiante à l'égard d'Helen.

— Et elle croit cela, n'est-ce pas ?

— Elle est très impressionnée par mon dévouement, dit William pieusement.

— J'aimerais être une aussi bonne menteuse que toi.

Helen se sentait même coupable quand elle disait la vérité à sa mère. Constance Tremayne avait une manière de la regarder qui donnait l'impression à Helen que sa tête était faite de verre et que sa mère voyait toutes ses pensées faisant en sorte qu'elle pouvait les sonder et les choisir.

Elle se tourna pour lui faire face.

— Alors quelle faveur veux-tu ? De l'argent ? Ou as-tu accidentellement tué un patient et tu as besoin d'aide pour le dissimuler ?

— Helen ! Je n'ai tué personne depuis des mois, et tu le sais.

Les yeux brun foncé encadrés d'épais cils scintillèrent.

— Mais maintenant que tu en parles, je suis plutôt fauché. Si tu me l'offres.

— Ce n'est pas le cas.

Elle jeta un coup d'œil sous les branches ruisselantes vers la pluie martelant le pavé et se demanda si elle pouvait y arriver en courant.

— Je t'en prie, Hels. Juste quelques pièces jusqu'au jour de la paie ? Je ne le demanderais pas, mais j'en ai grandement besoin. Tu sais que je reçois des clopinettes.

— Tu es payé plus que moi.

— Oui, eh bien, tu es tellement meilleure que moi pour gérer l'argent. Allez, Hels, la flatta-t-il. Je sais que tu as tout planqué dans un compte au bureau de poste quelque part. Enfin, ce n'est pas comme si tu allais quelque part pour le dépenser, n'est-ce pas ?

— Contrairement à toi.

William dépensait chaque pièce qu'il gagnait et encore plus.

— En fait, l'argent n'est pas pour moi. C'est pour Bessie. Je crains qu'elle soit très malade, ajouta-t-il en baissant la voix.

Helen soupira.

— Qu'est-ce que c'est cette fois ? Un joint qui a explosé ? Le pot d'échappement est tombé ? Honnêtement, Will, pourquoi ne te débarrasses-tu pas de cette misérable voiture ?

William parut abasourdi.

— Comment peux-tu dire ça ? Bessie signifie tout pour moi. Et je peux te dire qu'il y a encore beaucoup de vie dans la vieille fille.

— Si elle a une longue et joyeuse vie devant elle, cela ne lui fera aucun mal de rester hors de la route pour quelques semaines jusqu'à ce que tu sois payé, n'est-ce pas ?

— Ah, eh bien, oui. C'est possible, sauf que…

Il lissa une mèche de cheveux foncés, laquelle jaillit de nouveau.

— J'ai comme promis à quelqu'un une promenade sur la côte la fin de semaine prochaine.

Helen roula des yeux.

— Comment se fait-il que je savais qu'il y aurait une fille d'impliquée ?

— Ce n'est pas n'importe quelle fille. Cela fait des semaines que j'essaie de la convaincre de sortir avec moi. Je crois qu'elle pourrait être l'amour de ma vie, confia-t-il.

— Tu as dit cela au sujet de la précédente. Et celle d'avant.

— Je n'y peux rien si je donne mon cœur aisément, non ?

— Ce n'est pas *ton* cœur qui m'inquiète.

Elle regarda les deux infirmières qui souriaient toujours timidement à William. Elles se sentaient peut-être flattées, mais ce qu'elles ne savaient pas, c'est que William était aussi volage et facilement ennuyé qu'il était charmant. Il y avait de nombreuses victimes de son affection parmi les infirmières du Nightingale.

— Je suppose qu'elle sait dans quoi elle s'embarque ?

Helen soupira.

— Je ne suis pas si mauvais, Hels.

— Je sais exactement comment tu es. Tu es peut-être capable de duper mère et la moitié des infirmières de cet hôpital, mais tu ne peux pas me duper, tu te rappelles ?

Le sourire confiant de William diminua une fraction de seconde, et Helen sut qu'il pensait aux fois où elle l'avait sorti du pétrin par le passé. Il était difficile d'être fâché avec lui pendant longtemps, se dit-elle. Sous son charme, William avait bon cœur. C'était dommage qu'aucune fille n'eût encore réussi à l'atteindre.

Helen soupira.

— Je peux te passer deux livres. Mais je veux les ravoir.

— Tu vas les ravoir, sœurette, je te promets. Chaque penny. Avec intérêt.

Les yeux bruns de William étincelaient.

— Tu es la meilleure sœur qu'un gars peut avoir.

— Et toi, le pire frère !

Alors qu'il s'éloignait d'un pas leste, les mains enfoncées dans les poches de son sarrau blanc, elle l'appela.

— William ? Tu seras prudent, n'est-ce pas ?

Il lui sourit.

— Tu me connais, Hels.

« Oui, en effet, pensa-t-elle. C'est bien le problème. »

CHAPITRE 10

Helen avait été assignée à la salle Holmes, le service chirurgical pour hommes, pour les trois prochains mois de sa formation. Une autre étudiante de dernière année, Amy Hollins, avait été assignée avec elle. Helen avait espéré qu'en travaillant ensemble, elles pourraient devenir amies. Mais peu importe à quel point elle essayait d'être amicale, Amy la traitait avec la même méfiance que toutes les autres filles.

Elle était particulièrement de mauvaise humeur ce matin, car elle et d'autres filles de deuxième année avaient été prises par Hopkins, le brancardier en chef, en train de rentrer après avoir été célébrer l'anniversaire d'Ellis, et elles s'étaient toutes fait passer un savon par l'infirmière en chef.

— J'espère que tu n'as rien à voir avec ça ? siffla-t-elle à Helen alors qu'elles servaient le petit déjeuner aux patients.

— Pourquoi voudrais-je vous attirer des ennuis ? demanda Helen.

— Ce ne serait pas la première fois, n'est-ce pas ? Nous n'avons pas oublié ce que tu as fait à Peggy Gibson.

Helen soupira. Ce nom la hantait depuis plus d'une année.

— Peggy Gibson a été renvoyée à cause de sa propre erreur stupide…

— Laquelle tu t'es empressée de raconter à ta mère ! la rabroua Amy. Elle serait encore ici si tu ne l'avais pas trahie.

— Hollins ! Tremayne ! Cessez de bavarder et apportez ceci à M. Nicholls dans le lit cinq. Vous pour rez discuter de votre vie sociale pendant vos temps libres, leur dit sœur Holmes sur un ton brusque.

« Quelle vie sociale ? » se demanda Helen en ignorant le regard noir qu'Amy lui jeta alors qu'elle passait vivement avec un plateau. Elle n'était jamais incluse dans les plans des autres filles. Et même si cela avait été le cas, sa mère ne lui aurait jamais permis d'aller nulle part.

— Ta compagne est un vrai petit rayon de soleil ce matin, n'est-ce pas ? commenta M. Denton plus tard quand Helen arriva avec le chariot afin de panser sa jambe. Elle m'a presque lancé mon petit déjeuner, vraiment.

— Je suis désolée, M. Denton. Je crains que… hum… elle ait eu de mauvaises nouvelles.

Helen tira sur la cloison autour du lit. Ce n'était pas réellement un mensonge, puisque Amy et les autres avaient reçu comme punition l'annulation de leur congé.

— Tout de même, ce n'est pas une raison de s'en prendre à nous. Certains des pauvres vieux ici n'ont pas exactement une partie de plaisir, dit M. Denton. Prenez M. Bennett. Maintenant, il a réellement une raison pour se plaindre, qu'en pensez-vous, infirmière ? J'aimerais bien voir votre amie infirmière Hollins devoir endurer ses hémorroïdes pendant une semaine.

« Et moi donc ! » se dit Helen, la tête baissée, arrangeant les plats et les tampons sur son chariot afin que M. Denton ne la voie pas sourire à cette pensée.

Mais il la vit.

— Cela vous a fait rire, n'est-ce pas ? dit-il en souriant. Ne vous en faites pas, infirmière, je ne le dirai à personne. Je vois la manière dont elle vous traite aussi. Je ne sais pas pourquoi vous ne la rembarrez pas parfois. Je pense que vous avez la patience d'une sainte.

— Je ne sais pas, M. Denton. Maintenant, jetons un coup d'œil à cette jambe, d'accord ?

Helen enleva prudemment l'attelle et s'arma de courage pour examiner ce qui restait de la jambe de M. Denton. Il avait subi une amputation d'urgence la semaine précédente après s'être coincé dans la machinerie à la scierie où il travaillait. Il aurait dû se trouver au service orthopédique, mais il avait été transféré en chirurgie à cause d'un manque de lit.

Même après l'avoir vu tous les jours, découvrir le vilain moignon rouge causait encore un choc à Helen. Il parut lire sa pensée.

— Pas très joli, n'est-ce pas ?

Il sourit d'un air grave.

— Cela s'améliore. La plaie est propre et il n'y a pas de signe d'infection autour des points, dit vivement Helen. Et ce sera encore mieux après que je vous l'aurai nettoyée.

C'était une telle tragédie que cela arrive à un jeune homme, pensa-t-elle en nettoyant soigneusement la jambe avec du savon et de l'eau. Il n'avait que 23 ans, il était robuste et en forme. La vie pouvait être si cruelle parfois.

Même si ce n'était pas ainsi que M. Denton voyait les choses. Il était simplement reconnaissant d'être vivant.

— Alors, ça semble aller, infirmière ? demanda-t-il comme il le faisait toujours.

— Très bien, M. Denton. Ça guérit très bien.

— C'est entièrement grâce à vous, c'est sûr. Vous veillez bien sur moi, dit-il en l'observant tamponner doucement la plaie. Vous êtes un ange, vous savez ça ?

— C'est mon travail, M. Denton.

— J'aimerais que vous m'appeliez Charlie.

— Vous savez que ce n'est pas permis.

Helen avait terminé de nettoyer sa plaie et tendit la main vers la bouteille d'alcool méthylé.

— Maintenant, préparez-vous, M. Denton. Ça va peut-être piquer un peu.

— Piquer, dit-elle ! siffla-t-il entre les dents alors qu'Helen appliquait l'alcool. Oubliez que j'ai dit que vous étiez un ange, infirmière T. Vous êtes un démon, voilà ce que vous êtes !

Helen sourit. Il la maudissait chaque fois.

— Ne faites pas l'enfant, M. Denton. C'est pour votre propre bien.

— C'est vrai, je suppose.

Il la regarda appliquer de la poudre sur sa jambe pour la sécher.

— Quand croyez-vous que je serai sur pieds ?

— Vous allez devoir demander cela au médecin. Mais nous visons habituellement à vous faire faire des exercices dès que possible après que la plaie aura guéri, et vous aurez une prothèse temporaire après environ un mois, cita-t-elle du chapitre provenant du manuel médical qu'elle avait étudié la soirée précédente.

Elle n'avait pas encore travaillé en orthopédie, mais elle avait lu sur les amputations depuis que Charlie Denton était arrivé dans le service.

— Un mois ! grogna-t-il. Oh, eh bien, je suppose que ce n'est pas si long quand on y pense. Je suis mieux placé que ce pauvre type qui est arrivé hier soir.

Sœur Holmes leur avait parlé du blessé à la tête qui avait été admis d'urgence la nuit précédente. Un jeune homme, M. Oliver, était arrivé avec une fracture du crâne ouverte. Il avait passé la plus grande partie de la nuit en salle d'opération et il récupérait maintenant dans une chambre particulière tout au bout du service.

— Un accident de motocyclette sur la Mile End Road, d'après ce que j'ai entendu, dit Charlie Denton. Savez-vous comment il va ?

— Il va aussi bien qu'on pourrait espérer, répondit Helen.

Elle n'en savait pas grand-chose ; seules les infirmières adjointes étaient autorisées à s'occuper des patients dans cette section.

— Eh bien, j'espère qu'il va s'en tirer. Pauvre gars, je ne crois pas qu'il soit beaucoup plus âgé que moi. Ça montre bien qu'il faut profiter de chaque minute, parce qu'on ne sait jamais si c'est la dernière, n'est-ce pas ?

Il demeura silencieux pendant qu'Helen replaçait son attelle, perdue dans ses pensées. Mais quand elle eut terminé, il était de nouveau de bonne humeur.

— Quoi qu'il en soit, rien ne peut me contrarier aujourd'hui, dit-il joyeusement. C'est le jour des visites. Ma Sal vient me voir.

Helen avait beaucoup entendu parler de la Sal de Charlie Denton au cours de la semaine durant laquelle il avait été dans le service. Il parlait de sa fiancée toute la journée, chaque jour. Elle n'avait jamais vu un homme aussi épris.

— J'ai hâte que vous la rencontriez, infirmière, dit-il alors qu'Helen enlevait la cloison.

Quelques lits plus loin, Amy faisait la tournée des boissons, récitant la liste à M. Bennett.

— Nous avons du thé, du café, du chocolat chaud, du lait chaud, du lait froid, de l'Ovaltine..., débita-t-elle d'une voix ennuyée.

— Je vous le dis, j'ai été un homme chanceux le jour où elle a accepté de m'épouser, dit Charlie Denton.

— Je suis certaine que c'est une femme chanceuse aussi. Il semblait être un bon parti, selon Helen ; bien bâti et beau, avec des cheveux cuivrés et des yeux bleus chaleureux qui se plissaient quand il riait.

Son sourire faiblit.

— Je ne sais pas si elle se croit si chanceuse. Elle pense peut-être qu'elle fait une très mauvaise affaire, avec mon unique jambe et tout, dit-il en baissant les yeux vers sa jambe. Ce n'est pas à cela qu'elle s'attendait le jour où elle a dit qu'elle allait m'épouser, n'est-ce pas ?

— Ne dit-on pas pour le meilleur et pour le pire ? lui rappela Helen en arrangeant soigneusement ses couvertures et en les serrant autour de lui.

— J'espère que vous avez raison, infirmière.

Amy arriva au pied du lit voisin du sien. Il était occupé par M. Nicholls, un très vieux patient avec une hernie et qui était aussi très sourd.

— Que voulez-vous boire ? lui cria-t-elle.

— Qu'avez-vous ? cria-t-il en retour.

— La même chose qu'hier. Et le jour d'avant. Et celui d'avant, espèce de vieille bourrique, marmonna Amy.

Puis, elle se plaqua un sourire sur le visage et dit à voix haute :

— Nous avons du thé, du café, du chocolat chaud, du lait chaud, du lait froid, de l'Ovaltine…

— Pardon ?

— Thé, café, chocolat chaud, lait chaud…

— Pardon ?

— J'ai dit du lait chaud.

Le visage d'Amy devenait rouge au simple effort de crier.

— Avez-vous dit du Bovril ?

— Non, j'ai dit…

— Je prendrais un Bovril, chère, s'il te plaît.

M. Nicholls s'installa gaiement contre ses oreillers. Helen et Charlie échangèrent des regards amusés.

— Vous allez prendre un foutu thé et l'aimer.

Amy en versa dans une tasse et lui donna abruptement, puis s'avança vers Charlie Denton.

— Que voulez-vous boire ? demanda-t-elle.

— Qu'avez-vous ? fit-il.

Amy fit un brusque signe vers le lit voisin.

— Ne m'avez-vous pas entendu lui dire ?

— Désolé, infirmière. Je n'aime pas écouter les conversations des autres.

Helen fit de son mieux pour garder un visage impassible alors qu'Amy roula des yeux et reprit.

— Nous avons du thé, du café, du chocolat chaud, du lait chaud, du lait froid, de l'Ovaltine…

— Je ne crois pas avoir envie de rien, merci, infirmière.

— Alors, pourquoi m'avoir laissé énumérer la liste ?

— J'ai pensé que vous auriez quelque chose de différent.

— Eh bien, non. Et tu devrais te presser, Tremayne. Sœur Holmes dit que c'est presque le temps pour les prières du dimanche.

Amy leur lança un regard mauvais puis poursuivit son chemin.

— Cela ne lui ferait pas de mal de sourire un peu, non ? dit Charlie.

— Comme je vous ai dit, elle a eu une mauvaise nouvelle.

— Raison de plus. On se sent bien mieux ainsi, n'est-ce pas ? demanda-t-il en observant Helen et en réfléchissant. Comme vous. Vous souriez tout le temps. Même si je vois que vous n'en avez pas envie la plupart du temps.

— Je ne sais pas ce qui vous fait dire cela.

Troublée, Helen mit de l'ordre dans son chariot.

— Quoi qu'il en soit, l'infirmière Hollins a raison sur un point, je ne peux pas rester assise ici toute la journée. Je dois me presser si nous voulons que cette salle soit prête pour les visiteurs.

— Très juste, dit Charlie en souriant. J'ai besoin d'être lavé et d'avoir un coup de brosse si je veux voir ma Sal. Elle n'aime pas un homme à l'air débraillé. Je ne veux pas qu'elle croie que je ne peux pas prendre soin de moi, n'est-ce pas ?

Après avoir dit les prières du dimanche et chanté un hymne avec les patients, le reste de la matinée fut occupée à nettoyer le service, à changer les lits et à préparer les patients pour l'heure des visites. Dès 14 h, les visiteurs commencèrent à arriver. Des femmes, des petites amies, des mères, des pères, des amis, tous s'assemblèrent derrière les portes closes, leurs visages pressés avec impatience contre le verre, souriant et faisant des signes de la main à leurs êtres chers à l'intérieur du service. Sœur Holmes se trouvait de l'autre côté des portes, observant sa montre et ignorant les regards implorants des gens à l'extérieur.

— Encore trois minutes avant 14 h.

Elle balaya du regard le service, s'assurant que tout était comme il devait être et que tant la salle que les patients étaient prêts à recevoir les visiteurs.

Il le devrait, se dit Helen. Les planchers brillent, les fenêtres étincellent et les lits sont soigneusement faits, avec chaque drap plié à exactement 25 centimètres, grâce à sœur Holmes et son ruban à mesurer. Toute la salle sentait l'encaustique et le désinfectant. Les patients avaient tous été frottés et polis, prêts à l'inspection aussi. Ils étaient assis dans leur lit dans leur pyjama frais, leurs cheveux soigneusement peignés, attendant l'arrivée de leurs visiteurs.

S'ils arrivaient à entrer. Sœur Holmes était très fière de son service et était très pointilleuse sur qui entrait. Elle insistait pour inspecter chaque visiteur lorsqu'il entrait. S'il était trop négligé, avait une odeur d'alcool ou avait l'impression qu'il n'avait pas une assez bonne raison d'être là, elle le renvoyait.

— Maintenant, souvenez-vous, infirmières, les prévint-elle. Vous devez être vigilantes et sur vos gardes en tout temps. Pas plus de deux visiteurs par patient, et si vous voyez quiconque s'asseoir sur un lit, il doit être expulsé immédiatement.

L'horloge marqua 14 h. Avec une réticence évidente, sœur Holmes ouvrit les portes et se mit à émettre les cartes de visiteur. Chaque patient avait deux cartes, si plus de deux visiteurs avaient l'audace de se présenter, un devait attendre à l'extérieur jusqu'à ce que l'autre sorte et lui remette sa carte, comme une course à relais. Helen savait que des bagarres s'étaient produites dans le couloir quand un être cher avait l'impression qu'un autre avait excédé son temps.

Il y avait aussi des infirmières stratégiquement placées dans la salle afin d'espionner les patients et de faire en sorte que les règles soient suivies. Elles devaient aussi faire particulièrement attention pour toute nourriture apportée. Les fruits et les sucreries étaient permis, à moins que la diète d'un patient l'interdise, et il était incroyable de voir combien d'amis et de parents au cœur tendre tentaient tout de même d'en apporter, pensant qu'ils leur faisaient une gentillesse, mais toute autre nourriture devait immédiatement être apportée à la cuisine du service. Sinon, elle allait pourrir, et Helen avait déjà suffisamment frotté de moisissures des casiers de patients pour désirer que cela se reproduise.

On lui avait dit de se poster près du placard à linge. Alors qu'elle traversait la salle, Charlie l'appela.

— Infirmière ! Désolé de vous déranger, mais pourriez-vous me rendre un service ?

— Qu'y a-t-il, M. Denton ?

Helen s'approcha, espérant qu'il ne demanderait pas une bouteille ou un bassin hygiénique. Sœur Holmes interdisait expressément qu'aucun ne soit donné pendant la période de deux heures des visites, car cela faisait paraître la salle en désordre. Les pauvres patients qui manquaient son délai strict devaient se retenir et croiser les doigts.

— Pourriez-vous m'aider à arranger ces couvertures, s'il vous plaît ? J'aimerais qu'elle dissimule, vous savez, que cela soit moins évident. Pourriez-vous faire cela ?

Il la regarda d'un air implorant.

— Bien sûr.

Helen disposa soigneusement les couvertures autour de lui afin de camoufler sa jambe manquante.

— Merci, infirmière. Je ne veux pas effrayer ma Sal lors de sa première visite, n'est-ce pas ? demanda-t-il avec un grand sourire. Je dois lui laisser une chance de se faire à l'idée.

— C'est très attentionné de votre part, M. Denton.

— Elle n'est pas encore là, dit-il en regardant les portes. Elle voulait venir avec ma mère. Je suppose que leur bus est encore en retard.

— Je suppose.

Alors qu'elle comptait et recomptait les draps du placard, Helen surveilla Charlie Denton. Une fois ou deux, elle le vit se redresser quand une femme franchissait les portes au bout de la salle, pour s'affaler de nouveau quand elle se dirigeait vers le lit de quelqu'un d'autre. Helen se prit à observer les portes elle aussi.

Après une demi-heure, elle était sur le point d'aller lui demander s'il voulait une tasse de thé. Quand une grande et belle femme d'âge mûr entra dans la salle. D'après ses joues rougeaudes et les cheveux blond-roux sortant de sous son chapeau, Helen supposa qu'il s'agissait de la mère de M. Denton.

— Charlie chéri !

Sa voix résonna. Sœur Holmes leva les yeux de son bureau, son regard se plissa et transperça la femme qui avait osé déranger la quiétude de sa salle. Même durant l'heure des visites, elle était aussi silencieuse qu'une bibliothèque.

Helen l'observa tirer une chaise au chevet de son fils et commencer à vider ses sacs bourrés de provisions. Des magazines, une boîte de caramel, un sac de raisins, de pommes et de bananes furent empilés dans le casier près du lit de Charlie. Mais quand elle sortit une bouteille de bière, sœur Holmes fondit sur elle.

Helen était en train de regarder l'altercation qui suivit quand Amy apparut de l'autre côté du placard à linge.

— La sœur veut que tu fasses le service du thé.

— Mais elle m'a dit de rester ici et de surveiller tout le monde.

— Eh bien, elle a changé d'idée, n'est-ce pas ? dit Amy méchamment. Quoi qu'il en soit, j'ai déjà fait le foutu service ce matin, alors tu peux avoir ce plaisir maintenant.

À contrecœur, Helen se dirigea à la cuisine pour faire bouillir l'eau et préparer le thé. Elle le fit beaucoup plus rapidement qu'habituellement, se brûlant presque lorsqu'elle versa l'eau bouillante dans le pot dans son empressement à retourner dans la salle.

Servir du thé aux visiteurs était une nouvelle idée de l'infirmière en chef. Habituellement, sœur Holmes aurait résisté à tout ce qui impliquait qu'ils se sentent ne serait-ce qu'un peu appréciés. Mais l'infirmière en chef leur avait permis de demander aux visiteurs quelques pennies par tasse qui serviraient à ramasser des fonds pour les décorations et les cadeaux de Noël.

Alors qu'elle déambulait avec sa desserte de lit en lit, servant le thé aux patients et à leurs visiteurs et ramassant l'argent dans une boîte, Helen essayait de jeter des coups d'œil au bout de la salle vers Charlie Denton. Lui et sa mère étaient dans une sérieuse conversation.

— Vous ne m'avez pas rendu assez de monnaie, se plaignit une voix, la ramenant dans le présent.

— Pardon ?

Helen regarda confusément autour d'elle. Il se trouvait une femme la main tendue. Dans sa paume se trouvaient deux gros pennies de cuivre.

— Vous m'avez donné deux pence, répéta-t-elle. Je vous ai donné six pence. Vous me devez trois pence.

— Oh, désolée.

Helen fouilla distraitement dans la boîte et en prit trois pence et les lui tendit.

— Qu'est-ce qui se passe ? Ne me dites pas que Tremayne fait une erreur ?

Amy la rejoignit, souriant méchamment.

— Que t'arrive-t-il aujourd'hui ?

Enfin Helen arriva au lit de Charlie Denton.

— Infirmière T. !

Il lui sourit, mais ses yeux bleus avaient perdu un peu de leur éclat.

— Maman, voici l'infirmière dont je te parlais. Celle qui a pris soin de moi.

— Je suis heureuse de vous rencontrer.

Mme Denton coinça la main d'Helen dans une poigne de fer. Ses mains étaient aussi grosses et rugueuses que celles d'un homme.

— Je ne peux vous dire à quel point je suis reconnaissante que vous ayez pris soin de mon Charlie. Quand il a eu cet accident, j'ai réellement cru que j'avais perdu mon petit garçon…

Elle lâcha la main d'Helen et fouilla dans la poche de son manteau pour un mouchoir.

— Arrête, maman ! On va se moquer de moi.

Il roula des yeux en regardant Helen.

— Est-ce que votre mère vous embarrasse ainsi ?

« Vous n'avez pas idée », pensa Helen.

— Aimeriez-vous une tasse de thé, Mme Denton ? offrit-elle de manière apaisante.

La cloche annonçant la fin des visites sonna quelques minutes plus tard et les visiteurs partirent.

Helen n'eut pas la chance de parler à Charlie avant l'heure de servir le repas du soir aux patients.

Elle s'arrangea pour servir Charlie. Elle s'inquiétait pour lui. Depuis que sa mère était partie, il avait feuilleté mollement ses magazines et n'avait pas dit un mot à aucun autre patient.

Elle se demanda si elle devait parler de sa fiancée. Mais dès qu'elle posa son plat de poisson bouilli et de purée de pommes de terre devant lui, il déclara :

— Sally a décidé de ne pas venir. J'imagine qu'elle ne peut simplement pas me voir dans une telle douleur.

— Oh. Je suis désolée.

— Je ne la blâme pas. Je serais pareil si c'était elle dans ce lit d'hôpital, dit-il, ses yeux se voilant. Elle a tellement le cœur tendre, ma Sal. Elle s'en fait trop, vous voyez ce que je veux dire ?

Helen savait qu'il était mal de juger. « Ne jugez point, afin que vous ne soyez point jugés », lisait-on dans la Bible. Mais elle ne put s'empêcher de penser que si son fiancé venait de survivre à un accident presque fatal, rien n'aurait pu l'empêcher de venir à son chevet.

CHAPITRE 11

Après avoir travaillé aux côtés de médecins en chef pendant plus de 20 ans, Kathleen Fox était habituée aux gens qui se prenaient pour Dieu.

Mais elle n'avait jamais rencontré quelqu'un d'aussi convaincu de son omnipotence que Constance Tremayne.

Elle rappelait à Kathleen une image qu'elle avait vue dans un livre pour enfants des premiers pèlerins à avoir traversé l'Atlantique sur le *Mayflower*. Elle bruissait de vertu de son chignon fermement enroulé à ses chaussures fonctionnelles.

Il était 11 h et Kathleen aurait dû être en train de faire ses tournées ou de vérifier le roulement des nouvelles responsabilités ou, que Dieu l'en garde, de s'occuper réellement de problèmes médicaux. Mais à la place, elle était demeurée assise à la réunion du conseil d'administration depuis près de deux heures, se justifiant à cette femme pour chaque minuscule détail sur la manière dont elle choisissait de gérer son hôpital.

Premièrement, cela avait porté sur une interminable discussion concernant l'abolition du recueil des bains. Et maintenant, ils discutaient, comble de tout, de Noël.

Chaque Noël, le Nightingale tenait un petit concert pour le personnel et les patients. Ensuite, le personnel novice était invité à un petit repas dansant dans la salle à manger, financé par le conseil d'administration en gratitude pour leur dur labeur tout au long de l'année.

Kathleen avait présumé que tout le monde convenait que c'était une bonne idée. Jusqu'à ce qu'elle voie les lèvres pincées de Mme Tremayne.

— Comme vous le savez tous, mon opinion depuis quelques années maintenant est que la tradition de la danse de Noël devrait cesser.

Un faible grognement circula autour de la table, mais Constance Tremayne poursuivit malgré tout.

— Je trouve inconvenant que le conseil d'administration dépense l'argent qui lui a été confié afin de prendre soin des patients pour financer une distraction pour le personnel !

— Pour l'amour de Dieu, nous ne parlons pas d'engager Billy Cotton !

Kathleen ne s'était pas aperçue qu'elle avait parlé à voix haute jusqu'à ce qu'elle voie l'expression de surprise sur le visage des autres membres du conseil.

Mme Tremayne lui fit face de l'autre côté de la table, la lueur de la bataille étincelant dans ses yeux.

— Je vous demande pardon, infirmière en chef ? Avez-vous dit quelque chose ?

Kathleen jeta un coup d'œil autour de la table. Philip Enright, président du conseil d'administration, lui envoya un sourire de sympathie. Il était à la tête du conseil municipal et un homme d'affaires prospère possédant une chaîne de magasins de tissus à son nom. Mais face à Mme Tremayne et son idée fixe, même lui ne pouvait rien faire de plus que de hausser les épaules.

Les autres membres du conseil n'étaient pas d'une grande aide non plus. Reginald Collins avait la tête baissée, faisant activement semblant d'additionner une liste de nombres. C'était un comptable beaucoup trop timide pour défier la redoutable Mme Tremayne. Lady Fenella Brake, la femme d'un vieil aristocrate, était trop sourde et trop gâteuse pour savoir ce qui se passait. Et Gerald Munroe, le député local, n'était guère attentif durant les réunions, à moins qu'il y ait une chance que son nom ou son visage paraisse dans le journal.

La seule personne qui était attentive était le médecin en chef principal, James Cooper. Il croisa les yeux de Kathleen et lui fit un signe de tête de soutien, l'encourageant silencieusement à poursuivre.

— Je suis d'accord avec vous, Mme Tremayne, les soins aux patients passent en premier, commença-t-elle. Mais les patients de l'hôpital Nightingale sont très bien soignés, contrairement à plusieurs membres du personnel. Nos infirmières, en particulier, travaillent des heures extrêmement longues, souvent dans des conditions exigeantes. Il ne ferait assurément aucun mal de les récompenser avec un petit divertissement à la période de Noël.

— Un peu d'esprit festif, quoi ! ajouta Gerald Munroe.

Mme Tremayne le réduisit au silence d'un regard méprisant.

— Infirmière en chef, puis-je vous rappeler que nous dirigeons un hôpital et non le Ritz ? Oui, peut-être que les infirmières doivent parfois endurer des difficultés, concéda-t-elle, mais ce n'est pas une mauvaise chose selon mon opinion. Elles doivent aussi se souvenir qu'elles reçoivent l'une des meilleures formations en soins infirmiers du pays et elles doivent en être reconnaissantes. Une bonne infirmière devrait être suffisamment dédiée sans avoir le besoin d'être récompensée par un divertissement.

Elle joua avec sa croix en or autour de son cou, son unique parure sur son ensemble fauve sobre.

— Quand j'étais en formation…

— Mes infirmières sont dévouées, la coupa Kathleen avant qu'elle commence une autre histoire interminable sur le bon vieux temps.

Elle ressentit des fourmillements d'agacement dans sa colonne.

— Mais ce sont aussi de jeunes femmes. La plupart d'entre elles vont passer Noël à travailler dans les services, loin de leurs êtres chers. Votre propre fille entre autres, dois-je dire.

Les pommettes proéminentes de Mme Tremayne rosirent.

— Et je suis certaine que ma fille sera plus qu'heureuse d'accomplir son devoir, dit-elle avec raideur.

Kathleen capta une lueur d'amusement dans les yeux de James Cooper.

— J'ose dire que oui, Mme Tremayne. Tout comme nos autres infirmières, acquiesça-t-elle patiemment. Mais c'est exactement ce que je veux dire. Alors que vous vous assiérez pour jouir de votre repas de Noël, elles seront debout durant 14 heures, changeant joyeusement des lits, nettoyant des récipients remplis de crachats et allant chercher des bassins hygiéniques ou essayant d'apporter un peu de réconfort à une femme mourante qui sait qu'elle ne passera jamais plus un autre Noël avec ses enfants. Peut-être aimeriez-vous leur expliquer pourquoi vous pensez qu'elles ne méritent pas une petite distraction ?

— Bien dit, marmonna James Cooper.

— Tout à fait, approuva Gerald Munroe. Et pour ma part, j'aime bien la danse de Noël. C'est une chance de voir toutes les jeunes filles vêtues de leurs plus beaux atours. Certaines sont de très jolies filles, je dois dire.

Il jeta un regard autour de la table. Tout le monde l'observa sans ajouter de commentaires.

— Devrions-nous passer au vote ? suggéra Philip Enright avec une pointe de désespoir.

Finalement, Mme Tremayne fut vaincue. Seule Lady Fenella vota de son côté, même si Kathleen soupçonna qu'elle ne comprenait pas tout à fait de quoi il s'agissait.

— Quelqu'un n'aura pas de carte de Noël de la part de Mme Tremayne, observa James Cooper quand la réunion se termina enfin et qu'ils retournaient vers les services.

— Je crois être en mesure de contenir ma déception, dit Kathleen tristement. J'aimerais réellement savoir pourquoi elle me déteste tant, soupira-t-elle.

Les sourcils de James Cooper s'élevèrent.

— J'aurais pensé que c'était évident. Vous lui tenez tête, contrairement à nous tous. Vous devez vous souvenir que Mme T. a l'habitude d'arriver à ses fins lors de ses réunions. Elle n'a certainement pas l'habitude que quelqu'un mène une rébellion contre elle.

— Je ne souhaite pas mener aucune sorte de rébellion, dit Kathleen. Je croyais que nous étions tous censés être du même côté ?

— Seulement si ce côté se trouve être celui de Mme Tremayne.

Kathleen massa les muscles tendus de sa nuque.

— Au moins, elle n'a pas eu ce qu'elle désirait en ce qui concerne la danse de Noël. Je suis très heureuse de cela. Ceci étant dit, je crois que c'est une excellente manière d'améliorer les relations entre les membres du personnel.

— Je crois que c'est la partie « relation » qui l'inquiète.

M. Cooper sourit en lui ouvrant la porte. L'expression « un beau brun ténébreux » aurait pu être inventée en pensant à lui, décida-t-elle.

— Mme Tremayne se targue d'être la gardienne morale de l'hôpital, ne l'oubliez pas. Elle désapprouve profondément tout ce qui encourage la fraternisation entre les membres masculins et les membres féminins du personnel. Elle croit que tous les médecins sont des bêtes sexuelles en sarrau blanc. Et les infirmières ne sont guère mieux.

— Si les médecins et les infirmières s'apprêtent à fraterniser, je préférerais de loin que cela se passe sous l'œil vigilant des cadres supérieurs plutôt que caché dans le sous-sol près de la chaufferie !

— Près de la chaufferie, hein ? M. Cooper parut amusé. J'espère que ceci n'est pas la voix de l'expérience, infirmière en chef ?

— Ça, c'est mon secret, M. Cooper.

— Je suis profondément choqué.

Ses yeux étaient extraordinaires, pensa-t-elle. D'un bleu saphir clair, bordés de très longs cils épais foncés. Elle pouvait imaginer qu'ils avaient un effet dévastateur sur ses patientes.

Ils atteignirent l'autre côté de la cour et M. Cooper se tourna vers elle.

— C'est ici que je dois vous quitter. Je suis attendu en salle d'opération, et grâce à Mme Tremayne, je suis déjà en retard de deux hystérectomies.

— Et je suis en retard pour ma tournée.

— J'espère que vous veillerez à ce que tous les patients prennent leur bain, puisque vous avez obstinément éliminé toutes les traces écrites.

— Je vous en prie.

Kathleen secoua la tête. Mme Tremayne n'aurait pas pu être plus choquée si elle avait annoncé qu'elle éliminait tous les lits. Kathleen n'était pas certaine de la manière dont elle l'avait appris, mais elle soupçonnait que mademoiselle Hanley y était pour quelque chose. Elle avait déjà clairement établi où se trouvait sa loyauté.

Kathleen essaya d'oublier tout le déplaisir de la réunion en se dirigeant pour faire sa tournée. Elle savait que les membres du personnel infirmier craignaient ses visites, mais elle aimait rencontrer les patients et se rassurer qu'ils étaient soignés convenablement. Elle essayait de ne pas être trop dure avec les infirmières épuisées. Contrairement à l'ancienne infirmière en chef, laquelle ne dédaignait pas tirer du lit de pauvres patients afin de soulever le matelas et inspecter le sommier à la recherche de poussière, avait-elle entendu dire.

Alors qu'elle parcourait le dédale des couloirs, elle entendait une vague de murmures et de pas rapides la devançant. Elle savait que chaque service appelait les autres pour les aviser de son arrivée imminente. Malgré tout, elle parvenait habituellement à en surprendre quelques-unes et cela l'amusait de les voir s'agiter comme des oiseaux surpris quand elle apparaissait dans l'embrasure de la porte. Une fois, elle avait trouvé sœur Wren en train de se détendre dans son salon et lisant un roman d'amour illustré.

L'infirmière en chef commença par la salle Blake, le service orthopédique pour hommes. C'était habituellement un service joyeux, rempli de patients de bonne humeur, plus las d'être allongés que gravement malades. La sœur qui dirigeait la salle Blake, Frannie Wallace, était une vieille amie. Elles avaient travaillé ensemble à Leeds, et c'était Frannie qui lui avait écrit afin de l'inciter à postuler pour le poste d'infirmière en chef au Nightingale. Elle était l'un des rares visages amicaux à accueillir Kathleen dans son service.

Mais quand elle entra dans la salle Blake ce jour-là, Frannie n'était nulle part en vue. Il n'y avait pas non plus une rangée d'infirmières l'attendant, mis à part une infirmière à l'essai parcourant en hâte la salle avec un bassin hygiénique. Quand elle vit l'infirmière en chef, elle couina de terreur et s'enfuit abruptement. Kathleen l'observa plonger à travers une cloison séparant l'un des lits, puis la vit apparaître un instant plus tard suivie de Frannie et de son adjointe, une Irlandaise du nom de Bridget O'Hara.

Frannie sourit quand elle vit Kathleen.

— Infirmière en chef, quelle agréable surprise. Que puis-je faire pour vous ?

— Je fais ma tournée, sœur Blake.

Kathleen se souvint de s'adresser à elle par le bon nom. Les sœurs prenaient toujours le nom du service qu'elles dirigeaient.

— Je suis désolée d'être en retard. Je participais à une réunion qui a duré assez longtemps.

— Mais je croyais..., commença O'Hara avant que Frannie la fasse taire en la regardant.

Kathleen jeta un bref coup d'œil vers elle et l'étudiante, laquelle fixait ses chaussures noires et semblait sur le point de pleurer.

— Est-ce que quelque chose ne va pas ? demanda-t-elle.

— Non, infirmière en chef, tout va bien, dit doucement Frannie. Les patients sont prêts à vous recevoir, si vous voulez me suivre.

Mais Kathleen avait un sentiment désagréable en suivant Frannie vers le premier lit. Alors qu'elle discutait avec un patient âgé de sa hanche douloureuse, elle entendit l'étudiante chuchoter à l'infirmière-chef adjointe O'Hara derrière elle.

— Mais je ne comprends pas. Mademoiselle Hanley...

— Tais-toi ! lui lança en sifflant O'Hara. Rends-toi au lit quatre et prie Dieu que le lavement n'ait pas encore fait effet !

Kathleen la vit s'éloigner rapidement.

— Y a-t-il quelque chose que vous ne me dites pas ? siffla-t-elle à Frannie du coin des lèvres alors qu'elles se dirigeaient ensemble vers le prochain lit.

— Mademoiselle Hanley est venue faire votre tournée plus tôt. Elle a dit que vous lui aviez demandé de la faire.

Frannie s'arrêta au pied du lit suivant.

— Voici M. Fletcher, qui devrait réellement être au lit, annonça-t-elle, lançant un faux regard sévère à l'homme assis sur la chaise près de son lit en train de lire son journal.

— Mais sœur, je suis beaucoup mieux ici, protesta-t-il.

— C'est peut-être le cas, mais vous n'aidez pas votre arthrite à long terme.

Frannie retapa ses oreillers, le coton raide amidonné craquant sous ses mains.

— Infirmière O'Hara, veillez à ce que M. Fletcher se remette au lit. Après qu'il aura terminé son journal, ajouta-t-elle avec un petit sourire dans la direction de M. Fletcher.

— Merci, sœur, dit avec gratitude M. Fletcher. Vous êtes gentille.

— Allons, M. Fletcher. Je ne veux pas que d'aussi vilaines rumeurs se rendent aux autres patients.

Alors qu'elle s'éloignait du lit, elle dit à Kathleen :

— Je ne le blâme pas. Cela doit être très douloureux de demeurer allongé dans sa condition.

— Oui, tout à fait.

Mais Kathleen entendit à peine ce que disait Frannie à cause de la colère bourdonnant dans sa tête.

Comment mademoiselle Hanley avait-elle osé faire les tournées à sa place ! Pas étonnant que les infirmières aient été si déconcertées de la voir. Maintenant, elle leur faisait perdre leur temps en les forçant à l'accompagner dans le service de nouveau. C'était soit cela ou alors admettre qu'elle avait commis une erreur et la faire paraître ridicule.

L'une ou l'autre des options faisait bouillir son sang.

Frannie avait dû remarquer qu'elle fulminait en silence. Quand sa tournée fut terminée, elle dit doucement :

— Je me demandais, infirmière en chef, si vous pourriez m'accorder un moment en privé. J'aimerais discuter avec vous d'un sujet.

— Bien sûr.

Kathleen la suivit dans son salon, un petit espace confortable juste à l'extérieur de la salle. Elle attendit que Frannie eût fermé la porte, puis elle s'écroula dans l'un des fauteuils qui encadraient le foyer.

— Aimerais-tu un peu de brandy ? Je le garde sous verrou dans la cuisine pour les urgences.

Ses yeux foncés étaient emplis de gaieté, comme d'habitude.

— À bien y penser, peut-être que du thé serait un meilleur choix.

Elle appela la domestique du service et demanda qu'elle apporte un plateau. Puis, elle s'assit dans le fauteuil opposé à celui de Kathleen.

— Je vois que tu ne savais pas que mademoiselle Hanley avait fait tes tournées ?

— Effectivement ! répliqua Kathleen. Cette femme est vraiment exaspérante.

— Peut-être essayait-elle d'être serviable ? suggéra Frannie.

Kathleen lui jeta un regard noir.

— Tu ne crois pas cela, n'est-ce pas ?

— Je suppose que non, concéda Frannie. Mademoiselle Hanley n'a pas été exactement serviable envers toi jusqu'à maintenant, je dois l'admettre.

Un petit cognement à la porte annonça l'arrivée de la domestique du service, et elle entra avec un plateau. Elles attendirent qu'elle soit partie avant que Kathleen poursuive.

— Je peux endurer qu'elle soit moins que serviable. Mais ce sont les tentatives délibérées pour me nuire que je ne peux endurer. Ça et ses plaintes constantes à Mme Tremayne.

— Ah, oui. Mme Tremayne.

Frannie leur versa chacune une tasse de thé.

— Elles semblent être comme les deux doigts de la main en ce moment.

— Je suis certaine qu'elle a demandé à mademoiselle Hanley de m'espionner, dit Kathleen. Elle savait déjà tout à propos de mon abolition du recueil des bains. Cela n'a pu venir que de mademoiselle Hanley.

— Es-tu certaine de ça ?

Frannie sirota son thé.

— Je crois que Mme Tremayne serait bien capable d'avoir des espions partout dans l'hôpital. N'importe quelle sœur peut lui en avoir parlé.

— Eh bien, c'est simplement merveilleux, n'est-ce pas ?

La tasse de porcelaine de Kathleen tinta dans sa soucoupe quand elle la déposa.

— Alors, tu dis que j'ai des ennemies partout ?

— Pas des ennemies, Kath.

La voix de Frannie était apaisante comme si elle s'adressait à un patient.

— Mais tu es la responsable, et ce n'est pas tout le monde qui va approuver toutes tes décisions.

— Peut-être ne devrais-je pas vouloir faire de changements ? dit sombrement Kathleen. Peut-être devrais-je laisser cet endroit aller comme il a toujours été. Cela plairait à tout le monde, incluant Mme Tremayne.

— Mais cela ne te plairait pas à toi, n'est-ce pas ? Et cela ne servirait pas l'endroit non plus.

Frannie soupira avec impatience.

— Pour l'amour de Dieu, Kath, pourquoi crois-tu que je t'ai convaincue de postuler pour cet emploi ?

Kathleen sourit faiblement.

— Parce que tu contiens ta rancune envers moi depuis longtemps ?

— Parce que je savais que tu pouvais faire une différence. Dieu sait que le Nightingale a besoin d'être secoué, même si personne ne voudra jamais l'admettre. Et tu es la seule à pouvoir le faire.

— Vraiment ?

Kathleen laissa son regard dériver vers la fenêtre. Une infirmière se pressait, une main plaquée sur sa coiffe afin de l'empêcher de s'envoler.

— Je ne suis plus aussi certaine maintenant.

— Cesse d'être aussi pleurnicharde. Cela ne te va pas.

Quiconque à l'extérieur de la salle aurait été complètement choqué d'entendre une sœur s'adresser ainsi à l'infirmière en chef d'une manière aussi acerbe et irrespectueuse. Mais Frannie était l'une des plus vieilles amies de Kathleen.

Frannie remplit de nouveau sa tasse et l'agita pensivement.

— Te souviens-tu de l'infirmière en chef à Leeds ? dit-elle après un moment.

— Tu veux dire le Monstre ? dit Kathleen en frémissant. Elle était complètement terrifiante, n'est-ce pas ? J'espère ne jamais devenir comme elle.

— Mais c'est ça le problème. Tu dois l'être. Que crois-tu qu'elle aurait fait si elle avait découvert que mademoiselle Hanley avait fait les tournées à sa place ?

— Elle l'aurait probablement réduite en poussière.

— Elle aurait fait en sorte qu'elle ne recommence plus, c'est certain. Et c'est ce que tu dois faire, Kath. Montre-leur à tous qui est la patronne. Y compris à Constance Tremayne.

Kathleen fixa sa tasse vide. Ce n'était pas aussi simple, pensa-t-elle. Le Monstre avait été si vieille et sage. Parfois, quand Kathleen voyait les visages remplis d'espoir des infirmières tournés vers elle pour des conseils, elle avait l'impression de ne pas en savoir plus qu'elles.

— J'ai peur, Fran, dit-elle.

— Je le sais, ma belle. Mais il ne faut pas que quiconque le voie.

Frannie lui sourit chaleureusement et remplit sa tasse.

— Que cela te plaise ou non, c'est toi le Monstre maintenant.

Kathleen retourna à son bureau 10 minutes plus tard et trouva mademoiselle Hanley assise à sa table de travail en train de parcourir des documents.

— Vous avez trouvé quelque chose d'intéressant, mademoiselle Hanley ?

Ses joues flasques se marbrèrent rouge.

— Je... hum... cherchais la commande pour la blanchisserie. Elle doit être signée, et comme vous tardiez à revenir de votre réunion...

— Je l'ai faite hier.

— Ah. Bien sûr. Cela explique pourquoi je ne la trouvais pas.

Mademoiselle Hanley bougea d'un air embarrassé sur le siège de Kathleen.

— Je crois que vous allez découvrir que les commandes pour la blanchisserie sont habituellement rangées ici.

Kathleen fit un signe de la tête vers le meuble de rangement situé à l'autre bout de la pièce.

— Dans le tiroir étiqueté « commandes pour la blanchisserie ».

Mademoiselle Hanley fit une moue.

— J'essaierai de m'en souvenir.

Alors qu'elle se dirigeait vers la porte, Kathleen l'appela.

— Merci d'avoir fait la tournée des services pour moi, en passant. C'était très attentionné de votre part.

— Je ne faisais que mon travail, répondit-elle avec raideur.

— En fait, mademoiselle Hanley, vous faisiez *mon* travail. Et à l'avenir, j'aimerais que vous m'avisiez quand vous avez l'intention de faire une de mes tâches. Si cela ne vous dérange pas.

Le large visage carré de mademoiselle Hanley se tordit.

— Je m'en souviendrai, grogna-t-elle.

« Et je vais m'en assurer », pensa Kathleen, alors que la porte claqua dans son dos.

CHAPITRE 12

C'était le samedi avant Noël, et Millie avait hâte d'aller sur la rue Oxford avec quelques autres étudiantes après avoir terminé leur leçon du matin. Mais au dernier moment, Lucy Lane avait été méchante avec Jennifer Bradley, alors Jennifer et Dora avaient toutes deux refusé de participer à la sortie.

Millie aurait refusé de sortir aussi, mais c'était le premier Noël de Katie O'Hara à Londres et Millie savait à quel point elle avait hâte de voir les lumières festives dans toutes les grosses boutiques.

— Tu dois venir avec moi, l'avait suppliée Katie. Je t'en prie, ne me laisse pas avec Lane ! Je ne crois pas que je pourrai endurer sa vantardise si tu n'es pas là.

Le froid était mordant, et un épais brouillard jaune faisait des boucles sur le fleuve alors qu'elles se pressaient à attraper leur bus. Millie et les autres enfoncèrent leur chapeau sur leurs oreilles et remontèrent leur écharpe afin de ne pas respirer l'air à l'écœurant goût métallique.

— Je pressens que nous aurons beaucoup de cas de bronchites après ceci, prédit Katie, sa voix étouffée par d'épaisses couches de laine. Ma sœur dit que des gens atteints d'infections des voies respiratoires font la queue devant le portail quand le brouillard d'hiver tombe.

L'air était plus net sur la rue Oxford, laquelle grouillait de clients de Noël. Sur le coin de la rue Regent, une fanfare jouait des chants de Noël et l'odeur de marrons rôtis offerts par des marchands ambulants emplissait l'air.

Millie fut heureuse d'avoir fait l'effort de venir quand elle vit le visage de Katie s'illuminer d'extase à la vue des vitrines vivement éclairées du grand magasin.

— Je n'ai jamais rien vu de tel, souffla-t-elle, son visage pressé contre la fenêtre de Marshall & Snelgrove afin d'admirer les décorations scintillantes. À la maison, nous n'avons que le vieux magasin de M. McGoogan, et ce radin de vieille bourrique n'allume même pas une chandelle supplémentaire, il ne va encore moins embellir ses vitrines comme celle-ci. Avez-vous déjà vu un arbre de Noël aussi grand ? C'est comme s'il venait directement de la forêt.

— En fait, celui que nous avons à la maison est beaucoup plus grand, annonça Lucy avec condescendance. Mais je suppose que lorsque l'on a une maison aussi grande que la nôtre, un petit arbre aurait l'air simplement ridicule.

Et voilà qu'elle recommençait à se vanter. Millie et Katie échangèrent un regard qui n'en pouvait plus alors que Lucy se mit à décrire en détail le somptueux Noël que sa mère avait planifié. Aucune dépense n'était ménagée pour la nourriture, les décorations ou les cadeaux.

— Ma mère sait comment recevoir, se vanta-t-elle. La veille de Noël, mes parents font une énorme fête où sont conviés des gens importants, riches et célèbres. Vous seriez simplement éblouies. Je suppose que c'est la même chose chez toi à Billinghurst ?

Elle avait nonchalamment glissé le nom de la famille de Millie dans la conversation.

— Pas vraiment.

Millie jeta un coup d'œil de côté vers Katie qui faisait semblant d'observer le train miniature qui filait à toute allure sur un présentoir de jouets. Elle était douloureusement consciente que l'Irlandaise en avait marre parce qu'elle ne pouvait pas rentrer chez elle pour Noël, et la dernière chose que Millie voulait était de la faire sentir encore plus nostalgique.

— Mon père et ma grand-mère préfèrent un Noël paisible, juste nous trois.

— Oh, allez ! Tu dois bien avoir autre chose de prévu ?

Lucy lui donna un petit coup de coude d'un air conspirateur.

— Ne me dis pas que tu restes assise à la maison à jouer aux échecs toute la journée. N'y a-t-il pas plein de soirées ?

Comme son père aurait ri à l'idée qu'elle joue aux échecs, pensa Millie. Elle ne semblait jamais avoir suffisamment de concentration pour terminer une partie.

— La famille de mon amie Sophia donne une soirée pour le Nouvel An, concéda-t-elle à contrecœur.

Les yeux de Lucy brillèrent d'excitation.

— Est-ce Lady Sophia Rushton ? La fille du duc et de la duchesse de Claremont ?

Millie hocha la tête.

— Oh, comme c'est excitant ! Je lisais justement à son sujet dans le *Tatler* l'autre jour, dit Lucy en soupirant. J'adorerais la rencontrer. Peut-être pourrais-je venir à Billinghurst un jour ?

— Peut-être.

« Plutôt mourir », se dit Millie. Elle pouvait imaginer ce que penserait sa grand-mère de Lucy. Elle était ce que la comtesse douairière appelait une « arriviste », ce qui à ses yeux était encore pire qu'être une communiste.

Millie prit le bras de Katie et la tira vers les portes ornementées de cuivre.

— Entrons, d'accord ? On gèle dehors.

Sachant que Katie n'avait pas d'argent, elle s'attendait à seulement regarder, mais Lucy avait d'autres idées. Elles la suivirent alors qu'elle achetait des gants et des bas, puis se mit à essayer des chapeaux dans le rayon de chapellerie.

— Que pensez-vous de celui-ci ? demanda-t-elle en tournant la tête d'un côté puis de l'autre afin d'admirer de tous les angles une création avec une plume verte alors que la vendeuse s'avançait vers elle.

— On dirait qu'un perroquet a atterri sur ta tête, marmonna Katie.

Millie cracha un rire.

Lucy se tourna brusquement.

— Pardon. As-tu dit quelque chose ?

— J'ai dit que c'était dommage que Doyle n'ait pas pu nous accompagner. Je suis certaine qu'elle aurait aimé faire une sortie, dit Katie en croisant son regard hardiment.

— Si vous me demandez mon avis, elle n'a pas voulu venir parce qu'elle savait qu'elle ne pouvait pas se le permettre.

Lucy ajusta le chapeau un peu et fit la moue à son reflet.

— Elle est si pauvre qu'elle ne pouvait probablement même pas se payer le tarif du bus ! dit-elle en riant méchamment.

— Elle n'a pas voulu venir parce que tu as été très méchante envers Bradley, dit Millie.

— Elle le méritait.

Lucy ôta le chapeau et le jeta de manière dédaigneuse vers la vendeuse.

— C'est une idiote.

— Ce n'est pas une idiote. Elle travaille très dur, elle est simplement terriblement nerveuse et timide. Et tu n'améliores pas les choses en la critiquant constamment.

— Je n'y peux rien si elle est incompétente, non ?

— Ça suffit, toutes les deux, les interrompit Katie. Si c'est pour nous disputer, nous aurions aussi bien pu rester à la maison. Nous n'avons pas beaucoup de temps libre, et je veux en profiter, pas nous chamailler sans arrêt.

— Tu as raison.

Millie regarda Lucy.

— Ça me va.

Lucy haussa les épaules et remit son béret en lissant ses cheveux châtains.

— Dépêchons-nous. Je veux acheter d'autres cadeaux avant que le magasin ferme.

Il faisait noir quand elles rentrèrent à Bethnal Green, et le brouillard était une dense couverture écœurante, percée seulement çà et là par la lueur sulfureuse des lampadaires. Millie, Lucy et Katie demeurèrent immobiles pendant un moment à l'arrêt du bus, tentant de trouver leurs repères.

— Sainte Mère de Dieu, je n'ai jamais rien vu de pareil, déclara Katie. Comment allons-nous retrouver notre chemin vers l'hôpital ?

— Nous pouvons nous débrouiller, dit Millie courageusement. Nous allons suivre le mur comme ceci, tu vois ?

Elle tâtonna jusqu'à ce que ses doigts trouvent les briques rugueuses.

— Si nous nous tenons les unes aux autres, nous nous en sortirons.

Elles avancèrent lentement dans la rue, agrippant les mains l'une de l'autre au cas où elles seraient séparées dans le brouillard. Des formes passaient près d'elles, émergeant brièvement comme des fantômes dans l'obscurité puis disparaissant de nouveau, les épaules voûtées contre le froid. De la rue sur leur droite arriva le clic-clac assourdi de lourds chevaux et le cliquetis de chariots rentrant prudemment chez eux.

Elles atteignirent le coin de la rue et s'arrêtèrent. Elles pouvaient distinguer devant elles deux taches de lumières ternes provenant des lanternes situées au sommet du portail du Nightingale.

— Vous voyez ? fit Millie. Je vous avais dit que nous trouverions notre chemin.

Elle s'éloigna du rebord du mur et presque immédiatement une voiture surgit de l'obscurité. Il y eut un crissement de frein, un éblouissement de phares et l'instant d'après, Millie se retrouva dans une posture manquant de dignité.

— Doux Jésus, je ne peux pas regarder. Est-elle morte ? gémit Katie en se couvrant le visage.

— Bien sûr que non ! répondit durement Lucy. Reprends-toi, O'Hara. Je croyais que tu étais censée être infirmière ?

La portière de la voiture claqua et le conducteur apparut dans le brouillard. Il était grand, les cheveux foncés et pas tellement plus âgé que Millie.

Il parut très secoué quand il la vit assise dans le caniveau.

— Est-ce que ça va ? Oh, Seigneur, que s'est-il passé ?

— Je n'en suis pas certaine. Je traversais la rue et l'instant d'après, vous êtes arrivé de nulle part et m'avez presque écrasée.

Millie s'examina prudemment à la recherche de blessure. Ses bas étaient déchirés et ses genoux éraflés et boueux. Mais c'est sa fierté qui avait été la plus touchée.

Elle s'agita afin de se remettre sur ses pieds, mais le jeune homme agrippa ses épaules de ses mains osseuses et la retint au sol.

— Non, ne vous levez pas. Vous êtes peut-être blessée. Je suis médecin, dit-il. Je devrais vous examiner, m'assurer que vous n'êtes pas blessée.

— Je suis infirmière et je vous dis que je vais très bien.

Millie repoussa ses mains et se mit debout.

— Mais ce n'est pas grâce à vous, ajouta-t-elle en brossant la boue de son manteau. À quoi pensiez-vous à conduire comme un maniaque ?

— Vous avez fait irruption devant moi !

— Vous auriez peut-être réussi à arrêter à temps si vous n'aviez pas roulé si vite !

Ils se fusillèrent du regard. Malgré sa colère, Millie avait envie de rire de l'expression comiquement furieuse du jeune homme et de la manière dont ses cheveux se dressaient comme s'il venait de tomber du lit.

— Vous devriez être plus prudente, dit-il. Vous n'êtes pas en sécurité dans la rue.

— Et vous n'êtes pas en sécurité derrière un volant.

— Vraiment ? Eh bien, laissez-moi vous dire que je suis…

Ses mots furent noyés par un affreux bruit de métal, si bruyant que Millie faillit sauter dans ses bras. Le jeune homme se retourna et hurla un cri de désespoir.

— Non ! gémit-il. Oh, non ! Bessie !

Une autre portière de voiture claqua.

— Que se passe-t-il ? cria une voix irritée d'homme. Quel idiot gare sa voiture au beau milieu de la route ?

Le jeune homme oublia Millie et se hâta d'inspecter les dommages à son pare-chocs arrière.

— Ça lui apprendra à être un aussi dangereux conducteur, dit-elle à Katie et Lucy alors qu'elles observaient les deux hommes de disputer au milieu de la rue, les voix fortes et les doigts accusateurs.

— Il doit être médecin à cet hôpital.

Katie lui jeta un regard par-dessus son épaule.

— Je me demande qui il est.

— Qui qu'il en soit, il me doit une nouvelle paire de bas, répliqua Millie.

*Dora les attendait dans le salon. Elle était perchée sur le bord du canapé, les bras enroulés autour d'elle, fixant l'âtre vide. Elle bondit sur ses pieds quand elle vit Millie.

— Jennifer Bradley rentre chez elle, lâcha-t-elle.

Millie la regarda en plissant le front.

— Mais Noël n'est que dans une semaine ?

— Non, je veux dire qu'elle part. Pour toujours. Ses parents sont ici. Ils l'attendent dans la voiture pendant qu'elle fait ses bagages. Ils voulaient entrer, mais sœur Sutton a refusé. « Strictement aucun visiteur n'est permis dans la maison des infirmières », dit-elle en imitant les instructions de la sœur avec dégoût.

— Pauvre Bradley.

Millie leva les yeux vers le plafond.

— Peut-être pourrions-nous lui parler, essayer de lui faire changer d'avis ?

— J'ai essayé, dit Dora en secouant la tête. Elle croit qu'elle n'est pas suffisamment bonne pour être ici.

Ses yeux dépassèrent Millie pour se poser froidement sur Lucy debout dans l'embrasure de la porte.

Une demi-heure plus tard, Jennifer partit. Elles la regardèrent de la fenêtre du salon alors qu'elle se traînait misérablement jusqu'à la voiture, la tête baissée de honte. Elle ne se retourna même pas alors que son père chargeait sa malle dans le coffre.

— Quel dommage, soupira Katie. C'était une fille super quand on la connaissait.

— Et elle travaillait si dur, ajouta Millie.

— Je ne sais réellement pas pourquoi vous faites une telle tête, dit Lucy. Elle n'était pas faite pour être infirmière ici. C'est préférable qu'elle rentre maintenant plutôt que de perdre son temps et celui de tout le monde.

— Tu es vraiment pleine de compassion, n'est-ce pas ? dit Dora d'une voix sourde.

Millie lui lança prudemment un coup d'œil. Elle se tenait à la fenêtre, ses yeux verts enflammés dans son dur visage pâle. Son immobilité était menaçante.

Lucy ne parut pas le remarquer.

— Je ne fais que dire la vérité, c'est tout, lança-t-elle, rejetant ses tresses de manière hautaine. Je n'y peux rien si certaines personnes ne sont pas censées être ici, si ?

— Je suppose que cela m'inclut ?

Lucy lui jeta un regard supérieur.

— Si tu te sens visée, ce ne doit pas être pour rien, dit-elle.

— Allez, les filles, que se passe-t-il ici ?

Sœur Sutton entra, Sparky se tortillant dans ses bras.

— Je ne sais pas pourquoi vous restez là à paresser. Il y a toujours de l'étude à faire, et je suis certaine qu'aucune de vous n'est assez intelligente pour ne pas tirer avantage de quelques heures supplémentaires avec vos livres.

— Si l'on a des livres, murmura Lucy entre ses dents.

Sœur Sutton ne l'entendit pas, mais Dora, oui. Millie vit la couleur monter sur son visage, inondant son cou jusqu'à la naissance de ses cheveux.

— Montez dans vos chambres, vous donnez l'impression que la pièce est négligée, les renvoya sœur Sutton.

Elles passèrent devant elle. Aucune n'osa mentionner que c'était leur jour de congé, qu'elles pouvaient faire ce qui leur plaisait. Pour une fois, Millie fut reconnaissante de voir la sœur brutale. D'après la manière dont Dora et Lucy s'étaient observées, elle craignait qu'une bagarre fût sur le point d'éclater.

— Ne t'occupe pas de Lane, ce n'est qu'une méchante, prévint-elle Dora alors qu'elles retournaient à leur chambre.

— Je me fiche d'elle, répondit Dora sur un ton de défi.

Mais Millie comprit par l'affaissement découragé de sa bouche que la pointe malveillante de Lucy avait atteint sa cible.

Elle savait que Dora n'allait pas oublier. Des choses devaient être réglées entre elle et Lucy. Et la prochaine fois, sœur Sutton ne serait peut-être pas là pour les arrêter.

CHAPITRE 13

C'était la semaine précédant Noël, et de nombreux patients du service Holmes se préparaient à rentrer à la maison. C'était une politique du médecin en chef d'envoyer le plus d'hommes dans leur famille afin de leur donner à eux et aux membres du personnel médical la chance de passer un bon Noël.

Il y avait une atmosphère festive dans l'air. L'immense salle avait été égayée avec des banderoles, des guirlandes en papier et des branches de houx. Quelques infirmières optimistes avaient aussi accroché du gui au-dessus des portes, mais sœur Holmes avait ordonné qu'il soit retiré au cas où cela donnerait de mauvaises idées aux patients.

Cet après-midi-là, quand les visites seraient terminées, les brancardiers apporteraient l'arbre et les infirmières le décoreraient.

— Mais je ne veux aucun désordre dans le service, les prévint sévèrement sœur Holmes. Dès le premier signe d'une aiguille tombée, l'arbre disparaît, Noël ou non.

Helen fredonnait en effectuant ses tâches. Elle aimait Noël au Nightingale. Tout le monde était tellement de bonne humeur. Même les patients étaient heureux, riant et plaisantant entre eux. Heureusement, ils étaient tous en voie de guérison et il n'y avait pas eu d'autre admission dramatique au cours de la dernière semaine, mis à part celle de M. O'Sullivan et ses hémorroïdes. Mais une semaine après l'opération, même lui se sentait mieux.

Charlie Denton allait mieux aussi. Sa plaie avait bien guéri et son attelle et ses oreillers de soutien avaient été enlevés. Maintenant, tout ce dont il avait besoin était des massages et des mouvements réguliers afin de garder les muscles de sa jambe en fonction avant que sa prothèse temporaire soit ajustée. Avec un peu de chance, il serait de retour sur ses pieds pour le Nouvel An.

Helen l'observa alors qu'il aidait M. Stannard avec ses mots croisés.

— Je me demande si elle viendra aujourd'hui ?

Amy Hollins avait formulé la pensée qui avait traversé l'esprit d'Helen à ce moment exact.

La fiancée de Charlie Denton lui avait rendu visite une seule fois durant les cinq semaines qu'il avait passées à l'hôpital. Helen avait détesté instantanément la fausse blonde qui avait passé 10 minutes à s'admirer dans son miroir de poche avant d'annoncer qu'elle devait partir prendre son bus.

Chaque semaine, Charlie l'attendait, et chaque semaine il y avait une nouvelle excuse pour qu'elle ne vienne pas. Une semaine, sa mère avait été souffrante, la semaine suivante, elle avait dû rendre visite à sa sœur à Clacton. Il essayait de dissimuler sa déception du mieux qu'il pouvait, mais Helen pouvait voir la lumière faiblir dans ses yeux quand les portes s'ouvraient et que ce n'était pas elle.

L'amertume avait eu raison de lui la semaine précédente, quand une autre heure de visite s'achevait et qu'il n'y avait encore aucun signe de sa fiancée.

— Je sais que c'est difficile pour ma Sal de me voir comme ça, avait-il dit à Helen. Mais tout de même, on penserait qu'elle ferait un effort pour mon bien, non ? Enfin, regardez Percy là-bas.

Il fit un geste de la tête en direction de M. Oliver, lequel avait été transféré dans la salle principale maintenant qu'il commençait à se remettre de ses blessures à la tête. Il était assis appuyé contre des oreillers, le regard perdu dans le vide, presque inconscient de la jolie fille aux cheveux foncés assise à son chevet, caressant tendrement son visage.

— Son amie vient lui rendre visite chaque fois, même si la moitié du temps, il ne sait pas qu'elle est là. Et je suppose qu'elle viendrait chaque jour si elle pouvait. On dit que les blessures à la tête changent les gens, n'est-ce pas ? Ils sont d'humeur changeante. La pauvre fille ne sait même pas s'il sera le même type quand il sortira d'ici. Et malgré tout, elle continue de venir, continue de l'aimer de tout son cœur. Vous n'avez qu'à la regarder pour le voir.

Il se tourna vers Helen, ses yeux bleus emplis de désespoir.

— Je ne suis pas comme ça, n'est-ce pas ? Je n'ai pas changé. Je suis le même type de qui Sal est tombée amoureuse. Ce n'est que ma jambe qui n'est plus là, pas ici.

Il toucha du doigt sa tempe.

Helen aurait voulu pouvoir dire quelque chose pour le réconforter et lui redonner le sourire. Mais elle ne pouvait pas. Elle pouvait s'occuper de ses blessures, le laver et le mettre à son aise, mais elle ne pouvait pas s'occuper de son cœur brisé. Seule Sally pouvait le faire.

Alors qu'une autre heure de visite commença, Helen espéra que sa fiancée n'allait pas le laisser tomber. Elle fut presque aussi excitée que lui quand Sally apparut peu de temps après que la cloche des visites tinta. Helen vit le visage de M. Denton s'illuminer quand il la vit se pavaner dans la salle vers lui dans son élégant manteau rouge, son chapeau posé avec nonchalance sur sa tête blonde. Elle portait un panier en osier rempli de fruits, un cadeau de sa mère, supposa Helen. Le père de M. Denton était un marchand des quatre-saisons au marché de la rue Columbia, et chaque semaine, sa mère arrivait pour sa visite avec un panier débordant de pommes, de poires, de bananes et d'oranges que M. Denton distribuait gentiment parmi le reste de la salle.

Elle observa Sally déposer le panier près du lit, se pencher pour embrasser son fiancé sur la joue. Cela ne semblait pas être le baiser le plus chaleureux qu'Helen eut vu, mais comme personne ne l'avait jamais embrassée, elle ne pouvait pas juger.

— Tremayne ?

Sœur Holmes la ramena à la réalité.

— Pendant que c'est tranquille, je veux que vous descendiez au sous-sol et rapportiez la boîte de décorations pour l'arbre. Les brancardiers apporteront l'arbre après les visites.

— Devrais-je l'accompagner, sœur ? offrit Amy Hollins. Cela sera plus rapide à deux.

— Bonne idée, Hollins.

Helen fut surprise de voir Amy se porter volontaire pour du travail supplémentaire. Mais elle découvrit pourquoi dès qu'elles furent au sous-sol et qu'Amy disparut vers la chaufferie pour fumer une cigarette en douce, laissant Helen chercher la boîte elle-même.

L'air dans le sous-sol sentait le moisi et était si froid qu'Helen pouvait voir son haleine sortir en boucles de sa bouche. Les faibles ampoules électriques perçaient à peine l'obscurité, jetant de longues ombres sur les briques nues.

Helen se fraya un chemin entre les étagères bourrées de boîtes et d'équipements médicaux depuis longtemps oubliés. De vieux bureaux, de vieilles chaises et de vieux chariots couverts de housses de protection formaient des formes sinistres qui s'élevaient des ombres et la faisaient sursauter à chaque coin.

— J'ai vu que la fiancée de ton M. Denton était venue, remarqua Amy, sa voix provenant de l'autre extrémité du sous-sol où elle était confortablement juchée près de la chaufferie.

— Ce n'est pas mon M. Denton.

— Vraiment ? Tu sembles montrer de l'intérêt pour lui. Je croyais que vous étiez les meilleurs amis.

Helen se plia en deux pour regarder attentivement les rangées de boîtes sur les étagères les plus basses, essayant de déchiffrer les étiquettes dans l'obscurité.

— Elle est probablement en train de le plaquer, dit Amy.

Helen se relava si rapidement qu'elle recula dans un porte-sérum et l'envoya valdinguer.

— C'est une chose terrible à dire !

— Pourquoi ? C'est ce que je ferais. Que fera-t-elle d'un mari handicapé ? Moi, je dis qu'il est préférable de tout terminer que de poursuivre par pitié.

— Si elle l'aime, elle restera avec lui, peu importe ce qui arrive.

— Alors elle est idiote. Il va l'enfoncer et lui gâcher la vie.

Amy apparut à l'autre bout du sous-sol, une cigarette à la main.

— Penses-y. Il ne sera jamais en mesure de travailler ou de survenir aux besoins de sa famille. Et qui voudrait aller au lit avec quelqu'un comme ça ? dit-elle en frémissant. Non, elle ferait mieux de se trouver un vrai homme qui pourra prendre soin d'elle.

— Charlie *est* un vrai homme !

Helen se sentit rougir en lâchant les mots. Les sourcils d'Amy se soulevèrent d'un air interrogateur.

— Donc, c'est Charlie maintenant ? Tu es réellement intéressée par lui, n'est-ce pas ? Qui aurait cru que la si parfaite Tremayne tomberait amoureuse d'un patient. Je parie que ta mère n'aimerait pas *ça*, lança-t-elle en souriant méchamment. Peut-être que quelqu'un devrait le lui dire ? Te rendre la monnaie de ta pièce.

— Ne sois pas ridicule, protesta Helen.

— Oh, n'aie pas l'air aussi affolée. Nous ne sommes pas toutes des commères comme toi.

Amy prit une longue bouffée de sa cigarette.

— De toute façon, tu auras ta chance avec lui très bientôt. Fais-moi confiance, je connais ces choses. Je te parie six pence qu'elle le quittera aujourd'hui.

Elle leva les yeux vers Helen à travers une volute de fumée.

— As-tu trouvé les décorations ? Vaudrait mieux se presser avant que sœur Diablesse envoie quelqu'un à notre recherche.

« Je les trouverais beaucoup plus rapidement si tu m'aidais », pensa Helen.

Elle trouva enfin la boîte en carton usée et recouverte de poussière sur le haut d'une étagère tout au bout du sous-sol.

— Ce n'est pas trop tôt.

Amy éteignait sa cigarette sur son talon et la jetait dans la chaufferie lorsqu'Helen apparut, chancelant sous le poids de la boîte.

— Et tu as de la poussière partout sur ton tablier, ajouta-t-elle nonchalamment. La sœur ne sera pas tellement heureuse de cela.

L'heure des visites n'était pas encore terminée quand elles revinrent dans la salle, mais la fiancée de Charlie Denton était déjà partie.

L'infirmière-chef adjointe Lund intercepta Helen alors qu'elle changeait de tablier.

— Pourriez-vous surveiller M. Denton, Tremayne ? Nous pensons qu'il a peut-être reçu une mauvaise nouvelle.

Le cœur d'Helen se serra. Ignorant le regard entendu d'Amy, elle se rendit au lit de Charlie Denton.

Il avait un journal ouvert à la page des mots croisés, mais ne la regardait pas. Un seul regard à son visage aux yeux creux et Helen sut qu'Amy Hollins avait raison.

Elle offrit le seul réconfort qu'elle put.

— Aimeriez-vous une tasse de thé, M. Denton ?

Il se tourna pour la regarder, son sourire hésitant.

— Non, merci, infirmière. Mais je ne dirais pas non à quelque chose d'un peu plus fort, si vous avez ?

— Pourquoi ? S'est-il passé quelque chose ?

— On pourrait dire ça.

Il prit une profonde inspiration.

— Sal a annulé les fiançailles.

— Que s'est-il passé ?

— Oh, elle a été plutôt gentille. Elle a versé quelques larmes, dit à quel point elle était désolée et tout le reste. Mais pour faire bref, elle considère qu'elle ne peut pas faire face à l'idée que je sois handicapé. Elle ne veut pas d'un infirme comme mari.

Il plia les draps entre ses doigts.

— Je ne peux pas dire que je la blâme. Je n'en ai pas très envie moi-même.

— Oh, M. Denton, je suis tellement désolée.

Helen refoula son envie de lui prendre la main.

— Peut-être que lorsqu'elle aura eu du temps pour y réfléchir, elle comprendra qu'elle a fait une erreur.

— J'en doute, infirmière T. D'après ce que j'ai compris, elle a déjà trouvé quelqu'un d'autre.

— Savez-vous de qui il s'agit ?

Il hocha la tête.

— Un de mes meilleurs amis, en l'occurrence.

Il tenta de sourire, mais sa voix était empreinte d'émotion.

— Je ne lui en veux pas réellement. Sal est jeune, pleine de vie. Elle veut quelqu'un qui puisse l'emmener danser, quelqu'un qui puisse prendre soin de sa famille. Et regardons les choses en face, plus jamais je ne vais faire de pirouettes au People's Palace, n'est-ce pas ? Non, il est préférable qu'elle trouve quelqu'un qui peut prendre soin d'elle. Et je sais que mon copain Sam le fera. J'aime penser qu'on prendra bien soin de ma Sally.

Il ouvrit la main. Une bague avec un minuscule éclat de diamant étincela dans sa paume.

— Même si je ne pense pas qu'elle soit toujours ma Sally, n'est-ce pas ?

Helen sentit une boule monter dans sa gorge. Mais avant qu'elle puisse ajouter quelque chose, sœur Holmes l'appela pour aider à décorer l'arbre.

Charlie Denton sourit faiblement.

— Vous devriez y aller, infirmière. J'ai déjà trop pris de votre temps. Cet arbre ne va pas se décorer tout seul, n'est-ce pas ?

Helen avait eu hâte de décorer l'arbre de Noël. Mais maintenant qu'elle montait sur une chaise pour accrocher des étoiles scintillantes aux branches, jamais elle n'avait eu si peu envie de faire la fête de toute sa vie. Elle continua à lancer des regards furtifs vers Charlie. M. O'Sullivan dans le lit voisin essayait de le divertir avec les détails de sa plus récente opération. Mais même si Charlie souriait et hochait la tête, elle pouvait voir qu'il n'écoutait pas un mot.

— J'aimerais que vous fassiez attention, Tremayne, la réprimanda sœur Holmes alors qu'une autre boule de Noël se fracassait sur le sol. Si vous laissez encore tomber quelque chose, cela sera ôté de votre salaire.

— Oui, sœur, dit misérablement Helen.

Amy vint la voir avec un air complaisant, un ange de verre dans la main.

— Je te l'avais dit, non ? dit-elle. Tu me dois six pence.

Helen l'ignora. Présenter l'autre joue, dit la Bible. Mais parfois, l'envie d'enfouir le visage d'Amy dans un bassin hygiénique était presque trop accablante.

CHAPITRE 14

— Je ne sais si ça sera un Noël blanc, mais je pense que ça en sera un humide !

Mémé Winnie regarda à travers le voilage la cour arrière lavée par la pluie. Il pleuvait à verse depuis des jours et même si ce n'était que le milieu de l'après-midi, le ciel était d'un gris sombre ne promettant aucun répit.

Mais c'était la veille de Noël, et pas même la pluie constante ne pouvait refréner la bonne humeur de Dora alors qu'elle s'assit à la table de la cuisine avec sa mère pour couper des carottes pour leur goûter.

C'était la première fois en sept semaines qu'elle rentrait à la maison. La plupart des infirmières n'avaient pas le luxe d'avoir de congés le jour de Noël une fois qu'elles étaient dans les services, alors elle profitait le plus possible de cette chance pendant qu'elle était encore en formation.

Il était plaisant de pouvoir se détendre dans la familiarité rassurante de la maison. La cuisine était douillette et festive, décorée de guirlandes vives en papier et de branches de houx. Un feu accueillant crépitait dans le foyer, emplissant la pièce de lumière et de chaleur. Dora et sa mère s'étaient activées toute la journée à nettoyer la maison pour Noël, et maintenant qu'elles s'assoyaient pour préparer le goûter, l'air était rempli de l'odeur d'encaustique, mélangée aux délicieux arômes de tartelettes aux fruits secs qui cuisaient dans le four.

— Quand vont-elles être prêtes ? demanda Bea pour la troisième fois.

Elle jouait à l'école avec Alfie devant le feu. Il était son seul élève, et elle lui faisait copier de manière autoritaire ses lettres sur un vieux morceau d'ardoise.

— Soyez patients, on vient de les mettre au four ! rit sa mère.

— Mais j'ai faim !

— Tu as toujours faim. Je ne sais pas où tu mets tout ça. Tu dois avoir les jambes creuses, râla mémé.

Alfie leva soudainement la tête, son visage rond anxieux.

— Père Noël ? dit-il avec espoir.

À deux ans, il commençait à comprendre Noël, les chaussettes et les cadeaux.

— Pas encore, Alfie, lui répondit Josie en ébouriffant ses cheveux. Il ne viendra pas avant que tu sois profondément endormi. Tu devras laisser une taie d'oreiller au pied de ton lit et quand tu dormiras, il descendra par la cheminée et il t'apportera des cadeaux.

— Je ne suis pas certaine qu'il soit réel, annonça Bea d'une voix forte. Terry Jacobs à l'école dit que c'est une invention.

— S'il t'entend dire que tu ne crois pas en lui, alors il ne viendra assurément pas, la prévint Dora.

Elle et Josie se sourirent. Elle était soulagée que ses inquiétudes concernant Alf et que sa sœur tombe entre ses mains n'aient été pour rien. Josie était la même fille heureuse et insouciante qu'elle avait toujours été.

— J'estime que nous avons assez entendu de ce que Terry Jacobs pense, intervint sa grand-mère.

Rose, de l'autre côté de la table, sourit à Dora.

— Je parie que cela doit ressembler à une maison de fous après ta belle et paisible maison des infirmières ? dit-elle.

— C'est différent, acquiesça Dora. Mais cela m'a manqué d'être ici.

— Dois-tu travailler réellement dur ? demanda Josie.

— Eh bien…

— Du travail dur, mon œil ! Rester assise à un bureau toute la journée n'est pas ce que j'appelle un vrai travail, dit mémé Winnie.

— Nous ne passons pas la journée assises derrière un bureau, mémé. Nous devons aussi nous entraîner à toutes sortes de choses. Prendre la température et des échantillons et changer des pansements.

— L'usine de colle. Voilà ce que j'appelle un vrai travail, râla mémé sans écouter. Quand on passe 10 heures par jour à faire réduire des os d'animaux, on sait qu'on a eu une dure journée de boulot.

— Va mettre l'eau à bouillir, maman, pour l'amour de Dieu. Je meurs de soif.

Rose roula des yeux vers Dora alors que mémé se leva en traînant des pieds.

— Elle est fière comme un paon que tu sois infirmière. Tu devrais la voir en parler à tous les voisins. Je ne crois pas qu'il y ait une seule personne dans Bethnal Green qui ne sait pas que tu es la prochaine Florence Nightingale !

Dora demeura silencieuse, réfléchissant à ses manuels scolaires. Elle réussissait à peine les tests hebdomadaires par manque d'étude, et sœur Parker lui avait plus ou moins dit que si elle n'avait pas ses manuels d'ici les deux prochaines semaines, elle allait complètement échouer à la formation préliminaire. Elle avait repoussé cette pensée de son esprit, mais elle savait qu'elle allait bientôt devoir faire quelque chose pour ce problème.

— À quoi penses-tu ?

Sa mère l'observait avec inquiétude.

Dora se força à sourire.

— Ce n'est rien, maman.

Elle refusait de laisser ses inquiétudes gâcher le Noël de quiconque. Il n'y avait rien qu'elle puisse faire de toute façon.

Mémé Winnie apporta le thé et tout en le buvant, Dora leur parla des autres filles de son groupe.

— Elles me semblent toutes un peu snobs.

Mémé Winnie suçait un sablé. Son dentier lui donnait encore de vives douleurs.

— Elles le sont un peu, admit Dora. Une des filles avec qui je partage la chambre est la fille d'un comte.

— Non !

Mémé Winnie arrêta de manger, son sablé à mi-chemin vers sa bouche.

— C'est vrai. Elle s'appelle Lady Amelia et elle habite un château dans le Kent. Son père est aussi propriétaire de beaucoup de fermes de houblon là-bas.

— Imaginez ça ! Je parie que nous nous sommes promenés sur l'une de ses fermes, tu ne crois pas, maman ? dit Rose.

Mémé avait l'air de douter.

— Alors pourquoi la fille d'un comte voudrait-elle essuyer les fesses des gens ?

— Je n'en sais rien, mémé.

Dora était perplexe aussi. Elle avait tenté de lui en parler, mais Millie était entrée dans une longue explication qu'elle n'avait pas suivie sur le fait de vouloir être indépendante et faire son propre chemin dans la vie avant d'épouser un riche lord quelconque.

Comme s'il y avait quoi que ce soit de bon à travailler comme un forçat, pensa Dora. Elle connaissait quelques femmes qui abandonneraient tout cela volontiers pour une vie d'oisiveté, de luxe et ne pas avoir à s'inquiéter des factures.

— Eh ben, que fait-il là ? dit mémé en repoussant le voilage afin de jeter un coup d'œil dehors.

— Qui ? Qui est là ?

Bea fut la première à la fenêtre, pressant son nez contre le verre embué pour voir.

— Oh, dit-elle, déçue. Ce n'est que Danny Riley.

— Qu'est-ce qu'il fait ? interrogea Rose.

— Il est juste assis sur la remise à charbon. Ça lui arrive parfois.

Bea retourna donner des ordres à Alfie.

— Sous la pluie ? fit Dora.

Bea haussa les épaules.

— Je ne crois pas qu'il s'en rende compte. C'est parce qu'il est dérangé dans la tête.

— Beatrice Doyle ! Tu ferais mieux de prendre garde que son frère t'entende dire ça ! lança Rose.

— Pourquoi pas ? C'est vrai. En tous cas, mémé le dit.

— Ce n'est pas vrai !

Mémé Winnie parut indignée.

— Oui ! Tu as dit...

— Ça suffit. Je me moque de qui l'a dit, je ne veux pas que ce soit répété, dit Rose fermement. Le pauvre garçon doit faire face à suffisamment de choses sans que nous le traitions de tous les noms.

Dora tira le voilage et regarda à travers la pluie qui ruisselait sur la fenêtre. Danny Riley était assis sur le dessus de la remise à charbon des voisins, son menton appuyé contre ses genoux, ses yeux vitreux fixant le vide, inconscient de la pluie qui plaquait ses cheveux sur son visage.

Dora capta son regard et lui fit un signe de la main. Il lui fit un timide sourire de travers puis baissa rapidement la tête.

— Pauvre petit idiot, dit mémé. Quand je pense au malin petit garçon qu'il était, courant partout à jouer dans la rue avec notre Josie.

Il avait 15 ans, mais avait l'esprit d'un enfant. Personne ne savait réellement ce qui s'était passé pour rendre Danny Riley ainsi. Sa mère, June, avait toujours dit que c'était un accident, une mauvaise chute quand il avait 11 ans. Peu importe de quoi il s'agissait, cela avait causé des saignements dans son cerveau qui l'avaient presque tué.

Comme d'habitude sur la rue Griffin, des rumeurs avaient circulé. Tout le monde savait que Reg, le mari de June, était leste de ses poings. Mais peu importe ce qui était arrivé au pauvre petit Danny, cela avait dû terrifier son père, parce que le jour où son fils avait été envoyé d'urgence à l'hôpital, Reg avait disparu et n'avait jamais été revu.

— Il ne peut pas rester assis là sous la pluie, il va attraper la crève, déclara Rose. Dis-lui d'entrer, Dora.

Elle alla à la porte arrière et l'appela à travers la pluie.

— Où est ta mère, Danny ?

— Sortie faire des courses.

— Des courses, mon œil ! Plutôt au pub ! marmonna mémé Winnie dans la maison.

Dora l'ignora.

— Veux-tu entrer et venir te réchauffer près du feu ? dit-elle.

Il l'observa avec prudence sous sa frange dégoulinante.

— Nick dit que je ne dois aller nulle part avec personne.

— Nick ne t'en voudra pas d'être avec nous. Viens à l'intérieur te sécher, l'amadoua Dora. Nous allons surveiller le retour de Nick et lui dire où tu es.

Avec réticence, Danny glissa d'où il était perché et se faufila à travers le trou dans la clôture brisée. Il resta, trempé, sur le tapis de la cuisine, une triste vision avec ses poignets décharnés sortant des manches ratatinées de son tricot.

— Viens, Danny, enlevons ce chandail, dit Rose. Josie, va chercher une vieille chemise d'Alf dans le raccommodage.

Cinq minutes plus tard, Danny était blotti près du feu, de la vapeur s'élevant doucement de son pantalon trempé. La chemise d'Alf enveloppant son corps rachitique.

— Pouah, il sent mauvais ! chuchota bruyamment Bea, le nez plissé.

— Tout comme toi si ta mère ne prenait pas convenablement soin de toi, répondit en sifflant Rose. Maintenant, sois sage, ou le père Noël décidera peut-être d'oublier cette maison !

Elle sourit à Danny.

— Je pense qu'il est temps de sortir ces tartelettes du four. As-tu faim, Danny ?

Il hocha la tête, les yeux ronds dans son mince visage pâle. Un fin filet de salive coula du coin de sa bouche.

— Regarde-le, dit mémé avec pitié alors qu'il mordait dans une tartelette chaude. Je me demande depuis quand le pauvre petit imbécile n'a pas eu un repas décent. Il n'a que la peau sur les os.

Danny mangea la moitié de sa tartelette, puis sortit un mouchoir crasseux de sa poche.

— Qu'est-ce qu'il fait ?

Bea l'observa, fascinée, alors qu'il enveloppait l'autre moitié de la tartelette dans son mouchoir et essayait de la mettre dans la poche de son pantalon.

Il vit qu'ils le regardaient tous et une grande rougeur envahit son visage.

— C'est pour Nick, expliqua-t-il d'une petite voix craintive.

— Ça va mon chéri, tu peux la terminer. Nous en donnerons une autre à Nick quand il arrivera, lui assura Dora.

Danny mangea joyeusement le reste de sa tartelette en regardant Bea et Alfie jouer à l'école.

— Veux-tu jouer ? demanda Bea.

Danny examina le morceau d'ardoise qu'elle lui offrit et secoua la tête.

— Je ne suis pas b-bon pour lire ou écrire, bégaya-t-il.

— Je vais t'apprendre, dit-elle.

— Pourquoi ne jouons-nous pas à autre chose ? suggéra rapidement Dora en voyant son regard apeuré.

La dernière chose dont un garçon timide comme Danny avait besoin était que son audacieuse sœur l'intimide.

— Que pensez-vous du jeu de serpents et échelles ?

Dora s'assit avec Danny et l'aida. Il aimait lancer le dé et l'observa avec des yeux arrondis de curiosité alors qu'elle comptait soigneusement les cases pour lui. Chaque fois que quelqu'un arrivait sur un serpent ou une échelle, il lâchait un hurlement de joie et tapait des mains.

Alors qu'il commençait à se détendre, il se mit à bavarder.

— Mon frère va se battre contre Max Baer, chuchota-t-il à Dora.

— Ah, oui ? Et c'est qui, celui-là ?

Dora agita le dé entre ses mains. Probablement un gamin quelconque du coin qui l'avait offensé, si elle se fiait à ce qu'elle connaissait de Nick Riley.

— C'est un boxeur. Le meilleur au monde, d-dit Nick. À part l-lui.

Il sourit fièrement.

— Ton Nick est bon de ses poings, ça, c'est certain.

Il n'y avait pas beaucoup d'hommes qui l'affronteraient de bon gré dans une bagarre. Elle lança le dé.

— Un autre six, dit-elle. Tu dois avoir de la chance, Danny.

— Et nous allons vivre dans une grande maison en Amérique et avoir une voiture et Nick va payer un médecin pour m'arranger. Mais c'est un secret, alors tu n'as pas le droit de le dire à maman, confia Danny dans un fort murmure.

— D'accord. Il vaudrait mieux ne rien dire de plus, alors, n'est-ce pas, mon ami ? chuchota à son tour Dora alors que Bea s'avança pour écouter.

La partie était presque terminée quand ils entendirent la porte avant des Riley claquer, suivit par les lourds pas de Nick qui retentirent dans le couloir de la maison voisine.

— Ces murs sont comme des feuilles de papier, ronchonna mémé Winnie. On peut entendre les affaires de tout le monde.

— Comme si cela t'avait déjà inquiété !

Rose se mit à rire.

— On dirait que ton frère est à la maison, dit Dora en se levant. On ferait mieux de lui dire où tu te trouves.

Elle sortit dans la cour juste quand Nick sortait à toute vitesse de sa porte arrière, le visage blanc.

— As-tu vu Danny ?

— Il est avec nous. Il était assis sous la pluie, alors nous l'avons fait entrer…

Mais Nick s'était déjà voûté pour franchir la clôture brisée les séparant et la frôla en entrant dans leur cuisine.

Danny vit son frère et son visage se fendit d'un large sourire.

— Je suis en train de jouer à un jeu. Je gagne, regarde !

— Laisse tomber ça. Qu'est-ce que je t'ai dit à propos de flâner dans la rue tout seul ? lui dit Nick brusquement.

— Il était en sécurité avec nous, dit Dora.

Nick l'ignora, son regard fixé sur son frère.

— Viens, nous devons y aller, ordonna-t-il.

Le sourire de Danny se transforma en une moue entêtée.

— Je suis en train de jouer, insista-t-il.

— Et moi, je te dis de venir tout de suite !

— Ça va, mon cœur, dit rapidement Dora en voyant le regard sévère de Nick. Nous devons le ranger de toute façon. Disons que tu as gagné, d'accord ?

Il y eut une agitation alors qu'ils rangeaient le jeu et aidaient Danny à enfiler son tricot presque sec. Nick observa, austère, de l'embrasure de la porte. Dora ne put imaginer deux frères plus différents. Alors que Danny était si heureux, enfantin et qu'il était en confiance, Nick semblait en permanence prudent et sur ses gardes. Physiquement, ils étaient aussi très différents : Danny était pâle et mince, tandis que Nick était foncé et musclé comme un chien de combat.

Ils étaient déjà dans la cour quand Dora se souvint des tartelettes que sa mère avait emballées pour eux.

— Attendez !

Elle les rejoignit.

— C'est pour vous.

Elle voulut tendre le paquet à Nick, mais il le regarda avec méfiance.

— Qu'est-ce que c'est ?

— Ne t'inquiète pas, ce n'est pas un pistolet, le coup ne partira pas dans tes mains !

Elle rit à son expression soupçonneuse.

— Ce ne sont que quelques tartelettes que maman a promises à Danny.

— Nous n'avons pas besoin de charité, dit Nick d'un ton bourru.

— Ce n'est pas de la charité. Appelons ça un cadeau de Noël. De toute façon, elles ne sont pas pour toi, elles sont pour ton frère.

Dora se tourna en souriant vers Danny.

— Tu vas les prendre, n'est-ce pas, mon cœur ?

Nick prit un air renfrogné alors que son frère s'empressait de prendre le paquet.

— M-merci, bégaya-t-il.

— Ça me fait plaisir. Joyeux Noël, mon ami.

Dora vit Nick soulever Danny par-dessus la clôture brisée et le pousser dans leur maison, sa main plaquée contre la nuque de son frère.

— Et joyeux Noël à toi aussi, Nick, lança-t-elle.

Il ne répondit pas.

CHAPITRE 15

Le jour de Noël était aussi morne que n'importe quel autre jour pour les garçons Riley.

Danny avait encore mouillé son lit. Nick se réveilla et le trouva en train de pleurnicher dans un coin, les larmes coulant sur son visage.

— D-désolé, Nick, renifla-t-il, s'essuyant le nez sur les poignets effilochés de son pyjama. C'était un accident.

— Je sais, mon vieux. Ne t'en fais pas avec ça, ce n'est pas grave. Nous allons laver tout ça en un rien de temps.

Il se força à sourire pour son frère.

Alors qu'il tirait les draps trempés du lit de son frère, Danny murmura :

— T-tu ne vas pas le d-dire à maman, n'est-ce pas ?

— Ne t'inquiète pas, je ne vais pas déranger son sommeil réparateur.

Nick tira la machine vers l'évier et fit couler l'eau froide, réussissant à peine à contenir sa rage. C'était le jour de Noël, mais jamais on n'aurait pu le dire. Il n'y avait pas de décorations, pas d'arbre, pas de cadeaux. La boîte d'Ovaltine où sa mère gardait l'argent du ménage était vide, mais il n'y avait pas la moindre nourriture dans la maison, mis à part la moitié d'un pain rassis et un morceau de vieux fromage dans le placard.

Il pensa à la joyeuse cuisine chaleureuse des Doyle, si pleine de rires et de joie. Ils étaient sûrement en train de déballer leurs cadeaux en ce moment, excités par la journée à venir. Rose Doyle avait déjà probablement mis un poulet au four, son arôme délicieux se répandant dans la maison.

Et où était sa mère ? Encore au lit, cuvant sa dernière beuverie de la nuit précédente.

Il roula ses manches et plongea les draps dans l'eau glaciale. Cela était la faute de sa mère. Elle n'était pas entrée avant l'aube, même si elle savait que cela affectait Danny.

— Elle v-va revenir, n'est-ce pas, Nick ? demandait-il encore et encore, alors qu'ils étaient allongés l'un à côté de l'autre sur leurs lits devant le feu mourant.

— Bien sûr que oui, mon vieux, répondait-il gaiement, tandis qu'à l'intérieur, il bouillait de rage.

Sa mère était sortie la veille et avait laissé Danny seul encore une fois. Elle avait loyalement promis qu'elle ne le ferait pas, pas après la dernière fois où il était sorti se promener et qu'un policier l'avait ramassé près du canal.

Nick frémit en pensant à ce qui aurait pu arriver si l'on n'avait pas retrouvé son frère à ce moment-là. Maintenant, il se faisait du souci chaque fois qu'il partait travailler, passant tout son service avec l'estomac chaviré. Chaque fois qu'il tournait le coin de la rue Griffin, il s'attendait à trouver un policier en train de l'attendre.

« Cela ne sera pas toujours ainsi, se dit-il en essorant les draps et les drapant sur un séchoir devant les braises mourantes du feu. Dès que j'aurai économisé l'argent, nous quitterons ce trou à rats. »

Comme s'il pouvait lire ses pensées, Danny demanda :

— Est-ce qu-qu'ils fêtent Noël en Amérique, Nick ?

— Évidemment, mon vieux. Mieux que ce que nous fêtons ici, je crois.

Danny émergea timidement de son coin pour observer Nick raviver le feu avec ce qu'il leur restait de charbon.

— Pourrons-nous avoir un arbre de Noël quand nous vivrons là-bas ?

— Le plus gros que tu n'auras jamais vu. Avec une montagne de cadeaux en dessous.

Les yeux de Danny étincelèrent.

— Quel genre de cadeaux ?

— Qu'est-ce qui te plairait ?

Son frère réfléchit pendant un moment.

— Une voiture, dit-il.

Nick attisa le feu, le ramenant à la vie.

— Je ne suis pas certain que nous pourrons en caser une sous un arbre. Mais peut-être que le père

Noël pourrait la laisser à l'extérieur avec un ruban autour, hein ?

Danny soupira de plaisir.

— Je crois que maman aimerait une voiture.

Nick se redressa, massant les muscles endoloris de son dos.

— Qu'est-ce que je t'ai dit, Danny ? C'est censé être un secret, d'accord ? Nous n'allons pas en parler à maman, n'est-ce pas ?

Danny hocha la tête.

— Ce sera une surprise pour elle.

— Tout à fait, mon vieux.

« Tu n'as pas la moindre idée », pensa-t-il.

Avec un peu de chance, quand elle le découvrirait, ils allaient être partis depuis longtemps.

Il avait beaucoup entendu parler de la manière dont se passait la vie en Amérique et aussi que des médecins là-bas pourraient aider Danny. S'il y avait la moindre chance pour que son frère soit rétabli, il devait la prendre.

Chaque semaine, Nick économisait de l'argent de son salaire pour leur voyage en Amérique. Et l'argent qu'il gagnait de ses combats allait aussi dans ses économies. Jimmy, son entraîneur, estimait qu'il était suffisamment bon pour percer en tant que boxeur, et Nick était déterminé à devenir aussi riche et célèbre que Max Baer un jour.

C'était l'unique pensée qui lui faisait tenir bon quand la vie sur la rue Griffin était réellement sinistre.

Leur mère finit par faire surface peu avant midi. Elle se traîna dans le salon, son peignoir de laine fermement scellé autour de son corps mince. Nick put sentir l'odeur rance de l'alcool émanant d'elle depuis l'autre côté de la pièce.

— J-joyeux Noël, maman.

Nick observa son frère courir pour l'accueillir, enroulant ses maigres bras autour de son cou et plantant un baiser maladroit sur sa joue. Il aurait souhaité être aussi indulgent.

— Joyeux Noël, mon fils.

Elle et Nick se lancèrent des regards emplis de ressentiments à travers la pièce.

— C'est possible d'avoir une tasse de thé ? demanda-t-elle.

— C'est à peu près tout ce qu'il y a.

Nick remplit la bouilloire sous le robinet.

— Il n'y a rien à manger, ça, c'est sûr.

Sa mère sortit un paquet de cigarettes Woodbines de la poche de son peignoir.

— Et c'est parti, soupira-t-elle en allumant une cigarette d'une main instable. Ton frère ne manque jamais une chance de s'en prendre à sa pauvre vieille mère, n'est-ce pas ? dit-elle à Danny. Même le jour de Noël, il ne peut pas laisser tomber.

— Donc, tu as remarqué que c'est le jour de Noël, alors ? demanda Nick en allumant le gaz. Je n'étais pas certain, puisque nous n'avons rien pour le démontrer dans la maison. À moins que tu aies un poulet et des choux de Bruxelles cachés quelque part ?

June Riley plissa les yeux en le regardant à travers une volute de fumée. Elle avait déjà été jolie, mais l'alcool et le ressentiment avaient gravé de profondes rides sur son visage.

— Y en aurait peut-être si tu me donnais un peu plus d'argent ?

— Quoi, pour que tu le dépenses au pub ? Tu aurais suffisamment d'argent si tu ne le dépensais pas tout en alcool.

Il se tourna pour lui faire face.

— Je suppose que ce n'est pas la peine de te demander où tu étais hier soir ?

— J'ai droit à une vie, non ? Ils ont aboli l'esclavage la dernière fois que j'ai vérifié.

— Cela ne te ferait pas de tort de jouer un peu à l'esclave de temps en temps. As-tu vu l'état de cet endroit ?

June roula des yeux vers Danny.

— Ton frère me donne encore mal aux oreilles, mon petit Danny. Quand va-t-il changer de refrain, hein ?

— Je vais le changer quand tu commenceras à m'écouter.

Nick s'assit à la table de la cuisine en face d'elle, la força à le regarder.

— Écoute, je me fiche d'où tu vas ou de ce que tu fais. Tu peux aller au diable, pour ce que j'en ai à faire. C'est de Danny que je m'inquiète. Tu sais que je n'aime pas qu'il reste seul. N'importe quoi aurait pu lui arriver.

— Mais rien n'est arrivé, non ?

— Pas grâce à toi. Tu sais comment il est, ajouta-t-il en baissant la voix. Cela ne te dérange pas qu'il ait pu se perdre et se retrouver dans la rivière ou sous un tram ?

June tourna lentement la tête pour le regarder, ses yeux affligés cernés de rouge. Un mince filet de fumée de cigarette s'échappa d'un coin de sa bouche.

— Ce serait un soulagement béni si ça arrivait, bredouilla-t-elle.

Ses mots frappèrent Nick comme un coup de poing dans le ventre.

— Foutue méchante vache !

— Méchante, vraiment ? Regarde le pauvre petit imbécile.

Elle jeta un coup d'œil à Danny assis à ses pieds, la regardant avec des yeux adorateurs comme un épagneul.

— Il ne comprend pas la moitié de ce que nous disons. Quel genre de vie est-ce pour lui ? Qui va prendre soin de lui pour le restant de ses jours ?

« Pas toi, c'est certain », pensa Nick.

— Tu ne sais pas à quel point c'est dur pour moi.

Il y eut une hésitation dans la voix de sa mère alors qu'elle se détournait.

— Ça fait quatre ans que je me débrouille toute seule.

— Toi, te débrouiller ? Ne me fais pas rire ! Tu n'as pas été toute seule, n'est-ce pas ? Tu nous as, nous. Excepté que tu n'as jamais pensé à Danny et moi pendant tout ce temps.

Nick la regarda fouiller dans la poche de son peignoir pour un mouchoïr, indifférent à son apitoiement. C'était la même chose chaque fois qu'elle buvait.

Danny se pressa à réconforter sa mère, essayant maladroitement d'essuyer ses larmes avec sa manche.

— L-laisse-la tranquille, Nick, supplia-t-il.

— Tu ne dirais pas ces choses si ton père était ici, sanglota-t-elle.

— Eh bien, il n'est pas là, n'est-ce pas ? lâcha Nick.

— Parce que tu l'as fait partir. Tu as chassé le seul homme que j'aie jamais aimé !

— Et sais-tu quoi ? Je recommencerais demain.

— C'est de ton père dont tu parles. Tu devrais avoir un peu de respect.

— Est-ce qu'il avait du respect quand il te faisait des yeux au beurre noir et me brisait les côtes ou quand..., la voix de Nick se brisa.

Il ne pouvait se résoudre à parler de Danny. Son frère ne comprenait pas ce qu'il lui était arrivé et jamais Nick n'allait lui dire.

Mais il se souvenait trop clairement de ce jour, quatre années plus tôt, quand il était entré du travail et avait trouvé Danny allongé sur le plancher comme une poupée désarticulée, son visage en bouillie, du sang suintant de ses oreilles et de son nez. Et Reg Riley, l'ordure diabolique que Nick n'arrivait pas à appeler papa, se tenant au-dessus de lui, ses mains fermées en poings, jouant au gros dur parce qu'il avait fracassé un minuscule petit garçon sans défense.

Nick n'avait jamais su ce que son frère avait fait de mal. Danny n'avait que 11 ans. C'était un gamin tranquille qui ne s'attirait jamais d'ennui ou n'était jamais insolent avec son père. Pas comme Nick. Mais Nick avait 16 ans, et si grand et si fort que même Reg Riley n'était pas assez stupide pour déclencher une bagarre avec lui. Nick s'était torturé depuis ce jour, se demandant si son père avait décidé de punir Danny à sa place.

Nick avait transporté lui-même le petit corps brisé de son frère à travers le parc jusqu'au Nightingale.

Cela avait été le pire moment de sa vie. Il n'avait pas besoin de la religion, mais ce soir-là, il avait prié, échangé son âme, son avenir et tout ce qu'il avait, si le Tout-Puissant pouvait juste laisser son frère vivre.

Et Il l'avait fait. Mais personne n'avait pu promettre quel genre de vie il aurait.

Quand il avait su que Danny allait s'en sortir, Nick avait laissé sa mère pleurer ses larmes de crocodile sur son fils et était parti à la recherche de Reg Riley. Il l'avait trouvé se cachant au pub, l'avait fait sortir et lui avait fait goûter à ce qu'il avait fait à son plus jeune fils. La rage de Nick était si intense qu'il l'aurait tout simplement tué si d'autres hommes ne l'avaient pas empêché.

Mais Reg Riley avait compris le message. Ce soir-là, alors que Nick et sa mère se trouvaient à l'hôpital, il était allé à la maison, avait fait ses bagages et était parti.

Nick avait cru que sa mère aurait été reconnaissante que son mari agressif soit sorti de sa vie. Mais dès que le choc de ce qui était arrivé à Danny avait passé, June Riley avait rapidement oublié qui en avait été la cause.

— Tu ne sais pas ce que c'est, sanglota-t-elle maintenant. J'ai besoin de quelqu'un pour prendre soin de moi.

— Ne pleure pas, maman. Nous allons prendre soin de toi.

Danny l'étreignit plus étroitement, enfouissant son visage dans son cou. June le repoussa avec impatience.

— Pousse-toi, pour l'amour de Dieu. Tu m'étouffes.

Nick vit la lèvre de son frère trembler et son cœur se durcit.

— Je ne sais même pas pourquoi tu prends la peine de revenir, dit-il. Pourquoi n'es-tu pas restée à boire au pub avec tes amis ?

— Oh, crois-moi, je le ferais si je pouvais. Tout pour ne pas rester ici et voir ta foutue gueule toute la journée.

June prit une malveillante bouffée de sa cigarette.

— Je sais que c'est Noël, mais ils n'offrent pas de verres gratuits.

— Tu veux dire que tu n'as pas trouvé un type désespéré pour te les payer ? Tu dois perdre la main.

La lèvre de Nick se retroussa. Il mit sa main dans sa poche arrière et en sortit son portefeuille. Il put sentir les yeux de sa mère le regarder assidûment alors qu'il prenait un billet de 10 shillings et le posait sur la table devant elle.

— Je ne veux pas de ton argent ! siffla-t-elle.

— Très bien, je le reprends…

Il tendit la main vers le billet, mais June l'attrapa avant lui.

— Je vais le prendre pour le ménage, renifla-t-elle à travers ses larmes. Tu ne m'en donnes jamais assez de toute façon. Quelqu'un doit mettre un toit sur nos têtes.

« Nous n'aurions pas de toit s'il n'en tenait qu'à toi », pensa Nick. Il avait été l'homme de la maison bien avant que son inutile de père prenne le large, laissant tomber l'école pour faire toutes sortes de petits boulots et de courses. Il avait vendu de la ferraille, travaillé comme coursier pour un preneur de paris, même ramassé et vendu du fumier de cheval. N'importe quoi pour gagner quelques pennies.

Mais plus pour très longtemps. Un jour, bientôt, Danny et lui seraient en route pour une meilleure vie en Amérique. Et sa mère allait devoir trouver quelqu'un d'autre pour payer son gin.

*

— Pour la dernière fois, maman, vas-tu venir et prendre ton repas ? dit Rose exaspérée.

Mémé Winnie baissa à contrecœur le verre qu'elle tenait contre le mur.

— Je suis simplement intéressée, ronchonna-t-elle.

— Moi aussi, intervint Bea. Que se passe-t-il, mémé ?

— Ce n'est pas nos affaires, dit laconiquement Rose. Maintenant, tout le monde, asseyez-vous à la table.

Sa mère leur faisait encore honneur, pensa Dora en observant Alf prendre le couteau à découper. Toute la journée, la maison avait été remplie d'arômes alléchants, et maintenant, la table croulait sous un festin de poulet, de farce, de pommes de terre rôties, de panais, de carottes et de choux de Bruxelles. Cela n'avait rien à voir avec la nourriture médiocre dont elle avait l'habitude à la maison des infirmières : du ragoût gris graisseux, des pommes de terre dures bouillies et du porridge brûlé.

Cela n'avait aussi rien à voir avec le genre de Noël qu'ils avaient eu après le décès de son père. Dora pouvait encore se souvenir d'à quel point cela était lugubre, avec à peine suffisamment d'argent pour du charbon dans le feu et de la nourriture sur la table, encore moins des présents. Sa mère avait fait de son mieux pour ses enfants, travaillant toutes les heures qu'elle pouvait et se privant pour subvenir à leurs besoins. Elle affichait un sourire joyeux pour sa famille, mais le soir, après qu'ils étaient tous au lit, Dora l'avait souvent entendue pleurer à travers le mur mince comme une feuille de papier qui les séparait.

C'était une tout autre histoire maintenant. Dora observa ses frères et sœurs assemblés autour de la petite table, leur visage illuminé d'anticipation, et sa mère, souriant alors qu'elle servait le repas à sa famille. Elle était dans son élément, rayonnante d'être entourée de tous ses enfants. Même Peter, le frère aîné de Dora, à peine âgé de 20 ans et nouvellement marié, était là avec sa jeune épouse Lily. Elle regardait autour d'elle timidement, pas habituée à une assemblée aussi grosse et bruyante. Elle avait été élevée dans un orphelinat et n'avait pas de famille.

— C'est pour toi.

Les yeux d'Alf rencontrèrent ceux de Dora en lui tendant son assiette, troublant son moment de bonheur. Simplement de se trouver dans la même pièce que lui donnait la chair de poule. Elle aurait souhaité pouvoir crier, dire à tout le monde quel monstre il était. Mais comme le savait trop bien Alf, jamais elle ne pourrait avouer sa honte à quiconque, ou sinon elle détruirait le bonheur de sa famille.

Le bruit de la porte avant des Riley se fermant avec fracas fit trembler les fenêtres. Tout le monde sauta.

— On dirait que June est partie pour un autre tour, dit mémé Winnie en se servant des choux Bruxelles.

Rose secoua la tête avec pitié.

— Ce que ces pauvres garçons doivent endurer. C'est terrible, vraiment.

Dora vit le regard pensif de sa mère et sut ce qui allait suivre. Tout le monde le savait aussi.

— Non, Rose, dit Alf. Nous ne prenons pas d'enfants abandonnés et errants.

— Ils ne sont pas errants. Ils sont nos voisins.

Rose regarda son mari d'un air implorant.

— Comme si nous avions de l'espace pour des visiteurs, râla mémé. La maison ressemble déjà au Trou noir de Calcutta.

— Je ne vais pas rester assise ici à m'empiffrer alors que ces garçons sont à côté en train de mourir de faim, maman, dit Rose en posant sa fourchette et son couteau. Désolée, mais ça ne me semble pas bien. Je sais ce que c'est d'avoir faim et je ne voudrais pas voir les enfants de quiconque devoir vivre cela. Nous trouverons de la place pour eux quelque part. Dora, va les chercher.

Elle franchit la clôture brisée et frappa à la porte arrière des Riley, presque certaine que c'était une perte de temps. Si Nick était réticent à accepter quelques tartelettes aux fruits, il n'allait certainement pas venir prendre le repas de Noël avec eux !

Il entrebâilla la porte et la fusilla du regard.

— Que veux-tu ?

« Rien, si tu me parles ainsi », pensa-t-elle.

Mais elle refoula son irritation.

— Maman vous invite à manger.

— Nous n'avons pas besoin de charité.

Dora observa son visage obstiné. Elle ne pouvait pas réellement le blâmer pour sa fierté, car elle était elle-même très fière.

— Ce n'est pas de la charité, dit-elle. Ce n'est que des familles s'entraidant, comme nous l'avons toujours fait. Mais fais comme tu veux, ajouta-t-elle en haussant les épaules. Si tu préfères avoir faim à cause de ta fierté, alors ce sont tes affaires. Mais je ne crois pas que ce soit juste de priver ton frère, simplement parce que tu refuses un peu de gentillesse d'un voisin.

Comme elle se tournait pour partir, Nick lâcha soudainement.

— Attends.

Elle se retourna vers lui. Ses traits foncés étaient renfrognés, comme s'il combattait ses propres sentiments.

— Nous viendrons, finit-il par dire. Pour le bien de Danny.

« Ne nous faites pas de faveur, d'accord ? » avait envie de lancer Dora. Mais elle se mordit la langue, sachant que la porte lui serait probablement claquée au visage si elle le faisait.

Prudemment, les garçons Riley entrèrent dans la cuisine, regardant autour, comme s'ils arrivaient d'un pays étranger.

— Ne restez pas là, les garçons. Entrez et mangez quelque chose, leur dit Rose en souriant. As-tu les assiettes, Josie ? Installe-les là-bas, près de toi. Nick, assieds-toi à côté de Dora.

Rose remplit leurs assiettes de nourriture. Danny s'y attaqua immédiatement, mais Nick fut plus prudent.

— Regardez le pauvre petit bonhomme, dit mémé Winnie dans un chuchotement sonore. On pourrait croire qu'il n'a pas mangé depuis une semaine.

Dora lança un regard vers sa grand-mère afin de la faire taire, mais elle et Bea étaient trop occupées à fixer Danny de leurs yeux fascinés, comme si elles examinaient un animal au zoo.

Dora et Nick ne parlèrent pas ni n'eurent de contact visuel de tout le repas, mais elle était consciente de son corps tassé à côté d'elle, si près qu'elle pouvait sentir ses larges épaules frôler les siennes. Elle était aussi consciente de mémé qui les observait tous les deux avec intérêt.

Après le repas, Nick aida à nettoyer la table. Lui et Dora transportèrent les assiettes dans l'arrière-cuisine pendant que Danny resta assis sur le tapis devant le feu avec Alfie à l'aider à construire une tour avec ses nouveaux blocs.

— Je vais aider à faire la vaisselle, offrit Josie, mais mémé l'arrêta.

— Laisse-les, dit-elle dans un autre chuchotement sonore. On ne sait jamais, peut-être veulent-ils être seuls ensemble.

Dora sentit un filet froid d'horreur courir le long de sa nuque.

« Je t'en prie, mémé, ne fais pas ça », pria-t-elle.

— Pourquoi ? demanda Bea.

— Parce qu'il est grand temps que Dora commence à se faire courtiser. Et je crois que Nick Riley est un aussi bon parti que n'importe qui dans le coin.

Dora n'osa pas se retourner. Elle était consciente que Nick était soudainement devenu très immobile près d'elle.

— Mais tu as dit que Nick Riley était une petite raclure et qu'aucune fille n'était en sécurité avec lui ! lui rappela Bea bruyamment.

— C'est peut-être le cas, mais je crois que ça ira pour notre Dora. C'est une fille raisonnable. Et de toute façon, elle ne peut pas se permettre d'être trop difficile !

Dora devint écarlate alors qu'ils se tenaient devant l'évier en silence, elle lavant la vaisselle et lui la séchant. Elle était si humiliée, qu'elle ne pouvait pas se résigner à le regarder. Elle était si sidérée qu'elle ne prêtait pas attention à ce qu'elle faisait. Lorsqu'elle voulut mettre une assiette sur l'égouttoir, elle lui glissa des mains et se fracassa sur le carrelage du plancher.

— Merde !

Elle s'accroupit pour ramasser les morceaux, mais Nick fut plus rapide.

— Laisse-moi faire, dit-il. Tu pourrais te couper. Va chercher du papier journal.

Dora trouva du vieux papier journal avec le bois d'allumage et l'étendit sur le plancher. Nick ramassa prudemment les morceaux.

— Désolée, dit-elle.

Il haussa les épaules.

— Une de moins à sécher.

Ils savaient tous les deux qu'elle ne parlait pas de l'assiette brisée.

Elle lui jeta un coup d'œil de biais. La courbe au coin de sa bouche serait peut-être passé inaperçue à la majorité des gens, mais c'était ce qui ressemblait le plus à un sourire de la part de Nick Riley.

CHAPITRE 16

Le jour de Noël à la salle Holmes débuta par la préparation d'un corps.

Quand sœur Holmes arriva au service ce matin-là, sa principale préoccupation concernait le désordre que l'équipe de nuit avait laissé dans la cuisine du service. Elles étaient au mieux négligentes dans le meilleur des cas, mais la veille de Noël, il y avait forcément eu plus d'enthousiasme. Certaines infirmières avaient été particulièrement frivoles lorsqu'elles avaient chanté leurs traditionnels chants de la veille de Noël, se promenant dans la salle en chantant, leur grande cape retournée pour montrer la doublure rouge, chacune transportant une chandelle allumée dans un pot à confiture. Elle espérait seulement qu'aucune d'entre elles n'avait découvert comment ouvrir le placard verrouillé où elle gardait la réserve d'urgence de brandy.

Mais il n'y avait pas de gaieté, seulement des visages sombres alors que la sœur de nuit lui expliquait que M. Oliver été mort peu de temps après l'aube.

C'était la dernière chose à laquelle sœur Holmes s'attendait. Après s'être si bien rétabli durant des semaines, son état s'était soudainement aggravé au cours de la nuit. Tout le monde avait dit après son accident qu'il était chanceux d'avoir échappé à la mort ; en fin de compte, la mort était venue le réclamer.

Sœur Holmes observa les infirmières venues prendre leur service une heure plus tôt. Les jeunes Tremayne et Hollins étaient blêmes et secouées. Même Mary Lund, une infirmière-chef adjointe qui était son bras droit depuis cinq ans, était abattue. Cependant, en tant qu'infirmière expérimentée, elle parvenait mieux que les étudiantes à le camoufler.

— Je sais qu'il s'agit d'un moment triste pour nous toutes, mais nous avons un devoir envers nos autres patients, leur rappela sœur Holmes quand elle remit la liste des choses à faire pour la journée. C'est le jour de Noël, et ces hommes sont loin de leurs êtres chers, ils sont seuls et ils souffrent. Nous devons agir en professionnelles et mettre de côté nos propres sentiments. Essayez de rendre cette journée aussi plaisante que possible autant pour eux que pour nous.

— Oui, sœur, dirent-elles en chœur.

— Hollins, je veux que vous administriez les derniers soins.

Hollins leva brusquement la tête.

— Mais sœur…

— Je ne crois pas avoir demandé un débat, Hollins.

Elle lança à l'étudiante un regard acerbe la faisant taire.

— Êtes-vous certaine que je ne devrais pas le faire, sœur ? demanda Mary Lund alors que les filles s'éloignaient vers la salle de soins. Ce n'est qu'un jeune homme, pas beaucoup plus âgé qu'elles le sont…

— Elles sont infirmières, Lund. Elles doivent apprendre leurs devoirs, peu importe les circonstances.

— Oui, mais…

— C'est une leçon difficile, mais c'est une profession difficile. Plus tôt elles le comprennent, mieux c'est.

« Particulièrement Hollins », pensa-t-elle.

Si elle mettait autant de soin et d'effort dans son travail qu'elle en mettait à flirter avec les jeunes médecins, elle réussirait peut-être même à passer ses examens de l'État.

Mary Lund baissa les yeux.

— Oui, sœur.

Sœur Holmes se rendit dans son bureau et ferma la porte. Assise à sa table de travail, elle desserra les cordons de sa coiffe amidonnée de sous son menton et massa ses tempes qui la martelaient. Cela faisait moins de 30 minutes qu'elle avait pris son service et elle était déjà épuisée. Elle n'avait aucune idée de la manière dont elle parviendrait à survivre aux 12 prochaines heures, encore moins demeurer enjouée pour les patients.

Elle avait épuisé toutes ses forces à s'occuper de sa mère. Elle était restée éveillée la majorité de la nuit, se levant et se recouchant, faisant les cent pas dans sa chambre, errant sur le palier, cherchant son défunt mari. Elle s'était débattue alors que sa fille tentait de la réconforter.

— Qui êtes-vous ? Je ne vous connais pas. Sortez ! avait-elle crié.

— Chut, mère. C'est moi, Miranda.

— Vous n'êtes pas Miranda.

La vieille femme avait reculé, le visage grimaçant d'horreur.

— Miranda est à l'école. Vous n'êtes pas ma fille !

Puis, elle avait dû la calmer et la cajoler et lui parler à l'oreille jusqu'au moment où sa mère avait retrouvé la mémoire. Cela l'attristait tant de voir la confusion et la panique sur son visage alors qu'elle comprenait que 20 ans lui avaient d'une manière ou d'une autre échappé et qu'elle n'était plus Elise Pallister, la belle et célèbre actrice, mais une vieille femme malade dont le mari était mort et dont la fille était une adulte qu'elle reconnaissait à peine.

Miranda avait remis sa mère au lit et l'avait bercée comme une enfant jusqu'à ce qu'elle s'endorme enfin juste avant l'aube. Puis, elle l'avait laissée aux soins de leur gouvernante, Mme Jarvis, et était entrée au travail.

C'était presque un soulagement de franchir le portail du Nightingale, là où elle pouvait cesser d'être Miranda Pallister avec ses préoccupations et ses maux de tête et plutôt devenir sœur Holmes. Ici, en service, elle pouvait imposer l'ordre. Elle avait des patients à s'occuper et des infirmières qui avaient besoin de sa calme autorité. Pendant au moins quelques heures, elle avait l'excuse parfaite pour décrocher et oublier tout ce qui se passait à la maison.

Sauf qu'elle n'y arrivait jamais. La tristesse et l'anxiété étaient toujours présentes, tiraillant au fond de son esprit.

Un léger cognement à sa porte dérangea ses pensées.

— Sœur ? appela l'infirmière-chef adjointe Lund. M. Hopkins est ici pour emmener M. Oliver. Dois-je m'en occuper ?

— J'arrive.

Sœur Holmes arrangea rapidement sa coiffe, attachant les cordons de ses doigts tremblants. Elle jeta un coup d'œil méticuleux dans le miroir pour s'assurer qu'elle était aussi impeccable que toujours. Ses infirmières et ses patients n'attendaient d'elle rien de moins que la perfection.

Alors qu'elle souriait à son reflet, elle se souvint comment elle avait l'habitude d'observer avec fascination sa mère appliquer son maquillage, assise à sa coiffeuse, entourée de ses poudres et de ses fards.

— Tu dois faire bonne figure pour ton public, ma chérie, disait-elle toujours.

Sœur Holmes ajusta sa coiffe et alla à la rencontre de son public.

Helen ne pouvait s'empêcher de penser à M. Oliver alors qu'elles prenaient les signes vitaux. Elle ne pouvait imaginer comment sa famille allait se sentir en se réveillant le matin de Noël et en apprenant que leur fils était mort. Et sa petite amie, cette pauvre fille qui était demeurée assise à son chevet avec tant de dévouement, caressant sa main et lui disant qu'elle l'aimait.

Et le fait que cela se produise le jour de Noël, un jour qui était censé être si rempli d'espoir et d'attente, faisait paraître cela encore plus cruel.

Sa mort jetait une ombre sur le reste de la salle. Alors que la nouvelle se répandait vers les autres patients, les hommes devinrent silencieux. Il n'y eut pas les habituelles plaisanteries et la gaieté qui accompagnait en temps normal la routine du petit matin. Tout le monde s'était pris d'affection pour Percy Oliver, espérant qu'il aille mieux. Pas seulement parce qu'il semblait être un bon garçon, mais parce que sa guérison miraculeuse à la suite de sa chirurgie leur donnait à tous l'espoir qu'ils allaient eux aussi s'en sortir.

La seule qui ne semblait pas en être troublée était Amy Hollins. Elle était trop préoccupée par ce qu'elle allait porter lors de la danse de Noël.

— Je ne sais pas si je devrais choisir la rose ou la verte, médita-t-elle.

Il était inhabituel qu'Amy lui adresse la parole, alors Helen supposa que son besoin de bavarder l'emportait sur son aversion.

— Ma robe rose est nouvelle, mais la verte est plus jolie. En fait, elle n'est pas réellement verte, plus émeraude… que vas-tu porter ?

— Je n'y vais pas.

Helen leva un thermomètre pour vérifier la lecture.

— Quelle surprise !

Amy roula les yeux.

— Je suppose que tu n'aimes pas la danse comme tout le reste ?

— Je ne vois simplement pas l'intérêt.

La vérité était qu'elle n'avait jamais dansé de sa vie. Et elle n'était pas près d'essayer, puisque sa mère lui avait défendu d'y aller.

— Je ne veux pas que tu y sois associée, avait-elle déclaré. C'est un gaspillage des fonds de l'hôpital et cela encourage trop de familiarité parmi les membres du personnel médical.

En voyant maintenant l'expression d'Amy, il était évident qu'elle s'attendait à trop de familiarité. En fait, elle serait probablement amèrement déçue s'il n'y en avait pas.

— Tu es tellement barbante, Tremayne, l'accusa Amy. Mais je suppose que tu ne t'inquiètes pas d'y rencontrer qui que ce soit, n'est-ce pas ? Tu as les yeux sur quelqu'un d'autre.

— Je ne vois pas ce que tu veux dire.

— Oh, allez ! Nous savons toutes que Charlie Denton te plaît !

— Ce n'est pas vrai !

Helen put sentir la couleur envahir son visage.

— Alors pourquoi traînes-tu toujours près de lui ? « Aimeriez-vous un plateau, M. Denton ? Puis-je retaper vos oreillers pour vous, M. Denton ? » dit-elle en imitant la voix d'Helen.

— J'essaie seulement d'être une bonne infirmière.

— Réellement ? Je ne t'ai pas vu retaper les oreillers de M. Boyd toutes les cinq minutes. Oh, non, j'oubliais. Il n'est qu'un vieux type malodorant avec une prostatectomie et pas un beau jeune homme dont la fiancée vient de le larguer, dit Amy en riant méchamment. Tu t'imagines comme sa remplaçante, n'est-ce pas ? Tu estimes avoir une chance avec lui simplement parce qu'il a perdu une jambe et que personne d'autre n'en voudra ?

— C'est une horrible chose à dire.

Helen se pressa vers le lit suivant, désireuse de mettre le plus de distance entre elle et le petit sourire satisfait d'Amy Hollins.

*

Il était de tradition pour les infirmières d'avoir leur propre célébration dans le salon de la sœur le matin de Noël. Sœur Holmes leur servit du café et leur offrit les petits cadeaux qu'elle leur avait achetés. Malgré leur abattement, elles poussèrent toutes, comme il se devait, des oh et des ah devant leurs flacons de parfum et leurs boîtes de talc, et sœur Holmes parut aussi enchantée du cendrier pour lequel elles avaient toutes contribué pour lui acheter. Quand elle eut ajouté une goutte du brandy dilué dans leur café de la bouteille qu'elle gardait dans son placard d'urgence et qu'elles eurent ouvert les boîtes de chocolats et de dattes que des patients reconnaissants leur avaient offertes, leur bonne humeur était presque rétablie.

Quand les brancardiers arrivèrent avec leur repas de Noël, les hommes étaient aussi de bonne humeur. Pour une fois, tous ceux pouvant sortir du lit s'assemblèrent autour de la table au centre de la salle pour observer le brancardier en chef Edwin Hopkins découper la dinde. Il aimait l'importance de ce moment et insistait pour dire un interminable bénédicité avant de commencer à découper. Helen était habituée aux prières avant les repas à la maison, mais les hommes commencèrent à bouger d'impatience et à s'éclaircir la gorge, alors sœur Holmes lui décocha un regard de biais par-dessus ses mains jointes.

— Mon Dieu, dites-moi qu'il n'est pas chirurgien ! plaisanta M. O'Sullivan alors que M. Hopkins arrachait maladroitement une aile et la plaçait dans une des assiettes.

Alors qu'Helen aidait à faire passer les assiettes à la table, elle remarqua qu'un siège était vide. Charlie Denton était toujours affalé dans son lit, fixant le vide.

Elle s'avança vers lui, souriant gaiement.

— Vous ne vous joignez pas à nous, M. Denton ? Je croyais que vous auriez envie d'essayer votre nouvelle jambe ?

Il avait reçu une prothèse temporaire le jour précédent, mais elle était restée inutilisée depuis.

Il la regarda avec apathie.

— Je n'ai pas faim.

— Mais vous devez manger. Je peux vous apporter votre repas si vous désirez ?

— Je vous ai dit que je n'avais pas faim, répondit-il d'un ton sec.

Helen tressaillit. Jamais elle ne l'avait entendu élever la voix ; il était toujours prêt à sourire à tout le monde.

Elle retourna à la table.

— Tout va bien, Tremayne ? dit sœur Holmes.

— M. Denton n'a pas envie de manger.

Sœur Holmes lui jeta un coup d'œil et le vit avachi contre ses oreillers.

— Eh bien, il devra s'en passer alors, dit-elle sèchement. C'est un hôpital ici, pas un hôtel. Nous ne pouvons pas servir aux patients leur repas quand bon leur semble.

Alors qu'elles distribuaient les assiettes, Amy Hollins se glissa près d'Helen.

— Tu dois perdre la main, dit-elle. Ton monsieur Denton n'a plus envie de flirter avec toi.

— Je ne sais pas de quoi tu parles.

Alors qu'elle s'éloignait, elle entendit Amy ajouter :

— On dirait que même les estropiés ont des standards.

Helen essaya d'ignorer les remarques désobligeantes et surveilla Charlie Denton tout l'après-midi. Les autres hommes jouèrent aux dominos et aux cartes à la table, et malgré leur insistance, il refusa de se joindre à eux.

À 15 h, ils se regroupèrent tous autour de la radio pour écouter le roi George faire son allocution à la nation.

— Je ne me ferai jamais à entendre sa voix, dit M. O'Sullivan. Imaginez-le, assis là-bas à Sandringham en ce moment même, nous parler à nous ici. Cela vous rend fier, n'est-ce pas ?

— J'aimerais mieux me trouver où il est qu'où je suis, plaisanta un des hommes.

— Je ne sais pas trop. Le pauvre diable n'a pas eu les choses faciles, hein ? Avec la guerre puis tous les problèmes en Irlande et la grève générale, puis l'économie qui s'effondre autour de nous.

— Je ne l'ai pas vu aux portes des docks en train de chercher du travail.

— Là n'est pas la question, insista M. O'Sullivan avec obstination. Et il ne va pas bien lui non plus. Il ne va pas bien depuis les 10 dernières années…

— Allez-vous la fermer avec votre foutu Roi ? cria Charlie Denton, les choquant jusqu'au silence. C'est déjà assez pénible que nous devions rester allongés ici et l'écouter blablater sur ceci ou cela, sans que vous vous joigniez à lui aussi !

Il s'effondra contre ses oreillers, épuisé par son emportement.

Sœur Holmes émit sa désapprobation.

— Vraiment, quelqu'un ne se sent pas du tout d'humeur festive, n'est-ce pas ? Allez le voir, Tremayne. Essayez de lui offrir des mots réconfortants si vous le pouvez avant qu'il bouleverse toute la salle.

Consciente qu'Amy l'observait, Helen prépara une tasse de thé et l'apporta à l'autre bout de la salle là où Charlie était couché, fixant le plafond. La vie et l'espérance qui l'avaient soutenu lors des mauvais jours après son accident semblaient s'être envolées, le laissant dans une grande tristesse.

— Voilà pour vous, M. Denton.

Elle s'efforça à mettre de la gaieté dans sa voix.

— Je vous ai préparé une bonne tasse de thé.

— Du thé ?

Il la fixa, ses yeux bleus froids.

— Cela va tout arranger, n'est-ce pas ?

— Cela ne peut rien aggraver.

— Non, vous avez raison là-dessus.

Il tourna son regard vers la fenêtre. La pluie ruisselait sur les carreaux.

— Les choses ne pourraient pas être pires, n'est-ce pas ?

— Oh, je ne sais pas, dit-elle. Vous pouvez au moins vous lever maintenant que vous avez votre nouvelle jambe.

— Cette chose ?

M. Denton regarda avec dédain l'objet en plâtre avec ses sangles et ses attelles complexes.

— Ce n'est pas exactement une jambe, n'est-ce pas ?

— J'admets que ce n'est pas la plus jolie chose au monde, mais elle fera l'affaire. Et vous en aurez une permanente quand vous aurez maîtrisé la manière de vous déplacer avec celle-ci.

Helen posa la tasse sur le casier près de son lit.

— Et si nous l'essayions maintenant ? Je pourrais vous aider à l'installer.

Il retourna le regard vers la fenêtre.

— Quel est l'intérêt ? dit-il avec apathie.

— Eh bien, vous devez exercer suffisamment vos muscles si vous voulez qu'ils puissent vous supporter afin de marcher de nouveau…

— Oui, mais je ne vais pas marcher de nouveau, n'est-ce pas ? Vous ne cessez de parler de ma nouvelle jambe et d'être de nouveau sur pied, comme si ce maudit moignon inutile allait soudainement repousser et que j'allais être comme neuf. Mais cela n'arrivera pas, n'est-ce pas ?

Helen jeta un coup d'œil autour d'elle, sentant avec malaise que tous les regards étaient braqués dans leur direction.

— Baissez la voix, M. Denton. Vous dérangez les autres patients.

— Je m'en fiche. Ne comprenez-vous pas ça, infirmière ? Je m'en contrefiche !

Ses yeux flamboyaient de colère.

— Je n'ai pas que perdu ma jambe dans cet accident, j'ai tout perdu. Et j'en ai assez de faire bonne figure, de faire semblant que tout ceci n'est qu'une partie de rigolade et que tout sera de nouveau chouette. Parce que ce n'est pas le cas. Quand je sortirai d'ici, que me reste-t-il ? Je vais vous le dire, d'accord ? Rien. Pas de travail, pas d'avenir, pas de fille à marier. Tout ce dont j'ai rêvé, tout ce que j'ai espéré, n'est plus. Quand la machine a pris ma jambe, elle a pris tout le reste aussi. Je souhaiterais qu'elle ait terminé le travail. Si j'avais su ce qui allait m'arriver, je m'y serais jeté.

Un muscle trembla dans sa mâchoire tendue.

— Alors non, infirmière, je ne veux pas de votre fausse jambe ou de vos faux sourires ou de vos foutues fausses promesses. Et je ne veux pas de votre foutu thé non plus !

Dans un geste de colère, il balaya la tasse de son casier. Helen tenta d'éviter le liquide chaud, mais il l'atteignit directement à la poitrine.

Pendant un moment, personne ne bougea. Elle baissa les yeux vers la tache brune se répandant sur la bavette de son tablier.

La colère de M. Denton se transforma rapidement en horreur.

— Infirmière Tremayne, je suis désolé. Je ne voulais pas..., commença-t-il, mais quelque chose à l'intérieur d'Helen se cassa.

— Désolé ? J'espère bien !

La voix qui jaillit d'elle était plus forte et plus dure qu'elle ne s'était jamais elle-même entendue utiliser.

— Comment osez-vous rester assis là et dire que vous souhaiteriez être mort ? Un jeune homme a perdu la vie ce matin. Quelque part, une famille est en deuil de leur fils. Et votre famille est assise devant son repas et rend grâce au ciel que le sien soit encore vivant.

Elle était consciente que sœur Holmes, au milieu de la salle et se dirigeant vers eux, s'était arrêtée.

— Croyez-vous que M. Oliver voulait mourir ? Avec ses importantes blessures à la tête, Dieu sait quel genre de vie il aurait eu s'il avait survécu et malgré tout, il s'est battu jusqu'à la fin. Parce qu'il savait que n'importe quelle vie est préférable à pas de vie du tout.

Elle sentit des larmes brûlantes de colère surgir de ses yeux.

— Alors, ne restez jamais, jamais assis là à vous apitoyer sur vous-même et vous plaindre sur votre vie. Parce que quelqu'un quelque part a décidé qu'elle valait la peine d'être épargnée. Et il y a des gens qui sont loin d'être aussi chanceux que vous.

Dans le silence retentissant qui suivit, la seule chose qu'Helen entendit fut sa propre respiration, difficile et irrégulière.

Elle sentit une main sur son épaule.

— Allez vous ressaisir, Tremayne, dit doucement sœur Holmes. Hollins peut nettoyer ce dégât.

Helen quitta la salle dans un état confus, consciente que tous les yeux étaient posés sur elle. Dehors dans la cour, la pluie froide la frappa telle une gifle en plein visage, la ramenant brusquement à la raison.

Qu'avait-elle fait ? Elle avait permis à ses sentiments de l'emporter, et maintenant que sa colère s'atténuait, elle se sentait terriblement honteuse.

— Hels ?

Elle regarda autour d'elle. William courait sous la pluie dans sa direction.

— J'étais en train de jouer aux cartes dans le pavillon des brancardiers quand je t'ai vue te précipiter dehors. Que fais-tu ici ? Que t'est-il arrivé ?

Helen baissa les yeux vers la tache sur son tablier. Elle l'avait oubliée.

— C'était un accident, dit-elle en frissonnant sous la pluie. Je dois aller me changer…

— Pas avant que tu m'aies tout dit.

William lui saisit le poignet.

— Tu trembles comme une feuille. Calme-toi et dis-moi ce qui s'est passé.

Ils se réfugièrent dans l'embrasure d'une porte et Helen lui expliqua avoir perdu son calme envers Charlie Denton. William écouta attentivement.

— Et il t'a lancé une tasse de thé ? demanda-t-il, la mâchoire crispée de colère. Je vais aller lui dire un mot.

— Non, ne fais pas ça, supplia Helen. Il était contrarié.

— Il aura une raison d'être contrarié quand j'en aurai fini avec lui. Comment ose-t-il faire ça à ma sœur ?

— Je crois lui en avoir suffisamment dit, lâcha Helen. Il est inutile que nous ayons tous les deux des ennuis.

— Tant mieux pour toi. On dirait qu'il a eu ce qu'il méritait.

— Mais j'ai agi d'une manière peu professionnelle, dit-elle misérablement. On va probablement m'envoyer chez l'infirmière en chef.

— Ça n'ira pas jusque-là, l'apaisa William.

— Mais si. Et alors, mère l'apprendra et alors…

Elle laissa sa phrase en suspens.

Et alors, jamais, jamais elle ne finirait d'en entendre parler, pensa-t-elle.

Après avoir réussi à calmer William et lui assurer qu'elle n'avait pas besoin qu'il aille s'en prendre à Charlie Denton, Helen rentra à la maison des infirmières pour passer un tablier propre. Puis, elle retourna à la salle.

Elle se faufila, emplie d'appréhension, prête à s'excuser à tout le monde. Elle venait à peine de franchir la porte quand sœur Holmes se mit sur son chemin.

— Vous vous sentez un peu plus calme, Tremayne ?

Ses sourcils se levèrent d'un air interrogateur.

— Oui, sœur. Merci, sœur.

Helen baissa la tête, prête à réciter le discours qu'elle avait préparé au retour de la maison des infirmières.

— Je suis vraiment désolée, sœur. Il était très déplacé de ma part de parler ainsi. Je vais évidemment m'excuser auprès de M. Denton.

— Avant de ce faire, Tremayne, peut-être devriez-vous jeter un coup d'œil ?

Sœur Holmes fit un pas de côté. Helen leva la tête avec précaution. Et là, tout au bout de la salle, M. Denton était assis sur la chaise près de son lit, faisant un mot croisé, sa prothèse temporaire levée sur un tabouret devant lui.

— On dirait que votre petit sermon lui a fait le plus grand bien, dit sœur Holmes. Mais je vous en prie, n'en prenez pas l'habitude, d'accord Tremayne ?

— Non, sœur.

Elle ne l'approcha pas immédiatement. Sœur Holmes lui avait peut-être pardonné, mais elle n'était pas certaine que Charlie Denton lui pardonnerait un jour.

Finalement, elle ne put l'éviter plus longtemps. Amy et elle prenaient de nouveau les signes vitaux et, manque de chance, il était le dernier sur sa liste.

— Infirmière T, la salua-t-il doucement.

— M. Denton.

Ils demeurèrent tous les deux silencieux alors qu'elle prenait son pouls. Ce n'est qu'après qu'elle eut écrit le résultat sur le dossier au pied de son lit qu'il finit par dire :

— Merci.

— Pour quoi ?

— Pour m'avoir donné un coup de pied au derrière.

Ses yeux rencontrèrent ceux d'Helen.

— Je crois que j'en avais besoin.

La tête d'Helen se mit à tourbillonner de toutes sortes de sentiments. Il y avait tant de choses qu'elle voulait dire, mais cette fois, elle parvint à demeurer professionnelle.

— Aimeriez-vous cette tasse de thé maintenant, M. Denton ? demanda-t-elle.

— Merci, infirmière. Cela serait effectivement très aimable.

Elle se donna beaucoup de mal pour disposer joliment le plateau avec un beau linge coloré et un biscuit de Noël. Alors qu'elle plaçait une branche de houx sur la soucoupe, elle se dit qu'Amy Hollins avait tort. Elle ferait la même chose pour n'importe quel patient, même M. Boyd.

CHAPITRE 17

Lucy Lane était assise à sa coiffeuse, admirant son cadeau de Noël dans le miroir. Les perles étincelaient joliment contre sa peau, trois rangs liés ensemble par un fermoir incrusté d'un diamant. Son père lui avait assuré qu'elles provenaient des mers du Sud, donc elles étaient de qualité supérieure. Elles iraient parfaitement avec la nouvelle robe que sa mère avait fait confectionner pour elle, d'un gris argenté chatoyant, en satin et mousseline de soie, coupée de biais et ainsi glissant sur ses courbes sveltes avant de tomber en de délicates pointes perlées presque jusqu'au sol. Avec des escarpins argentés, des gants de soirée en satin blanc et l'étole de renard argenté de sa mère, elle allait voler la vedette à la fête de Noël ce soir, décréta-t-elle.

Quel dommage que ce ne soit qu'une stupide fête d'hôpital et non pas une très grande occasion où elle aurait pu être photographiée ! Mais même si elle n'allait pas se retrouver dans les pages du *Tatler*, au moins aurait-elle la satisfaction de voir les autres filles vertes de jalousie. La plupart d'entre elles ne pouvait même pas s'offrir une nouvelle paire de bas pour l'occasion, alors encore moins une robe conçut par Hartnell.

Au rez-de-chaussée, ses parents se disputaient. Cela se préparait comme un orage depuis le départ du dernier invité lors du réveillon. Tout au long de la journée de Noël, des nuages noirs s'étaient formés, la tension s'était accumulée, avec de longs et oppressants silences, ponctués d'étranges pointes. Cela avait presque été un soulagement quand enfin l'orage avait éclaté et que les cieux s'étaient ouverts en un cri de rage rempli de méchanceté. Cela durait depuis si longtemps que Lucy le remarquait à peine alors qu'elle était assise devant son miroir, tournant la tête d'un côté puis de l'autre afin d'admirer l'éclat irisé des perles, perdue dans son propre monde de robes et de danses.

Elle savait que ce serait bientôt terminé. L'orage allait s'essouffler de lui-même, les cris et les fracas d'ornements allaient cesser et la paix serait restaurée. Dans quelques jours, son père allait apaiser sa mère en lui offrant un cadeau, peut-être des diamants de chez Asprey ou une nouvelle fourrure, et les sourires seraient de retour. Jusqu'à ce que les nuages menaçants se massent de nouveau.

La porte avant claqua, la faisant sursauter. Un instant plus tard, elle entendit la voiture de son père s'éloigner en rugissant. Elle s'arma de courage, effleurant toujours ses perles. Un frémissement d'effroi se déploya dans son ventre.

Sans surprise, quelques minutes plus tard, de la musique provenant du gramophone crépitant s'éleva jusqu'à l'étage. *It had to be you.* Lucy savait quelle chanson jouerait bien avant qu'elle la distingue clairement. Sa mère la mettait toujours quand elle avait bu ou était malheureuse, ou les deux.

Lucy fixa son reflet dans le miroir, se demandant combien de temps elle pourrait l'éviter. Elle détestait quand son père s'enfuyait, la laissant seule à négocier avec sa mère. Mais elle ne lui en voulait pas du tout. Elle avait tant de fois voulu s'enfuir elle-même.

Finalement, elle ne put l'éviter plus longtemps. Avec un lourd soupir, elle enleva ses perles et se dirigea au rez-de-chaussée.

Elle trouva sa mère dans le salon, un verre de vin dans une main, une bouteille dans l'autre, ondulant doucement sur la musique. Toujours en dansant, elle tourna lentement et vit Lucy.

— Ma chérie ! Viens danser avec moi.

Elle tendit les bras, aussi longs et minces que ceux d'une ballerine. Il était 17 h et elle portait encore sa robe de soirée en satin ivoire de la veille, les pieds nus. Son maquillage avait coulé et formait comme des ecchymoses sous ses yeux.

— Où est papa ? demanda Lucy.

— Comment le saurais-je ? Je ne suis que sa femme.

Sa robe avait un grand décolleté au dos. Sa mère était mince telle que le prescrivait la mode du moment, et Lucy pouvait voir chaque os se dessiner le long de sa colonne.

— Et je me fiche de lui de toute façon. Je veux simplement danser et être heureuse et tout oublier.

Elle tournoya, ouvrant grand ses bras, renversant négligemment du vin.

— Donne-moi ça.

Lucy s'avança et lui prit la bouteille, déliant ses doigts longs et osseux.

— Tu vas abîmer le tapis.

Clarissa Lane émit un rire cassant.

— On dirait ton père. Ne fais pas ceci, ne fais pas cela, souviens-toi de qui je suis… Comme si je pouvais l'oublier !

Elle fit face à Lucy, ses yeux étincelant dangereusement.

— Regarde-toi. Si désapprobatrice. Une vraie fille à papa. Tu tiens beaucoup trop de lui, l'accusa-t-elle en faisant une grimace.

« Je suis heureuse de ne pas tenir de toi », pensa Lucy en regardant sa mère se balancer, fredonnant les dernières mesures de la musique.

Elle n'arrivait pas à se rappeler quand tout avait commencé à aller de travers. Une minute, elle était une petite fille avec deux parents aimants la traitant comme une princesse. La suivante, elle était prise entre un père qui préférait être partout sauf à la maison et une mère en colère et amère qui buvait pour s'empêcher de s'en faire.

La musique mourut. Sa mère continua de danser.

— Remets-la, dit-elle rêveusement, les yeux clos.

— Non. Ça me donne mal à la tête.

— Eh bien, j'aime cela.

Lucy l'observa traverser la pièce d'un pas incertain. Elle fit glisser l'aiguille du gramophone sur le disque avec un crissement déplaisant. Puis, elle retourna à sa danse, valsant avec un partenaire invisible, les yeux clos, les lèvres mimant les paroles.

— C'était notre chanson préférée, dit-elle. Je me souviens de lui me la chantant un soir à Paris… oh, mon Dieu, j'ai besoin de plus de vin…

— Non, maman. S'il te plaît.

Lucy s'élança pour l'arrêter avant qu'elle puisse sonner le majordome.

— Ça ne ferait qu'aggraver les choses, supplia-t-elle.

Elle retint les bras de sa mère, sentant la minceur fragile de sa peau et de ses os. Pendant un instant, leurs regards se heurtèrent et Lucy retint son souffle de peur, attendant qu'elle réagisse. Soit elle allait se débattre et griffer ou…

Clarissa devint soudainement molle entre ses bras, comme une marionnette dont les fils auraient été coupés. Sa bouche s'affaissa d'un air abattu.

— Oh, mon Dieu, brailla-t-elle. Pourquoi a-t-il cessé de m'aimer ?

Lucy l'attrapa quand elle tomba dans ses bras, la réconfortant comme une enfant.

— Il t'aime, maman.

— Alors pourquoi me traite-t-il ainsi ? Je ne peux pas le supporter, Lucy, je ne peux pas.

Lucy l'aida à se diriger vers la méridienne et s'assit avec elle, la tenant alors qu'elle sanglotait.

Elle ne savait pas qui blâmer. Tout ce qu'elle savait, c'est qu'elle voulait désespérément que cela cesse. Elle aimait ses deux parents et détestait les voir aussi malheureux.

— Ne pleure pas, maman, supplia-t-elle. Tout ira bien, je le promets.

Sa mère s'accrocha à elle.

— Tu ne me quitteras pas, n'est-ce pas, Lucy ? Je ne crois pas que je pourrais le supporter si tu me quittais aussi.

Lucy pensa à ses perles, si brillantes et magnifiques. Comme elle avait hâte de les exhiber aux autres filles lors de la danse. Encore une autre preuve de l'amour qu'on lui portait.

Masi cela n'allait pas se produire ce soir.

— Non, maman, soupira-t-elle. Je ne vais pas te quitter.

CHAPITRE 18

— Cecily Ridgemont a enfin réussi à se fiancer au vicomte Tarlington, à ce que je vois.

La comtesse douairière de Rettingham examina la colonne des fiançailles dans le *Times* avec une expression que Millie avait appris à appréhender.

— J'ose dire que sa mère sera absolument insupportable.

Elle regarda Millie par-dessus le journal.

— Tu te rends bien compte que cela aurait pu être toi, Amelia, si seulement tu t'étais donné plus de mal.

Millie soupira.

— Grand-mère, je n'ai rencontré Freddie Tarlington qu'une seule fois, et il était complètement fou.

— N'exagère pas, ma fille.

— Je n'exagère pas. Vous ne vous souvenez pas qu'il ait lancé ses chaussures par la fenêtre au bal du

Gouverneur, puis qu'il ait passé la soirée à sangloter derrière un rideau ?

— Ce n'était rien de plus que de la bonne humeur, objecta sa grand-mère.

— Une ambulance privée est venue le chercher, et il n'a pas été revu de la saison.

La bouche de Lady Rettingham se crispa.

— J'admets qu'il est plutôt un… malheureux jeune homme, concéda-t-elle. Mais quand on s'apprête à hériter d'un domaine faisant la moitié du Somerset, on peut sûrement fermer les yeux sur une petite excentricité. Cecily Ridgemont le peut certainement, de toute évidence.

Millie croisa le regard de son père de l'autre côté de la table du petit déjeuner et sourit.

— Je suis heureuse de voir que vous pouvez voir de l'humour dans la situation, lâcha sa grand-mère. J'ai parfois le sentiment que je suis la seule à prendre l'avenir d'Amelia au sérieux.

Elle posa son journal et fronça les sourcils en regardant sa petite-fille quand celle-ci se leva et se dirigea vers le buffet.

— Une autre portion ? Vraiment, Amelia, dois-tu manger autant ? C'est plutôt inconvenant.

— Désolée, grand-mère.

Millie se servit des œufs brouillés et des rognons à la sauce à la moutarde du chauffe-plats.

— Mais je suis réellement affamée.

— Ce pitoyable établissement ne vous nourrit-il pas du tout ?

Sa grand-mère fit une grimace de dégoût quand Millie revint à la table avec une assiette chargée.

— À peine.

— Eh bien, c'est dommage.

— Il n'y a rien de mal à avoir un bon appétit.

Le père de Millie lui fit un clin d'œil.

— Ce n'est pas que son appétit. Regarde-la, Henry. Regarde ses cheveux, ses mains. Ils appartiennent à une bonne, pas à une lady.

Millie baissa les yeux sur ses mains devenues rugueuses par le travail. Il était difficile de les garder blanches et douces quand elles étaient dans l'eau et le désinfectant toute la journée.

— C'est ce qui arrive quand elles sont mieux utilisées que pour l'art floral, je suppose, dit son père.

La comtesse douairière soupira.

— Vraiment, Henry, j'aurais cru que je pouvais compter sur ton soutien. Il est déjà assez affligeant que tu lui aies permis de rester ici lors du Nouvel An, plutôt que d'insister pour qu'elle se rende à la fête à Lyford.

Millie roula des yeux. Sa grand-mère n'avait pas cessé de discuter le fait que Millie avait refusé une invitation à une fête au manoir du duc et de la duchesse de Claremont.

— Grand-mère, je ne voulais pas y aller. Je préfère rester à la maison plutôt que de passer trois jours à la chasse.

— C'est peut-être le cas, mais on ne refuse pas une invitation des Claremont. Surtout quand il y aura autant de jeunes hommes célibataires.

— Peut-être auriez-vous dû y aller à ma place, alors ? suggéra Millie avec colère. Vous auriez pu en choisir un pour moi.

— J'en ai déjà choisi plusieurs. Pour ce que cela a donné, puisque tu continues à démontrer un manque d'intérêt obstiné envers ton avenir.

— J'ai déjà décidé de mon avenir, grand-mère, lui rappela-t-elle. Je vais être infirmière.

— Pff !

Sa grand-mère fit une moue.

— Je vous en prie, pouvons-nous cesser de nous disputer ? intervint Henry Rettingham. Amelia a accepté de nous accompagner au bal du réveillon du Nouvel An des Claremont, mère. Je suis certain qu'elle aura abondamment de chance d'y rencontrer son prince charmant.

« Ou une autre chance de me faire parader devant de potentiels prétendants comme une vache médaillée dans un marché aux viandes », se dit Millie en harponnant un champignon avec dégoût.

Au moins, son amie Sophia, la fille des Claremont, serait présente. Elles avaient été au même pensionnat et avaient enduré ensemble la saison des débutantes de Londres, mais avec plus de succès pour Sophia, laquelle avait réussi à tomber amoureuse du fils et héritier du duc de Cleveland.

Millie espérait aussi rencontrer Sebastian, le frère de Sophia. Au début, il avait escorté sa sœur aux nombreux événements interminables de la saison. Mais comme Sophia avait été immédiatement très populaire, il avait galamment offert de plutôt escorter Millie.

Ils avaient eu tellement de plaisir, avaient ri de toute cette absurdité tandis qu'ils trébuchaient et gaffaient sur les planchers de danse à Mayfair et à Belgravia. En tant que second fils, Seb avait été épargné des attentions indésirables des débutantes ambitieuses et de leur mère. Et il avait aussi fait un bon travail à protéger Millie des quelques prétendants indésirables qui étaient venus vers elle.

Mais l'idée seule d'un bal était simplement trop épuisante. C'était la première fois depuis des mois qu'elle entrait à la maison à Billinghurst, et elle avait espéré explorer le domaine et redécouvrir sa maison.

— Nous devons nous préparer, dit brusquement sa grand-mère. Nous devons décider d'une robe appropriée ce matin, puis nous devons essayer de faire quelque chose avec tes cheveux…

— En fait, mère, j'avais compté emmener Amelia, dit son père. Je dois aller voir quelques métayers et je sais que l'air frais lui fera le plus grand bien après avoir été si longtemps à Londres. Si tu peux supporter de passer quelques heures avec ton vieux père ennuyeux.

Il lui sourit en la regardant d'un air interrogateur.

— Oh, oui, s'il te plaît !

Le soulagement la submergea devant une chance de s'échapper.

— Tant que ce n'est que pour quelques heures.

Lady Rettingham regarda avec désapprobation les cheveux de sa petite-fille.

— Je vois déjà que nous aurons beaucoup à faire.

— En d'autres mots, elle veut m'habiller comme une poupée dans une vitrine, dit Millie alors que son père et elle sortaient de la cour de l'écurie, elle sur son cheval rouan nommé Espiègle, et son père sur Samson, son cheval de chasse.

— Tu es son passe-temps, Amelia. Tout le monde doit en avoir un, lui fit-il remarquer avec douceur.

À l'extérieur de la cour de l'écurie, elle enfonça ses talons dans les flancs rebondis d'Espiègle et partit vers le sentier, ses boucles blondes voletant. Samson cavala derrière elle, la suivant aisément.

Plus loin sur le sentier, elle tourna et galopa vers la crête de la colline qui surplombait Billinghurst.

Millie prit une profonde inspiration de l'air pur et frais de la campagne. Comme cela lui avait manqué dans la crasse charbonneuse de Londres.

Elle aimait l'effervescence de la ville ainsi que de pouvoir échapper aux yeux vigilants de sa grand-mère. Mais parfois, les rues étroites et les immeubles sales semblaient se refermer sur elle. Alors, elle désirait être ici, là où le ciel était si vaste au-dessus d'eux, comme un grand auvent bleu sans nuages, avec des champs et des arbres s'étirant à perte de vue.

Au sommet de la crête, elle avait une vue magnifique sur Billinghurst. Il était là, droit et solide, sorti directement d'une légende arthurienne avec ses créneaux et ses meneaux de fenêtres, ses épais murs de pierres polis dorés par les rayons du soleil d'hiver.

Son père lui jeta un coup d'œil de biais alors qu'ils étaient assis côte à côte, observant la magnifique maison au bas.

— Est-ce qu'elle te manque ? demanda-t-il.

— Beaucoup, admit Millie en soupirant.

— Tu n'as pas à y retourner, tu sais.

Pendant un instant, elle fut désespérément tentée. Il serait tellement facile de s'enfoncer dans son ancienne vie. Plus besoin de se lever à l'aube pour faire la file dans une salle de bain glaciale, plus personne pour lui crier après, ou rentrer et découvrir que sœur Sutton avait retourné son lit de nouveau.

Mais pas non plus d'espoir d'avoir une vie à elle.

— Veux-tu que je revienne à la maison ? interrogea-t-elle.

— Seulement si c'est ce que tu veux réellement.

— Je n'ai pas beaucoup de choix, n'est-ce pas ? Grand-mère a raison, je dois me marier pour le bien de Billinghurst.

— Tu as toujours le choix, Amelia.

Son père resta silencieux pendant un moment, contemplant le domaine.

— Je dois admettre que j'aimerais t'imaginer ici un jour avec un mari et ta propre famille heureuse. Mais au bout du compte, ce n'est qu'une maison. La brique et le mortier, ce n'est pas ce qui est important dans la vie. Ce qui est véritablement important, c'est d'avoir quelqu'un à aimer et avec qui vieillir.

Elle observa son profil beau et robuste et sut qu'il pensait à sa mère. Même après presque 20 ans, sa tristesse pesait encore lourdement sur lui.

Sa mère, Charlotte, comtesse de Rettingham, était morte de la fièvre deux jours après la naissance de Millie. Cela avait brisé le cœur de son père et encore aujourd'hui, il trouvait difficile de parler d'elle. Millie avait presque tout découvert ce qu'elle savait sur sa mère en parlant avec sa grand-mère et les domestiques. Selon eux, Charlotte Rettingham était belle et gracieuse, une artiste et une musicienne talentueuse. À ce qu'elle savait, sa seule ressemblance avec sa mère était sa chevelure bouclée blonde et ses yeux bleus.

Même s'il était seul depuis de si nombreuses années, son père n'avait jamais envisagé de se remarier. Mais cela n'empêchait pas qu'il soit la cible de nombreuses femmes ambitieuses. Millie n'était pas surprise. En plus d'être l'un des plus riches propriétaires fonciers du pays, Henry Rettingham était encore un très bel homme.

— Je ne crois pas que grand-mère voie cela ainsi ! dit-elle.

— Tu dois faire preuve d'indulgence envers elle. Les choses étaient très différentes à son époque. Faire un bon mariage était le but ultime des filles de ton âge. C'est la raison pour laquelle elle est si déterminée à t'aider.

Personne ne pouvait douter que la comtesse douairière avait fait de son mieux, pensa Millie. Elle avait été bien éduquée, envoyée dans une école de bonnes manières en Suisse où elle avait appris la danse et les arts floraux. Avant la saison des débutantes, elle avait pris d'interminables leçons sur la manière de faire la révérence à l'école de madame Vacani à Kensington.

Et malgré tous ses talents récemment découverts, elle n'avait pas réussi à se trouver un mari.

« Je ne comprends pas, avait dit sa grand-mère. Ce n'est pas comme si tu étais une indigente. On pourrait penser que quelqu'un voudrait t'épouser, ne serait-ce que pour ton argent. »

— Je dois être une grande déception pour elle, dit Millie avec regret.

— Tu n'es certainement pas une déception pour moi.

Son père tendit la main et prit sa main gantée dans la sienne.

— Tu es une jeune fille bien, Amelia. Je suis très fier de toi et je sais que ta mère aurait été fière aussi.

Le sourire de Millie trembla alors qu'elle serrait sa main. Elle aurait aimé plus que tout connaître sa mère. Cela aurait tellement signifié pour elle de voir son visage, plutôt que de se contenter de quelques vieilles photographies et un portrait suspendu au-dessus du foyer dans la grande salle.

— De toute façon, dit son père en s'égayant, je n'ai pas l'intention de mourir immédiatement. Tu as plusieurs années afin de poursuivre ta carrière d'infirmière avant de devoir penser à fournir un héritier à Billinghurst !

Il tira sur la tête de Samson pour le faire tourner.

— Maintenant, allons jeter un coup d'œil au domaine, d'accord ? Si nous ne sommes pas rentrés pour déjeuner, je suis certain que ta grand-mère ne sera pas très contente de moi.

Millie s'amusait tellement qu'elle était réticente à retourner à la maison, sachant ce qui l'attendait. Évidemment, dès que le déjeuner fut terminé, sa grand-mère la conduisit vers sa chambre afin de commencer à se préparer pour le bal du réveillon du Nouvel An des Claremont.

Millie n'avait pas hâte aux préparatifs, mais elle avait hâte de passer du temps avec sa bonne Polly et se mettre à jour sur tous les potins des quartiers des domestiques. Alors, elle fut déçue quand elle trouva plutôt Louise, la bonne de sa grand-mère, qui l'attendait.

Louise avait une cinquantaine d'années, elle était française et très comme il faut. Elle était au service de la comtesse douairière depuis qu'elle était jeune fille et s'imaginait maintenant être presque aussi noble que la vieille femme elle-même.

— Où est Polly ? demanda Millie.

— En train de vous faire couler un bain, mademoiselle. Madame la comtesse croit que vous pourriez toutes deux tirer avantage de mon expérience en la matière de préparation pour cette soirée.

Millie trouva Polly, l'air amer, dans la salle de bain en train de remplir la baignoire d'eau fumante.

— Madame la comtesse ne me fait pas confiance, ronchonna-t-elle.

— Non, Polly, je crains que ce soit moi en qui elle n'a pas confiance.

Sa grand-mère ne voulait prendre aucun risque pour que Millie traverse la soirée sans désastre.

Louise était aussi tyrannique que sa maîtresse. Elle s'en prit à elles deux sans merci, envoyant Polly se hâter ici et là pendant qu'elle exprimait sa désapprobation et s'acharnant sur Millie assise à la coiffeuse avec de la poudre, du rouge à lèvres et des épingles à cheveux.

— Qu'avez-vous fait à vos cheveux ? demanda-t-elle en passant une brosse au manche d'ivoire dans ce qui restait des boucles de Millie.

— Je n'avais pas le temps de me rendre au salon de coiffure, alors je les ai coupés moi-même.

Millie fut heureuse de voir le choc sur leur visage se reflétant dans le miroir de sa coiffeuse.

— Cela a été extrêmement facile, j'ai simplement coupé un peu ici et là afin de tous les faire entrer sous ma coiffe. Sinon, c'est un désagrément terrible.

Millie avait espéré avoir quelque chose à dire sur ce qu'elle allait porter pour la soirée, mais Louise avait déjà consulté sa grand-mère sur le sujet. Elle ne put désapprouver leur choix. Sa robe était en crêpe épaisse, coupée de biais comme l'indiquait la mode. La couleur rouge-rose flattait sa peau nacrée et ses cheveux blonds à la perfection.

Millie tournoya devant son miroir. Il y avait longtemps qu'elle avait porté quelque chose de vaguement seyant et encore moins de joli. Ses chaussures en peau de chevreau étaient tellement légères comparées à ses robustes chaussures de travail qu'elle portait habituellement qu'elle eut l'impression qu'elle pourrait danser toute la nuit.

Pendant ce temps, Louise continua à désapprouver son apparence et à faire des histoires. Ses cheveux étaient encore lamentables et elle ne se tenait pas comme une lady. Comment son collier de diamants était-il censé bien paraître avec toutes ces terribles marques rouges autour de son cou ?

— C'est l'endroit où mon col frotte toute la journée, expliqua Millie. J'ai mis de la Vaseline sur ma peau, mais ça n'a pas donné de bons résultats.

Elle vit le regard choqué que Louise et Polly échangèrent et sut exactement ce qu'elles pensaient. Elle était moins bien traitée que les employés de son père.

Sa grand-mère arriva juste au moment où Louise réarrangeait ses cheveux pour la troisième fois.

— Eh bien ? Est-ce que cela fera l'affaire, grand-mère ?

Millie attendit anxieusement son approbation.

La comtesse douairière la regarda de la tête aux pieds.

— Louise a fait un bon travail, je suppose, concéda-t-elle avec raideur. Maintenant, presse-toi ou l'année sera terminée avant que nous arrivions.

CHAPITRE 19

La maison familiale Lyford des Claremont se trouvait à plus de 48 kilomètres. C'était une magnifique maison de style géorgien, beaucoup plus majestueuse que Billinghurst, avec son élégante symétrie et son imposante façade de colonnes corinthiennes, située au centre d'un somptueux parc impeccablement soigné et entouré de complexes parterres et topiaires.

Alors que Felix le chauffeur conduisait la Daimler à travers le portail et l'ample allée illuminée par des torches enflammées, Millie put presque sentir le vif ressentiment de sa grand-mère. Elle et la comtesse douairière de Claremont étaient des cousines éloignées, et il y avait des rumeurs disant que sa grand-mère et le vieux duc s'étaient déjà fréquentés avant que Cecilia fasse irruption et le lui prenne.

Millie comprenait les raisons pour lesquelles sa grand-mère convoitait une si magnifique maison, mais pour sa part, elle préférait de beaucoup la modestie de Billinghurst.

En sortant de la voiture, sa grand-mère lui fit un rappel.

— Maintenant, souviens-toi, Amelia, que Richard sera ici ce soir. J'espère que tu t'efforceras de lui parler ?

— D'attirer son attention, vous voulez dire ?

— Ne soit pas vulgaire, ma fille. Mais si tu dois le dire ainsi, pourquoi pas ? C'est l'aîné des fils Claremont, et un jour tout ceci lui appartiendra. Et il a toujours eu un petit faible pour toi, si je me souviens bien. Ne me regarde pas ainsi, ajouta-t-elle alors que Millie fronçait les sourcils en la regardant. J'oserais dire qu'il y aura un grand nombre de jeunes femmes ici ce soir qui vont espérer attirer son attention comme tu le dis si crûment.

« Alors, elles y sont les bienvenues », se dit Millie. Richard, le frère aîné de Sophia, était officier dans les régiments de la garde royale et l'un des hommes les plus prétentieux qu'elle n'ait jamais rencontrés.

Elle avait souvent été invitée à Lyford par son amie, mais l'impressionnant hall d'entrée, avec son grand escalier circulaire, lui coupait encore le souffle. Il semblait encore plus magnifique ce soir, illuminé par la lueur de centaines de chandelles. Le son d'un quatuor à cordes mêlé aux rires, aux bavardages et aux tintements de verres provenaient de la salle de bal plus loin.

Le duc et la duchesse les accueillirent. Caroline Claremont était dans la fin de la quarantaine, élégante et avec l'air encore plus royal que la grand-mère de Millie si cela était possible. Quand Millie la rencontrait, elle devait toujours combattre son envie de lui faire une rapide révérence.

— Rettingham, comme je suis heureux de vous voir.

Le duc était un homme très sympathique et un ami proche de son père. Ils avaient servi ensemble comme officiers durant la Grande Guerre. Mais contrairement à son père encore séduisant, des années de vie facile avaient laissé Claremont avec une silhouette arrondie et un visage rouge et jovial.

— Et Lady Rettingham, comme vous avez bonne mine.

— Thomas, le salua sa grand-mère. Comment se porte votre chère mère ?

— Hélas, elle est indisposée et ne se joindra pas à nous ce soir.

— Oh, comme c'est triste.

Mais Millie avait aperçu le léger frémissement aux coins de la bouche de sa grand-mère.

— Offrez-lui mes meilleurs vœux, voulez-vous ?

— Amelia, comme c'est merveilleux que vous puissiez vous joindre à nous !

Millie se sentit désarçonnée alors que son hôte la regardait de bas en haut avec une lueur spéculative dans les yeux. Elle connaissait bien la réputation de vieux rusé du duc.

— Nous craignions que vous soyez trop occupée à prendre soin des malades pour vous joindre à nous ce soir.

Caroline Claremont semblait amusée.

— Je suis encore en formation, ils ne m'ont pas encore laissée seule avec des gens malades, répondit Millie.

— Comme c'est fascinant. Il nous tarde d'en entendre parler davantage.

Puis, juste au cas où Millie aurait cru qu'elle le pensait réellement, la duchesse changea immédiatement de sujet.

— Sophia a très hâte de vous voir. Je crois qu'elle a une nouvelle assez excitante à vous annoncer.

Elle lança à Millie un regard entendu.

Millie imaginait déjà de quoi il pouvait s'agir. Mais elle n'eut pas longtemps à attendre, car Sophia se précipita pour l'accueillir dès qu'elle entra dans la somptueuse salle de bal.

— Je suis fiancée ! lança-t-elle, brandissant sa main gauche sous le nez de Millie.

L'impressionnant diamant étincela sous la lumière des lustres.

— C'est merveilleux ! dit Millie en étreignant son amie. Quand est-ce arrivé ?

— La veille de Noël. Oh, Millie, c'était tellement romantique. Nous marchions sur la terrasse et soudainement il a pris ma main et…

Elle soupira de bonheur.

— Je n'arrive pas à y croire.

— Pourquoi pas ? Tout le monde peut voir qu'il est follement épris de toi.

« Et à juste titre », pensa-t-elle.

Sophia était tout à fait une duchesse en devenir, si belle et gracieuse et aussi élégante que sa mère. Tout ce que Millie n'était pas en fait. Elle comprenait aussi son devoir et était aussi heureuse de s'y soumettre, d'une manière dont Millie ne pourrait jamais.

Mais ce n'était pas seulement le devoir. Sophia était véritablement amoureuse de David et l'aurait probablement tout de même été s'il n'avait pas été le fils et l'héritier du duc de Cleveland.

— Je veux que tu sois une demoiselle d'honneur, dit Sophia, ses yeux foncés étincelant d'excitation.

Millie la scruta.

— En es-tu certaine ? Je suis terriblement maladroite, tu sais. Je vais probablement trébucher sur ta traîne et tout gâcher.

— Mais non.

— Comment peux-tu en être si certaine ? Tu te souviens de l'horrible gâchis que j'ai fait lors de ma présentation ?

— Comment pourrais-je l'oublier ?

Sophia se mit à glousser.

Millie rougit à ce souvenir. Cela avait semblé si simple. Faire une révérence devant le roi, puis se relever, faire un pas de côté et faire une autre révérence devant la reine. Sauf qu'elle s'était empêtrée dans sa propre traîne et était presque tombée, la tête la première aux pieds de Sa Majesté.

Elle ne savait pas ce qui avait le plus mis en furie sa grand-mère, son épouvantable maladresse ou le fait qu'elle en avait tellement ri après.

Elles riaient encore quand le frère de Sophia, Seb, vint les rejoindre.

— De quoi êtes-vous en train de glousser toutes les deux, comme si je ne pouvais pas le deviner ?

Il avait un an de plus que Sophia et était en dernière année à Oxford. Il était aussi beau que sa sœur, mais aussi blond que Sophia était foncée. Il rappelait un poète à Millie, avec ses os fins, son visage délicat, son long nez mince et ses yeux gris clair.

— Ta sœur vient de faire l'erreur de me demander d'être sa demoiselle d'honneur, dit Millie. Mais maintenant que j'y pense, je crois qu'il est juste que je gâche ta journée, puisque tu gâches ma vie, ajouta-t-elle. Tu es consciente que dès que la nouvelle de tes fiançailles sera sortie, ma vie ne vaudra plus la peine d'être vécue ? expliqua-t-elle, alors que Sophia semblait perplexe. Ma grand-mère poursuivra sans relâche sa quête de me trouver un mari.

— Peut-être devrions-nous l'aider ?

Seb jeta un coup d'œil autour de la pièce.

— Y a-t-il quelqu'un qui te plaît ?

— Je ne sais pas, mais on m'a dit de surveiller votre frère, dit-elle.

— Oh, Seigneur, pas toi aussi ? dit Sophia en riant. Richard est affreusement populaire, n'est-ce pas ?

— Et de manière imméritée, dit Seb. Il est effroyablement ennuyeux. Mais il semble que l'esprit et l'intelligence comptent bien peu comparés à un titre, soupira-t-il. C'est pourquoi je suis probablement destiné à passer le reste de ma vie seul.

— Au moins m'auras-tu pour compagnie, dit Millie en souriant et elle lui prit le bras.

— À moins que mademoiselle Farsley ait d'autres idées, dit Sophia malicieusement. Ne regarde pas maintenant, Seb chéri, mais elle vient d'arriver.

— Oh, Seigneur, grogna Seb.

Millie suivit leurs regards vers une grande femme séduisante aux cheveux de jais qui se tenait dans l'embrasure de la porte en train d'inspecter la foule.

— Qui est-ce ?

— Georgina Farsley, dit Sophia. Elle est arrivée en Angleterre cet été avec sa famille. Américaine et écœurement riche.

— Indécemment, ajouta Seb.

— Son père achète à sa Georgina chérie tout ce qu'elle veut. Sauf la chose qu'elle désire vraiment.

— C'est-à-dire ?

Sophia regarda son frère.

— Devine.

— Tu veux dire Seb ?

— N'aie pas l'air si surpris.

Seb parut blessé.

— Elle le pourchasse partout dans Lyford comme un chien derrière un lièvre depuis les deux derniers jours, dit Sophia. C'est simplement trop hilarant à observer.

— La pauvre fille, dit Millie.

— La pauvre fille ? Et le pauvre moi ? dit Seb, outré.

Ils passèrent à table peu de temps après et comme elle l'avait espéré, Millie se trouva assise à côté de Sebastian.

— Es-tu terriblement déçue ? demanda-t-il. Je peux faire en sorte que tu sois assise près de Richard si tu préfères ?

— C'est très bien. Je peux tenter ma chance après le repas. Je vais l'éblouir avec ma manière de danser.

— Cela risque d'être très divertissant. Richard est un danseur pire que toi.

C'était amusant d'être assise près de Seb. Il n'était pas comme les hommes habituels que l'on rencontrait durant la saison des débutantes, d'ennuyeux prétentieux qui ne parlaient de rien d'autre que de chasse, de tir et de pêche et s'attendaient à ce que les filles soient suspendues à leurs lèvres. Seb était intelligent, plein d'esprit et instruit. Il montait à cheval et aimait autant la nature que Millie, mais pas au point d'être ennuyeux. Il s'intéressait aussi à sa carrière d'infirmière, ce que tout le monde considérait comme quelque chose de plutôt embarrassant. Millie le divertit d'histoires sur sa formation et il lui apprit de nombreux ragots amusants sur ses amis de premier cycle.

Après le repas, le temps de la danse arriva.

— S'il te plaît, dis-moi que ton carnet de bal n'est pas déjà plein ? demanda Seb en l'escortant dans la salle de bal.

Millie fit une grimace.

— Je crains qu'il ne soit complètement vide.

— Alors, permets-moi.

Seb sortit son crayon et gribouilla crânement ses initiales à côté de chaque danse.

— Tu n'as réellement pas besoin de faire ça, tu sais. Je ne vais que te marcher sur les pieds, le prévint Millie alors qu'ils s'avançaient sur le plancher de danse.

— Vaut mieux que ce soit moi plutôt qu'un autre pauvre type.

— Mademoiselle Farsley semble être beaucoup plus légère sur ses pieds que moi, commenta Millie alors que la mystérieuse Georgina tourbillonnait autour d'eux, virevoltant sur le plancher avec un autre admirateur. Es-tu certain de ne pas préférer danser avec elle ?

— Je préfère me faire écrabouiller les pieds par toi plutôt que de repousser son attention, je t'assure.

— Pourquoi ne veux-tu pas épouser une héritière américaine ? C'est peut-être assez amusant.

Millie jeta un coup d'œil à Georgina alors qu'ils se frôlèrent.

— Et elle est très belle.

— Tout comme un vase Ming, mais je n'aimerais pas en épouser un. Quoiqu'en y réfléchissant, j'obtiendrais probablement une conversation plus distrayante d'une antique poterie que de mademoiselle Farsley.

Finalement, après quelques heures épuisantes à danser, l'horloge sonna minuit et ils sortirent tous sur la terrasse pour assister au feu d'artifice que les Claremont offraient.

— Bonne année, dit Millie à Seb.

— Elle le sera pour certains.

Il fit un signe de tête en direction de Sophia enlacée dans les bras de son fiancé David, leur visage heureux illuminés par les éclats de couleurs au-dessus des têtes.

— Peut-être le sera-t-elle pour toi aussi ? dit Millie en souriant. Je crois que 1935 sera l'année où quelqu'un remarquera enfin tes excellentes qualités.

Il lui rendit son sourire sous le clair de lune.

— Nous ne pouvons qu'espérer, murmura-t-il.

CHAPITRE 20

— Aujourd'hui, je vais vous expliquer le système reproducteur humain.

Des gloussements nerveux se propagèrent dans la salle de classe, rapidement étouffés par le regard sévère de sœur Parker.

— Vraiment, mesdemoiselles, je n'arrive pas à voir ce qu'il y a de si amusant. La reproduction est simplement une fonction du corps humain comme une autre. Je ne me souviens pas qu'aucune de vous n'ait été aussi frivole quand j'ai expliqué le système digestif, leur rappela-t-elle. Maintenant, allez à la page 73 de votre manuel. Nous allons commencer par les organes sexuels masculins…

Il y eut un froissement de pages, et Millie poussa son livre sur le bureau vers Dora. Mais elle ne put se résoudre à regarder le diagramme devant elle.

— Comme vous le voyez, les organes génitaux mâles se composent de…

Quelqu'un dans la dernière rangée toussa d'embarras. Devant elle, Dora put voir rougir le bout des oreilles de Katie O'Hara. Lucy Lane prenait des notes fiévreusement, son crayon voletant sur la page, ne manquant pas un mot, comme si sa vie en dépendait.

Dora garda les yeux fixés sur le diagramme coloré du système respiratoire épinglé sur le mur opposé. Elle essaya de se souvenir de la chanson qu'une des filles avait jouée au piano la soirée précédente. N'importe quoi pour faire taire les mots de sœur Parker.

Millie lui donna brusquement un coup de coude.

— Tu es censée tout écrire, lui siffla-t-elle du coin de la bouche.

Dora baissa les yeux sur la page vierge de son cahier. Se faisant, elle aperçut le diagramme dans le manuel.

Une soudaine image horrible d'Alf Doyle entra dans sa tête, grognant comme un animal en se poussant avec insistance contre elle. Elle pinça les lèvres afin d'arrêter la vague de nausée qui montait dans sa gorge.

La pièce était froide, mais elle sentit de la sueur sur ses sourcils. Elle s'efforça de respirer, mais l'air fut soudainement rempli de l'odeur de vieille sueur et de cigarettes d'Alf.

— Quelque chose ne va pas, Doyle ?

Sœur Parker l'observait à l'autre bout de la classe, ses sourcils se joignant en un froncement au-dessus de ses épaisses lunettes.

— Je-je ne me sens pas très bien, sœur, murmura Dora.

— Pour l'amour de Dieu !

La sœur enseignante démontra sa désapprobation.

— Je m'attendais bien à ce que quelqu'un ait une faiblesse, mais je ne pensais pas que ce serait *vous*. Sortez prendre un peu d'air frais, ma fille. Mais faites vite.

Dora se leva et se précipita hors de la salle de classe. Dès qu'elle sentit la gifle de l'air glacial de janvier, elle se sentit ridicule. Imaginer se sentir mal à la vue d'un dessin dans un livre médical ! Si elle était ainsi, comment serait-elle dans les services ?

Évidemment, Lucy Lane s'en était donné à cœur joie, régalant tous ceux voulant l'écouter raconter comment Doyle s'était sentie nauséeuse lors d'une leçon sur les choses de la vie

— Je leur ai toutes dit que cela devait être quelque chose que tu avais mangé, lui apprit Millie loyalement plus tard quand elles furent dans leur chambre.

Dora s'y était enfuie dès que les leçons du matin s'étaient terminées, incapable d'affronter le repas dans la salle à manger avec les autres. Millie avait pris un grand risque en lui volant une tranche de pain et de la margarine, même si cela signifiait la passer en douce devant la chambre de sœur Sutton et le fin museau de Sparky.

— Merci.

Dora grignota la croûte. Cela aurait pu être vrai, pensa-t-elle. Habituellement elle était affamée à l'heure du déjeuner, mais elle arrivait à peine à refouler la grosse boule de détresse coincée dans sa gorge.

Millie l'observa, ses grands yeux bleus compatissants.

— Tout ceci est plutôt bestial, n'est-ce pas ? Ce que nous a raconté sœur Parker, je veux dire. Glenda Pritchard s'est évanouie lors de ma première session de formation préliminaire. Alors, je trouve que tu t'en es assez bien tirée étant donné les circonstances.

Elle secoua la tête.

— Cela semble terriblement compliqué, non ? chuchota-t-elle, sa voix amortie par l'effroi.

Dora déposa son morceau de pain, son appétit l'ayant abandonné.

— Je ne sais pas et je ne veux pas savoir, dit-elle fermement. Je crois que je devrais simplement faire mes bagages et rentrer à la maison, ajouta-t-elle.

Millie la fixa.

— Pourquoi ? Sûrement pas juste parce que tu as un peu chancelé aujourd'hui, n'est-ce pas ? Je te l'ai dit, Glenda Pritchard était bien pire que toi…

— Non, pas juste pour ça, coupa Dora.

La vérité était qu'elle n'avait pas l'impression qu'elle avait sa place au Nightingale. Elle avait vraiment essayé de s'intégrer, mais elle était toujours douloureusement consciente des différences entre elle et les autres étudiantes. Elles étaient toutes fortunées, bien éduquées, en savaient tellement plus qu'elle. Pas seulement concernant les sujets qu'elles étudiaient en classe, mais sur toutes les autres choses que les livres n'enseignaient pas. Les règles non écrites, comme quel couteau et quelle fourchette utiliser, comment verser une tasse de thé, comment parler convenablement. Elles parlaient un langage qu'elle ne comprenait pas, de leçons de ballet et de pensionnats.

Et aucune d'entre elles ne la comprenait non plus. Aucune n'avait vécu la vie qu'elle avait vécue, travaillant dans un atelier de misère et esquivant le collecteur de loyer.

Mais elle ne pouvait pas expliquer tout ça à Millie. Elle était la plus riche d'entre elles, mais elle était aussi la plus gentille. Elle était tellement habituée à être jolie et populaire, qu'elle ne pourrait simplement pas imaginer ce que c'était que de se sentir comme une étrangère.

— Je vais échouer à la formation préliminaire, dit Dora. Les examens sont dans seulement quelques semaines et je n'ai toujours pas mes livres. Jamais je ne pourrai me rattraper à ce rythme.

— Je suis certaine qu'ils te laisseront refaire la formation préliminaire comme ils ont fait pour moi, dit Millie avec entrain.

Dora sourit, mais ne répondit rien. Ils avaient peut-être donné une seconde chance à une fille de comte, mais elle doutait qu'ils fassent la même chose pour une fille de l'East End qui s'en était à peine sortie la première fois.

— De toute façon, j'ai déjà dit que tu pouvais avoir mes livres, poursuivit Millie.

— Et j'ai déjà dit merci, mais non merci.

— Il doit y avoir un moyen pour que tu obtiennes l'argent pour les acheter alors ?

— Je n'ai pas de riches parents comme toi, c'est bien dommage.

— Les membres de ma famille ne sont pas si riches, la plupart sont endettés jusqu'au cou simplement pour empêcher… c'est ça !

Les yeux de Millie s'illuminèrent.

— Tu pourrais mettre quelque chose en gage !

Son joli visage innocent était si sérieux, que Dora ne put s'empêcher de rire.

— Et qu'est-ce qu'une fille de comte connaît sur ce sujet ?

— Tu en serais surprise, dit Millie. Mon cousin éloigné lord Lumley avait un terrible problème de jeu. Il se rendait constamment à Londres avec une valise remplie d'argenterie de sa famille.

— C'est dommage que je n'aie pas d'argenterie à mettre en gage alors ! dit Dora ironiquement.

— Et le porte-bonheur que ton amie t'a offert ?

— Ma hamsa ? Je ne peux pas me débarrasser de ça.

— Tu ne t'en débarrasses pas. Tu pourrais la ravoir quand tu seras payée le mois prochain.

*

— Peux-tu mettre ceci en gage pour moi ?

Nick examina la petite main en argent que Dora lui avait tendue. Il n'avait jamais rien vu de pareil.

— Qu'est-ce que c'est ?

— Mon porte-bonheur.

— Pourquoi veux-tu t'en défaire si c'est ton porte-bonheur ?

— Parce que j'ai besoin de l'argent pour acheter des livres. Sans eux, j'aurai besoin de plus qu'un porte-bonheur pour réussir ma formation préliminaire.

Ils se tenaient sur le terrain vague derrière la maison des infirmières. Nick avait été intrigué quand Dora lui avait demandé de l'y rencontrer. Il avait essayé d'imaginer ce qu'elle pouvait vouloir, mais jamais ceci ne lui était venu à l'esprit.

— Pourquoi me le demander à moi ? fit-il. Pourquoi ne pas l'apporter chez Solomon toi-même ?

— Je n'ai pas de congé avant le mois prochain et j'ai besoin de l'argent avant cela.

— Pourquoi ne demandes-tu pas à ton père ?

— Pourquoi ne te mêles-tu pas de tes affaires ?

La véhémence de la réponse de Dora le choqua.

— Je ne veux pas lui demander d'argent, d'accord ? J'ai mes raisons.

Ses yeux croisèrent ceux de Nick.

— Alors, tu vas m'aider ou pas ?

Pour n'importe qui d'autre, il aurait pu refuser, particulièrement après la manière avec laquelle elle venait de lui parler. Mais Dora avait toujours été bonne avec Danny et lui et jamais Nick n'oubliait une gentillesse.

— Je suppose que je pourrais y passer sur mon chemin de retour, concéda-t-il à contrecœur.

Il examina le porte-bonheur au creux de sa main.

— De combien as-tu besoin ?

— Les livres neufs coûtent un peu plus de cinq livres, mais je serais peut-être en mesure d'en avoir d'occasion pour moins chers.

Elle le regarda avec inquiétude.

— Crois-tu que je pourrais en avoir autant ?

— Du vieux Solomon ? Tu serais chanceuse !

Il rit, puis vit la déception dans son visage et ajouta :

— Je vais voir ce que je peux faire, d'accord ? Mais je ne promets rien.

— Je comprends.

Elle sourit de son étrange sourire de travers. Aucune personne sensée ne pourrait dire que Dora était jolie, mais elle avait un je-ne-sais-quoi.

Il se souvint des mots de la mémé de Dora le jour de Noël : « Dora ne peut pas se permettre d'être trop difficile. » Et la manière dont elle avait rougi et qu'il avait fait semblant de n'avoir rien entendu afin de ne pas l'embarrasser.

Il aimait bien Dora. Elle avait un rêve, tout comme lui. Il pouvait s'imaginer lui parler de son plan d'aller en Amérique, sachant qu'elle ne rirait pas de lui.

Alors qu'elle s'éloignait, il l'appela.

— Comment sais-tu que je ne vais pas m'enfuir et garder l'argent ?

Elle le regarda par-dessus son épaule.

— Je te fais confiance, dit-elle simplement.

Ses mots le hantèrent sur tout son trajet de retour. Les gens ne faisaient pas confiance à Nick Riley. Soit ils le respectaient parce qu'il travaillait fort ou soit ils le craignaient parce qu'il était bon avec ses poings.

Mais personne ne lui avait jamais fait confiance auparavant. C'était un étrange sentiment grisant.

*

Il arriva chez Solomon au moment où le vieil homme fermait sa boutique pour la soirée.

M Solomon sortit de la pièce arrière fermée d'un rideau lorsque la cloche au-dessus de la porte avant tinta. C'était un petit homme sec, avec un visage aussi ridé qu'une prune et des yeux bruns rusés.

— Mon petit Nicky ! Que nous vaut cet honneur ? demanda-t-il en se frottant les mains. Comment va ta mère ? Bien, j'espère ? Je ne l'ai pas vue ici depuis longtemps.

« C'est parce que nous n'avons plus rien à mettre en gage », pensa Nick.

L'odeur de renfermé de la petite boutique exiguë lui donna la nausée. Alors qu'il était petit garçon, elle lui était apparue comme un endroit merveilleux avec ses étagères remplies de toutes sortes de choses étranges et magiques, de vieilles toiles, d'antiquités, de raretés, de jouets d'enfants et même d'un chat empaillé une fois. Et il y avait le meuble en verre bourré de montres, de bagues, de colliers, de broches, comme un coffre aux trésors de pirate. Il se souvenait d'avoir passé des heures à les contempler pendant que sa mère se disputait avec le vieux Solomon.

— Un demi-shilling ? C'est le mieux que vous pouvez faire, espèce de vieux radin ? Comment vais-je faire pour nourrir mes enfants ?

— Ça, c'est le travail de votre mari, Mme Riley, pas le mien, répondait toujours M. Solomon.

Mais au bout du compte, le marché était toujours conclu et sa mère traînait Nick par la main jusqu'à la rue Griffin, se plaignant amèrement tout le long du trajet d'à quel point elle avait été roulée.

Mais 10 ans plus tard, elle mettait encore en gage tout ce qui lui tombait sous la main.

— Tu as quelque chose pour moi, n'est-ce pas, Nick ?

Les yeux de M. Solomon étincelèrent d'impatience.

Nick mit la main dans sa poche et sortit la chaîne de Dora.

— Combien pouvez-vous me donner pour ceci ?

— Eh bien, eh bien. Qu'avons-nous là ?

M. Solomon tint la chaîne au bout de ses doigts, admirant le porte-bonheur qui se balançait doucement devant ses yeux.

— Qu'est-ce qu'un goï comme toi fait avec une chose comme ça, mon petit Nicky ?

Il leva brusquement la tête vers lui.

— Tu ne l'as pas volé, n'est-ce pas ?

— Non, je ne l'ai pas volé.

Nick lui lança un regard de travers.

— Elle appartient à quelqu'un que je connais. Êtes-vous intéressé ou pas ?

— Cela dépend, n'est-ce pas ? Je dois d'abord examiner la marchandise de près.

Nick essaya de maîtriser son impatience pendant que M. Solomon allait chercher sa loupe sous son comptoir et se mettait à examiner minutieusement le pendentif sur un morceau de feutrine vert. Cela lui prit une éternité, tournant l'objet d'un côté puis de l'autre.

— Eh bien ? dit-il.

— Tu es pressé, n'est-ce pas ? Tu es certain de ne pas l'avoir volé ?

Le vieil homme posa sa loupe et leva les yeux vers Nick.

— Je suppose que ce n'est pas une mauvaise pièce. Je t'en donne une livre.

— Une livre ? Vous devez plaisanter ! N'importe qui peut voir que ça vaut plus que ça.

— Mais ils ne se trouvent pas ici, n'est-ce pas ? Moi, oui. Et c'est mon offre. Alors qu'en dis-tu ?

Les yeux vifs de M. Solomon le fixaient avec impatience, attendant sa prochaine offre.

— Je dis que vous êtes un voleur…

— Allons, allons, mon petit Nicky, ce n'est pas une manière de parler.

Le vieil homme semblait plus amusé qu'insulté. On l'avait traité de bien pire dans sa boutique depuis les 40 ans qu'il faisait des échanges à Bethnal Green.

— Écoute, comme ta mère est une vieille et bonne cliente, je vais être généreux avec toi. Et si je t'offrais une belle guinée ?

— J'ai besoin de cinq livres.

— Alors, tu as besoin de te faire examiner ! crachota M. Solomon. Regarde, la chaîne n'est que de la camelote, elle ne vaut presque rien. La hamsa, eh bien, c'est une belle pièce, mais elle n'a rien de spécial. Je me couperais la gorge si je t'offrais plus. Je me vole pratiquement moi-même en ce moment !

« J'en doute », se dit Nick. Si le vieux Solomon offrait une guinée, alors cela devait valoir au moins le triple.

Nick baissa les yeux vers le porte-bonheur sur la feutrine verte. Peut-être qu'une guinée serait suffisante pour que Dora achète des livres d'occasion.

Mais ensuite, il pensa à la manière dont elle l'avait regardé. « Je te fais confiance », avait-elle dit. Il ne pouvait pas la laisser tomber.

— Eh bien ?

Les yeux brun vif de M. Solomon étaient avidement fixés sur lui.

— Avons-nous un accord, mon petit Nicky ?

Nick regarda le porte-bonheur, puis le vieil homme, puis revint au porte-bonheur.

— Aucune chance, dit-il en reprenant la chaîne sur le comptoir. Je préfère la balancer dans la Tamise plutôt que de vous la laisser.

— Comme tu veux.

Le vieil homme haussa ses frêles épaules.

— Mais tu reviendras, j'en suis certain. Tourne la pancarte en sortant, veux-tu ? Et salue ta mère de ma part, lança-t-il alors que Nick claqua la porte derrière lui.

Nick traversa le marché. Les commerçants étaient en train d'emballer leurs marchandises sur leurs charrettes, ne laissant derrière eux que les étals en bois. Un petit garçon, les yeux vifs dans un visage crasseux, un pantalon trop grand roulé sur des bottes usées, zigzaguait entre eux, se glissant entre les pieds des marchands et les roues grinçantes des charrettes afin de ramasser les fruits et les légumes écrasés et abîmés qui étaient tombés sur le pavé.

— Attention ! cria l'un des marchands alors qu'il allait être écrasé pour recueillir une pomme. Veux-tu te faire tuer, mon garçon ?

Il prit une orange sur son étal et la lui lança. Le garçon l'attrapa d'une main.

— Merci, monsieur.

Il sourit effrontément et fila, son trésor placé dans le pan de sa chemise sale.

« J'étais ainsi à une époque », se dit Nick en le regardant partir. Plongeant sous les étals, cherchant quelque chose à ramener à la maison. Ou parcourant les rues, ramassant les bouteilles pour leur dépôt ou même pelletant du fumier de cheval pour le vendre. N'importe quoi pour gagner quelques pennies afin de rendre sa mère heureuse et empêcher son père d'utiliser ses poings.

Le porte-bonheur de Dora était toujours serré dans sa main. Il l'avait laissé tomber. Elle lui avait fait confiance pour lui ramener de l'argent et il avait échoué. Il ne pouvait supporter de penser à la déception qu'il verrait dans ses yeux quand il lui dirait qu'il n'avait pas l'argent pour ses livres.

— Ça va, Nick ?

Il regarda autour de lui. Ruby Pike remontait la rue dans sa direction, ses courbes spectaculaires ondulantes. Elle était sur son trente-et-un comme toujours, ses cheveux blonds soigneusement bouclés. Elle avait l'air de revenir d'une soirée, pas d'une journée au travail.

Il continua de marcher et elle le rattrapa.

— Belle journée, n'est-ce pas ? Pas que j'en ai vu grand-chose, coincée derrière une machine toute la journée. Honnêtement, il pourrait y avoir une tornade ou autre chose dehors, que nous n'en saurions rien…

Elle bavardait, insouciante du fait que Nick avait cessé d'écouter.

Il était perdu dans ses propres réflexions, pensant toujours à Dora.

Il allait lui donner lui-même l'argent. C'était aussi simple que cela. Il avait toujours suivi la règle stricte de ne pas piger dans son argent pour l'Amérique, mais il savait que Dora allait le rembourser. En outre, son rêve à lui était encore bien loin. Dora avait besoin de l'argent maintenant ou son rêve à elle serait terminé.

— Est-ce que tu m'écoutes, Nick Riley ?

Ruby lui barra la route, ses mains plantées sur ses hanches arrondies.

— Pardon ?

— Je le savais. Tu n'as pas écouté un seul mot de ce que j'ai dit, n'est-ce pas ?

Ruby fit une moue de ses lèvres pulpeuses.

— Je suis là, te donnant la chance pour laquelle un bon nombre d'hommes dans le coin se couperait le bras droit et tu ne me prêtes pas la moindre attention. J'ai bien envie de te dire d'oublier cela.

— D'oublier quoi ?

Il fronça les sourcils en la regardant.

— De m'inviter à sortir, évidemment.

Elle passa le bout de ses doigts écarlates dans ses boucles blondes.

— Il se trouve que je suis libre ce soir. Aurais-tu envie de m'inviter à aller danser ?

— Je n'aime pas danser.

— Peut-être n'as-tu pas trouvé la bonne partenaire ?

Elle battit des cils. Nick la contourna et continua à marcher.

Ruby lui emboîta le pas de nouveau.

— Bon, d'accord, dit-elle. Si tu n'as pas envie de danser, que dirais-tu du cinéma ? On présente le nouveau Errol Flynn au Rialto. J'adore Errol Flynn, pas toi ? soupira-t-elle.

— Il n'est pas mon genre, marmonna Nick.

Ruby rit et le frappa coquinement sur le bras

— Oh, tu es un marrant, toi, Nick Riley ! Allez, on va au cinéma. Je vais même m'asseoir dans la dernière rangée avec toi si tu veux ?

Il la regarda de haut en bas. Elle était tout ce qu'un homme pouvait désirer, avec ses courbes de pin-up et son sourire coquin. Elle avait raison, il y avait beaucoup d'hommes dans Bethnal Green qui aimerait avoir une offre comme celle-ci de Ruby Pike.

Mais pas lui.

— Une autre fois, dit-il.

Alors qu'il s'éloignait, Ruby lança derrière lui.

— Qui te dit qu'il y aura une autre fois ? Je pourrais changer d'idée, tu sais ?

« Mais pas moi », pensa Nick en se dirigeant vers la maison, le porte-bonheur de Dora serré dans son poing.

CHAPITRE 21

Dora ferma les yeux, essayant de mémoriser les os du pied.

— Calcanéum, astragale, os naviculaire, cuboïde, os cunéiformes, métatarses, phalanges…

Elle fit une pause, essayant d'assimiler les mots, mais ils ne faisaient que s'évanouir dans le néant.

— Chaque orteil possède trois phalanges : proximale, moyenne, distale. Le gros orteil n'en possède que deux… la proximale et la distale…

Dans l'obscurité, de l'autre côté de la chambre, elle pouvait entendre la douce respiration de Millie et d'Helen endormies. Elle avait aussi envie de dormir, mais les examens de la formation préliminaire étaient dans deux jours et elle avait encore beaucoup de choses à apprendre.

Au moins avait-elle ses livres maintenant. Elle avait été surprise quand Nick lui avait donné l'argent. Le vieux Solomon avait été plus généreux qu'elle ne l'avait espéré, lui donnant suffisamment pour qu'elle puisse se permettre des livres tout neufs.

Mais c'est là que sa chance s'arrêta. La semaine avait été consacrée à la lecture tard dans la nuit, essayant désespérément de rattraper son retard et de bourrer son cerveau de toutes les leçons que les autres filles avaient pu étudier au cours des trois derniers mois.

Pendant tout ce temps, l'image de sa famille la hantait, souriant derrière leur déception en accueillant son retour à la maison. Comme les parents de Jennifer Bradley avaient fait quand ils l'avaient faite monter dans la voiture la dernière journée.

Et puis, il y avait Alf. Elle n'osait même pas penser à se retrouver sous le même toit que lui.

Dora s'allongea sur son lit et se frotta les yeux. Ils étaient irrités et douloureux d'avoir trop étudié. Comme il serait merveilleux de les laisser fermés et de se laisser emporter…

Le grincement de la poignée de la porte la réveilla d'un coup. Elle s'assit rapidement lorsque la porte se mit à s'ouvrir et qu'Alf Doyle entra. Sa masse volumineuse envahit l'embrasure de la porte.

La bouche de Dora s'assécha de peur.

— Va-t'en, chuchota-t-elle. Tu n'as rien à faire ici.

Alf lui lança un regard concupiscent.

— Pas avant d'avoir obtenu ce que je suis venu chercher, dit-il doucement. Tu sais ce que je suis venu chercher, n'est-ce pas, Dora chérie ?

Il s'approcha d'elle en défaisant sa ceinture. Dora recula contre la tête de lit en bois.

— Laisse-moi tranquille, gémit-elle. Tu n'as rien à faire ici. J'ai besoin d'étudier…

— Je sais ce dont tu as besoin.

Ses mains agrippèrent ses épaules, la repoussèrent sur le lit. Elle se débâtit, mais son poids pesa sur elle, l'empêchant de respirer…

— Doyle ? Doyle, réveille-toi.

Quand elle ouvrit les yeux, ce ne fut pas le sourire lubrique d'Alf qu'elle vit, mais les visages inquiets de Millie et d'Helen au-dessus d'elle.

— Tu as fait un cauchemar, lui dit gentiment Millie. Tu te débattais et criais.

— Désolée. Je vous ai réveillées ?

— Nous et, je ne serais pas surprise, la moitié de la morgue aussi.

Helen, en bâillant, traversa à pas feutrés la chambre vers son lit.

Dora prit une profonde inspiration apaisante et sentit son pouls agité se calmer.

— À quoi rêvais-tu ? demanda Millie.

— Je ne m'en souviens pas, mentit-elle.

— Tu n'arrêtais pas de dire à quelqu'un de te laisser tranquille.

Elle vit Millie sourciller d'inquiétude et de panique. S'était-elle trahie ?

— Ça devait probablement concerner les examens de formation préliminaire. Ça m'inquiète beaucoup.

— Comme nous toutes, dit Millie.

— Pouvons-nous nous rendormir, maintenant ? marmonna Helen d'une voix ensommeillée à l'autre bout de la pièce.

Elles se remirent au lit et quelques instants plus tard, Dora entendit encore une fois la douce respiration lui indiquant que ses compagnes de chambre dormaient profondément.

Elle demeura éveillée, fixant le plafond. Même si elle était fatiguée, elle était trop terrifiée pour fermer les yeux au cas où elle se remettrait à crier et se trahisse. Alf Doyle, pensa-t-elle amèrement. Même maintenant, il l'effrayait encore trop pour qu'elle puisse s'endormir.

*

Les quatre sœurs qui arrivaient en file indienne dans le quartier des étudiantes n'auraient pas pu paraître plus hostiles si elles avaient essayé. Les étudiantes les regardèrent arriver de la fenêtre de la maison des infirmières.

— Est-ce que sœur Hyde est avec elles ? murmura Millie anxieusement. Oh, je vous en prie mon Dieu, ne l'envoyez pas encore. Simplement la voir dans la salle d'examen va me faire m'effondrer, je le sais.

— Je vais échouer de toute façon, grogna Katie. Je serai la seule fille O'Hara à ne pas me qualifier. Je serai rapatriée en Irlande et ma mère sera morte de honte.

— Je ne sais pas pourquoi vous vous inquiétez autant.

Lucy comme toujours était parfaitement calme et posée.

— Ce ne sont que quelques examens. Vous devriez réussir aisément, tant que vous vous êtes préparées.

Dora fut heureuse de ne pas être la seule à lui lancer un regard noir. La perfection de Lucy avait commencé à toutes les exaspérer au cours des derniers jours.

Sœur Parker ne les avait pas apaisées non plus, s'en faisant comme une mère poule inquiète.

— Assurez-vous d'arriver à l'heure pour chacun de vos examens et ne vous adressez pas aux examinatrices à moins qu'elles s'adressent à vous, les avait-elle prévenues encore et encore. Souvenez-vous d'apporter un tablier propre en cas d'accident. Et Doyle, pouvez-vous s'il vous plaît faire quelque chose pour vos cheveux ?

Dora avait enfoui ses cheveux sous sa coiffe. Elle pouvait comprendre l'anxiété de sœur Parker. Cela ternirait son image si ses étudiantes ne réussissaient pas la formation préliminaire.

Pour les étudiantes, les épreuves se déroulaient sur deux jours et se composaient d'un examen pratique, d'un examen oral et d'un examen écrit. Depuis des jours, elles s'entraînaient à faire des bandages, à prendre leur température, à vérifier le pouls et la respiration et à potasser les os et les organes du corps humain ainsi que leurs fonctions variées. Mais alors qu'elle se dirigeait d'un pas incertain vers le quartier des étudiantes avec les sept autres étudiantes de son groupe, Dora pouvait sentir toutes les connaissances qu'elle s'était tant efforcée à apprendre, lentement disparaître comme une marée se retirant.

Elles attendirent d'être appelées dans la salle de classe. Enfin, les quatre premières furent convoquées, deux dans la cuisine et deux dans l'espace de pratique.

Millie suivit sa partenaire, Gladys Brennan, dans l'espace de pratique comme si elle se rendait à l'échafaud.

— Je vais devoir faire un bandage capeline, je le sais, siffla-t-elle à Dora.

Dora sourit, mais son sourire s'effaça quand elle fut convoquée dans la cuisine avec Lucy Lane.

Pourquoi elle ? pensa-t-elle fébrilement en la suivant dans le couloir. Elle aurait beau faire tout son possible pour exceller, Lucy la ferait paraître nulle en comparaison. Leur tâche fut de préparer un repas pour un patient ayant une diète liquide. Lucy sut immédiatement quoi faire, se déplaçant dans la cuisine avec une efficacité chevronnée, sortant des casseroles, pelant des légumes et coupant du bœuf, tandis que Dora resta immobile devant la cuisinière en essayant de remettre en route son cerveau endormi.

Lentement, cela lui revint. Une diète dite liquide était sans irritant, avec beaucoup de lait et de crème, appropriée pour un patient se remettant d'un ulcère gastrique.

Elle fit mentalement une liste de plats appropriés. Du poisson bouilli n'aurait pas d'irritant, avec des pommes de terre en purée et une cuillerée de légumes en purée et suivis d'un flan.

Lucy était déjà occupée à brasser quelque chose sur la cuisinière. Un consommé de bœuf d'après la délicieuse odeur emplissant la cuisine. Dora espéra que son humble proposition ne serait pas terne en comparaison.

Pendant les quelques minutes suivantes, elles furent toutes les deux occupées, travaillant dans un silence absolu tandis que les sœurs observaient à l'autre bout de la pièce. Elles ne semblaient pas trop prêter attention à ce qu'elles cuisinaient, heureusement. Dora savait qu'elle aurait eu deux mains gauches si les sœurs s'étaient continuellement tenues près d'elles.

Elle avait fait bouillir ses légumes et ses pommes de terre et mit de côté son flan pour le laisser prendre et était en train d'allumer le gaz afin de cuire le poisson, quand elle entendit Lucy s'exclamer. Dora se retourna. Lucy se trouvait devant l'autre cuisinière, fixant sa casserole avec un regard complètement désespéré.

Dora jeta un coup d'œil vers les sœurs qui étaient toujours en train de s'entretenir à voix basse à l'autre extrémité de la pièce.

— Qu'est-ce qui ne va pas ? siffla-t-elle du coin de la bouche.

Lucy inclina la casserole vers Dora. La soupe avait bouilli jusqu'à ce qu'il ne reste presque plus rien, que quelques cuillérées d'un riche sirop brun.

— J'ai dû rallumer le gaz sous la soupe plutôt que sous les légumes. C'est raté.

Son sang-froid habituel avait disparu et sa voix était teintée de larmes.

« Ça t'apprendra », pense Dora.

Elle eut une soudaine image mentale des sœurs examinant la casserole, puis rayant le nom de Lucy Lane. Cela devrait mettre un terme à sa vantardise, se dit-elle.

À l'autre bout de la pièce, les sœurs commencèrent à remuer. D'un moment à l'autre, elles allaient lever les yeux et comprendre que quelque chose n'allait pas.

— Ajoute de l'eau bouillante, chuchota Dora. Dépêche-toi avant qu'elles arrivent.

— Mais cela aura un goût infect.

— Cela ne peut pas être pire que maintenant, non ? Mets la bouilloire sur le feu et espère que leurs papilles gustatives soient trop insensibles pour s'en rendre compte.

Lucy secoua la tête tristement.

— Je n'ai pas allumé le gaz sous mes légumes. Ils ne sont même pas cuits.

— Alors, partageons les miens. Maintenant, dépêche-toi de faire bouillir ton eau pendant qu'elles bavardent encore là-bas.

Le visage encore vide à la suite de son choc, Lucy fit ce qu'on lui avait dit pendant que Dora passa ses légumes et ses pommes de terre à la passoire avant de les mettre en purée. Avant que les sœurs viennent inspecter leur plateau de nourriture, elle balança une cuillérée de légumes dans l'assiette de Lucy.

Elles retinrent toutes deux leur souffle quand les sœurs goûtèrent leurs plats. Quand Dora leva les yeux, elle vit Lucy les yeux fermement clos et les lèvres murmurant une prière silencieuse.

Après un long moment, une des sœurs fit une coche sur son écritoire à pince.

— Merci, mesdemoiselles, dit-elle. Veuillez nous envoyer les deux suivantes.

Il fallut plusieurs minutes à Millie pour assimiler ce que sœur Parker lui avait dit. Et même alors, celle-ci dû lui montrer la feuille imprimée des résultats avant que Millie se permette d'y croire.

— Je suis désolée, sœur, je suis simplement tellement surprise d'avoir réussi, dit-elle.

Sœur Parker la regarda sévèrement par-dessus ses lunettes.

— Croyez-moi, Benedict, personne ne peut être plus surprise que moi, dit-elle avec émotion.

Les autres avaient toutes réussi aussi, et il y avait beaucoup d'excitation dans le quartier des infirmières alors qu'elles échangeaient des histoires d'horreur.

Pour une fois, Lucy parut étrangement silencieuse, remarqua Millie. Elle ne s'était pas vantée d'avoir été si bonne ou à quel point l'examen avait été facile. Elle n'avait fait aucune remarque méchante. Au cours du souper, elle avait même pour une fois offert en premier le pichet de chocolat chaud à Dora plutôt que de s'en emparer pour elle-même.

— Je me demande ce qui se passe avec elle ? songea Millie.

Dora haussa les épaules.

— Peut-être que l'examen l'a ramenée sur terre ?

— J'en doute. Attends, elle sera de nouveau imbue d'elle-même dès demain.

— On ne sait jamais, dit Dora. Elle sera peut-être différente quand nous aurons commencé la formation dans les services.

— Les services !

L'excitation se mit à bouillonner à l'intérieur de Millie.

— Penses-y, nous allons être de véritables infirmières.

— Ne t'emballe pas, nous avons encore trois autres années de formation avant ça.

— Mais au moins à partir de maintenant, nous serons dans les services et ferons affaire à de réels patients.

— Oui, et tu as vu dans quel état se trouvent certains d'entre eux ? dit Dora en riant. Je parie qu'après six mois, Mme Jones va nous manquer !

*

— Eh bien, elle a réussi. Je ne sais pas comment, mais d'une manière ou d'une autre elle y est parvenue.

— Oh ? De quoi s'agit-il ?

Veronica Hanley leva les yeux de sa courtepointe sur laquelle elle travaillait et fit comme si elle ne savait pas de quoi parlait sœur Parker.

— La jeune Doyle. Elle a réussi sa formation préliminaire. Plus que simplement réussi en fait. Ses notes étaient excellentes. Elles auraient peut-être même été meilleures si elle avait eu accès plus tôt à des livres.

Veronica lui fit un sourire pincé.

— Elle est la preuve de votre excellent enseignement, Florence.

— C'est une fille très intelligente, la corrigea Florence Parker, une touche d'irritation dans la voix. Même si certaines personnes l'auraient exclue sur-le-champ, ajouta-t-elle ostensiblement.

— Vous parlez comme si elle était déjà infirmière diplômée, dit sœur Sutton en s'inclinant par-dessus son ouvrage pour donner un biscuit à Sparky. Elle a encore trois années et plusieurs autres examens à réussir avant que nous puissions dire ça.

— Tout à fait, approuva mademoiselle Hanley. Une fille peut considérablement changer en trois ans.

Elles demeurèrent dans un silence tendu. Veronica avait le sentiment que Florence était sur le point d'ajouter quelque chose d'autre, mais les bonnes manières l'en empêchaient. Elle était surprise par son amie. Elle avait toujours cru que sœur Parker avait des principes. Maintenant, elle commençait à ressembler à une sorte de socialiste.

— Et qu'en est-il de Benedict ? Est-ce qu'elle a réussi ? demanda sœur Sutton.

Florence Parker y réfléchit pendant un moment.

— De justesse, oui.

— Eh bien, j'espère qu'*elle* va changer au cours des trois prochaines années, dit Agatha Sutton avec émotion. Sinon, que Dieu vienne en aide à nos pauvres patients !

CHAPITRE 22

Prendre le thé avec sa mère était toujours un supplice pour Helen. Constance Tremayne critiquait tout, de l'endroit où elles étaient assises, « Pas à une table de coin, je vous prie. Et ni près de la fenêtre non plus », à la qualité des sandwichs.

— J'espère qu'ils sont fraîchement préparés ?

Elle fronça les sourcils en regardant la serveuse, laquelle attendait avec son bloc-notes prêt.

— Oui, madame. Fraîchement préparés sur commande.

— Alors, nous allons prendre un assortiment et une théière pour deux.

Elle ferma son menu d'un bruit sec.

— Des petits gâteaux, madame ?

Constance regarda de haut la fille.

— Est-ce que j'ai commandé des petits gâteaux ?

— Non, mais…

— Alors, de toute évidence, nous n'en voulons pas. Et assurez-vous que la théière a été chauffée et que l'eau a bouilli, lança-t-elle derrière la serveuse.

Helen posa son propre menu. Il n'y avait pas grand intérêt à le consulter, puisque de toute façon sa mère commandait toujours pour elle.

C'était un après-midi froid et pluvieux de janvier, et c'était l'heure de la pause pour Helen. Elle devait retourner en salle à 17 h et se sentait coupable de déjà compter les heures. Elle se surprit à penser à Charlie Denton. Il devait retourner chez lui ce jour-là, et Helen avait espéré être là pour lui dire au revoir. Mais sœur Holmes l'avait assignée à prendre sa pause de 15 h à 17 h, puis sa mère l'avait convoquée pour le thé d'après-midi, et Helen ne pouvait possiblement pas dire non à aucune des deux.

La serveuse revint avec leur thé et leurs sandwichs. Helen grimaça lorsque sa mère inspecta le tout. Il lui fallut un moment, mais Constance finit par trouver quelque chose qui n'était pas à sa satisfaction.

— Serveuse ! Venez ici, s'il vous plaît.

La fille s'avança avec une expression résignée.

— Que puis-je faire pour vous, madame ?

— Vous pouvez rapporter cette tasse et m'en rapporter une propre. Regardez-la, c'est révoltant.

Elle frémit de dégoût.

La serveuse jeta un coup d'œil au fond de la tasse. Helen pria pour qu'elle ne discute pas ; elle pouvait déjà voir la lueur d'affrontement étinceler dans les yeux de sa mère.

— Très bien, madame.

Helen surprit le regard noir de la serveuse quand elle prit la tasse incriminante. La pauvre fille avait peut-être l'impression d'être exploitée, mais au moins elle n'avait à supporter Mme Tremayne que pour quelque 30 minutes. Helen avait été sous son joug depuis les 20 dernières années.

— C'est mieux, dit Constance quand la serveuse revint avec une tasse impeccable.

Elle retourna son attention vers Helen.

— Maintenant, où en étions-nous ?

Helen croisa ses mains sur ses genoux et attendit patiemment pour sa propre inspection. Elle était certaine que, contrairement à la deuxième tasse, elle ne serait pas à la hauteur.

Elle put sentir le regard de sa mère la scruter de haut en bas. Finalement, Constance lâcha :

— As-tu coupé tes cheveux ?

— Seulement quelques centimètres.

Helen inspecta fébrilement le bout de ses cheveux.

— Mais je pensais les couper un peu plus court, se risqua-t-elle. Beaucoup d'autres filles les ont fait couper et…

— Non, je ne crois pas, l'interrompit sa mère.

— Mais c'est à la mode. Et ce serait beaucoup plus pratique.

— Les cheveux courts donnent un air vulgaire.

Helen observa sa mère verser le thé. Discuter était une perte de temps. Constance Tremayne avait parlé et le sujet était clos.

Elle laissa ses pensées retourner vers M. Denton, ou Charlie comme elle l'appelait dans sa tête. Il avait été d'étrange humeur ce matin-là, comme si quelque chose le tracassait.

Helen avait fait de son mieux pour lui remonter le moral.

— Je parie que vous avez hâte de partir d'ici ? avait-elle dit en pliant soigneusement son pyjama de rechange.

— Je ne sais pas. Je ne suis pas certain d'être encore prêt pour le vaste monde, infirmière T.

— Tout ira bien, l'avait-elle rassuré. Vous vous en êtes très bien sorti avec votre nouvelle jambe.

— Oh, je peux me débrouiller ici. Mais comment ce sera quand je serai à l'extérieur ?

Il avait tourné son regard vers la fenêtre.

— Vous vous sentirez forcément un peu nerveux au début, avait-elle dit vivement. Mais je parie que dans quelques semaines vous boirez joyeusement quelques pintes au pub Rose & Crown et ne vous rappellerez même plus de cet endroit !

— Je ne vous oublierai pas de sitôt.

Helen était agenouillée en train de vider son casier. Elle avait été heureuse qu'il ne puisse pas voir son visage rougir.

— Helen ? As-tu seulement écouté un mot de ce que j'ai dit ?

Elle regarda sa mère de l'autre côté de la table.

— Je te demande pardon ?

— C'est bien ce que je pensais.

La bouche de Constance fit une moue d'irritation.

— J'espère que tu es plus attentive que cela lorsque tu travailles en salle.

— Oui, mère.

— Je suis certaine que je n'ai pas à te rappeler que tu me représentes au Nightingale. Je n'ai pas l'intention que tu me déçoives.

— Non, mère.

— Et si tu fais une erreur, sois certaine que je l'apprendrai.

— Je sais, mère.

Alors qu'elles grignotaient leurs sandwichs, sa mère la questionna. Comment se passaient ses études ? Qu'avait-elle appris ? Réussissait-elle mieux que les autres étudiantes ?

Helen fit de son mieux pour lui répondre avec tact. Mais elle commit une erreur quand elle tenta de raconter à sa mère une histoire amusante au sujet d'une des étudiantes de son service qui s'était embrouillée dans les instructions. La sœur lui avait dit de donner à un patient un anneau empli d'air sur lequel s'asseoir après sa chirurgie pour les hémorroïdes.

— Elle pensait que la sœur lui avait dit de l'emmener prendre l'air. L'infirmière ajointe l'a surprise en train d'essayer de tirer le patient à l'extérieur, ce dernier hurlant de douleur !

Elle espérait que sa mère rirait, mais le visage de Constance Tremayne devint sérieux.

— Vraiment, Helen, je ne vois rien d'amusant, dit-elle sévèrement. La vie d'un patient aurait pu être en danger.

— Il n'avait que des hémorroïdes ! protesta Helen.

— Peut-être, mais demain cela pourrait être quelqu'un avec une maladie cardiaque ou une blessure à la tête. Peut-être souris-tu, Helen, mais je suis sérieuse. Pour être tout à fait honnête, je ne sais pas ce que les jeunes infirmières ont en tête de nos jours. Quand je suivais ma formation…

Helen se désintéressa et se mit à jouer avec les croûtes dans son assiette. Cela serait un long après-midi, elle le savait.

Elle se pressa de retourner en salle avant 17 h, mais Charlie était déjà parti. Deux étudiantes étaient en train de faire son lit avec des draps frais pour le patient suivant.

— Il est parti il y a 30 minutes, lui apprit Amy Hollins. Si tu me demandes, il lui tardait de sortir d'ici.

— Je ne peux pas le blâmer, soupira Helen.

Mais elle ne put s'empêcher de ressentir un pincement au cœur de n'avoir pas pu lui dire au revoir.

*

Le matin suivant, Helen fut surprise de le voir franchir les portes alors qu'elle était en train de prendre les signes vitaux à l'autre bout de la salle. Charlie était lourdement appuyé sur sa canne et balançait un énorme bouquet de chrysanthèmes dans sa main libre. Elle ressentit une soudaine vague de panique et perdit le compte alors qu'elle prenait le pouls de M. Stannard.

— On dirait que quelqu'un a un admirateur secret.

M. Stannard sourit à Helen, exhibant ses quelques dents restantes.

— Je me demande qui est la chanceuse.

— Je ne sais vraiment pas.

Helen copia les chiffres précédents sur son dossier et s'éloigna. Son propre pouls s'était tant emballé qu'elle n'arrivait plus à tenir le compte non plus. Elle tenta d'ignorer la conversation qui se déroulait à l'autre bout entre Charlie Denton et l'infirmière-chef adjointe Lund. Ils discutèrent pendant une minute ou deux, puis il partit. Peu de temps après, Lund convoqua Helen.

— M. Denton a apporté ces fleurs pour nous remercier d'avoir pris soin de lui. N'est-ce pas aimable ? dit-elle,

— Très aimable, infirmière. Voulez-vous que je les mette dans l'eau ?

— Bonne idée, Tremayne. Mais assurez-vous d'être de retour avant que la sœur revienne de sa pause, d'accord ?

Helen ne comprit pas le regard que lui lança Lund avant qu'elle découvre Charlie Denton en train de l'attendre près de la salle de soins.

— L'infirmière a dit que je pouvais avoir cinq minutes avec vous.

Il avait l'air si différent vêtu d'un costume et d'une chemise, ses cheveux roux dorés ramenés vers l'arrière et son visage souriant. Et si beau aussi. Helen refoula nerveusement cette pensée, comme s'il pouvait lire dans son esprit.

Il l'observait avec l'air d'attendre quelque chose, mais Helen ne savait pas quoi dire. Enfin, elle demanda :

— Comment va votre jambe ?

— Très bien, merci. Cela prend du temps à s'y faire, mais ce n'est pas aussi mal que je pensais.

— C'est bien.

Elle passa maladroitement devant lui vers la salle de soins.

— Il fait froid ici, non ?

— C'est parce qu'il n'y a pas de verre aux fenêtres.

Helen pointa vers la haute ouverture couverte d'une moustiquaire au-dessus de leur tête.

— C'est préférable pour la ventilation. Mais cela devient glacial l'hiver.

— Vraiment ?

Cela semblait si ridicule, discuter de la fenêtre de la salle de soins. Mais Helen n'avait aucune idée de quoi parler. Elle put sentir son regard depuis l'embrasure de la porte alors qu'elle trouva un vase dans le placard et le remplit sous le robinet.

— Vous m'avez manqué, dit-il enfin.

— Vous n'êtes parti que depuis une journée !

— Je sais, mais cela m'a paru étrange de ne pas voir votre sourire quand je me suis éveillé.

Le silence s'étira entre eux. Helen jeta un coup d'œil vers la montre épinglée à sa bavette. Encore une minute, et elle allait devoir retourner dans la salle.

— Je suis en train de faire un véritable fiasco, n'est-ce pas ?

Charlie Denton passa sa main dans ses cheveux blond-roux.

— J'avais tout bien planifié en venant, mais maintenant tout s'est volatilisé de ma tête.

— Que voulez-vous dire ?

Helen put entendre son cœur battre dans ses oreilles.

Il lui sourit, ses yeux bleus chaleureux.

— Je suppose que vous ne pourriez pas envisager de sortir avec moi un soir ?

Sa surprise avait dû être visible sur son visage, car il poursuivit rapidement.

— Non, désolé, oubliez ce que je viens de demander. Je ne sais pas à quoi je pensais. Vous devez probablement avoir une dizaine de types après vous. Pourquoi voudriez-vous sortir avec moi ?

— Honnêtement, je n'en ai pas, lança Helen.

Le visage de Charlie s'illumina.

— Alors, est-ce que cela signifie que vous sortirez avec moi ?

— Je suis désolée, mais je ne peux pas. Je travaillerai de nuit dès demain.

— Pour combien de temps ?

— Trois mois.

— Trois mois ! C'est un long moment à attendre pour une sortie au cinéma !

Charlie Denton y réfléchit pendant un instant.

— Mais je considère que vous valez la peine d'attendre, dit-il avec insolence. Alors qu'en dites-vous ? Sortirez-vous avec moi à ce moment ?

Helen hésita. Elle avait envie d'y aller, mais…

— Ma mère n'aimerait pas ça.

— Je n'invite pas votre mère. Je vous invite, vous, dit-il en souriant. Je vous préviens, si vous dites non, je reviendrai dans trois mois et vous inviterai de nouveau !

— Vous êtes très tenace.

— Je le suis quand je veux quelque chose, infirmière T, dit-il en fronçant les sourcils. Je ne peux plus vous appeler ainsi, non ? Puis-je au moins connaître votre nom ?

— Helen.

— Helen.

Il s'arrêta un moment, savourant son nom.

— Je savais que vous auriez un nom magnifique. Un nom magnifique pour une fille magnifique, déclara-t-il en souriant. Je crois ne plus être un patient maintenant, alors vous pouvez m'appeler Charlie.

Il lui donna une poignée de main.

— Je vous revois dans trois mois, Helen.

— Si vous le dites… Charlie.

Mais alors qu'elle le regardait s'éloigner, Helen sut qu'elle ne le reverrait jamais plus. En trois mois, il retournerait à son ancienne vie et l'aurait tout à fait oubliée. Ce qui était probablement pour le mieux, car jamais sa mère ne lui permettrait d'avoir un petit ami.

Elle sourit en rapportant le vase dans la salle. Mais cela était une belle idée pendant qu'elle durait.

CHAPITRE 23

— Vous avez trouvé quelque chose qui vous plaît, jeune fille ?

M Solomon sortit de derrière l'espace fermé par un rideau au fond de la boutique, son pas si léger que Dora ne l'avait pas entendu approcher.

— Ou peut-être avez-vous quelque chose à m'offrir ? suggéra-t-il.

— Je cherche quelque chose…

Elle regarda dans le présentoir de verre, bourré de montres, de bagues, de broches et d'autres bijoux, chacun ayant sa propre triste histoire à raconter. À quel point une femmee devait être désespérée pour devoir se départir de son alliance, ou un homme de remettre ses précieuses médailles de guerre, sachant qu'ils n'allaient peut-être jamais les revoir ?

— Alors, vous avez quelque chose de précis en tête ?

Il sortit un anneau dans un cliquetis de clés de sa poche et en choisit une.

— Une bague peut-être ? Ou un bracelet ? J'en ai un ici qui pourrait vous aller…

— Un collier, dit Dora. Un… ami l'a apporté le mois dernier. Vous lui avez donné de l'argent en échange.

— Et maintenant, vous voulez le ravoir ? demanda-t-il en ouvrant le présentoir. Un collier, dites-vous ? À quoi ressemble-t-il ?

— Il est en argent, avec la forme d'une petite main. Mais je ne le vois pas ici…

— Ah, vous voulez dire la hamsa ?

M. Solomon sourit.

— Je m'en souviens maintenant. Le jeune Riley l'a apportée il y a quelques semaines.

Dora hocha énergiquement la tête.

— C'est ça. Vous l'avez ?

— Je crains que non, jeune fille. J'ai fait une offre au jeune Nick, mais il l'a refusée. Il semblait croire que cela valait plus que ce que je lui offrais. Le petit effronté pensait qu'il pourrait m'arnaquer dans ma propre boutique.

Il se racla la gorge de dégoût et cracha dans un mouchoir crasseux.

Dora commença à paniquer.

— Alors où est-il maintenant ?

— Comment le saurais-je ? Connaissant ce garçon, il l'a probablement fourgué au pub Rose & Crown.

M. Solomon haussa les épaules.

— Vous aurez de la difficulté à le ravoir, je crois. Il aurait dû me le vendre, cria-t-il derrière elle alors qu'elle se précipitait hors de la boutique. Au moins, je vous l'aurais gardé en sécurité.

Dora bouillonnait quand elle déboula sur le marché. C'était un samedi après-midi, et la rue était bondée. D'un côté, des gens choisissaient et se querellaient à propos de vêtements de seconde main déployés sur des toiles sur le pavé. De l'autre côté se trouvaient des étals de fruits, de légumes et de fruits de mer. L'odeur vive et salée se mélangeait à celle caractéristique des oignons frits et de l'arôme tentant du pain fraîchement cuit. Habituellement, Dora aimait les images, les sons et les odeurs du marché, mais aujourd'hui, elle était trop furieuse pour les remarquer.

M Solomon avait raison, elle n'avait aucune chance de retrouver sa hamsa. Elle pouvait être n'importe où. La pensée qu'elle pende au cou de l'une des vulgaires petites amies de Nick Riley la rendait malade. « Jamais je n'aurais dû lui faire confiance », se dit-elle. Maintenant, elle avait perdu sa précieuse hamsa et trahi Esther Gold, et c'était entièrement sa faute à *lui*.

De retour au Nightingale, elle se dirigea tout droit vers le pavillon des brancardiers.

M Hopkins fut très énervé quand elle entra avec fracas.

— Qu'est-ce que cela signifie ? postillonna-t-il. Vous ne pouvez pas débarquer ainsi ici…

— Je cherche Nick Riley. Où est-il ?

— Il prend sa pause. Mais vous ne pouvez pas entrer là ! lui cria-t-il alors qu'elle passait devant lui. Je vais le dire à l'infirmière en chef. Cette zone est réservée aux brancardiers seulement, pas aux infirmières. Vous devez passer par les voies appropriées…

Nick se trouvait dans la pièce du fond, jouant aux cartes autour d'une caisse à thé retournée avec quelques autres brancardiers.

— J'aimerais te parler, dit Dora.

— Ça va, Nick ? Qu'as-tu encore fabriqué ? gloussa l'un des brancardiers.

— J'espère que tu n'as pas été un vilain garçon, rit un autre.

— Ça ne serait pas la première fois si c'était le cas, n'est-ce pas ?

Nick lança ses cartes, se leva et suivit Dora à l'extérieur, sous un chœur de sifflements des autres brancardiers.

Il faisait froid dehors, humide et presque déjà noir même s'il n'était pas encore 16 h. Nick alluma une cigarette et prit une profonde bouffée.

— Qu'est-ce qui se passe ? fit-il d'un ton bourru.

— Où est mon collier ? Et ne prends pas la peine de me mentir, je suis allée chez Solomon et il dit qu'il ne l'a pas. Alors, où est-il ?

Il fixa le bout étincelant de sa cigarette.

— En sécurité.

— Pourquoi ne l'as-tu pas mis en gage comme je te l'avais demandé ?

— Parce qu'il ne m'en offrait pratiquement rien.

— Alors, tu as pensé le vendre à un de tes amis à la place ?

Il ne croisa pas son regard.

— En quoi ça te concerne ? Tu as eu l'argent pour tes livres, non ? Plus que ce que le vieux Solomon t'aurait donné.

— Là n'est pas la question. Tu savais ce qu'il représentait pour moi et tu savais que je voudrais le ravoir. Comment suis-je censé le retrouver si tu l'as vendu ?

— Qui dit que je l'ai vendu ?

— Ne joue pas au malin avec moi, Nick Riley. Je ne veux pas entendre tes mensonges.

Dora examina son profil sévère. Il ne parvenait même pas à la regarder dans les yeux.

— Tu t'en fiches réellement, n'est-ce pas ? Tu savais ce que ce collier représentait pour moi et tu l'as simplement filé à n'importe quel Pierre, Paul ou Jacques, s'emporta-t-elle.

— Tu as eu ton argent, non ? grogna-t-il.

— C'est ce que tu dis. Je ne serais pas surprise que tu l'aies vendu et aies gardé une partie de l'argent pour toi !

Il se tourna lentement pour la regarder.

— Est-ce que tu me traites de voleur ?

N'importe qui aurait été secoué par sa colère glaciale, mais Dora était trop furieuse pour s'y attarder.

— Ça ne me surprendrait pas, Nick Riley. Je me suis trompée à ton sujet, n'est-ce pas ? Tout le monde dit qu'il ne faut pas te faire confiance, mais je ne les croyais pas. Je pensais que tu ne me laisserais pas tomber…

Il y eut un tintement à ses pieds. Dora baissa les yeux. La hamsa scintillait dans une flaque d'eau sale.

— Je sais ce qu'il représentait pour toi, lâcha Nick d'un ton bourru. Pour quelle autre raison crois-tu que je l'ai conservé ?

— Je ne comprends pas.

— Non, en effet. On dirait que je me suis trompé à ton sujet moi aussi.

Lorsque ses yeux rencontrèrent ceux de Dora, celle-ci y vit une pointe de souffrance.

— Nick…, commença-t-elle, mais déjà il s'éloignait vers le pavillon des brancardiers, les mains enfoncées dans ses poches, la tête baissée.

*

La première affectation des services sortit ce soir-là. Dora et les autres filles de son groupe s'assemblèrent avec impatience autour du tableau d'affichage à l'extérieur de la salle à manger pour savoir où elles allaient passer leurs trois premiers mois de probation.

— Pas que cela importe, dit Katie O'Hara alors qu'elles s'amassaient autour de la liste de noms. Où que nous soyons, tout ce que nous allons faire c'est du nettoyage. Les nouvelles à l'essai obtiennent tout le sale boulot que personne d'autre ne veut faire.

— Je m'en fiche, tant que je ne suis pas affectée aux maladies chroniques féminines, murmura Millie, les mains jointes en une fervente prière.

Le service des maladies chroniques féminines était dirigé par sœur Hyde, la sœur que Millie avait éclaboussée de lavement au savon.

— Je m'en fiche, tant que je ne fais pas équipe avec Lane, dit Dora.

— Ça ira, elle va à Gyane avec toi, Benedict.

— Oh, mon Dieu, soupira Millie. Je me demande si je n'aurais pas préféré être avec sœur Hyde.

— Où vais-je ?

Dora s'étira le cou pour voir.

— Regardons... arrêtez de pousser, vous autres !

Katie parcourut la liste du doigt.

— Ah, nous y voilà. Doyle, Dora... à Blake. C'est le service orthopédique pour hommes. C'est le service de Bridget ! s'exclama-t-elle en riant. Bonne chance, Doyle. Tu en auras besoin, à te faire commander par ma grande sœur pour les trois prochains mois.

— Je ne serai pas la seule, dit Dora. Regarde qui va à Blake avec moi.

Elle parvint à peine à s'empêcher de sourire en observant Katie examiner la liste, son expression allant de la perplexité à l'horreur complète.

— Non ! s'écria-t-elle en secouant la tête. Il doit y avoir une erreur. Je ne peux pas aller à Blake... Je ne peux pas. Dieu, Bridget va adorer cela, soupira-t-elle.

CHAPITRE 24

Blake, le service orthopédique pour hommes, avait un aspect aussi caverneux qu'une cathédrale, avec de hauts et résonants plafonds et de grandes fenêtres de chaque côté. Une forte odeur de désinfectant flottait dans l'air.

Environ 30 lits étaient alignés contre les murs, s'étirant tout le long du service. Des infirmières s'activaient de l'un à l'autre, certaines portant l'uniforme à rayures des étudiantes et une ou deux portant l'uniforme bleu roi des infirmières adjointes. Dora se demanda si elle serait un jour aussi efficace ou confiante. Elle ne se sentait assurément pas ainsi en ce moment.

Au centre de la salle se trouvaient une variété de placards, de chariots et de pièces d'équipements et le bureau de la sœur tout au bout.

— Qu'est-ce qu'on fait ? chuchota-t-elle à Katie.

— On entre et on salue, je suppose. Oh, Dieu, voilà Bridget. Ne croise pas son regard, quoi que tu fasses.

Les jambes de Dora étaient en coton quand elle traversa la salle, ses robustes chaussures crissant sur le linoléum bien astiqué. Katie la suivit, le nez levé dans les airs, regardant droit devant elle.

Dora put sentir le regard spéculatif des hommes les suivre.

— Hé, hé, des nouvelles. Ce sera amusant, entendit-elle l'un d'eux dire à un autre. Qu'en penses-tu ?

— La plus foncée est jolie. Je les aime avec un peu de chair sur les os.

— Pas certain pour la rousse, par contre. On dirait qu'elle s'est trop battue !

Sœur Blake était assise à son bureau au centre de la salle, surveillant son domaine. C'était la première sœur que Dora rencontrait, excepté les sœurs qui avaient évalué ses examens pratiques de formation préliminaire. Elle avait entendu tant d'histoires disant à quel point elles étaient féroces et qu'elles rendaient la vie des infirmières misérable, mais sœur Blake semblait plutôt gentille.

— N'ayez pas l'air aussi terrifié, infirmières. Je ne vais pas vous battre à coup de bâton. À moins que vous ne répondiez pas à mes exigences, évidemment, et dans ce cas, je le ferai peut-être.

Sœur Blake était petite et mince avec des yeux bruns et vifs qui pétillaient de gaieté. Des cheveux foncés sortaient en boucle de sous sa coiffe, laquelle était attachée par une boucle sous son menton pointu.

— C'était une blague, en passant, dit-elle à Katie qui était si pâle qu'elle semblait sur le point de défaillir.

— Oui, sœur.

Katie effectua une petite révérence, ce qui sembla amuser sœur Blake.

— Comme il s'agit de votre première journée dans les services, vous devez savoir avec qui vous allez travailler. Mon nom est Frances Wallace, mais vous devez toujours m'appeler sœur ou sœur Blake. Puis, il y a deux infirmières adjointes dans ce service, O'Hara et Martin. Mais je ne crois pas devoir vous dire ça, n'est-ce pas ?

Ses yeux bruns pétillèrent lorsqu'elle regarda Katie, qui garda les yeux rivés au sol, trop terrifiée pour croiser son regard.

— Ces infirmières adjointes sont les bras droits de la sœur. Elles sont responsables quand je ne suis pas là, vous devez donc leur obéir.

Dora entendit Katie pousser un faible grognement.

— En dessous de ces infirmières adjointes se trouvent les étudiantes. On a celles aux études supérieures, qui sont à leur dernière année de formation, et ça va jusqu'à celles à l'essai comme vous. Nous avons une autre étudiante qui commence aujourd'hui. Elle s'appelle Pritchard et elle est dans le groupe au-dessus du vôtre, comme je suis certaine qu'elle vous le fera clairement comprendre dit sœur Blake en souriant. Nous avons toutes nos tâches à effectuer, mais notre souci principal est le bien-être de nos patients. Alors, n'attendez pas qu'on vous le demande. Si vous voyez un patient qui a besoin d'aide ou si une tâche doit être faite, dites-le-moi ou dites-le à mes infirmières adjointes immédiatement. Maintenant, y a-t-il des questions ?

Ses yeux passèrent de l'une à l'autre. Dora et Katie échangèrent des regards obliques et toutes deux secouèrent la tête.

— Seigneur, je n'ai jamais vu des étudiantes aussi silencieuses, commenta sœur Blake. Je suppose que la première fois en salle peut être plutôt intimidante.

« Sans blague », pensa Dora. Elle osait à peine regarder tous les lits autour. Pour la première fois, elle prit conscience qu'il s'agissait de véritables personnes et qu'elle était censée en prendre soin.

— Souvenez-vous que personne ne s'attend à ce que vous sachiez tout, poursuivit sœur Blake. Si vous avez un problème ou désirez savoir quelque chose, s'il vous plaît, demandez-le. Nous sommes là afin de vous aider à devenir les meilleures infirmières possible, et ça n'arrivera pas si vous n'apprenez pas.

— Elle semble gentille, dit Dora alors que Katie et elle retraversaient le service vers la salle de soins avec leur liste de tâches pour la journée.

Comme Katie l'avait prédit, leurs corvées consistaient principalement à laver des bassins hygiéniques et à nettoyer les toilettes.

— Ne laisse pas les apparences te tromper, répliqua prudemment Katie. Bridget dit qu'elle peut être aussi cinglante que les autres si les choses ne sont pas faites à sa façon. Ah, nous y voici.

Elle ouvrit la porte de la salle de soins.

— Bienvenue dans notre nouvelle maison pour les trois prochains mois. Nous allons apprendre beaucoup ici à laver des bassins hygiéniques !

La salle de soins était glaciale. Février avait amené un ciel gris et du gel, et le vent sifflait à travers la grille ouverte qui couvrait la haute fenêtre. Pritchard, l'autre étudiante à l'essai, se trouvait déjà à l'évier, rinçant un bassin sous le robinet. Elle était dégingandée, avec des dents de lapin et des lunettes.

— Dieu merci, vous êtes là.

Elle jeta le bassin vers Dora.

— Vous allez pouvoir prendre la relève ici pendant que je vais terminer la tournée.

— Que sommes-nous censées faire avec ça ?

— Vous les videz dans l'évier, évidemment, puis vous les lavez. Et assurez-vous de le faire correctement, ajouta-t-elle autoritairement. Je vais revenir pour rapporter les propres dans une minute.

— Écoute-la ! Je parie qu'elle faisait tout le sale boulot elle-même avant que nous arrivions, dit Katie en détachant ses manchettes et en roulant ses manches. Maintenant, elle croit que nous sommes ses esclaves.

— Je crois que nous sommes les esclaves de tout le monde.

Dora termina de laver le bassin hygiénique et se tourna vers les autres empilés près de la porte.

— Je suppose qu'on ferait mieux de passer à ceux-ci, dit-elle sur un ton dubitatif.

Sœur Parker leur avait parlé de nettoyage et de stérilisation, mais elle ne les avait pas préparées à une tâche aussi horrible.

— Dieu, l'odeur ! dit Katie en se pinçant le nez. Je crois que je vais être malade !

— Retiens ta respiration.

Prenant son courage, Dora saisit le premier bassin et le balança à bout de bras vers le gros trou au milieu de l'évier.

— Je vais aussi fermer les yeux.

Katie prit un bassin et le braqua vers l'évier.

— Attention !

Dora s'écarta juste à temps.

— Crois-tu que tu pourrais garder les yeux ouverts ? Ça a presque atterri sur mes chaussures.

— Vous deux ! Cessez de bavarder.

L'infirmière-chef adjointe O'Hara se tenait dans l'embrasure de la porte, les bras croisés.

Elle ressemblait à Katie avec des formes grassouillettes, des cheveux foncés et des yeux bleus et ronds. Mais son froncement de sourcils était bien à elle.

— Vous n'êtes plus en formation préliminaire, vous savez. Ceci n'est pas l'endroit pour commérer.

— Oh, va donc te faire cuire un œuf ! marmonna Katie alors que sa sœur retournait à ses occupations.

Mais personne n'avait dit à Glenda Pritchard que ce n'était pas l'endroit pour commérer. Parlant en un chuchotement précipité et excité, juste suffisamment bas pour échapper aux oreilles vives des infirmières adjointes, elle maintenait un flot constant de bavardage à Dora et à Katie alors qu'elle entrait et sortait précipitamment avec les bassins hygiéniques.

— Je ne peux pas vous dire à quel point j'étais soulagée quand j'ai appris que je venais ici. Tout le monde dit que le service orthopédique pour hommes est le meilleur service. J'ai entendu dire que c'est rempli de beaux jeunes hommes avec des blessures sportives, tous cloués au lit avec rien d'autre à faire que de flirter avec les infirmières, dit-elle en rougissant. C'est assez différent du service gynécologique, je peux vous le dire. Oh, pauvres vous, devoir laver tous ces bassins hygiéniques ! Je suis tellement contente de ne plus avoir à le faire. Que pensez-vous de la sœur ? Elle est charmante, n'est-ce pas ? Tellement plus gentille que sœur Wren du service gynécologique. Elle était carrément méchante. Vous devez réchauffer ses bassins sous l'eau chaude en passant…

Dora laissa la voix de Glenda se perdre alors qu'elle lavait les bassins. Ses bras avaient la chair de poule et elle devait serrer les dents pour les empêcher de claquer.

Après la tournée des bassins hygiéniques, Katie et elle furent envoyées pour récurer les salles de bains et nettoyer les casiers des patients. Puis, elles durent tirer les lits au centre de la salle afin de laver derrière.

— Je croyais qu'il y avait une bonne dans les services pour faire le ménage ? chuchota-t-elle à Katie.

— C'est vrai, mais les infirmières doivent quand même faire un bon ménage au moins une fois par semaine, répondit Katie, heurtant sa serpillière dans le seau en fer galvanisé, ce qui lui valut un regard acéré de sa sœur Bridget.

— Devez-vous faire autant de bruit ? Vous dérangez les patients, la prévint-elle.

— Regarde-la. Elle se prend pour la Rose de Tralee, dit Katie en grimaçant. J'aimerais la voir glisser sur ce plancher humide. Cela me ferait rire ! Est-ce que c'est l'heure de manger ? Je meurs de faim et je crois que mon dos va se rompre.

Dora était habituée à travailler durement, alors le ménage ne l'embêtait pas. Et les patients étaient tellement aimables, cela facilitait beaucoup son travail. La plupart d'entre eux gisaient dans des charpentes de fer ou étaient enveloppés de plâtre. Plusieurs n'avaient rien de plus sérieux qu'une blessure sportive, tandis que d'autres avaient des difformités congénitales. N'ayant même pas la chance de s'asseoir et de regarder autour d'eux, ils dépendaient des infirmières pour les divertir. Ils bavardèrent avec Dora alors qu'elle poursuivait son travail.

Sœur Blake parut satisfaite d'elle.

— Vous faites du bon travail, Doyle, la complimenta-t-elle. Comme vous l'avez probablement déduit, la plupart des patients de ce service s'ennuient passablement et sont avides d'activités. Ils sont heureux d'accueillir un visage aimable et de bavarder un peu. C'est une partie très importante des soins infirmiers que de maintenir leur bon moral. Mais soyez prudente, certains des plus jeunes peuvent être insolents parfois, la prévint-elle.

Dora ne comprit pas ce qu'elle avait voulu dire avant la fin de l'après-midi. Elle transportait une pile de draps frais du placard quand M. Hubbard, un jeune homme avec une épaule disloquée, l'appela.

— Avez-vous une minute, infirmière ? demanda-t-il.

Dora regarda autour. Il n'y avait aucune autre infirmière en vue.

— Devrais-je aller chercher quelqu'un ? fit-elle.

— Non, vous ça ira. Pourriez-vous examiner quelque chose pour moi ? Je suis simplement un peu inquiet.

Dora regarda autour encore une fois. Sœur Blake et l'infirmière-chef adjointe O'Hara étaient derrière une cloison avec un autre patient. L'infirmière-chef adjointe Martin se trouvait dans la cuisine. Même Glanda Pritchard et Katie n'étaient nulle part.

Elle se souvint de ce que sœur Blake avait dit, qu'elles devaient toutes travailler ensemble pour aider les patients. Prenant une profonde inspiration, elle s'avança vers le lit, se sentant très importante dans son uniforme.

— Que vouliez-vous que j'examine ? demanda-t-elle de sa voix la plus attentionnée.

— Ceci ! s'écria M. Hubbard en repoussant les couvertures.

Il avait défait les boutons de son pyjama pour s'exhiber.

— Je crois que vous devriez l'examiner de près, infirmière.

Dora jeta un regard au membre nu blanc, pendant mollement, et fit un bond en arrière, saisie de panique, faisant voler le pichet d'eau. Des rires explosèrent partout autour d'elle, retentissant dans tous les coins de la salle. Tout le monde était dans le coup.

— Que se passe-t-il ?

Sœur Blake sortit de derrière la cloison.

— Infirmière, expliquez-vous !

— Je... je...

— Désolé, sœur, c'est ma faute.

M. Hubbard sourit, tirant le drap pour se couvrir.

— Les autres gars m'y ont poussé. Nous ne faisions que nous amuser un peu avec la nouvelle infirmière, c'est tout.

— Vraiment, M. Hubbard, ce n'est pas une chose tellement galante à faire à une jeune infirmière lors de sa première journée !

Sœur Blake le regarda sévèrement.

— Doyle est très secouée, comme vous pouvez voir.

— Désolé, infirmière.

M. Hubbard ne parut pas du tout désolé. Il parvenait à peine à s'empêcher de sourire.

— Ce n'était qu'une blague. Ce n'est rien de grave.

Sœur Blake se tourna vers Dora.

— Est-ce que ça va, infirmière ?

Dora hocha la tête, encore secouée.

— Allez chercher un chiffon et nettoyer ce dégât. Vraiment, M. Hubbard, comme si nous n'avions rien de mieux à faire !

Dora se précipita à la salle de soins, essayant de se calmer. C'était une blague, se dit-elle encore et encore. Qu'une blague.

— Avez-vous ce chiffon ?

L'infirmière-chef adjointe O'Hara apparut dans l'embrasure de la porte.

— Pour l'amour du ciel, Doyle, ne soyez pas aussi terrifiée. Ils ne faisaient que s'amuser. Et ils le feront probablement de nouveau s'ils obtiennent une telle réaction de votre part. Vous devez vous endurcir ou vous ne tiendrez pas cinq minutes dans ce service.

Ils ne faisaient que s'amuser ? se dit Dora en tordant un chiffon. Peut-être n'était-ce qu'une blague pour tout le monde. Mais pour elle, cela ramenait trop de souvenirs horribles pour être amusant.

CHAPITRE 25

— J'ai une tâche très importante pour vous et je veux que vous m'écoutiez attentivement pendant que je vous l'explique.

Millie fut surprise. Ses trois premiers jours dans le service Wren n'avaient pas été un incroyable succès. D'après sœur Wren, elle semblait tout rater.

— Pourquoi cela vous prend-il autant de temps ? avait-elle demandé ce matin, alors que Millie revenait de ramasser la vaisselle du petit déjeuner. Vous êtes ici pour travailler, pas pour bavarder avec les patientes. »

Mais Millie ne pouvait s'en empêcher. Les femmes étaient très amusantes et aimaient beaucoup l'arrêter pour bavarder. Cela lui semblait impoli de ne pas s'arrêter, et Millie compatissait avec elles qui se trouvaient clouées au lit et loin de leur famille. Cela devait être terriblement ennuyeux, pensait-elle, de voir les mêmes visages jour après jour.

Malheureusement, sœur Wren ne le voyait pas ainsi. Millie ne travaillait avec elle que depuis quelques jours, mais elle avait déjà constaté que la sœur avait peu de temps ou de sympathie pour la plupart de ses patientes.

Étant donné leur mauvaise relation jusqu'à maintenant, il était très surprenant qu'elle confie à Millie une tâche importante.

— Oui, sœur.

Elle se redressa pour écouter attentivement.

— Le médecin en chef, M. Cooper, fera sa tournée plus tard ce matin, expliqua sœur Wren[1].

Ce n'était peut-être pas son véritable nom, mais elle en était parfaitement à la hauteur. Elle ressemblait tout à fait à un oiseau, avec son ossature délicate, son nez crochu et son regard sombre et furtif. Ses minces cheveux sous sa coiffe étaient d'un vieux brun, comme les ailes d'un moineau.

— Il est très important que lorsqu'il arrive, tout soit en ordre. M. Cooper est très particulier, et je ne veux aucune plainte de sa part.

Elle regarda Millie sévèrement.

— Quand il arrive dans le service, il aime se laver immédiatement les mains. Alors, je vous demande de lui préparer une bassine d'eau.

— Oui, sœur.

— Elle doit se trouver près de la porte avec une serviette par-dessus. L'eau ne doit être ni trop chaude ni trop froide. Est-ce compris ?

— Oui, sœur. Pas trop chaude ni trop froide.

— Bien. Voyez à ce que ça soit fait correctement, s'il vous plaît.

---

1. N.d.T. : « Wren » signifie littéralement, « roitelet ».

Elle commença à s'éloigner.

— Sœur ?

Millie l'appela, perplexe.

Sœur Wren se retourna lentement pour lui faire face. Millie se rappela trop tard que les modestes étudiantes à l'essai n'étaient pas censées parler à moins qu'on leur adresse la parole.

— Oui ? dit-elle d'un air glacial.

— Quelle est la tâche importante ?

Sœur Wren la considéra.

— Je viens de vous l'expliquer. Ne me dites pas que vous avez besoin que je répète ?

— Non, c'est juste que…

Millie avait eu la vision d'être appelée pour donner son opinion sur un sujet médical ou au moins être autorisée à passer des notes au médecin en chef.

— C'est juste que je ne pense pas qu'apporter une bassine d'eau soit aussi important, c'est tout.

La sœur plissa les yeux.

— Faites le mal et vous verrez à quel point c'est important, dit-elle.

Après la tournée des bassins hygiéniques, le temps était venu de nettoyer la salle. Alors que Millie et Lucy Lane balayaient, lustraient et polissaient chaque centimètre de plancher, Millie garda les yeux rivés sur les portes.

— Pourquoi fixes-tu la porte ainsi ? demanda Lucy.

— Je ne veux pas rater le médecin en chef quand il arrivera.

— Ne t'en fais pas, tu ne le rateras pas. J'ai entendu les infirmières adjointes discuter. Apparemment, quelqu'un appelle toujours d'un autre service pour nous aviser qu'il est en route.

Rassurée qu'elle n'allait pas être prise au dépourvu, Millie fut en mesure de se détendre et de poursuivre son ménage. Elle était déterminée à faire un travail parfait afin de montrer à sœur Wren qu'elle pouvait être une bonne infirmière.

— Fais attention, ma chérie, si tu continues à polir de la sorte, tu feras un trou à travers les lattes ! gloussa joyeusement l'une des femmes alors que Millie frottait autour de son lit avec la serpillière.

— Vraiment ? dit anxieusement Millie. C'est ainsi qu'on nous l'a enseigné en cours de formation. J'ai mal compris, vous croyez ?

— Oh, ma chérie, continue.

La femme lui fit un grand sourire.

— Termine ton ménage et tu pourras faire le mien ensuite. Dieu seul sait dans quel état se trouve mon plancher. Depuis que je suis ici, mon vieil homme n'a pas dû lever un seul doigt.

Millie termina le polissage, lequel passa même l'inspection des yeux d'aigle de sœur Wren.

— Tu y as mis du temps, je dois dire, fut son seul commentaire. Maintenant, va laver et préparer les patientes. Et sois un peu plus rapide cette fois-ci.

Millie chargea un chariot de peignes, de gants de toilette, de serviettes et d'un bol d'eau, et Lane et elle firent leur tournée, chacune prenant un côté de la salle. Chaque patiente devait être lavée, peignée, vêtue d'une chemise de nuit propre et arrangée de manière généralement présentable pour l'arrivée de M. Cooper.

— C'est très agréable, je dois dire, fit Mlle Desmond alors que Millie peignait soigneusement ses boucles blondes décolorées.

Blanche, comme elle aimait qu'on l'appelle, était une femme voluptueuse, ses courbes pulpeuses à peine contenues par la chemise de nuit de soie rouge richement décorée qu'elle portait. Elle était ici pour une hystérectomie afin de se débarrasser de fibromes.

— Alors, pour qui sont tous ces préparatifs ? Sortons-nous ce soir ?

— Vous n'avez pas autant de chance, j'en ai bien peur, Mlle Desmond. Le médecin en chef fait ses tournées.

— Ah. Cela explique pourquoi la sœur est aussi nerveuse ce matin.

Blanche hocha la tête d'un air entendu.

— Elle a un petit faible pour M. Cooper, expliqua-t-elle quand Millie la regarda d'un air interrogateur.

— Sûrement pas !

— Où croyez-vous qu'elle est passée en ce moment ? En train de se pomponner dans son salon, je parie, lança Blanche. Surveillez-la quand il arrivera. Elle sera agitée et agira en gamine. Et ensuite, elle essaiera de l'attirer dans son salon pour un thé et des biscuits. Mais je crois qu'il lui faut plus qu'une tasse d'Earl Grey pour s'intéresser à elle !

Elle rugit de rire. Millie aperçut le froncement de sourcils de l'infirmière-chef adjointe et rassembla rapidement les articles de toilette, coupable d'avoir encore été surprise à traîner. Lucy était beaucoup plus rapide de son côté de la salle, remarqua-t-elle.

— Cela étant dit, je ne la blâme pas. C'est un beau diable, poursuivit Blanche. Et il a une belle voix aussi. Cela ne me déplairait pas de tenter moi aussi ma chance avec lui.

Elle se tourna vers Millie.

— Fouillez dans mon casier et donnez-moi ma trousse de maquillage, voulez-vous ma chérie ? Je ne peux pas le laisser me voir dans cet état, n'est-ce pas ?

Millie observa avec fascination Blanche appliquer un rouge profond sur ses lèvres généreuses.

— Même si je ne sais pas pourquoi je me donne cette peine, dit-elle. Il n'y a qu'une partie de mon corps que les hommes regardent, et ce n'est pas mon visage !

Elle rit si fort que sa main trembla, gâchant l'application de son rouge à lèvres.

— Il est différent de tous les hommes que j'ai rencontrés !

Elle fit un clin d'œil à Millie.

— Je ne sais pas comment tu arrives à parler à cette femme.

Lucy emboîta le pas à Millie alors qu'elle rapportait son chariot. Elle avait déjà terminé et rangé son chariot, comme d'habitude.

— Tu veux dire Blanche ? Elle est charmante. Et elle me fait rire. En plus, elle aime avoir de la compagnie. Aucune des autres femmes ne semble vouloir lui parler pour une quelconque raison.

— Je ne suis pas surprise. Qui voudrait avoir à faire avec quelqu'un comme elle ?

Lucy fronça les sourcils en regardant Millie.

— Tu sais ce qu'elle fait pour gagner sa vie, non ?

— Elle gère sa propre entreprise d'un appartement sur Mile End, m'a-t-elle dit.

Millie vit l'expression de Lucy.

— Qu'y a-t-il de si amusant ?

— Toi. Dieu que tu es innocente, Benedict !

Lucy baissa la voix.

— C'est une pute. Une prostituée. Elle vend son corps contre de l'argent.

— Ce n'est pas vrai !

— Demande-le-lui si tu ne me crois pas. Demande à n'importe qui, ajouta Lucy en haussant les épaules. Tout le monde sait ce qu'elle est. Tout le monde à part toi, ajouta-t-elle avec un sourire suffisant.

Millie jeta un regard par-dessus son épaule en direction de Blanche Desmond. Parmi toutes les femmes ternes et épuisées, elle brillait comme une flamme vive avec ses cheveux blonds et sa robe de chambre de satin écarlate.

— Eh bien, je m'en moque, déclara-t-elle. Je pense encore qu'elle est charmante.

— Ma mère mourrait si elle apprenait que je dois m'occuper de femmes comme elle.

— Et mon père dit qu'il faut traiter tout le monde avec respect à moins qu'ils nous donnent une raison de ne pas le faire, dit Millie fermement.

Elles furent interrompues par l'infirmière-chef adjointe Cuthbert qui se plaça devant elles.

— Quand vous aurez terminé de commérer, la sœur voudrait savoir si vous avez terminé avec les patientes ?

Elles acquiescèrent toutes les deux la tête.

— Vous les avez lavées, peignées et avez changé leur chemise de nuit ? Et leur dentier ?

Lucy hocha la tête. Millie eut l'air perdu.

— Quoi, leur dentier ?

Cuthbert la fixa.

— Ne me dites pas que vous n'avez pas nettoyé leur dentier ? Vous devez leur enlever et les nettoyer, expliqua-t-elle avec une patience exagérée.

Millie lança un coup d'œil vers Lucy. Elle affichait un air complaisant, comme d'habitude.

— Quoi, toutes ?

Millie jaugea la salle avec horreur.

— Cela prendra une éternité.

— Eh bien, vous feriez mieux de vous y mettre, n'est-ce pas ?

— Tu aurais pu me dire que je devais nettoyer leur dentier, chuchota-t-elle à Lucy alors qu'elle déambulait de nouveau dans la salle avec son chariot.

— Je pensais que tu le savais, répondit-elle avec insouciance.

— Ne vas-tu pas m'aider ? supplia Millie.

— Aucune chance. J'ai fourni ma part d'effort. Et dépêche-toi ! Ils feraient mieux d'être nettoyés et remis en place avant que M. Cooper se montre, ou il y aura un véritable problème.

Millie était sur le point de pleurer quand elle se pressa vers la salle de soins. Avec tant de choses à faire et personne voulant l'aider, elle eut une horrible vision qu'elle ne parvenait pas à accomplir sa tâche à temps et finissait dans le bureau de l'infirmière en chef encore une fois.

Elle était en train d'emplir la bassine d'eau quand elle eut une idée de génie. Elle n'avait pas besoin de passer à chaque lit et nettoyer chaque dentier individuellement. Elle n'avait qu'à recueillir tous les dentiers et les nettoyer en même temps.

Contente d'elle, elle se précipita de nouveau dans la salle avec son chariot, ramassa les dentiers de tout le monde et les jeta dans la bassine d'eau. La plupart des femmes du service avaient de fausses dents ; durant leur formation, sœur Parker leur avait expliqué que les femmes de l'East End faisaient souvent arracher leurs dents en bas âge afin d'épargner sur des traitements dentaires coûteux lorsqu'elles seraient plus âgées. Quand sa bassine fut pleine, Millie rapporta les dentiers vers la salle de soins, marchant aussi rapidement qu'elle put se permettre sans courir.

Elle était en train de rincer le dernier dentier sous le robinet et était plutôt contente de son ingéniosité quand Lucy apparut dans l'embrasure de la porte de la salle de soins.

— Que fais-tu maintenant ? demanda-t-elle.

Millie étouffa son agacement. Lucy était devenue insupportablement autoritaire depuis qu'elles avaient commencé à travailler dans le service.

— Je nettoie les dentiers. Regarde.

Millie lui montra sa bassine. Mais plutôt que d'être incroyablement impressionnée par son idée de génie qui allait leur faire gagner du temps, Lucy contempla le bol, puis Millie, puis le bol de nouveau.

— Comment feras-tu pour savoir à qui appartient chaque dentier ? interrogea-t-elle.

— C'est facile, je vais...

Le sourire de Millie s'estompa légèrement.

— Enfin, je vais...

C'est alors qu'elle comprit et regarda avec horreur l'assortiment de dentiers dans son bol. Ils semblaient tous lui sourire.

— Oh, Benedict, qu'as-tu encore fait ?

Lucy plaqua ses mains sur sa bouche, ses yeux aussi grands que des soucoupes. Elles se fixèrent en silence pendant un moment.

Puis, le téléphone sonna.

— M. Cooper est en route.

Lucy lui lança la bassine.

— Distribue-les immédiatement.

— Mais comment saurons-nous à qui les rendre ? demanda Millie.

— Je ne sais pas. Tu devras deviner pour le moment et t'en occuper plus tard.

Heureusement, l'infirmière-chef adjointe Cuthbert était occupée et sœur Wren s'était retirée dans son salon, alors elles ne furent pas témoins de la course de Millie dans la salle, lançant de fausses dents sur les cuisses de patientes surprises.

Quand elle atteignit l'extrémité de la salle, sœur Wren émergea de son salon, ses cheveux bruns cendreux anormalement bien ordonnés sous sa coiffe amidonnée. Les infirmières adjointes et Lucy étaient déjà rassemblées aux portes de la salle, prêtes à accueillir leur illustre visiteur dès son arrivée.

— Benedict !

Sœur Wren cria vers Millie.

— Est-ce la bassine pour M. Cooper ? Déposez-la immédiatement.

— Mais sœur…

— J'ai dit de la déposer, siffla furieusement sœur Wren. Déroulez vos manches, mettez vos manchettes et venez ici.

Après un rapide regard coupable vers Lucy, Millie déposa hâtivement le bol sur le comptoir à l'autre bout du service, le couvrit d'une serviette et se pressa de rejoindre sœur Wren et les autres infirmières, lesquelles étaient occupées à tapoter leurs cheveux et à lisser leur tablier. Tout ce qu'elle pouvait espérer maintenant était que cela ne dérange pas trop M. Cooper que l'eau dans le bol soit glaciale.

Elle en était encore à attacher les boutons de ses manchettes quand les portes s'ouvrirent et que le Grandiose lui-même entra, talonné par sa suite, une procession de deux résidents, deux internes et plusieurs étudiants en médecine. Millie sut immédiatement pourquoi Blanche avait mis du rouge à lèvres et pourquoi la sœur avait ordonné ses cheveux. M. Cooper ressemblait à Errol Flynn en sarrau blanc.

— Sœur Wren, la salua-t-il avec un hochement de tête.

— M. Cooper, minauda-t-elle.

Sa voix était haute et nerveuse, rien à voir avec le ton vif qu'elle prenait avec ses infirmières.

— Votre eau est prête, si vous voulez bien passer de ce côté.

— Merci.

Millie et Lucy échangèrent des regards paniqués pendant qu'il se dirigeait vers la bassine, son cortège derrière lui. Millie croisa les doigts dans son dos. Toute la salle était entièrement et mortellement silencieuse, même si elle supposa que c'était parce que les patientes étaient frappées de stupeur par leur dentier mal ajustés.

M Cooper monta les manches de son sarrau blanc, repoussa la serviette et plongea les mains dans l'eau. Millie ferma les yeux et pria.

« Je vous en prie, faites que ce ne soit pas trop froid, je vous en prie… »

Pendant un moment rien ne se passa. Puis, M. Cooper demanda de sa voix profonde :

— Sœur, pourriez-vous m'expliquer pourquoi il y a un ensemble de dentiers au fond de ce bol ?

Sœur Wren ouvrit la bouche pour parler, mais avant qu'elle puisse prononcer un seul mot, une voix résonna à l'autre bout de la salle.

— Oh, elles m'appartiennent, docteur. L'infirmière a oublié de me rendre les miennes.

Ils se retournèrent tous pour voir Blanche afficher un sourire édenté. Ses lèvres rouge vif ne faisaient qu'accentuer la caverne béante de sa bouche.

Le silence parut durer éternellement. Millie put sentir tout le monde la fixer, mais elle ne parvint pas à lever les yeux du plancher étincelant. Elle avait fait du bon travail lorsqu'elle l'avait poli, se dit-elle. Mais il allait falloir plus qu'un bon ménage pour la sauver maintenant.

— Infirmière… dans mon bureau… immédiatement.

Sœur Wren tourna les talons et fonça hors de la salle. Millie la suivit.

Elle s'arma de courage du mieux qu'elle put, mais elle ne put se préparer à l'ampleur de la rage de sœur Wren.

— Jamais… de toute ma carrière… complètement humiliée.

Des tendons de rage contenue sortaient de son maigre cou.

— Abasourdie… une honte pour la profession…

Millie laissa les mots la submerger jusqu'à ce qu'enfin la tempête s'éteigne d'elle-même.

— Eh bien ? Qu'avez-vous à dire pour votre défense ? demanda la sœur quand elle s'arrêta enfin pour respirer.

— C'était un accident, sœur.

Sœur Wren ferma les yeux, se calma mentalement.

— Vous, dit-elle, articulant lentement et clairement, allez tout droit à la catastrophe. Je vous enverrais voir l'infirmière en chef, mais je suis certaine qu'elle vous a plus que suffisamment vue. Maintenant, s'il vous plaît, disparaissez de ma vue. Et soyez assurée que je mentionnerai cela dans mon rapport de service. Comment allons-nous survivre aux trois prochains mois avec vous dans mon service, je n'en ai aucune idée.

À son retour, Lucy l'attendait dans la salle de soins.

— Que s'est-il passé ?

— Je ne veux pas en parler.

Les mains de Millie tremblaient alors qu'elle les lavait sous le robinet.

— Est-ce que M. Cooper est parti ?

Lucy hocha la tête.

— Il a dit qu'il reviendrait et poursuivrait sa tournée quand sœur Wren en aurait terminé avec toi. Il n'avait pas l'air très content.

— Oh là là.

Il allait probablement se rendre directement chez l'infirmière en chef. Millie eut soudainement une vision horrible qu'on la renvoyait sans cérémonie à Billinghurst. Sa grand-mère serait enchantée.

— Que crois-tu que je devrais faire ? supplia-t-elle.

— Je resterais hors du chemin de tout le monde si j'étais toi.

Lucy pouvait à peine masquer sa jubilation.

Mais d'abord, Millie devait s'occuper du problème des dentiers. Elle était si misérable qu'elle parla à peine alors qu'elle se traînait de long en large de la salle avec son bol. Mais les femmes firent de leur mieux pour lui remonter le moral.

— Ne t'en fais pas, chérie, il y a des choses bien pires dans la vie, dit Blanche. En outre, cela nous a donné l'occasion de bien rire. Et ne dit-on pas que le rire est le meilleur remède ?

C'était gentil de leur part d'essayer de lui remonter le moral, pensa Millie en lavant le bol dans l'évier de la salle de soins. Mais elle se sentait tout de même complètement stupide.

— Vraiment, Millie, tu dois essayer de réfléchir à l'avenir, se conseilla-t-elle.

— Savez-vous que de se parler à soi-même est le premier signe de folie ? lança une voix derrière elle.

Millie se retourna vivement. Un jeune homme se tenait dans l'embrasure de la porte de la salle de soins. Elle reconnut l'un des internes qu'elle avait vus avec M. Cooper ce matin.

— Évidemment, présenter un bol de dentiers au médecin en chef de l'hôpital devant toute sa suite peut aussi être considéré comme un acte de folie, dit-il d'une voix traînante.

Son sourire irrita Millie.

— Êtes-vous venu vous moquer ? lâcha-t-elle.

— Je suis venu vous dire de ne pas trop prendre cela à cœur.

Il n'était pas beaucoup plus âgé qu'elle, grand et dégingandé dans son sarrau blanc, ses cheveux sombres retombant dans ses yeux. Il avait quelque chose de familier, mais elle n'arrivait pas à mettre le doigt dessus.

— Si cela peut vous aider, je crois en fait que Cooper a secrètement trouvé cela plutôt amusant.

— Certainement pas la sœur.

— Sœur Wren n'a aucun sens de l'humour.

Millie fronça les sourcils en l'observant.

— Est-ce que je vous connais ?

— Je ne crois pas que nous avons été présentés. Je suis William. Will, pour mes amis. Et vous êtes ?

— Benedict.

— Pas de prénom ?

— Vous pouvez m'appeler infirmière Benedict si vous voulez.

Il sourit. Il avait un joli sourire, pensa Millie.

— Merci d'essayer de me remonter le moral, dit-elle.

— Je suis médecin. C'est mon travail.

Je suis médecin. Quelque chose dans la manière dont il dit cela la fit réfléchir. Elle le regarda plus attentivement cette fois. La dernière fois qu'elle avait vu cette grande forme dégingandée, elle surgissait du brouillard vers elle…

— C'est vous ! s'exclama-t-elle. Vous m'avez presque écrasée !

— Je vous demande pardon ?

Il fronça les sourcils. Puis, lentement, cela le frappa.

— Vous !

— Vous me devez une nouvelle paire de bas.

— Et vous me devez un nouveau pare-chocs arrière. Mais nous pourrions en rester là si vous promettez de sortir avec moi un soir ? ajouta-t-il effrontément.

Millie avait ouvert la bouche pour répondre quand elle entendit des voix dans le couloir.

— On dirait que M. Cooper est de retour, dit William.

Il s'éclipsa, puis passa la tête à la porte encore une fois.

— Cela a été un plaisir de vous rencontrer, infirmière Benedict. Peut-être tomberai-je sur vous de nouveau un de ces jours.

— Pas littéralement, j'espère !

Millie se souriait encore alors que le bruit de ses pas qui s'éloignaient en courant résonnait dans le couloir.

CHAPITRE 26

À 21 h, juste avant que l'équipe de jour termine son service, sœur Hyde donna son rapport final aux infirmières de nuit qui prenaient la relève au service des maladies chroniques féminines.

— Mme Tyler au lit deux a eu beaucoup de douleurs dues à son arthrite aujourd'hui. Le docteur Grange lui a prescrit du cinchophène, mais elle aura peut-être besoin de quelque chose d'autre pour soulager sa douleur cette nuit.

Comme les autres sœurs, sœur Hyde n'avait pas besoin de consulter de note. Elle connaissait par cœur l'état de chacun des patients de son service.

— Mlle Fletcher au lit quatre a souffert de convulsion à 16 h 10. Elle est calme depuis, mais vous devez la surveiller. Et nous avons eu une nouvelle admission aujourd'hui. Mme Mortimer, au lit six.

Elle les considéra avec un regard d'avertissement.

— Vous devrez peut-être la surveiller. Elle a été plutôt pénible.

Helen jeta un coup d'œil vers Amy Hollins, laquelle écoutait à peine. Elle avait espéré qu'après leurs trois mois ensemble au service chirurgical pour hommes, elles allaient bénéficier d'une pause l'une de l'autre. Mais elles étaient là, coincées sur le service de nuit ensemble, avec uniquement une seule infirmière à l'essai pour leur tenir compagnie. Et celle-ci agissait comme coursière entre plusieurs services.

Sœur Hyde prit enfin congé, après avoir laissé une longue liste de tâches pour tenir les infirmières occupées.

— Elle aura de la chance, chuchota Amy quand les portes se furent refermées derrière la sœur. Allez, effectuons tout ceci rapidement et ensuite nous pourrons nous détendre.

Elle s'étira et bâilla.

Helen soupçonnait qu'Amy ne s'était pas couchée. Après avoir terminé leur service à 7 h et avoir pris leur petit déjeuner, elles avaient été directement envoyées au lit dans le quartier des infirmières de nuit, où une sœur rôdait dans le couloir pour s'assurer qu'elles ne se levaient pas avant midi. Habituellement, Helen était impatiente de s'écrouler dans son lit, mais elle savait que certaines infirmières accordaient plus d'importance à leur vie sociale qu'au sommeil et parvenaient à échapper aux yeux perçants de la sœur afin de passer la journée avec leur petit ami.

Elle aurait pu questionner Amy, mais l'autre fille aurait probablement pensé qu'elle était indiscrète.

Il était préférable de simplement demeurer hors de son chemin, décida Helen.

— Je vais commencer la tournée des boissons, d'accord ? offrit-elle.

— Pourquoi pas ? Où est partie la coursière ?

— Partie se rapporter au service des maladies chroniques masculines, je crois.

— Eh bien, j'espère qu'elle reviendra bientôt. Nous avons besoin d'elle beaucoup plus que ce service. Si elle n'est pas de retour dans cinq minutes, tu iras la chercher, ordonna-t-elle à Helen. Ce n'est pas juste qu'elle te laisse faire la tournée des boissons toute seule.

Helen sourit en se dirigeant vers la cuisine. Ce n'était pas le genre d'Amy d'être aussi prévenante. Même si sa considération n'allait pas jusqu'à elle-même aider avec les boissons, remarqua-t-elle en mettant la bouilloire sur le feu.

Amy avait disparu quand elle revint avec le chariot, alors Helen fit la tournée toute seule. Il fallut un long moment, car la plupart des femmes âgées avaient besoin d'aide pour boire avec les tasses à bec. Presque 30 minutes s'étaient écoulées quand elle atteignit la nouvelle patiente au lit six. Mme Mortimer était assise droite comme un I, ses longs cheveux blancs magnifiquement brossés sur les épaules de sa robe de nuit impeccable.

— Aimeriez-vous quelque chose à boire, Mme Mortimer ?

Helen lui parla lentement et sur un ton encourageant, comme elle l'avait fait pour toutes les femmes de la salle.

— Une bonne tasse de thé ? Du Horlicks ?

Mme Mortimer lui lança un regard plein de mépris.

— Bonté divine, ma fille, pourquoi me parlez-vous ainsi ? dit-elle brusquement. C'est mon corps qui est affaibli, pas mon esprit.

Elle examina la desserte, d'un air las.

— Je suppose que vous n'avez rien d'aussi civilisé que du brandy, n'est-ce pas ? Non ? Je me disais que c'était trop espérer, ajouta-t-elle en soupirant bruyamment. Dans ce cas, vous pouvez partir.

Elle la congédia d'un impérieux geste de la main. Helen demeura figée, déroutée.

— Eh bien ? Y a-t-il autre chose ? dit Mme Mortimer, comme si elle s'adressait à une domestique plutôt idiote.

Helen secoua la tête.

— Alors, je vous suggère de poursuivre votre travail, ma fille, et cessez de me fixer comme une truite stupéfaite.

Helen s'éloigna, poussant sa desserte. Pas étonnant que sœur Hyde l'ait qualifiée de « pénible ». Elle pouvait les imaginer s'affronter de manière terrible si Mme Mortimer utilisait ce ton avec la sœur.

Amy revint alors qu'elle rapportait la desserte des boissons dans la cuisine. Elle poussait l'infirmière à l'essai comme une brebis égarée.

— Regarde qui j'ai trouvé, lança-t-elle. En train de commérer dans la salle des maladies chroniques masculines. Sans une seule pensée pour nous, en train de se décarcasser ici toutes seules.

Les sourcils d'Helen se levèrent, mais elle ne dit rien.

Pendant l'heure suivante, Amy et elles distribuèrent les médicaments avec la sœur de nuit, changèrent des pansements, arrangèrent des draps et secouèrent des oreillers, installant confortablement les patientes pour la nuit. Puis, elles éteignirent, et Helen et l'infirmière à l'essai firent le tour pour épingler de petits morceaux de tissu vert sur les lampes au-dessus des patientes nécessitant des soins particuliers ainsi que sur la lampe se trouvant sur le bureau de la sœur.

Après cela, l'infirmière à l'essai alla poursuivre ses tâches dans le service des maladies chroniques masculines, laissant Helen et Amy seules.

— Et voilà. Je file me reposer, annonça Amy.

Helen s'assit au bureau placé au centre de la salle.

— Je vais surveiller et t'aviser si la sœur de nuit apparaît.

— Elle ne fait ses tournées qu'après minuit. Pourquoi ne viens-tu pas prendre une tasse de thé dans la cuisine ? offrit Amy.

Si Helen n'avait pas déjà été assise, elle serait tombée évanouie. Depuis qu'elles avaient commencé à travailler de nuit, Amy avait reçu une série d'internes dans la cuisine. Mais Helen n'avait jamais été invitée à l'une de ses soirées tardives.

— Pourquoi ? demanda-t-elle d'un air ahuri.

— Aucune raison. J'ai simplement pensé que tu aimerais prendre une pause, dit Amy en haussant les épaules. C'est tellement ennuyeux de rester assise là, nuit après nuit avec ce groupe.

Elle fit un signe de la tête vers la salle.

— Tu pourrais venir t'amuser un peu avec nous pour changer.

Puis, juste comme Helen commençait à se demander si elle s'était endormie et était en train de rêver, Amy ajouta :

— Ton frère a dit qu'il allait peut-être passer plus tard.

Ah, c'était donc cela. Helen vit la nonchalance étudiée sur le visage d'Amy et comprit la véritable raison pour laquelle elle était soudainement si gentille avec elle. Elle s'intéressait à William et avait décidé qu'elle devait commencer à amadouer sa sœur.

« Comme si cela pouvait faire une différence », pensa Helen. Elle essayait de rester le plus éloignée possible de la vie amoureuse de William.

— C'est très gentil de ta part, dit-elle, mais il est préférable que je demeure ici, juste au cas où une patiente aurait besoin de quelque chose.

— La seule chose dont elles ont besoin est un bon croque-mort, lâcha Amy. Ne me regarde pas ainsi, elles ont toutes un pied dans la tombe de toute façon. Même si j'espère qu'aucune ne décide de mourir avant demain matin. Si je termine mon service plus tard parce que je dois préparer le corps de quelqu'un, je n'en serais pas très heureuse.

— Je suis certaine qu'aucune d'entre elles n'osera manquer d'autant de considération, murmura Helen.

Quand Amy fut partie, elle commença la liste de tâches que sœur Hyde leur avait laissées. Elle venait de se mettre au reprisage de draps quand elle vit trois internes se faufiler. Son frère William faisait partie du lot. Il lui sourit et lui fit un signe embarrassé de la main en suivant les autres vers la cuisine.

Helen s'installa avec son travail sous la faible lumière du bureau. Tout autour d'elle, il n'y avait que les grincements et les cliquetis des ressorts des lits, mélangés aux bruits faits par les patientes. Bon nombre des femmes âgées au service Hyde étaient agitées, leurs esprits étant partis avec l'âge et la maladie. La nuit, elles devenaient encore plus inquiètes et agitées. Alors que d'autres services dormaient paisiblement, celui des maladies chroniques féminines résonnait de cris, de sanglots, de gémissements et de grognements, du moins jusqu'à ce que les effets de leurs sédatifs donnés lors du coucher agissent et qu'une paix fragile s'installe pour quelques heures. Helen était habituée aux bruits. Elle ne trouvait pas cela aussi dérangeant que les glapissements et les petits cris étouffés provenant de la cuisine.

— Infirmière ?

La voix de Mme Mortimer, provenant de l'obscurité, la surprit. Helen se hâta vers elle.

— Que puis-je faire pour vous, Mme Mortimer ?

— Vous pouvez dire à ces canailles de baisser le ton. Il est déjà suffisamment difficile de dormir dans cette maison de fous, sans être dérangé par tout ce tapage, ronchonna-t-elle.

— Je suis désolée, Mme Mortimer. Je vais leur dire immédiatement.

Elle entra dans la cuisine et les trouva tous en train de boire du chocolat chaud et d'écouter William en train de raconter une macabre histoire de fantôme sur une ancienne patiente qui hantait la salle Hyde.

— Et on dit que les calmes nuits sombres, on peut encore la voir dans sa robe de nuit tachée de sang, errant dans la salle, récita-t-il de sa voix grave.

— Tu permets ? l'interrompit-elle sévèrement. Vous dérangez les patientes. Et vous pouvez poser cela aussi.

Elle ôta une tranche de pain de la main de son frère.

— C'est censé être pour le petit déjeuner des patientes.

— Ne sois pas aussi rabat-joie, Tremayne, dit Amy en boudant.

— Elle a raison, dit William. Nous allons baisser le ton, promit-il.

Alors qu'elle partait, Helen entendit Amy dire :

— Honnêtement, Will, je n'arrive pas à croire qu'elle est votre sœur. Elle n'est absolument pas aussi amusante que vous.

De retour dans la salle, Helen découvrit qu'une des femmes avait mouillé son lit et était en train de retirer les draps trempés et de les étendre comme sur une corde sur les côtés de son lit. Lorsqu'Helen s'avança pour l'arrêter, la femme agrippa sa coiffe, lui arracha de la tête et envoya valser des épingles partout. Helen était encore en train de tâtonner dans le noir en essayant de les retrouver quand la coursière déboula dans la salle pour l'aviser que la sœur de nuit était en route pour effectuer sa tournée.

— Oh, Seigneur, elle est en avance.

Helen récupéra la dernière épingle sous le lit de la patiente et se leva.

— Tu ferais mieux de prévenir Hollins.

Les minutes suivantes furent une bousculade désespérée, alors qu'Amy faisait sortir en douce les médecins et rangeait la cuisine et qu'Helen essayait de replacer sa coiffe du mieux qu'elle le pouvait.

Elle venait de fixer la dernière épingle quand la sœur de nuit apparut. Quand ses pas feutrés furent entendus à l'extérieur des portes de la salle, Amy et Helen étaient parvenues à se redonner un semblant de contenance. Helen pouvait sentir sa coiffe glisser vers l'une de ses oreilles, mais heureusement, la sœur fut convoquée pour une urgence dans le service chirurgical pour femmes et ne resta pas suffisamment longtemps pour le remarquer.

Amy fut encore plus gentille envers Helen pendant le reste de leur service. Pour une fois, elle aida à remplir les barils contenant les pansements et les tampons, prêts pour que le brancardier les apporte à la stérilisation quand il arriverait au travail.

— Y a-t-il un médecin qui te plaît ? demanda Amy alors qu'elle travaillait.

— Non.

— Il doit bien y en avoir un qui te plaît.

— Je ne peux pas dire que je les remarque.

Amy lui lança un regard malin.

— Tu ne te languis pas encore pour Charlie Denton ?

Helen baissa la tête, rougissant intensément. Trois semaines après avoir commencé le service de nuit, et elle n'avait pas eu de nouvelle de sa part. Elle ne s'attendait pas à ce qu'il se souvienne d'elle, mais elle ressentait encore un pincement de déception.

— Ne sois pas ridicule, lui dit-elle sur un ton brusque.

— Oh, excuse-moi de respirer.

Helen souhaita avoir été moins vive. Elle voulait dire de bonnes choses afin qu'Amy l'aime davantage. Mais elle ne savait pas comment bavarder comme les autres filles.

Il y eut un long silence. Helen savait ce qui se passait dans la tête d'Amy bien avant que celle-ci parle de manière décontractée.

— Est-ce que ton frère a une petite amie ?

— Tu devras le lui demander.

Un autre silence.

— Crois-tu que je lui plais ?

Amy ne leva pas les yeux en parlant, mais Helen put sentir son anxiété. Elle se sentit soudainement triste pour elle. Elle voulait la prévenir qu'elle perdait son temps, que William allait s'ennuyer une fois que la chasse serait terminée.

— Je suis certaine qu'il pense beaucoup de bien de toi, dit-elle avec tact.

Amy alla prendre son repas peu de temps après, laissant Helen seule dans la salle encore une fois. Elle fit une tournée rapide avec sa lampe de poche afin de jeter un coup d'œil aux patientes, essayant de ne pas penser à l'histoire que William avait racontée au sujet du fantôme féminin qui hantait le service Hyde. Après s'être assurée que toutes les patientes dormaient paisiblement, ou aussi paisiblement que possible dans un service rempli de sifflements, de grognements et de ronflements, elle se rendit dans la cuisine pour trancher et beurrer plus de pain pour le petit déjeuner des patientes. Connaissant bien William et les autres internes, ils auraient pu terminer le dernier paquet.

Des cafards allèrent se mettre à l'abri quand elle alluma. Elle avait été effrayée la première fois qu'elle en avait vue, mais à présent, elle les remarquait à peine. Elle entendit quelqu'un entrer dans la cuisine derrière elle.

— Tu as fait vite, dit-elle, pensant qu'il s'agissait d'Amy.

— Je ne savais pas que tu m'attendais.

Elle se retourna. William était appuyé contre l'embrasure de la porte.

— Hollins a pris sa pause, lui dit-elle. Tu devras revenir si tu veux la voir.

— Je ne suis pas revenu pour la voir. Je voulais te parler.

— Ah oui ?

Helen le considéra avec prudence.

— Pourquoi as-tu toujours l'air méfiant quand je dis cela ?

— Parce que cela signifie habituellement des ennuis.

Elle repoussa sa main d'une tape alors qu'il tentait d'attraper une tranche de pain.

— Cette fois, j'ai besoin de tes conseils.

Il se jucha sur la cuisinière.

— Connais-tu une infirmière à l'essai qui vient de commencer au service Wren ? Blonde, très jolie…

— Tu veux dire Benedict ?

Ses yeux sombres s'illuminèrent.

— Tu la connais alors ?

— Je partage une chambre avec elle. Pourquoi ?

Helen n'avait pas besoin de poser la question. Un seul regard vers le visage de William lui apprit tout ce dont elle avait besoin de savoir.

— Oh, Will, soupira-t-elle.

— Quoi ? Tu ne sais même pas encore ce que je vais dire, protesta-t-il.

— Je connais cette expression sur ton visage.

Il prit une tasse et traça du bout des doigts le motif.

— Elle semble être une fille gentille, dit-il.

— Tout comme beaucoup d'autres infirmières dans cet hôpital. Tout comme Hollins. Pourquoi ne peux-tu pas sortir avec elle plutôt ?

— Hollins ne m'intéresse pas.

— Will, tu avais promis.

Helen déposa le couteau et le regarda d'un air implorant.

— Après toute cette histoire avec Peggy Gibson, tu avais promis de ne plus jamais sortir avec l'une de mes amies.

Elle le vit tressaillir à la mention du nom de Peggy.

— C'est différent, dit-il doucement. De toute façon, toute cette histoire avec Peggy est arrivée il y a longtemps. Ne peux-tu pas me laisser oublier ?

« Personne ne me laisse oublier », pensa-t-elle. Elle savait qu'il se sentait coupable pour ce qui était arrivé à Peggy. Mais il n'avait pas à faire face au mépris des autres filles tous les jours. Il n'avait pas à endurer que tout le monde pense qu'elle était responsable.

Elle reprit le couteau.

— Désolée, William, je ne veux pas y être mêlée, lâcha-t-elle.

À ce moment, Amy apparut dans l'embrasure de la porte de la cuisine.

— Que fais-tu ici ? Pourquoi n'es-tu pas…

Elle vit William et sourit.

— Bonsoir, est-ce que c'est moi que vous cherchez ?

Elle battit des cils de manière séductrice.

— Qui d'autre ?

William lui fit un sourire charmeur en retour. Helen essora un torchon, le plaça sur l'assiette de tranches de pain beurrées et les laissa à leur flirt.

Peu importe ce qui allait se passer, elle ne voulait pas y prendre part.

CHAPITRE 27

— Voyons si j'ai bien compris.

Kathleen Fox s'efforçait de maîtriser sa colère montante en examinant les colonnes de chiffres devant elle.

— Vous me dites qu'il n'y a pas d'argent disponible pour de nouveaux draps dans les services parce que vous avez décidé de tout dépenser sur une fête ?

Elle fixa son regard sur Reginald Collins, trésorier du conseil d'administration et l'homme responsable d'avoir établi ces chiffres. Il se tortilla sur son siège et observa les documents devant lui.

— Ce n'est pas ma faute, souffla-t-il. Je ne fais que présenter les faits. Les autres membres du conseil…

Il lança un rapide coup d'œil coupable en direction de Constance Tremayne, assise à la droite du président du conseil d'administration, Philip Enright. Celui-ci aurait tout aussi bien pu ne pas être présent, décida Kathleen. Ils savaient tous qui était réellement responsable du Nightingale.

— Infirmière chef, à vous entendre, cela semble si frivole, fit observer Constance Tremayne.

Elle était vêtue pour le combat, d'un sévère tailleur en tweed, ses cheveux tirés vers l'arrière en son habituel chignon serré qui tendait la peau de ses pommettes, ce qui entravait sa possibilité de sourire. Non pas qu'elle essaye.

— Ce n'est pas le cas ? dit Kathleen froidement.

— Bien sûr que non. La fête annuelle de la fondation est un événement important pour le Nightingale. Et comme cette année marque notre quinzième anniversaire, nous voulions le rendre encore plus spécial. Tout ce que nous avons fait est d'octroyer une allocation temporaire dans le budget afin de couvrir les dépenses. Je crois que nous sommes tous d'accord que cela est raisonnable ?

Elle regarda autour de la table. Personne ne parla.

— Mme Tremayne a raison, dit enfin Gerald Munroe. L'hôpital Nightingale est un élément très important dans la vie des gens du coin. Il est de notre devoir de permettre à tout le monde de le célébrer.

Kathleen le considéra. Elle aurait dû se douter qu'il voterait pour quoi que ce soit qui lui permettrait d'avoir encore une fois son visage dans les journaux.

— Et exactement combien de gens du coin allons-nous inviter pour fêter cela ? demanda-t-elle aimablement. J'imagine que nous allons ouvrir les portes à tout le monde ?

Il y eut quelques toussotements et raclements de gorge autour de la table.

— Bien sûr, nous allons devoir restreindre la liste d'invités aux dignitaires locaux, aux membres du personnel de grade supérieur et à leur famille, déclara Mme Tremayne.

« Bien sûr », pensa Kathleen. Constance Tremayne ne voudrait pas de la racaille de l'East End à sa grandiose réception.

— Ce sera un événement très prestigieux, ajouta-t-elle.

— Je vois. Et pendant que vous allez vous amuser à votre prestigieux événement, nos patients vont dormir dans de minces draps que les infirmières doivent rapiécer et repriser constamment.

— Cela ne semblait pas vous gêner de dépenser de l'argent pour la danse de Noël ? lui rappela Mme Tremayne.

— La danse de Noël n'a pratiquement rien coûté comparée à cette fantaisie que vous planifiez.

Tous les yeux se tournèrent vers Constance Tremayne.

— Alors, le personnel infirmier devra s'exercer à être économe.

Le sang palpita dans les oreilles de Kathleen.

— Mon personnel est loin d'être dépensier, Mme Tremayne, attaqua-t-elle. Il ne gaspille rien. Les pansements sont bouillis et réutilisés jusqu'à ce qu'ils tombent en lambeaux, tout ce qui peut être utilisé de nouveau est gardé, nettoyé et reprisé. Allez demander à n'importe lesquelles des sœurs. Elles vous le diront. Et tandis que vous y serez, peut-être voudriez-vous leur expliquer pourquoi vous croyez qu'il est nécessaire de dépenser l'argent de cet hôpital en champagne et canapés alors qu'elles n'ont pas de draps propres à mettre sur les lits des patients. Voyez si elles comprennent votre manière de prendre des vessies pour des lanternes, parce que moi, je ne la comprends absolument pas !

M. Cooper émit un petit rire étouffé de l'autre côté de la table. Mme Tremayne se tourna, le visage blême sous le choc.

— Est-ce qu'elle a bien parlé de vessies ? demanda Lady Fenella, déroutée.

— Peut-être devrions-nous passer au vote ? suggéra rapidement Philip Enright.

*

— Je crois que même Mme Tremayne était à court de mots !

James Copper emboîta le pas à Kathleen alors qu'elle retournait à son bureau 10 minutes plus tard.

— Vous avez des tournures de phrases très animées, infirmière en chef. Très… vives, pouvons-nous dire ?

— Mon intention n'était pas d'être vive, répondit abruptement Kathleen.

Habituellement, elle appréciait les quelques moments de badinage qu'elle passait avec M. Copper lorsqu'ils quittaient les réunions du conseil d'administration, mais ce matin, elle n'était pas d'humeur.

— Je voulais simplement que tout le monde voie à quel point ils étaient ridicules. Comment diable peuvent-ils appeler cela un hôpital prestigieux quand nos placards à linge sont vides ? Ne peuvent-ils voir l'ironie de la chose ?

— Je ne crois pas que l'ironie soit le point fort de Mme Tremayne.

James Copper fit une grimace narquoise.

— Écoutez, vous avez fait de votre mieux, dit-il. Vous ne pouvez pas vous attendre à gagner chaque bataille.

— Mais j'aurais dû gagner celle-ci !

Elle se retourna vivement pour lui faire face.

— C'était important. Mes infirmières comptent sur moi pour me faire la porte-parole de leurs problèmes.

— Et vous l'avez fait. De manière admirable.

— Mais j'ai tout de même échoué, n'est-ce pas ?

— Il y a une consolation.

— Laquelle ?

— Je suis certain que vous recevrez une invitation pour la fête.

Kathleen pinça les lèvres.

— J'ai hâte.

Une étudiante attendait à l'extérieur de son bureau, tenant un thermomètre brisé. En des circonstances normales, Kathleen aurait mis cela sur le compte d'un accident et lui aurait donné une petite amende pour couvrir le prix. Mais cette fois, elle la sermonna sur la négligence et le gaspillage jusqu'à ce qu'elle ait la voix enrouée et que la pauvre fille soit presque en larmes.

Elle était en train de remuer de manière insouciante des documents sur son bureau, essayant toujours de se calmer, quand Mlle Hanley entra. Kathleen grogna intérieurement. La dernière chose dont elle avait besoin dans son état d'esprit actuel était la présence étouffante de son assistante.

— Avez-vous eu une bonne réunion ? demanda-t-elle poliment.

Kathleen leva les yeux vers Mlle Hanley, laquelle la surplombait, aussi solide et rigide qu'un bloc de granite. Habituellement, elle lui aurait donné une réponse anodine, mais pour une fois, elle était trop en colère pour mentir.

— Puisque vous le demandez, non, dit-elle brusquement.

— Oh ?

Mlle Hanley fit de son mieux pour prendre une expression inquiète.

— Je crains que nous n'obtenions pas les nouveaux draps que nous avons commandés. Vous allez devoir dire aux sœurs qu'elles devront se contenter de les repriser.

— Oh.

Cette fois l'inquiétude de Mlle Hanley parut véritable.

— Mais nos stocks de draps sont très bas, infirmière en chef. La dernière fois que j'ai vérifié…

— Alors peut-être devriez-vous en parler à Mme Tremayne ? la coupa abruptement Kathleen. Elle a été catégorique. Elle croit que l'argent serait mieux dépensé à se pavoiser devant les dignitaires locaux lors d'une réception pour la journée de la fondation.

Elle put voir les traits de Mlle Hanley se tordre de confusion alors qu'elle se débattait pour justifier les actions de son amie.

— Eh bien, je suppose que la journée de la fondation est une occasion importante…, commença-t-elle en hésitant.

— Plus important que de prendre soin de nos patients ?

— Bien sûr que non.

Pour une fois Mlle Hanley n'affichait pas son assurance habituelle.

— Je devrais aller parler avec les sœurs, dit-elle.

— Faites cela, Mlle Hanley.

« Et bonne chance », ajouta silencieusement Kathleen.

Veronica Hanley rattrapa Constance Tremayne au moment où elle partait.

— Puis-je m'entretenir avec vous, Mme Tremayne ? demanda-t-elle.

— Bien sûr, Mlle Hanley.

Mme Tremayne lui fit un sourire charmeur.

— J'aurais bien aimé venir vous saluer, mais je ne souhaitais pas voir de nouveau Mlle Fox. Une rencontre avec elle est plus que suffisante pour aujourd'hui.

Elle frémit délicatement.

— Je ne peux pas vous dire à quel point elle a été impolie et insultante avec moi ce matin. Même les autres membres du conseil ont été choqués. Entre vous et moi, je crois qu'ils commencent à voir le véritable visage de notre nouvelle infirmière en chef.

Elle posa une main délicate sur le bras de Veronica.

— Comme j'aimerais que vous soyez l'infirmière en chef, Mlle Hanley. Je suis certaine que nous pourrions mener nos affaires de manière beaucoup plus civilisée si nous travaillions ensemble.

Mlle Hanley rougit. Pendant un moment, elle fut trop distraite par la flatterie de Constance pour poursuivre. Mais elle se souvint de la raison pour laquelle elle l'avait cherchée.

— Je dois admettre que, pour une fois, Mlle Fox a raison, dit-elle, tentant de croiser les yeux de Mme Tremayne.

Elle ne pouvait tolérer de voir la chaleur de son regard remplacée par un air désapprobateur glacial.

— Nous avons réellement désespérément besoin de plus de draps…

— Et vous les aurez, évidemment, lui assura Mme Tremayne. Mais je crains que vous deviez attendre un peu plus longtemps, c'est tout.

Elle parut déçue.

— Vous savez combien je tiens à cet hôpital, Mlle Hanley. Il compte autant pour moi que pour vous. Croyez-vous que je ferais quoi que ce soit pour nuire à l'excellente réputation du Nightingale ?

— Eh bien, non. Mais…

— Je veux que tout le monde regarde cet hôpital et le voie pour ce qu'il est : un éblouissant phare d'excellence. C'est pour cette raison que je veux tant que cette fête de la journée de la fondation soit une réussite. Afin que nous fassions du Nightingale un hôpital dont nous puissions être fiers. Vous voulez cela, n'est-ce pas, Mlle Hanley ?

Ses doigts se serrèrent autour du bras de Veronica, ses yeux brillèrent de ferveur.

— Bien sûr, acquiesça Veronica prudemment. Mais je dois insister sur le fait que…

— Vous devez insister sur le fait que le bien-être de nos patients passe en premier, termina pour elle Mme Tremayne. Je suis d'accord avec vous,

Mlle Hanley, réellement. Et je dois ajouter que ce problème de draps n'est pas entièrement la faute des membres du conseil d'administration. En fait, vous auriez pu avoir votre commande avant Noël, si seulement…

Elle laissa sa phrase en suspens.

— Si seulement, quoi, Mme Tremayne ?

Elle jeta un regard dans une direction puis dans l'autre avant de s'incliner et de murmurer :

— Je ne suis pas certaine que je devrais vous en parler. C'est un problème qui concerne les membres du conseil d'administration, après tout. Et tout le monde était d'accord à ce moment-là. Mis à part moi-même, évidemment, ajouta-t-elle.

— D'accord avec quoi, Mme Tremayne ?

Les yeux de Mlle Hanley se rétrécirent.

— Y a-t-il quoi que ce soit que l'on ne nous dise pas ? Si cela concerne le fonctionnement de cet hôpital ou le bien-être des patients, alors nous avons le droit de savoir.

Mme Tremayne resta silencieuse pendant un moment.

— Il y avait de l'argent pour la commande de draps avant Noël, dit-elle. J'étais tout à fait d'accord pour que cela soit adopté, le confort des patients est primordial après tout. Mais l'infirmière en chef a insisté pour que les fonds soient plutôt employés pour offrir une sorte de divertissement aux membres du personnel infirmier.

— Quelle sorte de divertissement ?

— La danse de Noël. J'ai été très claire sur mes sentiments à ce moment, je l'ai prévenue que les fonds étaient bas et ai remis en question la sagesse de dilapider de l'argent pour une activité aussi frivole. Mais l'infirmière en chef a eu gain de cause. C'est pourquoi nous nous retrouvons dans une situation financière aussi périlleuse aujourd'hui.

Elle leva les yeux vers Mlle Hanley, le visage rempli de regret.

— Nous ne devons pas mettre en cause Mlle Fox, dit-elle avec une apparente sincérité. Elle est nouvelle et inexpérimentée. Elle n'a aucune idée de nos valeurs, la manière dont nous faisons les choses au Nightingale. Si elle choisit de dépenser les fonds de l'hôpital pour permettre aux infirmières de s'émoustiller et de faire des cabrioles avec les internes alors que des stocks vitaux sont en baissent, eh bien… que pouvons-nous faire ?

« En effet, que pouvons-nous faire ? » pensa Mlle Hanley.

CHAPITRE 28

— Ne regardez pas maintenant, ma belle, mais le jeune homme a encore les yeux rivés sur vous.

Millie jeta un coup d'œil par-dessus son épaule vers l'endroit où se tenait William, planté au bout du lit d'une patiente à l'autre extrémité de la salle, faisant semblant de consulter ses notes. Il était apparu à différentes heures de la journée, apparemment pour prendre des nouvelles de patientes, s'intéressant d'une manière inhabituelle à leur bien-être.

— Il est tenace, je lui accorde, commenta Blanche. C'est la troisième fois aujourd'hui qu'il vient voir Mme Ruddock. La pauvre femme va se mettre à croire qu'elle fera le grand saut prochainement s'il continue à froncer les sourcils ainsi en consultant ses notes.

— J'aimerais qu'il parte, soupira Millie.

— Allons, vous devez bien avoir un petit faible pour lui ? Il est beau garçon. Je ne le jetterais pas en dehors de mon lit, c'est certain. Cela dit, ajouta Blanche, je ne jetterais personne en dehors de mon lit, n'est-ce pas ? Sinon, je serais fauchée !

Elle gloussa de rire, et Millie se joignit à elle. Dans les six semaines qu'elle avait passées au service de Wren, elle avait appris beaucoup des femmes. Et pas uniquement des connaissances médicales. Sa grand-mère serait choquée par certaines des idées qu'elle avait cueillies.

William se tourna au son de leur rire et sourit. Millie se hâta de retourner à son polissage, au cas où la préposée au ménage de la salle la dénonce une fois de plus. Les préposées au ménage des salles étaient les yeux et les oreilles des sœurs, et Lettie Pike, celle de la sœur Wren, était particulièrement vigilante.

— Pauvre docteur Tremayne, dit Blanche. Je suppose que vous épouserez un lord ou quelque chose du genre, n'est-ce pas, chérie ?

Blanche avait été fascinée de découvrir les antécédents familiaux de Millie. Elle avait éclaté de rire à l'idée que la fille d'un comte lui avait frictionné le derrière à l'alcool méthylé. Millie continuait de la divertir avec des histoires sur les bals et les fêtes auxquels elle avait assisté et sur les grandes familles auxquelles elle était mêlée. Elle avait craint que cela soit perçu comme de la vantardise, mais Blanche estimait que l'écouter était mieux que les films.

— Je ne suis pas certaine de vouloir épouser qui que ce soit dans l'immédiat, dit Millie en frottant fortement une tache ternie sur une plaque en cuivre près du lit de Blanche.

Si seulement les dignitaires locaux qui faisaient des dons à l'hôpital savaient combien de temps les pauvres étudiantes passaient à polir les foutues plaques portant leur nom, pensa-t-elle, ils y penseraient peut-être à deux fois avant d'offrir leur argent.

— Et avec raison, dit Blanche, vérifiant son rouge à lèvres dans son miroir de poche. Vous devez vous faire désirer. Ne faites pas les mêmes erreurs que moi, chérie. Même s'il y a bien peu de chance, puisque vous êtes une véritable dame et tout.

Elle sourit ironiquement.

— Vous êtes une véritable dame aussi, Blanche, dit Millie.

— Merci, mon cœur, répondit Blanche, et elle rosit de plaisir. Il y a bien longtemps que personne ne m'a appelée ainsi. Mais tout cela va changer, non ? Dès que M. Cooper m'aura guéri et que je quitterai cet endroit, les choses seront différentes. Je prendrai un nouveau départ.

— Dans la ferme de votre sœur ?

Millie avait entendu l'histoire plusieurs fois, mais elle savait que Blanche ne se lassait jamais d'en parler. Le mari de sa sœur venait de mourir, la laissant avec cinq enfants et une ferme délabrée dans l'Essex à entretenir. Elle avait demandé à Blanche si elle voulait y déménager et l'aider.

Millie peinait à imaginer Blanche dans une ferme avec son rouge à lèvres et ses talons hauts, mais l'idée semblait tellement lui remonter le moral qu'elle ne voulait pas saper sa bonne humeur.

— J'ai hâte de sortir d'ici, dit fermement Blanche. Cela redonnera un nouveau souffle à ma vie avec Elsie et les enfants.

— Cela semble merveilleux, approuva Millie.

— On ne sait jamais, je vais peut-être rencontrer un gentil fermier et m'installer.

Blanche ouvrit le tiroir de sa table de chevet et en sortit un cône en papier kraft.

— Un bonbon à la menthe, chérie ?

Elle présenta le sac à Millie qui le contempla avec envie.

— Je ne peux pas.

— Allez. Un seul ne te fera pas de mal.

— Nous ne sommes pas censées manger dans les salles.

— Je ne le dirai pas.

Millie prit rapidement le bonbon avant que sœur Wren ne la remarque. Cela avait un goût divin. C'était tellement étrange ; il n'y avait pas si longtemps, elle aurait considéré ce genre de plaisir comme acquis. Mais maintenant, un bonbon ou un morceau de caramel ou simplement la chance de s'asseoir pour une minute au cours de sa longue journée était un plaisir véritable qu'elle savourait.

— Benedict !

Dès qu'elle eût mis le bonbon dans sa bouche, la voix de sœur Wren résonna de l'autre bout de la salle, la convoquant. Millie traversa aussi lentement qu'elle put la salle, essayant désespérément de terminer le bonbon avant d'arriver à sœur Wren. Mais il semblait avoir pris des proportions gigantesques, et sa gorge était si sèche qu'elle n'arrivait pas à l'avaler.

— Dépêchez-vous, infirmière, je n'ai pas toute la journée !

En approchant, elle vit les yeux de sœur Wren se plisser en la regardant.

« Infirmière en chef, me voilà », pensa-t-elle misérablement.

À cet instant, William se plaça devant elle, si prestement qu'elle le percuta presque.

— Sœur, dit-il. Puis-je vous demander quelque chose ?

Sœur Wren exprima sa réprobation.

— Qu'y a-t-il maintenant, Docteur Tremayne ?

— Je me demandais si je pouvais jeter un coup d'œil à la plaie de Mlle Fletcher.

— Est-ce indispensable ? Nous venons d'y mettre un nouveau pansement.

— Je suis plutôt inquiet.

— M. Cooper semblait parfaitement satisfait quand il a fait ses tournées hier.

— Tout de même, j'aimerais y jeter un autre coup d'œil.

— Très bien alors.

Quand sœur Wren se retourna, Millie cracha rapidement le bonbon dans sa main et examina désespérément les alentours à la recherche d'un endroit où le déposer.

Le seul endroit qu'elle trouva fut le précieux aspidistra de sœur Wren. Elle venait de laisser tomber son bonbon dans le pot quand sœur Wren se tourna de nouveau.

— Benedict, peut-être pourriez-vous assister le docteur Tremayne ? Je suis beaucoup trop occupée.

— Oui, sœur.

Alors qu'ils s'éloignaient ensemble, Millie chuchota :

— Merci.

— Je ne sais absolument pas de quoi vous parlez, répliqua innocemment William. Mais si cela vous rend redevable envers moi pour toujours, alors j'accepte avec plaisir votre remerciement.

— Comment pourrais-je un jour vous rembourser ? sourit Millie.

— Vous pourriez dîner avec moi ce soir ?

— Je ne peux pas, dit-elle. J'ai déjà d'autres choses de prévu.

— Alors, annulez-les.

— Je ne peux pas.

— Mais vous le feriez si vous le pouviez ?

Ses yeux sombres la taquinaient.

— Certainement pas.

Ils atteignirent le lit de Mlle Fletcher et Millie tira la cloison.

— Alors, nous devrons nous voir un autre soir, dit-il à voix basse.

— Qu'est-ce qui vous fait croire que j'accepterai alors ?

— Parce que vous trouvez mon charme irrésistible. Et si vous n'acceptez pas, je dirai à sœur Wren qui a enterré un bonbon à la menthe dans son aspidistra.

Helen se hâta de traverser la cour en direction du pavillon des brancardiers, la tête baissée, sa cape enroulée autour d'elle contre le vent froid du mois de mars. Il était 17 h et l'obscurité commençait à tomber. Les platanes tremblotants semblaient dépouillés face au ciel violet-gris. Les lumières provenant des fenêtres de la salle au-dessus d'elle jetaient de longues ombres sur le pavé humide.

— Bonsoir, infirmière Tremayne. Il fait bougrement froid, n'est-ce pas ?

M. Hopkins l'accueillit de son accent gallois chantant. Le pavillon des brancardiers parut chaud et accueillant après la froide obscurité. Un feu vigoureux brûlait dans le foyer et la bouilloire chantait sur le réchaud. Dans la pièce derrière, Helen put voir quelques brancardiers en train de lire le journal et de jouer aux cartes.

— Je n'arrive toujours pas à me faire à vous voir le soir et non le matin. Cela perturbe totalement ma routine, je vous dis.

— J'en suis désolée, M. Hopkins.

Helen sortit sa lettre de sous sa cape et la lui tendit.

— Mais c'est gentil que vous trouviez encore le temps d'écrire à votre mère, même lorsque vous faites le service de nuit.

« Je n'ai pas tellement le choix », pensa Helen.

Si elle ne le faisait pas, sa mère se pointerait au portail de l'hôpital en un rien de temps, ordonnant de savoir pourquoi elle n'écrivait plus.

Elle était sur le point de partir quand M. Hopkins lança :

— Un instant, infirmière. J'en ai une pour vous aussi.

Helen fronça les sourcils. Sa mère était habituellement beaucoup trop occupée pour répondre à ses lettres. Et il n'y avait pas de raison pour que son père lui écrivît.

Mais la lettre ne provenait pas de ses parents. Son cœur bondit quand elle se mit à étudier le gribouillis inconnu en pattes de mouche. Elle n'osa pas espérer de qui elle pouvait provenir.

— Tout va bien, infirmière ?

M. Hopkins l'observait attentivement.

— Oui, oui, M. Hopkins. Tout va bien. Merci.

Edwin Hopkins vit le petit saut que fit infirmière Tremayne quand elle traversa la cour. Il avait été agréable de voir ses yeux s'illuminer quand elle avait vu la lettre. Ce jeune homme qui était venu la livrer devait beaucoup compter pour elle, décida-t-il.

— Est-ce que l'eau bout, M. Hopkins ? lança l'un des brancardiers de la pièce de derrière.

— Je m'en occupe immédiatement.

Il se sourit à lui-même en éteignant le gaz et en chauffant la théière. Peut-être que l'infirmière Tremayne allait pouvoir flâner un peu après tout, pensa-t-il.

*

Helen sentait la lettre faire un trou dans sa poche tout le long des deux premières heures de son service. Elle n'osa pas la sortir et la lire, même si elle en mourait d'envie.

Sa première émotion quand M. Hopkins lui avait donné la lettre avait été la joie que Charlie Denton se soit souvenu d'elle. Quand elle était parvenue à son service, elle s'était déjà convaincue que ce devait être de mauvaises nouvelles. Il avait changé d'idée sur son intention de l'inviter à sortir et essayait de s'extirper de son mieux d'une situation embarrassante. Pour ce qu'elle en savait, Sally pouvait avoir décidé de lui donner une seconde chance.

Helen ne lui en voulait pas. Elle connaissait les cas de patients qui concevaient des sentiments romantiques envers les infirmières qui s'occupaient d'eux, pour se rendre compte de leur méprise dès qu'ils retournaient à leur vie réelle. Elle devait simplement être reconnaissante qu'il ait assez de considération pour elle pour mettre les choses au clair, décida-t-elle fermement.

Cette nuit-là, il lui tarda qu'Amy parte à son rendez-vous de minuit avec les internes, afin qu'elle puisse avoir le temps de lire sa lettre en paix. Elle s'assit au bureau de la salle et lut à la faible lumière tamisée verte. Tout autour d'elle, les femmes remplissaient l'air de leurs gémissements, mais Helen était trop perdue dans sa lettre pour le remarquer.

Chère Helen,

J'espère que cela ne vous dérange pas que je vous écrive. Je parie que vous pensiez ne plus jamais me revoir, mais me voici, j'apparais comme un cheveu sur la soupe. J'ai simplement pensé à vous donner de mes nouvelles.

J'ai retrouvé mon ancienne vie, je prends plaisir à voir mes amis et à aller au pub, comme vous l'aviez dit. Je n'ai pas encore de travail, mais il fallait s'y attendre, je suppose. Je suis certain que quelque chose se présentera. En tous cas, je me promène pas mal avec ma nouvelle jambe et je surprends tout le monde par ce que je peux faire. Mon père croit qu'il ne faudra pas longtemps avant que je joue pour le Club Orient. Cela dit, vu la manière dont ils jouent dernièrement, je pense que même un type avec une seule jambe serait une amélioration ! Je déprime un peu encore parfois, mais dès que je commence à m'apitoyer sur mon sort, j'entends votre voix dans ma tête, me disant de m'estimer chanceux. Je pense que j'avais besoin de ce coup de pied au derrière que vous m'avez donné, même si je ne peux pas dire que j'en étais heureux à l'époque.

Écoutez-moi, en train de bavasser sur moi. Comment allez-vous ? Comment se passe le service de nuit ? Il ne reste que six semaines avant que vous terminiez, n'est-ce pas ? Vous voyez, je compte les jours. Je veux toujours vous inviter à sortir quand vous aurez terminé. Je veux vous montrer à quel point je m'en sors bien ; on ne sait jamais, je pourrais même vous emmener danser !

Sérieusement, Helen, je sais que vous m'avez probablement oublié, Dieu sait que vous devez constamment être invitée à sortir par des patients. Mais cela signifierait vraiment beaucoup pour moi si vous me donniez une chance. Bref, promettez-moi d'y réfléchir.

Je vous contacterai de nouveau le mois prochain. En attendant, je croise les doigts pour que vous acceptiez.

Bien à vous,

Charlie Denton

P.-S. Désolé de vous écrire à l'hôpital. J'espère que cela ne vous attirera pas d'ennuis avec votre infirmière en chef.

Helen posa la lettre sur ses cuisses et marqua une pause pendant un moment, la savourant. Le papier était taché d'encre et couvert de ratures, mais pour elle, cette lettre était aussi belle que l'un des sonnets de Shakespeare.

Charlie Denton ne l'avait pas oubliée. Il pensait encore à elle et comptait les jours jusqu'au moment où il pourrait l'inviter à sortir.

Elle ne pourrait jamais accepter, elle le savait. Sa mère ne le permettrait jamais. Mais c'était tout de même agréable de savoir que quelqu'un quelque part se souciait d'elle.

— Infirmière ? Infirmière, venez ici immédiatement !

La voix de Mme Mortimer résonna impérieusement dans l'obscurité, interrompant ses agréables pensées. Helen posa sa lettre et traversa la salle sur la pointe des pieds.

— Qu'y a-t-il, Mme Mortimer ?

— Je n'arrive pas à dormir.

— Je suis désolée, Mme Mortimer. Laissez-moi vous installer plus confortablement.

— Plus confortablement ? Ces misérables oreillers donnent la sensation d'être bourrés de charbon. Et je ne vois pas ce qui vous fait sourire.

Elle la fusilla du regard dans l'obscurité.

— Êtes-vous idiote, ma fille ?

— Non, Mme Mortimer.

Helen fit de son mieux pour ne pas sourire alors qu'elle retapait les oreillers. Charlie Denton ne l'avait pas oubliée, et même Maud Mortimer n'effacerait pas le sourire de son visage cette nuit.

CHAPITRE 29

— À quoi exactement croyez-vous jouer, infirmière Doyle ?

Dora se tortilla sous le regard méprisant de sœur Blake.

— Je suis désolée, sœur, bredouilla-t-elle. Je pensais qu'il s'agissait d'une plaisanterie.

— Une plaisanterie ?

Incrédule,la sœur haussa la voix.

— Est-ce que j'ai l'air de rire, Doyle ? Est-ce que le pauvre M. Wenham a l'air de rire ?

— Non, sœur.

Dora garda les yeux rivés sur les carreaux blancs du mur de la salle de soins. La dernière demi-heure avait été un lent cauchemar inextricable.

Tout avait commencé quand M. Wenham lui avait demandé de l'aider avec son urinoir. — Cela est peu commode avec mon pauvre dos, lui avait-il dit avec un clin d'œil. Si vous pouviez simplement tendre la main et l'arranger, si on peut dire…

Mais Dora avait déjà aperçu l'étincelle dans l'œil de l'homme du lit voisin alors qu'elle apportait la bouteille derrière la cloison et sut qu'il s'agissait encore de l'une de leurs pathétiques plaisanteries. Deux mois déjà qu'elle avait commencé dans le service, et les hommes n'avaient pas cessé de la tourmenter. En rougissant, elle avait paniqué et enfoncé l'urinoir sous les couvertures puis s'était éclipsée aussi rapidement qu'elle avait pu. Ce ne fut que lorsqu'elle avait été convoquée par sœur Blake pour expliquer la raison pour laquelle elle avait refusé d'aider un patient immobile qu'elle avait pris conscience que ce n'était pas une plaisanterie.

Et nettoyer n'était pas une partie de plaisir non plus. Dora était trop humiliée pour croiser les yeux de M. Wenham alors qu'elle défaisait son lit souillé. Le pauvre homme ne savait plus où se mettre.

— Désolé, infirmière, n'avait-il cessé de bredouiller.

— Ce n'est pas la première fois que cela se produit, n'est-ce pas Doyle ? Je crois me souvenir de plusieurs incidents similaires où vous avez laissé un patient se débrouiller.

Une bouffée de chaleur envahit sa poitrine, se répandant à son cou et à son visage.

— Je suis désolée, sœur.

— Y a-t-il quelque chose que je devrais savoir, Doyle ?

Dora leva vivement la tête.

— Je-je ne sais pas ce que vous voulez dire, sœur.

— Je veux dire, avez-vous un problème quelconque à vous occuper des hommes ?

Les yeux vifs de sœur Blake étaient rivés sur elle, comme si elle pouvait voir directement dans sa tête. Dora baissa rapidement le regard.

— N-non, sœur.

— Je suis heureuse de l'entendre.

Quand sœur Blake parla de nouveau, sa voix était plus douce, plus compréhensive.

— Écoutez, moi aussi j'ai été étudiante. Je me rends compte que s'occuper de patients masculins peut être embarrassant et effarant pour une jeune fille, mais il s'agit d'un aspect tout à fait nécessaire de la profession.

— Oui, sœur.

— Je me rends aussi compte que vous avez eu plus que votre part de taquinerie de certains jeunes hommes du service. Ils semblent vous considérer comme une brave fille, d'après ce que j'ai entendu ?

Dora se permit de regarder sœur Blake. Ses yeux bruns étaient emplis de sympathie.

— Vous vous rendez compte qu'ils s'en prennent à vous parce qu'ils savent qu'ils peuvent obtenir une réaction ? Si vous parvenez à dissimuler vos sentiments et à en rire, les taquineries cesseront peut-être.

Sœur Blake posa une main sur le bras de Dora.

— Essayez de les prendre à leur propre jeu, Doyle. Pour votre propre bien, lui conseilla-t-elle. Je n'aimerais pas devoir inscrire cet incident au rapport du service.

Dora réfléchit à ces mots tout au long du repas. Alors que les autres étudiantes à l'essai échangeaient avec agitation des histoires sur leur expérience dans les services, elle demeura silencieuse de tristesse. Si elle ne se reprenait pas, elle ne serait jamais infirmière. Mais comment pouvait-elle surmonter sa terreur de toucher un corps d'homme ? Si elle ne faisait pas attention, le poison d'Alf Doyle allait s'infiltrer et infecter son avenir, comme il avait infecté son passé.

Un rire à l'autre bout de la table lui fit lever les yeux. Elle vit le visage de Lucy Lane et comprit que la plaisanterie la visait.

— O'Hara nous a raconté ton dernier méfait au service orthopédique pour hommes, annonça-t-elle de l'autre bout de la table. Vraiment, Doyle, comment crois-tu devenir infirmière si tu ne peux même pas donner une bouteille à quelqu'un ?

Dora la considéra froidement. Elle savait qu'elles ne seraient jamais amies, mais avait espéré qu'après avoir sauvé la peau de Lucy durant l'examen préliminaire, elle aurait cessé de se moquer d'elle. Mais elle n'avait pas une telle chance. C'était comme si elle avait refoulé cet incident au fond de sa mémoire, comme s'il ne s'était jamais produit.

— Nous ne pouvons pas toutes être les meilleures de la classe comme toi, n'est-ce pas ? répliqua Dora. Tu devras me donner des tuyaux. J'ai entendu dire que tu étais douée en cuisine ?

Les joues de Lucy rougirent et Dora sut que sa remarque avait fait mouche. Lucy la laissa tranquille le reste du repas, même si Dora dut l'écouter se vanter aux autres filles de la manière dont sœur Wren avait encensé sa capacité à faire les lits.

— Désolée.

Katie O'Hara rattrapa Dora alors qu'elles quittaient la salle à manger.

— Je n'ai pas voulu me moquer de toi, je le jure. Je ne faisais que raconter aux filles ce qui s'était passé.

— Ça va, répondit Dora en haussant les épaules. Je sais comment est Lane. Elle ne manque jamais une chance de s'en prendre à moi.

— Elle ne mâche pas ses mots, c'est sûr, dit Katie. Écoute, te joindras-tu à nous ce soir ? Nous terminons toutes à 18 h, et nous allons étudier un peu dans la chambre de Brennan. Lane ne sera pas là, rassura-t-elle Dora avec empressement. Elle juge qu'elle n'a pas à réviser autant que nous, les traînardes.

— Elle devrait réviser ses manières, dit Dora.

Malgré ses minauderies, Lucy Lane ne savait rien sur le fait d'être une lady.

— Tout à fait vrai. Alors tu viens ou non ?

— Plus tard, dit Dora. Je dois d'abord me rendre au pavillon des brancardiers.

— Ah, oui ?

Katie frétilla les sourcils.

— Tu y as déjà rendu quelques visites dernièrement. Tu as l'œil sur quelqu'un, c'est ça ?

— Pas vraiment. Je dois un service à quelqu'un et le temps est venu de le rembourser.

moi aussi— Hé hé, M. H. Ton amie approche !

Edwin Hopkins leva les yeux de la radio qu'il réglait, irrité de cette interruption. Il avait hâte d'entendre Marjorie Westbury et l'orchestre de la BBC.

Il fut encore plus irrité de voir cette damnée infirmière rousse traverser d'un pas lourd encore une fois la cour vers son pavillon. Maintenant, il allait complètement rater Marjorie.

— Que veut-elle cette fois ? soupira-t-il.

— La même chose que toutes les autres fois, je suppose, dit Percy Carson en souriant. Notre Nick.

— Ce n'est pas difficile de savoir pourquoi, je crois, marmonna pour lui-même Edwin Hopkins.

Nick Riley était un bon travailleur, mais il empestait les ennuis.

— Combien de fois est-elle venue ici ? Elle est venue au moins une fois par semaine. Elle aurait dû saisir maintenant, non ? fit Davey Johnson.

— Peut-être a-t-elle des ennuis ? suggéra Percy.

— Ça ne serait pas la première fois qu'une infirmière serait dans l'embarras, approuva Davey.

— Pas étonnant que Nick coure rapidement alors !

— Allons, je ne veux pas de ce genre de parole ici, les prévint Edwin Hopkins.

Il ne tolérait pas la médisance de jeunes filles. Même si certaines n'étaient pas mieux que ce dont elles avaient l'air.

Il jeta un coup d'œil vers la rousse. Il se sentit presque désolé pour le jeune Nick si elle mettait la main sur lui. Elle lui fit l'impression de ne pas avoir froid aux yeux.

Il vint à sa rencontre à la porte du pavillon.

— Avant que vous le demandiez, il est parti. Et vous n'aviez pas besoin de débarquer ici à sa recherche comme les autres fois, parce qu'il n'est pas là, vous voyez ?

Hopkins fit un pas de côté pour bloquer le chemin à Dora alors qu'elle tendait le cou pour regarder par-dessus son épaule.

— Je ne vous crois pas, dit-elle sans ambages.

— Sachez que je n'ai jamais menti de ma vie, jeune fille.

La moustache d'Edwin Hopkins frémit d'indignation.

— Si je vous dis qu'il n'est pas ici, c'est qu'il ne l'est pas.

La fille fronça les sourcils. Elle ne ressemblait pas au type de Nick, pensa Hopkins. Habituellement, il choisissait les jolies, celles qui babillaient, se bichonnaient et gloussaient. Pas celles avec de robustes jambes, des cheveux crépus et un air qui semblait chercher qui était le suivant à frapper.

— A-t-il reçu mes lettres ? interrogea-t-elle.

Edwin Hopkins hocha la tête.

— Bien sûr que oui. Je les lui ai remises immédiatement.

Il n'eut pas envie de lui dire que Nick les avait fourrées directement dans sa poche sans même les regarder. Il ne pensait pas que Nick Riley était un grand lecteur.

Le vent fouetta sur le visage de la fille ses boucles rousses et elle les repoussa en les plaquant derrière son oreille. Elle se tenait là, regardant autour d'elle, ne sachant pas quoi faire ensuite.

Edwin sentit une vague de pitié pour elle. Malgré sa bravade, ce n'était qu'une jeune fille. Il espéra qu'elle n'avait pas d'ennuis, la pauvre. Si c'était le cas, elle n'obtiendrait pas beaucoup d'aide de Nick Riley.

— Écoutez, mademoiselle, si vous avez un peu de jugement, vous cesserez de venir ici à sa recherche, dit-il aimablement. Il est clair qu'il ne veut pas vous voir. Et il est très peu féminin de poursuivre un homme, particulièrement quand il n'est pas intéressé.

La fille le fixa d'un air ahuri.

— Vous croyez que je suis intéressée par Nick Riley ?

— Pour quelle autre raison viendriez-vous ici sans arrêt ?

Sa bouche se tendit.

— Ce n'est pas vos affaires. Savez-vous où il peut être ?

— Non, je ne sais pas, répondit avec humeur Edwin Hopkins, toute son inquiétude paternelle envolée. Ce qu'il fait durant son temps libre ce sont ses affaires, pas les miennes, ni les vôtres d'ailleurs.

— Avez-vous essayé le club de boxe sur Ratner Row ?

Percy Carson arriva derrière eux.

— Nick s'y rend habituellement pour s'entraîner après le travail le mardi.

Edwin Hopkins lui lança un regard renfrogné. Carson en disait toujours trop.

— Ratner Row, vous dites ? Merci beaucoup.

— Vous n'aviez pas à lui dire cela, le réprimanda Hopkins alors qu'elle s'éloignait.

— Allez, M. Hopkins, ayez un cœur. Ne voyez-vous pas que la pauvre fille est désespérée ?

— Même si c'est vrai, je ne tolère pas les jeunes filles qui poursuivent les hommes.

— En la voyant, je ne crois pas qu'elle ait d'autres choix que de les poursuivre ! ajouta méchamment Davey.

— Ce n'est pas une raison non plus.

Edwin Hopkins jeta un rapide coup d'œil vers la fille, espérant qu'elle n'avait pas entendu. Ce n'était pas bien pour une jeune fille d'entendre ce genre de remarque non plus.

Le club de boxe se trouvait dans le sous-sol du pub du King's Arms, un vieux tripot mal famé près du canal. Une porte étroite y menait depuis la rue.

Dora marqua une pause avant d'entrer. C'était le dernier endroit où elle avait envie d'aller, mais elle n'avait pas le choix. Nick l'évitait depuis des semaines, depuis leur dispute sur la hamsa. Elle avait tout essayé pour lui parler, même risqué de capter son regard pendant qu'il se trouvait en service. Mais il avait poursuivi son chemin en détournant la tête.

Après maintenant deux mois, elle était déterminée à le retrouver et à lui rembourser l'argent qu'elle lui devait, peu importe comment.

Elle descendit prudemment l'escalier abrupt et se retrouva dans une pièce miteuse au plafond bas empestant la vieille sueur. Au centre se trouvaient deux hommes en train de se cogner dans un ring de boxe, pendant que tout autour de la pièce d'autres hommes s'entraînaient avec des poids ou sur des sacs d'entraînement suspendus au plafond.

Elle examinait encore les lieux, essayant de trouver Nick, quand un homme s'approcha d'elle. Il était d'âge mûr et avait de larges épaules et les traits écrasés typiques d'un boxeur.

— Pardonnez-moi, mademoiselle, mais vous ne pouvez pas entrer ici.

Sa voix était rauque.

— Ce club est réservé aux hommes.

— Mais je cherche quelqu'un…

— Je me fiche que vous cherchiez le prince de Galles, vous ne pouvez pas entrer ici. Alors, si vous permettez…

Alors qu'il commençait à la repousser dehors, Dora aperçut soudainement Nick dans un coin, la tête baissée, envoyant ses poings dans l'un des lourds sacs d'entraînement.

— Nick !

Elle esquiva l'homme et fonça vers Nick.

Nick leva vivement la tête.

— Dora ?

Ses cheveux foncés humides pendaient dans ses yeux et il les repoussa d'une main gantée.

— Que fais-tu ici ?

— Je te cherchais. Comme depuis les deux derniers mois.

L'autre homme apparut derrière elle.

— Je lui ai dit qu'elle ne pouvait pas entrer ici, Nick, mais elle n'écoute pas. Est-ce que tu veux la jeter dehors toi-même ou je le fais ?

Nick le regarda, puis regarda Dora et encore l'homme.

— Cinq minutes, Jimmy ? S'il te plaît ?

L'homme soupira.

— Cinq minutes. Mais ensuite, je reviens et je t'embarque sur mon épaule.

Il pointa un doigt d'avertissement sur Dora.

L'ombre d'un sourire se dessina sur le visage de Nick.

— Et il le pense, dit-il en retournant vers son sac d'entraînement. Tu n'aurais pas dû venir ici.

— J'avais besoin de te voir. N'as-tu pas reçu mes messages ?

— Je les ai bien reçus.

Il enfonça ses poings dans le sac d'entraînement. De la sueur perlait sur ses muscles puissants, les dessinant clairement sous son mince maillot.

— Il aurait été aimable de ta part d'y répondre plutôt que de les ignorer.

— Ce n'était pas une réponse suffisante pour toi ?

— Alors peut-être ne veux-tu pas ceci ?

Dora fouilla dans sa poche et en sortit l'argent qu'elle avait soigneusement gardé dans une enveloppe.

— Peut-être es-tu si fortuné que tu peux te permettre de donner ton argent ?

Elle lui tendit l'enveloppe. Nick la regarda, puis la saisit.

— Tu aurais pu la laisser au pavillon des brancardiers.

— Je ne voulais pas qu'une petite raclure s'en empare, dit-elle en hésitant. En plus, je voulais m'excuser. Je n'aurais pas dû sortir de mes gonds ainsi contre toi. J'avais tort et je voulais te dire que j'étais désolée.

Nick la considéra pendant un moment. Il était difficile de déchiffrer ce qui se passait derrière ses paupières tombantes. Elle crut qu'il allait répondre, mais il se retourna et cogna son poing brutalement au centre du sac.

— C'est tout ? dit-il d'un ton bourru.

Dora hocha la tête.

— Tu ferais mieux d'y aller alors, avant que Jimmy revienne.

Il lui tourna le dos et continua d'asséner coup après coup dans le lourd sac de sable, ses poings agissants tels des pistons. Dora l'observa pendant un moment.

— La vache, Max Baer n'a aucune chance, n'est-ce pas ? dit-elle.

Nick s'immobilisa.

— Que sais-tu sur Max Baer ?

— Danny a dit que tu voulais aller en Amérique et l'affronter un jour.

Elle vit son froncement soudain.

— Ça va, il m'a dit que c'était un secret. Je n'en parlerai à personne.

Les yeux de Nick croisèrent les siens, puis il se retourna vers le sac.

— Ce n'est qu'un rêve stupide, marmonna-t-il.

— Je ne crois pas que ce soit stupide.

Dora contempla les muscles de son dos bouger sous son maillot trempé.

— Je crois que tu peux y arriver.

— Ah oui ? Tu es experte en boxe maintenant ?

— Non, mais je reconnais la détermination quand je la vois. Et je ne pense pas qu'avoir un rêve soit stupide. Parfois, les rêves sont la seule chose qui permet de continuer. On ne peut pas y renoncer, non ?

Ses mains gantées de cuir s'enroulèrent autour du sac, l'immobilisant.

— Je ne suis pas prêt à renoncer à quoi que ce soit, dit-il.

— Allez, vous deux.

Jimmy s'approcha d'eux, ses bras charnus croisés sur sa poitrine.

— C'est terminé. Si vous voulez vous murmurer des mots doux, allez au Palais comme tout le monde.

Dora jeta un coup d'œil à Nick.

— Non, ça ira, dit-elle. Je pense qu'il a deux pieds gauches de toute façon.

Nick lui fit un début de sourire.

— Tu ne le sauras jamais, hein ?

« Je ne suis pas prête à renoncer non plus », pensa Dora le lendemain matin alors qu'elle se dirigeait vers son service. Elle pouvait déjà sentir plusieurs paires d'yeux se tourner vers elle, anticipant le plaisir et les jeux qu'ils auraient.

Mais cette fois, Dora était prête. Elle y avait réfléchi toute la nuit. Être infirmière était son rêve et elle n'allait laisser personne se mettre sur son chemin. Particulièrement pas ceux comme Alf Doyle ou un groupe d'hommes qui s'ennuyaient et voulaient se conduire comme des gamins.

Sa première tâche consistait à faire la tournée des bassins hygiéniques et des bouteilles. Quand Dora approcha du lit de M. Hubbard, il souriait déjà.

— Désolé, infirmière. J'ai un peu de difficulté avec la bouteille. Je me demandais si je pouvais vous demander de la mettre dedans. Vous savez, ma…

Dora sourit gentiment.

— Bien sûr, M. Hubbard, répondit-elle.

Ses sourcils se soulevèrent.

— Vraiment ? fit-il.

Dora comprit sa surprise. Habituellement, elle se serait enfuie, troublée, à cette même demande, renversant presque la cloison dans sa hâte de se sauver.

Mais cette fois, elle était venue préparée. Toujours en souriant, elle fouilla dans sa poche et en sortit des forceps en dents de rat.

— Allons, dit-elle joyeusement, faisant claquer la mâchoire pointue devant le visage du patient. Voyons voir si je peux vous aider, d'accord ?

— Oh, non, non, ça ira, infirmière. Vous savez quoi ? Je crois que je peux me débrouiller après tout, la rassura-t-il précipitamment, les yeux ronds de peur en voyant les forceps.

Dora sourit.

— C'est ce que je pensais.

Alors qu'elle s'éloignait, sœur Blake s'approcha d'elle.

— Doyle, est-ce que je viens de vous voir menacer un patient avec des forceps ? demanda-t-elle.

Dora déglutit, son moment de triomphe s'évanouissant comme le brouillard.

— O-oui, sœur.

Un lent sourire s'étendit sur le visage de sœur Blake.

— Excellent travail. Peut-être allons-nous réussir à faire de vous une infirmière, dit-elle.

CHAPITRE 30

Blanche Desmond se rendit en salle d'opération sur un brancard, comme Cléopâtre descendant le Nil sur sa péniche.

— Eh bien, nous y voici, dit-elle en faisant un clin d'œil à Millie. Je suis heureuse que vous veniez avec moi, ma chérie.

— Moi aussi.

Habituellement, c'était la tâche d'une infirmière en dernière année d'accompagner les patients en salle d'opération, mais Blanche avait insisté pour avoir Millie avec elle.

— Bon nombre des autres infirmières lèvent le nez sur moi et ne m'adressent pas la parole. Mais notre Millie est différente, avait-elle dit à sœur Wren.

La sœur était outrée, c'était elle qui donnait les ordres dans son service, mais il se trouvait que l'une des principales avait été emmenée à l'infirmerie avec la fièvre et elle manquait de personnel, alors cela lui convenait de donner cette tâche à Millie.

— Mais j'aurai une discussion avec vous sur le fait que vous permettez aux patientes de vous appeler par votre prénom, l'avait-elle prévenue de façon menaçante.

Ils traversèrent les couloirs peints en gris, un brancardier poussant le brancard, Millie marchant près de Blanche. Elle se sentit terriblement importante dans son uniforme. Cela l'aida à marcher la tête haute, d'une manière que les leçons de maintien de madame Vacani n'avaient jamais réussi à lui enseigner.

— Prenez ma main, voulez-vous, ma chérie ?

Blanche tendit la main vers Millie. Cette dernière prit sa main et enroula ses doigts autour.

— C'est idiot, n'est-ce pas ? Mais je ne peux m'empêcher d'être un peu nerveuse maintenant que le moment est venu, chuchota-t-elle.

Millie serra sa main.

— Tout ira bien, Blanche, la rassura-t-elle.

— J'espère, ma chérie. C'est drôle, hier j'ai fait le rêve que je ne m'en sortais pas. Comment appelle-t-on cela ? Une prémonition.

— Tout le monde se sent nerveux avant une opération, dit Millie.

— Espérons que ce ne soit pas le cas du chirurgien !

Blanche réussit à faire un sourire fragile. Elle paraissait tellement vulnérable sans son habituel masque de poudre et son rouge à lèvres écarlate.

— Vous n'avez rien à craindre, la rassura Millie. C'est une opération de routine et M. Cooper sait ce qu'il fait. Vous serez en pleine forme quand il en aura terminé avec vous.

— J'espère, ma chérie. Je n'ai pas eu une très belle vie, mais je serais triste si tel était mon destin.

— Ce ne le sera pas, dit Millie. Imaginez, dans quelques semaines, vous serez en train de pourchasser des poulets sur la ferme de votre sœur en vous demandant pourquoi vous vous êtes inquiétée !

Blanche sourit et cette fois, son sourire parvint jusqu'à ses yeux. Cela plissa la peau au coin de ses yeux, démontrant ainsi son âge.

— Je vais avoir une belle fête d'adieu avant cela j'espère, dit-elle. Une fête au pub King's Arms, et vous pourrez boire à ma bonne santé. Vous viendrez, n'est-ce pas, ma chérie ?

— J'adorerais cela, fit Millie. Je ne suis jamais allée dans un pub.

La bouche de Blanche s'ouvrit en grand.

— Pardon ? Quel âge avez-vous ?

— J'ai 19 ans. Presque 20 ans, en fait.

— La vache, ma chérie, quand j'avais votre âge, j'étais..., eh bien, peu importe ce que j'étais, dit Blanche précipitamment. Disons simplement que j'avais déjà vu l'intérieur d'un bon nombre de pubs. Ensuite, vous allez me dire que vous n'avez jamais bu un porto au citron ?

Millie secoua la tête.

— Je n'en ai jamais bu. Mais je suis prête à tout essayer au moins une fois.

— Ne dites pas cela, ma fille. Vous ne savez pas dans quel genre de pétrin vous pourriez finir !

Elles rirent toutes les deux. Puis, Millie se souvint que le brancardier écoutait et elle se mit à rougir.

Blanche la regarda affectueusement.

— Vous êtes une fille charmante, savez-vous cela ? Vous avez été très bonne avec moi pendant mon séjour ici. Et vous êtes une fichue bonne infirmière aussi.

— Je ne crois pas que sœur Wren serait d'accord avec vous !

— Sœur Wren ne saurait faire la différence entre son derrière et son coude, si vous me passez l'expression.

— Espérons que ce n'est pas le cas du chirurgien ou vous l'aurez dans le baba, dit le brancardier effrontément.

Blanche le considéra pendant un moment, puis éclata de rire. Elle ressembla tout à coup plus à elle-même, son chaleureux rire résonnant dans le couloir.

William les attendait de l'autre côté des doubles portes de la salle d'opération.

— Vous voilà, Mlle Desmond, l'accueillit-il avec un sourire. Nous nous demandions ce qui vous était arrivé. Nous avons pensé que vous aviez peut-être changé d'avis et nous aviez posé un lapin ?

— Poser un lapin à M. Cooper ? Aucune chance. Même si je me sens un peu gênée de le voir sans mon rouge à lèvres. J'imagine qu'il ne serait pas possible de…

— Désolée, Blanche, c'est contre les règlements, dit Millie. Mais je vais faire en sorte que vous le portiez à votre réveil.

— Promis ? Je me sens nue sans mon rouge à lèvres.

— Promis, dit Millie.

— Même sans, vous êtes magnifique de toute façon, ajouta William galamment.

— Oh, écoutez-le ! gloussa Blanche. Vous devriez faire attention, Millie ma chérie. On dirait que votre jeune homme a un œil sur moi maintenant !

Millie ne put se résoudre à regarder William alors que son visage s'embrasait.

— C'est ici que je dois vous laisser, dit-elle.

— Non.

Blanche fut soudainement sérieuse, ses doigts se resserrant autour de ceux de Millie.

— Restez avec moi, supplia-t-elle.

— Je suis désolée, je ne peux pas. Je ne suis pas autorisée.

Millie se sentit tout à coup nerveuse.

— Mais je vous attendrai avec une bonne tasse de thé quand vous vous réveillerez.

— Et je prendrai bien soin de vous d'ici là, ajouta William.

Alors que le brancardier l'emmenait, Blanche lança :

— Vous allez vous assurer que je porterai mon rouge à lèvres à mon réveil, n'est-ce pas ? Je ne me sens pas bien quand je n'en ai pas.

Ce fut les derniers mots que Millie l'entendit dire.

Millie devait prendre sa pause de 15 h à 17 h. Elle avait pris rendez-vous avec Sophia chez la couturière pour un essayage cet après-midi-là, mais elle était bien déterminée à être de retour à temps au service afin de tenir la promesse faite à Blanche.

Elle se changea et courut pour attraper le bus vers Piccadilly. Quand elle arriva, cherchant son souffle en haut de l'escalier de l'atelier de la couturière, la cousine de Sophia, Margaret, se tenait déjà au milieu de la pièce vêtue d'une robe calicot de demoiselle d'honneur alors que deux assistantes de la couturière étaient agenouillées à ses pieds, occupées à épingler et à ajuster.

Millie fut surprise de voir que Georgina Farsley était aussi présente.

— Elle s'est elle-même invitée, chuchota Sophia alors qu'elle embrassait Millie à son arrivée. Dieu merci, tu es arrivée, je crois qu'elle était sur le point de s'offrir pour prendre ta place.

Le studio de la couturière était une grande pièce ensoleillée peinte en blanc donnant sur Green Park. Millie jeta un coup d'œil sur les gens bien habillés qui déambulaient dans le parc et soupira joyeusement. C'était presque un sentiment décadent de se trouver dans un endroit qui ne sentait pas le désinfectant, où il n'y avait pas toujours quelqu'un qui l'appelait ou surveillait chacune de ses erreurs.

C'était comme au bon vieux temps, alors qu'elle riait et bavardait avec Sophia pendant que les couturières ajustaient sa robe. Son amie, comme elle s'y était attendue, ne cessa de papoter sur les plans concernant son mariage à venir.

— Nous le célébrons à Sainte-Marguerite, évidemment. Mère fait déjà des pieds et des mains, espérant que ce soit le mariage le plus gros et le plus grandiose jamais célébré. Je crois qu'elle aimerait même surpasser celui de la princesse Marina si elle pouvait !

— Oh, mais elle était magnifique le jour de son mariage, n'est-ce pas ? soupira Georgina. Edward Molyneux lui a vraiment fait honneur avec sa conception. Si simple, mais si éblouissante. Est-ce que tu auras un diadème comme elle ou des fleurs ? interrogea-t-elle Sophia.

— Des fleurs, je crois. Mais j'ai l'impression que Mère a déjà tout prévu.

Sophia sourit rêveusement.

— Peu importe ce que je porte ou l'endroit où je me marie, tant que j'épouse David.

— Et deviens la prochaine duchesse de Cleveland, dit avidement Georgina.

Les autres filles se regardèrent, mal à l'aise.

— Je ne l'épouse pas à cause de son titre, dit Sophia.

— Bien sûr que non, répondit rapidement Georgina. Mais cela ne fait pas de mal que les gens vous appelle « votre grâce », non ?

Elle vit leur expression.

— Oh, allez ! Quelle fille ne veut pas épouser un homme avec un titre ?

— Pauvre Seb, chuchota Millie à Sophia lorsque la bonne de la couturière arriva avec le thé. Il n'a vraiment aucune chance, n'est-ce pas ?

— Elle est assurément très déterminée, approuva Sophia.

— Je suis surprise qu'elle n'ait pas encore jeté son dévolu sur Richard si elle tient tant à se marier pour un titre.

— C'est ce qu'elle a d'abord fait. Mais il lui a clairement fait comprendre qu'il n'était pas intéressé, alors elle a dû tourner son attention sur le pauvre Seb à la place. Je crois qu'elle espère secrètement qu'un accident terrible arrive à Richard une fois qu'elle et Seb seront bien mariés.

Millie fut scandalisée, jusqu'à ce qu'elle se souvienne que sa grand-mère penserait probablement exactement de la même manière.

La conversation se mit à tourner autour de Millie. Sophia et Margaret furent horrifiées et fascinées quand elle leur parla de son travail au service gynécologique.

Georgina parut dégoûtée.

— Et tu dois réellement toucher ces femmes ? Avec toutes ces sales maladies ?

Elle plissa le nez de dégoût.

— Comment pourrions-nous en prendre soin sinon ? demanda Millie. Ce ne sont que des gens, comme nous tous.

— Peut-être, mais je ne voudrais pas devoir nettoyer derrière eux. Pouvez-vous imaginer ? dit Georgina en frémissant.

Millie vit l'expression de répulsion sur le visage de ses amies et comprit qu'elles ne pouvaient probablement pas imaginer de telles choses. Même si elles aimaient jacasser et glousser sur les détails horribles, Millie savait qu'elles ne ressentiraient jamais rien d'autre qu'un sentiment d'horreur à l'idée de récurer les toilettes ou de nettoyer les vomissures de quelqu'un.

Avant, elle aurait ressenti la même chose, mais maintenant, après quelques mois dans le service, elle y pensait à peine.

Ce n'était qu'en voyant l'expression de ses amies qu'elle comprit à quel point elle s'était éloignée d'elles. Elle avait vu et expérimenté des choses qu'elles ne pourraient jamais imaginer dans leurs pires cauchemars.

Et cela allait dans l'autre sens aussi. Alors qu'elles potinaient sur les derniers scandales de leur entourage et planifiaient fiévreusement ce qu'elles allaient porter lors de leur prochain séjour à la campagne, Millie ne put s'empêcher de penser à quel point leurs vies étaient insignifiantes et ennuyeuses. Elle s'ennuyait de son ancienne vie à Billinghurst, mais elle savait qu'elle s'ennuierait encore plus à être infirmière.

Après l'essayage, les autres filles allaient prendre le thé chez Fortnum et Mason.

— Pourquoi ne viens-tu pas avec nous ? demanda Sophia.

— Désolée, je dois attraper mon bus pour rentrer à l'hôpital. Je suis de service à 17 h.

— Ces derrières ne vont pas s'essuyer tout seuls, n'est-ce pas ? dit Georgina avec un sourire satisfait.

Millie la fusilla du regard. Elle espérait sincèrement qu'elle n'allait pas réussir à prendre au piège Seb. Son ami méritait beaucoup mieux.

Il était 16 h 40 quand elle traversa à toute allure le portail de l'hôpital. Elle se dirigea directement vers la maison des infirmières, priant pour que sœur Sutton ne soit pas là pour la retarder. Mais dès qu'elle mit le pied sur l'escalier, elle entendit le jappement de Sparky et un instant plus tard, la porte du bureau de sœur Sutton s'ouvrit.

— Où croyez-vous aller, Benedict ?

Millie voûta les épaules.

— Je vais me changer, sœur.

Sœur Sutton eut le souffle coupé, comme s'il s'agissait de la pire impertinence qu'elle n'avait jamais entendue.

— Et où étiez-vous ? J'espère que vous n'étiez pas en train de flâner ? dit-elle avec méfiance.

Millie était sur le point de lui faire remarquer que c'était son après-midi de congé et qu'elle pouvait flâner si elle le voulait, mais se ravisa. Elle avait déjà moins de 10 minutes pour se changer et retourner au service.

Elle ne pouvait rien faire d'autre que de se soumettre à l'examen approfondi de sœur Sutton qui la détailla de la tête aux pieds.

— Votre lit était une honte encore ce matin, fut tout ce qu'elle finit par trouver à dire. Faites-le convenablement avant de retourner en service.

— Oui, sœur.

« Au diable le lit », pensa Millie en grimpant l'escalier, enlevant déjà son manteau. Elle craignait davantage sœur Wren que sœur Sutton.

Mais ce n'était pas uniquement la peur qui la fit se presser, enfilant maladroitement ses bas noirs et enfonçant ses pieds dans ses chaussures. Elle était impatiente de tenir sa promesse à Blanche, d'être là avec son rouge à lèvres, prête dès qu'elle se réveillerait.

M. Hopkins secoua la tête de désapprobation quand elle passa rapidement devant le pavillon des brancardiers quelques minutes plus tard, tout en boutonnant ses manchettes. Personne ne la remarqua quand elle arriva à bout de souffle dans la salle. Elle échappa au regard de sœur Wren et se pressa vers le lit de Blanche à l'autre bout de la salle.

Alors qu'elle approchait, son sourire se figea. Il n'y avait aucun signe de Blanche, son lit avait été défait jusqu'au matelas.

— Vous voilà.

Sœur Wren posa une main sur son épaule.

— Vous avez conscience d'avoir deux minutes de retard ?

— Où est Blanche ? lâcha Millie sans réfléchir.

Sœur Wren cligna des yeux.

— Je vous demande pardon ? Vous êtes-vous adressée à moi ?

— Je suis désolée, sœur.

Millie baissa humblement les yeux.

— Je me demandais simplement ce qui était arrivé à Blanche, je veux dire, Mlle Desmond.

Sœur Wren s'étira de toute sa hauteur, ce qui la rendait encore à peine plus grande qu'un enfant.

— Mlle Desmond est morte plus tôt dans la journée, dit-elle.

— Morte ?

Millie put à peine prononcer le mot.

— Oui, infirmière Benedict. N'ayez pas l'air aussi surprise. Nous sommes dans un hôpital. Aussi regrettable que cela puisse être, des gens meurent ici de temps à autre.

Son visage ne montra pas plus d'émotion que si elle avait été en train de parler des feuilles fanées de son aspidistra.

— Maintenant, quand vous serez prête, les salles de bains ont besoin d'être nettoyées.

Elle tourna les talons et partit, les mains jointes derrière le dos, laissant Millie paralysée par le choc.

— Vache sans cœur, marmonna la femme se trouvant dans le lit voisin de celui de Blanche. Je sais que vous devez être dures dans votre travail, mais celle-ci gagne réellement la palme. Pauvre femme.

Elle tourna les yeux vers le lit défait de Blanche.

— C'est vraiment dommage. Elle ne méritait pas de partir ainsi.

« Comment le sauriez-vous ? aurait eu envie de lui répliquer sèchement Millie. Jamais vous n'avez eu un mot gentil pour elle quand elle était là. » Pauvre Blanche. Elle était souvent demeurée allongée dans son lit à observer les autres femmes avec l'envie de se joindre à leurs bavardages, mais personne ne lui souriait jamais ou ne lui parlait. Elle n'avait jamais eu de visiteur non plus. Millie avait été la seule compagnie qu'elle avait eue.

Lucy Lane était dans la salle de bains en train de récurer la baignoire avec du Vim. Elle s'accroupit, une brosse à la main, quand elle vit Millie.

— Te voilà, dit-elle. Je t'attendais. Je devrais avoir terminé depuis une éternité. Mais sœur Wren a dit que je n'avais pas l'autorisation de partir tant que tu ne serais pas de retour.

— Blanche est morte, la coupa-t-elle.

— Quoi ? Oh, tu veux dire la prostituée ? Oui, j'ai entendu dire qu'elle était morte durant l'opération. Il se trouve qu'elle avait une sorte de problème cardiaque, je crois. Elle n'a pas supporté l'anesthésie.

Elle laissa tomber la brosse à récurer dans le seau en étain et se leva, puis se frotta les genoux.

— Qui a fait les derniers soins ? demanda précipitamment Millie. Est-ce qu'ils se sont souvenus de son rouge à lèvres ?

— Pour autant que je sache, elle a été directement emmenée à la morgue. De quoi parles-tu de toute façon ? Quel rouge à lèvres ?

— Je lui avais promis… J'avais promis de lui mettre son rouge à lèvres.

— Je ne crois pas qu'elle soit bien placée pour t'obliger à tenir ta promesse.

Lucy haussa les épaules. Elle prit son seau et le tendit à Millie.

— De toute façon, tu dois prendre le relais. J'ai terminé. Et essaie de retrouver le sourire, lança-t-elle par-dessus son épaule. Sœur Wren va faire une crise si tu te promènes avec un visage de dimanche pluvieux.

CHAPITRE 31

— Je ne comprends pas, dit Lucy Lane. Pourquoi veux-tu assister aux obsèques d'une vieille pute ?

— Blanche n'était pas une vieille pute. Elle était gentille, généreuse, chaleureuse... Tout ce que tu n'es pas, faillit ajouter Millie.

— Je ne crois pas que ta famille voie d'un bon œil que tu te rendes aux obsèques d'une prostituée de l'East End, ajouta Lucy. Et je doute que l'infirmière en chef aime cela non plus.

— C'est mon jour de congé, et je peux faire ce que je veux, rétorqua Millie. Si je veux rendre un dernier hommage aux obsèques de quelqu'un, je peux.

Mais il s'agissait plus que de rendre un dernier hommage. Elle se sentait coupable d'avoir laissé tomber Blanche.

— Je viens avec toi, offrit Dora. Je fais un service réduit aujourd'hui. Je n'ai pas à être de retour avant 17 h.

Elle lança un regard noir à Lucy, la défiant de discuter.

— Merci, dit Millie avec gratitude. Je ne suis jamais allée à des obsèques.

— Tu n'as jamais rien vu de tel que des obsèques dans l'East End, lui promit Dora. C'est une grande occasion dans le coin. Plus gros qu'un mariage parfois. Des gens qui n'ont pas un sou en poche peuvent s'endetter afin d'offrir à leurs êtres chers un bel adieu. Des calèches tirées par des chevaux décorés de plumes noires, les amis du défunt portant des hauts-de-forme, le paquet. Et après, il y a la grosse fête ! dit-elle.

Mais il n'y avait pas de calèches tirées par des chevaux aux obsèques de Blanche ni de plumes noires ou d'amis portant un haut-de-forme. Seulement une poignée de gens était rassemblée autour de sa tombe lors d'un humide après-midi gris. Il y avait la sœur de Blanche, Elsie, et ses cinq enfants ainsi que quelques femmes à l'air épuisé que Millie supposât être les vieilles amies de Blanches provenant des docks. Un jeune homme se tenait près d'elle, très élégant dans son costume sombre, la tête inclinée près de la tombe. Millie le reconnut.

— C'est le frère de Tremayne, non ? chuchota Dora, alors qu'elles s'approchaient de la tombe. Que fait-il ici ? Je me le demande.

— La même chose que nous, je suppose.

Millie évita de croiser les yeux de William pendant que Dora et elle prenaient place près de la tombe.

Le service fut court et concis. Même le vicaire parut impatient d'en terminer, expédiant les formalités, alors que la bruine détrempait sa soutane.

Millie garda les yeux fixés sur le cercueil quand il fut descendu dans la terre. Elle se demanda ce dont avait l'air Blanche. Elle espéra que quelqu'un l'avait joliment vêtue de ses couleurs vives préférées. Blanche n'aurait pas aimé se rendre dans l'au-delà sans être sur son trente-et-un.

Elle pensa au rouge à lèvres et une boule monta dans sa gorge. Elle prit une profonde inspiration, refoulant ses larmes. Elle sentit immédiatement un mouchoir se presser dans sa main.

— Tenez, chuchota William.

— Merci.

Elle le prit, se sentant ridicule. Personne d'autre ne semblait pleurer, pas même la sœur de Blanche. Pourquoi devait-elle être aussi sentimentale ?

Après, sa sœur s'approcha d'elle.

— Pardonnez-moi. Je suis Mme Wilkins. Étiez-vous des amies de ma sœur ? demanda-t-elle.

Elle était loin d'être aussi flamboyante que Blanche dans son simple manteau noir, ses cheveux châtain clair enfouis sous un feutre flasque. Ses yeux verts, comme ceux de Blanche, étaient remplis de méfiance.

— Oui. Je veux dire non… pas exactement amies.

— Nous sommes de l'hôpital Nightingale, expliqua Dora tandis que Millie cherchait les bons mots. Mon amie a pris soin de Mlle Desmonds.

Les yeux de Mme Wilkins s'illuminèrent et soudainement elle ressembla davantage à Blanche.

— Êtes-vous Millie ? Blanche m'a écrit à votre sujet. Elle m'a dit qu'il y avait une gentille jeune infirmière dans son service avec laquelle elle était devenue amie. Elle pensait beaucoup de bien de vous.

— Vraiment ?

— Oh, oui. Elle pensait que vous étiez la meilleure du groupe. Que vous la traitiez bien, a-t-elle dit.

Mme Wilkins baissa la voix.

— Il n'y en a pas beaucoup qui ont fait cela à ma sœur, étant donné ce qu'elle était.

Millie baissa le regard, embarrassée par les chaudes larmes qui ruisselaient de ses yeux.

— Soyez bénie.

Mme Wilkins lui sourit affectueusement.

— Ma Blanche m'avait dit que vous aviez un cœur tendre.

« Je vous en prie, arrêtez », supplia Millie en silence. Elle ne voulait plus entendre ce que Blanche pensait d'elle. Pas après qu'elle l'eut laissé ainsi tomber.

William se joignit à elles. Elsie Wilkins ne fut pas impressionnée quand il se présenta.

— Un médecin, hein ? Mince alors, Blanche avait des amis hauts placés, n'est-ce pas ? Est-ce que vous assistez toujours aux obsèques des patients ?

William lança un regard oblique vers Millie.

— Blanche était très spéciale, dit-il.

— Eh bien, elle serait heureuse que vous soyez venu.

Mme Wilkins se mit à regarder autour à la recherche de ses enfants, lesquels étaient partis explorer la cour de l'église.

— Maintenant, si vous voulez m'excuser, je ferais mieux d'y aller. Nous avons un train à prendre.

— Vous ne faites pas de cérémonie d'adieu alors ? fit Dora en fronçant les sourcils.

Mme Wilkins lui lança un regard coupable.

— Je ne pensais pas devoir me préoccuper de cela, expliqua-t-elle. Ma sœur n'avait pas beaucoup d'amis, pas du genre que je voudrais fréquenter en tout cas. D'ailleurs, des obsèques coûtent de l'argent et ce n'est pas comme si Blanche nous avait laissé quelque chose pour les dépenses.

Son menton se leva de manière défensive.

— Cela a été très difficile pour moi, vous savez. J'ai perdu mon mari il y a quelques mois. J'ai dû trouver quelqu'un pour s'occuper de la ferme pendant que je venais jusqu'ici et cela aussi coûte de l'argent...

— Bien sûr.

William mit en marche son côté séducteur qui fonctionnait si bien sur ses patients.

— Nous comprenons, Mme Wilkins. Vous devez ramener vos enfants à la maison. Cela a été une longue journée pour vous tous.

— En effet.

La femme parut se calmer.

— J'aurais fait quelque chose pour Blanche, dit-elle à Millie et à Dora. Mais je dois d'abord penser à ma famille.

— Blanche était la famille aussi, marmonna Millie alors qu'ils observaient Mme Wilkins se diriger vers le portail de la cour de l'église, suivie d'une file d'enfants.

— J'ai connu des familles qui ont mis tout ce qu'ils avaient en gage afin d'offrir à quelqu'un des obsèques décentes, approuva Dora.

— Et il n'y a aucune raison pour que nous ne fassions pas la même chose.

William les regarda.

— Nous n'avons pas besoin que la sœur de Blanche lui fasse ses adieux. Je ne sais pas pour vous, mais je vais au pub King's Arms pour boire à sa santé. Voulez-vous vous joindre à moi ?

Millie jeta un regard vers Dora.

— Ne me regarde pas, dit-elle. Je dois être de retour en service pour 17 h. Sœur Blake est peut-être aimable, mais je doute qu'elle comprenne si je revenais empestant l'alcool !

— Je vais venir avec vous, dit Millie à William.

— Es-tu certaine ? demanda Dora en fronçant les sourcils. Les pubs de l'East End peuvent être assez durs dans le meilleur des cas, et le King's Arms a une mauvaise réputation…

— Je suis certaine que William me protégera.

Dora lui lança un regard, comme pour dire que cette idée ne la réconfortait pas du tout.

— Assurez-vous de le faire, le mit-elle en garde.

Ils n'avaient pas eu l'intention de rester si longtemps. L'après-midi se transforma en soirée, et le pub se remplit de débardeurs, emplissant le bar étouffant de rires, de fortes voix et de fumée de cigarette. Dans le coin, quelqu'un martelait une mélodie sur un vieux piano.

« *If you were the only girl in the world, and I were the only boy …* »

William sourit.

— Je peux aisément imaginer Blanche assise au bar, faisant de l'œil à tous les hommes, pas vous ?

— Elle rirait et chanterait plus fort que quiconque, approuva Millie. Pas étonnant qu'elle adorait tant cet endroit.

Elle leva de nouveau son verre.

— À Blanche.

— À Blanche.

La main de William trembla lorsqu'il amena son verre à ses lèvres. Il avait perdu le décompte du nombre de fois qu'ils avaient levé leur verre en son honneur.

Quelque part au fond de son esprit, il était vaguement conscient qu'il se faisait tard et qu'il devait songer à ramener Millie à la maison des infirmières. Mais il s'amusait trop pour vouloir que la soirée s'achève.

Millic sirota son verre.

— Vous savez quoi, j'aime assez le porto au citron, dit-elle pensivement.

— J'espère bien, vous en avez tellement pris !

Elle le regarda en plissant les yeux.

— Croyez-vous que je sois pompette ?

— Je ne sais pas. Je suis moi-même trop ivre pour le dire.

Elle gloussa.

— Oh, mon cher, nous nous comportons plutôt mal, n'est-ce pas ? Je suis certaine que Blanche approuverait.

William l'examina. Elle était incroyablement belle, avec ses douces lèvres, son petit nez légèrement retroussé et les yeux les plus bleus qu'il n'avait jamais vus.

Mais ce n'était pas seulement son apparence. Millie était aussi la plus adorable, la plus gentille fille qu'il avait rencontrée. Elle ne flirtait pas et ne gloussait pas pour rien comme les autres filles. Elle semblait véritablement intéressée, le questionnant sur son travail et sa famille. Pour une fois, William n'avait pas le sentiment qu'il devait l'impressionner. Il voulait qu'elle sache tout à son sujet, le bon et le mauvais. Il se surprit même à lui raconter son enfance dans un presbytère avec son doux et soumis père et sa redoutable mère.

— Elle nous surveille tous tel un faucon, lui dit-il. Personne n'ose commettre d'impair.

— Même vous ?

Millie lui sourit de manière taquine.

— C'est vrai que je m'en tire souvent, admit William, honteux. Mais seulement parce que j'ai appris à lui dire ce qu'elle veut entendre. Et Helen me couvre aussi. Pauvre Helen, soupira-t-il. Elle a un bien pire traitement que moi. Ma mère semble établir des standards particulièrement élevés pour sa fille. Helen travaille si fort pour lui plaire et malgré tout elle est à peine autorisée à respirer sans l'aval de Mère. Je suis certain qu'elle croit qu'Helen va se dévergonder.

— Peut-être que votre mère s'inquiète qu'Helen rencontre quelqu'un comme vous ? suggéra Millie.

William sourit.

— Je vois que ma réputation me précède. Je suis surpris que vous vous autorisiez à être seule avec moi.

— Je n'écoute jamais les commérages, dit Millie fermement. Je préfère me faire ma propre idée sur les gens.

— Et est-ce que votre idée est faite à mon sujet ?

Elle le considéra pendant un long moment, ses yeux bleus fouillant son visage. Puis, elle poussa son verre dans sa direction.

— Offrez-moi un autre verre, et je vous le dirai.

Deux verres plus tard, ils discutaient toujours. Ils furent surpris quand la cloche du dernier service retentit.

— Je ne m'étais pas rendu compte qu'il était si tard. Vous avez bien un laissez-passer de soirée, n'est-ce pas ? lui demanda William.

Millie secoua la tête.

— Je n'en ai jamais. Mais je trouverai une manière de rentrer, ne vous inquiétez pas.

Ils quittèrent le pub. William savait qu'il était légèrement ivre, mais l'état de Millie était pire. Elle chancelait comme un bébé gazelle, trébuchait contre lui. Il plaça son bras autour d'elle et le maintint là alors qu'ils rentraient en longeant le fleuve. La Tamise sinuait comme un ruban noir huileux devant eux, les formes sombres des grues, des docks et des usines émergeant à travers l'obscurité les entourant.

— Je crois que Blanche aurait aimé cette soirée, déclara Millie.

— Moi aussi. Je parie qu'en ce moment même, elle nous regarde de là-haut et rit.

— Pourquoi ?

— Parce qu'elle a toujours pensé que nous devrions être ensemble.

Il attendit que Millie s'éloigne de lui, mais elle n'en fit rien.

— Je sais, soupira-t-elle. Elle ne cessait de me dire que je devrais vous laisser une chance.

— Et qu'en pensez-vous ?

— J'y réfléchis encore.

William sentit la force de la chaleur de son corps contre le sien et le désir le frappa comme un coup de poing en plein ventre.

Si cela avait été n'importe quelle autre fille, il l'aurait enlacée, mais pas Millie. Il se sentait protecteur envers elle, d'une manière qu'il n'aurait pas crue possible. Et il en avait aussi fait la promesse à Helen. Mais ici, marchant ensemble sous les étoiles avec son bras autour d'elle, il n'était pas certain de pouvoir tenir sa promesse.

— Vous faites bien d'être prudente, dit-il. En fait, vous devriez probablement demeurer loin de moi.

— À cause de votre réputation ? Je vous l'ai dit, je n'écoute pas les commérages.

— Mais dans mon cas, ils sont vrais. Je ne suis rien d'autre que des problèmes. Demandez à ma sœur.

Millie se mit à rire. William aurait souhaité pouvoir rire avec elle. Mais pour une fois, il ne plaisantait pas.

Habituellement, il aimait cette partie du jeu, ces badineries avant qu'il s'élance et réclame son prix. Mais pas cette fois. Millie méritait mieux que quelques jours d'amourette.

Et c'était tout ce qu'il pouvait offrir. William n'était pas le genre à donner son cœur à quiconque. La plupart des filles comprenaient qu'il ne s'agissait que d'un jeu et étaient heureuses de s'y prêter. Mais il y avait aussi des filles comme Peggy Gibson qui ne comprenaient pas les règles. Elles étaient celles qui se retrouvaient gravement blessées.

Le souvenir de ce qui était arrivé à Peggy lui pesait encore beaucoup. Il ne voulait pas faire subir cela à personne d'autre une nouvelle fois. Particulièrement pas à quelqu'un d'aussi gentil et adorable que Millie.

— Je suis sérieux, ajouta-t-il. Vous êtes beaucoup trop bien pour moi.

— Je vais me faire ma propre idée, merci beaucoup.

Millie s'arrêta et se tourna vers lui. Elle était si près qu'il put sentir son parfum floral.

— Embrassez-moi, dit-elle.

William baissa les yeux vers son visage relevé et ses yeux innocents et il sentit un sursaut de désir si puissant qu'il put à peine le maîtriser.

— Je ne peux pas, lâcha-t-il.

Le visage de Millie s'affaissa.

— Ne voulez-vous pas m'embrasser ?

— Bien sûr que oui. Plus que tout. Mais nous sommes tous deux extrêmement ivres, devant un long fleuve lors d'une soirée sombre, et cela est un peu trop compromettant.

— Je m'en moque.

— Mais pas moi.

Avec n'importe quelle autre fille, il en aurait peut-être profité. Non, il savait qu'il en aurait profité. Il l'avait déjà fait. Mais Millie Benedict était trop spéciale.

— En outre, j'ai fait une promesse à Helen.

Millie plissa les yeux et le regarda, confuse.

— Qu'est-ce que votre sœur vient faire là-dedans ?

— Elle m'a demandé de ne pas m'approcher de vous.

William baissa les yeux vers le pavé.

— J'ai… j'ai eu des embrouilles avec une fille qui partageait sa chambre et cela a attiré des ennuis à la pauvre Helen. Je ne pense pas qu'elle veuille vivre cela une autre fois.

— Cela n'a rien à voir avec Helen !

— Vous ne savez pas ce que cela a été pour elle. Vous ne devez pas l'en blâmer…

Il tendit la main vers Millie, mais elle s'éloigna, raide d'indignation.

— Ne me touchez pas, dit-elle. Votre sœur n'aimerait peut-être pas ça.

Elle se retourna et se mit à marcher en titubant. William la rattrapa et tenta de remettre son bras autour d'elle pour la soutenir de nouveau, mais elle l'ignora. Ils se glissèrent à travers le portail de l'hôpital. Millie se faufila devant le pavillon des brancardiers et se dirigea résolument vers le côté du logement des infirmières.

— Comment allez-vous entrer ? chuchota William dans le noir.

— Comment croyez-vous ?

Elle vérifia la gouttière, mais William l'arrêta.

— Vous ne pouvez pas monter ainsi ! dit-il horrifié.

— Pourquoi pas ? Je l'ai déjà fait à plusieurs reprises.

Elle enlevait déjà ses chaussures.

— Pas après une demi-douzaine de porto au citron. Vous allez vous briser le cou…

Malgré tout, elle plaça ses mains autour du tuyau et tenta de caler son pied sur une brique. Celle-ci se défit et roula bruyamment vers le sentier en bas. Ils se tendirent, attendant qu'une lumière s'allume. Mais cela n'arriva pas.

William mit la main sur le bras de Millie.

— Venez, nous trouverons une autre manière d'entrer.

Ils se dirigèrent vers l'arrière du bâtiment, testant des fenêtres.

— Tout est verrouillé, dit Millie plaintivement.

Elle jeta un regard vers les fenêtres du rez-de-chaussée.

— Je me demande si je ne devrais pas essayer de lancer un caillou et réveiller quelqu'un.

— Peut-être n'atteindriez-vous pas la bonne fenêtre.

— Alors, ce sera la gouttière.

— Je ne vous laisserai pas vous casser le cou.

— Je ne croyais pas que cela vous importait, dit Millie avec mauvaise humeur.

— Évidemment que cela m'importe.

Leurs yeux se croisèrent dans l'obscurité et encore une fois William sentit une puissante secousse de désir.

Cette fois, elle était trop forte pour la combattre. Alors qu'il baissait le visage pour l'embrasser, Millie parla soudainement.

— J'ai une idée. Venez.

Elle le guida vers l'autre côté du bâtiment.

— Il y a un couloir qui rejoint le logement des infirmières au reste de l'hôpital, expliqua-t-elle. Nous ne sommes pas autorisées à l'utiliser, il est réservé aux sœurs. Mais si je pouvais réussir à entrer dans un des services du rez-de-chaussée, je réussirais peut-être à me faufiler ainsi.

William éclata de rire.

— Entrer dans un service ? C'est encore plus risqué que de gripper sur la gouttière !

Mais Millie se dirigeait déjà vers la cour, avançant lentement à travers les ombres. Il la suivit.

— Millie, c'est ridicule…

— Chut ! lui siffla-t-elle. Voulez-vous que je me fasse prendre ?

Elle s'approcha prudemment du coin et s'arrêta près d'une fenêtre.

— Celle-ci fera l'affaire, dit-elle.

— De quel service s'agit-il ?

— Je ne sais pas.

Millie tendit le cou et tenta de jeter un coup d'œil par la fenêtre.

William compta les fenêtres.

— Je crois que c'est peut-être le Hyde.

Il calcula, les yeux plissés.

— Oui, c'est assurément le Hyde.

Millie essaya la fenêtre.

— Elle n'est pas verrouillée. Je peux grimper et m'y faufiler.

— Et si vous vous faites prendre ?

— Franchement, William, où est votre sens de l'aventure ?

Elle lui sourit, un sourire qui lui fit fondre le cœur et tourner la tête.

— C'est ici que nous nous disons au revoir, dit-elle.

— Oui.

Il ne voulait pas. Ses jambes refusaient de bouger.

— Merci pour cette soirée très agréable.

Avant qu'il ait une chance de répondre, Millie sauta et, en un rapide mouvement, ouvrit la fenêtre et s'y glissa. Ce n'est qu'après qu'elle eut disparu qu'il se rendit compte qu'il tenait encore ses chaussures.

Millie atterrit avec un bruit sourd dans un espace étroit entre deux lits. Elle demeura accroupie pendant un moment dans l'obscurité, attendant que ses yeux s'habituent à la pénombre. Tout autour d'elle, des sommiers craquaient et l'air était rempli de faibles plaintes et de sanglots. Cela ressemblait à des âmes au purgatoire. Millie frissonna. Quel endroit horrible !

Elle trouva enfin ses repères et se mit à avancer lentement sur les mains et les genoux afin de voir au bout du lit. Les portes semblaient se trouver à un millier de kilomètres, tout au bout de la salle. Elle se demandait encore comment ramper sur cette distance quand elle entendit les crissements assourdis de semelles en caoutchouc qui approchaient. Elle se retourna juste à temps pour voir une grande forme mince émerger de derrière une cloison, un bassin hygiénique à la main.

Avant que Millie ait le temps de replonger dans l'obscurité, l'infirmière la vit. Elle sauta, poussa un cri de surprise et laissa tomber le bassin hygiénique avec fracas. Il retentit bruyamment comme des cymbales dans la salle, faisant entendre un chœur étrange de cris et de gémissements féminins.

Millie reconnut l'infirmière au milieu du chaos.

— Tremayne ? C'est moi.

Helen la regarda à travers la pénombre.

— Benedict ? Que fais-tu ici ? siffla-t-elle.

Avant que Millie ait la chance de répondre, d'autres bruits de pas approchèrent.

— Que signifie tout ce bruit ?

Millie entendit la voix de la sœur de nuit et plongea se cacher sous le lit le plus près. Elle s'allongea, osant à peine respirer. Elle pouvait voir les solides chaussures de la sœur à quelques centimètres de son visage.

— Eh bien ?

— Je... je...

Millie entendit Helen bafouiller désespérément. Le choc semblait avoir paralysé ses cordes vocales.

— Parlez, ma fille.

— Sœur, il y a une jeune fille sous mon lit, annonça distinctement une voix juste au-dessus de la tête de Millie.

Celle-ci se figea.

Elle entendit le lourd soupir de la sœur.

— Mme Mortimer, il n'y a pas de jeune fille sous votre lit, tout comme il n'y a pas de fées sautillant chaque nuit au-dessus du casier près du lit de Mlle Fletcher ou d'hommes jouant de la cornemuse au milieu de la salle. Tout ceci n'est que l'effet de vos médicaments.

— Mais...

— Je vous en prie, Mme Mortimer, je n'ai pas le temps pour ça, dit impatiemment la sœur.

Elle se retourna vers Helen.

— Nettoyez ce dégât immédiatement, dit-elle. Et, s'il vous plaît, calmez les patientes. Ce service se transforme de plus en plus en ménagerie chaque soir. Je suis certaine que sœur Hyde n'approuverait pas.

Elle s'éloigna, son pas aussi léger et silencieux que celui d'une danseuse.

Millie attendit jusqu'à ce qu'elle soit certaine que la voie était libre, puis sortie la tête.

— Ça va, tu peux sortir maintenant.

Helen s'accroupit pour ramasser le bassin hygiénique, le visage de marbre.

Elle semblait si furieuse, que Millie ne put s'empêcher de ricaner.

— Ce n'est pas amusant, lâcha brusquement Helen. Tu aurais pu nous envoyer toutes les deux chez l'infirmière en chef. Franchement, il est déjà suffisamment désagréable que tu entres par la fenêtre à n'importe quelle heure sans…

Elle renifla, soudainement aux aguets.

— As-tu bu ?

— Non. Oui. Un peu, admit Millie.

— Oh, pour l'amour de Dieu ! C'en est trop. Tout d'abord tu rentres tard, puis tu t'introduis par effraction dans un service ivre comme un colonel. Je serais étonnée s'ils ne te mettent pas à la porte.

— Ils devront d'abord m'attraper.

Millie s'extirpa de sous le lit, se leva, et secoua sa robe.

— Je suis terriblement désolée, dit-elle à la femme dans le lit qui l'examinait de ses yeux plissés.

— Vous devriez l'être, la rabroua Mme Mortimer. Grâce à vous, cette misérable femme croit maintenant que je suis aussi démente que les autres. L'infirmière a tout à fait raison, vous devriez être renvoyée. Je vais écrire au conseil d'administration demain matin.

Millie regarda Helen, et un autre ricanement lui échappa.

— Va au lit, dit Helen avec lassitude. Et essaie de ne pas te faire prendre.

Lucy Lane marchait en traînant des pieds dans le couloir sombre vers la toilette, encore à moitié endormie. Elle sursauta en entendant l'escalier craquer et vit une forme sombre apparaître sur le palier.

— Qu'est-ce que…, commença-t-elle.

Mais la forme tituba devant elle et continua sa montée vers la mansarde. Elle trébucha sur la dernière marche, et Lucy entendit un ricanement aigu.

Millie. Lucy, pleine de ressentiment, l'écouta faire un vacarme sur le dernier palier. Peu importe ce qu'elle essayait, Lady Amelia Benedict ne montrait aucun intérêt à être son amie. Elle semblait préférer traîner avec cette horriblement commune Dora Doyle. Cela rendait Lucy malade de les voir toujours ensemble, en train de rire et de plaisanter.

Elles devraient toutes deux s'en tenir à leur propre espèce, décida-t-elle. Elle avait beaucoup plus en commun avec Millie, mais la plupart du temps, elle l'ignorait.

Et elle avait vécu une vie de rêve aussi. Tout le monde adorait Millie, tout lui était si facile. Lucy ne pouvait pas l'imaginer perdre le sommeil parce que ses parents se disputaient ou se demandant si elle était suffisamment riche ou populaire ou intelligente. Millie n'avait jamais connue un véritable moment d'anxiété de toute sa vie.

Lucy se sourit dans l'obscurité. Eh bien, il était temps qu'elle apprenne quelle sensation cela faisait.

CHAPITRE 32

Millie se réveilla le matin suivant avec un violent mal de tête, la bouche sèche et l'estomac agité, absolument certaine qu'elle allait mourir. La voix de la préposée à l'extérieur de leur porte leur ordonnant de se réveiller ressemblait à une cacophonie surnaturelle.

— Je ne me sens réellement pas bien, dit-elle à Dora en tirant les minces couvertures autour d'elle, ses dents claquantes. Crois-tu que je devrais me rendre à l'infirmerie ? Je crois que j'ai peut-être un virus et je ne veux pas le transmettre aux patients.

— Je ne crois pas que ce que tu as soit contagieux.

Dora sourit d'un air entendu tout en ajustant ses bas de laine afin de dissimuler un trou.

— D'après moi, tu as trop bu hier soir.

— Certainement pas !

Millie s'assit brusquement et souhaita ne pas l'avoir fait alors que le monde se mit à vaciller désagréablement autour d'elle.

— Je n'ai pris que… oh, Dieu.

Elle avait perdu le compte après le troisième porto au citron, mais elle avait l'horrible sentiment qu'il y en avait eu plusieurs autres.

Dora se mit à rire.

— Tu es entrée en t'effondrant, tu as trébuché sur le tapis et t'es évanouie à plat ventre sur ton lit. J'ai dû te dévêtir.

Millie se serra la tête et contempla l'amas de vêtements éparpillés froissés sur le plancher alors que les événements de la nuit précédente lui revenaient en de dégoûtantes vagues. Avait-elle réellement grimpé par une fenêtre du service des maladies chroniques féminines ? Et encore pire, avait-elle réellement, ou plutôt pratiquement supplié, William Tremayne de l'embrasser ?

Une honte brûlante l'envahit. Elle ne savait pas ce qui était pire, le fait qu'elle lui demande ou le fait qu'il refuse.

Dora remarqua son air de désarroi.

— Que s'est-il passé hier soir ? interrogea-t-elle.

Millie ne voulut pas rencontrer son regard.

— Que veux-tu dire ?

— Le docteur Tremayne n'a rien tenté avec toi, n'est-ce pas ? J'ai entendu parler de sa réputation avec les autres infirmières. Je n'étais pas certaine d'avoir raison en te laissant seule avec lui…

— Le docteur Tremayne a été un parfait gentleman.

Millie rougit, repensant à la manière effrontée dont elle avait tourné son visage vers le sien, prête à être embrassée.

— Comme c'est étrange. D'après ce que j'ai entendu, habituellement il ne manque jamais une occasion de tenter sa chance, ajouta Dora en haussant les épaules. Peu importe, tu ferais mieux de te dépêcher et de t'habiller avant que sœur Sutton entre. La chambre sent la brasserie.

Elle s'assit sur son lit pour mettre ses chaussures.

— Je ne peux pas.

Millie s'effondra en grognant sur les oreillers rigides.

— Tu ne comprends pas. Je ne pourrai jamais plus faire face au monde.

— Ce n'est pas si catastrophique.

— Mais j'ai fait quelque chose de terrible. Tremayne va me détester.

— Pourquoi ? Mais que diable as-tu fait ?

Millie lui raconta comment elle était entrée dans le service. Pour une raison qui lui échappa, Dora parut trouver l'idée qu'elle soit coincée sous le lit d'une patiente hilarante.

— Tu es un sacré numéro, tu sais cela ? rit-elle en essuyant une larme.

— Ce n'est pas drôle ! insista Millie. Je suis tellement humiliée, j'aimerais juste me cacher et mourir.

Elle tira les couvertures sur sa tête.

— Tremayne est probablement en train d'écrire à sa mère à mon sujet en ce moment même.

— Ne sois pas stupide, lui dit Dora en tirant les couvertures. Maintenant, lève-toi, habille-toi, lave-toi le visage et viens prendre ton petit déjeuner.

— Pouah ! Je ne peux pas manger !

— Tu le dois. Cela te fera du bien.

Elle avait raison. Même si l'estomac de Millie remua alors qu'elle se forçait à manger de minuscules bouchées de harengs fumés froids, quand elle fit passer le dernier morceau avec un thé chaud sucré, elle se sentit moins fragile.

Elle se sentait encore un peu faible quand elle nettoya la salle de soins et fit la tournée des bassins hygiéniques. Et quand elle dut tenir un bol pour une femme qui vomissait, son propre estomac se souleva de sympathie.

Mais elle pensait qu'elle s'en sortait plutôt bien jusqu'à ce que sœur Wren la fit chercher et lui dit de se rendre au bureau de l'infirmière en chef.

— Pourquoi, sœur ? Qu'ai-je fait ?

Sœur Wren parut offensée.

— Dieu du ciel, il y a tant de choses qui clochent avec vous que je saurais difficilement par où commencer, dit-elle. Mais pour une fois, la plainte ne vient pas de moi. Maintenant, pressez-vous. Je veux que les casiers soient nettoyés et récurés à votre retour.

À 9 h, Millie se joignit à la rangée d'infirmières à l'air abattu qui attendaient à l'extérieur du bureau de l'infirmière en chef.

L'infirmière en chef était assise derrière sa table de travail, Mlle Hanley, son assistante, à ses côtés. Dehors, le vent violent faisait éclabousser la pluie contre les carreaux de la fenêtre comme du gravier contre du verre. Cela ressemblait plus à un déluge qu'à une pluie d'avril.

L'infirmière en chef la regarda avec lassitude.

— Vous souvenez-vous, Benedict, la dernière fois que nous nous sommes vues dans ce bureau, je vous ai dit que si j'avais un autre rapport sur votre mauvaise conduite, je n'aurais d'autre choix que de vous renvoyer ? dit-elle.

— Oui, infirmière en chef.

Un léger malaise se mit à remuer en elle.

— Et si je me souviens bien, vous m'aviez donné votre parole que vous seriez une nouvelle personne et que vous vous appliqueriez assidûment à vos études.

— Oui, infirmière en chef. C'est ce que j'ai fait.

— Vraiment ?

Les sourcils de l'infirmière en chef se levèrent.

— Dans ce cas, pourquoi ai-je reçu ce matin un message anonyme affirmant que vous étiez rentrée tard hier soir à la maison des infirmières dans un grave état d'intoxication ?

Millie fixa le parquet. Elle était trop terrifiée pour respirer, encore moins parler.

— Si les allégations de ce message se confirmaient, vous comprenez que je n'aurais d'autre choix que de vous renvoyer immédiatement de cet hôpital. Je ne peux pas avoir des étudiantes se comportant d'une manière si scandaleuse.

— Non, infirmière en chef.

« Nous y voilà », pensa Millie. Elle pouvait déjà se voir rentrer par train à la maison, Felix venant la prendre à la gare, la déception de son père, l'allégresse de sa grand-mère…

— Cependant, je n'ai pas encore été en mesure de prouver ces accusations, poursuivit l'infirmière en chef. Je n'ai reçu aucune plainte officielle ni de la sœur de votre maison et ni des brancardiers de nuit. Je ne peux prendre une décision concernant l'avenir d'une infirmière basée sur des commérages ou des rumeurs. Et comme l'auteur de ce message manque manifestement de courage pour m'approcher personnellement avec des preuves, je suis malheureusement obligée de vous donner une autre chance.

Millie leva la tête, pouvant à peine croire ce qu'elle entendait. Mlle Hanley non plus, considérant l'air outré manifeste de son visage.

— Vous-vous voulez dire que vous ne me renvoyez pas ? dit Millie.

— Pas à moins que vous souhaitiez confesser cette inconduite.

Millie ouvrit la bouche, puis la referma. Elle savait que l'honnêteté était l'une de ses nombreuses faiblesses, mais même elle n'était pas suffisamment idiote pour parler maintenant.

— Je n'ai rien à dire, infirmière en chef, dit-elle avec raideur.

— Non, c'est bien ce que je pensais.

Il y eut une lueur dans les yeux gris de l'infirmière en chef.

— Très bien alors, Benedict, vous pouvez partir. Mais soyez assurée que je vous surveillerai.

— Oui, infirmière en chef. Merci, infirmière en chef.

— Oh, Benedict ?

— Oui, infirmière en chef ?

— Peut-être que quelques aspirines vous seront bénéfiques.

Millie se sentait comme si elle venait de recevoir un sursis de dernière minute en route vers la potence. Sa gueule de bois oubliée, elle dansa presque en exécutant ses tâches dans son service, et au moment de l'heure du déjeuner elle se sentait beaucoup mieux, même si elle ne pouvait pas encore faire face à de la nourriture.

Elle poussait du bout de sa fourchette un morceau filandreux de viande dans son assiette quand l'une des étudiantes de dernière année, Amy Hollins, se laissa tomber lourdement sur le siège près d'elle. Millie fut surprise, car ces dernières se liaient rarement avec les simples étudiantes à l'essai.

— Que faisais-tu dans le service Hyde hier soir ?

Millie la regarda vivement.

— Tu m'as vue ?

— Je revenais de ma pause juste comme tu sortais en douce. Tu n'étais pas très subtile. Que fabriquais-tu ?

Elle rit quand Millie lui raconta. Millie n'arrivait pas à comprendre pourquoi tout le monde trouvait cela si amusant.

— Tu as de la chance que personne ne t'ait vue.

— On m'a vue, dit Millie misérablement. J'ai dû aller voir l'infirmière en chef ce matin.

— Je parie qu'elle était furieuse.

— En fait, elle a été très gentille. Elle a dit que puisque sœur Sutton ne m'avait pas prise la main dans le sac, elle ne pouvait pas faire grand-chose.

Millie posa sa fourchette, son appétit envolé.

— J'aimerais bien savoir qui a écrit ce message. Ce n'est vraiment pas gentil !

— Je parie que je le sais, lança Amy, la bouche pleine. Ce doit être Tremayne, non ?

Millie secoua la tête.

— Elle ne ferait pas une chose pareille.

— Qu'est-ce qui te rend si certaine ?

— Parce qu'elle n'est pas comme ça. Elle m'a toujours couverte dans le passé quand je rentrais tard.

— Peut-être l'as-tu contrariée ?

Millie réfléchit brièvement à ce que William avait dit. Helen ne voulait pas que son frère fréquente Millie. Elle n'arrivait pas à se souvenir si elle avait dit à Helen avec qui elle était ce soir-là, mais il ne fallait pas un génie pour le découvrir…

Non. Millie rejeta cette idée.

— Helen ne ferait pas ça, dit-elle. Elle ne ferait rien de manière délibérée pour me faire renvoyer.

— Pourquoi pas ? C'est exactement le genre de chose qu'elle ferait. Elle l'a fait auparavant.

Millie fronça les sourcils.

— Que veux-tu dire ?

— As-tu déjà entendu parler d'une fille nommée Peggy Gibson ?

Millie secoua la tête.

— Elle partageait une chambre avec Tremayne l'année dernière. Elle pensait elle aussi pouvoir faire confiance à Tremayne. Jusqu'à ce qu'elle soit renvoyée.

Amy tendit la main vers l'assiette de Millie et fit glisser les restes dans son assiette.

— Que s'est-il passé ?

— Tremayne a mouchardé. Elle est allée voir sa mère et lui a dit que Gibson avait une bouteille de gin caché sous son lit.

— Et c'était vrai ?

— Eh bien, oui. Nous préparions une fête, et elle avait acheté une bouteille d'alcool à partager. Mais Tremayne l'a découverte et l'a signalée. Je suppose qu'elle était contrariée de ne pas avoir été invitée.

Amy enfourna une grosse bouchée dans sa bouche.

— Et elle était censée être l'amie de Gibson. Nous ne voulions rien savoir de Tremayne parce que c'est une telle bûcheuse, mais Gibson avait toujours été gentille avec elle.

Millie réfléchit pendant un moment.

— Je ne peux pas croire qu'elle puisse faire quelque chose comme cela.

— Ah non ? Moi, oui.

Amy pointa sa fourchette vers Millie.

— Demande à n'importe qui ici. Elles te diront qu'on ne peut pas faire confiance à Helen Tremayne.

CHAPITRE 33

Helen, les yeux petits, était assise derrière son étroit pupitre, combattant le sommeil alors que sœur Parker décrivait l'anatomie du colon. De service de nuit ou non, toutes les étudiantes devaient assister aux leçons une fois par semaine. Mais il était difficile de demeurer réveillée dans la salle de cours étouffante avec la voix de la sœur enseignante qui bourdonnait et n'était ponctuée que par le crissement de la craie sur le tableau. Helen devait sans cesse se pincer le dos de la main pour s'assurer de ne pas s'assoupir.

Enfin, la leçon se termina et elle s'échappa vers l'air frais. Après des jours de ciel gris sombre, la pluie s'était enfin arrêtée et le soleil du printemps était sorti, scintillait dans les flaques et faisait briller les toits. Le carré de gazon devant l'édifice des étudiants était frais et vert, parsemé de crocus mauves et blancs et de jonquilles jaunes.

Alors qu'elle traversait la cour pour retourner à sa leçon, elle remarqua Millie assise sur le banc sous les arbres. Helen vit son visage pâle et maussade et se sourit, se demandant si elle souffrait des contrecoups de sa soirée de beuverie. Même si elle n'avait pas trouvé cela amusant hier, la pensée de Millie coincée sous le lit de Mme Mortimer, à seulement quelques centimètres des chaussures de la sœur de nuit, avait fait rire Helen toute la journée. Elle aurait aimé être comme elle, si confiante et intrépide et toujours prête à prendre des risques.

Millie l'aperçut et lui fit signe d'approcher.

— Je t'attendais, dit-elle.

— Moi ? dit Helen, surprise. Pourquoi ? Est-ce que tout va bien ?

Elle put immédiatement voir que ce n'était pas le cas. Pour une fois, Millie ne souriait pas. Son joli visage était tendu, ses sourcils froncés sous sa coiffe amidonnée.

— Est-ce toi qui m'as dénoncée à l'infirmière en chef ? demanda-t-elle. Non, ne me dis pas, je sais que ce doit être toi.

Millie leva la tête vers elle, ses yeux bleus remplis de reproches.

— Pourquoi as-tu fait ça ? Je croyais que nous étions amies ?

Helen la contempla, confuse.

— Pourquoi t'aurais-je dénoncée ? Tu rentres toujours tard, et je n'ai jamais rien dit auparavant, non ?

— Je ne suis jamais sortie avec ton frère auparavant.

Helen sentit son estomac se soulever.

— Tu étais avec William ?

— Ne fais pas comme si tu ne le savais pas !

Millie se leva pour l'affronter.

— Je sais que tu lui as dit de ne pas me fréquenter. Est-ce la raison pour laquelle tu m'as dénoncée ? Parce que tu voulais nous séparer ?

Ses yeux bleus étaient glaciaux.

— Je ne sais pas pourquoi tu ne veux pas que nous soyons ensemble, mais c'était une façon très méchante de t'y prendre. Tu aurais pu me faire renvoyer de l'hôpital. Est-ce vraiment cela que tu voulais ?

— Je ne sais pas de quoi tu parles. Je t'ai dit que je ne t'avais pas dénoncée. Je ne te ferais pas quelque chose comme ça.

— Tu l'as fait à Peggy Gibson.

Helen sentit le sang quitter son visage.

— Qui t'a parlé d'elle ?

— Est-ce que cela importe ? C'est vrai, n'est-ce pas ? Je ne voulais pas y croire, mais je peux le voir sur ton visage. Tu l'as fait renvoyer.

— Ce n'est pas ainsi que cela s'est passé, dit Helen à voix basse.

Helen regarda le visage de Benedict. Elle aurait aimé lui dire, lui faire comprendre. Il aurait été tellement agréable juste pour une fois de faire en sorte que tout le monde cesse de la détester. Mais elle avait juré à Peggy qu'elle ne le dirait jamais.

Millie secoua la tête.

— Et dire que je t'aimais bien. Pas étonnant que personne d'autre ne partageait mon opinion, si c'est ainsi que tu traites les gens.

Elle semblait plus déçue que furieuse.

— Eh bien, tu viens de perdre une autre amie. Mais cela t'importe peu, n'est-ce pas ?

Helen la regarda s'éloigner en traversant la cour. « Tu as tort, pensa-t-elle. Cela m'importe. »

Le lendemain, Millie était en train de compter les draps et les serviettes sales en prévision de la lessive quand elle fut convoquée dans la salle pour la tournée de M. Cooper.

Elle avait espéré éviter William. Mais alors qu'elle rejoignait les autres infirmières à la porte du service pour accueillir le médecin en chef, elle le vit traîner avec les autres résidents, internes et étudiants comme d'habitude derrière le grand homme.

Millie essaya de ne pas croiser son regard alors qu'elle s'ajouta à la file qui allait de lit en lit. Elle était trop humiliée pour lui faire face. Que diable pouvait-il bien penser d'elle depuis la dernière fois où ils s'étaient vus ? Pas grand-chose, apparemment ; tout le monde savait qu'aucune fille n'était à l'abri de William Tremayne et malgré tout il l'avait carrément repoussée.

À chaque lit, M. Cooper s'arrêtait pour étudier les notes alors que sœur Wren se précipitait pour mettre la cloison autour du patient. Il demandait ensuite au patient comment il se sentait et questionnait les résidents et les internes sur leur traitement. À l'occasion, il jetait son dévolu sur un étudiant en médecine qui ne se méfiait pas et lui demandait comment il aurait procédé au traitement. Si l'état du patient était très grave, ils se dirigeaient discrètement vers le bout du lit afin d'en discuter hors de portée de voix. Millie s'était toujours demandé en quoi cela était plus rassurant que de lui dire les faits, puisqu'il savait immédiatement qu'il était condamné.

William la rejoignit alors que M. Cooper interrogeait un étudiant en médecine sur le traitement chirurgical approprié pour des fibromes.

— Rebonjour, chuchota-t-il. Comment allez-vous aujourd'hui ? Je ne sais pas pour vous, mais je me suis réveillé hier avec une épouvantable gueule de bois.

Millie l'ignora, les yeux fixés sur M. Cooper.

— Et si le taux d'hémoglobine est sous 40 %, conseilleriez-vous toujours de procéder à la chirurgie ? était-il en train de demander à l'étudiant qui rougissait intensément.

— Vous ne me parlez pas ?

William parut blessé.

— Je ne veux pas avoir d'autres ennuis, siffla-t-elle du coin de la bouche.

— Je ne voudrais assurément pas vous attirer des ennuis, approuva-t-il solennellement. Mais, voyez-vous, j'ai encore vos chaussures et j'aimerais vous les rendre.

Millie lui lança un regard paniqué alors que M. Cooper se tournait pour s'adresser au groupe.

— Tout à fait vrai, dit-il, sa puissante voix se propageant dans le service. Dans un tel cas, la chirurgie apporterait un risque accru de complications postopératoires comme une embolie ou une thrombose fémorale. Mais heureusement, vos taux d'hémoglobine sont parfaits, n'est-ce pas Mme Chattis ?

Il alloua l'un de ses éclatants sourires de vedette de cinéma à la patiente, laquelle minauda comme s'il venait de lui faire un merveilleux compliment.

— Laissez-les au pavillon des brancardiers, chuchota Millie.

— Et laisser tout l'hôpital cancaner sur la raison pour laquelle je les ai ?

William sembla amusé.

Millie réfléchit à la question pendant un moment. Peut-être n'était-ce pas une si bonne idée.

— Rejoignez-moi dans la cour à 18 h.

Il l'y attendait, assis sur le banc sous les platanes quand elle arriva quelques minutes après la fin de son service.

— J'ai cru que vous n'alliez pas venir, dit-il.

— Avez-vous mes chaussures ?

Il les lui tendit et elle commença à s'éloigner.

— Attendez, l'appela-t-il. C'est tout ?

Il parut déçu.

Millie le regarda par-dessus son épaule.

— Vouliez-vous autre chose ?

— Je ne sais pas…

Il parut embarrassé.

— J'ai pensé que vous voudriez peut-être… vous savez… discuter de l'autre soir ?

— Certainement pas.

Millie fixa ses chaussures dans ses mains.

— En fait, je préférerais que cette soirée n'ait jamais eu lieu.

— Oh. D'accord. Je vois.

William sembla démonté.

— Vous savez que votre sœur m'a dénoncée, n'est-ce pas ?

Il fronça les sourcils.

— Helen ne ferait pas cela.

— Elle vous a dit de demeurer loin de moi, n'est-ce pas ?

— Seulement parce qu'elle voulait vous protéger de moi.

William sourit honteusement.

— Et je suppose qu'elle essayait de protéger Peggy Gibson aussi ?

Il s'immobilisa. Il afficha la même expression absente qu'Helen lorsque Millie avait mentionné ce nom.

— Que savez-vous à propos d'elle ? demanda-t-il à voix basse.

— Je sais que votre sœur l'a fait renvoyer de cet hôpital. À cause d'une bouteille de gin, c'est ça ?

Elle plissa les lèvres.

— Je parie qu'Helen a été très fière d'elle.

— Ce n'était pas la faute d'Helen. Peggy a enfreint les règles…

— Tout le monde enfreint les règles parfois. Mais on ne se dénonce pas les uns les autres. Nous sommes censés nous entraider, pas nous poignarder dans le dos.

— Helen a essayé d'aider Peggy.

— Mince, elle est très serviable, n'est-ce pas ? Elle a essayé d'aider Peggy et elle s'est fait renvoyer, puis elle essaie de me protéger et *j'ai* presque été renvoyée aussi. Elle est pleine de compassion, vraiment.

William se leva, la surplombant. Ses cheveux sombres se dressaient encore, défiant ses tentatives de les lisser.

— Écoutez, ce n'est pas ainsi que cela s'est passé. Helen tenait véritablement à Peggy. Et ce n'est pas uniquement une bouteille de gin qui l'a faite se faire renvoyer, c'était…

— Poursuivez, dit Millie à voix basse.

William marqua une longue pause. Millie put presque voir son esprit travailler, cherchant les bons mots.

— Je ne peux pas, dit-il. J'en ai déjà trop dit. Helen me tuerait si je vous le disais.

Il parut misérable.

— Tout ce que je peux vous dire, c'est que vous ne devez pas blâmer Helen pour ce qui est arrivé à Peggy. Elles étaient bonnes amies. C'est parce qu'elle était une bonne amie qu'Helen… a fait ce qu'elle a fait.

Millie le considéra. Il y avait un désir dans ses yeux noirs, comme celui qu'elle avait vu dans ceux de sa sœur. Comme s'il y avait quelque chose qu'il voulait lui dire, un secret qu'il voulait désespérément partager.

— Vous devez me faire confiance.

Il lui prit les mains, les serrant fermement alors qu'elle essayait de se dégager.

— Si Helen dit qu'elle ne vous a pas dénoncée, alors j'en parierais ma vie qu'elle ne l'a pas fait. Ma sœur n'est pas une rapporteuse, Millie. Et elle ne fait rien pour blesser les gens non plus.

— Mais Peggy…

— Pour l'amour de Dieu, cessez de parler d'elle !

William l'interrompit avec impatience, la surprenant.

— Helen ne l'a pas mise dans le pétrin. Elle lui a sauvé la vie !

— Que voulez-vous dire ? demanda doucement Millie.

William fit une pause. Millie put voir toutes sortes d'émotions contradictoires se disputer sur son visage. Puis, enfin il prit une profonde inspiration et expliqua.

— Peggy était une fille très… émotive. Elle a été très bouleversée par quelque chose et a tenté de s'enlever la vie. Helen l'a retrouvée juste à temps. Elle a supplié Peggy de se faire aider, mais elle a refusé. Helen était terriblement inquiète qu'elle essaie de se tuer encore et que la prochaine fois elle ne soit pas là pour la sauver. Alors, elle a fait la seule chose qu'elle pouvait et l'a dit à notre mère.

— Mais j'ai entendu…

— Vous avez entendu qu'elle avait fait entrer en douce une bouteille d'alcool ? termina William pour elle. C'est l'histoire que tout le monde a trouvée. Voyez-vous, ses parents étaient très affectés. Ils ne voulaient pas que quiconque apprenne la vérité sur la… détresse de leur fille, alors tout le monde a décidé qu'il serait préférable d'inventer l'histoire du gin. Et Helen a accepté.

— Même si elle savait que tout le monde allait croire qu'elle était une rapporteuse ?

Millie pouvait à peine y croire. Pauvre Helen, les autres filles étaient si cruelles avec elle. Si cela avait été elle, elle était certaine qu'elle aurait été tentée de rétablir sa réputation et leur aurait dit la vérité.

William sembla deviner ses pensées.

— Maintenant, croyez-vous que l'on peut faire confiance à ma sœur ? demanda-t-il. Croyez-moi, Helen sait comment garder les secrets.

Il y avait quelque chose dans la manière dont il prononça ces derniers mots qui la fit le regarder.

— Qu'est-ce qui l'a si bouleversée pour qu'elle tente de s'enlever la vie ? interrogea-t-elle.

Il demeura silencieux pour un très long moment, les lèvres pressées ensemble, comme s'il essayait de retenir les mots.

— Elle était tombée amoureuse du mauvais homme, et il l'avait laissé tomber grossièrement, dit-il.

Un seul regard dans ses yeux, si noirs et si intenses, et Millie sut que sa sœur n'était pas la seule qui gardait leurs secrets.

CHAPITRE 34

— Qui est là ? Est-ce toi, Gwen ?

Les yeux aveugles et opaques de la vieille dame cherchèrent Helen dans l'obscurité, laquelle était assise à son chevet et lui tenait la main. Elle donnait l'impression d'une main d'enfant, des os fragiles sous une peau aussi mince que du papier.

— C'est moi, Mme Rodgers. L'infirmière Tremayne.

Bien que cela n'importait pas. Mme Rodgers avait presque 80 ans et ne reconnaissait plus personne, elle-même y comprit. La fin était proche.

Mme Rodgers tourna la tête avec impatience. À la faible lumière, son crâne luisait à travers les touffes éparses de cheveux blancs. Helen fut soulagée qu'elle se calme enfin. Toute la nuit, elle avait été agitée, criant de panique, appelant Gwen. Elle ne savait pas s'il s'agissait d'une sœur ou d'une fille. Helen avait fait de son mieux pour apaiser ses craintes, restant assise avec elle et lui tenant la main, même si Amy Hollins s'était amèrement plainte du travail supplémentaire qu'elle allait devoir accomplir.

— Je ne comprends pas pourquoi tu en fais tout un plat, avait-elle dit. Ce n'est pas comme si la vieille savait que tu étais là.

Mais Helen était restée, tenant sa main et essayant de la rassurer. Personne ne méritait de mourir seul.

Même si elle ne semblait pas être seule. Pendant toute la nuit, Mme Rodgers avait parlé aux âmes invisibles qui s'étaient assemblées à son chevet.

— Je ne suis pas prête à partir, avait-elle insisté encore et encore, dans un marmonnement troublé. Pas avant que j'aie vu Gwen.

Enfin, alors que la lueur rose de l'aube commençait à émerger derrière les stores tirés, elle leva la tête de son oreiller et regarda Helen avec une telle intensité que pendant un moment, c'était comme si elle pouvait réellement la voir.

Sa bouche béante édentée se fendit d'un sourire.

— Gwen, dit-elle. Tu es enfin venue.

Elle poussa un soupir de contentement, détourna la tête et expira.

Helen plaça ses doigts sur la gorge de Mme Rodgers pour s'assurer qu'il n'y avait plus de pouls. Puis, elle se leva calmement et tira la cloison autour de son lit.

Amy fut très en colère quand elle émergea de la cuisine où elle était occupée à beurrer du pain pour le petit déjeuner.

— C'est typique ! grogna-t-elle. Pourquoi ne pouvait-elle pas tenir une heure de plus ? Maintenant, nous allons devoir nous en occuper nous-mêmes avant que l'équipe de jour arrive.

— Je m'en charge, dit Helen.

— Vraiment ?

Amy parut soulagée.

— Tu es certaine ? demanda-t-elle, même s'il était évident qu'elle n'allait pas se porter volontaire pour l'aider.

Helen envoya la coursière chercher la sœur de nuit, laquelle à son tour informa le responsable de l'état civil. Il arriva, se frottant les yeux de sommeil, et déclara ce que tout le monde savait déjà, soit que le cancer avait fait son chemin dans les os, le cerveau et chaque organe du corps de Mme Rodgers. Les brancardiers arrivèrent et transférèrent son corps dans la pièce adjacente tandis qu'Helen rassemblait tout ce dont elle aurait besoin sur un chariot, se lavait les mains et revêtait des gants et un tablier propre.

Elle prit son temps et lava la vieille dame avec soin et respect. Mme Rodgers n'était pas plus grosse qu'un enfant, sa peau ridée pendant mollement autour de ses os. Helen était étonnée qu'elle ait réussi à garder à distance la mort aussi longtemps qu'elle l'avait fait, alors qu'il n'y avait plus de force dans son frêle corps émacié.

Sœur Hyde arriva alors qu'Helen était en train d'attacher le linceul. Elle était la plus redoutable de toutes les sœurs du Nightingale, fourmillante d'efficacité dans son uniforme gris immaculé, sa coiffe nouée en une boucle précise sous son menton carré. Helen combattit son envie de se mettre au garde-à-vous.

— Doux Jésus, infirmière, que faites-vous ici ? Hollins est partie il y a 15 minutes.

— Je voulais finir de préparer Mme Rodgers avant de partir. Hollins a offert de rester et de m'aider, mentit-elle rapidement.

— Vraiment ? Cela ne ressemble pas vraiment à Hollins.

Sœur Hyde baissa les yeux vers le visage de Mme Rodgers, encerclé par le linceul blanc.

— Alors, elle est finalement partie. J'espère que cela a été paisible ?

— Oui, sœur. Très paisible.

— J'en suis heureuse. Elle souffrait atrocement vers la fin.

Sœur Hyde soupira et pendant un moment son visage perdit son expression sévère. Puis, elle se reprit et poursuivit.

— Cette nuit est votre dernière dans ce service, n'est-ce pas ?

— Oui, sœur.

— Savez-vous où vous serez ensuite envoyée ?

— Au Wren, sœur.

— En gynécologie ? Cela vous fera tout un changement. Un service assez animé, d'après ce qu'on m'en a dit.

Sœur Hyde parut pensive.

— Il est très admirable de votre part que vous ayez voulu rester et faire ceci. J'aimerais que toutes les étudiantes soient aussi consciencieuses que vous. Je vais assurément le mentionner dans mon rapport de service.

— Merci, sœur.

Il était presque 8 h 30 quand le brancardier arriva pour escorter Mme Rodgers à la morgue. Helen avait manqué le petit déjeuner, alors elle se rendit directement au lit sur le palier des infirmières travaillant de nuit. Mais il n'était pas aisé de dormir avec la préposée au ménage qui balayait bruyamment à l'extérieur de la porte, et Mlle Hanley qui allait et venait lourdement dans le couloir vers le placard à linge des employés.

Elle dormit par à-coups, hantée par des rêves de Mme Rodgers s'agrippant à ses mains et appelant son nom. Elle se réveilla à midi, raide et courbaturée, les idées confuses dues au manque de sommeil. Avec lassitude, elle se leva et traîna dans son peignoir.

En ouvrant la porte, elle ne remarqua pas la forme assise sur le plancher à l'extérieur de sa chambre avant qu'elle tombe dessus.

— Oups, désolée, je ne… Benedict ?

Helen frotta ses yeux endormis.

— Que fais-tu assise là ?

— Je t'attendais.

Millie se hissa sur ses pieds, se dépoussiérant.

— Je devrais être en train de déjeuner, mais je voulais te voir avant de retourner au travail.

Le cœur d'Helen se serra.

— Je ne suis pas d'humeur pour une autre dispute, dit-elle en soupirant et la dépassant.

— Je ne veux pas me disputer. Je voulais seulement te dire que j'étais désolée, dit Millie.

Helen arrêta son mouvement et se retourna lentement vers elle.

— Je sais que tu ne m'as pas dénoncée à l'infirmière en chef. Et même si tu l'as fait, je le mérite probablement.

Millie blablatait, les mots se bousculant tellement qu'Helen arrivait à peine à suivre.

— Après tout, j'ai enfreint à peu près toutes les règles, trébuchant dans le service comme une folle complètement ivre…

— Je ne t'ai pas dénoncée, dit Helen.

— Je sais bien. C'est ce que j'essaie de dire, même si je m'y prends horriblement mal. J'ai parlé avec William, tu vois, et il m'a expliqué ce qui s'est passé avec Peggy Gibson. Il m'a dit qu'il n'y avait aucune chance que tu…

— Qu'est-ce qu'il t'a dit au sujet de Peggy Gibson ? l'interrompit Helen, la panique tambourinant dans sa poitrine.

— Il m'a donné la véritable raison pour laquelle elle a dû partir.

— Il n'avait aucun droit de faire cela. C'était censé être un secret.

— Ne t'inquiète pas, je ne le dirai à personne d'autre, dit solennellement Millie. Ne sois pas en colère contre lui, il l'a fait uniquement pour ton bien.

— Quand même, il n'avait pas le droit de dire quoi que ce soit.

Helen était furieuse.

— J'ai fait une promesse à Peggy…

— Ton secret est en sécurité avec moi, je le jure. C'est la moindre des choses que je puisse faire après la manière horrible dont je t'ai parlé.

Millie regarda Helen honteusement sous ses boucles blondes.

— Pourras-tu un jour me pardonner ? J'aimerais que nous soyons amies.

Il y avait longtemps que quiconque avait eu envie de la côtoyer. Helen sourit prudemment.

— J'aimerais cela aussi.

— Je suis tellement heureuse !

Le joli visage de Millie s'illumina.

— Et j'aimerais beaucoup me racheter, si je peux. Doyle et moi planifions une sortie dans l'ouest pour prendre le thé au Lyons' Corner House sur la rue Strand dès que nous serons en congé le même jour. Doyle n'y est jamais allée, peux-tu imaginer ? J'aimerais que tu viennes avec nous.

Helen secoua la tête, déjà prête à refuser.

— Oh, non, je ne pourrais pas.

— Baliverne, ce sera amusant.

L'esprit d'Helen se mit à tourner. Certainement que sa mère ne verrait pas d'objection à ce qu'elle aille prendre le thé avec quelques autres étudiantes.

— Si tu es certaine que je ne serai pas de trop, dit-elle.

— Absolument pas. Ce ne serait pas pareil sans toi.

Helen se souriait encore quand elle se lava et s'habilla plus tard. Il était étrange de penser qu'elle avait peut-être une amie. Elle était si habituée à ne pas en avoir, qu'elle ne s'était pas rendu compte à quel point elle se sentait seule.

Cela avait été ainsi depuis que Peggy Gibson était partie. La pauvre Peggy avait été ce qui s'était le plus rapproché d'une amie pour Helen au Nightingale. Elles n'avaient pas réellement beaucoup de choses en commun ; Peggy était pétillante, exubérante et populaire, alors qu'Helen était sérieuse, réfléchie et solitaire. Mais comme Millie Benedict, elle avait un grand cœur et avait persévéré dans son intention d'être amie avec Helen.

— Je me moque de ce que tu dis, je ne te laisserai pas étudier une minute de plus, disait-elle en retirant ses livres à Helen. Allons, même toi peux te permettre quelques minutes pour écouter de la musique dans le salon.

Comme elle était jeune et jolie, ce n'était qu'une question de temps avant que William ne la courtise. Helen avait été heureuse pour eux au début et avait même espéré que Peggy soit celle qui allait calmer son frère. Mais il était rapidement devenu clair que Peggy prenait cette amourette beaucoup plus au sérieux que William. En quelques semaines, tout était terminé, et William flirtait avec une infirmière-chef adjointe du service chirurgical pour femmes alors que la pauvre Peggy s'endormait en pleurant tous les soirs.

Et un soir, Helen était revenue de son travail et avait trouvé Peggy affalée sur son lit en train de sangloter, une bouteille de désinfectant à la main.

— Je-je n'y arrive pas, avait-elle pleuré. Je veux me tuer, mais je ne suis pas suffisamment courageuse. Aide-moi, Helen, avait-elle suppliée. Je t'en prie, aide-moi à éliminer ma douleur.

Helen était restée avec elle toute la nuit, l'étreignant pendant qu'elle pleurait, une minute se mettant en colère, la suivante inconsolable de chagrin. Tout ce qu'elle pouvait faire était de s'accrocher à elle et prier qu'elle se calme.

Au matin, Peggy s'était apaisée, mais était toujours horriblement déterminée à s'enlever la vie. Helen avait essayé de l'implorer, de la convaincre qu'aucun homme ne valait autant de détresse, particulièrement pas son frère. Mais Peggy avait seulement secoué la tête et lui avait dit qu'elle ne comprendrait pas.

— Il ne reste plus rien pour moi, avait-elle dit. Ce n'est pas uniquement William. Je suis tellement malheureuse, je ne peux plus le supporter. Et si tu ne m'aides pas, je trouverai une autre manière de le faire. Tu as peut-être réussi à m'arrêter la nuit dernière, mais tu ne peux pas me surveiller éternellement.

C'était cette peur qui gardait Helen réveillée, la surveillant dans son sommeil, nuit après nuit. Mais comme Peggy l'avait dit, Helen avait rapidement constaté qu'elle ne pourrait pas la surveiller éternellement. Elle devait faire quelque chose pour s'assurer que son amie était en sécurité.

Alors, elle avait fait la seule chose qu'elle pouvait. Elle avait parlé à sa mère. Peggy avait reçu le diagnostic de dépression nerveuse et avait été emmenée pour être soignée.

Elle avait été prudente de ne pas y mêler le nom de William afin de le protéger. Personne d'autre au Nightingale n'avait jamais supposé qu'il était en partie responsable du départ de Peggy.

Et maintenant, il avait choisi d'en parler à Millie. Helen n'avait jamais connu personne d'autre en qui il s'était confié. Elle se demanda si Millie ne signifiait pas plus pour lui qu'aucun des deux ne se rendait compte.

CHAPITRE 35

Un samedi après-midi une semaine plus tard, elles prirent toutes trois le bus vers la rue Strand. Pendant que Dora et Millie bavardaient sur le siège avant, Helen s'assit derrière elles en regardant autour d'elle avec appréhension. Elle s'attendait presque à ce que sa mère apparaisse à tout instant et la renvoie à l'hôpital.

Quand elles passèrent devant la cathédrale Saint-Paul, elles virent des ouvriers occupés à construire des gradins le long de Ludgate Hill pour le jubilé du roi. Dans deux jours, Sa Majesté arriverait en calèche du palais de Buckingham pour un service lors de l'Action de grâce en la cathédrale, et toute la ville était dans un état de grande effervescence. Particulièrement Millie qui allait regarder le défilé avec quelques amis.

— J'espère que le soleil brillera, dit-elle en levant les yeux vers le triste ciel gris. Cela sera tellement plus agréable s'il fait beau.

— Je sais ce que tu veux dire, poursuivit Dora. Nous planifions une fête de quartier et nous ne voulons pas qu'elle parte à vau-l'eau.

— Une fête de quartier ? dit Millie, semblant intriguée. Qu'est-ce que c'est exactement ? Je ne crois pas n'être jamais allée à une telle fête.

— Tu n'es jamais allée à une fête de quartier ? Alors, tu n'as pas vraiment vécu ! dit Dora en riant. Nous en faisons souvent dans notre coin. Toutes les raisons sont bonnes pour festoyer !

— Ça a l'air fantastique, soupira Millie. Je crois que je préférerais aller à ta fête de quartier que de regarder le cortège.

— Quoi, et manquer une chance de voir le roi ? Dora fut stupéfaite.

— Mais j'ai déjà vu le roi, tu t'en souviens ? lui rappela Millie. Quand j'ai été présentée à la cour.

— C'est vrai. J'avais oublié que tu faisais pratiquement partie de la royauté !

Dora rit.

Millie se retourna sur son siège pour regarder Helen.

— Que fais-tu pour le jubilé ? demanda-t-elle.

— Je travaille, comme d'habitude.

— Tu veux dire que tu n'as pas réussi à avoir ta journée de congé ? Comme c'est terrible pour toi.

Helen écouta Millie compatir. Elle n'avait pas envie de lui dire qu'elle n'avait rien de prévu de toute façon. Tout le monde dans ce pays semblait avoir une fête ou allait en ville avec des amis pour célébrer, excepté Helen.

Elle se trouvait tellement ennuyeuse quand elle les écoutait bavarder. Elle espéra qu'elles ne regrettaient pas de l'avoir invitée.

Elles descendirent du bus sur la rue Strand et marchèrent vers le Lyons' Corner House. Comme c'était un samedi après-midi achalandé, il y avait une longue file d'attente à l'extérieur, mais cela ne parut pas déranger Dora et Millie qui s'y joignirent. Helen consulta nerveusement sa montre.

— Êtes-vous certaines que nous aurons le temps ? dit-elle. Nous devons être en uniforme et dans nos services pour 17 h, et il est presque 15 h 30.

— Cesse de te tracasser, la rassura jovialement Millie. Franchement, cette file va avancer en un rien de temps et le service est très rapide. Ce n'est pas pour rien qu'on dit que ces serveuses sont fougueuses, tu sais !

Helen essaya de sourire et de participer à leur bavardage et leur rire, mais cette sortie commençait à la rendre anxieuse. Habituellement, elle ne s'aventurait pas très loin de l'hôpital lors de ses congés, juste au cas où elle ne pourrait pas rentrer à temps. La plupart du temps, elle demeurait dans sa chambre à étudier ou bien à écrire à sa mère. Elle n'avait aucune idée du moment où elle finirait sa lettre d'aujourd'hui. Sa mère serait très contrariée si une journée passait sans qu'elle ait de ses nouvelles.

— Nous y voilà, dit Millie alors qu'elles arrivaient à la porte vitrée. Tu vois ? Je t'avais dit que nous n'aurions pas à attendre longtemps.

Le placeur les fit entrer dans le gai restaurant vivement éclairé et les guida vers une table libre.

Helen était déjà venue au Corner House avec sa mère, mais Dora n'était jamais entrée dans un tel endroit. Helen put la voir essayer de maîtriser son excitation alors qu'elle contemplait autour d'elle, bouche bée, les lumières éblouissantes au-dessus de leur tête et les murs richement décorés d'images. De lourds rideaux étaient suspendus aux fenêtres. Un groupe jouait doucement dans un coin.

— C'est comme un palais, chuchota-t-elle.

— Attends d'avoir goûté à la nourriture, dit Millie en prenant un menu. Alors, que prenez-vous ? Je ne sais pas pour vous, mais je suis affamée.

— Tout semble tellement meilleur que la nourriture qu'on nous sert au Nightingale, commenta Dora en lisant avec soin la carte.

— Pouah, ne m'en parle pas, dit Millie en grimaçant. Comment font-ils pour que leur hachis ait cette horrible couleur grise ?

— Je ne sais pas. Je pense qu'ils le cuisent dans un autoclave !

— S'ils le cuisaient ainsi, au moins serait-il chaud. La nourriture dans la salle à manger est si froide qu'elle colle à l'assiette.

La serveuse approcha, plutôt élégante dans sa robe noire et sa coiffe blanche.

— Que puis-je vous servir ?

Elle leur sourit vivement.

Millie commanda des sandwichs et un assortiment de petits gâteaux.

— Je vous ai dit que j'étais affamée, dit-elle quand Helen se moqua d'elle.

Dora prit beaucoup plus de temps pour commander, fronçant les sourcils, très concentrée à examiner la carte avant de le fermer et de déclarer :

— Seulement une théière, s'il vous plaît.

— Tu dois prendre autre chose ! protesta Millie.

— Je n'ai pas très faim.

— Mais nous sommes venues jusqu'ici…

— Je te dis que je n'ai pas très faim.

Helen vit le menton obstiné de Dora et compris tout de suite qu'une théière était tout ce que leur amie pouvait se permettre. Elle comprit aussi qu'il ne servait à rien de lui offrir de payer sa part, parce que Dora était trop fière pour accepter la charité, même si l'intention était bonne.

Elles s'amusèrent le reste de l'après-midi, riant et bavardant. Helen se détendit tellement, qu'elle fut surprise de voir que 20 minutes passèrent sans qu'elle consulte sa montre. C'était un tel soulagement de pouvoir apprécier un repas dans un café sans s'inquiéter que sa mère s'en prenne à la serveuse ou fasse une scène.

Millie les fit rire avec ses histoires concernant ses moments de débutante.

— N'êtes-vous pas censées être chaperonnées ? interrogea Helen quand elle eut terminé une scandaleuse histoire d'une baignade dans le lac Serpentine lors d'une chaude soirée d'été.

— Oh, oui, mais habituellement nous réussissions à les semer.

— On dirait un bon entraînement pour le Nightingale ! dit Dora en se servant l'un des délicats gâteaux que Millie lui avait offerts.

Helen avait remarqué que Millie avait fait semblant d'avoir trop mangé pour terminer l'assiette, et elle lui avait dit qu'ils iraient à la poubelle, de toute façon.

— En effet. Seulement, contrairement au Nightingale, on nous jetait pratiquement dans les bras des célibataires, plutôt que de nous en tenir à l'écart, dit Millie en soupirant. Mais j'ai quand même réussi à éviter de me fiancer. Maintenant, ma grand-mère croit que je suis une vieille fille.

— On ne sait jamais, peut-être que quelqu'un aura pitié de toi et t'épousera un jour, plaisanta Dora en léchant du glaçage de ses doigts.

— J'espère que non ! Pas pour un moment en tout cas. J'ai l'intention d'oublier les hommes et de me dévouer à ma carrière d'infirmière pour les trois prochaines années. Je suis sérieuse, insista-t-elle en voyant le sourire que Dora et Helen échangèrent. Me faire presque renvoyer la dernière fois m'a fait comprendre qu'être infirmière est réellement ce que je veux faire.

— C'est ce que tu as dit la dernière fois, lui rappela Helen. Mais je dois admettre que tu sembles avoir changé. Tu ne t'es pas faufilée par une fenêtre depuis au moins une semaine.

— Et je t'ai nettement vue mettre le nez dans un livre hier, ajouta Dora.

— Riez, mais vous verrez. Je vais être aussi intelligente que Lucy Lane.

— Oh, non, je t'en prie ! dit Dora en riant. Une madame je-sais-tout est bien suffisant !

— Nous serons la chambre la plus vertueuse dans toute la maison des infirmières, dit Millie. Nous n'avons pas réellement le choix, puisqu'aucune n'a de petit ami.

Elle lança un regard autour de la table.

— À moins qu'une en ait un caché quelque part et dont elle ne m'a pas parlé ?

— Aucune chance, lâcha Dora.

Helen demeura silencieuse. Elle fixa sa tasse, mais put sentir les yeux de Millie braqués sur elle.

— Tu es très silencieuse, Tremayne. Tu n'as pas d'admirateur, n'est-ce pas ?

— Bien sûr que non, répondit Dora à sa place. Laisse-la tranquille. Tu sais qu'elle est timide.

— En fait, dit Helen en retrouvant sa voix, il y a quelqu'un…

Il avait valu la peine de briser son silence simplement pour voir leur air stupéfait.

— Non ?

Millie resta bouche bée.

— Dis donc, tu caches bien ton jeu, Tremayne. Alors, qui est-ce, ce petit ami ? Allez, crache le morceau. Nous sommes absolument tout ouïe.

— Ce n'est pas réellement un petit ami, admit timidement Helen. Ce n'est qu'une personne que j'ai rencontrée quand j'étais dans le service Holmes.

La timidité s'empara d'elle.

— Il a envoyé des fleurs et m'a invitée à sortir quand il a reçu son congé. Il a écrit quelques fois depuis, me demandant de nous rencontrer quand j'aurai fini de travailler de nuit.

— Oh, comme c'est excitant ! Et si romantique aussi, soupira Millie.

— L'amour entre les bassins hygiéniques. C'est tout à fait romantique, c'est certain, ajouta Dora d'un ton pince-sans-rire.

— Oh, tais-toi, Doyle. Tu n'as simplement pas une âme poétique.

Millie se tourna vers Helen, ses yeux bleus étincelants.

— Alors, quand le vois-tu ?

— Je ne le vois pas. Ce n'étaient que des bêtises, vraiment. Je suppose qu'il m'a oubliée maintenant.

Elle rougit, sentant leurs yeux sur elle.

— Il était probablement juste poli, ajouta-t-elle sans conviction.

Millie éclata de rire.

— Les jeunes hommes ne prennent pas la peine d'envoyer de fleurs et d'écrire des lettres d'amour s'ils sont juste polis ! Non, si tu me demandes mon avis, je crois qu'il est épris.

— Tu crois ?

Helen fit une pause, savourant la douce chaleur que cela provoqua en elle. Puis elle secoua la tête.

— Mais cela n'importe pas de toute façon. Je ne peux possiblement pas sortir avec lui. Ma mère ne le permettrait jamais.

— Pourquoi ta mère doit-elle le savoir ? demanda Dora.

Helen la considéra, interloquée. Sa mère savait tout. Même si Helen ne lui en parlait pas, elle le découvrirait tout de même.

Et si elle découvrait que sa fille avait fait quelque chose d'aussi téméraire que de sortir avec un garçon, son courroux n'aurait aucune limite.

Non, c'était un trop grand risque à prendre. Et Helen ne serait jamais aussi courageuse.

N'est-ce pas ?

CHAPITRE 36

La rue Griffin faisait honneur à Sa Majesté pour son 25e anniversaire de règne. Les cloches des églises sonnaient partout dans la ville quand Dora quitta l'hôpital tôt ce matin ensoleillé de mai. Elle tourna le coin de la rue Griffin et vit des voisins suspendus à leurs fenêtres au-dessus d'elle, s'interpellant tout en accrochant des banderoles colorées d'une fenêtre à l'autre. Dans la rue, des femmes étaient occupées à disposer de longues tables, riant alors qu'elles essayaient d'empêcher les nappes de s'envoler. Des enfants se bousculaient entre leurs pieds, fonçant partout, déjà surexcités.

— Dora !

Bea se précipita vers elle, tirant Alfie derrière elle. Ses jambes potelées peinant à suivre ses longues enjambées.

— As-tu vu ? N'est-ce pas magnifique ? Maman a fait des petits gâteaux à la gelée et des friands à la saucisse, et plus tard, nous ferons des courses et des jeux, et regarde ce qu'on m'a donné...

Elle ouvrit la main et dévoila une petite médaille en argent sur un ruban bordeaux.

— Tout le monde à l'école en a eu une, mais la mienne est la plus belle.

— C'est épatant, ma chérie. Fais attention à ne pas la perdre.

Dora prit son petit frère dans ses bras.

— Tu es très jolie aussi. C'est une nouvelle robe ?

Bea hocha la tête.

— Maman l'a faite pour moi. Elle dit que tout le monde doit être sur son trente-et-un pour le jubilé du roi.

Elle ajusta ses nattes, attachées par de coquets nouveaux rubans.

— Mémé dit qu'elle va porter son manteau de fourrure, mais maman dit que cela aurait l'air idiot. Et notre Josie s'est enfermée dans sa chambre et ne veut pas sortir, ajouta-t-elle sans conviction.

— Vraiment ? Cela ne ressemble pas à notre Josie de rater une journée de plaisir et de jeux.

Dora remonta Alfie sur sa hanche. Il n'était plus aussi petit et était lourd dans ses bras. « Quand est-il devenu si grand ? » se demanda-t-elle.

— Allez, allons voir de quoi il s'agit, d'accord ?

La table de la cuisine était remplie d'assiettes contenant des friands à la saucisse et de délicats petits gâteaux glacés aussi ravissants que ceux de chez Lyons'. Au centre se trouvait un grand bol de gelée écarlate qui chatoyait comme un joyau. Mémé Winnie était assise à un coin de la table, préparant des sandwichs à la pâte de poisson. Elle avait sorti son plus beau manteau vert avec le col en fourrure de renard de son placard et l'odeur de boules de naphtaline emplissait la minuscule cuisine.

— Ça va, maman ?

Dora salua sa mère en l'embrassant sur la joue.

— Tu as été bien occupée, n'est-ce pas ? Tout semble merveilleux.

— Elle en a fait suffisamment pour nourrir une armée ! ronchonna mémé Winnie.

Elle pointa le couteau à beurre en direction de sa fille.

— Assure-toi d'en ramener plus que ce que tu apportes, c'est tout.

— Ce n'est pas vraiment l'esprit de la fête, n'est-ce pas, mémé ? dit Dora avec un grand sourire.

— L'esprit de la fête, tu parles ! Je n'aime pas les fêtes, grogna-t-elle. Pas avant, pas maintenant.

— Allons, mémé, tu adores les fêtes ! Je parie que tu seras la première à te lever quand la musique commencera.

— Pas avec ce dos, non. Je suis esclave de mon lumbago.

Dora posa Alfie sur le plancher et se tourna vers sa mère.

— Je peux faire quelque chose pour être utile ? demanda-t-elle.

— Non, merci, ma chérie, tout est presque prêt maintenant. En plus, tu ne veux pas abîmer ta belle robe, non ?

— Je me suis dit que je pouvais faire un petit effort.

Dora baissa les yeux sur sa robe en coton. Sa mère lui avait fait des années plus tôt et les motifs floraux bleus s'étaient délavés à force de lavage, mais c'était encore sa plus belle robe. Elle avait aussi fait un effort avec ses cheveux, lissant ses boucles crépues et les attachant par derrière avec des rubans bleus assortis.

— Tu es très jolie. N'est-ce pas, maman ?

Mémé Winnie la regarda.

— Elle s'est bien débrouillée. Mais on ne peut pas espérer sortir de la farine d'un sac à charbon, non ? dit-elle avant de retourner à la confection de ses sandwichs.

Dora éclata de rire. Ça ne servait à rien de se sentir offensé, comme disait toujours sa mère, parce que si on était offensé par tout ce que mémé sortait, on serait en colère toute la journée.

— Qu'est-ce qui est arrivé à notre Josie ? interrogea Dora. Je pensais qu'elle serait ici en train de te donner un coup de main ?

Rose et sa mère échangèrent un regard.

— Elle s'est elle-même mise au lit. Elle dit qu'elle ne se sent pas bien, ajouta Rose en secouant la tête. Je ne comprends pas, ils tombent comme des mouches dans le coin. Alf s'est plaint d'une douleur au ventre toute la nuit.

— Si tu me demandes mon avis, Josie n'a rien, marmonna mémé. Elle joue à la petite chipie dernièrement. Elle parle à peine une minute et s'en prend à tout le monde la suivante. Et elle a donné toute une raclée à notre Bea l'autre jour. Enfin, je sais qu'elle peut parfois être une véritable emmerdeuse, mais elle ne méritait pas cela.

— Josie a frappé Bea ?

Elle était habituellement la pacificatrice de la famille, essayait toujours d'arrêter les disputes entre ses frères et sœurs.

Sa mère lut les pensées de Dora.

— Je sais, cela ne lui ressemble pas, n'est-ce pas ? Et Lettie Pike croit l'avoir vue au parc Victoria l'autre jour alors qu'elle était censée être à l'école.

— Cette Lettie Pike est une fautrice de troubles. Je ne croirais rien de ce qui sort de sa bouche, dit mémé. Peu importe ce que notre Josie fait, elle ne manquerait jamais l'école. Elle est trop intelligente pour cela.

— Je n'en serais pas si certaine.

Rose parut inquiète.

— Vu la manière dont elle agit en ce moment, je crois qu'elle serait capable de n'importe quoi.

La peur commença à se répandre au fond du ventre de Dora.

— Devrais-je aller lui parler ?

— Ferais-tu cela, ma chérie ? Elle t'écoutera peut-être.

Elle prit une profonde inspiration avant d'entrer dans son ancienne chambre, s'armant de courage contre la montée de souvenirs douloureux qui la submergea.

Josie était allongée au centre du lit, recroquevillée sous l'édredon, sa tête sombre sur l'oreiller. Elle se tourna vivement quand Dora entra.

— Oh, c'est toi.

Ses épaules voûtées se détendirent.

— Je t'ai apporté un gâteau. J'ai pensé que tu en voudrais un avant que Bea les engloutisse tous.

— Merci.

Josie ne bougea pas, alors Dora déposa soigneusement le gâteau sur le placard près du lit.

— Comment vas-tu, ma chérie ? demanda-t-elle.

— J'ai mal à la tête.

— Est-ce que ça ira pour la fête ?

— Je ne crois pas.

— Ça alors, tu dois vraiment couvrir quelque chose pour manquer ça !

Le vieux matelas de plumes s'enfonça sous le poids de Dora quand elle s'assit sur le bord du lit.

— Cela ne sera pas pareil, sans toi, Josie. Maman a fait tous tes plats préférés et mémé a mis son plus beau manteau de fourrure comme Nancy Glitters. Tu devrais la voir !

Josie ne bougea pas. Dora fixa avec inquiétude le derrière soyeux de la tête foncée de sa sœur.

— Que se passe-t-il, ma chérie ? chuchota-t-elle. Qu'est-ce qui ne va pas ?

— Je te l'ai dit, j'ai mal à la tête.

Dora regarda sa forme blottie sous les couvertures.

— Depuis combien de temps ? Est-ce que tu as de la fièvre ? Laisse-moi voir…

Elle tendit la main pour tenter de toucher le front de sa sœur, mais Josie la frappa.

— Ne me touche pas ! Je n'ai pas besoin que tu prennes soin de moi, d'accord ? Laisse-moi tranquille.

Le regard féroce dans ses yeux bruns embrasés étonna Dora.

— D'accord, Josie. Pas la peine de me sauter dessus, dit-elle en se levant. Descends si tu te sens mieux, d'accord ? Tu vas nous manquer à la fête.

Sa mère leva les yeux de ses préparations de sandwichs quand Dora revint dans la cuisine.

— Alors ? Comment va-t-elle ?

— Elle dit qu'elle ne se sent pas bien.

— Pas bien, mon œil ! grogna mémé. Si vous voulez mon avis, cette fille cache quelque chose.

Dora se mordilla la lèvre et ne dit rien. Elle espérait avoir tort, mais elle avait l'horrible sentiment que sa grand-mère avait tapé dans le mille.

Elle essaya de se défaire de son inquiétude persistante en donnant un coup de main et aida sa mère et leurs voisins à sortir la nourriture et des chaises à l'extérieur. Les enfants couraient autour d'eux, passant sous les tables, gagnés par l'excitation de la journée. À l'autre bout de la rue, quelques hommes sortaient un piano d'une des maisons. Nick Riley était avec eux, ses manches courtes roulées, ses cheveux noirs tombant dans ses yeux. Il semblait faire la plus grande partie de la lourde tâche, remarqua Dora.

Elle croisa son regard, et ils détournèrent les yeux au même moment.

— Ton Nick est un solide garçon, n'est-ce pas ? fit remarquer mémé à June Riley alors qu'elle plaçait une assiette de sandwichs au centre d'une des tables.

— C'est bon de voir qu'il est utile parfois, répliqua June en prenant une longue bouffée de sa cigarette.

— Elle peut parler, marmonna mémé à Dora. Elle n'a pas levé le petit doigt de toute la matinée. Trop occupée à bronzer et à faire les yeux doux aux hommes.

Elle brossa la cendre de cigarette que June avait laissée tomber sur la table.

— Où est ton Danny ? demanda-t-elle.

— Il est quelque part dans le coin.

June fit un geste vague de sa cigarette, laissant encore tomber une cascade de cendre.

— La dernière fois que je l'ai vu, il était avec les fils Pike, dit Rose en chassant une guêpe de la gelée. Tu dois le surveiller, June. Tu sais comme ils aiment se moquer de lui.

Sans surprise, à ce moment, Dennis Pike tourna à toute allure le coin, riant et criant. Son frère Frank arriva après lui, talonné par Danny qui faisait de son mieux pour suivre, son visage rougi par l'effort.

— Allez, Danny. Attrape !

Dora vit la casquette du garçon voler dans l'air. Danny essaya de l'attraper, mais Frank l'agrippa en premier, la saisissant en plein vol avant que Danny y parvienne.

— Hé, vous deux. Rendez-la ! cria-t-elle.

Dennis et Frank ne firent que rire d'elle.

— On ne fait que jouer ! lui cria Frank. Il adore ça, n'est-ce pas, Danny ? Il sait que ce n'est qu'un jeu.

Il agita la casquette de Danny devant son visage, puis l'enleva à la dernière minute.

— Faut être plus rapide que ça, mon petit Danny !

Il lança la casquette très haut. Elle tourna dans le ciel sans nuage, puis se mit à redescendre. Dennis voulut sauter pour l'attraper, mais avant qu'il y parvienne, une main s'étira et l'attrapa en plein vol.

— Faut être plus rapide que ça, dit Nick Riley.

Dennis et Frank lui jetèrent un seul coup d'œil alors qu'il les surplombait et déguerpirent. Nick se rendit là où Danny s'était écroulé, cherchant son souffle, et lui remit sa casquette sur la tête.

— Que t'ai-je dit à propos de t'approcher de ces garçons ?

Dora l'entendit dire d'une voix douce :

— Reste loin d'eux, tu m'entends ?

— Mais... ce sont mes a-amis, dit Danny en tremblant, cherchant toujours son souffle.

À cet instant, le reste de la famille Pikes, Lettie, son mari Len et Ruby, sortirent de leur maison pour se joindre à la fête. Lettie transportait bien haut une assiette de sandwichs avec fierté.

— Est-ce que c'est tout ce qu'elle a apporté ? marmonna mémé avec dédain. Typique. Cette femme a des oursins dans la poche...

— Est-ce que tu vas m'aider avec les friands à la saucisse, maman ? l'interrompit rapidement Rose alors que mémé et Lettie Pike échangeaient des regards mauvais par-dessus la table.

Dora aussi regardait, mais en admiration devant Ruby qui était éblouissante. Sa robe blanche ajustée et couverte de grosses roses rouges voyantes laissait voir chacune de ses courbes, alors que l'audacieux décolleté réussissait à peine à contenir le généreux galbe de sa poitrine.

— Oh, Ruby, tu ressembles à une vedette de cinéma ! souffla-t-elle.

— Merci.

Ruby tira sur ses petits gants blancs. Sa bouche était peinte du même rouge que sa robe.

— Il faut bien faire un effort, n'est-ce pas ?

— Je me sens quelconque comparée à toi, dit Dora avec ironie.

— Tu es très jolie, la complimenta Ruby distraitement, regardant à peine sa robe. Quoi qu'il en soit, je porte ceci à l'intention d'une seule personne. Et c'est lui.

Elle hocha la tête vers Nick Riley qui déplaçait une autre table.

— Tu as un faible pour Nick Riley ? fit Dora, incrédule.

— Qui n'en a pas ? Regarde-le, Dora. Regarde ces muscles. Il est si fort. Et si beau.

— C'est aux belles actions que l'on reconnaît la vraie beauté, selon moi. Et Nick Riley est un véritable bourru insupportable !

— Je sais. C'est pour cette raison qu'il me plaît tant.

Ruby soupira.

— J'ai toujours aimé le genre fort et silencieux. Et il est un vrai mystère. Il ne me court pas après comme tous les autres gars. Il semble inaccessible. J'aime le défi.

Dora rit.

— Tu veux dire que tu désires ce que tu ne peux pas avoir ?

— Peut-être, concéda Ruby avec un haussement d'épaules. Seulement, j'ai bien l'intention d'avoir Nick Riley. Imagine si je ne l'ai pas.

— Que vas-tu faire ? L'enlever et le faire succomber à tes charmes féminins ?

— Si seulement ! Non, je vais mettre à l'œuvre ma magie sur lui. Mais j'ai besoin que tu m'aides.

— Moi ? Comment ?

— Je veux être certaine de m'asseoir près de lui lors de la fête. Mais je sais qu'il voudra s'asseoir à côté de Danny, alors j'ai besoin que tu fasses asseoir Danny près de toi à la place.

— Ne peux-tu pas t'asseoir à côté de Danny aussi ?

— Pouah ! Non, merci. Il me donne la chair de poule. dit Ruby en frissonnant. De toute façon, il va renverser quelque chose ou baver sur ma robe. Je ne peux pas laisser faire ça, n'est-ce pas ? Non, c'est préférable si tu occupes Danny. Garde-le à l'autre bout de la table, bien loin de nous.

— Je ne pense pas que Nick aime que Danny soit loin de son champ de vision.

— Ça ira s'il sait qu'il est avec toi. Nick te fait confiance. De toute façon, je vais tellement le tenir occupé à me regarder qu'il va oublier qu'il a un frère. S'il te plaît, Dora ? Tu le feras ?

Ruby battit des cils de manière séduisante.

— Je suppose, acquiesça Dora. Mais je ne comprends toujours pas pourquoi tu te donnes cette peine.

La fête avait été un grand succès. Ils s'étaient entassés le long de la table, épaule contre épaule, dévorant des sandwichs, des gâteaux, des gelées de fruits et des flans. Il y avait de la limonade pour les enfants, tandis que la bière coulait pour les adultes. Ils avaient levé leur verre à la santé du roi de nombreuses fois.

C'était dommage que Josie ne soit pas là pour en profiter, avait pensé Dora. Elle n'arrivait toujours pas à se sortir de la tête le visage de sa sœur. Le regard vide et désespéré dans ses yeux en était un qu'elle avait trop souvent vu dans son miroir.

Elle avait essayé de repousser cette idée et de goûter à la fête. Elle aurait le temps de discuter avec Josie plus tard, avait-elle décidé.

Grâce à l'ingéniosité de Ruby, Nick avait fini près d'elle à un bout de la table alors que Danny s'était retrouvé près de Dora à l'autre bout. Cela ne la dérangeait pas de le surveiller ou de l'aider avec sa nourriture, même si elle était consciente des yeux de Nick sur eux à l'autre bout de la table alors qu'elle coupait les sandwichs de Danny et lui servait une portion de gelée.

Ruby, pendant ce temps, avait fait de son mieux pour impressionner Nick, riant et flirtant et battant des cils comme jamais.

Après avoir mangé, il y avait eu des jeux et des courses pour les enfants. Dora avait été recrutée pour participer à une course à trois jambes attachée à sa sœur Bea, tandis que Nick était attaché à Danny. Ils avaient hurlé de rire en avançant en sautillant, tentant de faire trébucher les autres. Dora avait foncé tête première à la ligne d'arrivée, mais Nick et Danny les avaient quand même battus.

— Bien joué !

Ruby s'était assurée d'être la première à féliciter Nick, enroulant ses bras autour de lui comme s'il venait de gagner la course du Grand National.

— Ça va ?

Nick avait tendu la main pour aider Dora à se relever.

— Meilleure chance la prochaine fois, non ?

— On verra.

Ils s'étaient lancé un rapide sourire.

— Hé, avait sifflé Ruby dans l'oreille de Dora. Pas de flirt. Il est à moi, tu t'en souviens ?

Dora avait ri.

— Comme s'il allait me regarder quand tu portes cette robe !

Elle riait encore quand elle les laissa à leur course et se dirigea vers la maison pour jeter un coup d'œil à Josie. Mais son sourire disparut quand elle vit Alf descendre lourdement l'escalier.

Son sang se glaça.

— Où est Josie ? dit-elle.

— Toujours au lit, je suppose. Comment le saurais-je ?

Il entra dans la cuisine en heurtant son épaule. Dora le suivit.

— Que faisais-tu à l'étage ? l'interrogea-t-elle.

— Même si ce n'est pas tes oignons, je suis allé chercher des comprimés contre les indigestions de ta mémé. J'ai une douleur au ventre.

Il passa sa main sur son ventre sous le tissu étiré de sa chemise.

— Tu es censée être infirmière. Que penses-tu que ce soit ?

— Je ne sais pas et je m'en fiche. Qu'as-tu fait à Josie ?

Dora se planta directement devant lui, le regard glacial.

Il la dévisagea aussi pendant un moment. Puis un lent sourire méchant s'épanouit sur sa large figure.

— Pourquoi ? Tu es jalouse ?

Il lui fallut toute sa force pour ne pas l'attaquer.

— Si je découvre que tu as mis tes mains sales sur elle, je jure que je vais…

— Ça va vous deux ?

Rose entra par la porte arrière, les mains pleines d'assiettes vides.

— Que faites-vous ici ? Pourquoi n'êtes-vous pas dehors à profiter de la fête avec les autres ?

— Je suis venue voir si Josie allait bien, dit Dora, les yeux toujours fixés sur Alf.

— Pauvre trésor. Je vais monter.

Rose posa les assiettes sur la table et se dirigea vers le couloir.

— Va dehors voir Bea. Elle s'époumone, je crois qu'elle est tombée.

Heureusement, Bea était plus énervée que blessée après avoir été poussée sur un mur par les garçons Pike. Dora l'écouta les maudire tout en examinant son genou écorché.

— Ne laisse pas maman t'entendre dire de tels mots, la prévint-elle aussi sévèrement qu'elle put sans sourire.

— Pourquoi pas ? Mémé les dit tout le temps.

Dora était toujours en train de réfléchir à une réponse appropriée quand la porte arrière s'ouvrit à la volée et Rose sortit en trombe de la maison, toute blême.

— Viens vite ! cria-t-elle. Notre Josie est partie !

CHAPITRE 37

Les quelques minutes suivantes furent une panique générale, tout le monde courant dans toutes les directions et parlant en même temps.

— Elle a dû se glisser par-derrière.

— Est-ce que quelqu'un l'a vue partir ?

— Comment savez-vous qu'elle s'est enfuie ?

— Je parie qu'elle est seulement allée au magasin.

Au milieu de tout ça était assise sa mère, le visage vidé de couleur.

— Je suis montée la voir et elle était partie. Elle a pris tous ses vêtements avec elle.

Sa main trembla quand elle se frotta les yeux. Dora put voir qu'elle s'efforçait de ne pas pleurer devant les voisins.

— Nous la retrouverons, maman. Ne t'inquiète pas, dit-elle.

Bea sortit de la maison en courant.

— J'ai trouvé une note. Elle était sous son oreiller…

Avant qu'elle puisse la donner à sa mère, Alf la lui prit des mains.

— Laisse-moi voir.

Il déchira l'enveloppe et la lut. Tout le monde le regarda dans un silence tendu tandis que ses yeux balayèrent le morceau de papier, puis il le tendit à Rose.

— Elle dit qu'elle croit que nous serons tous mieux sans elle.

Rose leva les yeux vers Dora.

— Oh, Dora, que peut-elle vouloir dire ? Je sais qu'elle a été un peu pénible dernièrement, mais je ne savais pas que c'était à ce point…

Sa voix trembla et elle plaqua sa main sur sa bouche. Alf se plaça derrière elle, posant ses grosses mains sur ses épaules.

— Nous la trouverons, promit-il. Je vais te la ramener à la maison.

« Je parie que c'est toi qui l'as fait partir. »

Dora le fixa, mais il ne croisa pas son regard.

— Nous devrions nous séparer en groupe et la chercher, suggéra Len Pike. Nous pourrons ainsi couvrir plus de superficie.

— Bonne idée, dit Peter, le frère de Dora. Je vais prendre le parc.

— Je vais fouiller au marché, dit sa femme Lily.

— Je vais me rendre au canal, dit Dora.

— Je viens avec toi.

Elle ne s'était pas rendu compte que Nick était près d'elle avant qu'elle entende sa voix dans son dos.

— Je viens aussi, offrit immédiatement Ruby.

— Il n'est pas nécessaire que nous soyons trois à y aller, dit Nick en se tournant vers elle. Tu ferais mieux de rester ici au cas où Josie revienne.

Dora vit le regard noir que Ruby lui lança, mais elle était trop inquiète pour sa sœur pour s'intéresser à qui l'accompagnait.

La circulation parut plus bruyante et plus menaçante qu'habituellement quand ils coururent sur la rue principale. Ils passèrent par-dessus la clôture basse et se précipitèrent vers le sentier du canal.

— J'aurais dû savoir, dit Dora en courant. J'aurais dû savoir que quelque chose clochait.

— Comment aurais-tu pu le savoir ?

— Je suis sa grande sœur, j'aurais dû être en mesure de le voir. Elle n'était pas elle-même. Mais j'étais si pressée de me rendre à cette stupide fête, je n'ai pas pensé…

— Ça suffit, dit Nick. Tu n'aides personne en te mettant dans tous tes états. Retrouvons-la d'abord.

— Et si nous n'y arrivons pas ?

— Quelqu'un la trouvera. Elle doit bien être quelque part.

Et s'il est déjà trop tard ? La panique la fit courir à travers le gazon envahi de mauvaises herbes vers la rive abrupte du canal. Elle cria le nom de Josie encore et encore, sa voix résonnant contre les usines qui bordaient le mince ruban d'eau verte et fétide.

Tout à coup, Nick saisit son bras, la tirant par-derrière. Dora jeta un coup d'œil à son expression sinistre et son ventre se tordit.

Elle se retourna lentement et vit ce qu'il regardait. Une forme rouge, les bras allongés, flottant à plat ventre dans le canal.

Elle reconnut le manteau rouge préféré de Josie, celui dont elle ne se serait jamais séparée.

— Josie !

Le cri déchira la gorge de Dora. Elle entendit Nick appeler son nom, mais elle dévalait déjà la rive, glissant et dérapant sur le gazon humide. Elle atteignit le sentier et, sans réfléchir, enleva ses chaussures et plongea.

L'eau était sombre et trouble, envahie d'herbes et de boue à l'odeur nauséabonde. Dora avança difficilement et saisit le manteau. Sa main se ferma sur une manche vide.

— Josie !

Elle avala une pleine gorgée d'eau infecte. Le goût aigre et métallique lui donna un haut-le-cœur. Elle entendit Nick l'appeler de la rive et essaya de retourner vers lui. Mais ses pieds et ses vêtements s'accrochaient à des branches tombées, des morceaux de métal rouillés et d'autres débris oubliés sous la surface glauque la retenant. Elle sentit ses forces la quitter alors que l'eau agitée se refermait sur sa tête.

Tout à coup, elle sentit des mains fortes l'agripper, la tirant hors de l'eau.

Dora s'effondra en haletant sur le sentier du canal. Elle pouvait encore sentir les bras de Nick enroulés autour d'elle.

— Ça va aller, dit-il encore et encore, la voix lourde. Je te tiens. Tu es en sécurité.

— Je crois que je vais…

Dora s'assit brusquement tandis que son estomac se souleva. Elle parvint à peine à ramper dans les longues herbes avant d'être violemment malade.

Enfin, quand elle fut vide et épuisée, elle rampa là où il l'attendait.

— D-désolée, dit-elle.

Ses dents claquaient si fortement qu'elle arrivait à peine à parler. Le froid s'infiltra dans ses os, rendant tout son corps douloureux.

— Tiens.

Nick enleva son manteau et le drapa autour de ses épaules grelottantes.

— M-merci.

Dora tenta de se lever et de reprendre son souffle alors que la douleur la transperçait.

Nick la rattrapa quand elle vacilla.

— Ta jambe saigne, dit-il.

Elle baissa les yeux vers le filet de sang qui sortait d'une coupure en dents de scie sur son mollet.

— J'ai dû me couper sur un morceau de métal dans l'eau.

Elle toucha la blessure et se mordit la lèvre.

— Ce n'est pas trop profond, Dieu merci.

— C'est assez vilain, dit Nick. Tu dois aller à l'hôpital.

— Plus tard. Je d-dois d'abord trouver Josie.

Elle essaya à nouveau de se lever, mais c'était trop douloureux. Alors qu'elle vacilla encore, les bras de Nick s'enroulèrent autour d'elle.

— Tu n'es pas en état de faire quoi que ce soit. Ta jambe est en mauvais état. Regarde-toi, tu ne peux même pas t'appuyer dessus !

— Je t'ai dit que je m'en occuperai plus tard… Nick ! cria-t-elle alors qu'il la prenait dans ses bras. Que fais-tu ? Pose-moi par terre !

— Je t'emmène à l'hôpital.

— Non, absolument pas ! Pose-moi par terre !

Dora martela sa poitrine dure, mais il continua de marcher, ignorant âprement ses hurlements.

— Je suis sérieuse, Nick. Je dois chercher Josie.

— Il y a déjà suffisamment de gens qui la cherchent. Et quel genre d'aide seras-tu à sauter sur une seule jambe ?

— C'est ma sœur. Je ne peux pas rester à ne rien faire alors qu'elle est dehors quelque part.

La voix de Dora se coinça dans sa gorge.

— Je vais la retrouver, dit doucement Nick. Je te le promets.

Leurs yeux se croisèrent et elle sut qu'il pensait chacun de ses mots. Avec ses bras enroulés autour de son cou, Dora put sentir la chaleur de son corps, ses muscles d'une solidité rassurante. Elle sentit son anxiété décliner.

— Maintenant, continua Nick sur un ton bourru, pour une fois dans ta vie, vas-tu faire ce qu'on te dit ?

Une heure plus tard, elle se trouvait aux urgences, sa jambe allongée devant elle, une infirmière en train de nettoyer la blessure. Elle était horriblement gênée de sa robe sale et mouillée et de ses cheveux, libres des rubans les attachants, tombant en une masse de boucles rousses boueuses.

— Aïe !

Dora tressaillit quand l'eau salée toucha sa peau à vif.

— Oh, pour l'amour du ciel !

Le visage renfrogné de l'infirmière-chef adjointe ne la regarda pas.

— Cessez de faire autant d'histoires, dit-elle brusquement.

Dora contempla le dessus de sa coiffe amidonnée et décida que jamais plus elle ne dirait à un patient de cesser de faire des histoires.

La porte s'ouvrit et un jeune médecin à lunettes entra, un stéthoscope négligemment enroulé autour du cou.

Il observa des pieds à la tête Dora, enregistrant son apparence débraillée et trempée.

— Je suis le docteur McKay. Seriez-vous la jeune femme qui aurait nagé dans le canal, par hasard ? s'enquit-il avec un doux accent écossais.

— Comment avez-vous deviné ? dit Dora en lui rendant son sourire.

— Grâce à des années de formation médicale, répondit-il en examinant sa jambe. Hmm. La plaie ne semble pas trop vilaine. Infirmière Percival a, comme toujours, fait un merveilleux travail en la nettoyant. Mais je crois que nous devrions vous donner un vaccin contre le tétanos, par précaution.

Il hocha la tête vers l'infirmière qui sortit pour préparer l'aiguille. Le jeune homme s'assit ensuite sur une chaise près de Dora.

— Alors, pourquoi avez-vous décidé de faire une baignade ? La bonne humeur après le jubilé, je suppose ?

Ses yeux derrière ses lunettes étaient du brun le plus chaud qu'elle n'avait jamais vu.

— Ma sœur a disparu, ne put-elle s'empêcher de révéler.

Le docteur McKay parut atterré.

— Oh ! Je suis désolé de l'apprendre. A-t-elle été retrouvée ?

Dora secoua la tête, ne faisant pas confiance à sa voix.

— Quel âge a-t-elle ?

— Presque 15 ans.

L'infirmière Percival revint avec un plateau contenant l'aiguille. Le docteur McKay la prit, ses yeux fixés sur la fine pointe tout en poussant doucement du pouce le piston.

— Maintenant, cela va peut-être brûler un peu…

Dora serra les dents et garda les yeux braqués sur le mur quand l'aiguille s'enfonça.

— Voilà, c'est terminé.

Le docteur McKay reposa l'aiguille sur le plateau.

— Vous avez été très courageuse, Mlle Doyle.

— Merci, docteur.

Alors que Dora arriva à la porte, il dit soudain :

— Elle reviendra, vous savez.

Elle se retourna pour le regarder.

— Votre sœur, ajouta-t-il. Elle rentrera à la maison dès qu'elle aura faim. Je parie que ce n'est qu'une farce idiote.

Il lui sourit de manière encourageante et Dora lui sourit.

— Oui, je suppose que vous avez raison. Merci, docteur.

Mais même alors qu'elle le disait, elle savait qu'elle ne le pensait pas. Il n'y avait aucun humour dans le visage de Josie plus tôt ce jour-là.

CHAPITRE 38

Millie s'assit sur la chaussée, enleva ses chaussures et massa ses pieds nus. Demeurer debout pendant des heures pour apercevoir le cortège royal avait été presque aussi dur pour ses pieds que travailler 12 heures dans le service.

Mais elle n'aurait manqué ça pour rien au monde. On aurait dit que tout Londres s'était assemblé pour célébrer le jubilé du roi. La foule bordait les rues entre le palais de Buckingham et la cathédrale Saint-Paul, vieux et jeunes, des familles avec leurs enfants juchés sur leurs épaules afin de voir les rangées étincelantes de gardes à cheval et les calèches abritant la famille royale. Le roi était paré de ses décorations militaires tandis que la reine Mary avait l'air aussi majestueuse que jamais avec son chapeau à plumes et ses épaules enveloppées d'une pâle fourrure. Leurs enfants suivaient derrière dans une autre calèche ouverte avec leurs femmes, tous saluant de la main.

Millie et ses amies avaient réussi à se trouver un bon endroit sur les gradins près de l'arche de l'Amirauté d'où ils ont pu voir tout le défilé.

— N'est-ce pas que le prince de Galles est beau ? soupira Georgina Farsley quand la calèche passa en s'ébranlant devant eux. Ses frères ont leur femme, et il n'a personne.

— Ne crois pas cela, dit avec un sourire David, le fiancé de Sophia. Il n'est assurément pas en manque de compagnie féminine, d'après ce que j'ai entendu.

— Mme Simpson le sait, ajouta Seb.

Millie avait entendu son père discuter de Wallis Simpson avec sa grand-mère. L'idylle du futur roi avec « cette misérable Américaine », comme l'appelait la comtesse douairière, était le sujet de la haute société. Tout le monde avait espéré qu'elle ne serait rien d'autre qu'une distraction, comme Thelma Furness et Mme Dudley Ward, et que le prince allait se lasser d'elle. Mais après un an, son emprise ne semblait que s'accentuer.

— Je n'arrive pas à voir son attrait moi-même, dit Seb. Elle m'a toujours paru plutôt cruelle.

— Et nous savons tous que tu préfères les blondes ! plaisanta Sophia.

Seb rougit. Georgina repoussa ses mèches jais avec un air furieux.

— Papa dit que s'il ne retrouve pas la raison rapidement, cela pourrait affecter la succession, observa Millie.

— Je ne vois pas pourquoi, souffla d'un air vexé Georgina. Il devrait avoir le droit d'épouser qui il veut.

— Ce n'est pas aussi simple, expliqua patiemment Sophia. Notre roi ne peut pas épouser une divorcée.

— Alors, les règles devraient être changées, dit fermement Georgina.

— Si elle l'aimait vraiment, elle renoncerait à lui pour lui permettre de faire son devoir envers son pays, dit Millie.

Georgina la fusilla du regard.

— Wallis Simpson est une relation de ma mère, dit-elle. Et crois-moi, elle n'est pas prête à renoncer à quiconque.

Millie croisa les yeux de Sophia alors que Georgina tournait son regard amoureux vers Seb. Pauvre Seb. Georgina Farsley était aussi déterminée à avoir son homme que Mme Simpson.

Millie regarda autour d'elle, appréciant le spectacle de la foule en dessous d'eux, et aperçut un visage familier de l'autre côté de la rue. Lucy Lane était assise en haut du gradin opposé, aux côtés d'une femme très élégante portant un manteau bleu ajusté, sa mère supposa Millie. Leurs visages malheureux étaient un contraste saisissant dans toutes les acclamations et les gestes de la main qui les entouraient.

Millie agita son mouchoir, voulant capter son attention, quand Sophia lui prit le bras.

— Tout le monde suit le cortège vers le palais, dit-elle. Allons sur Mall et regardons le roi sortir sur son balcon.

Après, ils se joignirent à des centaines d'autres fêtards au parc Saint-James. C'était comme si personne ne voulait que la fête se termine. Partout dans le parc, des gens faisaient des pique-niques, jouaient à des jeux ou paressaient simplement sur le gazon ensemble.

— Regarde-toi, rit David alors que Sophia vidait soigneusement le panier en osier du pique-nique. Tu as l'air d'une véritable femme d'intérieur. Un jour, tu feras une merveilleuse femme pour quelqu'un.

Il lui fit un clin d'œil.

— Ne t'emballe pas trop, c'est notre cuisinière qui a tout préparé, répondit Sophia en déballant une tourte au veau.

— Imagine, tu auras ta maison et ton propre personnel bientôt.

Georgina soupira rêveusement.

— Non ! Sophia frémit. Je suis certaine que je serai une maîtresse de maison parfaitement inutile. Les domestiques me persécuteront impitoyablement.

— Mais non, parce qu'ils vont beaucoup trop t'adorer.

David s'inclina et lui embrassa le bout du nez.

— Pouah, vous êtes obligés de faire ça ? grimaça Seb. Les amoureux sont assez dégoûtants à regarder.

— Tu es simplement jaloux.

Sophia arracha l'emballage de la tourte et lui lança.

— Tu devrais te trouver une fille, Seb. Alors peut-être serais-tu moins amer.

— Et je ne crois pas que tu aurais bien loin à chercher, ajouta David sur un ton entendu. En fait, je pense qu'il y a une fille pas très loin qui revendique déjà ton cœur.

— Je ne sais absolument pas de quoi tu parles, répliqua Seb entre des lèvres pincées alors que Georgina minaudait.

— Il ne devrait pas taquiner Seb ainsi, chuchota Millie à Sophia alors qu'elles distribuaient les assiettes. Tu sais qu'il n'est pas un admirateur de Georgina.

Son amie sourit.

— Je ne crois pas que David parlait de Georgina.

Avant que Millie ait la chance de répliquer, une balle de cricket siffla près de son oreille et atterrit avec fracas au centre de l'assiette de sandwichs que Sophia venait de déballer, les éparpillant partout.

— Je suis terriblement désolé, lança une voix. Pouvons-nous ravoir notre balle, s'il vous plaît ?

Millie leva les yeux, les plissant au soleil, alors que le jeune homme traversait le gazon en joggant dans leur direction. Il portait une tenue décontractée en flanelle, pas de sarrau blanc en vue, mais elle aurait reconnu cette grande silhouette dégingandée n'importe où.

— William ?

Il se retourna.

— Bonjour, dit-il en se fendant d'un sourire. Étonnant de vous rencontrer. Même si cela n'est pas réellement surprenant puisqu'il semble que la moitié de Londres soit ici.

Il sourit aux amis de Millie, lesquels l'observaient avec curiosité.

— Ne vas-tu pas nous présenter ? demanda Sophia.

— Voici William Tremayne, commença Millie. C'est un…

Elle chercha le bon mot. Un ami ? Une relation ? Quelqu'un que j'ai tenté d'embrasser durant une nuit sombre quand j'avais trop bu ?

— Nous travaillons ensemble au Nightingale, finit par terminer pour elle William.

— Vous êtes médecin ? Comme c'est excitant, dit Georgina.

— Voudriez-vous vous joindre à nous ? l'invita aimablement Sophia.

— Non, merci. Mes amis m'attendent.

Très loin derrière eux, sous les arbres, Millie reconnut quelques autres internes de l'hôpital ainsi que quelques infirmières.

Seb ramassa la balle et la tendit à William.

— Vous aurez besoin de ceci, alors ?

— Pardon ? Oh, oui. Merci. J'espère ne pas avoir gâché votre pique-nique ?

— Je suis certaine que nous pouvons survivre sans quelques sandwichs aux concombres, sourit Sophia.

— William ?

Amy Hollins arriva d'un pas nonchalant, très jolie dans sa robe d'été. Elle salua de la tête Millie puis se tourna vers William.

— Dépêche-toi. Nous attendons pour terminer la partie.

— J'arrive.

Il jeta un coup d'œil à la balle au creux de sa main, puis les regarda de nouveau.

— Aimeriez-vous venir jouer avec nous ? Nous aurions besoin d'un lanceur convenable.

— Non, merci, répondit pour eux sans tarder Seb.

— Oh. Eh bien, vous êtes certains ?

Il lança un regard vers Millie.

— Je suppose que je vous reverrai dans le service.

— J'en suis certaine. Si je ne suis pas coincée dans la salle de soins, comme d'habitude.

— Est-ce l'un de tes admirateurs ? demanda Georgina à Millie alors qu'ils le regardaient s'éloigner.

— Pas du tout. Ce n'est qu'un ami.

Elle continua d'observer William et Amy. Elle avait passé son bras autour du sien de manière possessive alors qu'ils retournaient tranquillement vers leurs amis.

— Ne sois pas absurde, Georgie, dit Sophia. Tu vois bien qu'il est avec cette blonde.

Millie se tourna vivement vers elle.

— Ah oui ?

— Si ce n'est pas encore le cas, ce le sera bientôt ! s'esclaffa David. Elle l'a certainement dans sa mire. Le pauvre type n'a aucune chance. Aucun d'entre nous n'en a. Nous ne sommes que des victimes impuissantes devant ces prédatrices féminines, n'est-ce pas, Seb ?

— Si tu le dis, répondit distraitement Seb.

Il avait lui aussi les yeux fixés sur William.

— Es-tu en train de dire que je suis une prédatrice ?

Sophia pinça le bras de David, ce qui le fit glapir.

— Quoi ? Bien sûr que non, ma chérie. Je dis simplement que je suis impuissant, protesta-t-il.

— Il n'y a rien d'impuissant chez William Tremayne, dit à voix basse Millie.

Georgina la regarda.

— Vraiment ? Cela est plutôt intrigant. Je dois dire qu'il te dévorait des yeux, Millie. Peut-être devrions-nous nous joindre à eux ? dit-elle en jetant un coup d'œil vers William qui se préparait à frapper. Après tout, nous ne devons pas nous mettre en travers du véritable amour, n'est-ce pas ?

— Tais-toi, Georgina, dirent à l'unisson Millie et Seb.

Millie rentra à la maison des infirmières un peu avant 21 h. Elle n'avait pas prévu de revenir si tôt, mais la journée avait été longue et le champagne lui avait donné mal à la tête. Alors que les autres étaient allés dîner et danser, Millie avait attrapé le bus vers Bethnal Green. Elle avait refusé l'offre de Seb de l'escorter, au soulagement flagrant de Georgina.

Elle avait hâte de voir le visage d'Helen quand elle entrerait avant l'extinction des feux et d'entendre les détails sur la fête de quartier de Dora. Mais Millie arriva plutôt pendant une véritable dispute entre ses compagnes de chambres.

— Tu ne peux pas y aller, disait Helen.

— Eh bien, je ne peux pas rester ici, n'est-ce pas ?

Dora était en train d'enfiler son manteau. Sa jambe était pansée et elle boitait gravement.

— Et que sommes-nous censées dire à sœur Sutton si elle vient à ta recherche ?

— Dites ce que vous voulez. J'y vais quand même.

Millie les regarda en alternance.

— Que se passe-t-il ? interrogea-t-elle.

Helen roula des yeux.

— Dieu merci, tu es de retour. Elle va peut-être t'écouter. Dis-lui qu'elle ne peut pas simplement partir durant la nuit quand cela lui plaît.

— Ma petite sœur a disparu. Que suis-je censée faire, restez assise ici pendant que tout le monde va à sa recherche ?

Millie la contempla.

— Ta sœur a disparu ?

Elle hocha la tête.

— Josie a disparu durant la fête de quartier. Nous l'avons cherchée toute la journée.

Elle déglutit avec peine. Millie put voir qu'elle faisait de son mieux pour s'empêcher de pleurer.

— Je sais que c'est horrible, dit Helen. Mais tu ne seras pas d'une grande aide si tu…

— Évidemment que tu dois aller à sa recherche, l'interrompit Millie. Veux-tu que je vienne aussi ?

— Pardon ?

La voix d'Helen s'éleva.

— Juste un instant…

— Non, merci, dit Dora en ignorant Helen. Mais peut-être pourrais-tu laisser la fenêtre ouverte pour lorsque je rentrerai ?

— Bien sûr, dit Millie en hochant la tête. Oh, et tu ferais bien de prendre ceci.

Elle sortit sa lampe de poche de son sac.

— C'est une véritable providence quand tu tâtonnes dans l'obscurité, essayant de trouver la gouttière.

— Merci.

Dora voulut sourire, mais Millie vit l'inquiétude dans ses yeux verts.

— Vous êtes folles toutes les deux, déclara sur un ton monotone Helen. Si tu te fais prendre…

Dora se tourna vers elle.

— Je m'en occuperai si cela se produit, dit-elle gravement. D'abord, je dois trouver ma sœur.

Personne ne dormait sur la rue Griffin. La lumière se répandait de chaque fenêtre et porte ouverte dans la rue, illuminant les tables et les chaises de la fête abandonnée. Des gens entraient et sortaient par la porte arrière ouverte du numéro 28. Les voisins qui ne fouillaient pas les rues étaient assemblés dans la cuisine et la cour, essayant d'offrir le peu de réconfort qu'il pouvait.

Dans la cuisine, la mère de Dora était assise comme une pale statue immobile, fixant le foyer vide, les bras serrés autour de Bea et d'Alfie comme si elle était terrifiée de les laisser quitter son champ de vision. Alf et June Riley étaient avec elle, tandis que mémé Winnie et Lily la belle-sœur de Dora s'affairaient dans l'arrière-cuisine, se gardant occupées et préparant du thé pour tout le monde.

Rose leva vivement la tête quand sa fille aînée entra dans la cuisine.

— Dora ? dit-elle, abasourdie. Que fais-tu ici ?

— Je ne pouvais pas rester à l'hôpital à ne rien faire. Je voulais savoir s'il y avait des nouvelles ?

Elle regarda autour d'elle. June Riley secoua tristement la tête.

— Tout le monde est encore en train de chercher, dit-elle. Votre Peter, les fils Pike, tous les voisins, mon Nick. Personne n'abandonne jusqu'à ce qu'on la retrouve.

Dora se tourna vers Alf.

— Pourquoi n'es-tu pas aussi en train de chercher ?

Il bougea sa masse d'un air coupable dans son fauteuil.

— Quelqu'un doit rester avec ta mère, non ? En plus, je ne me sens pas très bien. Mon ventre fait encore douloureusement des siennes.

Dora jeta un coup d'œil vers mémé Winnie qui roula des yeux, mais ne dit rien.

— Eh bien, je sors la chercher, dit Dora.

— Le dois-tu ?

Sa mère leva la tête, ses yeux vitrés de peur.

— Je n'aime pas te savoir dans ces rues à cette heure de la nuit. C'est déjà assez horrible que notre Josie ait disparu, mais si quoi que ce soit t'arrivait à toi aussi…

— Tout ira bien, maman, la rassura Dora. De toute façon, je ne peux pas demeurer assise ici et ne rien faire jusqu'à ce que notre Josie soit saine et sauve à la maison.

« Contrairement à certaines personnes », ajouta-t-elle silencieusement avec un regard mauvais dans la direction d'Alf.

Elle eut besoin de la lampe de poche de Millie quand elle parcourut les rues du canal jusqu'au parc Victoria. De temps à autre, elle rencontrait l'un des voisins ou un groupe d'hommes qui sortait du pub ou du marché, tous aussi en train de chercher. Le mot s'était rapidement répandu dans le quartier, et tout le monde était sorti dans les rues afin de retrouver Josie Doyle.

Et ils allaient la retrouver. Dora ne se permettait pas de penser différemment. Même si l'image du manteau rouge de Josie qui flottait sur l'eau sombre du canal la hantait encore.

Combien de fois s'était-elle tenue sur la rive du canal à penser en finir quand elle croyait ne plus pouvoir endurer un autre jour les mauvais traitements d'Alf ?

Elle priait pour que Josie ne fût pas encore aussi désespérée.

Mais il était de plus en plus difficile de demeurer optimiste alors que les heures passaient et que les rues sombres commençaient à se vider. À minuit, même les plus intrépides des chercheurs rentraient chez eux afin de voler quelques heures de sommeil avant de se relever à l'aube.

Sauf un. Sur le terrain vague derrière la ligne de chemin de fer, Dora aperçut une silhouette solitaire émerger d'une des cabanes désaffectées de la compagnie des chemins de fer, son contour dessiné par le clair de lune.

— Nick ?

Elle l'appela et il s'approcha d'elle, se faufilant parmi les ordures éparpillées sur le sol.

— Que fais-tu ici ? Pourquoi n'es-tu pas retournée à l'hôpital ?

Le clair de lune argenté capta la panique sur son visage.

— Josie n'est pas…

Dora secoua la tête.

— Elle n'a pas encore été retrouvée. Mais je ne pouvais pas rester assise à ne rien faire. Pas alors que notre Josie est quelque part toute seule…

Elle s'interrompit, sa voix se brisant.

— J'ai pensé qu'elle pouvait se cacher ici.

Elle fut reconnaissante que Nick fasse comme s'il ne voyait pas sa lèvre qui tremblait.

— C'est ici que j'avais l'habitude de venir quand je voulais échapper à mon vieux.

Dora leva les yeux vers son visage défait, gravé par l'épuisement

— Tu dois être crevé, dit-elle. Pourquoi n'es-tu pas rentré comme les autres ?

— Je t'ai promis que je la retrouverai, n'est-ce pas ?

Ses yeux croisèrent ceux de Dora à la lueur de la lune. Pendant un moment, aucun des deux ne parla. Quelque part au loin, un train passa en grondant, faisant trembler la terre sous leurs pieds.

— Nous allons chercher ensemble.

Elle s'éloigna de lui, rompant le charme.

Même la lampe de poche de Millie n'était pas suffisante contre l'obscurité quand des nuages entourèrent la lune. Dora trébucha et vacilla sur le sol irrégulier, et Nick tendit la main pour la maintenir. Après un moment, il lui fut plus facile de poursuivre en se tenant à son bras. Sa présence près d'elle la sécurisait.

Mais sachant que sa sœur n'avait personne à qui s'accrocher la fit se sentir encore plus mal.

— Elle doit être si terrifiée.

Elle exprima ses pensées à voix haute.

— Elle n'a jamais aimé l'obscurité. Je la taquinais tout le temps au sujet des fantômes et des croque-mitaines qui erraient dans les rues la nuit tombée, guettant les enfants…

Elle plaqua sa main sur sa bouche pour étouffer son sanglot de désespoir.

— Chut.

Le bras de Nick s'enroula sur ses épaules, l'attirant vers la réconfortante et solide chaleur de son corps.

Alors qu'elle s'appuyait contre lui, elle put sentir le battement régulier de son cœur contre sa joue.

— Tu es fatiguée, tu devrais rentrer.

— Je n'irai nulle part avant que nous ayons trouvé Josie.

Elle sentit sa poitrine se soulever puis retomber quand il soupira.

— Laisse-moi au moins te raccompagner jusqu'à la rue Griffin, dit-il. On ne sait jamais, il y a peut-être des nouvelles.

Et c'était le cas. Quand ils tournèrent au coin de la rue, Dora reconnut le vélo noir appuyé contre le mur de leur maison.

— Les policiers sont là !

Elle se libéra de Nick et se mit à courir, trébuchant et vacillant sur le pavé dans l'obscurité.

Ils se retournèrent tous pour la voir foncer dans la cuisine. Même le policier au milieu de la pièce, surplombant tout le monde, portant casque et courte cape noire jetée par-dessus ses épaules.

Toute la terreur et l'anxiété qu'elle refoulait la percutèrent telle une immense vague. Elle sentit ses jambes se dérober et se serait effondrée sur le sol si Nick n'avait pas été là pour la retenir.

Sa mère vint vers elle, des larmes brillant dans ses yeux.

— Ça va, chuchota-t-elle en étreignant Dora. Ils l'ont retrouvée. Elle va bien.

— Mais je ne comprends pas. Où est-elle… ?

— Elle est arrivée chez ta tante Brenda, expliqua sa mère. Peux-tu croire qu'elle a marché jusqu'à Loughton ?

— Et maintenant, la misérable petite effrontée a décidé de s'affirmer et refuse de revenir à la maison.

Mémé Winnie croisa ses bras sur sa poitrine.

— C'est bien le comble après tout ce qu'elle nous a fait endurer. J'aurai quelques mots à lui dire quand elle reviendra, je vous le garantis. Gâcher notre journée du jubilé et nous rendre malades d'inquiétude…

Mais sous son éclat de colère, Dora put voir le soulagement sur le visage de sa grand-mère.

— C'est assez, maman. Qu'elle aille bien, c'est suffisant.

Rose Doyle relâcha Dora et se tourna vers le policier.

— Merci de nous avoir avisés, dit-elle avec raideur en se rappelant ses manières. Nous sommes très reconnaissants, vraiment.

— Je suis simplement heureux d'avoir pu vous apporter quelques bonnes nouvelles.

Il parcourut l'assemblée, toucha son casque puis sortit par la porte arrière.

— Je me demande pourquoi elle est allée jusqu'à Loughton ? fit Rose quand il fut parti. C'est un véritable mystère pour moi.

— Le mystère pour moi est pourquoi ne veut-elle pas revenir ? ajouta mémé.

Dora jeta un bref regard vers Alf. La raison pour laquelle sa sœur s'était enfuie n'était pas un mystère pour elle. Et ni pour lui. Cela transparaissait sur son visage. Il lui fallut toute son énergie pour ne pas attraper le tisonnier et le fracasser sur Alf.

— Nous verrons cela, dit-il. À la première heure demain matin, j'irai à Loughton la chercher. Je la ramènerai à la maison, ne t'inquiète pas mon amour, rassura-t-il sa femme. Même si je dois la traîner…

— Non !

Dora ne s'était pas rendu compte d'avoir crié avant de voir le regard de surprise sur tous les visages qui la contemplaient.

— Pourquoi ne la laisses-tu pas chez tante Brenda pour un moment ? raisonna-t-elle en s'efforçant de se calmer. Lui laisser un peu de temps pour mettre de l'ordre dans ses idées ? Peut-être pourrais-tu emmener les enfants à Loughton et y rester quelques jours, dit-elle à sa mère. Tu pourrais avoir une bonne discussion avec elle et découvrir ce qui ne va pas.

— Je sais ce qui ne va pas, grogna mémé Winnie. Elle a besoin d'une bonne correction, c'est ça qui ne va pas.

— Ça pourrait être une bonne idée d'y aller, je suppose.

Rose se tourna vers son mari.

— Qu'en penses-tu, Alf ?

— Eh bien…

— Je suis certaine qu'Alf n'est pas contre l'idée que tu prennes des vacances ? ajouta rapidement Dora. Je crois qu'elle le mérite, pas toi ?

Elle regarda Alf de l'autre côté de la pièce. Il rongeait l'ongle de son pouce, un signe évident qu'il était agacé.

— Eh bien, je crois que c'est une merveilleuse idée, intervint mémé Winnie. Notre Dora a raison, tu mérites une pause, Rose. Et tu réussiras peut-être à faire entendre raison à Josie aussi. Nous nous arrangerons bien ici pour quelques jours, n'est-ce pas, Alf ?

Elle fit un sourire édenté à son gendre.

— J'imagine.

Le regard contrarié et furieux qu'il lança à Dora aurait suffi à n'importe qui pour s'arrêter net, mais elle n'en avait cure. Au moins, de cette façon, elle pouvait garder Josie loin de ses mains sales pour un moment.

Derrière elle, Nick s'éclaircit la gorge. Dans toute l'excitation, elle avait presque oublié sa présence.

— Je ferais mieux d'y aller alors, marmonna-t-il.

Dora le suivit par la porte arrière.

— Merci d'avoir aidé à la chercher, dit-elle.

— Je te l'avais promis, non ?

— Quand même, c'était gentil de ta part.

— Gentil ?

Sa bouche se tordit.

— Ce n'est pas un mot que les gens utilisent souvent en parlant de moi.

— Eh bien, je pense que tu es gentil.

— Vraiment ?

Il se tenait très près d'elle, les yeux baissés vers elle dans l'obscurité.

— Est-ce que tu m'apprécies vraiment, Dora ?

— Bien sûr que oui.

L'air était tendu. Lentement, comme attirée par une force qu'elle ne put maîtriser, elle leva son visage vers le sien. Elle vit ses yeux s'assombrir et sut qu'il allait l'embrasser. Elle sut aussi que c'était ce qu'elle désirait le plus au monde.

Il baissa la tête vers la sienne, obstruant la lumière provenant de la lune. Mais dès que les lèvres de Nick touchèrent les siennes, Dora se sentit suffoquée, écrasée. Des souvenirs l'envahirent, se fracassant sur elle comme des vagues, la noyant. Alf Doyle se pressant contre elle, ses baisers durs et humides et goûtant la vieille bière, sa langue envahissant sa bouche jusqu'à ce qu'elle ne puisse plus respirer…

— Non, arrête ! Éloigne-toi de moi !

Elle se débattit contre Nick, le repoussant. Il chancela, le visage livide sous le choc.

— Désolé, dit-il d'un ton bourru. Je pensais que tu le voulais.

Il s'écarta d'elle, les mains tombant le long de son corps.

— Je me suis fait une fausse idée.

— Je suis désolée.

Dora voulait lui parler, lui expliquer. Mais les mots restèrent coincés dans sa gorge.

— Non, c'est moi qui suis désolé. Je ne voulais pas… je n'ai jamais…

Il se retourna.

— Comme j'ai dit, je me suis fait une fausse idée. Cela ne se reproduira plus.

— Nick, attends ! l'appela-t-elle, mais déjà il s'éloignait d'elle dans la noirceur.

CHAPITRE 39

Helen s'assit sur le premier banc durant les vêpres, observa les particules de poussières danser dans les rayons lumineux aux aspects de joyaux provenant des vitraux et écouta son père prêcher sur le péché.

Elle n'osa pas croiser ses yeux, car elle était certaine qu'il saurait qu'elle était la plus grande pécheresse de tous. Parce qu'elle ne pensait pas à la manière dont Dieu avait envoyé Jésus Christ son fils unique pour mourir pour elle ; elle se demandait plutôt quand elle pourrait rentrer à Londres pour rencontrer Charlie Denton.

Lorsqu'elle avait fait des plans pour rencontrer Charlie, elle avait oublié qu'elle était en congé toute la journée du dimanche, ce qui signifiait rentrer à la maison pour rendre visite à ses parents. Il n'était pas question de pouvoir s'en sortir ; sa mère aurait voulu savoir pourquoi Helen ne pouvait pas venir et aurait posé toutes sortes de questions, et Helen aurait fini par devoir tout lui dire parce qu'elle était une lamentable menteuse devant les interrogatoires impitoyables de Constance.

Cela avait déjà été suffisamment difficile de lui dissimuler la vérité toute la journée. Helen avait essayé de demeurer aussi occupée que possible : remettant les livres de prières avant le service du matin, restant après pour mettre de l'ordre dans l'église et allant faire des courses dans la paroisse. N'importe quoi afin d'éviter d'être seule avec sa mère.

Elle avait été presque trop nerveuse pour manger son repas. Elle s'était assise à la grande table d'acajou de la salle à manger en face de William, plongeant sa fourchette régulièrement dans son rosbif et son pudding Yorkshire, essayant désespérément de n'avoir aucun contact visuel avec quiconque. Et tout ce temps, ses pensées n'avaient cessé d'errer traîtreusement vers la soirée. Que devait-elle porter ? Où iraient-ils ? Est-ce que Charlie allait même venir ? Même s'il lui avait dit à quel point il avait hâte, elle n'arrivait toujours pas à croire qu'il le pensait.

— Mais qu'est-ce qui peut bien te faire sourire ainsi, Helen ?

Elle avait levé la tête. Sa mère l'observait de l'autre bout de la table.

— Rien, mère, avait-elle rapidement répondu.

— Tu sembles plutôt distraite aujourd'hui. Es-tu certaine de ne pas couvrir quelque chose ?

Les traits nets de Constance s'étaient ridés en un froncement.

— Tu es régulière, j'espère ? Je me demande si tu n'aurais pas besoin d'une purge.

— Je vais très bien, mère, merci.

Helen avait croisé les yeux de William en face d'elle et s'était efforcée de dissimuler son sourire. Seule sa mère pouvait croire que le bonheur était une maladie devant être traitée par un laxatif.

Maintenant, William était affalé sur le banc près d'elle, les bras croisés, les yeux clos. Helen lui donna un vif coup de coude.

— Hein ? Quoi ? Amen.

Il s'éveilla en sursaut et s'empara de son livre de prières qui glissait de ses genoux.

— Est-ce terminé ? marmonna-t-il.

— Non, et tu pourrais au moins faire semblant d'écouter.

Helen le regarda en fronçant les sourcils.

— À quelle heure rentres-tu à Londres ?

— Dès que je peux décemment m'enfuir, pourquoi ?

— Est-ce que je peux rentrer avec toi ?

— Je croyais qu'habituellement tu prenais le dernier train ?

— Je ne peux pas ce soir. Je... rencontre quelqu'un, répondit évasivement Helen.

— Ah oui ?

Les sourcils de William s'arquèrent.

— Et qui est ce quelqu'un exactement ?

— Chut !

Avant qu'elle puisse répondre, leur mère leur lança un regard qui les réduisit au silence.

— Ça ne te concerne pas, chuchota Helen. Alors, est-ce que je peux rentrer avec toi ou non ?

William hocha la tête.

— Bessie et moi serons heureux de ta compagnie. Surtout si je dois la pousser jusqu'au sommet de Richmond Hill comme la dernière fois. Essayons de décamper immédiatement après le service, d'accord ?

Mais ils n'eurent pas cette chance. Après les vêpres, ils durent se joindre à leurs parents pour saluer la congrégation alors qu'elle quittait l'église en file.

Helen savait que c'était la partie que sa mère préférait, distribuer ses mansuétudes aux paroissiens qui les méritaient et son jugement à ceux qui ne les méritaient pas. Très peu échappaient aux yeux acerbes de Constance Tremayne et à sa langue encore plus acerbe.

— Ah, Mme Ellis, comme je suis heureuse de vous voir.

Elle repéra une femme d'âge mûr à l'air épuisé qui essayait de se faufiler, évitant le regard de Constance.

— Comment allez-vous ? Et comment la jeune Margaret aime-t-elle la vie de femme mariée ? C'est tellement dommage qu'elle n'ait pas pu se marier à l'église, mais je suppose que le service de l'état civil est plus rapide, à tout le moins. Et vu les circonstances, la rapidité était l'essentiel, n'est-ce pas ?

La voix de Constance ruisselait de sympathie et d'inquiétude, ne se souciant pas du visage rougissant de la femme.

— Avec un peu de chance, quand le bébé sera là, nous pourrons prendre des arrangements pour un baptême ?

Quand la femme déguerpit, l'air démonté, Constance se tourna vers Helen.

— Sa fille est une dépravée. Elle s'est fait mettre enceinte par un gardien de parc, n'est-ce pas incroyable ?

— Au moins l'a-t-il épousée, dit doucement Helen, puis elle tressaillit quand sa mère bondit en entendant sa remarque.

— Et cela devient acceptable, c'est ça ? Pas dans mon livre. Et pas dans le livre du Seigneur non plus. Un péché est un péché, Helen, peu importe comment il est habillé après. Et maintenant, sa propre mère ne peut plus marcher la tête haute dans sa propre église.

Elle fixa Helen avec un tel regard qu'elle se sentit flétrir de honte. Elle fit de son mieux pour ne pas tomber à genoux et confesser immédiatement son propre péché.

Enfin, William et elle réussirent à s'éclipser et à se diriger vers Londres.

— Alors, qui est-ce ? interrogea son frère dès qu'ils sortirent de la vaste allée du presbytère.

— Je ne sais pas de quoi tu parles, dit Helen sagement.

— Oh, allez, Hels. Toute la journée tu étais aussi nerveuse qu'une chatte ou souriait comme une idiote. Et j'ai vu comme tu rougissais quand mère s'est mise à parler de la fille dépravée de Mme Ellis. Alors qui est-ce ? Est-ce que je le connais ?

Le sang se retira du visage de William.

— Je t'en prie, ne me dis pas qu'il s'agit d'un étudiant en médecine ? Je ne laisserai pas l'un de ces vauriens détourner ma sœur du droit chemin.

Helen s'esclaffa.

— Non, ce n'est pas un médecin ou un étudiant en médecine, alors tu n'as pas à te soucier de protéger mon honneur. Il s'appelle Charlie.

Le seul fait de prononcer son nom la fit sourire.

— Charlie, hein ? Et que fait-il, ce Charlie ?

— Il travaillait dans une usine. Mais maintenant, il vient de commencer dans l'entreprise de menuiserie de son oncle.

Elle raconta l'accident de Charlie et comment ils s'étaient rencontrés.

— Je vois pourquoi tu ne voulais pas que mère soit au courant de ton nouveau petit ami, dit William, le regard concentré sur la route. Je ne crois pas qu'elle approuverait du tout.

— Tu ne vas pas lui dire, n'est-ce pas ? supplia Helen. Enfin, ce n'est même pas mon petit ami. Ce n'est qu'une sortie. Il ne voudra probablement plus me revoir après ce soir. Je voulais seulement savoir comment c'était, tu sais, de sortir avec quelqu'un.

— Ne t'inquiète pas, petite sœur, ton secret est en sécurité avec moi. Dieu sait combien tu en as gardé pour moi au fil des ans, lui dit-il en tapotant son genou. Quoi qu'il en soit, qui dit qu'il ne s'agit que d'une seule soirée ? On ne sait jamais, ce sera peut-être le début d'une magnifique histoire d'amour.

— J'en doute ! dit Helen avec regret.

Mais en même temps, elle ne put s'empêcher d'espérer qu'il ait raison.

Ils progressèrent bien vers la ville et Helen cessa de consulter sa montre. Mais comme ils atteignaient la banlieue de Putney, la voiture se mit à ralentir de manière inquiétante.

— Allez, Bessie, encouragea William. Allez, ma vieille. Ne me laisse pas tomber maintenant.

« Ne me laisse pas tomber non plus », pria en silence Helen. Mais de toute évidence, Dieu avait décidé de se venger de ses rêveries dans l'église, car Bessie se mit à pousser un grincement de mauvais augure.

— Je ferais mieux de jeter un coup d'œil, dit William en se rangeant sur le côté de la route.

Helen s'assit sur le bas-côté gazonné et le regarda examiner la voiture.

— Ce n'est pas aussi grave que je pensais, dit-il. Nous avons une crevaison.

— Et ce n'est pas une mauvaise nouvelle ? fit Helen.

— Non, parce que je peux la réparer. Tout ce que nous devons faire est de changer la roue.

— Et c'est tout ?

Helen émit un rire creux.

— J'aurai terminé en un rien de temps.

William se mit en bras de chemise.

— Et encore moins si tu m'aides.

Helen se leva avec lassitude.

— Je ferais mieux, j'imagine. Que dois-je faire ?

Elle l'aida à monter la voiture sur le cric et dévissa les écrous tenant la roue en place. Mais l'anxiété la rendait gauche.

— Si tu es pour tout laisser tomber, cela prendra une éternité, lâcha William quand elle plongea pour repêcher un écrou qui avait roulé sous la voiture. Calme-toi, je suis certain que ton jeune homme va t'attendre.

— Et si ce n'est pas le cas ?

Helen était déjà convaincue que Charlie allait lui faire faux bond.

— Hels, il t'a attendue pendant trois mois. Dix minutes supplémentaires ne feront aucune différence. À bien y réfléchir, disons plutôt 30 minutes, soupira-t-il quand Helen laissa tomber un autre écrou.

Alors qu'elle l'aidait à remettre la lourde roue à sa place et la tenait en place, elle demanda :

— Comment sais-tu si tu plais à quelqu'un ?

William sourit.

— Est-ce que tu me demandes conseil ? C'est une nouveauté.

— Je ne te le demanderai pas si tu te moques de moi.

William s'arrêta un moment pour réfléchir. Puis, il déclara :

— Quand la soirée sera terminée et que tu t'éloigneras de lui, retourne-toi. S'il te regarde, cela signifie que tu lui plais.

— C'est tout ?

Helen rit.

— C'est tout.

William serra le dernier écrou et se leva, brossant son pantalon.

— Allez, nous ferions mieux d'y aller. Je crois que tu devras te changer avant ton rendez-vous.

Helen baissa les yeux avec désarroi vers sa robe tachée d'huile.

— Oh, non ! Je n'aurai pas le temps de me changer.

Des larmes de frustration picotèrent ses yeux. Elle avait planifié si soigneusement cette soirée, imaginé comment Charlie allait la regarder quand il la reverrait. Et maintenant, tout était gâché.

Il était assis sur un banc devant le portail de l'hôpital quand ils arrivèrent, un bouquet de fleurs ramollies entre les mains. Helen tressaillit sur son siège, s'étirant le cou pour le voir.

— Je suppose que c'est ton prétendant ?

William parut amusé.

— Il semble aussi nerveux que toi. Il croit probablement que tu lui as posé un lapin, pauvre gars.

Il se gara près de Charlie. Helen attendit à peine que la voiture soit arrêtée avant d'en dégringoler, muette et confuse.

— Je-je suis désolée d'être en retard, bégaya-t-elle, triturant sa chaussure, laquelle s'était coincée dans l'ourlet de sa robe. Je sais que j'ai un air épouvantable, mais je peux expliquer…

— Je crains que ce soit entièrement de ma faute.

William sortit de la voiture.

— Nous avons crevé sur le chemin de retour de Richmond et j'ai forcé ma sœur à m'aider à changer la roue. Je peux vous assurer qu'habituellement, elle prend beaucoup plus soin de son apparence.

— Ça va. Je suis simplement heureux que vous soyez là.

Il lui tendit les fleurs.

— Pour vous, dit-il.

— Merci. Elles sont adorables.

William tendit la main.

— Heureux de vous rencontrer. Je suis William Tremayne, le frère d'Helen.

— Charlie Denton.

Charlie se leva lentement, s'appuyant sur sa canne. Il semblait plutôt hébété en serrant la main de William. Il jeta un coup d'œil par-dessus son épaule en direction de Bessie, garée en bordure du trottoir.

— Belle voiture, commenta-t-il.

— Voici Bessie, ma plus grande fierté. Quand elle ne tombe pas en panne et me laisse coincé au beau milieu de nulle part, bien sûr.

Helen les laissa discuter des mérites relatifs de Bessie et se précipita vers la maison des infirmières.

Millie se trouvait dans leur chambre en train de lire un manuel d'anatomie.

— Peux-tu croire qu'il y a autant d'os dans le corps humain ? soupira-t-elle. Et pourquoi doivent-ils tous avoir des noms aussi stupides ?

Elle leva les yeux vers Helen et resta bouche bée.

— Mince, que t'est-il arrivé ?

— Ne pose pas de question.

Helen déboutonna frénétiquement sa robe.

— Je suis censée sortir avec Charlie ce soir et je n'ai rien à mettre.

Elle ouvrit la penderie et contempla son contenu avec désespoir. Les quelques robes décentes qu'elle avait se trouvaient toutes à la maison à Richmond, sa mère ayant très fermement décidé qu'elle n'en aurait aucunement besoin durant sa formation.

— Après tout, ce n'est pas comme si tu allais te balader dans Londres, n'est-ce pas ? avait-elle dit en reniflant.

— Laisse-moi voir.

Millie posa son livre et se leva pour examiner la penderie d'Helen.

— Tu as raison, ce n'est pas tellement inspirant, n'est-ce pas ?

— Je vais devoir porter celle-ci.

Helen sortit une robe vert pomme couverte de minuscules pois blancs. Elle était terne, mais pratique.

— Cela ira, n'est-ce pas ?

— Si tu vas rendre visite à sa vieille tante célibataire, je suis certaine que cela conviendra.

Helen cligna des yeux pour refouler ses larmes.

— Tu ne m'aides pas !

— Alors, remets cette horrible robe dans ta penderie et laisse-moi faire.

Millie ouvrit l'autre penderie où elle gardait ses vêtements. Dora et Helen partageaient un placard pour leur maigre collection de robes, de jupes et de blouses, mais la somptueuse garde-robe de couturier de Millie avait son propre espace.

— Que fais-tu ? demanda Helen.

— Je te déniche quelque chose à porter.

Millie fouilla sur la tringle, sortant et rejetant des vêtements.

— Ma grand-mère m'a commandé beaucoup trop de vêtements quand j'ai fait la saison des débutantes et a insisté pour que j'emporte tout ici. Je savais que cela serait utile un jour… ah, pourquoi pas celle-ci ?

Elle sortit une robe d'une teinte orange brûlée foncée.

— Je n'ai jamais pu la porter parce que la couleur était trop vive pour moi. Mais tu peux te le permettre magnifiquement grâce à ton teint foncé. Tiens, essaye-la.

Helen voulut discuter, mais elle n'avait pas le temps de s'opposer. Et en outre, elle n'avait jamais vu une aussi jolie robe, encore moins en porter une.

Elle était encore plus belle quand elle l'enfila. Millie avait raison, la couleur lui allait parfaitement. Elle était faite dans un doux tissu fluide qui flottait sensuellement sur son corps mince d'une manière qu'elle n'avait jamais pu imaginer dans le coton rigide et la laine pratique que sa mère lui faisait toujours porter.

— Es-tu certaine que c'est suffisamment décent ? chuchota-t-elle, incapable de détourner ses yeux de son reflet.

— Bien sûr que oui. Ma grand-mère ne me laisserait jamais porter quoi que ce soit qui ne serait pas de la plus haute décence, dit Millie sagement. Maintenant, enlève-la et va te laver le visage. Puis, je t'appliquerai un peu de rouge à lèvres et de poudre, et ne t'inquiète pas, tu ne ressembleras pas à une pute !

Elle rit devant l'expression craintive d'Helen, puis applaudit de joie.

— Oh, c'est tellement excitant, n'est-ce pas ? Cendrillon, tu iras au bal !

CHAPITRE 40

Quand Helen se précipita dehors 10 minutes plus tard, William et Charlie étaient appuyés contre la voiture et bavardaient comme de vieux amis.

— Désolée de vous avoir fait attendre.

Elle se hâta vers eux en lissant encore sa robe. Ils se retournèrent pour la regarder.

— Oh là.

Son frère poussa un long sifflement.

— Ma sœur sait plutôt bien se rendre présentable, n'êtes-vous pas d'accord, Charlie ?

Helen observa avec appréhension le visage de Charlie. Elle craignait encore d'être trop bien habillée, mais son regard admiratif dans ses yeux lui dire qu'elle avait visé juste.

— Comme vous dites, fit-il.

Il sourit à Helen. Il était lui-même très séduisant en costume et cravate, ses cheveux blond-roux soigneusement ramenés en arrière, dégageant son large et beau visage. Helen ressentit un fourmillement d'anticipation. C'était réellement en train de se produire. Elle allait avoir un véritable rendez-vous avec Charlie Denton !

— Bon, allez, je vous laisse.

Ils détachèrent leurs yeux l'un de l'autre pour momentanément regarder William.

— Passez une agréable soirée. Et prenez soin d'elle, Denton, ou vous aurez des comptes à me rendre.

— Je le ferai, promit Charlie.

— Et toi, chuchota William à Helen en se glissant dans sa voiture, prends aussi bien soin de lui. C'est un bon gars, Hels. Et il n'y en a pas des masses comme ça par ici.

Il s'éloigna, les laissant seuls. Tout à coup, Helen se sentit maladroite et gênée, se tenant là dans sa robe empruntée, toute maquillée avec du rouge à lèvres et de la poudre. Particulièrement parce que Charlie semblait incapable de détacher ses yeux d'elle. Elle se toucha le nez, se demandant si elle avait encore une tache d'huile.

— Vous est magnifique, dit-il doucement.

— Merci.

— Je n'étais pas certain si vous alliez venir. Comme vous étiez en retard, j'ai pensé que vous aviez peut-être changé d'avis.

— J'ai pensé que vous changeriez d'avis et décideriez de ne pas m'attendre, confessa Helen.

Charlie sourit largement.

— Jamais ! J'ai attendu trois mois pour ce moment. Alors, où désirez-vous aller ?

— Où vous voudrez, répondit Helen en haussant joyeusement les épaules.

— Eh bien, je ne suis pas très partant pour la danse en ce moment, mais nous pourrions aller au cinéma ou je pourrais vous offrir le thé ?

Ses yeux bleus fouillèrent anxieusement ceux d'Helen. Pour la première fois, il apparut à Helen qu'il était aussi nerveux qu'elle.

— C'est une agréable soirée. Pourquoi n'irions-nous pas simplement nous promener dans le parc ? suggéra-t-elle. Si vous êtes disposé à marcher, bien sûr ?

— Je suppose que l'exercice me ferait du bien. Mais en êtes-vous certaine ? Je sais que la plupart des filles s'attendent à ce qu'un homme dépense un peu d'argent pour elles, leur fasse passer un bon moment. Je sais que ma Sally…

Il s'arrêta.

— Quoi qu'il en soit, je ne voudrais pas que vous retourniez à votre maison des infirmières et leur disiez à toutes que je ne sais pas comment convenablement traiter une fille, bredouilla-t-il en rougissant.

— Je promets que non, le rassura Helen. Il fait beaucoup trop bon pour s'asseoir dans un vieux cinéma étouffant.

Il fit un grand sourire et lui offrit son bras.

— Alors le parc, c'est décidé. Vous devrez marcher de ce côté, je le crains. Je sais qu'un gentleman devrait marcher du côté de la route, mais j'ai besoin de cette main pour ma canne. Si cela ne vous dérange pas ?

— Bien sûr que non.

Helen plaça sa main sous son bras et ils marchèrent lentement le long de la route ensemble. Il semblait très bien se débrouiller, marchant avec seulement une faible claudication.

— Comment vous en sortez-vous avec la prothèse ? demanda-t-elle. Vous ne souffrez pas ou quoi que ce soit ?

Il lui jeta un regard de biais narquois.

— Nous ne sommes plus à l'hôpital maintenant, vous vous en souvenez, infirmière Tremayne ?

Helen lui fit un sourire d'excuse.

— Désolée. Les vieilles habitudes ont la peau dure, je suppose.

— Oui, eh bien, vous êtes ma petite amie maintenant, pas mon infirmière.

Ma petite amie. Helen savoura les mots alors qu'ils traversaient la route et pénétraient dans le parc par son portail de fer forgé. C'était une belle soirée de début d'été, et le parc Victoria était encore rempli de familles profitant de l'air frais. Ils s'arrêtèrent un moment pour observer les bateaux sur le lac.

— Est-ce que vous faites de la rame ? demanda Helen.

— Pas depuis un long moment. Quand nous avons commencé à nous fréquenter, Sal et moi…

Il s'arrêta brusquement.

— Je suis désolé, dit-il, son visage s'empourprant.

— Vous pouvez parler d'elle, vous savez, lui dit Helen en serrant son bras. Vous étiez fiancés. Vous allez forcément mentionner son nom à l'occasion.

Elle observa l'eau, scintillante sous les faibles rayons du soleil de début de soirée.

— Je crois n'être jamais montée dans un bateau à rames, réfléchit-elle.

— Pardon, jamais ?

Charlie la considéra. Helen secoua la tête.

— Ma mère a toujours dit que c'était trop dangereux.

— Pas si vous le faites correctement. Je vous emmènerai un jour. Vous serez en sécurité avec moi.

Helen lui sourit.

« Je sais », pensa-t-elle.

Elle contempla son profil tandis qu'il observait l'eau. Elle espéra qu'il ne pensait pas à Sally.

— En fait, commença Charlie, pourquoi n'irions-nous pas maintenant ?

— Pardon ? fit Helen en riant à moitié. Êtes-vous sérieux ? Le parc va bientôt fermer.

— Pas avant 30 bonnes minutes. Nous avons encore suffisamment de temps pour une rapide promenade sur le lac. Qu'en dites-vous ?

Helen baissa les yeux vers sa robe.

— Je ne suis pas habillée pour ramer !

— Alors, vous n'aurez qu'à rester assise et être belle pendant que je ferai tout le boulot. À moins que cela ne vous tente vraiment pas ?

Il fronça les sourcils, soudainement anxieux.

— Je veux que vous vous amusiez ce soir. Et si vous préférez faire autre chose…

Le regard d'Helen passa de lui aux bateaux avant de se reposer sur lui. Ce soir en était un de nouvelles expériences, décida-t-elle.

— Pourquoi pas ?

— Je suis fier de vous !

Charlie sourit largement.

Helen changea presque d'avis après qu'il eut acheté deux billets au petit stand et qu'elle mit un pied dans le petit bateau chancelant. Il vacilla et balança sous son pied, la déséquilibrant presque.

— Pourquoi ne veut-il pas demeurer immobile ? rit-elle.

— Ça ne serait pas aussi amusant !

Charlie lui tendit la main pour la stabiliser.

— Allez, si je peux le faire avec une seule jambe, vous pouvez le faire avec deux !

Finalement, ils étaient assis et en route, Charlie tirant fortement sur les rames jusqu'à ce qu'ils glissent sur l'eau. De fins poils dorés chatoyaient sur ses avant-bras musclés qui tiraient et poussaient les rames.

Helen enleva son gant et laissa ses doigts traîner dans l'eau, observant les formes sombres de poisson qui filaient en dessous d'eux. Quelques canards curieux barbotèrent près d'eux pour les observer, puis s'éloignèrent.

— Eh bien ? Qu'en pensez-vous ? lui demanda Charlie.

— C'est très agréable.

Helen leva son visage vers le soleil descendant du soir qui criblait au travers des arbres.

— Tout est réellement très agréable.

Elle ne savait pas à quoi s'attendre de son rendez-vous, mais c'était bien mieux que tout ce qu'elle aurait pu imaginer.

— J'aime bien être sur l'eau moi-même, dit Charlie. Je ne me sens pas aussi maladroit que lorsque je marche. Personne ne me regarde ici.

Helen le considéra avec sympathie.

— Est-ce que vous avez encore de la difficulté à vous y faire ? interrogea-t-elle.

— Pour être honnête, je ne sais pas si je m'y ferai un jour. J'ai de bons jours et de mauvais jours, comme pour n'importe quoi. Cela a beaucoup aidé que mon oncle m'offre un travail dans son entreprise de menuiserie. J'ai toujours été habile de mes mains, et c'est ma chance d'acquérir une bonne compétence. Cela me fait sentir un peu moins inutile que lorsque je ne gagne pas ma propre vie, dit-il en souriant. Écoutez-moi encore !

— J'aime vous écouter.

Il secoua la tête.

— Mais vous n'avez pas à m'entendre pleurnicher. J'essaie de vous impressionner, vous vous en souvenez ?

— Je serais davantage impressionnée si nous cessions de tourner en rond, le taquina Helen.

— Oh, vraiment ?

Les sourcils de Charlie s'arquèrent d'un air interrogateur.

— Si madame n'est pas contente du service, peut-être aimerait-elle s'y essayer ?

Helen vit la lueur de défi dans ses yeux.

— Peut-être bien, dit-elle en attrapant les rames.

Il fallut un peu d'entraînement, beaucoup de rires et des oscillations du bateau avant qu'elle comprenne comment faire. Les mains de Charlie couvraient les siennes quand il lui montrait comment pousser et tirer les rames.

— C'est dur pour les bras, la prévint-il.

— Pas lorsqu'on est habituée à soulever des gens pour leur faire prendre leur bain ! répliqua Helen.

Elle aurait aimé rester pour toujours dans le bateau avec Charlie, le monde dérivant, sentant le soleil sur son visage et écoutant les sons plaisants des rires et des chants d'oiseaux. Mais beaucoup trop tôt, le gardien des bateaux les appela, leur disant que le parc allait fermer dans 10 minutes.

Helen craignait aussi que leur rendez-vous se termine, mais Charlie demanda timidement si elle aimerait manger quelque chose.

— Je connais un petit café près d'ici ouvert jusqu'à 21 h, dit-il. Ce n'est rien de trop chic, mais la nourriture est bonne.

— Cela me paraît parfait, dit Helen en prenant son bras.

Et ce l'était. Charlie avait raison, le café n'avait rien de chic avec ses tables éraflées et son plancher carrelé. Mais c'était calme, et les œufs et les frites étaient délicieux ; et même s'ils avaient eu le goût de sciure, cela n'aurait pas eu d'importance parce qu'elle était avec Charlie.

Ils parlèrent continuellement. Helen ne put croire qu'elle s'était inquiétée qu'ils demeurent assis dans un silence embarrassant sans avoir rien à se dire. Ils parlèrent et parlèrent et rirent jusqu'à ce que leurs côtes soient douloureuses face aux absurdités des choses. Ils étaient encore en train de parler et de rire quand le propriétaire du café, un Italien costaud du nom d'Antonio, avec le plus fort accent cockney qu'Helen n'avait jamais entendu, les informa très poliment qu'il voulait fermer et rentrer chez lui.

Charlie raccompagna Helen à l'hôpital en parcourant les rues sombres de Bethnal Green.

— Je suis désolé que ce n'ait pas été une soirée élégante, dit-il.

— Cela ne me dérange pas. Je me suis amusée.

— Cela me dérange. Vous êtes une lady convenable et vous méritez ce qu'il y a de mieux.

Il fit une pause.

— La vérité est que je suis un peu fauché depuis que j'ai perdu mon emploi. Je m'en sors mieux depuis que j'ai recommencé à travailler, mais je n'ai pas encore de gros moyens.

Il se tourna pour la regarder, son visage ombragé par la lumière argentée de la lampe.

— Mais je ferai mieux la prochaine fois, si vous me donnez une autre chance. Je ne serai peut-être pas encore en mesure de vous offrir le thé au Ritz, mais je crois pouvoir aller jusqu'à des billets pour le cinéma.

Il parut anxieux.

— Qu'en dites-vous ? Voudriez-vous sortir avec moi de nouveau ?

Elle n'avait pas eu l'intention d'accepter. Cela devait être leur seule et unique sortie. Mais elle se vit hocher de la tête avec enthousiasme.

— Oui, s'il vous plaît, dit-elle.

Helen s'éloigna de lui, traversa le portail de l'hôpital et la large allée menant au bâtiment principal de l'hôpital. De faibles lumières luisaient dans les fenêtres du service au-dessus d'elle. La joie s'élevait en elle comme une bulle dans sa poitrine, jusqu'à ce qu'elle désire rire tout haut afin de la laisser sortir.

Avant de traverser le porche voûté du bâtiment principal qui menait dans la cour, elle se rappela ce que William lui avait dit. Se préparant à être déçue, elle regarda prudemment par-dessus son épaule.

Charlie se tenait au portail, sa forme dessinée par la lueur de la lampe, appuyé lourdement sur sa canne, l'observant.

CHAPITRE 41

— Devinez quoi ? Je vais recevoir une récompense !

Lucy Lane fit son annonce de sa place habituelle, au bout de la table de la salle à manger, sa voix s'élevant impérieusement par-dessus les cliquetis de couteaux et de fourchettes. Personne ne répondit. Toutes étaient trop habituées à la vantardise de Lucy pour prendre la peine d'être encore impressionnées.

— Le conseil d'administration remet des récompenses aux meilleures étudiantes de chaque année lors de la fête annuelle de la fondation, poursuivit Lucy, insouciante de leur manque d'intérêt. Ils la remettront à Patterson en troisième année, à Tremayne en deuxième année et à moi.

Elle sourit à toutes à la ronde. Quelques étudiantes hochèrent poliment la tête, les autres continuèrent simplement à manger.

— Ils remettront les prix lors de la fête annuelle de la fondation. Nos parents sont invités à venir nous voir. Je suppose que ma mère va absolument insister pour que j'aie une nouvelle robe !

Elle soupira, comme si toute cette histoire était simplement trop épuisante.

— Écoute-la, elle est repartie.

Katie roula des yeux vers Dora.

— J'aimerais vraiment que quelqu'un la remette à sa place.

Dora ne répondit pas. Pour une fois, la vantardise de Lucy glissa sur elle. Elle avait des choses beaucoup plus importantes en tête.

Aujourd'hui, sa mère et les enfants devaient rentrer de leurs vacances à Loughton, et Dora était impatiente d'aller les voir afin de savoir comment allait Josie.

Elle espérait que sa mère l'avait laissée rester chez tante Brenda un peu plus longtemps. N'importe quoi pour la tenir éloignée des griffes d'Alf.

Elle était certaine qu'il avait tourné son attention sur sa sœur. Elle essayait de ne pas penser à ce que la pauvre petite Josie avait enduré. Mais depuis les trois dernières semaines, ses cauchemars avaient recommencé. Seulement, cette fois c'était le visage hanté de sa sœur qui la faisait se réveiller en criant.

Bea était en train de jouer avec d'autres enfants de leur rue Griffin quand Dora arriva. Elle entendit la voix de sa petite sœur avant même d'avoir tourné au coin de la rue, en train de gérer tout le monde. Ils lançaient chacun leur tour un cerceau de métal provenant de la jante d'une vieille roue de bicyclette dans le but de le faire rouler. Mais dès qu'elle vit

Dora, Bea abandonna le jeu et courut dans la rue pour l'accueillir.

— Nous avons un cerceau, regarde ! Même si en fait, il est à moi, ajouta-t-elle avec un regard d'avertissement vers les enfants qui rôdaient autour. Je l'ai trouvé.

Mais Dora n'écoutait pas. Son attention était fixée sur la maigre fille aux cheveux noirs assise sur le bord du trottoir, les épaules voûtées, les genoux remontés sous le menton.

L'estomac de Dora se tordit.

— Josie ?

Bea lança un coup d'œil par-dessus son épaule.

— Pas la peine de lui parler. Elle ne veut pas jouer. Elle reste seulement assise là, l'air misérable. Elle a à peine ouvert la bouche depuis que nous sommes partis de chez tante Brenda.

Elle fit une grimace, puis se tourna vers Dora, ses yeux verts étincelants.

— Tu vas jouer avec nous, n'est-ce pas ?

— Plus tard, dit Dora en se dirigeant déjà l'autre côté de la rue vers Josie.

Josie ne la vit pas avant que Dora dise son nom. Quand elle leva la tête, son visage semblait mince et crispé avec d'énormes yeux foncés craintifs au-dessus de pommettes saillantes.

— Que fais-tu ici ? demanda Josie, sa voix à peine plus qu'un murmure.

— J'étais sur le point de te demander la même chose. Je croyais que tu restais chez tante Brenda.

— L'aîné de tante Brenda a attrapé la scarlatine, alors maman a pensé que je serais plus en sécurité à la maison.

« Si seulement elle savait », pensa Dora.

Elle s'assit près d'elle sur le trottoir.

— Est-ce que ça va, chérie ? interrogea-t-elle.

— Oui, bien sûr. Pourquoi est-ce que ça n'irait pas ?

La voix de Josie semblait vide.

— Pourquoi t'es-tu enfuie ?

— J'ai été stupide.

Josie serra davantage ses genoux sous son menton. Dora remarqua à quel point ses bras étaient frêles dans sa robe d'été de coton. À 15 ans, elle n'était encore qu'une enfant.

— Tu devais avoir une raison…

— Je te l'ai dit, j'ai été stupide.

Josie croisa son regard.

— Ne me questionne plus, implora-t-elle.

— Mais je suis ta sœur. Je veux t'aider.

— Tu ne peux pas, dit Josie. Tu ne comprendrais pas…

« C'est ce que tu crois », pensa Dora.

— Essaie quand même, supplia-t-elle.

Josie secoua la tête.

— Il n'y a rien à dire, insista-t-elle obstinément.

Mais son visage malheureux disait autrement.

— Josie…

— Laisse tomber, Dora, s'il te plaît. Il n'y a rien que tu puisses faire. Il n'y a rien que quiconque puisse faire.

Dora observa le profil de sa sœur et sut qu'elle devait dire quelque chose. Elle avait gardé son secret enfoui dans un endroit profond et sombre, quelque part où elle n'aurait jamais besoin de regarder ou de penser. Mais maintenant, pour le bien de sa sœur, elle devait ramener au grand jour sa propre honte.

— Josie, commença-t-elle, détestant déjà les mots qui allaient sortir de sa bouche. Il y a quelque chose que je dois te dire…

Mais elle n'eut pas le temps de terminer avant qu'elles entendent un cri provenant de la maison. Bea laissa tomber son cerceau avec fracas et se mit à courir, Dora et Josie sur les talons.

Elles percutèrent presque leur mère qui sortait par la porte arrière.

— Oh, Dora, merci mon Dieu, tu es là !

Elle lui serra le bras.

— Va chercher rapidement une ambulance. Ton père vient de s'effondrer !

CHAPITRE 42

— C'est une appendicite, dit sœur Holmes.

Elle observa les deux femmes assises en face d'elle dans son bureau. L'une, une femme d'âge mûr rongée de soucis, vêtue d'un manteau bleu, qui essayait désespérément de ne pas pleurer, les yeux fixés sur ses mains. En contraste, Doyle semblait anormalement calme. Sœur Holmes se demanda si elle avait réellement assimilé la nouvelle.

— M. Dwyer, le médecin en chef, est en train de l'opérer en ce moment, poursuivit sœur Holmes.

— Mon Alf va s'en sortir, n'est-ce pas ?

Mme Doyle la regarda avec inquiétude.

Sœur Holmes jeta un bref coup d'œil vers Doyle. Elle lui sembla étrangère dans sa robe d'été délavée, ses abondantes boucles rousses encadrant son visage.

— Il est entre les meilleures mains qui soient, répondit-elle platement.

Doyle soutint son regard. Au moins, elle comprenait à quel point la situation était sérieuse. Sœur Holmes espéra qu'elle pourrait l'expliquer à sa mère avec plus de douceur.

— Quand puis-je le voir ? demanda Rose Doyle.

— Pas avant un certain temps, je crains. Votre mari aura besoin de temps pour récupérer après l'opération. Mais nous vous informerons des résultats dès que possible.

Sœur Holmes se leva, indiquant ainsi que la rencontre était terminée. Annoncer les mauvaises nouvelles l'avait toujours mise mal à l'aide. Elle se sentait si impuissante devant la douleur d'autrui. Elle se sentait beaucoup plus chez elle dans le service, là où elle pouvait aider les gens à se sentir mieux d'une manière pratique.

Comme elles partaient, elle dit à voix basse à Doyle :

— Rentrez avec votre mère. Je trouverai une autre infirmière pour faire le reste de votre service.

— Si cela ne vous dérange pas, sœur, j'aimerais reprendre mon service à 17 h, répondit Doyle.

Sœur Holmes fronça les sourcils.

— Ne voulez-vous pas être avec votre famille, étant donné les circonstances ?

Doyle secoua la tête.

— Maman aura ma mémé et les enfants avec elle, elle n'aura pas besoin de moi. Et j'aimerais me tenir occupée.

— Bien sûr. Je comprends.

Alors qu'elle considérait les yeux verts et calmes de la fille, elle se demanda si Doyle avait réellement assimilé la nouvelle. Parce que si elle n'avait pas été plus avisée, elle aurait presque cru que Dora Doyle s'en moquait complètement.

Dehors, sur l'escalier avant de l'hôpital, Josie les attendait. Elle sauta dès qu'elle les vit.

— Est-ce qu'il est… ?

Dora secoua la tête.

— Il est encore en salle d'opération. Nous n'aurons pas de nouvelles avant quelques heures.

Elle vit l'éclat de déception sur le visage de Josie, qu'elle masqua rapidement.

— Dieu merci, j'étais là, dit Rose Doyle. Quand je pense à ce qui aurait pu arriver si j'avais encore été chez notre Brenda…

Elle frémit.

— Pauvre Alf. Il se plaint de ces douleurs depuis des semaines. Je lui ai dit d'aller voir le médecin, mais il ne voulait rien entendre. Il n'a jamais fait confiance aux médecins et aux hôpitaux…

Elle ne termina pas sa phrase, refoulant un sanglot.

— Et si quelque chose lui arrivait ?

— Chut ! maman ! Ne t'en fais pas.

Dora mit un bras autour des épaules de sa mère.

— M. Dwyer est un chirurgien de haut niveau. Il va prendre soin d'Alf.

— J'aimerais seulement pouvoir faire quelque chose…

Elle fouilla dans la poche de son manteau pour un mouchoir froissé.

— Je suppose que tout ce que nous pouvons faire maintenant est de prier.

Dora croisa les yeux de Josie. Elle sut ce pour quoi sa sœur allait prier. Elle avait elle-même prié pour la même chose, nuit après nuit, depuis qu'elle avait 14 ans.

— Tu devrais rentrer à la maison, dit-elle.

— Oh, non. Je n'irai nulle part avant que mon Alf soit sorti de chirurgie et que je sache qu'il va bien.

— Tu as entendu ce que sœur Holmes a dit. Cela peut prendre des heures. Tu dois aller te reposer. Je te préviendrai dès que j'apprendrai quelque chose.

— Elle a raison, maman, dit Josie. Nous devrions aviser les autres de ce qui se passe.

— Je suppose que vous avez raison.

Rose regarda Dora d'un air suppliant.

— Tu vas me prévenir, n'est-ce pas chérie ? Peu importe la nouvelle, je préfère l'entendre de toi.

Après leur départ, Dora se rendit sur le terrain vague derrière la maison des infirmières, là où elles se cachaient pour fumer. Elle fut heureuse que les autres infirmières soient encore au travail et de l'avoir pour elle seule. Elle avait besoin d'être seule pour réfléchir.

Sa main trembla quand elle leva l'allumette au bout de sa cigarette. Elle ne pouvait s'arrêter de penser à Alf, allongé sur cette table d'opération. Dans son esprit, elle vit le chirurgien l'ouvrir et examiner les dommages dans sa cavité abdominale et son péritoine. Si l'appendice était intact, même s'il était gangreneux, alors cela serait une procédure relativement simple de l'enlever. Mais s'il s'était rompu, ou était perforé durant l'opération, alors cela répandrait du poison partout dans la cavité abdominale, ce qui pourrait tuer Alf…

Elle exhala, se protégeant de la fumée de sa cigarette en plissant les yeux. Elle se sentit coupable d'avoir de telles pensées. Elle était infirmière maintenant. Elle était censée sauver des vies, non pas prier pour qu'elles se terminent.

Elle entendit des bruits de pas qui approchaient et se retourna pour voir Nick Riley empruntant l'étroit sentier envahi de mauvaises herbes qui menait au terrain vague.

Il s'immobilisa quand il la vit, son expression s'assombrissant.

— Désolé, dit-il sur un ton bourru. Je ne savais pas que tu étais là.

— Nick, attends…

Dora l'appela, mais il se retourna et reprit immédiatement le sentier couvert d'herbes, la tête baissée comme s'il avait hâte d'être loin d'elle.

Elle savait pourquoi Nick l'évitait. C'était la même raison pour laquelle il l'ignorait chaque jour depuis la semaine dernière. Elle avait blessé son orgueil quand elle l'avait rejeté la nuit où Josie avait disparu.

Si seulement il pouvait savoir à quel point elle regrettait ce qu'elle avait fait. Elle aurait aimé pouvoir lui expliquer pourquoi elle l'avait repoussé, pour lui faire comprendre comment Alf avait détruit sa confiance envers tous les hommes. Mais elle savait qu'elle ne le ferait jamais. Comme Josie, son terrible secret resterait emprisonné en elle pour toujours.

Et Nick allait devoir continuer à la détester.

Nick jura en silence. Il aurait aimé ne pas avoir ignoré Dora de la sorte. Mais chaque fois qu'il la voyait, il se souvenait de cette nuit à l'extérieur de sa maison, et la frustration et l'humiliation se remettaient à bouillir en lui.

Il ne lui en voulait pas de l'avoir rejeté. Il s'en voulait à lui-même d'avoir été aussi stupide, d'avoir tenté de l'embrasser alors qu'il ne l'intéressait pas. Quand il pensait à l'expression sur son visage quand il avait voulu l'embrasser, il désirait simplement s'enfuir et se terrer pour toujours.

Il pouvait comprendre pourquoi elle ne voulait pas. Elle était beaucoup trop bien pour lui maintenant. Elle était une infirmière dans un bel uniforme, destinée à de meilleures choses qu'un modeste brancardier au passé louche. Elle méritait beaucoup mieux que lui.

Mais cette nuit-là… Pendant un instant, avant qu'il tente de l'embrasser, il aurait pu jurer qu'elle le voulait autant qu'il la voulait.

— Hé, hé.

Percy Carson sourit quand il le vit revenir dans le pavillon des brancardiers.

— J'espère que tu n'as pas l'idée d'allumer ta cigarette ici ? M. Hopkins ferait des jarretières avec tes intestins.

— Laisse-le essayer.

Nick grogna et coinça sa cigarette entre ses lèvres. Il arrivait habituellement à se tenir du bon côté du brancardier en chef, mais il était d'humeur à se disputer avec Edwin Hopkins ou n'importe qui d'autre.

— J'en prendrais une, puisque tu l'offres.

Percy Carlson se servit dans le paquet de Nick.

— Je suppose que tu as entendu au sujet de ta copine ? dit-il en prenant la boîte d'allumettes.

— De quelle copine parles-tu ?

— Tu sais bien. Cette infirmière rousse qui traîne toujours près de toi.

Nick se figea.

— Qu'y a-t-il ?

— Son vieux est arrivé plus tôt. Appendicite. Je l'ai emmené moi-même en salle d'opération.

Percy s'arrêta un moment pour allumer sa cigarette.

— Il était en très mauvais état. Si tu me demandes mon avis, il est fichu… Mais où vas-tu ? Tu dois être aux urgences dans une demi-heure, tu t'en souviens ?

Mais Nick avait déjà franchi la porte, la laissant claquer derrière lui. Tout ce à quoi il parvint à penser était le visage de Dora, pâle et bouleversé, alors qu'elle appelait son nom. Pourquoi diable ne s'était-il pas arrêté pour lui parler ? Il courut directement vers le terrain vague derrière la maison des infirmières, mais Dora était partie. Tout ce qu'il restait était le bout d'une cigarette qui se consumait.

Le cœur de Dora battait rapidement sous la bavette amidonnée de son tablier alors qu'elle se dirigeait vers son service. Elle s'efforça d'avancer lentement, même si son esprit filait.

Elle n'était pas certaine de ce qu'elle allait découvrir en arrivant au service Holmes. « Alf devrait être sorti de la salle d'opération maintenant, pensa-t-elle. À moins qu'il soit mort. »

Elle se sentit méchante de penser à cela, mais en même temps, elle savait qu'elle marchait lentement parce qu'elle voulait savourer cette pensée pendant aussi longtemps qu'elle put.

Mais dès qu'elle passa les portes et vit le visage radieux de Millie, elle sut que ses espoirs étaient foutus.

— Te voilà ! dit-elle en se précipitant vers elle. Ton beau-père est en salle de réveil. Ils vont le monter en salle dans une minute. Je suis si heureuse que tu sois là. Tu pourras être la première à le saluer. Est-ce que cela ne sera pas merveilleux ?

Dora serra les dents et se força à sourire.

— Rien ne pourrait me faire plus plaisir, dit-elle.

CHAPITRE 43

Le soleil était éclatant dans un ciel sans nuage en ce jour de juin alors que Lady Sophia Rushton, l'unique fille du duc et de la duchesse de Claremont, épousait le marquis de Trent à l'église Sainte-Marguerite de Westminster. Des gens s'étaient entassés dans la rue, retenus par des policiers à chevaux, tous désireux d'apercevoir la magnifique jeune mariée quand elle arriverait avec son père.

— C'est comme lors du jubilé, commenta Millie en regardant par la fenêtre de la Rolls-Royce.

Elle était entassée à l'intérieur de la voiture avec trois autres demoiselles d'honneur, alors qu'une autre voiture suivait avec deux autres demoiselles d'honneur et des pages vêtus en soldats miniatures de la garde royale. Elle redressa la gerbe de roses crème dans ses cheveux. Il faisait chaud à l'intérieur de la voiture, et elle pouvait sentir la transpiration se déployer sous ses bras. Elle pria pour que cela ne se voie pas sur sa robe de soie abricot.

À l'intérieur de l'église, la crème de la société attendait. La mère de Sophia n'avait ménagé aucune dépense pour le mariage de sa fille, et la vaste et magnifique église était remplie de la lourde odeur sucrée des roses et des gardénias. Millie se joignit au cortège des demoiselles d'honneur nerveuses, ajustant leurs fleurs et leur robe quand la mariée arriva.

Sophia était éblouissante dans sa robe de lourde soie, richement brodée de fils d'argent qui étincelaient au soleil. Sa traîne était si longue, qu'il avait fallu les six demoiselles d'honneur pour l'étendre correctement.

— Tu es magnifique, chuchota Millie.

Même au travers de son voile, elle put voir les yeux de son amie briller de joie.

— Je suis tellement nerveuse, confessa-t-elle quand l'orgue entonna majestueusement *La marche nuptiale* de Wagner. Mes mains tremblent tant que je n'arrive pas à garder immobile mon bouquet.

— Personne ne va le remarquer, lui assura Millie. Ils seront tous occupés à me regarder trébucher sur ta traîne.

Mais elle ne trébucha pas. Pour une fois, elle parvint à s'en sortir sans trébucher, glisser ou faire de faux pas. Elle vit sa grand-mère l'observer avec presque un regard d'approbation alors qu'elle suivait les autres demoiselles d'honneur à l'extérieur de l'église après la mariée, alors qu'une haie d'honneur attendait sur les marches.

La noce avait lieu à la résidence de Londres des Claremont, le manoir de Claremont, donnant sur le parc Saint-James. Ici aussi, la duchesse n'avait pas ménagé les dépenses. Le repas de noces avait été somptueux et après, tout le monde avait dansé au son d'un orchestre dans la salle de bal, laquelle étincelait à la lueur de majestueux lustres. Millie dansa avec le garçon d'honneur, lequel ne montra aucun intérêt pour elle au-delà de sa danse obligatoire. Elle fut beaucoup plus heureuse de danser avec son père, lequel était très séduisant dans sa tenue de cérémonie et ne s'en fit pas qu'elle trébuche sur ses propres pieds à plusieurs occasions.

— Tu te rends bien compte que toutes les célibataires t'observent ? le taquina Millie alors qu'ils décrivaient élégamment des cercles sur le plancher de danse.

— J'ose dire qu'elles se demandent comment un vieux croulant comme moi peut se souvenir de tous les pas ! plaisanta-t-il.

— Je me demande si grand-mère s'amuse.

— Et je ne sais pas si grand-mère s'amuse jamais à moins d'être aux commandes.

Millie jeta un coup d'œil par-dessus son épaule vers l'endroit où Lady Rettingham était assise avec sa vieille amie et son acharnée rivale, la comtesse douairière de Claremont. Elle pouvait imaginer de quoi elles discutaient. L'autre douairière ne devait certainement pas manquer la chance d'être complaisante au sujet du mariage réussi de sa petite-fille, tout en exprimant toutes sortes de sympathies pour Millie qui n'était pas pareillement choyée.

« Pauvre grand-maman. » Millie aurait aimé pouvoir lui donner une raison pour laquelle fanfaronner.

Après plusieurs autres danses, chacune moins réussie que la précédente, Millie s'éclipsa sur le côté de la piste de danse pour observer. Au centre, Sophia et son nouvel époux David dansaient toutes les danses dans les bras l'un de l'autre, remarquant à peine la fête qui se déroulait autour d'eux.

— N'ont-ils pas l'air heureux ?

Seb rejoignit Millie et lui tendit un verre de champagne.

— Pas autant que votre mère.

— Ah, oui. Elle semble plutôt satisfaite d'elle-même.

— Comme un chat qui a réussi à avoir la crème.

Lady Claremont était entourée de sa cour à l'extrémité de la pièce, alors que des invités se regroupaient autour d'elle comme des satellites, l'admirant et la louangeant.

— Et pourquoi pas ? poursuivit Seb. Elle a réussi à bien marier son unique fille et à un marquis, rien de moins. Cela doit être un tel soulagement pour elle. Maintenant, elle n'a que de ses fils à se soucier.

— Je croyais que tu avais de grands espoirs en Mlle Farsley ?

Millie apercevait déjà Georgina du coin de l'œil, tournant autour d'eux, prête à bondir.

— Tu as dansé avec elle toute la soirée.

— Mlle Farsley a de grands espoirs en moi. Pas le contraire, je t'assure.

— Elle est très belle.

— Et encore plus snob que ma mère.

Seb frissonna.

— Si je devais l'épouser, je paraderais continuellement devant ses riches amis américains chaque fois qu'ils viendraient nous rendre visite. Je deviendrais une autre attraction touristique, comme la tour de Londres.

Millie s'esclaffa, mais l'expression de Seb était sérieuse.

— Je suis sérieux. J'ai presque 22 ans. Après cet été, je n'aurai pas d'issue. Soit je me marie ou soit je deviens un Casanova.

— Je n'arrive pas à t'imaginer en Casanova !

— Moi non plus, approuva Seb en poussant un profond soupir. Je suis beaucoup trop sensible, je crains.

— Sérieusement, que feras-tu quand tu quitteras Oxford ? interrogea Millie.

— Je pensais devenir journaliste, dit-il. J'ai toujours aimé écrire, et mon père a dit qu'il pourrait se servir de ses relations pour me trouver un travail. Mais pour être honnête, je préférerais commencer quelque part de plus modeste et gravir les échelons. Je ne veux pas que quiconque pense que j'ai eu le travail grâce à qui je suis.

Millie comprenait que trop bien comment il se sentait. Avoir un titre et une vie de privilège était merveilleux, mais cela pouvait être plus difficile de faire son propre chemin dans la vie.

— Je suis certaine que tu ferais un excellent journaliste, Seb, dit-elle.

— Tu crois ? Je n'arrive pas penser à quoi que ce soit d'autre que j'aimerais faire. Et je veux aussi être utile.

— Je suis contente pour toi, dit-elle chaleureusement.

— Tu m'as inspiré, lui dit-il avec un large sourire. Tu as montré l'exemple à tous ces types paresseux et trop privilégiés, les encourageant à se lever de leurs derrières et à faire quelque chose d'eux-mêmes.

— Ciel, quelle responsabilité !

— Je suis sérieux, dit-il doucement. Tu es une inspiration, Millie. Une véritable bouffée d'air frais.

Il observa les couples qui dansaient pendant un moment.

— Alors, quelle est l'histoire avec ton docteur Tremayne ? demanda-t-il soudainement.

Elle fronça les sourcils en le regardant. Elle avait presque oublié que lui et William s'étaient rencontrés.

— Il n'y a pas d'histoire. Je vous l'ai dit, William n'est qu'un ami. Pourquoi ?

— J'ai cru qu'il était plutôt entiché de toi.

— J'en doute, s'esclaffa Millie. Et même si c'était le cas, je ne suis pas entichée de lui.

— Ah non ?

Les yeux de Seb étaient fixés sur elle.

— Le docteur Tremayne a toute une réputation au Nightingale, dit-elle, éludant la question.

— Ah.

Seb hocha judicieusement la tête.

— Je suppose que c'est mieux ainsi, dit-il. Peux-tu imaginer ce que dirait ta grand-mère si elle découvrait que tu fréquentes un interne démuni ?

— Je crois qu'à ce stade, elle serait reconnaissante que je fréquente n'importe qui, soupira Millie.

— Peut-être devrions-nous nous marier ? dit soudainement Seb.

Millie se mit à rire.

— Pardon ?

— Pourquoi pas ? Nous avons beaucoup de points en commun, dit-il, toujours le regard fixé sur la piste de danse. Nous nous entendons plutôt bien, non ?

— La plupart du temps, approuva Millie, essayant de garder son sérieux.

— Et cela rendrait nos familles respectives très heureuses, j'en suis certain.

Il jeta un coup d'œil dans sa direction.

— Qu'en dis-tu ?

— Je dis que si c'est la meilleure demande en mariage que tu peux trouver, alors tu devrais vraiment travailler ton approche avant de sérieusement poser la question à une fille !

Il fit une grimace.

— Qui dit que ce n'était pas sérieux ? Réfléchis-y, Mil.

Elle scruta ses yeux. Il paraissait si sérieux que pendant un moment elle le crut presque. Mais après l'avoir connu depuis tant d'années, elle savait à quel point les blagues de Seb pouvaient être crédibles.

— Je ne crois vraiment pas que ce soit nécessaire, répondit-elle.

Seb soupira dramatiquement, l'image parfaite d'un amoureux rabroué.

— Eh bien, je suppose que cela valait la peine d'essayer. Voici ce que je te propose, je vais passer un marché avec toi. Si ni l'un ni l'autre n'avons trouvé quelqu'un à épouser quand nous aurons 25 ans, nous nous marierons. Qu'en penses-tu ?

Cette fois Millie ne put s'empêcher de rire.

— Je suis certaine que quelqu'un t'aura mis le grappin dessus d'ici là, Sebastian.

À point nommé, Georgina Farsley se glissa derrière eux. Elle était radieuse dans sa robe de crêpe émeraude qui s'harmonisait parfaitement avec son spectaculaire teint foncé.

— Te voilà ! lança-t-elle comme si elle n'avait pas surveillé les moindres mouvements de Seb durant les 30 dernières minutes. Je t'ai cherché partout. Une partie du groupe sort manger. Nous voulons à tout prix que tu te joignes à nous. Je t'en prie, dis que tu viendras.

Elle tirait déjà son bras.

Seb se tourna vers Millie.

— Viendras-tu aussi ?

Millie vit l'air acerbe qui passa rapidement sur le visage de Georgina.

— J'aimerais, mais je ne peux pas. J'ai un laissez-passer de soirée, mais je dois tout de même être prête à travailler demain à 7 h.

— Peut-être ne devrais-je pas y aller moi non plus. Après tout, c'est de mauvais goût de quitter le mariage de sa propre sœur…

— Tu devrais y aller, l'encouragea Millie. Les mariés vont bientôt partir de toute façon. D'ailleurs, ajouta-t-elle à voix basse, tu dois t'entraîner à jouer au Casanova, tu t'en souviens ?

Plus tard, dans l'ancienne chambre de Sophia, Millie aida la mariée à enlever sa lourde robe de mariée et à enfiler sa tenue de voyage, un tailleur ajusté d'un vert émeraude brillant.

— Je suis si nerveuse, lâcha-t-elle en s'asseyant à sa coiffeuse alors que Millie défaisait ses cheveux.

— Pourquoi ? La noce est terminée, tout s'est magnifiquement déroulé. Pourquoi es-tu nerveuse maintenant ?

— Tu sais. La nuit de noces.

Sophia croisa son regard éloquent dans le miroir.

— J'aimerais simplement savoir à quoi m'attendre, dit-elle. J'ai essayé d'en discuter avec maman, mais elle n'a pas été très utile. Elle m'a dit que je ne devais pas me refuser à mon époux, peu importe à quel point je le voudrais. Mais lui refuser quoi ?

Millie dissimula son sourire. Même si elle n'avait pas encore elle-même embrassé un homme, elle avait beaucoup appris en écoutant sœur Parker et les femmes au service Wren. Elle se considérait maintenant comme assez éclairée, en théorie du moins.

— Veux-tu réellement savoir ? dit-elle.

Sophia se tourna pour la regarder.

— Qu'as-tu entendu dire ? fit-elle. Dis-le-moi, s'il te plaît. Je dois savoir à quoi m'attendre.

Millie contempla le visage désespéré de son amie.

— Eh bien..., commença-t-elle et déposa la brosse à cheveux.

Quand elle eut terminé, elles gloussaient toutes deux comme des écolières.

— Es-tu certaine ? demanda Sophia. Cela paraît si absurde.

Millie hocha la tête.

— Ça l'est en effet, n'est-ce pas ?

Sophia prit sa main.

— Mais merci de me l'avoir dit. Je ne suis plus aussi terrifiée maintenant.

Elle sourit malicieusement à Millie.

— Je présume que ce sera ton tour bientôt !

— Ne fais pas ça, grogna Millie. Tout le monde m'a fait des réflexions aujourd'hui au sujet du mariage. Même ton frère s'est mis de la partie.

— Seb ? Qu'a-t-il dit ?

— Il m'a fait une demande, n'est-ce pas incroyable ?

Millie reprit la brosse à cheveux et entreprit de brosser les longs cheveux foncés de son amie.

— Enfin, pas réellement. Il a imaginé un plan ridicule de nous marier ensemble si personne d'autre ne voulait de nous. Je pense qu'il veut m'empêcher de demeurer célibataire. Il peut être un tel plaisantin parfois.

Elle sourit affectueusement puis leva la tête et vit l'expression sérieuse de Sophia dans le miroir.

— Quoi ?

— Je ne crois pas qu'il plaisantait, Millie.

— Bien sûr que oui !

— Tu ne sais réellement pas ce qu'il ressent pour toi, n'est-ce pas ?

Sophia secoua la tête, incrédule.

— Millie, mon frère est éperdument amoureux de toi depuis des années. Mais il a toujours été trop timide pour faire quoi que ce soit. Jusqu'à maintenant, apparemment, ajouta-t-elle en roulant des yeux. Je n'arrive pas à croire que Seb t'ait demandé de l'épouser ainsi. Je suppose qu'il s'est dit que s'il faisait comme si c'était une grosse plaisanterie il ne se sentirait pas aussi mal si tu le rejetais. Comme si quiconque n'allait jamais accepter une telle effroyable demande !

Millie l'écoutait à peine. Elle était trop sidérée par la révélation.

— Je n'avais aucune idée, dit-elle.

— Tu ne diras rien à Seb, n'est-ce pas ? supplia Sophia. Il serait simplement mortifié s'il apprenait que je t'en ai soufflé un mot. J'ai juste pensé que tu devais être mise au courant.

Mais Millie n'était pas certaine qu'elle le devait. Elle n'était pas certaine de la manière dont elle allait faire face à Seb maintenant, sachant qu'il avait des sentiments pour elle. La révélation de Sophia avait tout changé entre eux.

— Mais je ne veux épouser personne ! protesta-t-elle.

— Je comprends cela, tout comme Seb. Tu sais qu'il ne te mettrait jamais de pression, n'est-ce pas ? Il admire véritablement ce que tu fais. Je crois qu'il t'attendrait éternellement si tu le lui demandais.

Sophia sourit et Millie essaya de sourire aussi, mais ses lèvres étaient figées. Elle ne voulait pas qu'il attende éternellement. Elle ne voulait pas qu'il attende du tout.

Felix, le chauffeur de son père, la reconduisit au Nightingale. Millie demeura plongée dans ses pensées durant tout le trajet, encore secouée par la révélation de Sophia. Elle ne s'était sincèrement jamais rendu compte que Seb avait des sentiments pour elle au-delà de l'amitié. Maintenant qu'elle savait, elle n'était pas certaine de comment elle se sentait.

Elle l'aimait bien. Il était amusant, intelligent, spirituel sans être rude, gentil, sensible et généreux sans être une véritable lavette. Il pouvait réciter de la poésie et parler littérature tout en sachant monter à cheval et faire du tir. Et il était séduisant aussi. Une saison entière à danser avec des nigauds et à écouter des ennuyeux se vanter avait appris à Millie qu'elle pouvait certainement tomber sur pire. Mais tout de même…

Alors que la Daimler tournait au coin de la rue, elle illumina un couple qui s'enlaçait à l'ombre des hauts murs de l'hôpital. Ils s'étreignaient, s'embrassaient passionnément, insouciant de tout ce qui les entourait.

Millie détourna les yeux, embarrassée, mais pas avant que le jeune homme tourne son visage vers elle et qu'elle entrevit son profil. Il s'agissait de William Tremayne.

— Est-ce que vous allez bien, milady ?

Elle ne s'était pas rendu compte qu'elle avait poussé un cri avant que Felix croise son regard dans le rétroviseur.

— Oui… merci, Felix.

Millie résista à l'envie de regarder par-dessus son épaule jusqu'à ce qu'ils atteignent le portail de l'hôpital. À ce moment, heureusement, le couple avait disparu.

CHAPITRE 44

Dora se traîna jusqu'au service avec le cœur lourd pour commencer son travail, appréhendant déjà le moment de voir Alf de nouveau.

Même après trois semaines, le simple fait de le voir dans son pyjama à rayures bleues, son visage rougeaud contre les oreillers amidonnés, lui tournait l'estomac.

Sa seule consolation était qu'il semblait aussi mécontent qu'elle.

— Oh, c'est toi, l'accueillit-il sans enthousiasme quand elle arriva pour prendre ses signes vitaux. Qu'est-ce que tu veux ?

Elle l'ignora et prit le thermomètre au-dessus de son lit. Il l'observa avec circonspection.

— Que fais-tu ? voulut-il savoir.

— Je prends ta température, qu'ai-je l'air de faire ?

Elle secoua le thermomètre d'un mouvement rapide du poignet.

— Il n'y a personne d'autre qui peut le faire ? Pourquoi pas cette blonde ?

Alf tendit le cou, regardant autour désespérément.

— Elle est en pause, alors je crains que nous soyons coincés l'un avec l'autre.

Elle enfonça le thermomètre dans sa bouche avant qu'il puisse répliquer.

Elle saisit avec précaution son poignet pour prendre son pouls et le sentit se rebiffer. Elle l'observa avec curiosité tout en comptant les battements. Ses yeux étaient fixés sur elle. Cette fois, ils semblaient presque…

Craintifs.

C'était cela, comprit-elle avec surprise. Alf avait peur d'elle.

Elle se souvint de ce que sa mère avait dit au sujet d'Alf qui était terrifié par les médecins et les hôpitaux. Maintenant, non seulement il se trouvait à l'hôpital, mais il était aussi complètement à sa merci. Et après tout ce qu'il lui avait fait, pas étonnant qu'il soit effrayé.

— Pourquoi as-tu ce petit sourire satisfait ?

Alf l'observait, les yeux plissés de méfiance quand elle enleva le thermomètre de sa bouche.

— Qu'est-ce que ça dit ? C'est une mauvaise nouvelle ?

Elle ne répondit pas et nota les chiffres à son dossier et le remit à sa place sur son crochet au pied de son lit.

— Tu ne devrais pas te promener partout avec ce foutu sourire fendu jusqu'aux oreilles alors qu'il y a des gens malades, ronchonna Alf.

— Et tu ne devrais pas dire aux infirmières quoi faire, dit Dora en souriant toujours. Je pourrais rendre ta vie très inconfortable, souviens-t'en.

Elle le vit blêmir, son visage soudainement gris contre les oreillers blanc comme neige. Cela lui donnerait de quoi réfléchir, décida-t-elle.

Et cela lui donna à elle aussi quelque chose auquel réfléchir. Une manière de s'assurer qu'il ne ferait plus de mal à sa sœur.

Helen n'avait jamais été amoureuse, mais elle était certaine que cela devait être quelque chose comme ce qu'elle ressentait en ce moment, assise dans la fosse à orchestre du Rialto, main dans la main dans le noir avec Charlie Denton.

Elle avait d'abord été nerveuse quand il avait suggéré de se rendre au cinéma. Elle n'avait jamais été au cinéma avec personne d'autre que ses parents et alors seulement en de rares occasions lorsque c'était un film que sa mère approuvait. Elle avait aussi entendu les autres filles parler de ce qui se passait dans la dernière rangée et s'était inquiétée que les mains de Charlie se mettent à se balader quand les lumières allaient s'éteindre.

Mais il fut un parfait gentleman, comme il l'avait été chaque autre fois qu'ils s'étaient vus, lui achetant une boîte de chocolats et insistant pour payer les billets.

— J'espère que la fosse à orchestre ne vous dérange pas ? dit-il avec inquiétude.

— L'endroit où nous sommes assis ne fait aucune différence.

Helen se serait volontiers assise sur le sol tant qu'elle était avec lui.

Les six dernières semaines avaient été les meilleures de toute sa vie. Chaque semaine, Charlie et elle se rencontraient le samedi ou le dimanche après-midi. Ils allaient au parc s'il faisait beau, faisait une balade en bus dans la ville ou allait prendre le thé au café local. Helen savait que les autres filles auraient probablement ri d'elle, car celles-ci aimaient se vanter des endroits élégants où elles allaient avec leurs petits amis, mais Helen était contente de simplement être avec lui.

Charlie l'avait même emmené rencontrer sa famille. Elle connaissait déjà sa mère depuis ses visites à l'hôpital, et Mme Denton avait été enchantée d'accueillir la timide jeune infirmière chez elle.

— Vous avez eu un effet bénéfique sur notre Charlie, vraiment, avait-elle dit à Helen en l'étreignant chaleureusement. C'est un garçon différent depuis qu'il vous a rencontrée.

Elle avait baissé la voix.

— N'en parlez pas, mais je n'ai jamais vraiment aimé cette Sally Watkins. Beaucoup trop imbue de sa personne.

Helen avait été bouleversée par la famille bruyante et turbulente de Charlie ; ses frères et sœurs plus jeunes et son père terre à terre qui vendait des fruits et des légumes au marché. C'était tellement différent de sa propre maison silencieuse, où sa mère n'aurait jamais étreint ses propres enfants, encore moins un étranger.

Mais maintenant, Charlie faisait des allusions à une rencontre avec sa famille. C'était l'unique chose qui gâchait sa joie alors qu'elle était assise dans l'obscurité, regardant Robert Donat en train d'éviter des espions dans *Les 39 marches.*

Elle n'avait pas parlé de Charlie à sa mère, évidemment, et elle frémit à la pensée de ce qu'elle ferait si Constance découvrait l'existence de Charlie.

— Vous n'avez pas honte de moi, n'est-ce pas ? avait plaisanté Charlie quand elle avait inventé encore une autre excuse.

— Bien sûr que non, avait dit Helen.

Sa mère aurait désapprouvé même si elle avait fréquenté le prince de Galles.

Elle n'avait pas cherché à duper ses parents, mais elle n'avait jamais imaginé qu'elle irait aussi loin avec Charlie. Elle avait pensé qu'après un ou deux rendez-vous, il se serait lassé et l'aurait laissé tomber. Alors, tout serait rentré dans l'ordre, et sa mère n'y aurait vu que du feu.

Elle n'aurait jamais imaginé que des semaines plus tard, ils se fréquenteraient encore. Et elle n'avait assurément pas imaginé qu'elle serait tombée amoureuse de lui.

Elle ne s'était pas rendu compte qu'elle avait un air si renfrogné jusqu'à ce qu'elle voie Charlie qui la regardait d'un air interrogateur dans l'obscurité. Elle sourit et lui serra la main de manière rassurante. Elle savait qu'un jour, elle allait devoir faire quelque chose au sujet de cette situation, mais pas encore. Être véritablement heureuse était un sentiment rare pour Helen, et elle voulait en profiter le plus longtemps possible.

— Avez-vous aimé le film ? demanda-t-il alors qu'ils sortaient dans le vestibule vivent éclairé.

— Oh, oui, c'était formidable.

— Vraiment ? Mais vous aviez l'air de vous trouver à un millier de kilomètres.

— Désolée, je réfléchissais à quelque chose d'autre, dit-elle en glissant son bras sous le sien. Mais j'ai adoré le film. Il était terriblement excitant, n'est-ce pas ? Particulièrement ce moment à la fin quand M. Mémoire se fait tirer dessus…

Mais Charlie ne l'écoutait pas. Il fixait, pétrifié, un point au-delà de l'épaule d'Helen. Elle se retourna pour regarder. Descendant le vaste escalier tournant au bras d'un jeune homme séduisant se trouvait Sally, la fiancée de Charlie.

« L'ex-fiancée », se rappela Helen. Mais personne n'aurait pu le dire d'après l'expression de Charlie. Leurs yeux se croisèrent d'un bout à l'autre de la pièce, et même Helen se sentit disparaître dans la foule.

Sally s'avança vers eux.

— Bonsoir, Charlie, dit-elle. C'est drôle de te rencontrer ici.

— Sal.

Sa voix était rauque.

— Tu connais Sam, n'est-ce pas ?

Les deux hommes hochèrent la tête. Helen attendit que Charlie la présente, mais il semblait l'avoir complètement oubliée alors qu'il considérait Sally.

Ils échangèrent poliment des banalités pendant une minute ou deux, puis elle dit :

— Eh bien, on ferait mieux d'y aller. Cela m'a fait plaisir de te voir, Charlie. On va peut-être se recroiser ?

Ils retournèrent à l'hôpital dans un silence morose. Helen pouvait voir que Charlie était troublé, mais elle avait trop peur de lui demander pourquoi. Tout ce qu'elle savait, c'était que leur soirée avait été gâchée. Voir Sally avait tout changé, elle pouvait le dire.

Ils étaient presque arrivés à l'hôpital quand il demanda soudain :

— Est-ce que cela vous dérangerait si nous nous asseyons quelque part pour un moment ? Je dois vous parler.

Le ventre d'Helen se serra. « Nous y voilà », pensa-t-elle.

— Cela ne peut attendre ? dit-elle désespérément. Je dois être de retour à l'hôpital pour 22 h et il est presque 21 h 45.

— Je préférerais le dire maintenant, si cela vous va ?

« Non, ça ne me va pas », voulut crier Helen. Elle avait le soudain besoin de s'enfuir, de ne jamais entendre les mots qui allaient mettre un terme à son bonheur pour toujours. Mais c'était déjà terminé, constata-t-elle tristement. Cela avait été terminé dès le moment où Charlie avait posé de nouveau les yeux sur Sally Watkins.

Ils s'assirent sur un banc dans la rue en face du parc Victoria. Helen fixa le grand portail en fer et essaya mentalement de se préparer à ce qu'elle était sur le point d'entendre.

— Je suis désolé au sujet de Sal, commença Charlie. Je ne savais pas qu'elle serait là, sinon je n'aurais jamais suggéré d'aller au cinéma.

— Vous deviez la voir tôt ou tard, je suppose. Et quand cela est arrivé, vous avez compris que vous étiez encore amoureux d'elle et que tout était terminé pour nous, ajouta-t-elle silencieusement.

— Je sais. Je me suis demandé ce que je ressentirai quand je la reverrai. Je le redoutais, pour être honnête. Enfin, nous étions ensemble depuis que nous sommes enfants. Nous avions planifié notre avenir. C'était la fille avec laquelle je voulais passer le reste de ma vie.

Charlie se tourna pour la regarder. Son visage était si malheureux, qu'Helen eut du chagrin pour lui.

— Le véritable amour ne s'en va pas simplement, n'est-ce pas ? dit-il.

— Non, approuva tristement Helen.

Elle prit une profonde et tremblante inspiration.

— Écoutez, vous n'avez pas à expliquer. Je comprends, dit-elle.

— Vous comprenez ?

— Bien sûr. Je m'y attendais, pour être honnête.

Elle baissa les yeux vers ses mains, incapable de croiser son regard. Si elle le regardait, elle savait qu'elle allait pleurer.

— Comme vous avez dit, vous et Sally avez été ensemble très longtemps. Vous avez encore forcément des sentiments pour elle. Et je suis certaine qu'avec le temps, quand elle se sera faite à l'idée, elle comprendra qu'elle a encore des sentiments pour vous aussi. Si vous vous aimez réellement, alors tout s'arrangera.

Elle prit son sac et se leva.

— Maintenant, si vous le permettez, je dois rentrer.

— Un instant...

La main de Charlie se ferma sur son bras, la retenant.

— De quoi parlez-vous ? Qui dit que je veux ravoir Sally ?

— Ce n'est pas le cas ?

— Aucune chance.

Il fronça les sourcils en la regardant.

— Pourquoi voudrais-je la revoir alors que je vous ai ?

Il fallut un moment pour qu'elle saisisse bien ses mots. Et même à ce moment, Helen ne fut pas certaine de bien les comprendre.

— Je ne comprends pas. Vous venez de dire…

— J'admets que je redoutais de la revoir. Je n'étais pas certain de la manière dont je me sentirais en la voyant au bras d'un autre homme. Mais quand je l'ai vue…

Il secoua la tête.

— Je n'ai rien senti. Rien du tout. À part le bonheur d'être avec vous et non pas avec elle.

Helen se laissa tomber sur le banc à ses côtés. Elle n'était pas certaine que ses jambes allaient la soutenir.

— Mais vous avez dit que le véritable amour ne disparaît pas simplement.

— Non, en effet. C'est ce qui m'a fait comprendre que ce que je ressentais pour elle n'avait jamais été un réel amour. J'étais épris d'elle, je suppose. Elle était la plus jolie fille de notre rue et j'étais fier d'être vu avec elle. J'étais encore plus fier quand elle a dit qu'elle allait m'épouser. Mais cela ne semblait pas réel en quelque sorte. Nous avons toujours voulu des choses différentes. Elle était toujours prête à sortir, à mener la grande vie, à avoir du plaisir. Elle me poussait toujours pour que j'avance, faire quelque chose de moi-même, ramener plus d'argent. Cela la rendait folle que je sois heureux de travailler avec les gars à l'usine.

Sa bouche se tordit.

— Ce qui est amusant, maintenant, je travaille avec mon oncle, j'apprends une profession, ce qu'elle a toujours voulu que je fasse. Mais je ne le fais plus pour elle. Je veux le faire pour que *vous* soyez fier de moi.

Sa main se ferma sur celle d'Helen.

— Je ne suis pas bon pour faire des discours, dit-il ironiquement. Je me suis rongé les sangs tout le long du trajet jusqu'ici, pour être honnête. Mais je savais que je ne pouvais pas vous laisser partir sans vous dire ce que je ressens pour vous.

Il leva la tête vers elle, ses yeux étincelant à la lumière de la lampe.

— Je vous aime, Helen. Je sais que je ne suis pas trop une bonne affaire et je n'arrive pas à comprendre pourquoi vous seriez intéressée par quelqu'un comme moi alors que vous êtes si intelligente et belle et pourriez avoir qui vous voulez. Mais je voulais simplement que vous sachiez que…

Il ne termina jamais sa phrase. Helen savait que c'était mal, qu'une jeune fille était censée attendre que l'homme fasse le premier pas, mais elle ne put s'empêcher de l'embrasser. Et, après une seconde de surprise, il lui rendit son baiser.

C'était aussi effroyablement merveilleux qu'elle avait toujours pensé que cela serait. Alors quand les lèvres de Charlie bougèrent contre les siennes et qu'elle sentit la chaleur de ses mains qui entouraient son visage, Helen comprit enfin ce que les autres filles avaient à glousser et à babiller. Mais elle sut aussi qu'elle n'allait jamais parler de ce moment à personne, pas même à Millie et à Dora. C'était simplement trop spécial. Elle voulait que cela dure pour toujours.

Ce qui arriva presque. Ce ne fut que lorsqu'ils furent dérangés par un groupe d'ivrognes moqueurs qu'ils s'extirpèrent à contrecœur des bras l'un de l'autre.

— Regardez ça ! N'est-ce pas que l'amour est merveilleux ? dit l'un des hommes en ricanant.

Charlie plaça son bras autour d'Helen, l'attira plus près.

— Tout à fait, mon ami, approuva-t-il avec bonhomie.

— Je ne saurais dire, poursuivit plaintivement un autre homme. Tout ce que je vais avoir de ma bourgeoise est une raclée. Elle m'a dit que la prochaine fois que je rentrais après l'heure de fermeture, elle allait me verrouiller la porte au nez !

— L'heure de fermeture !

Helen se retourna vivement pour regarder Charlie.

— Oh, non ! Je suis tellement en retard !

Quand ils arrivèrent à la maison des infirmières, la porte noire avant était déjà close.

— Comment allez-vous entrer ? demanda Charlie.

— Je ne sais pas.

Helen leva les yeux vers les fenêtres, désespérée. Elle savait que Millie grimpait souvent par la gouttière afin de se glisser par la fenêtre de leur mansarde, mais ce n'était que lorsqu'Helen était là pour la laisser ouverte pour elle. Ce soir, elle serait fermée.

Elle pensa soudain à la fois où Millie était passée par la fenêtre ouverte qui menait au service Hyde. Elle sut qu'elle n'aurait jamais l'audace de tenter quelque chose d'aussi téméraire ou dangereux.

— Nous trouverons quelque chose.

Charlie prit sa main dans l'obscurité.

— Allons voir derrière.

Ils avancèrent prudemment sur le sol irrégulier jusqu'à ce qu'ils trouvent une minuscule fenêtre entrouverte.

— Où croyez-vous qu'elle mène ? demanda-t-il.

— Je n'en suis pas certaine. Elle est trop petite pour être la fenêtre d'une chambre. Avec un peu de chance, c'est celle d'un placard ou quelque chose du genre.

Helen regarda autour et vit un vieux pot de fleurs.

— Peu importe ce que c'est, je dois prendre le risque. Je ne peux pas rester dehors toute la nuit.

Elle plaça le pot retourné sous la fenêtre, monta et se faufila dans l'ouverture étroite.

— Soyez prudente.

Les derniers mots de Charlie montèrent vers elle alors qu'elle disparaissait, tête la première par la minuscule fenêtre.

Elle déchira ses bas, mais au moins ne se brisa pas le cou en atterrissant sur un dur sol carrelé. Elle se releva, souhaitant qu'il y ait eu une lune tout en tâtonnant dans l'obscurité, essayant de trouver la porte. La pièce semblait très petite et quand elle se retourna, elle buta contre quelque chose de gros, de froid et de dur. Elle le tâta. On aurait dit… une baignoire. Elle se tourna de nouveau, fit un autre pas et heurta une toilette.

Une salle de bains. Elle mit les mains devant elle, trouva la poignée et grimaça quand elle grinça lorsqu'elle la tourna. Mais le grincement fut rapidement noyé par le son d'une galopade et de jappement effréné.

Helen s'aplatit contre le mur, osa à peine respirer alors que des griffes grattaient frénétiquement de l'autre côté de la porte. Un instant plus tard, elle entendit des pas traînants et la voix de sœur Sutton, troublée par le sommeil, lançant :

— Qu'est-ce que c'est, Sparky ? Qui est là ?

Les pas traînèrent plus près. Helen ferma les yeux et pria de toutes ses forces. Juste au moment où ils atteignirent la porte, elle entendit la voix de sœur Sutton de l'autre côté.

— Allez, reviens au lit, chien idiot. Écoute-toi, japper pour rien.

Les pas commencèrent à s'éloigner.

« Merci, Seigneur », articula silencieusement Helen dans l'obscurité.

Mais en se retournant, elle frappa une étagère et un pot de sels de bain se fracassa sur le sol, emplissant la pièce de l'odeur écœurante de muguet.

La porte s'ouvrit, la lumière se fit et Helen se retrouva à contempler le visage de sœur Sutton, brillant de crème et encerclé d'un halo de bigoudis. La sœur responsable de la maison poussa un hurlement tout comme Helen un instant plus tard alors que Sparky enfonçait ses dents dans sa cheville.

CHAPITRE 45

— Va-t'en, grogna Alf. Je ne veux pas que tu me touches.

Dora sourit, appréciant chaque moment.

— Ne sois pas idiot, Alf, dit-elle. Je dois te préparer.

Elle suivit son regard méfiant vers le chariot, chargé de gants de toilette, de serviettes, de savon et d'un rasoir.

— Je… je veux que ça soit quelqu'un d'autre, bégaya-t-il. Je ne veux pas que tu t'approches de moi.

— Doyle ?

Dora se tourna lorsque l'infirmière-chef adjointe Lund passa la tête entre les rideaux entourant le lit.

— Pourquoi n'avez-vous pas terminé de laver les patients ? Le médecin en chef sera ici bientôt.

— M. Doyle ne veut pas que je le lave, infirmière-chef adjointe.

L'infirmière-chef adjointe plissa le nez d'un air pointilleux.

— Vraiment, Mr Doyle, cela ne va pas du tout, dit-elle. Ce n'est qu'un nettoyage rapide et un coup de peigne. Vous voulez être à votre mieux pour M. Dwyer, n'est-ce pas ?

Sans attendre sa réponse, elle se retourna vers Dora.

— Continuez, s'il vous plaît, infirmière. Et veillez à ne plus tolérer aucune sottise.

— Non, infirmière-chef adjointe.

Dora attendit qu'elle soit partie pour se retourner vers Alf.

— Tu l'as entendue, dit-elle en prenant un gant de toilette.

Alf glapit quand elle plaqua le gant froid et humide sur son visage.

— L'eau est glacée. Et as-tu besoin d'être aussi rude ? lui dit-il d'un ton brusque en détournant la tête. Je vais le dire à la sœur si tu ne fais pas attention.

— Alors, vas-y, répondit-elle en faisant un pas vers le rideau. Je l'appelle pour toi si tu veux.

— Pas la peine, grogna Alf. La vieille garce est aussi méchante que vous toutes.

Sa bravade ne la trompa pas du tout. Il se méfiait d'elle depuis qu'elle l'avait menacé.

À le voir comme ça, Dora se demanda comment elle avait pu être aussi effrayée par lui. Son visage défait et cendreux, rugueux par sa barbe de quelques jours, avait l'air plus vieux de 10 ans. Il n'était plus le monstre qui avait fait en sorte qu'elle craignait chaque ombre mouvante dans la nuit. Il n'était qu'un pathétique lâche tremblant qui ne pouvait même pas la regarder dans les yeux.

Il plissa les yeux quand elle prit le rasoir.

— Qu'y a-t-il, Alf ? demande Dora en souriant. Tu sembles un peu nerveux.

— Laisse tomber, marmonna-t-il à travers un menton couvert de savon. Concentre-toi sur ce que tu fais avec cette chose.

— Tu as raison, je pourrais blesser quelqu'un, n'est-ce pas ?

Elle fit briller la lame luisante devant ses yeux terrifiés.

— C'est tellement facile à faire, non ? Une maladresse, et je pourrais t'enlever une oreille, ou pire.

Il ne dit rien, mais la sueur brilla sur ses sourcils.

— Mais ça va, tu es en sécurité, le rassura-t-elle en faisant glisser la lame le long de sa joue. J'ai pas mal d'entraînement et ma main est plutôt stable. À moins que quelque chose me contrarie, évidemment. Alors, je me mets à trembler de partout.

Elle essuya le savon de la lame, consciente qu'Alf observait chacun de ses gestes.

— Et sais-tu ce qui me contrarie vraiment, Alf ? demanda-t-elle en approchant de nouveau la lame près de son menton.

Son visage était si près de celui d'Alf, qu'elle put voir la veine palpiter sur sa tempe.

— Quelqu'un qui ne peut s'abstenir de poser ses mains sales sur ma sœur.

Il poussa un couinement de terreur et voulut lui échapper, mais elle agrippa son menton, l'immobilisant.

— Non, non, ne te mets pas à te tortiller ou alors je vais vraiment te blesser, le prévint-elle doucement.

Elle tira sur son visage pour le regarder dans les yeux.

— As-tu peur, Alf ? murmura-t-elle en raclant la lame contre sa peau. Tu n'es plus aussi brave, n'est-ce pas ?

Il se tint raide, mais elle put voir ses yeux s'emplir de crainte.

— Veux-tu que j'arrête ? C'est ce que nous voulions aussi, Josie et moi. Mais tu ne voulais pas, n'est-ce pas ? Tu continuais de faire mal.

Elle sourit, approchant son visage du sien.

— Et tu sais quoi ? Je n'arrêterai pas non plus.

Il ferma les yeux bien fort, tout son corps tendu, attendant. Elle put sentir la peur émerger de lui alors qu'elle baissa la lame, laissant glisser le bord tranchant juste en dessous de son oreille…

« Je pourrais le tuer, pensa-t-elle. Une seule petite entaille au bon endroit et il disparaitrait pour toujours. »

Elle baissa la lame.

— Tu sais quoi ? Tu ne mérites pas qu'on fasse de la taule pour toi.

Il prit une profonde, tremblotante, inspiration.

— Tu es folle, dit-il d'une voix rauque, la main sur sa gorge.

— Touche ma sœur encore, et tu verras à quel point je peux être folle.

Il tressaillit quand elle plaqua la lame sous son nez.

— Je te préviens, Alf Doyle. Si tu poses encore ne serait-ce que le petit doigt sur Josie, je m'en prendrai à toi. Et il faudra plus qu'un chirurgien pour te retaper.

Kathleen Fox fut secouée de voir Helen Tremayne, entre toutes, se tenir devant son bureau. Elle fut encore plus surprise quand elle en apprit la raison.

— Laissez-moi voir si je comprends bien.

Elle lut de nouveau les notes posées devant elle.

— On vous a trouvée cachée dans la salle de bains de sœur Sutton tard hier soir, est-ce exact ?

— Oui, infirmière en chef.

La tête de Tremayne était basse, sa voix à peine plus qu'un murmure.

— Et puis-je demander pourquoi ?

Alors que Tremayne s'expliquait, Kathleen contint à grande peine son sourire. Ce ne fut que la complète humiliation de la jeune infirmière et le fait que Mlle Hanley se tenait près d'elle avec un air redoutable qui la retint.

— Je vois, dit-elle quand Helen eut terminé de bafouiller son explication. Vous avez beaucoup effrayé sœur Sutton, observa-t-elle.

— Oui, infirmière en chef. Je suis désolée, infirmière en chef.

Les yeux d'Helen étaient rougis, cerclés d'ombres sombres. Elle avait l'air d'avoir passé la nuit éveillée.

Kathleen baissa les yeux sur ses notes et se mordit la lèvre pour s'empêcher d'éclater de rire.

— C'est une situation vraiment très sérieuse, poursuivit-elle. Qui sait ce que sœur Sutton aurait pu être en train de faire quand vous êtes tombée de la fenêtre de sa salle de bains ? Cela aurait pu être extrêmement embarrassant, ajouta-t-elle en se pinçant la bouche fermement. Vous avez un dossier de conduite exemplaire dans cet hôpital, et je suis très déçue de vous voir ainsi vous faire défaut.

— Et il n'y a aucun doute que votre mère sera elle aussi très déçue, ajouta sévèrement Mlle Hanley.

Tremayne leva vivement la tête.

— Je vous en prie, ne dites rien à ma mère, infirmière en chef !

La peur dans ses yeux alarma Kathleen. Elle n'avait jamais vu une fille être aussi effrayée.

— Et pourquoi ne devrait-on pas le lui dire ? interrogea Mlle Hanley, goûtant de toute évidence le moment.

— Parce que… parce que je crains qu'elle soit très contrariée, dit sans conviction Tremayne.

— Vous auriez dû y songer avant d'agir ainsi, n'est-ce pas ? lâcha sévèrement Mlle Hanley.

L'infirmière en chef vit le menton de Tremayne trembler dans un effort de s'empêcher de pleurer. Elle pouvait comprendre comment se sentait la pauvre fille. Elle avait vu de nombreuses fois Mme Tremayne être contrariée. Elle l'avait aussi vue traîner sa fille partout comme un pauvre épagneul pour la gronder ou la reprendre, selon son humeur.

— Comme sœur Sutton a généreusement accepté de ne plus en parler, et tout en gardant en tête votre dossier de conduite exemplaire jusqu'à maintenant, je ne vois aucune raison d'impliquer votre mère, annonça-t-elle.

Tout en ignorant le bruit de mécontentement que poussa Mlle Hanley derrière elle, elle poursuivit.

— Cependant, cela ne signifie en aucun cas que vous êtes tirée d'affaire. Vous avez enfreint les règlements et vous devez être punie. Vos congés seront annulés pour les deux prochaines semaines. Et soyez certaine que si cela se produit de nouveau, nous devrons reconsidérer d'en informer votre mère.

— Oui, infirmière en chef. Merci, infirmière en chef.

Le soulagement illumina le visage tendu de l'infirmière.

Quand Tremayne fut partie, Kathleen se prépara pour l'inévitable réprimande de Mlle Hanley.

— Je dois dire, infirmière en chef, que je suis persuadée que si j'étais Mme Tremayne, je voudrais être tenue informée du comportement de ma fille, dit-elle.

« J'en suis certaine, pensa Kathleen. Et vous la puniriez probablement aussi sévèrement aussi. »

— Puis-je vous rappeler, Mlle Hanley, que nous n'avons pas l'habitude d'informer les mères des autres étudiantes quand leur fille se comporte mal ? répliqua-t-elle. Ou sinon, nous serions au téléphone ou en train d'écrire des lettres toute la journée, ne croyez-vous pas ?

— Oui, mais Constance… Mme Tremayne… est différente, insista Mlle Hanley. Elle voudrait savoir.

— Et quel bien cela ferait-il ? L'infirmière Tremayne a déjà reçu une punition adéquate. Après tout, je gère le personnel infirmier de cet hôpital, pas Constance Tremayne.

La bonne entra avec le plateau pour le thé avant que Mlle Hanley puisse répondre. Kathleen changea rapidement de sujet vers les nouvelles affectations du mois suivant. Mais en observant son assistante siroter son thé, elle n'avait aucun doute que Mlle Hanley allait en parler à Mme Tremayne dès que l'occasion se présenterait.

Pour le bien de la pauvre Helen Tremayne, Kathleen allait devoir s'assurer que cette occasion ne se présente pas.

— Vraiment, Agatha, ne croyez-vous pas que vous prenez cela un peu trop au sérieux ? Ce n'était qu'une farce, après tout.

— Seulement une farce ?

Le regard d'Agatha Sutton devint perçant.

— Vous trouvez peut-être cela amusant, Florence, mais je peux vous assurer que ce n'est pas mon cas. En fait, j'en suis encore très bouleversée. Je n'ai pas encore réussi depuis à m'aventurer dans ma salle de bains quand il fait nuit.

Elle eut un frisson théâtral qui fit trembloter tous ses mentons. Florence Parker ne leva pas les yeux de son ouvrage, mais Veronica Hanley put voir ses lèvres s'écraser ensemble alors qu'elle essayait de s'empêcher de sourire.

Mlle Hanley ne voyait pas elle non plus ce qu'il y avait d'amusant. Elle ne croyait pas qu'Agatha Sutton prenait cela trop au sérieux non plus. Au contraire, c'était l'infirmière en chef qui était fautive de ne pas prendre en considération les sentiments de la sœur responsable de la maison.

— Je suis d'accord, c'est entièrement inacceptable, dit-elle, enfonçant son aiguille dans son jeté en patchwork. Entrer par effraction est très grave, et Helen Tremayne aurait dû être sévèrement punie pour ce qu'elle a fait à la pauvre Agatha.

— À vous entendre, c'est comme si elle avait attendu dans la salle de bains intentionnellement pour lui sauter dessus.

Florence secoua la tête.

— Vraiment, la pauvre fille était simplement au mauvais endroit au mauvais moment.

Ses yeux bleus pétillèrent.

— C'est assez amusant quand vous y pensez. J'aurais bien aimé voir son expression !

Elle glousse pour elle-même. Veronica et Agatha échangèrent un regard horrifié. Florence Parker était une excellente infirmière, mais elle pouvait être très moderne parfois.

— Je ne crois réellement pas que cela soit amusant, dit Veronica. Cela aurait pu être très embarrassant pour la pauvre Agatha.

— Une intrusion dans mon intimité, ajouta Agatha Sutton. Le pauvre Sparky n'est plus le même depuis non plus.

En entendant son nom, le petit chien leva la tête de l'endroit où il sommeillait sur le tapis à leurs pieds, puis se recoucha.

— Vous voyez ? dit Agatha. Il est complètement traumatisé, pauvre biquet.

— Alors, vous croyez que l'infirmière en chef aurait dû renvoyer Tremayne pour ce qu'elle a fait à votre chien, c'est ça ?

La voix de Florence était tranchante.

— Tout le monde a le droit de faire une erreur, non ? Je me souviens que lorsque j'étais jeune…

Elle leva la tête, vit leur expression et laissa sa phrase en suspens.

— Eh bien, peu importe, dit-elle brusquement. Ce qui importe, c'est que Tremayne est une infirmière merveilleuse et travaille extrêmement dur. Elle serait une grande perte pour cet hôpital.

— Je suis d'accord avec vous, dit Veronica. Personne ne veut la voir être renvoyée. Elle est un atout pour le Nightingale. J'aimerais qu'il y en ait plus comme elle.

En fait, Helen était habituellement l'une des rares étudiantes qu'elle approuvait sans réserve.

— Mais ne voyez-vous pas ? C'est pour cela que je crois qu'elle devrait être disciplinée. Avant qu'elle soit détournée du droit chemin.

Agatha Sutton ajouta :

— La moindre des choses aurait été que sa mère soit informée.

— Cette fouineuse !

Florence secoua la tête.

— Elle a déjà beaucoup trop le nez enfoui dans nos affaires comme ça.

— Cet hôpital est de ses affaires, insista Veronica obstinément. Et Helen est sa fille. Elle a le droit de savoir si sa fille est en danger moral…

— Juste ciel, Veronica, à vous entendre cet endroit serait comme Sodome et Gomorrhe !

Florence la considéra, ses yeux se plissant.

— J'espère que vous ne pensez pas à informer Mme Tremayne vous-même ?

— Je crois que j'aimerais le savoir s'il s'agissait de ma fille.

— Et je crois que de telles décisions doivent être laissées à l'infirmière en chef. N'êtes-vous pas d'accord, Agatha ?

— Je crois que Veronica doit faire selon ce que sa conscience lui dicte, dit sagement la sœur responsable de la maison, s'inclinant avec un grand effort pour offrir un biscuit à Sparky.

— Tant que c'est sa conscience qui parle et non pas un désir de marquer des points au détriment de l'infirmière en chef. Parce qu'une telle situation pourrait très mal tourner.

Veronica demeura silencieuse, concentrée sur son ouvrage. Elle put sentir les yeux de Florence fixés sur elle, mais refusa de croiser son regard.

Florence avait tort, se dit-elle, cela n'avait rien à voir avec l'infirmière en chef. Helen Tremayne était une excellente infirmière avec un brillant avenir devant elle. C'était pour le bien de la fille qu'elle devait parler.

Mme Tremayne n'en attendait rien de moins de sa part.

CHAPITRE 46

L'aube de la journée de la fête annuelle de la fondation était lumineuse et claire, comme si Mme Tremayne avait aussi organisé le temps tout comme l'événement en soi. Elle se tenait au centre de la cour, vêtue de ses plus beaux atours, accueillant les invités à leur arrivée. De la musique provenant d'un quatuor à cordes se mélangeait aux tintements de la porcelaine et aux murmures feutrés de conversations polies.

Millie observait leur arrivée de la fenêtre du service Holmes. Elle était déçue de manquer la fête, mais son congé avait été annulé parce qu'elles étaient beaucoup trop occupées. Elles avaient eu de nombreuses admissions en urgence depuis les derniers jours, et des lits supplémentaires occupaient le milieu de la salle. Pour couronner le tout, l'infirmière principale avait attrapé une mononucléose infectieuse et il n'y avait personne pour la remplacer.

Mais cela n'avait pas empêché sœur Holmes et l'infirmière-chef adjointe Lund de descendre pour se joindre à la fête.

— Je vous fais confiance à vous et à Doyle pour surveiller le service pendant que nous sommes absentes, avait indiqué la sœur. Vous savez où nous trouver s'il y a une urgence, même si j'espère que vous serez en mesure de vous tirer d'affaire.

Elle avait lancé un regard sévère vers Millie.

— Je vous en prie, essayer de ne perdre aucun patient pendant que nous sommes absentes.

— Ce n'est pas juste, se plaignit Millie à Dora quand elles furent parties. Maintenant, je sais comment Cendrillon s'est sentie quand elle n'a pas pu se rendre au bal.

— Ce n'est pas la peine de pleurnicher, fit Dora avec un haussement d'épaules. C'est à ton tour de changer le pansement de M. Abbott, au passage.

Millie fit une grimace.

— Je suis obligée ?

Elle était plutôt effrayée par M. Abbott. Il avait été admis la veille avec une mystérieuse blessure à la jambe. La rumeur courait qu'il était un malfaiteur notoire de l'East End sur qui un gangster rival avait tiré. La rumeur disait aussi que des policiers montaient la garde à l'extérieur de l'hôpital afin de s'assurer qu'il ne s'échappe pas.

Sœur Holmes les avait avisées d'ignorer les rumeurs.

— Qui il est ne devrait absolument pas nous intéresser, leur avait-elle fermement dit. En ce qui nous concerne, ce n'est qu'un autre patient ayant besoin de nos soins.

M Abbott, de son côté, ne laissait rien paraître. Il était poli et reconnaissant des soins qu'il recevait. Mais son visage buriné et marqué de cicatrices donnait tout de même la chair de poule à Millie.

— Je peux échanger avec toi si tu veux, offrit Dora.

Elle était de très bonne humeur depuis que son beau-père avait reçu son congé la semaine précédente. Ce devait être dû au soulagement de savoir qu'il était pleinement rétabli, pensa Millie.

— Non, ça va aller. Je ne dois pas fuir mes responsabilités.

« Sois professionnelle, se dit-elle en se lavant les mains et sortant les tampons et les bandages stérilisés du baril. Souviens-toi que ce n'est qu'un patient comme les autres. »

M Abbott était assis dans son lit en train de lire *Sporting Life*[1].

— Bonjour, infirmière, l'accueillit-il gaiement. Comment allez-vous ?

— Bonjour, M. Abbott.

Millie fit désespérément de son mieux pour ne pas croiser son regard alors qu'elle enlevait soigneusement le bandage de sa blessure.

— Il y a toute une agitation dehors aujourd'hui. Qu'est-ce qui se passe ?

— C'est la fête annuelle de la fondation. Il y a une réception dans la cour.

Elle examina la blessure. Elle semblait bien guérir.

— Et vous n'y êtes pas invitée ?

---

1. N.d.T. : *Sporting Life* était un journal britannique couvrant particulièrement les courses de chevaux.

— Je crains que non. Nous sommes beaucoup trop occupées. La sœur et l'infirmière-chef adjointe y sont, par contre.

— Et elles vous ont laissées ici, vous et cette autre jeune infirmière, pour tenir le fort toutes seules ? C'est malheureux. Ce n'est pas juste, n'est-ce pas ?

— C'est malheureusement ainsi que ça se passe pour nous étudiantes.

Millie travaillait le plus rapidement qu'elle put, appliquant la compresse et épinglant le bandage.

— Voilà, c'est fait. Comment vous sentez-vous ?

— Je me sens bien, infirmière. Vous avez fait un bon travail.

Quand il lui sourit, Millie essaya de détourner son regard de la légère ligne argentée qui parcourait sa joue.

— Et vous pouvez être certaine que je toucherai un mot à votre sœur pour vous avoir laissée ici toute seule, dit-il quand Millie repoussa le rideau.

Dora la suivit cinq minutes plus tard dans la salle de soins.

— Est-ce que tu veux que je descende ces bandages dans la chaufferie pour toi ? offrit-elle.

« Elle est vraiment de très bonne humeur, pensa Millie. Rien n'aurait pu la traîner au sous-sol sinon. »

Pendant que Dora était partie, Millie se rendit dans la cuisine pour préparer les boissons. La boîte d'allumettes était humide, et elle avait du mal à en allumer une quand une voix derrière elle lança :

— Vous permettez ?

Elle se retourna. William sortit une boîte d'allumettes de sa poche, en enflamma une et alluma le gaz.

— Que faites-vous ici ? demanda-t-elle.

— Je vous ai apporté un présent.

Il lui tendit un gâteau délicatement glacé en rose.

— Je me suis dit que si vous ne pouviez pas vous rendre à la fête, alors la fête devait venir à vous.

— Nous n'avons pas le droit de manger dans la salle, vous vous en souvenez ?

Millie se détourna pour remplir la bouilloire sous le robinet.

— De toute façon, ne devriez-vous pas l'offrir à votre petite amie Hollins ?

Ellc n'avait pas réellement parlé à William depuis la nuit du mariage de Sophia, alors qu'elle l'avait vu embrasser Amy Hollins. Mais il était bien connu qu'ils sortaient ensemble maintenant. Amy n'avait pas cessé de s'en vanter dans la maison des infirmières.

Il lui fit un sourire exaspérant.

— Ce n'est pas sérieux entre nous.

Ce n'est pas ce qu'Amy croit, pensa Millie.

— Cela n'a assurément aucune conséquence sur moi.

Elle mit la bouilloire à chauffer et se mit à préparer les boissons, consciente tout le temps qu'il l'observait. Finalement, elle ne put le supporter plus longuement.

— Vouliez-vous autre chose ? demanda-t-elle rudement.

Il haussa les épaules.

— Pas vraiment.

— Alors pourquoi êtes-vous encore là ?

— Parce que je ne peux pas rester loin de vous.

Elle se retourna pour lui faire face, prête à lui dire ses quatre vérités. Mais il ne souriait pas et ne flirtait plus. Ses yeux noirs étaient affligés.

— Je suis sérieux, dit-il. Je sais que c'est mal de ma part et injuste pour vous et Amy, mais je n'y peux rien. Il me semble impossible de cesser de penser à vous.

— William…

Elle fit un pas vers lui, mais il recula.

— Ne faites pas ça, lâcha-t-il. J'essaie d'être honorable et de bien agir, mais si vous venez plus près, je ne crois pas pouvoir m'empêcher de vous embrasser.

— Qui dit que je veux vous en empêcher ?

Elle fit un autre pas vers lui, suffisamment près pour sentir la chaleur de son corps, juste au moment où Dora apparut dans l'embrasure de la porte de la cuisine.

— Désolée de vous interrompre, commença-t-elle. Mais as-tu vu M. Abbott ?

Lucy Lane était assise dans la salle à manger de l'hôpital, vêtue de sa nouvelle jolie robe, mangeant son repas aussi vite que possible et essayant de ne pas pleurer. Cela aurait dû être la plus belle journée de sa vie et elle se révélait être l'une des pires.

Son prix était posé sur la table près d'elle, une plaque luisante portant le blason du Nightingale et en dessous, son nom et les mots *Meilleure étudiante de première année de 1935*, gravés en lettres arrondies.

Cela avait été un tel moment de fierté pour elle. Elle n'avait pensé à presque rien d'autre depuis des jours, imaginant les applaudissements résonnant dans ses oreilles quand elle s'avancerait, aussi gracieuse qu'une débutante, afin de recevoir son prix des mains de M. Enright, le président du conseil d'administration. Elle avait pensé à la manière dont elle allait se retourner pour observer les spectateurs et verrait sa mère et son père, assis dans la première rangée, la regardant avec fierté. Elle allait croiser les yeux de son père et il allait sourire et hocher la tête d'un air approbateur.

Seulement, cela ne s'était pas passé ainsi. Son père avait annulé à la dernière minute, disant qu'il devait prendre l'avion pour Paris afin d'assister à une importante réunion d'affaires.

— Je suis certain qu'il y aura d'autres remises de prix, ma chérie, avait-il dit, sa riche voix profonde résonnant sur la ligne téléphonique. Et je vais te rapporter quelque chose de spécial pour me faire pardonner. Un cadeau de chez Cartier, peut-être ?

Lucy avait essayé d'avoir l'air enthousiaste, mais il lui avait été difficile de parler tant elle était déçue. Et pire encore, quand elle avait téléphoné ce matin pour s'assurer que sa mère venait toujours, Hemmings, la majordome, lui avait dit que Mme Lane était souffrante.

Lucy fixa la plaque, ses yeux s'embuant. Il n'était pas difficile de deviner pourquoi sa mère était souffrante. Elle frissonna en pensant aux serviteurs en train de la mettre au lit puis commérant au rez-de-chaussée sur toutes les bouteilles vides dans le salon.

Katie O'Hara entra avec fracas dans la salle à manger avec quelques autres étudiantes de première année, riant et bavardant entre elles. Elles s'immobilisèrent dès qu'elles virent Lucy.

— Salut. Je croyais que tu serais dehors en train de célébrer. Ton père n'était-il pas censé t'emmener au Ritz ?

Lucy fixa son assiette.

— Il a dû se rendre à une importante réunion d'affaires.

— C'est étrange. Je pensais que tu avais dit qu'il laisserait tout tomber pour sa précieuse petite fille.

— Il voulait venir, mais j'ai insisté pour qu'il aille à sa réunion, mentit Lucy. Parfois, le travail doit passer en premier.

— Alors, personne n'était là pour voir la pauvre Lucy recevoir son prix.

Katie semblait déterminée à la faire souffrir, sa bouche grimaçant une parodie de la compassion.

— Au moins, j'ai gagné un prix, lâcha Lucy.

— Je suis surprise que tu n'en aies pas gagné un pour fanfaronnade, riposta Katie.

— Je n'y peux rien si je suis la meilleure, n'est-ce pas ?

— Non, mais tu y peux quelque chose quand il s'agit de t'en vanter.

Katie O'Hara était habituellement une gentille fille qui semblait tout accepter sans sourciller. Mais pour une raison inconnue, son tempérament irlandais prit les commandes ce jour-là.

— Nous en avons toutes ras le bol de toi, tu sais ? Tu sembles croire que nous sommes tellement impressionnées par ta personne et ce que tu possèdes, mais ce n'est pas le cas. Pour dire la vérité, nous en avons marre d'en entendre parler.

Lucy la considéra, stupéfaite. Elle savait que parfois elle exagérait avec les autres filles, mais elle ne pensait pas qu'elles lui en voulaient autant. Voir la malveillance sur les traits de Katie O'Hara la secoua.

— Tu te donnes tous ces grands airs, mais simplement parce que tu as ceci et cela et que ton père a un titre élégant ne te rend pas meilleure que nous, poursuivit Katie.

Je… je n'ai pas dit cela, bégaya Lucy.

— Tu n'as pas eu besoin de le faire ! Tu ne manques jamais une occasion de nous dire à quel point tu es géniale, comme ta vie est super. Tu nous regardes toujours de haut, nous faisant sentir comme des paysannes, même pas dignes de nettoyer tes bottes ! Qu'est-ce qui *te* rend si spéciale ?

Lucy pensa à son père, lequel se souvenait à peine qu'elle existait, et à sa mère, trop préoccupée par sa propre misère pour accorder la moindre pensée à sa fille. La dernière chose qu'elle se sentait était spéciale.

— C'est inutile, dit Dora après qu'ils eurent fouillé la salle et les pièces adjacentes pour la troisième fois. Il est peu probable qu'il se cache sous un lit, non ? Il s'est probablement fait la malle.

— Tu as raison, dit Millie. Nous devrions nous séparer et fouiller tout l'édifice.

— Et les patients ?

Ils regardèrent vers la salle. Heureusement, aucun des hommes ne semblait avoir remarqué que quelqu'un parmi eux s'était échappé alors qu'ils somnolaient ou lisaient leur journal.

— Tu restes et surveilles tout le monde. Je vais aller à la recherche de M. Abbott, lança Millie.

Elle se sentait déjà suffisamment coupable que ce soit sa faute s'il était en liberté.

— Je viens avec vous, dit William. Je ne vous laisserai pas vous attaquer seule à un criminel prêt à tout.

— Vous n'êtes pas obligé.

— Je le veux.

— Oh, pour l'amour du ciel, allez-y, d'accord ? dit Dora avec impatience. Et assurez-vous d'être de retour avant sœur Holmes !

Ils se précipitèrent dans les couloirs, vérifiant toutes les salles adjacentes et les placards.

Cela ne serait pas arrivé si vous ne m'aviez pas retenue à parler dans la cuisine, accusa Millie alors qu'elle et William s'essoufflaient à gravir un escalier vers le toit.

— Cela ne se serait pas produit si vous n'aviez pas dit à M. Abbott que Dora et vous étiez responsables seules du service.

Ils atteignirent le toit et s'arrêtèrent pour reprendre leur souffle.

— Il n'y a aucun signe de lui ici, dit William en regardant autour alors que Millie se pliait en deux en se tenant les côtes.

— Où peut-il bien être ? Nous avons cherché partout.

— Il reste un endroit que nous n'avons pas fouillé.

Millie suivit le regard de William vers la réception en bas.

— Il s'est peut-être mêlé aux autres invités, attendant sa chance de s'enfuir. Nous allons devoir descendre et le chercher.

— Pouvez-vous y aller seul ? supplia Millie. Si la sœur ou l'infirmière-chef adjointe me voit à la fête, elles se fabriqueront des jarretières avec mes intestins.

— Ce serait un peu difficile, puisque je n'ai aucune idée de ce à quoi ressemble ce M. Abbott.

— Que ferons-nous si nous le trouvons ? demanda Millie alors qu'ils se joignaient aux autres invités.

Elle gardait la tête baissée, craignant que sœur Holmes l'aperçoive à tout moment.

— Nous ne pouvons évidemment pas l'appréhender devant tout le monde, non ?

— Chaque chose en son temps, répondit William. Vous devez le trouver d'abord.

Millie aperçut l'infirmière-chef adjointe Lund dans la foule, bâtit hâtivement en retraite et entra directement dans Helen qui arrivait de l'autre côté avec une assiette de sandwichs.

— Pourquoi te faufiles-tu ainsi ?

Elle vit William derrière Millie et elle fronça davantage les sourcils.

— Oh, c'est toi. J'aurais dû me douter que tu serais impliqué.

Nous cherchons quelqu'un, lui dit-il.

— Ah, oui ? Qui ?

Ils se regardèrent.

— Je suppose que nous devrions lui dire, fit William. On ne sait jamais, peut-être pourra-t-elle nous aider.

Helen les observa l'un après l'autre, les yeux plissés.

— Me dire quoi ?

— Nous avons perdu un patient, lâcha Millie.

— Un dangereux prisonnier, ajouta William.

— Mais il ne pourra probablement pas aller bien loin, car il a une blessure par balle à la jambe, poursuivit Millie.

Helen fut bouche bée.

— Mais pourquoi n'avez-vous pas parlé aux policiers ? Vous devez immédiatement les aviser.

Elle lança l'assiette de sandwichs entre les mains de Millie et se dirigea vers le portail. William la saisit par le poignet.

— Non, la supplia-t-il. Nous avons déjà suffisamment d'ennuis.

— Vous aurez encore plus d'ennuis si vous laissez un homme recherché échapper aux policiers.

Helen regarda autour d'elle.

— Il pourrait être n'importe où !

— Je sais, dit misérablement Millie. Tu as raison, nous devrions le dire aux policiers.

— Vous serez renvoyée si vous leur dites, lui rappela William.

— Des gens pourraient être blessés si nous ne le disons pas, répliqua Millie.

Helen les regarda à tour de rôle.

— Oh, pour l'amour du ciel ! dit-elle en roulant des yeux. Attendez ici. Et ne dites rien à personne avant que je revienne.

Ils l'observèrent se diriger vers le pavillon des brancardiers.

— Que croyez-vous qu'elle fait ? interrogea Millie.

William haussa les épaules.

— Peut-être va-t-elle demander de l'aide à M. Hopkins ?

— Alors, elle perd son temps. M. Hopkins est un misérable vieil homme. Il va nous rapporter à l'infirmière en chef dès qu'il aura posé les yeux sur nous.

N'en soyez pas si certaine, dit William. Le vieux Hopkins a un petit faible pour Helen. Elle est comme la fille qu'il n'a jamais eue.

Alors, sans surprise, un instant plus tard, elle ressortit du pavillon des brancardiers.

— Tout est arrangé, dit-elle. M. Hopkins a mis ses brancardiers en alerte rouge et ils fouillent les édifices. Si quelqu'un peut le retrouver, c'est bien eux.

— Et nous ? Que devrions-nous faire ? demanda Millie.

Helen lui décocha un regard sévère.

— Retourne dans ton service et essaie de ne pas te faire remarquer si tu as le moindre bon sens, lui conseilla-t-elle. Et pour l'amour du ciel, essaie de demeurer calme !

Ce ne fut pas facile. Millie essaya de s'occuper en veillant sur les patients, mais elle ne pouvait s'empêcher de se rendre à la fenêtre et regarder dans la cour.

— La fête tire à sa fin, dit-elle sombrement. D'une minute à l'autre, sœur Holmes va revenir au service. Et à ce moment, l'enfer commencera.

— Je ne comprends pas pourquoi tu t'apitoies tant sur ton sort. J'aurai autant d'ennuis que toi, lui rappela Dora. Je suis descendue à la chaufferie et t'ai laissée seule, tu t'en souviens ?

Millie se mordilla la lèvre.

— Tu crois que nous aurons beaucoup d'ennuis ?

Dora la considéra.

— Benedict, nous avons toutes deux quitté la salle et permis à un criminel recherché de s'enfuir. Qu'en penses-tu ?

Elles sautèrent quand les portes doubles s'ouvrirent. Mais plutôt que sœur Holmes et l'infirmière-chef adjointe Lund, apparurent deux brancardiers poussant un patient sur un brancard. Il était couvert des pieds à la tête d'un mince drap blanc.

— Ça alors, il n'a pas l'air d'aller bien, observa l'un des patients en levant les yeux de ses mots croisés.

— Je sais que M. Dwyer est un bon chirurgien, mais je ne pensais pas qu'il pouvait les ramener d'entre les morts, dit un autre patient.

Il y a une erreur, commença Millie, nous ne pouvons pas…

Puis, elle vit William qui fermait la marche.

— Emmenez-le au lit sept, indiqua-t-il.

Millie et Dora les suivirent vers le lit de M. Abbott, où les cloisons étaient toujours tirées. Ce ne fut qu'une fois bien dissimulé que William enleva prestement le drap pour révéler le criminel au visage buriné en train de dormir paisiblement.

— Mais je ne comprends pas, fit Millie alors que les brancardiers le soulevaient doucement pour le remettre dans son lit. Comment… ? Où… ?

— Deux des brancardiers l'ont trouvé caché dans le sous-sol, expliqua William. J'ai dû lui donner un sédatif pour qu'il nous suive calmement.

Millie battit des mains de joie.

— Vous êtes brillant !

— C'est Helen qu'il faut remercier, dit-il. Si elle n'avait pas mobilisé l'aide des brancardiers, je doute que nous l'aurions retrouvé.

— Si vous avez terminé, je crois que j'entends sœur Holmes arriver dans le couloir, les interrompit Dora.

Elles venaient à peine de faire sortir William et les brancardiers avec leur brancard quand sœur Holmes passa les portes avec l'infirmière-chef adjointe sur les talons. Elle avait un air grave.

— Benedict. Dans mon bureau immédiatement, dit-elle.

Millie et Dora échangèrent un regard angoissé.

— Crois-tu qu'elle sait ? chuchota Millie.

Dora ne put que répondre par un haussement d'épaules désespéré.

— Benedict ! appela sœur Holmes de l'embrasure de la porte de son bureau.

Millie s'y traîna piteusement, préparant déjà ses excuses.

— Asseyez-vous, Benedict.

Millie fit ce qu'on lui demandait, perplexe. Les réprimandes se recevaient habituellement debout face à face, beuglées à un niveau suffisamment assourdissant pour faire bourdonner les oreilles. Mais la voix de sœur Holmes était plus douce, presque comme si elle s'adressait à un patient.

— Y a-t-il quelque chose qui ne va pas, sœur ? demanda Millie.

Sœur Holmes s'assit devant elle, les yeux remplis de compassion.

— Il s'agit de votre père, commença-t-elle. Il a eu un accident…

CHAPITRE 47

C'était un miracle si Henry Rettingham avait survécu, avaient dit les médecins.

Millie avait réconforté plusieurs familles bouleversées dans les services. Elle les avait conduites dans une salle adjacente, avait servi du thé chaud sucré pendant que le médecin en chef livrait ses mauvaises nouvelles et les avait écoutées pleurer derrière la cloison entourant le lit de leur être cher. Et même si elle se sentait désespérément triste pour ces familles, elle n'avait jamais réellement compris la profondeur de leur désespoir jusqu'à aujourd'hui alors qu'elle était assise avec sa grand-mère dans un bureau de médecin, l'écoutant lui dire qu'elle allait peut-être perdre son précieux père.

Elle connaissait déjà les détails de l'accident. Felix les lui avaient déjà fournis quand il était venu la prendre une heure plus tôt à la gare. Alors qu'il se promenait à cheval tôt le matin, Samson avait été effrayé par quelque chose et avait projeté son père au sol. Le cheval l'avait probablement frappé à la tête alors qu'il s'éloignait au galop et l'avait assommé. Quand Samson était revenu seul dans la cour, le palefrenier avait donné l'alarme.

Ils avaient retrouvé son père qui titubait sur la route. Il semblait bien aller, seulement un peu sonné. Mais quelques heures plus tard, il s'était plaint d'un mal de tête et l'après-midi il s'était effondré.

Le médecin avait expliqué que la perte de conscience de son père avait été causée par une augmentation de la pression dans son cerveau. Œdème cérébral. Millie vit les mots danser devant ses yeux comme s'ils étaient imprimés dans son manuel. Ils n'avaient jamais rien signifié pour elle alors qu'elle suivait les leçons de sœur Parker en bâillant. Aujourd'hui, ils signifiaient la vie ou la mort.

— Y a-t-il des signes d'hémorragie ? demanda-t-elle.

Les sourcils du médecin s'arquèrent.

— Comment savez-vous… ?

— Je suis en formation pour devenir infirmière. Je souhaiterais que vous soyez franc avec moi, M. Cossard.

Elle vit son froncement et comprit son irritation. Les médecins n'aimaient pas qu'on leur pose des questions, surtout venant de jeunes filles idiotes qui croyaient comprendre les problèmes médicaux simplement parce qu'elles avaient lavé quelques bassins hygiéniques.

Mais elle n'allait pas non plus le laisser se dérober. C'était son père, et elle avait l'intention de continuer à poser des questions, peu importe à quel point cela irritait Philip Cossard.

Il finit par répondre.

— Heureusement, il n'y a aucun signe encore. Cependant, nous devons nous préparer à une telle éventualité.

Millie hocha la tête.

— Et en attendant, tout ce que vous pouvez faire est de diminuer l'œdème cérébral et la pression intracrânienne.

— Tout à fait, répondit-il en la considérant. Je n'ai pas besoin de vous dire, Lady Amelia, que les prochaines heures et journées sont extrêmement critiques. Si nous parvenons à diminuer l'enflure et la pression et que votre père reprend connaissance, alors il aura de bonnes chances de s'en remettre complètement.

— Et s'il ne reprend pas connaissance, nous devons nous préparer au pire, termina pour lui Millie.

Elle regarda sa grand-mère, stoïque assise à ses côtés. Elle pouvait voir qu'il fallait tout son sang-froid à la comtesse douairière pour ne pas pleurer sur son fils.

— Pouvons-nous le voir ?

— Bien sûr.

Le médecin fit un signe de la tête à l'infirmière qui se tenait près de la porte.

Son père se trouvait dans une petite chambre particulière du service principal. Les patients gravement malades étaient souvent des cas spéciaux, comme on disait. Seules les infirmières qualifiées et les étudiantes les plus avancées avaient la permission de s'en occuper.

Tout semblait familier à Millie, les supports pour les gouttes à gouttes, le lit en métal, l'odeur suffocante de désinfectant, les sons assourdis d'un service occupé tout près. Mais cela lui parut tellement différent quand c'était son propre père qui était allongé dans le lit.

Sa grand-mère traversa la pièce pour se rendre à son chevet.

— Je ne comprends pas. Il n'a presque aucune égratignure.

Elle regarda Millie par-dessus son épaule.

— Crois-tu qu'ils peuvent se tromper sur la sévérité de sa condition ? S'il était si gravement blessé, il y aurait une blessure…

Millie s'approcha d'elle. Elle voulait désespérément offrir l'espoir que sa grand-mère désirait tant. Mais elle savait aussi à quel point cela serait cruel.

— Toutes les blessures sont à l'intérieur de son crâne, grand-maman, dit-elle doucement. La chute et le coup à sa tête ont secoué gravement son cerveau et l'ont fait enfler. Les médecins espèrent qu'en lui donnant beaucoup de temps et de repos, la pression diminuera.

— Et à ce moment, il se rétablira ?

« Si son cerveau ne se met pas à laisser échapper du sang », pensa Millie. Et même si ce n'était pas le cas, ils ne sauraient pas avant un moment à quel point la vitalité des canaux médullaires avait été touchée. Il allait peut-être vivre, mais n'allait peut-être pas complètement se rétablir.

Mais elle n'avait aucune raison d'accabler sa grand-mère avec des pensées aussi déprimantes. La vieille dame tenait fermement la tête de lit de métal comme si sans soutien il allait s'écrouler.

— Oui, grand-maman. Il se rétablira, dit faiblement Millie.

Elle tira une chaise pour sa grand-mère et en trouva une pour elle. Elles demeurèrent assises en silence pendant un très long moment, toutes deux perdues dans leurs pensées. La main mince et garnie de bagues de la comtesse douairière tenait la main de son fils.

— Il sait que nous sommes là, tu crois ? interrogea-t-elle.

— C'est difficile à dire. J'espère que oui.

Une infirmière entra, l'air soigné et professionnel dans son uniforme bleu. Millie l'observa vérifier la température du patient, son pouls et sa respiration. Elle lui parlait tout en travaillant, lui expliquant ce qu'elle faisait. Millie se souvint de toutes les fois où elle avait dû parler avec le corps sans vie de Mme Jones pendant sa formation. À cette époque, cela lui avait paru si stupide, mais maintenant, cela avait du sens. L'infirmière le traitait comme une personne, pas seulement comme un patient. Millie regarda l'infirmière travailler avec l'envie d'elle aussi faire quelque chose d'utile. Elle ne s'était jamais sentie aussi inutile à rester ainsi assise.

Elles demeurèrent assises avec lui jusqu'à ce que la soirée devienne la nuit. Millie entendit les pas feutrés dans le couloir alors que l'équipe de nuit arrivait au travail.

À ses côtés, les paupières de sa grand-mère s'affaissèrent.

— Vous devriez rentrer à la maison, grand-maman, dit doucement Millie. Vous avez besoin de vous reposer.

— Je crains que tu aies raison, mon enfant. Cela a été une longue et éprouvante journée.

Elle se leva péniblement.

— Je vais demander à Felix de nous avancer la voiture.

— Oh, non, je reste ici.

— Mais tu dois te reposer aussi.

— Comment pourrais-je dormir ?

Millie tourna les yeux vers son père.

— De plus, je veux être ici. Juste au cas où il se réveillerait. Ou si le pire se produit, ajouta-t-elle silencieusement.

Si sa grand-mère soupçonna ce qu'elle ressentait, elle ne le laissa pas voir.

— Tu vas peut-être gêner le travail des infirmières, dit-elle avec inquiétude. Elles seront assurément très occupées.

— Raison de plus pour que je reste alors. Je pourrai le surveiller durant la nuit. Je suis certaine que l'équipe de nuit appréciera.

Elle leva les yeux vers sa grand-mère, la bouche déterminée.

— Quoi qu'on en dise, je reste, insista-t-elle.

La comtesse douairière soupira.

— Je vois que comme à ton habitude, ton opinion est déjà faite, peu importe ce que quiconque pourrait penser, dit-elle lourdement. Très bien, fais comme tu veux. Mais j'insiste pour que tu reviennes à la maison à la première heure demain matin. Nous devons essayer de maintenir la normalité, ne serait-ce que pour le bien des serviteurs.

L'infirmière de nuit fut surprise quand elle entra pour éteindre et découvrit Millie blottie sur sa chaise, à moitié endormie près du lit de son père.

— Vous devriez vraiment rentrer chez vous, lui conseilla-t-elle. La sœur aurait une attaque si elle savait que quelqu'un passait la nuit ici.

— La sœur ne sera pas là avant demain matin. Elle n'a pas besoin de savoir, n'est-ce pas ?

Millie s'étira et bâilla.

— Je suppose que non, répondit l'infirmière en la regardant avec sympathie. Vous semblez épuisée. Prendriez-vous une tasse de thé ?

— Non, merci.

L'infirmière tamisa la lumière avec un linge vert et arrangea les draps.

— Je vais revenir dans une heure, dit-elle. Mais n'hésitez pas à m'appeler si quelque chose vous inquiète.

— Y a-t-il quelque chose que je peux faire pour lui ? demanda rapidement Millie avant que l'infirmière parte. Je me sens si inutile.

L'infirmière lui sourit gentiment.

— Parlez-lui, lui conseilla-t-elle. Il ne répondra peut-être pas, mais une voix familière peut possiblement l'atteindre.

Alors, Millie se mit à parler. Elle s'entretint de n'importe quoi, lui racontant sa vie à Londres, parlant de Dora et d'Helen, de choses amusantes qui lui étaient arrivées dans les services. Cela lui paraissait étrange de bavarder dans le vide. C'était comme si son père se trouvait au bout d'un très long tunnel. Elle ne pouvait pas le voir, mais elle savait qu'il était là. Tout ce qu'elle pouvait faire était de lui parler et espérer qu'il sache qu'elle était là aussi. Et qu'il allait retrouver son chemin vers elle.

Et ainsi cela se poursuivit le jour suivant et le suivant. Millie lui parlait, lui lisait le *Times* et essayait même de faire les mots croisés, même si elle trouvait cela difficile sans l'aide de son père.

Elle avait même réussi à persuader M. Cossard et la sœur du service de lui laisser faire quelques-uns de ses soins, comme le laver, le raser et frotter de l'alcool méthylé et de la poudre sur ses épaules et son dos afin de prévenir les escarres. Ils lui trouvèrent même un tablier et une coiffe quand ils virent à quel point elle était déterminée à aider.

La nuit, elle se blottissait sur sa chaise dans la chambre de son père. Après sa première nuit inconfortable, quand il parut évident que rien n'allait la persuader de rentrer chez elle pour se mettre au lit, la gentille infirmière lui amena un fauteuil provenant du bureau de la sœur pour la nuit et le lui enlevait prestement dès les premières lueurs de l'aube.

Sa grand-mère désapprouvait de voir Millie, les manches roulées jusqu'aux coudes, une coiffe amidonnée couvrant ses belles boucles, prendre soin de son père.

— Ce n'est pas un comportement approprié pour une jeune lady, l'avait-elle réprimandée.

Mais même elle avait dû admettre qu'elle trouvait cela réconfortant de savoir que Millie était là avec lui.

— Dois-je prendre des arrangements pour que le reste de tes bagages soit ramené de Londres ?

demanda-t-elle lorsque la troisième journée commença et qu'elle observait Millie et une autre infirmière changer le lit.

— Ce ne sera pas nécessaire. Je peux me débrouiller avec ce que j'ai apporté.

Lady Rettingham la regarda brusquement.

— Combien de temps comptes-tu rester ?

— Je ne sais pas.

Millie baissa les yeux vers son père allongé dans son lit, toujours inconscient. Chaque jour qui passait amenuisait son espoir.

— Je ne partirai pas tant que… nous ne savons pas comment va papa. L'infirmière en chef m'a dit de prendre tout le temps dont j'ai besoin.

Sa grand-mère demeura silencieuse. Millie jeta un bref coup d'œil à son visage tendu alors qu'elle regardait par la fenêtre vers les jardins ensoleillés de l'hôpital et sentit que tout n'allait pas bien. Elle termina de border le coin du drap et se redressa pour la regarder.

— Y a-t-il quelque chose qui ne va pas, grand-maman ? demanda-t-elle.

— Je suis simplement plutôt surprise, c'est tout. J'ai supposé que tu ne retournerais pas à Londres.

Millie la fixa, sans comprendre.

— Mais je dois retourner. Ma formation…

— Tu as entendu ce que le médecin a dit.

Sa grand-mère se tourna vers elle.

— Nous devons nous préparer au pire. Que se passera-t-il si quelque chose arrive à ton père ? Qui gérera le domaine ?

— L'intendant peut assurément s'en charger.

— Et qui lui donnera ses ordres ? Qui prendra les décisions, s'assurera que tout est fait convenablement ?

— Est-ce que vous suggérez que je devrais rentrer à la maison et gérer Billinghurst moi-même ?

L'idée était si ridicule que Millie aurait éclaté de rire si elle n'avait pas été aussi accablée par l'inquiétude et la fatigue.

— Jusqu'à ce que le prochain héritier réclame le domaine, certainement.

Sa grand-mère la considéra d'un air ahuri.

— Nous devons nous rendre à l'évidence, Amelia. Je sais que tu crois que ton père est éternel, et tu peux caresser ce rêve tant qu'il te plaira, mais ce n'est pas le cas. Nous devons admettre qu'il puisse mourir…

— Non ! cria Millie.

— … et si cela se produit, continua avec acharnement sa grand-mère, alors Billinghurst passera au cousin Robert et tout sera terminé. Mais si ton père survit, il y a une très grande possibilité qu'il souffre d'incapacité mentale qui l'empêchera de reprendre ses fonctions et gérer le domaine. Et que se passera-t-il à ce moment, selon toi ? Devons-nous laisser Billinghurst s'effondrer alors que tu te permets de rester à Londres ? Tu as un devoir, Amelia. Pas envers un étranger malade de l'East End, mais envers nous, ta famille. Et plus tôt tu en prendras conscience, mieux ce sera.

La comtesse douairière continua de regarder par la fenêtre.

— Bien sûr, tout ceci ne serait pas arrivé si tu t'étais mariée et installée il y a deux ans. Alors nous aurions peut-être déjà un héritier pour Billinghurst, plutôt que de devoir faire face à la perspective d'être expulsés de notre maison par un étranger.

Millie la fixa, des larmes brûlantes lui piquant les yeux.

— Cela n'arrivera pas, dit-elle fermement. Papa va s'en remettre.

Sa grand-mère tourna ses yeux fatigués vers les siens.

— J'espère sincèrement, mon enfant, dit-elle. Pour notre bien à tous.

CHAPITRE 48

Millie laissa sa grand-mère assise au chevet de son père et rentra chez elle pour se reposer et changer de vêtements. Elle était encore secouée par leur dispute, mais ne blâmait pas sa grand-mère pour son emportement ; Lady Rettingham était aussi fatiguée et abattue par l'inquiétude que Millie.

Alors qu'ils se trouvaient sur la colline surplombant la maison, Millie ordonna à Felix d'arrêter la voiture afin qu'elle puisse respirer un peu d'air frais. Enfermée à l'intérieur de l'hôpital, elle ne s'était pas rendu compte à quel point la chaleur du soleil sur son visage lui avait manqué ainsi que l'odeur de l'air sans désinfectant.

Elle regarda la maison sous elle. Billinghurst était magnifique, ses murs couleur de miel à la patine dorée par le soleil de juillet. Elle était nichée comme un joyau étincelant sur un coussin de riche velours vert, entourée de champs de moisson et de vergers chargés de fruits hâtifs. Sa grand-mère avait raison ; Billinghurst avait besoin de quelqu'un pour s'en occuper. Elle savait que l'intendant de son père, Jackson, était un homme expérimenté en qui l'on pouvait avoir confiance pour les décisions quotidiennes. Mais il agissait selon les instructions de son père quand il était question de l'ensemble de la gestion du domaine. Elle ne pouvait certainement pas l'imaginer prendre ses ordres d'elle, une jeune fille de 20 ans avec peu d'autorité ou d'expérience.

Et si son père mourait ? Même si son esprit fuyait cette perspective, c'en était une qu'ils devaient tous envisager. Chaque jour qui passait diminuait ses chances de guérison. S'il mourait, le domaine irait à l'héritier légal, un cousin éloigné du Northumberland qu'aucun d'entre eux n'avait jamais rencontré.

Elle comprenait l'inquiétude et la frustration de sa grand-mère. Dès que le nouveau comte de Rettingham aurait pris le pouvoir, il n'y aurait pas de place pour elle ou Millie. Elle ne pensait pas que le cousin Robert les jetterait dans la rue sans un sou, mais leurs circonstances seraient très différentes. D'une part, Millie n'aurait plus avec elle le domaine de Billinghurst ou la possibilité d'un titre de comte pour son fils. Elle comprit enfin pourquoi sa grand-mère avait tant essayé de lui inculquer le sentiment d'urgence pour lui trouver un époux. Qu'elle le veuille ou non, elle avait le devoir de fournir au domaine un héritier approprié pour hériter du titre de son père. La stabilité de nombreuses vies dépendant d'elle.

Le problème était qu'elle avait cru que son père était immortel. Il avait toujours paru si fort, si indestructible. Il était la pierre angulaire sur laquelle elle avait bâti sa vie, la raison pour laquelle elle avait pu partir et poursuivre ses rêves égoïstes. Elle avait su qu'un jour elle allait devoir rentrer à la maison et s'établir, mais elle avait en quelque sorte imaginé que son temps était infini.

Maintenant, trop tard, elle comprenait à quel point il était réellement limité.

— Oh, milady !

Polly l'accueillit avec consternation quand elle arriva à la maison.

— Je sais. J'ai l'air atroce, n'est-ce pas ? dit Millie tristement. Je me sens atroce aussi. J'ai besoin d'un bain et de vêtements de rechange.

— Oui, milady.

À la manière dont Polly l'examina des pieds à la tête, il était clair qu'elle pensait qu'il faudrait plus qu'une nouvelle robe pour la remettre d'aplomb.

— Est-ce que vous allez vouloir déjeuner ?

— Apportez simplement un plateau dans ma chambre, voulez-vous ?

Millie ne pouvait envisager la perspective de s'asseoir seule à la grande table de la salle à manger. Elle aurait senti l'absence de son père encore plus intensément s'il n'y avait personne avec qui parler ou rire.

Ce fut un tel bonheur de se couler dans une baignoire profonde. Millie s'immergea avec délice, sentant ses muscles se détendre dans l'eau chaude et parfumée. Quelle différence avec les salles de bains de la maison des infirmières où l'eau chaude était rationnée comme tout le reste et où les étudiantes à l'essai devaient se contenter de quelques gouttes d'eau tiède après que les infirmières principales eurent épuisé toute l'eau chaude.

Après son bain, Polly l'aida à s'habiller et la domestique de la cuisine lui monta un plateau en argent chargé de morceaux de jambon et de poulet froids et de délicates tranches de pain et du beurre. Millie la remercia, mais dès qu'elle eut regardé la nourriture, elle sut qu'elle ne pourrait pas la manger.

— Ce sera tout, Polly, dit Millie en congédiant sa servante.

— Êtes-vous certaine, milady ? Je peux terminer de boucler vos cheveux pour vous.

— Je peux me débrouiller, merci.

Millie ne put empêcher l'irritation dans sa voix. Elle voulait désespérément être seule, et le désir insistant de Polly de prendre soin d'elle commençait à jouer avec ses nerfs déjà écorchés. Elle savait que ce n'était pas la faute de la servante, elle n'essayait que de faire son travail, mais qu'est-ce que cela changeait si les cheveux de Millie étaient parfaitement bouclés ou pendaient comme des queues de rats ? Son père était mourant. Plus rien ne comptait.

« Nous nous devons de maintenir la normalité, ne serait-ce que pour le bien des serviteurs. »

Alors que la réprimande sévère de sa grand-mère lui vint en tête, Millie sentit un rire hystérique monter en elle.

Puis, elle se vit dans le miroir et comprit pourquoi la pauvre Polly avait été aussi impatiente de s'occuper d'elle. Elle était tout simplement affreuse. Ses traits étaient tirés et gris, ses yeux striés de veines rouges et cerclés de noirs comme des ecchymoses.

Elle se mit à rire, un son aigu et rauque qui résonna dans sa chambre vide et lui fit l'impression qu'elle était sur le point de devenir folle. Elle passa une brosse négligemment dans ses boucles. Elle regarda derrière elle dans le miroir son lit. Le couvre-lit rose en soie et les gros oreillers en plume semblaient si doux et invitants, qu'elle se sentit tirée vers le lit. Cela ne ferait sûrement aucun mal de s'enfoncer dans ses chaudes profondeurs enveloppantes seulement pour cinq minutes…

Elle n'avait pas planifié de fermer les yeux et encore moins s'endormir. Alors, clle fut surprise quand Polly vint la secouer pour la réveiller.

— Désolée de vous déranger, milady, mais vous avez un visiteur.

Millie s'assit, confuse de sommeil.

— Quoi… quelle heure est-il ?

— Tout juste après 16 h, milady.

— Quoi ? Pourquoi personne ne m'a réveillée plus tôt ?

Elle repoussa ses couvertures et se glissa hors de son lit si rapidement que ses jambes se dérobèrent sous elle.

— Je dois retourner à l'hôpital… où sont mes chaussures ?

Elle se mit à les chercher désespérément.

— Mais votre visiteur, milady ?

Millie se retourna pour la regarder, sans comprendre.

— Quel visiteur ?

— Lord Sebastian est ici, Lady Amelia.

— Seb est ici ?

Son cerveau, encore troublé par le sommeil, essaya de comprendre. Pourquoi Seb était-il ici ? La dernière fois qu'elle avait eue de ses nouvelles, il était à une partie de chasse en Écosse avec la famille de Georgina Farsley.

— Il est très impatient de vous voir, milady.

Ignorant les protestations de Polly arguant qu'elle ne pouvait absolument pas rencontrer son visiteur dans des vêtements fripés et des cheveux en bataille, Millie sortit rapidement de sa chambre.

Elle regarda par-dessus la rampe du palier et vit Seb en train de faire les cent pas dans le couloir. Il portait encore ses vêtements de chasse, son casque serré entre les mains.

Elle s'arrêta en haut de l'escalier pour se calmer. Même si elle avait une tête à faire peur, elle ne voulait pas que Seb pense qu'elle était déjà entièrement effondrée.

Il se retourna quand elle descendit les marches.

— Millie !

Il se précipita vers elle, les bras tendus, puis se reprit et les laissa retomber.

— Seb, l'accueillit-elle. Je croyais que tu te trouvais en Écosse ?

— J'y étais. Je suis directement rentré dès que j'ai appris.

Ses yeux fouillèrent anxieusement son visage.

— Comment va-t-il ?

— Mon père n'a pas encore repris connaissance.

Millie se força à avoir l'air calme.

— Mais il va s'en remettre ?

— Je… je ne sais pas.

Sa voix faiblit.

— Les médecins disent que c'est possible. Mais avec chaque jour qui passe où il demeure inconscient…

Elle s'arrêta, repoussant cette pensée. Elle pouvait sentir ses craintes commencer à la submerger et s'efforça de les repousser.

Que ferait sa grand-mère dans cette situation ? se demanda-t-elle. Elle resterait calme et gracieuse en tout temps, peu importe ce qu'elle pouvait ressentir.

— Tu es venu directement d'Écosse, tu dis ? Tu dois être très fatigué.

Elle se força à sourire.

— Je t'en prie, viens dans le salon pour te reposer.

Elle le conduisit.

— Aimerais-tu quelque chose à manger ? Oui, bien sûr. Je vais demander à Mme Saunders de préparer quelque chose…

Elle tendit la main pour appeler le majordome, mais Seb l'arrêta.

— Pour l'amour du ciel, Millie, qu'est-ce qui ne va pas chez toi ? Je n'ai pas fait tout ce chemin pour une visite mondaine. Je suis venu parce que j'étais inquiet à ton sujet.

Il mit ses mains sur les bras de Millie, la redressant.

— Tu n'as pas à faire tout ça, dit-il doucement. Tu n'as pas à tenir une conversation polie comme si nous étions à une malheureuse partie de tennis.

Il baissa la tête pour la regarder dans les yeux.

— C'est moi, Seb. Ton ami, tu te souviens ?

Millie leva les yeux pour croiser les siens. Ses yeux gris étaient remplis de gentillesse et de compréhension, elle sentit qu'elle commençait à s'effondrer.

— Je t'en prie, ne sois pas gentil avec moi, Seb. Je ne crois pas pouvoir l'endurer, dit-elle, le menton tremblant.

— Oh, Millie.

Il ouvrit les bras et elle y tomba.

Il l'étreignit pendant un long moment alors qu'elle sanglotait contre sa poitrine, ses larmes trempant le tweed rugueux de sa veste. C'était un tel soulagement d'étreindre quelqu'un, d'être proche. Le battement régulier et rassurant de son cœur la calma. Elle n'avait plus l'impression d'être seule, coincée au milieu d'un cauchemar terrifiant sans issue.

— Je suis désolée, bredouilla-t-elle, le visage toujours enfoui contre lui. Ce n'est pas un comportement digne d'une dame. Je ne sais pas ce que dirait ma grand-mère.

— Je me moque complètement de ce que ta grand-mère pense.

Il la guida doucement vers le canapé et s'assit près d'elle.

— Tout de même, tu devrais me laisser te faire préparer quelque chose à manger.

— Peut-être plus tard.

Il sortit un mouchoir de sa poche et sécha soigneusement ses larmes.

— Oh, Millie, je me suis fait tellement de soucis pour toi. Pendant tout le trajet, je n'ai cessé de penser à toi, me demandant comment tu allais…

— C'est très gentil de ta part d'être venu. Je suis désolée d'avoir gâché ta partie de chasse.

— Crois-tu réellement que j'aurais pu traîner dans les Highlands, à faire semblant de chasser le cerf, en sachant ce que tu traverses ? dit-il en riant sèchement. Je suis certain que ces pauvres animaux seront très reconnaissants d'avoir un fusil de moins à se soucier. En outre, Georgina semble tirer assez pour tout le monde. Il s'avère qu'elle a une nature assez sanguinaire.

Millie sourit malgré elle. Elle pouvait aisément imaginer l'extrêmement déterminée Mlle Farsley traquant sa proie à travers la bruyère.

— Elle a toujours aimé la chasse.

Seb roula des yeux.

— Ne m'en parle pas ! Je comprends exactement comment se sent ce foutu cerf.

Il toucha du doigt le menton de Millie, tournant son visage vers le sien.

— Voilà qui est mieux. J'aime te voir sourire.

— Je dois avoir une tête à faire peur.

Millie toucha ses boucles en broussaille.

— Tu es adorable, comme toujours.

Le visage de Seb était proche du sien, seulement à quelques centimètres. Puis il se reprit et se leva.

— Crois-tu qu'il me serait possible de voir ton père ? Est-ce qu'ils permettent des visiteurs autres que les membres de la famille ?

— Je suis certaine que ce sera possible. De toute façon, tu es le filleul de papa, ce qui fait de toi pratiquement un membre de la famille.

Seb hocha la tête.

— Je dois dire que ton père a toujours été très bon avec moi. Beaucoup plus un parent que mon propre père en tous cas.

Il sourit avec ironie.

Millie pensa au duc libertin, sautant de lit en lit à travers la plus grande partie de la haute société et encore une fois, elle fut frappée de voir à quel point elle était chanceuse d'avoir son propre père. Mais pour combien de temps ? Elle déglutit avec peine, déterminée à ne pas pleurer.

— Laisse-moi te faire préparer quelque chose à manger et ensuite nous irons à l'hôpital, dit-elle.

Sa grand-mère n'exprima aucune surprise quand Millie entra dans la chambre de son père avec Seb sur les talons.

Millie alla directement au chevet de son père.

— Comment va-t-il ?

— Toujours aucun changement, je le crains.

La comtesse douairière serra la main de son fils.

— Les infirmières entrent et sortent, mais il n'y a rien que quiconque puisse faire pour lui. Je sais que nous ne l'avons pas perdu, dit-elle avec émotion. Il est là quelque part. Si seulement il y avait une manière de le stimuler.

— C'est pour cette raison que nous devons lui parler, dit fermement Millie. S'il entend nos voix, il peut retrouver son chemin vers nous.

Elle vit le regard qu'échangèrent Seb et sa grand-mère.

— C'est vrai, insista-t-elle. Il nous reviendra, je sais qu'il nous reviendra.

— Bien sûr que oui, dit la comtesse douairière d'un ton apaisant. En attendant, nous devons continuer à veiller sur lui et à prier.

Elle regarda Seb.

— Mais maintenant que tu es là, Sebastian, peut-être pourras-tu convaincre ma petite-fille de se reposer à l'occasion ?

— Je ferai de mon mieux, Lady Rettingham.

— Bien. Dans ce cas, je vais prendre congé de vous deux. Vous resterez avec nous j'espère, Sebastian ?

— J'aimerais beaucoup.

Millie les regarda à tour de rôle, les yeux plissés. Les visiteurs inattendus mettaient toujours sa grand-mère de mauvaise humeur, alors pourquoi avait-elle été si calme à l'arrivée de Seb ? À moins que…

— Est-ce que grand-maman t'a fait venir ? demanda-t-elle dès qu'ils furent seuls.

— Oui et non, admit-il.

— Qu'est-ce que cela signifie ?

— Elle a envoyé un message me prévenant de la maladie de ton père. Je suis son filleul après tout. Elle ne m'a pas convoqué, mais je suis certain qu'elle savait que je ne resterais pas à l'écart.

— J'aimerais qu'elle ne s'immisce pas.

— Les grands-mères sont faites pour s'immiscer. La mienne est la plus atroce de toutes, mais je suis certain que tu le sais.

Il lui décocha un regard en coin.

— Pourquoi ? Préférerais-tu que je ne sois pas là ?

Elle tourna la tête pour le regarder.

— Non, admit-elle avec un sourire. Je suis heureuse que tu sois ici, Seb.

CHAPITRE 49

Ils demeurèrent assis ensemble au chevet de son père toute la soirée. Millie serait restée toute la nuit aussi, si Seb ne l'avait persuadée de rentrer chez elle pour se reposer.

— Tu ne seras d'aucune utilité à ton père si tu es exténuée, la raisonna-t-il. Crois-tu qu'il veuille se réveiller et te voir avec une tête de déterrée ?

Toute la journée suivante, il resta près d'elle. Et le jour suivant aussi.

— Tu n'es pas obligé de rester, tu sais, dit-elle encore et encore.

Mais la réponse était toujours la même.

— Je sais que je ne suis pas obligé. Mais je le veux.

Assis ainsi ensemble, Millie ouvrit son cœur et lui confia ses craintes au sujet du domaine.

— Grand-maman a raison, soupira-t-elle. Jackson est un homme bon, mais quelqu'un doit prendre les choses en main. Il y a tant de choses à faire. Bientôt, le houblon sera prêt à être récolté et ensuite il y a les fruits et toutes les autres récoltes…

— Laisse-moi vous aider, dit Seb.

— Toi ?

— N'aie pas l'air si surprise, rit-il. Je sais que je peux avoir l'air d'un parfait empoté, mais je sais une chose ou deux sur la manière de gérer un domaine. Qui crois-tu s'occupe de Lyford pendant que mon frère est à l'armée et que mon père fait… eh bien ce qu'il fait ? J'aimerais vous aider, dit-il avec sincérité. Je pourrais m'occuper de tout jusqu'à ce que ton père soit suffisamment rétabli pour reprendre les rênes.

La manière dont il le dit toucha Millie. Cela lui donna l'espoir qu'un jour tout redeviendrait à la normale, même si au fond d'elle, elle savait que ce n'était pas le cas.

— Tu ferais cela ? dit-elle avec espoir. Ce serait un tel soulagement de savoir que Billinghurst est entre de bonnes mains.

— Bien sûr. Tu sais que je ferais n'importe quoi pour t'aider.

Il lui prit la main et pendant un moment, ils se fixèrent l'un l'autre.

— Millie, commença Seb, mais elle l'interrompit.

— Je ferais mieux de faire la lecture à papa.

Elle libéra sa main de la sienne et prit l'exemplaire plié du *Times* qu'elle avait apporté de la maison.

— Il doit être au courant de ce qui se passe dans le monde.

Seb se leva.

— Je vais faire un petit tour, si cela ne te dérange pas. J'ai besoin d'un peu d'air frais.

Millie l'observa par la fenêtre, en train de marcher d'un bon pas vers le ruisseau qui traversait le terrain de l'hôpital. Cher Seb. Il était l'ami le plus gentil, le plus merveilleux qu'elle pouvait souhaiter. Mais elle savait qu'il voulait plus que cela.

Pouvait-elle lui offrir autre chose que de l'amitié ? Elle savait qu'elle aimait être avec lui, qu'elle avait besoin de sa force et de son incomparable sens de l'humour. Il était le seul à qui elle pouvait réellement parler et il lui manquait quand il n'était pas près d'elle.

Mais était-ce la même chose que l'amour ? Il ne lui faisait pas papilloter le cœur ou tourner la tête. Mais peut-être que ce genre de sentiments ne comptait pas réellement. Elle repoussa ses pensées troublées, ouvrit le journal et balaya des yeux les articles.

— Le Parlement a enfin adopté le nouvel Acte du gouvernement de l'Inde, lut-elle à voix haute. Il donne à toutes les provinces les pleins pouvoirs représentatifs et électifs gouvernementaux. Imagine, 30 millions d'Indiens vont enfin avoir le droit de vote. Je crois que c'est une bonne chose, qu'en penses-tu, papa ? Même s'il est dit que le vice-roi et ses gouverneurs conservent leur droit de veto. J'espère qu'ils ne l'utiliseront pas. Cela ne serait pas très juste, non ?

Elle rit d'elle-même.

— Écoute-moi ! Il y a une semaine, je me serais complètement fichue de la politique et maintenant je suis plutôt au fait de tout ceci. Tu as toujours dit que je devrais davantage m'intéresser aux actualités, n'est-ce pas ?

Elle scruta le visage cireux et inerte de son père, l'encourageant à répondre, d'être fier d'elle. Mais il n'y eut que le silence.

Refoulant ses larmes, elle chercha avec empressement les mots croisés, froissant les pages. Comme d'habitude, elle ne parvint qu'à en trouver quelques-uns grâce aux indices avant d'être bloquée.

— Douze horizontal. « Laisser dans le noir. » Huit lettres. Alors, qu'est-ce que cela peut-être ?

Elle mâchouilla le bout de son crayon pensivement.

— Éteindre ? Cela a un rapport avec le noir, n'est-ce pas ? Quoique je suppose que cela a plus à voir avec la lumière que le noir. Abandon ? Non, cela fait seulement sept lettres. À moins que ce soit abandons ? Quoique cela n'ait rien à voir avec le noir, n'est-ce pas ?

Elle lança un regard vers son père.

— Je parie que tu le saurais immédiatement, n'est-ce pas ? Tu lancerais la réponse comme si c'était la chose la plus simple du monde. Tu connais toujours la réponse, n'est-ce pas, papa ? Tu l'énonces simplement, et c'est complètement évident.

Elle étouffa un sanglot.

— Oh, papa, pourquoi n'es-tu pas là pour m'aider ?

Le chagrin, la fatigue, la frustration et toutes les autres émotions qu'elle avait accumulés jaillirent lorsqu'elle se mit à pleurer en silence à son chevet, ses épaules se soulevant.

— Sinistre.

Le chuchotement était si faible, que de prime abord, Millie ne fut pas certaine de l'avoir entendu.

Elle leva la tête, incrédule.

— Papa ?

Elle vit ses lèvres sèches bouger légèrement. Aucun mot cette fois, mais ce fut suffisant. Ses paupières papillotèrent pendant une seconde, puis se refermèrent.

— Infirmière ! cria Millie.

Elle courut vers la porte et entra en collision avec l'infirmière qui arrivait précipitamment.

— Qu'y a-t-il ? Que s'est-il passé ?

— Il se réveille !

Millie dut se retenir pour ne pas étreindre l'infirmière.

— Il m'a parlé.

Tout alla très rapidement après. L'infirmière appela M. Cossard, qui apparut enfin après ce qui parut être des heures, examina le patient et déclara que oui, effectivement, il semblait y avoir des signes de vie.

— Mais nous devons être prudents avant de connaître l'étendue des dommages possibles, la mit-il en garde.

— Il ne doit pas avoir trop de dommage s'il peut encore faire les mots croisés du *Times*, non ?

Millie était trop enchantée pour écouter les avertissements.

— Je dois le dire à Seb.

Elle regarda par la fenêtre. Il n'y avait aucune trace de lui dehors, mais elle savait qu'il était là.

Elle le trouva immédiatement. Il était assis sur la rive du ruisseau, en train de fumer et de fixer l'eau.

— Seb !

Il bondit sur ses pieds et lança sa cigarette dans le ruisseau quand il la vit courir vers lui en appelant son nom. Millie vit la lueur d'inquiétude sur son visage alors qu'il se demandait quelle nouvelle elle apportait.

Elle se jeta dans ses bras, submergée par la joie et le soulagement.

— Il est réveillé, Seb, chuchota-t-elle. Papa va guérir.

— Merci, mon Dieu.

Elle le sentit se détendre et ses bras l'entourèrent, la tenant fermement. Pendant un moment, aucun ne bougea. Puis, ils se séparèrent lentement. Millie leva les yeux vers les siens, elle les vit sombres de désir et se sentit elle-même faiblir.

— Millie ?

Sa voix était rauque, incertaine.

Comme réponse, elle mit ses mains autour de son visage et l'embrassa. Cela parut être la chose la plus naturelle du monde. Le baiser de Seb fut timide et hésitant au début, et elle le sentit se retenir, comme s'il n'osait pas croire que cela se produisait réellement. Puis, un instant plus tard, il céda et il se mit à l'embrasser avec une férocité et une passion qu'elle aurait eu peine à imaginer en lui.

Elle continua de l'embrasser pendant un long moment, ne voulant pas le laisser, craignant de rompre la magie. Mais cela se termina, et ils s'écartèrent.

— Nous ferions mieux de rentrer, le regard de Millie dévia du sien, incapable de rencontrer ses yeux.

— Devrais-je téléphoner à ta grand-mère et l'informer ? Ou préfères-tu que je me rende à la maison et la ramène ? lui demanda Seb alors qu'ils se dirigeaient vers l'hôpital.

— Il serait peut-être préférable que tu lui téléphones. Elle aura peut-être besoin de temps pour reprendre ses esprits. Grand-maman déteste être prise au dépourvu.

Ils se parlaient comme des étrangers, pensa Millie, pas comme deux personnes venant de partager un moment de passion intense. Elle se mit à se demander si elle l'avait imaginé.

CHAPITRE 50

— Joyeux anniversaire, ma chérie.

Helen regarda avec une surprise enjouée le colis que Charlie plaça entre ses mains. Il était soigneusement enveloppé et noué d'un ruban rose.

— Vous n'aviez pas besoin de m'offrir quoi que ce soit. Je ne m'attendais à rien.

— Quel genre de type n'achète pas de cadeau à sa bien-aimée le jour de son anniversaire ?

Il fit un signe vers le colis.

— Alors, allez-y. Ouvrez-le. Je veux voir si vous l'aimez.

Les doigts d'Helen tremblèrent quand elle défit le ruban soyeux. Son anniversaire n'était que le lendemain, mais c'était déjà le plus beau qu'elle n'avait jamais eu. Charlie s'était arrangé pour qu'elle puisse venir prendre le thé avec sa famille, et sa mère avait préparé un somptueux festin, incluant un gros gâteau d'anniversaire qu'elle avait elle-même glacé.

Tout le monde avait entonné un sincère mais peu mélodieux *Joyeux anniversaire*, puis les frères et sœurs plus jeunes de Charlie s'étaient approchés pour l'aider à souffler les bougies. Cela avait été suivi par une folle bousculade, alors que tout le monde s'était précipité pour avoir la plus grosse tranche.

— Pas si vite, vous tous, il y en a assez pour tout le monde ! avait ri Mme Denton en élevant la tranche de gâteau pour les garder à distance. De toute façon, notre Helen a la première part, puisque c'est elle l'invitée d'honneur.

Helen rayonnait. Notre Helen. C'était la première fois que quelqu'un l'appelait ainsi.

— Je suppose que vous aurez une grosse fête avec votre famille aussi ? avait demandé Mme Denton.

Helen avait souri et avait trouvé une réponse neutre. Mais elle n'avait jamais eu de fête d'anniversaire de sa vie. Sa mère désapprouvait les célébrations tapageuses. Elle n'approuvait pas les anniversaires en général, expliquant qu'il était mal de se faire remarquer pour avoir une attention spéciale. Évidemment, Helen recevait des cartes et des présents, mais Constance s'arrangeait toujours pour effriter sa joie en lui faisant renoncer à un jouet préféré au profit du foyer pour enfants local.

« Tu dois te souvenir des moins chanceux que toi », disait-elle toujours.

Même si Helen n'arrivait pas à penser à quiconque de moins chanceux qu'elle alors qu'elle se défaisait en pleurant de son ourson favori ou de son livre le plus précieux.

Après la fête, Charlie l'avait prise à part dans le couloir pour lui offrir son cadeau.

— Je n'ai pas voulu vous l'offrir devant tout le monde au cas où vous ne l'aimeriez pas, avait-il confessé timidement.

Maintenant, Helen défaisait soigneusement le ruban et enlevait le papier d'emballage pour révéler une magnifique boîte à bijoux faite dans un bois doré poli. L'intérieur était doublé de velours rouge avec de petits compartiments pour y mettre tous ses bijoux.

— Je l'ai fait moi-même à l'atelier de mon oncle, dit fièrement Charlie. Je sais que ce n'est pas grand-chose, mais j'ai pensé que ça pourrait vous plaire.

— Oh, Charlie, c'est le plus beau cadeau que j'ai jamais reçu !

Il n'importait pas qu'elle n'eût aucun bijou à y mettre. Le seul fait qu'il ait pris le temps et mis l'effort pour lui faire quelque chose de spécial pour elle était suffisant. Helen enroula ses bras autour de son cou.

— Oh, Charlie, je l'aime. Et je vous aime aussi.

Il plaça ses mains autour de ses poignets, s'éloignant d'elle. Ses yeux bleus fouillèrent ceux d'Helen.

— Est-ce que vous le pensez ?

— Oui, c'est parfait.

— Pas la boîte. Est-ce que vous pensez ce que vous venez de dire, que vous m'aimez ?

Elle ne s'était pas rendu compte que les mots lui avaient échappé. Elle avait été trop timide pour les dire à voix haute avant, même s'ils chantaient constamment dans son cœur.

Elle hocha la tête.

— Dites-le encore, fit Charlie.

Helen sentit son visage s'enflammer.

— Je ne peux pas.

— Allez, dites-le. Je vous en prie.

Elle leva les yeux pour regarder les siens.

— Je vous aime, Charlie Denton, chuchota-t-elle.

Il la raccompagna à l'hôpital, jusqu'au portail. Il l'aurait raccompagnée jusqu'à la porte de la maison des infirmières si elle ne l'avait pas arrêté.

— Je ne suis pas certain de vouloir vous libérer, dit-il, son bras se resserrant autour de sa taille. Je crains de ne plus jamais vous revoir.

— Ne soyez pas absurde ! Nous allons au cinéma vendredi prochain, vous vous en souvenez ?

— Mais c'est dans une semaine entière ! Comment vais-je faire jusque-là ?

— Vous vous débrouillerez, rit-elle. Maintenant, partez. Je dois me changer et retourner au travail pour 17 h.

— À une condition.

— Laquelle ?

— Que vous me disiez de nouveau que vous m'aimez.

— Je ne peux pas ! dit-elle en regardant autour d'elle, gênée. Pas ici.

— Dites-le encore ou je reste ici jusqu'à ce que vous le disiez.

Il parut si obstiné, planté là, appuyé sur sa canne, qu'Helen éclata de rire.

— D'accord, alors.

Elle baissa la voix.

— Je vous aime, Charlie Denton. Est-ce suffisant pour vous ?

Il y réfléchit pendant un moment.

— J'aurais préféré que vous le criiez sur les toits, mais cela fera l'affaire pour le moment, je suppose.

Il se pencha et l'embrassa doucement sur les lèvres.

— À vendredi prochain.

Il s'éloigna, boitillant sur sa canne. Helen franchit le portail de l'hôpital et se dirigeait vers la cour quand elle entendit sa voix, aussi distinctement qu'une cloche, résonnant par-dessus le mur de l'hôpital.

— Je vous aime, infirmière Helen Tremayne !

Cela sembla résonner infiniment comme un écho dans la cour tranquille. Autour d'elle, tout le monde leva la tête pour voir d'où le son provenait. Helen resta rivée sur place, tout son corps s'enflammant, certaine que tout le monde devait la regarder. Mais aussi gênée qu'elle fût, elle ne put non plus cesser de sourire.

Puis, elle se retourna et vit sa mère l'attendant à l'extérieur de la porte noire avant de la maison des infirmières et son sourire se figea sur ses lèvres.

Une vague de peur s'écrasa sur Helen, la faisant chercher son air. Elle voulut courir, mais ses pieds avançaient déjà, entraînés vers sa mère comme s'ils étaient tirés par un fil invisible.

Constance Tremayne se tenait sur les marches, aussi immobile qu'une statue, les mains cramponnées à la courroie de son sac à main.

— Entre, ordonna-t-elle à travers des lèvres serrées et immobiles.

La maison des infirmières était interdite aux familles et aux amis, mais comme d'habitude, les règles ne s'appliquaient pas à Constance Tremayne qui ouvrit la marche vers le salon vide. Le soleil de juillet étincelait à travers la baie vitrée, jetant un large carré de lumière sur les canapés usés et défoncés. Une tasse solitaire de la nuit précédente se trouvait sur la table dans un cercle collant.

Constance se tenait à la fenêtre, dos à sa fille, fixant la cour. Helen était habituée à lire les humeurs de sa mère. D'après la posture de sa colonne rigide à ses mains fermement serrées, il était évident qu'elle était furieuse.

Helen fixa son regard sur la tasse, se tint prête et attendit.

— Qui est-ce ? demanda enfin Constance.

— Il s'appelle Charlie.

Sa voix n'était qu'un murmure.

— Depuis combien de temps est-ce que cela dure ?

— Près de trois mois.

Sa mère se tourna pour lui faire face.

— Tu me mens depuis si longtemps ? Je n'avais pas la moindre idée que tu pouvais être aussi malhonnête.

— Je ne vous ai pas menti, j'ai simplement…

— Tais-toi, Helen.

— Mais mère…

— Je te dirai quand tu pourras parler.

Constance regarda de nouveau par la fenêtre.

— Je suppose qu'il est la raison pour laquelle tu as été prise à rentrer en retard ?

Le cœur d'Helen sombra. Cela avait été trop espérer que de croire que sa mère ne l'aurait pas appris. Elle savait tout.

— Eh bien ? Qu'as-tu à dire pour ta défense ?

Elle fixa la boîte entre ses mains.

— Je suis désolée, mère.

Helen sentit le courant glacial du regard de sa mère sur elle.

— Je crains qu'être désolée ne soit pas suffisant, Helen. Je me demande si tu comprends à quel point je suis déçue de toi.

Elle vint se tenir devant Helen.

— Tu nous as laissé tomber, nous, ta famille, ainsi que toi-même. Je t'ai élevée pour être une fille décente, pour avoir des standards moraux élevés. Je ne t'ai pas élevée pour rester dehors à toutes heures et te conduire comme une traînée !

— Je ne suis pas une traînée, protesta Helen. J'ai simplement un petit ami, c'est tout. De nombreuses filles ont un petit ami.

— Pas toi ! Tu es mieux que cela ! Je ne laisserai pas ton nom être entaché par un scandale, tu m'entends ? Je ne laisserai pas des gens chuchoter dans ton dos, dire que tu n'es pas mieux que les autres. Je ne crois pas que tu comprennes réellement Helen, j'ai une excellente réputation dans cet hôpital. Je ne te laisserai pas la ternir avec tes petites liaisons sordides !

— Ce n'est pas une liaison sordide, protesta-t-elle. Charlie est un gentil garçon. J'ai même rencontré sa famille. Je suis certaine que si vous appreniez à le connaître…

— Je n'ai aucune intention d'apprendre à le connaître, parce que tu ne le reverras plus, déclara catégoriquement Constance.

— Mais mère…

Elle leva une main pour la faire taire.

— Ça suffit, Helen. Je ne souhaite pas en discuter davantage. J'ai pris ma décision, et c'est la fin de cette discussion.

Helen la regarda, ébranlée. Constance était déjà en train de prendre son sac à main, comme si le sujet était clos.

— V-vous ne pouvez pas dire ça, bredouilla-t-elle. J'aime Charlie.

— Tu l'aimes ! Pour l'amour du ciel, Helen, sais-tu à quel point tu as l'air complètement ridicule ? Voilà, tu es comme l'une de ces idiotes des romans d'amour !

Sa mère lui jeta un regard de pitié.

— Tu n'as aucune idée de ce dont tu parles. Tu es beaucoup trop jeune et naïve, tu ne connais rien à tout ça.

Helen l'observa ajuster ses gants, attacher les boutons à ses poignets, perfectionniste comme toujours.

— Alors, je n'aurai jamais la permission d'avoir un petit ami, c'est ça ? demanda-t-elle à voix basse.

— Bien sûr, tu pourras avoir un petit ami, Helen. Ne sois pas aussi mélodramatique.

Constance fit une pause pour y réfléchir.

— Quand tu seras plus vieille et que tu auras terminé ta formation, alors je suis certaine qu'un jeune homme convenable se présentera.

— Et je suppose que vous me direz où et quand le trouver ?

Les mots sortirent avant qu'elle puisse les arrêter.

Sa mère la considéra.

— Ne sois pas insolente, Helen.

— Je ne suis pas insolente. Je ne comprends simplement pas pourquoi je ne peux pas avoir de petit ami. William a de nombreuses petites amies, et vous ne lui dites rien.

Elle vit l'expression de sa mère s'adoucir.

— William est différent. C'est un jeune homme, et il n'a pas autant besoin de ma supervision.

« Vraiment ? » pensa Helen. Pendant un moment, elle fut tentée de dire à sa mère la véritable raison de la dépression nerveuse de Peggy Gibson. Mais elle ne pouvait pas trahir William et elle ne pensait pas que sa mère la croirait de toute façon. Constance Tremayne adorait son fils.

— Tu es une jeunc fille impressionnable et tu dois être protégée pour ton propre bien, poursuivit-elle avec brusquerie. C'est pour cette raison que j'ai décidé de te retirer de cet hôpital.

— Pardon ? dit Helen en la regardant avec consternation. Mais pourquoi ?

— Parce que je ne suis plus convaincue qu'il s'agisse de l'endroit convenable pour toi pour continuer ta formation.

Constance fit courir distraitement son doigt ganté sur le bord de la fenêtre et l'inspecta, à la recherche de poussière.

— Mais je ne veux pas partir. J'aime cet endroit. Je me suis fait des amies.

— Et je suis certaine que tu te feras des amies ailleurs.

Elle ferma son sac à main d'un coup sec.

— Maintenant, je dois partir. Je m'attends à te voir demain pour le thé, puisque c'est ton anniversaire.

— Vous ne pouvez pas faire ça.

Sa mère était presque à la porte avant qu'Helen parvienne à faire sortir les mots. Constance s'arrêta et la considéra.

— Je te demande pardon ?

Helen ne put la regarder. Elle fixa plutôt ses yeux sur la boîte à bijoux entre ses mains. Cela la fit penser à Charlie, ce qui lui donna le courage qu'elle n'avait jamais eu avant.

— Vous ne pouvez gérer ma vie ainsi. Vous avez toujours tout décidé pour moi, mais plus maintenant. Vous ne pouvez pas me soustraire d'ici et vous ne pouvez pas me dire de qui je peux ou ne peux pas tomber amoureuse.

— Bien sûr que oui, Helen. Je suis ta mère. J'ai tes intérêts à cœur.

— Non, ce n'est pas vrai. Tout ce que vous avez toujours voulu est de me transformer en une copie de vous-même. Mais je ne suis pas vous et j'en ai assez de faire tout ce que vous dites. Je veux pouvoir réfléchir par moi-même…

La gifle fut dure et soudaine, la prenant au dépourvu. Helen chancela et la boîte tomba de ses mains.

— Tu vois ?

Le visage aux lèvres serrées de sa mère flottait devant ses yeux.

— Le simple fait que tu me répondes démontre à quel point tu es déchaînée. Plus tôt nous te retirerons de cet endroit, mieux ce sera.

Elle partit. Helen entendit la porte avant claquer et elle s'effondra sur les genoux. Sa magnifique boîte à bijoux s'étalait en morceaux sur le tapis, son couvercle détaché. La voir ainsi, brisée en deux, fit plus mal que toutes les gifles que sa mère aurait pu lui donner.

Elle ramassa les pièces et tenta de les emboîter ensemble, mais elle ne pouvait pas voir à travers son brouillard de larmes brûlantes. Finalement, elle abandonna tandis que sa détresse la submergeait et qu'elle se mit à sangloter. Elle entendit de nouveau la porte avant et sut qu'elle devait se ressaisir et cesser de pleurer, mais elle n'y parvint pas. Cela ne lui importait pas si l'une des autres étudiantes la voyait ou si sœur Sutton entrait. Plus rien ne lui importait.

Des bruits de pas passèrent dans le salon, puis s'arrêtèrent.

— Tremayne ?

La voix de Dora lui parvint de l'embrasure de la porte.

— Qu'est-ce qu'il y a ? Que s'est-il passé ?

Helen tenta d'expliquer, mais elle ne pouvait pas parler à force de pleurer.

— Allons, ça ira. Nous allons l'arranger.

Elle entendit le craquement du tissu amidonné alors que Dora s'agenouillait près d'elle.

— Viens, ma belle. Ne pleure pas. Un peu de colle et il sera comme neuf.

Tandis que Dora plaça ses bras autour de ses épaules agitées, Helen aurait voulu lui expliquer qu'il faudrait plus qu'un peu de colle pour réparer son cœur brisé.

CHAPITRE 51

— Tiens, Mme Tremayne, quelle agréable surprise ! Je ne savais pas que nous avions une réunion aujourd'hui.

Le sourire de Kathleen Fox était forcé quand elle revint de sa tournée matinale et trouva Constance l'attendant dans son bureau.

— Nous n'en avons pas.

Constance frémit comme un cheval de course très énervé, un signe incontestable d'ennui imminent.

— Mais il y a un problème dont j'aimerais discuter avec vous.

« Qu'est-ce que c'est cette fois ? » se demanda Kathleen.

Une infirmière ayant eu la permission de terminer son service cinq minutes plus tôt ? Trop de charbon est utilisé pour allumer la chaufferie ? Elle se prépara au pire.

— C'est au sujet de ma fille, commença Constance.

Le cœur de Kathleen se serra. Donc, Mlle Hanley était parvenue à être la porteuse de mauvaises nouvelles malgré tout.

— Ah, oui ?

Elle s'assit derrière son bureau.

— Je la retire de cet hôpital.

Kathleen leva vivement la tête. Elle s'était attendue à un reproche, possiblement même à un sermon. Mais pas ceci.

— Je vous demande pardon ?

— Je retire Helen du Nightingale. J'ai mis mes intentions sur papier.

Elle fouilla dans son sac à main et sortit une enveloppe qu'elle poussa sur le bureau de Kathleen.

— Comme vous verrez, j'ai l'intention de retirer Helen dès que possible…

— Mais vous ne pouvez pas !

Kathleen fixa silencieusement la lettre sur son bureau, ayant des difficultés à comprendre ce qu'elle venait d'entendre.

— Helen arrive à sa dernière année. Encore quelques mois supplémentaires et elle passera son examen final de l'État.

— Elle peut finir ses études ailleurs. J'ai pris contact avec Saint-Andrew à Aberdeen. Ils sont plus qu'heureux de l'accepter, étant donné son dossier et son bon caractère.

— Vous l'envoyez jusqu'en Écosse ?

La bouche de Constance Tremayne se pinça.

— Saint-Andrew a une excellente réputation en tant qu'hôpital d'enseignement.

— Oui, mais quand même…

Puis Kathleen vit l'éclat de méchanceté dans les yeux de Constance Tremayne et tout devint parfaitement clair.

— Vous faites ça pour la punir, affirma-t-elle.

L'indignation submergea le visage crispé de Constance.

— Je fais ce qu'il y a de mieux pour ma fille.

— Vraiment ? Est-ce réellement pour cette raison que vous agissez ainsi, Mme Tremayne ?

Elles se firent face, chacune de son côté de bureau, aucune ne clignant des yeux. Puis, finalement, Constance parla.

— Si vous insistez, j'ai de sérieuses inquiétudes concernant la manière dont cet hôpital est dirigé et en particulier le bien-être moral des jeunes infirmières sous votre attention.

Kathleen sentit son humeur s'emporter et se retint fermement.

— Je peux vous assurer que le bien-être moral d'Helen n'est pas en danger, lâcha-t-elle.

— Vraiment ?

Les sourcils de Constance Tremayne s'arquèrent.

— Et êtes-vous au courant, infirmière en chef, que durant les trois derniers mois ma fille a fréquenté… un homme ?

La manière dont elle le dit donnait l'impression qu'Helen frayait avec des commerçants faisant la traite des blanches.

— De nombreuses infirmières ont des petits amis, Mme Tremayne, dit Kathleen avec douceur.

— Pas ma fille !

Constance Tremayne avait l'air véritablement choquée.

— Et de surcroît, elle voit cette… cette personne en secret.

« Cela ne m'étonne pas », se dit Kathleen. Sinon comment la fille pouvait-elle avoir une certaine vie privée ? Elle pensa à la pauvre et opprimée Helen Tremayne, qui marchait la tête basse et n'osait jamais se défendre même si les autres filles la provoquaient et la tourmentaient.

— Helen est une fille honnête, chaste et intègre, poursuivit Constance. Du moins, avant que tout ceci se produise.

— Oh, allez, Mme Tremayne !

Kathleen ne put s'empêcher de sourire.

— Vous ne pouvez condamner votre fille simplement parce qu'elle est tombée amoureuse.

— Amoureuse ?

Les lèvres de Constance Tremayne devinrent blanches, son visage rigide de rage et d'horreur.

— Ma fille n'est pas *amoureuse*, infirmière en chef. Elle ne connaît pas la signification de ce mot. Elle s'est entichée, s'est laissée détourner hors du droit chemin avec toutes sortes de notions idiotes dont elle ne connaît rien. Elle devrait se concentrer sur ses études, pas s'emplir la tête d'inepties fantaisistes sur les garçons et l'amour ! Si ces sottises se poursuivent, elle finira par rater ses examens.

— Je ne crois pas du tout que cela se produise, la raisonna Kathleen. Helen est une fille très consciencieuse. Elle prend ses études très au sérieux. Je n'ai assurément vu aucun signe de sottise, comme vous le dites.

— Vraiment ? Et comment appelez-vous sa récente effraction aux règles ? jeta triomphalement Mme Tremayne. Helen n'aurait jamais rêvé de rester tard dehors avant de rencontrer cette personne.

Sa bouche se tordit de dégoût.

— Alors, vous voyez, cela commence déjà. Et que se passera-t-il ensuite, je me le demande. Qu'est-ce que ce dépravé va-t-il la convaincre de faire ? Je l'ai déjà vu me braver parce qu'elle est déjà très éprise de lui. Combien de temps avant qu'il la débauche, qu'il profite d'elle ?

Ses yeux s'embrasèrent férocement, et une veine de colère pulsait à sa tempe.

— Helen est une jeune fille naïve. Elle pourrait se retrouver déshonorée, sa vie en ruine. Je ne laisserai pas cela se produire, vous m'entendez ? Je ne laisserai pas cela arriver à ma fille !

Kathleen l'observa soigneusement. Elle n'avait jamais vu Constance Tremayne si furieuse. Elle avait l'air d'être sur le point d'exploser.

Kathleen parla ensuite en des mots calmes et de manière posée.

— Avez-vous rencontré ce jeune homme, Mme Tremayne ? demanda-t-elle doucement.

— Le rencontrer ? Bien sûr que non ! dit-elle d'une voix stridente. Je n'en ai aucunement l'intention. Je veux mettre un terme à ces bêtises, l'étouffer dans l'œuf avant que l'avenir d'Helen soit ruiné.

— Et vous croyez que l'envoyer en Écosse va régler le problème, c'est ça ?

— Cela la mettra hors d'atteinte.

Constance était plus calme maintenant, serrant son sac à main devant elle comme un bouclier de vertu.

— Je crois qu'il y a aussi de jeunes hommes au nord de la frontière, fit remarquer Kathleen.

Elle vit Constance Tremayne se hérisser de colère de nouveau et tenta rapidement de la calmer.

— Je comprends que vous vouliez protéger votre fille, Mme Tremayne, mais vous ne pouvez pas la protéger pour toujours.

— Comment pourriez-vous possiblement comprendre ? attaqua Constance. Vous n'êtes pas mère.

— Je sais, mais…

— Alors, ayez l'amabilité de ne pas me dire comment élever ma propre fille.

Constance Tremayne se leva et redressa son chapeau.

— De toute façon, ceci n'est pas un sujet de discussion, dit-elle brusquement. J'ai pris ma décision et elle est finale.

— Et qu'en pense Helen ?

Constance Tremayne fronça les sourcils, comme si cette pensée ne lui était même pas venue à l'esprit.

— Helen fera ce qu'on lui dit de faire.

— Pendant combien de temps ?

— Je vous demande pardon ?

— J'ai vu la manière dont vous la traitez, la manière dont vous lui parlez.

Kathleen put sentir sa colère rouler comme une pierre descendant une colline, prenant de la vitesse.

— Vous terrifiez et tyrannisez cette pauvre fille au point qu'elle ne sait plus où donner de la tête. Un jour, elle résistera et à ce moment-là vous n'aurez qu'à vous en prendre à vous-même !

Les deux femmes se défièrent au-dessus du bureau. Les yeux de Constance étaient fixés sur le visage de Kathleen, accusant froidement.

— J'ai pris ma décision, répéta-t-elle fermement. Et soyez assurée que le conseil d'administration entendra parler de la manière dont vous vous êtes adressée à moi !

— Ce n'est rien comparé à ce que j'aimerais dire, marmonna Kathleen alors que la porte se fermait.

Elle clôt les yeux et soupira lourdement. Elle savait qu'elle ne rendait service ni à la pauvre Helen ni à elle-même, mais elle n'avait pas pu s'empêcher de sortir de ses gonds. Constance Tremayne était simplement insupportable.

Saisie d'un soudain accès de rage, elle prit un presse-papier en bois et le projeta contre la porte, ratant de justesse Mlle Hanley qui l'ouvrait.

— Ne frappez-vous donc jamais ! s'indigna Kathleen, pour une fois trop en colère pour être polie.

Elle en avait assez de prendre des gants blancs avec son assistante, alors que Mlle Hanley semblait faire comme il lui plaisait.

— Y a-t-il quelque chose qui ne va pas, infirmière en chef ?

— On pourrait dire ça.

Kathleen la considéra de l'autre côté du bureau. Mlle Hanley se tenait droite et implacable, son uniforme parfaitement amidonné étiré sur ses larges épaules, ses mains croisées devant elle. Kathleen souhaita soudainement avoir un autre presse-papiers à lancer.

—Nous avons eu la visite de Mme Tremayne, dit-elle.

— Ah, oui ?

Le plus infime des sourires tordit les coins de la mince bouche de Mlle Hanley. Aucun doute, elle se délectait à la pensée de la correction que Kathleen avait dû recevoir.

— Pour une fois, je n'étais pas celle avec les ennuis.

Elle garda délibérément sa voix légère.

— Il semblerait que quelqu'un ait jugé bon d'informer Mme Tremayne de la récente réprimande de sa fille. Je me demande qui cela peut être.

Le large visage de Mlle Hanley ne se trahit pas.

— De toute façon, le dommage est maintenant fait. Mme Tremayne est si atterrée par le manque de discipline de cet hôpital qu'elle a l'intention d'en retirer Helen.

Kathleen eut la petite satisfaction de voir Mlle Hanley rester bouche bée.

— Mais elle ne peut pas ! éclata-t-elle. Helen est l'une des meilleures étudiantes que nous avons. Le Nightingale a besoin de filles comme elle.

— Je suis d'accord. Mais apparemment, Saint-Andrew à Aberdeen bénéficiera désormais de son excellente formation.

Kathleen vit une marbrure violette surgir de sous le col amidonné de Mlle Hanley alors qu'elle digérait la nouvelle. Elle était heureuse que son assistante soit aussi secouée. Peut-être que maintenant elle allait voir le dommage que son ingérence avait causé.

Kathleen espérait seulement qu'elle était fière d'elle.

— Vous portez-vous bien, Veronica ? Vous êtes très silencieuse ce soir, fit observer Florence alors qu'elles étaient assises sur la petite bande de jardin près de la maison des infirmières.

C'était une chaude soirée ensoleillée, beaucoup trop agréable pour demeurer à l'intérieur, alors les sœurs avaient apporté des chaises pliantes à l'extérieur sur le gazon pour leur séance de patchwork.

Mais Veronica Hanley était à peine consciente de la chaleur du soleil qui traversait les marronniers ou de son ouvrage sur ses cuisses. Ses pensées étaient ailleurs.

— Je dois avouer que je suis un peu consternée par la nouvelle concernant Tremayne, finit-elle par admettre.

— Oh, oui. Pauvre Tremayne, dit sœur Parker en secouant la tête. Une fille si intelligente. Et une telle perte pour cet hôpital.

— Je ne comprends pas pourquoi vous dites cela, après ce qu'elle m'a fait.

Les mentons d'Agatha Sutton tremblotèrent d'indignation.

Florence Parker retint son sourire.

— Je me demande comment sa mère l'a découvert, songea-t-elle.

Veronica était consciente des yeux de Florence fixés sur elle. Elle garda les yeux baissés sur son ouvrage, lequel était maintenant inégal et laid à cause de son manque d'attention. Elle soupira et commença à défaire les points.

— Je dois dire que je suis surprise de la réaction de Mme Tremayne, dit-elle.

— Vraiment ? Je ne peux pas dire que je le sois. Elle m'est toujours apparue comme une femme vindicative, dit avec brusquerie Florence.

— Oui, mais étant donné son propre passé…

Veronica ferma sa bouche comme une trappe et refoula ses mots.

Agatha continua de coudre, allègrement inconsciente, mais c'était trop demandé que Florence n'ait rien remarqué. Elle la regarda avec insistance.

— Vous étiez sur le point d'ajouter quelque chose, Veronica ?

Elle tira sur un autre point, brisant le fil dans son agitation.

— Je pensais simplement, qu'en tant que femme de pasteur, elle aurait fait preuve d'un peu plus de pardon, marmonna-t-elle.

— Elle semble juger sa pauvre fille plutôt sévèrement, remarqua Florence.

« N'est-ce pas ? » pensa Veronica.

Ses sentiments étaient emmêlés, comme les fils de son patchwork. Et elle avait beau s'efforcer, elle ne semblait pas parvenir à les démêler.

— Je suppose que vous avez raison, approuva Agatha avec un soupir. À cause de la malheureuse fille, j'ai failli avoir une crise cardiaque, mais je suppose que personne n'est parfait, n'est-ce pas ?

— Exceptée Constance Tremayne, bien sûr, lui rappela Florence.

« L'est-elle ? »

Veronica plissa les lèvres sur son ouvrage.

Elle semblait peut-être sévère, mais elle croyait en la justice. Et Constance Tremayne n'était pas juste. Surtout avec tout ce que Veronica savait sur elle.

— Êtes-vous certaine que vous allez bien, Veronica ? Vous êtes plutôt impitoyable avec ce patchwork. Il est pratiquement en lambeaux, observa Florence Parker.

— Oui, je sais. Pardonnez-moi.

Veronica laissa tomber son ouvrage sur ses cuisses.

— Je crains de ne pas être d'humeur ce soir. J'ai beaucoup de choses en tête.

Les deux sœurs la regardèrent dans l'expectative, mais Veronica ne dit rien de plus. Il n'y avait plus qu'une personne à qui elle pouvait parler maintenant, et il s'agissait de Constance Tremayne.

CHAPITRE 52

En août, le temps était de nouveau venu de changer de service. Dora était triste de dire au revoir à sœur Holmes et au service chirurgical pour hommes, particulièrement quand elle découvrit qu'elle allait au service gynécologique.

Sœur Wren n'était pas aussi intéressée par la formation qu'à se prélasser dans son salon et à flirter avec les médecins. Tant que Dora faisait ce qu'on lui disait et se maintenait occupée, sœur Wren la laissait livrée à elle-même.

Ce qui aurait pu être une bénédiction, mais c'était sans compter sur Lettie Pike, la préposée au ménage du service.

Elle était les yeux et les oreilles de sœur Wren dans la salle. Pendant que sœur Wren se détendait dans son salon, Lettie espionnait les infirmières. Rien ne semblait échapper à ses yeux perçants, et elle prenait grand plaisir à s'assurer que les étudiantes avaient des ennuis le plus souvent possible.

Et elle portait une attention toute particulière à la pauvre Dora. Comme elle l'avait découvert quand elle avait dû manquer son heure de repas un jour. Étourdie par la faim, elle s'était risquée à manger dans la cuisine quelques restes des patients. Ce n'était qu'un morceau de morue froide, mais Lettie Pike avait fait en sorte que sœur Wren l'apprenne.

— On ne mange pas dans les services ! lui avait crié la sœur devant tout le monde. Juste ciel, Doyle, pas étonnant que vous soyez si grosse !

Même quand Lettie n'arrivait pas à pincer Dora la main dans le sac, elle la choisissait quand même pour lui asséner des méchancetés.

— Sais-tu que ma Ruby courtise Nick Riley ? lui disait-elle presque chaque jour. Il est très épris d'elle. Ruby avait cru qu'il t'avait un jour fait les yeux doux, mais il a dit qu'il n'avait jamais été intéressé.

Dora faisait de son mieux pour l'ignorer tout en comptant les serviettes et draps sales pour la lessive. Qui Nick Riley courtisait n'était pas de ses affaires, se disait-elle fermement. Si elle avait déjà eu une chance avec lui, c'était définitivement derrière elle.

Mais un jour, Lettie Pike eut un nouveau filon de commérage avec lequel tourmenter Dora.

— Je croyais que votre Josie allait devenir professeure ? dit-elle nonchalamment tout en bousculant Dora de son chemin afin d'emplir son seau pour le nettoyage dans la salle de soins.

— C'est exact.

— Alors, comment ça se fait que ma Ruby l'ait vu fureter autour de l'usine de M. Gold hier ?

Dora fronça les sourcils.

— Elle est certaine que c'était bien notre Josie ?

— Ben alors, ma fille, nous sommes voisins depuis assez longtemps pour savoir si c'était elle ou pas !

Lettie roula des yeux.

— Je te dis que ma Ruby l'a vue. Elle était en train de discuter avec Esther Gold, lui demandant s'il y avait du travail.

Elle éleva la voix pour couvrir le bruit de l'eau du robinet.

— C'est très étonnant, je dois dire, étant donné la manière dont ta mère s'est toujours vantée de tous ces examens qu'elle passait.

Elle ferma le robinet et tira le seau hors de l'évier.

— J'ai interrogé ta mère à ce sujet, mais elle a juste dit qu'elle ne savait rien. Elle m'a traité comme si je cherchais des ennuis. Je lui ai dit, ma Ruby l'a vue de ses propres yeux. Et ma Ruby ne ment pas.

« Tu parles ! » Dora faillit éclater de rire. Ruby Pike pouvait être une parfaite petite menteuse quand elle le voulait. Mais il n'y avait pas de raison qu'elle ait menti sur ce sujet.

Dora fronça les sourcils. Il devait y avoir autre chose, quelque chose dont même sa mère n'était pas au courant.

Quelque part en elle, une sombre et innommable peur commença à s'installer de nouveau.

Deux jours plus tard, Dora fit parvenir une note à Josie pour la rencontrer au parc Victoria. C'était un samedi chaud et ensoleillé, et le parc était bondé de familles, d'enfants jouant et de jeunes couples se baladant main dans la main.

La Josie qu'elle connaissait aurait adoré une telle journée. Elle se serait rendue au parc avec ses amies ou avec Bea et Alfie, hurlant de joie et de rire tout en les pourchassant sur le gazon.

Mais assise sur un banc du parc, Dora reconnut à peine la jeune fille mince et nerveuse qui s'approcha d'elle, la tête baissée et traînant les pieds. En la voyant, le cœur de Dora se serra.

— Ça va, Josie ? l'accueillit-elle. Belle journée, n'est-ce pas ?

— Je suppose que oui.

Josie s'arrêta à quelques mètres d'elle et l'observa prudemment.

— Que veux-tu ? interrogea-t-elle.

Puis, avant qu'elle puisse répondre, Josie poursuivit.

— Je suppose que maman t'a demandé de me parler à propos de l'usine de M. Gold ? Eh bien, tu perds ton temps. J'ai pris ma décision et je ne vais pas la changer.

Elle leva son menton d'un air de défi.

— Alors, c'est vrai ? Tu veux quitter l'école ?

Dora se protégea du soleil avec la main et la regarda en plissant les yeux.

— Pourquoi, Josie ? Je pensais que tu aimais l'école ? Et tes diplômes ?

— Je n'ai pas besoin de diplômes.

— Mais tu en auras forcément besoin si tu veux être professeure.

— Je ne veux pas être professeure, dit catégoriquement Josie. Je veux juste quitter l'école pour commencer à gagner de l'argent afin de pouvoir…

Elle ne termina pas sa phrase, mais elle n'en eut pas besoin. Dora comprit pourquoi elle voulait quitter l'école. C'était pour échapper à Alf.

N'avait-elle pas fait la même chose ? Elle voulait devenir infirmière en partie pour ne plus vivre sous le même toit que lui. Mais si elle avait su qu'en partant elle allait condamner sa sœur à vivre le même enfer, elle ne l'aurait jamais fait.

— Qu'est-ce qu'il y a, Josie ? murmura-t-elle. Tu peux me le dire.

Elle regarda les yeux noirs misérables de Josie et se souvint de la vive enfant qu'elle avait été. Était-ce la même fille qui avait toujours le nez dans un livre ? Qui courait tous les matins vers l'école et restait tard chaque après-midi pour aider les plus jeunes avec leur lecture et leur calcul ?

Alf Doyle avait dérobé plus que l'innocence de sa sœur. Il lui avait aussi dérobé ses espoirs et ses rêves.

Et malgré son avertissement, il le faisait encore.

Elle se leva. Tout à coup, ses jambes semblaient aussi fragiles que des cure-pipes, réussissant à peine à la soutenir.

— Josie, je dois savoir, dit-elle d'une voix rauque. Est-ce que c'est Alf ?

Josie redressa la tête et Dora vit une étincelle de surprise dans ses yeux. Puis, elle tourna les talons et se mit à s'éloigner.

— Josie, je t'en prie !

Dora la regarda partir, se pressant sur le sentier, bousculant les couples et les familles comme si elle ne pouvait s'enfuir suffisamment vite. Elle disparaissait, s'en allait loin d'elle. Une autre seconde et il serait trop tard…

— Ça m'est arrivé à moi aussi, Josie ! cria-t-elle.

Les mots semblèrent résonner dans sa tête. Quelques personnes se retournèrent pour la regarder avec curiosité, une petite rousse se tenant au milieu du sentier et criant des sottises dans les airs.

Dora resta immobile et attendit, plissant les yeux afin d'apercevoir sa sœur. Mais Josie était déjà partie, perdue dans la foule.

Perdue pour toujours.

Abattue, elle se retourna pour partir, juste au moment où une petite voix derrière elle lança son nom.

Dora fit volte-face. Là, sur le sentier, se tenait Josie. Elle semblait si petite et perdue, des larmes ruisselant sur son visage.

— Est-ce… que c'est vrai ? demanda-t-elle. Ce n'est pas qu'à moi ?

Dora se précipita vers elle, et un instant plus tard elles s'accrochaient l'une à l'autre, ne se souciant pas de qui pouvait les voir. Josie pleurait, sanglotant si fort que son maigre corps tremblait. Dora voulait aussi pleurer, agrippée à elle, caressant ses cheveux.

— Nous devons parler, chuchota-t-elle. Plus de secrets, d'accord ? C'est la seule manière, Josie.

Elles marchèrent. Tournant encore et encore autour du parc Victoria jusqu'à ce que leurs jambes soient douloureuses. Puis, elles s'assirent sur un banc et observèrent les canards nager sur le lac. La main de Josie était petite et confiante dans celle de Dora, comme lorsqu'elles étaient jeunes et qu'elle l'emmenait ici pour nourrir les canards.

Dora garda les yeux sur un gros canard brun qui plongeait sous l'eau à la recherche de poisson tandis que sa sœur parlait. Dora put sentir la peur dans sa voix alors qu'elle bredouillait comment Alf avait commencé à se faufiler dans sa chambre le soir, comment elle avait essayé de le repousser, mais qu'il était trop fort pour elle. Comment elle était trop rongée par la terreur et la honte pour raconter à sa mère ce qui s'était produit.

Tout était si terriblement familier. Et c'était tellement pire que cela soit arrivé à Josie. Dora pouvait presque pardonner à Alf de lui avoir fait à elle, après tout elle n'était rien de spécial. Mais pas Josie…

— Il faisait comme si c'était ma faute, comme si je lui avais fait faire. Comme si je v-voulais que cela arrive…

Josie tourna des yeux angoissés vers Dora.

— Mais je n'ai pas voulu que cela arrive. C'était si horrible…

— Je sais, ma chérie.

Dora lâcha la main de sa sœur et glissa son bras derrière le banc pour étreindre ses frêles épaules.

— Et c'est pour cela que tu t'es enfuie ?

Josie hocha la tête.

— Je voulais seulement que ça s'arrête, dit-elle. Et puis, quand il est allé à l'hôpital… Je sais que cela semble méchant, mais j'ai prié pour qu'il meure.

— Tu n'es pas la seule, dit Dora d'un air grave.

— C'était mieux quand il est rentré. Pendant un moment, en tout cas, dit Josie, refoulant ses larmes. J'ai pensé que tout irait bien de nouveau. Mais il y a quelques semaines, il a recommencé à venir dans ma chambre…

Elle tourna la tête vers Dora.

— Je ne sais pas quoi faire d'autre. J'ai l'impression que c'est ma faute.

« C'est sur ça qu'il compte », pensa Dora.

— Ce n'est pas toi, Josie. C'est lui.

Elle ramassa une pierre et la lança dans le lac. Elle croyait détester Alf avant, mais ce n'était rien comparé à l'intensité de haine qu'elle ressentait pour lui maintenant. La toucher elle était une chose, mais poser ses mains sales sur Josie était bien, bien pire.

Surtout qu'elle l'avait prévenu.

— Tu n'as plus à t'en faire pour cela, dit-elle. Je vais faire en sorte que cela cesse. Pour de bon, cette fois.

— Comment ?

Josie se retourna vivement pour lui faire face, les yeux paniqués.

— Tu ne le diras pas à maman, n'est-ce pas ? Je t'en prie, ne lui dis pas, Dora. Je ne pourrais pas le supporter si quelqu'un d'autre savait...

— Ça va, Josie.

Dora l'étreignit étroitement.

— Ne t'en fais pas. Je t'ai dit que je veillerais sur toi, non ? Et je vais le faire.

— Comment ? dit Josie. Comment vas-tu faire pour que tout aille bien ?

Dora lança encore une pierre sur la surface du lac, brisant son immobilité de verre.

« Je le tuerai s'il le faut », pensa-t-elle.

CHAPITRE 53

Dora fit en sorte de passer sur la rue Griffin au milieu de la journée, quand sa mère serait sortie faire ses livraisons de reprisage à la blanchisserie et que mémé Winnie aurait emmené les enfants au marché. Elle savait aussi qu'Alf travaillait le soir, alors il devait se trouver à la maison.

Quand elle entra dans la maison, il descendit lourdement l'escalier vêtu de son maillot de corps et attachant la boucle de sa ceinture.

— Oh, c'est toi.

Il la dépassa en la bousculant afin de s'installer dans son fauteuil favori.

— Tu pourrais bien mettre la bouilloire à chauffer, puisque tu es là, dit-il, ramassant le journal pour parcourir les résultats des courses.

Dora refoula la réplique qui monta à ses lèvres et se rendit dans l'arrière-cuisine sans dire un mot. Elle devait attendre le bon moment.

Elle resta dans l'arrière-cuisine, tentant de se calmer.

À travers le voilage de la fenêtre, elle put voir Danny Riley perché sur le sommet de la remise à charbon, comme d'habitude. Elle lui fit distraitement signe de la main en faisant chauffer la théière et prépara le thé.

— Quel bon vent t'amène ? demanda sarcastiquement Alf quand elle posa bruyamment sa tasse de thé devant lui.

— Tu le sais très bien, lui répondit-elle, le surplombant. Je t'ai prévenu, n'est-ce pas ? Je t'ai dit de laisser Josie tranquille.

Il lui lança un rapide regard prudent. Puis lentement, un rictus s'étendit sur son visage.

— Et que vas-tu y faire ? se moqua-t-il. Encore me couper la gorge avec une larme de rasoir ?

Il secoua la tête avec pitié.

— Désolé, ma chérie, tu aurais dû le faire quand tu en avais la chance. Parce que tes petits tours ne fonctionneront pas dans cette maison. Tu avais peut-être l'avantage dans ton hôpital, mais ici, c'est moi qui décide.

Dora le regarda prendre sa tasse.

— Et si je le disais à maman ?

— Tu ne le diras pas.

Il aspira bruyamment son thé.

— Et je vais te dire pourquoi, d'accord ? Parce que cela ruinerait sa vie. Et tu ne veux pas faire ça à ta pauvre maman, non ? Pas après tout ce qu'elle a enduré.

— Ce ne pourrait pas être pire que de vivre avec un monstre comme toi.

— Vraiment ? Peut-être pourras-tu lui dire ça quand elle vivra dans un refuge pour sans-abri avec le reste de la famille.

Elle l'observa, suprêmement confiant comme toujours. Un picotement de haine se répandit à partir de ses orteils.

Il leva la tête et la surprit à l'observer.

— Qu'est-ce que tu regardes ?

— Toi.

— Eh bien, arrête.

Il fronça les sourcils avec irritation.

— Tu me tapes sur les nerfs. J'ai bien envie de dire à Rose que je ne veux plus te voir ici.

— Elle ne ferait jamais cela.

— Je pense que je peux lui faire faire tout ce que je veux, dit-il avec un sourire suffisant. Tout comme je peux faire faire à toi et à ta sœur tout ce que je veux aussi.

L'impuissance la submergea. Alf avait raison. Elle ne pouvait plus lui faire de mal. Pas sans aussi faire du mal au reste de sa famille.

Tout ce qu'elle pouvait faire était de faire appel à sa bonne nature. S'il n'en avait jamais eu une.

— Laisse Josie tranquille, supplia-t-elle. Ce n'est qu'une enfant, elle ne mérite pas d'être traitée ainsi.

Alf versa le reste de son thé dans sa bouche béante.

— Tu sais ce que je crois ? fit-il. Je pense que tu es jalouse de ta petite sœur.

Dora serra les mains ensemble afin de s'empêcher de se jeter sur lui.

— C'est ça, n'est-ce pas ? Tu es jalouse parce qu'elle m'a maintenant et pas toi.

Dora le considéra. « Il le croit vraiment », pensa-t-elle. Il se faisait tellement d'illusions qu'il croyait vraiment que Josie et elle le voulaient.

À ce moment, un plan lui vint à l'esprit.

— Tu as raison, lâcha-t-elle fermement. Je suis jalouse.

Elle se força à avancer vers lui, ses jambes aussi rigides que celles d'une marionnette, son sourire figé.

— Débarrasse-toi d'elle, Alf. Puis, ce sera juste toi et moi de nouveau. Comme dans le bon vieux temps.

Les yeux d'Alf se plissèrent pendant un moment, comme s'il ne pouvait pas avoir confiance à ce qu'il entendait. Puis, il eut un sourire lubrique, dévoilant ses dents jaunes et sales.

— Je le savais, dit-il. Je savais que tu me voulais pour toi toute seule.

Dora demeura droite quand il se leva et s'avança vers elle. Elle put sentir sa transpiration, voir les poils raides et gris sortir de son maillot de corps taché. Les mains d'Alf agrippèrent ses mains, les immobilisant de chaque côté de son corps en se plaquant contre elle, sa bouche cramponnée à la sienne. Quand sa langue envahit sa bouche, Dora força son esprit à se vider.

« Fais-le pour Josie, se dit-elle encore et encore. Fais-le pour protéger ta sœur… »

Et soudainement, abruptement, il la libéra, la projetant à travers la pièce avec une telle force qu'elle atterrit contre la porte arrière avec fracas.

— Non merci, dit-il d'un ton bourru. Pourquoi voudrais-je d'une laide petite vache comme toi dans mon lit quand je peux avoir une jolie petite chose comme Josie ?

Il baissa des yeux remplis de pitié vers elle.

— Puis-je te dire quelque chose ? Je devais parfois réellement me forcer pour te le faire. Dieu, si je n'avais pas été si désespéré…

Il s'arrêta en entendant la voix de mémé dans la cour arrière.

— Ça va, Danny chéri ? Tu gardes le charbon encore ? Aucun danger que quelqu'un mette la main sur notre charbon avec toi dans les parages, n'est-ce pas mon garçon ?

Dora eut à peine le temps de se remettre sur ses pieds avant que sa grand-mère entre par la porte arrière, chargée de courses.

— Je vais vous dire, ce marché n'est plus ce qu'il était, dit-elle en secouant la tête. Il y avait une époque où on pouvait, oh, bonjour, s'arrêta-t-elle quand elle vit Dora. C'est une agréable surprise. Veux-tu une tasse de thé ?

— Je…

— Elle partait, l'interrompit Alf avant que Dora ait la chance de parler.

Nick sut que quelque chose n'allait pas, l'instant où il franchit la porte. Danny était recroquevillé dans un coin, la tête enfouie entre ses bras. Il avait mordillé le bout de ses doigts osseux jusqu'à ce qu'il saigne, un signe incontestable qu'il était anxieux.

— Ça va, mon vieux ?

Nick ôta d'un coup d'épaule son manteau et alla vers lui.

— Qu'est-ce qui se passe ? Est-ce que maman s'en est encore prise à toi ?

Il allait se charger d'elle si elle l'avait encore frappé. On avait qu'à lever la main sur Danny pour le rendre hystérique.

Quand Danny leva la tête pour le regarder, Nick vit ses yeux cerclés de rouges et l'écoulement qui sortait de son nez. Il avait l'air d'avoir pleuré depuis des heures.

— Que s'est-il passé ?

Il s'accroupit jusqu'à ce que son visage soit à la même hauteur que celui de son frère, forçant sa voix à demeurer calme, même si la colère pulsait en lui.

— Qui t'a fait ça ?

Peu importe de qui il s'agissait, il allait lui arracher les membres l'un après l'autre. Lentement.

Danny essuya maladroitement son nez sur sa manche effilochée.

— Alf a f-frappé Dora, réussit-il à bégayer.

Nick se figea.

— Quoi ?

— Je l'ai v-vu, tremblota la lèvre de Danny. Il l'a ag-agrippée, puis l'a l-lancée comme ça.

Il poussa les bras, faisant presque perdre l'équilibre à son frère.

Nick fronça les sourcils.

— Pourquoi ferait-il une chose pareille, Danny ? Cela ne ressemble pas à Alf.

Cela ne pouvait pas être vrai, se dit-il. Même s'il savait que son frère était incapable de dire un mensonge, parfois, il s'embrouillait.

— Je l'ai vu ! insista Danny. J'étais assis l-là-bas, dit-il en pointant vers la cour arrière. J'ai vu Dora entrer et puis je l'ai entendue d-dire à Alf de l-laisser Josie tranquille. Elle a d-dit qu'elle allait le dire à leur m-maman, mais il a ri d'elle. Et puis, il… il l'a frappée.

Il se mit à pleurer de nouveau, sanglotant bruyamment dans la manche de sa chemise. Nick sortit machinalement un mouchoir de sa poche et le lui lança, ses pensées ailleurs.

Ce sale et dégoûtant salaud. Il se sentit commencer à trembler de colère. Soudainement, tout avait un sens. Pourquoi Josie s'était enfuie, pourquoi Dora était si inquiète à son sujet.

Avait-il aussi touché Dora ? Il ne voulut pas y penser, mais en se souvenant de la manière dont elle s'était dérobée face à lui quand il avait tenté de l'embrasser…

Il bondit sur ses pieds, propulsé par une rage si intense qu'elle l'aurait envoyé fracasser la porte d'Alf Doyle si Danny n'avait pas gémi de peur.

— N-Nick, s'il te plaît, supplia-t-il. N'aie p-pas cet air-là. Je n'aime pas ça quand tu as l-l'air de ça.

Nick regarda son frère, le voyant à peine à travers un brouillard de fureur aussi rouge que du sang. Puis, lentement, il se força à prendre une profonde et calme inspiration. Il desserra les poings, étira les doigts jusqu'à ce que ses jointures craquent.

Alf Doyle pouvait attendre, décida-t-il.

— Tout va bien, Danny, apaisa-t-il son frère agité. Tu vois ? Je me suis calmé. Je ne vais rien faire, mon vieux. Tu n'as rien à craindre. Maintenant, regardons s'il y a quelque chose dans la maison pour le goûter, d'accord ?

CHAPITRE 54

Henry Rettingham était suffisamment en forme pour retourner chez lui. Il entra lentement dans la maison, soutenu par Seb et Felix, le chauffeur, de chaque côté. Millie et sa grand-mère s'étaient rassemblées dans le salon pour l'accueillir, attendant patiemment jusqu'à ce qu'il s'abaisse atrocement lentement dans son fauteuil de cuir.

Les médecins les avaient prévenus que son rétablissement serait long, mais Millie ne s'était pas rendu compte à quel point cela serait difficile pour lui jusqu'à ce qu'elle le voie essayer de lever la tasse de thé que Patchett le majordome lui avait apportée.

Quand sa tasse tinta contre la soucoupe, elle bondit pour l'aider.

— Laisse-moi…

Son père la repoussa d'un signe de la main.

— Non, Amelia, je-je dois apprendre à faire ces choses par… moi-même, insista-t-il.

Ses mots étaient mal articulés, chacun sortant avec beaucoup d'effort. Cela était douloureux pour Millie de l'entendre autant se débattre.

Elle jeta un coup d'œil vers Seb en quête de conseil. Il sourit et lui fit un hochement de tête rassurant. C'était un tel soulagement de l'avoir là, pensa-t-elle. Elle ne se sentait pas aussi seule en quelque sorte.

Il avait été merveilleux, aidant à superviser le domaine pendant la guérison de son père.

— Non pas qu'il demande beaucoup de supervision, avait-il dit à Millie. Entre eux, ton père et Jackson ont tout réglé comme une horloge.

Ils avaient glissé dans une routine domestique confortable. Une fois que Millie fut rassurée que son père se sente mieux, elle s'était permis de passer du temps loin de son chevet à l'hôpital. Elle fut surprise de constater à quel point ses journées étaient pleinement occupées. Si elle ne gérait pas la maison, ne discutait pas de l'organisation des repas et de listes de lessive avec la gouvernante Mme Saunders, elle sortait à cheval avec Seb pour rendre visite aux métayers ou rencontrait l'intendant. Avec le mois d'août qui progressait, les cueilleurs de houblons itinérants commencèrent à arriver en fourgonnettes de Londres pour leur récolte annuelle. Millie avait aidé à organiser les équipes et à arranger des hébergements temporaires pour eux. En gardant sa formation à l'esprit, elle avait même amené la mission de Saint-Francis pour installer un centre médical mobile dans l'une des vieilles granges. Parfois, elle allait y donner un coup de main, pansant des ligaments froissés, lavant des yeux douloureux et administrant des médicaments. Il faisait bon d'être occupée et utile toute la journée et de sentir le soleil sur son visage tout en travaillant, plutôt que d'être coincée dans les services lugubres.

Elle se promettait sans cesse qu'elle allait retourner à Londres. Mais alors que le temps passait, elle se demandait si Londres était réellement l'endroit où elle voulait être.

— Je me demande si je dois rester ici ? s'était-elle confiée à Seb un soir lors du dîner. J'ai tellement manqué de ma formation, je ne serai peut-être pas en mesure de me rattraper. Et avec papa encore souffrant…

— Ton père fait des progrès, lui avait rappelé Seb. Et tu sais qu'il serait absolument furieux contre toi si tu ne retournais pas à Londres.

— Tu crois ?

Millie n'en était pas certaine.

Au bout du compte, c'est Henry lui-même qui lui avait donné la réponse. Elle était assise avec lui, parcourant les comptes, quand il avait soudainement dit :

— Toi et Sebastian avez fait de… l'excellent travail. Je crois que tu vas nous manquer à tous quand tu retourneras à L-Londres.

Elle avait soulevé les livres de comptes de ses cuisses et les avait posés soigneusement à ses pieds sur le tapis.

— Qui dit que je vais y retourner ?

Il avait froncé les sourcils en la regardant.

— J'ai peut-être reçu un coup à la… tête, mais je n'ai pas oublié que tu as ta… formation à compléter.

— Ne veux-tu pas de moi à Billinghurst ? avait-elle demandé doucement.

— Bien sûr que oui. Rien ne me rendrait plus… heureux.

Son visage se tordit sous l'effort que lui demandait de parler.

— Mais seulement après que ta formation sera… complétée.

Il avait tendu une main tremblante vers elle.

— Être infirmière est ton rêve, Millie. Termine ta formation, et après…

« Et après quoi ? » pensa-t-elle.

Il avait raison, être infirmière était son rêve. Mais la maladie de son père lui avait fait comprendre qu'elle avait aussi d'autres responsabilités.

Mais son père n'avait rien voulu entendre. Et alors, avec le cœur lourd et beaucoup de récrimination de sa grand-mère, elle prit le train vers Londres.

La comtesse douairière avait été tellement hors d'elle d'indignation, qu'elle s'était isolée dans le petit manoir et avait catégoriquement refusé de parler à Millie avant qu'elle parte.

— Elle va s'en remettre, rit Seb en reconduisant Millie à la gare.

— Tu ne connais pas grand-maman.

Millie se tourna vers lui, le visage anxieux.

— Tu crois que je fais le bon choix ? Ou ne suis-je qu'égoïste ?

— Nous avons déjà discuté de tout ceci, dit-il sagement. Tu n'as pas besoin de te faire du souci pour ton père. Je vais rester et veiller sur lui, m'assurer qu'il n'en fait pas trop. Mais à la vitesse à laquelle il se remet, il n'aura plus besoin de moi pour très longtemps. Je peux dire qu'il a très hâte de se débarrasser de moi !

— Sottise, il adore t'avoir à Billinghurst. Tu es comme le garçon qu'il n'a jamais eu.

Millie jeta un regard de biais vers Seb.

— Je suis très reconnaissante de ton aide.

— Reconnaissante ? dit-il en riant. J'avais un peu espéré que tu ressentes plus que cela pour moi maintenant.

Elle fixa silencieusement droit devant elle le chemin sinueux de campagne. Aucun d'eux n'avait mentionné leur baiser depuis qu'il s'était produit, même si elle savait que cela lui tournait dans la tête autant qu'elle.

Millie se sentait encore terriblement confuse. Elle savait qu'elle avait trop compté sur lui, au-delà des liens de l'amitié. Il avait tous les droits de penser que leur relation avait changé. Mais était-elle prête pour cela ?

— Tu n'as pas besoin d'attendre jusqu'à l'arrivée du train, dit-elle alors que Seb l'aidait avec ses bagages jusqu'au quai.

— Pourquoi essaies-tu sans cesse de me renvoyer alors que tout ce que je veux c'est être avec toi ?

Leurs regards se croisèrent.

— Je suis désolé, dit-il. Je ne devrais pas te dire ces choses. Je sais que ce n'est pas ce que tu veux entendre.

Il sourit énergiquement.

— Nous sommes seulement des amis, c'est tout. Je le sais et je l'ai accepté. Enfin, il serait idiot de ma part de dire que je ne suis pas amèrement déçu, mais je suis certain qu'avec le temps j'apprendrai à...

Il montra un visage narquois.

— Crois-tu que je devrais me taire maintenant ?

— Je crois que ce serait une bonne idée.

Il y avait quelques autres personnes sur le quai. Un peu plus loin, un jeune couple à peine plus âgé qu'eux se disait des adieux passionnés. Millie fit de son mieux pour ne pas les regarder alors qu'ils s'agrippaient l'un à l'autre, aucun des deux ne voulant se laisser. Comment cela était-il d'être autant amoureux ? se demanda-t-elle.

Elle jeta un coup d'œil vers Seb sous le bord de son chapeau. Lui aussi regardait le couple, le visage envieux.

Ce cher Seb. Quand elle lui avait dit qu'elle était reconnaissante, elle voulait dire tellement plus que cela. Elle n'aurait simplement pas pu traverser les quelques semaines précédentes sans lui. Elle avait ressenti un tel soulagement ce jour-là en le voyant dans le couloir, vêtu de ses vêtements de chasse, après être venu directement d'Écosse juste pour être avec elle. Dès ce moment, elle s'était sentie comme si elle pouvait de nouveau respirer, comme si tout allait bien se passer simplement parce qu'il était avec elle.

Et il avait été avec elle depuis. Sa présence rassurante était près d'elle quand elle demeurait assise près de son père. Il l'avait étreinte quand elle avait pleuré des larmes de désespoir durant les moments les plus sombres et il était celui qui l'avait fait rire quand elle avait désespérément besoin d'encouragement. Elle ne savait comment, mais il semblait toujours savoir ce qu'elle pensait et la bonne chose à dire pour améliorer les choses.

Elle observa son profil finement dessiné alors qu'il regardait la voie ferrée, attendant le train, mémorisant la longue ligne droite de son nez, la courbe de ses lèvres et l'angle vif de son menton. Comme s'il savait qu'il était observé, il se retourna pour la regarder avec un sourire perplexe, ses sourcils bien dessinés au-dessus de ses yeux gris chaleureux.

Elle comprit soudainement à quel point ce sourire allait lui manquer, à quel point il allait lui manquer. C'était la vraie raison pour laquelle elle avait été si réticente à retourner à Londres. Ce n'était pas l'idée de dire au revoir à Billinghurst qui la bouleversait ni même de quitter son père. C'était la pensée de passer une journée entière sans voir Seb.

— Que se passe-t-il ? dit-il.

— Rien, j'ai seulement…

Millie essaya de trouver les bons mots. Oh, Dieu, pourquoi avait-elle attendu jusqu'à maintenant pour comprendre ce qu'elle ressentait ? C'était tellement typique d'elle d'être toujours la dernière à piger, comme Dora aurait dit.

Et maintenant, elle avait trop attendu. Le train approcha, les rails tremblèrent. Tout le long du quai, les passagers commencèrent à s'exciter.

— Seb..., commença-t-elle, mais déjà il ramassait ses bagages.

— Que feras-tu quand tu arriveras à Londres ? demanda-t-il. Tu prendras un taxi, n'est-ce pas ? Tu ne peux pas t'en sortir en bus avec tous ces bagages.

— Seb…

— Crois-tu que tu pourras téléphoner quand tu arriveras à l'hôpital ? Je sais que ton père se fera du souci pour toi, même s'il dit le contraire.

— Seb, écoute…

Ses mots furent noyés dans le sifflement des freins du train quand il s'arrêta en vrombissant. Les gens commencèrent à bouger, des portes s'ouvrirent et se refermèrent avec fracas, des porteurs s'occupèrent des bagages. Seb chargea ses affaires dans le train, ne la regardant pas, comme s'il était déterminé à se maintenir occupé et détaché.

— Seb !

Tout sembla devenir soudainement très silencieux quand Millie cria son nom.

Il se tourna vers elle.

— Oui ?

— Est-ce que cela te dérangerait horriblement de faire quelque chose pour moi ?

— Qu'est-ce que c'est ?

Il lui sourit, son doux et beau visage aveuglé par le soleil.

— Tais-toi et embrasse-moi, dit-elle.

CHAPITRE 55

Veronica Hanley monta les marches usées en pierre du presbytère de l'église Saint-Oswald et frappa promptement à la porte avec beaucoup plus de confiance qu'elle n'en ressentait. Même si elle avait parcouru le monde avec le régiment de son père, elle n'était jamais réellement à son aise à l'extérieur des environs familiers de l'hôpital Nightingale. Elle n'était pas à l'aise non plus sans son uniforme, vêtue de son chapeau aplati et de son vieux manteau sentant la naphtaline.

Pour un peu elle aurait fait demi-tour et reprit directement le bus vers Bethnal Green. Mais elle avait fait tout ce chemin et maintenant elle devait se rendre jusqu'au bout. Faire preuve d'un peu de cran, comme disait son père.

Elle espérait que Mme Tremayne allait lui pardonner cette intrusion. Elle espérait encore plus qu'elle allait pardonner ce que Veronica avait à lui dire.

La gouvernante la guida jusqu'au salon, une magnifique pièce ensoleillée avec des portes-fenêtres qui s'ouvraient sur le jardin. Veronica s'arrêta un moment, admirant le gazon impeccablement entretenu, encadré par des bordures immaculées, aucune fleur ne dépassant. C'était exactement le genre de jardin qu'elle aurait elle-même conçu, séduisant son sens de l'ordre.

— Mlle Hanley ?

Constance Tremayne l'accueillit de l'embrasure de la porte. Elle parut plutôt énervée de la voir.

— Ceci est assez inattendu, dit-elle d'une voix glaciale. Vous êtes chanceuse de m'avoir attrapée, je suis attendue à une réunion du comité d'une œuvre de bienfaisance dans une heure.

— Je ne vous retarderai pas, Mme Tremayne. Je suis certaine que vous êtes très occupée.

La gorge de Veronica lui parut tout à coup très sèche. Elle aurait aimé une tasse de thé, mais Mme Tremayne n'avait pas l'air de vouloir lui en offrir.

— Je suis venue au sujet d'Helen. Vous ne songez pas réellement à l'envoyer en Écosse, n'est-ce pas ?

— Je n'y songe pas, Mlle Hanley, je vais le faire. Dès que cela pourra être arrangé en fait.

Mme Tremayne avança dans la pièce. Elle était soignée comme toujours, dans son ensemble vert sauge et sa jupe en tweed, les cheveux parfaitement noués à la nuque. Elle était une créature si minuscule et délicate, que Veronica se sentait vraiment balourde à ses côtés.

Constance Tremayne lui accorda un sourire.

— En fait, Mlle Hanley, je voulais vous remercier. Si vous ne m'aviez pas avisée de ce qui se passait, je n'aurais peut-être jamais su ce que ma fille fabriquait. Et alors, Dieu sait ce qui aurait pu arriver.

Ses épaules frémirent délicatement.

— Grâce à vous, j'ai pu intervenir et empêcher Helen de faire une grave erreur, laquelle aurait pu gâcher son avenir tout entier.

— C'est justement cela, dit Veronica. Je crois que c'est vous qui faites une erreur. Vous ne devriez pas retirer Helen du Nightingale.

Elle remarqua que l'expression de Constance Tremayne s'assombrit, mais elle se pressa de poursuivre.

— Elle est une excellente étudiante et un atout pour l'hôpital. Et encore plus, je crois qu'elle y est heureuse et bien installée. Il serait tellement injuste de la déraciner et de l'envoyer jusqu'en Écosse. Et qui sait quel effet cela aurait sur ses études.

— Mlle Hanley, je vous en prie.

Constance leva une main pour la faire taire.

— Je n'ai aucun désir de vous offenser, mais comme je l'ai expliqué à l'infirmière en chef, aucune de vous n'a la moindre idée de ce que c'est que d'élever une fille. Helen est jeune et naïve. Elle ne se connaît pas elle-même. Elle doit être protégée de ses propres désirs primaires…

Veronica Hanley la considéra avec frustration. Elle aurait aimé comprendre la délicatesse et le tact, car elle en aurait besoin pour ce qu'elle s'apprêtait à dire. Pendant un instant, elle souhaita presque avoir l'aisance avec les mots de l'infirmière en chef. Elle n'approuvait peut-être pas les méthodes de Kathleen

Fox, ni d'ailleurs pas grand-chose à son sujet, mais elle devait admettre que l'infirmière en chef avait une manière de parler qui semblait atteindre les gens. Contrairement à Veronica qui semblait faire des bourdes, piétiner tout sur son passage comme la grosse et maladroite chose qu'elle était.

Un éléphant dans un magasin de porcelaine, ainsi que l'avait toujours appelée sa mère. C'était exactement comme cela qu'elle se sentait en ce moment.

— Eh bien, Mlle Hanley, dit Constance, déjà en train de la congédier. Merci d'être venue jusqu'ici, mais j'ai un autre rendez-vous…

— Attendez.

Veronica fouilla dans son vieux sac à main. Il avait appartenu à sa mère et était resté si longtemps inutilisé au fond de son placard que le cuir était craqué et sec.

— J'ai une photographie que j'aimerais vous montrer. Je crois qu'elle se trouve quelque part ici…

Constance exprima sa désapprobation.

— Cela ne peut-il pas attendre, Mlle Hanley ? Je suis assez pressée…

— S'il vous plaît, il ne faudra qu'un instant… ah, la voici.

Elle sortit la photographie de son sac. L'image sépia avait jauni avec le temps.

— Je crois que vous la trouverez intéressante.

Constance Tremayne prit la photographie en poussant un profond soupir.

— Vraiment, Mlle Hanley, je n'ai pas le temps pour…

Elle s'arrêta brusquement, les yeux fixés sur les silhouettes de la photographie.

Veronica avait vu la couleur disparaître du visage des gens quand ils recevaient de mauvaises nouvelles au sujet d'être cher. Et voilà que cela se produisit sur le visage de Constance Tremayne. Sa peau prit la teinte de l'argile.

— Je ne comprends pas, dit-il faiblement. Comment avez-vous eu cela ?

— Avant de commencer ma formation au Nightingale, j'étais une cadette infirmière dans un hôpital sur la côte sud. Saint-Anthony à Whitstable. C'est une photographie de tout le personnel, prise à Noël.

Elle pointa par-dessus l'épaule de Mme Tremayne une fille potelée au milieu de la rangée, dépassant largement ses voisines.

— C'est moi. J'étais déjà une lourdaude à cette époque.

Elle bougea son doigt vers la dernière rangée de la photographie.

— Voilà les sœurs et là, dit-elle en pointant quelques visages, les infirmières adjointes. Je me rappelle encore leurs noms, toutes ces années plus tard. Porter, Casey… et voilà infirmière Brown. Elle était au service de tuberculose. Très efficace. Je dois confesser que j'ai toujours voulu être comme elle.

— Fascinant, j'en suis certaine.

Constance Tremayne reprit son aplomb et rendit la photographie.

— Mais quelque chose est arrivé à l'infirmière-chef adjointe Brown. Quelque chose d'assez choquant, je le crains.

Mlle Hanley regarda encore un moment la photographie.

— Je ne me suis jamais occupée des commérages. Même quand j'étais une cadette, je restais dans mon coin et je ne me joignais pas aux autres filles quand elles répandaient gaiement des rumeurs les unes sur les autres. Je pense qu'il est plutôt morbide de tirer du plaisir des malheurs des autres, vous ne trouvez pas ? Mais même avec la tête dans mes livres, j'entendais quand même les histoires. Et celle au sujet de l'infirmière-chef adjointe Brown était simplement trop difficile à ignorer. Partout où j'allais dans l'hôpital, tout le monde semblait en parler.

Elle remit la photographie dans son sac et clôt le fermoir avec un bruit sec. Il résonna dans le silence de la pièce tel un coup de fusil.

— Vous voyez, cette malheureuse jeune femme était tombée amoureuse d'un médecin. Un homme beaucoup plus âgé et marié de surcroît. N'importe qui avec un peu de bon sens pouvait immédiatement voir qu'il ne faisait que s'amuser avec elle. Apparemment, cet homme était connu dans l'hôpital pour séduire les jeunes infirmières innocentes. Mais la pauvre fille éprise croyait véritablement qu'il l'aimait autant qu'elle l'aimait et qu'un jour il quitterait sa femme et qu'ils seraient ensemble.

« Évidemment, leur histoire a fini par être découverte et il y a eu un énorme scandale, continua Veronica. Soudainement, la stupidité de cette pauvre femme a été exposée à tout le monde. Mais elle ne s'en faisait toujours pas, car elle croyait sincèrement que son amoureux allait la secourir. Mais il ne l'a pas fait. Il a évité le scandale, gardé sa femme et son poste à l'hôpital et la fille est restée seule pour faire face aux conséquences. Une épouvantable histoire.

La couleur balaya les pommettes tendues de Constance, mais elle ne dit rien.

— Bien entendu, elle a été renvoyée en disgrâce, dit Veronica. Elle avait tout perdu, y comris sa réputation. Elle n'avait d'autre choix que de quitter la ville où elle avait grandi et d'aller ailleurs. Repartir à zéro, si vous voulez.

Elle secoua la tête.

— Je me demande parfois ce qu'il lui est arrivé. J'aime croire qu'elle a réussi à repartir à zéro, est devenue la personne respectable et intègre qu'elle avait toujours été et a trouvé quelqu'un qui méritait son amour. J'aime aussi croire que son expérience lui a peut-être donné un peu de compassion et de compréhension. Particulièrement en ce qui concerne ses propres enfants.

— Cela a tout aussi bien pu faire qu'elle veuille protéger ceux qu'elle aime de souffrir du même sort.

— Je suis certaine que vous avez raison, approuva Veronica. Mais avec un peu de chance, elle est suffisamment sage pour voir qu'écraser leur personnalité ne peut que les rendre plus déterminés à se rebeller contre elle. Cela peut même les amener à faire les mêmes erreurs qu'elle.

Elle observa Constance qui maintenant regardait fixement par la fenêtre, aussi immobile qu'une statue. Seul le mouvement convulsif de sa gorge montrait qu'elle ne s'était pas transformée en pierre.

— Je crois que l'infirmière-chef adjointe Brown aurait élevé ses enfants pour qu'ils fassent la différence entre le bien et le mal, poursuivit Veronica. Je crois aussi qu'elle leur ferait confiance pour qu'ils prennent les bonnes décisions quand le moment serait venu.

Il y eut un long et lourd silence. Veronica retint son souffle quand Constance Tremayne se tourna vers elle. Son visage était un masque soigneusement vide.

— C'est une très jolie histoire, dit-elle aimablement. Mais si vous avez terminé, j'ai ma réunion.

— Bien sûr. Je ne prendrai pas plus de votre temps.

Mlle Hanley entendit la porte se refermer derrière elle, mais ne se retourna pas avant d'avoir atteint le bout de l'allée. Elle s'attendait presque à voir Mme Tremayne à la fenêtre, la regardant partir, mais elle n'était nulle part en vue.

Elle se maudit d'être venue. Elle ne savait pas si elle avait amélioré ou non le sort d'Helen Tremayne en essayant de parler à sa mère. Et il y avait tellement plus qu'elle aurait aimé dire aussi. Elle voulait assurer à Mme Tremayne qu'elle ne raconterait plus jamais son histoire, à aucune autre âme qui vive. Elle voulait lui dire à quel point elle la respectait et l'admirait, à quel point elle était un modèle pour elle.

Tout comme elle avait déjà admiré la pauvre Constance Brown.

CHAPITRE 56

— Je suis tellement désolée, dit Helen.

Jamais elle ne s'était sentie aussi misérable dans sa vie qu'à ce moment, assise à la table en face de Charlie dans le café vivement éclairé où ils avaient partagé tellement de moments plus heureux. Ils étaient restés assis là toute la soirée, et Antonio le propriétaire essuyait les tables, prêt à fermer.

Mais aucun des deux ne voulait partir, car ils savaient qu'il s'agissait de la dernière fois qu'ils seraient ensemble.

— Je ne comprends pas, dit Charlie de nouveau, la voix étouffée. Je croyais que vous m'aimiez ?

— Je vous aime, plus que tout.

Helen ne faisait que commencer à comprendre maintenant à quel point elle savait qu'elle allait le perdre.

— Alors pourquoi ne pouvons-nous pas être ensemble ?

Helen soupira. Ils en avaient discuté sans arrêt, tournant en des cercles déchirants, chacun devenant de plus en plus contrarié et frustré.

— Comment pouvons-nous demeurer ensemble alors que je serai en Écosse ? Je ne peux pas m'attendre à ce que vous m'attendiez.

— Vous savez que je vous attendrai toujours.

Helen secoua la tête.

— Ce ne serait pas juste pour vous. Vous méritez d'être libre, de trouver quelqu'un d'autre.

— Combien d'autres fois dois-je vous le répéter ? Je ne veux personne d'autre que vous !

Charlie passa sa main dans ses cheveux, exaspéré.

— Nous devons tourner la page. C'est mieux ainsi, dit fermement Helen.

Dans son cœur, elle voulait désespérément lui demander de l'attendre. Mais elle savait qu'elle ne le pouvait pas. Peu importe ce que pouvait dire Charlie, il allait forcément trouver quelqu'un d'autre alors qu'elle serait loin. Et aussi douloureux que cela pût être maintenant, elle savait que ce serait bien pire de découvrir dans six mois ou un an qu'il avait cessé de l'aimer.

Charlie fixa le fond de sa tasse de thé vide.

— Ce n'est pas juste, lâcha-t-il. Pourquoi est-ce qu'il faut que ce soit l'Écosse ? Pourquoi votre mère ne peut-elle pas vous laisser poursuivre votre formation ici ?

Parce qu'elle veut me punir, pensa avec désolation Helen.

— Elle pense que ce sera préférable.

— Est-ce à cause de moi ? interrogea-t-il.

Helen plongea dans ses yeux bleus, si tristes et voulant désespérément être rassurés.

— C'est ma faute, répondit-elle. Je n'aurais pas dû commencer à vous voir dans son dos. J'aurais dû savoir qu'elle allait l'apprendre et qu'elle serait en colère que je lui aie menti.

— Vous ne lui avez pas réellement menti ? raisonna Charlie. Ne pas lui dire quelque chose n'est pas la même chose que lui dire un véritable mensonge.

— Pas en ce qui concerne ma mère. Elle aime tout savoir en ce qui concerne ma vie.

Charlie réfléchit pendant un moment.

— Et si j'allais lui parler ? dit-il soudainement. Peut-être que si je la rencontrais, lui montrais que je suis un type plutôt convenable, elle changerait d'idée et vous laisserait rester ?

— Vous ne connaissez pas ma mère.

Helen secoua la tête.

— Elle ne change jamais d'idée sur rien. Quand elle a décidé quelque chose, c'est ainsi.

Elle se demanda quand même ce que sa mère aurait pensé de Charlie. Pour Helen, il était l'homme le plus séduisant, le plus merveilleux et le plus aimant du monde. Mais personne n'allait jamais correspondre aux standards ridiculement élevés de Constance Tremayne.

— Cela donne l'impression que vous avez déjà abandonné ? fit-il. Ne voulez-vous pas que nous soyons ensemble ?

— Vous savez bien que oui.

— Alors, battez-vous ! l'exhorta-t-il en agrippant sa main. Helen, je suis prêt à essayer n'importe quoi, à faire n'importe quoi pour vous garder. Et tout ce que vous faites est soupirer, secouer la tête et me dire que tout est inutile, que ça ne fonctionnera pas. Pourquoi ne tenez-vous pas tête à votre mère, et ne lui dites-vous pas que vous ne vous laisserez plus malmener ?

Il lui décocha un regard blessé.

— À moins que vous ne teniez pas vraiment à moi ?

— Ce n'est pas juste ! protesta-t-elle. Bien sûr que je tiens à vous. Je vous aime.

— Pas suffisamment pour tenir tête à votre mère ?

Helen déglutit avec peine. Charlie avait raison, elle était lâche.

Millie lui avait dit à peu près la même chose la journée précédente.

— Tu ne veux pas vraiment partir, n'est-ce pas ? avait-elle dit, ses grands yeux bleus emplis de larmes.

— Bien sûr que non.

Un an plus tôt, Helen ne se serait peut-être pas souciée de ce qui lui arrivait. Mais au cours des derniers mois, elle s'était faite de bonnes amies au Nightingale et maintenant elle savait qu'elle aurait le cœur brisé de leur dire adieu.

— Alors, dis-lui que tu n'y vas pas.

Millie avait haussé les épaules comme si c'était la chose la plus facile au monde.

— Elle ne peut pas te forcer à faire quelque chose que tu ne veux pas, avait-elle ajouté.

— Tu ne connais pas ma mère.

— Je sais que si je voulais réellement quelque chose, je ne laisserais personne se mettre dans mon chemin, avait fermement dit Millie.

C'était facile pour elle, pensa Helen. Elle n'avait pas été élevée avec des règles de fer. L'idée de prendre ses propres décisions était si étrange pour Helen, elle n'était pas certaine qu'elle y parviendrait sans l'approbation de Constance Tremayne.

Ils demeurèrent tous deux silencieux, perdus dans leurs propres pensées. Helen jeta un coup d'œil à l'horloge sur le mur, égrainant les minutes traîtreusement. Bientôt, elle allait devoir rentrer à l'hôpital.

— Je suis désolé.

Charlie entrelaça ses doigts à ceux d'Helen.

— Je n'aurais pas dû me mettre en colère contre vous. Il ne nous reste pas beaucoup de temps ensemble, je ne veux pas le passer à nous disputer.

— Je vous aime, dit Helen tristement. Et s'il n'en tenait qu'à moi, nous passerions chaque minute de la journée ensemble, mais…

— Alors, laissez-moi venir avec vous, la coupa Charlie, ses doigts se serrant autour des siens. Si vous devez partir en Écosse, alors moi aussi.

Helen le considéra.

— Je ne peux vous demander de faire cela.

— Vous ne le demandez pas, je l'offre. Je peux déménager en Écosse, trouver une chambre près de votre hôpital.

Son visage était excité.

— Alors, nous pourrions nous voir tout le temps, et personne ne pourrait dire quoi que ce soit.

— Mais ma mère…

— Qu'en saurait-elle ? Elle serait à des milliers de kilomètres. Ne croyez-vous pas que c'est une bonne idée ? C'est si simple, je ne sais pas pourquoi je n'y ai pas pensé plus tôt !

Il rit avec délice, mais Helen hésitait.

— De quoi vivriez-vous ?

— Je me trouverais un travail, bien entendu. Je sais que je ne peux pas courir comme avant, mais il doit y avoir un travail que je peux faire, dit-il en souriant. Je pourrais cuisiner des panses de moutons farcies. Ou être voleur à la tire de sporran. Ou, je ne sais pas, le seul unijambiste joueur de cornemuse d'Écosse. Je trouverai quelque chose.

Sa bonne humeur était contagieuse et Helen sourit malgré elle. Mais au fond d'elle, elle était encore méfiante.

— Et votre famille ? Vous ne seriez pas en mesure de la voir aussi souvent que maintenant.

Elle savait à quel point Charlie était proche de ses parents et de ses frères et sœurs, et à quel point cela lui serait douloureux de ne pas être avec eux.

— Quoi ? Je serais avec vous, et c'est ce qui est réellement important.

Il lui fit un grand sourire.

— Qu'en pensez-vous ?

Helen mordilla sa lèvre. Elle voulait désespérément accepter, mais elle savait que ce serait égoïste.

— Vous êtes un Londonien, vous seriez perdu en Écosse.

— Je serais perdu sans vous.

Antonio, un gros bonhomme avec un tablier graisseux, commença à nettoyer leur table.

— N'avez-vous pas de maisons où rentrer ? dit-il sur un ton irrité.

— Je suis désolée.

Helen commença instantanément à se lever, mais Charlie retint sa main, la tirant vers sa chaise.

— Je ne peux pas vous laisser, dit-il doucement.

— Je ne peux pas non plus.

Son cœur était déjà douloureux à la pensée de ne plus jamais le voir.

— Alors, épousez-moi.

Tout sembla se figer à ce moment. Même Antonio cessa d'essuyer leur table et leva la tête.

— Qu'avez-vous dit ?

Helen fronça les sourcils.

— Épousez-moi.

Les yeux de Charlie étincelaient, remplis d'espoir.

— Je ne sais pas pourquoi je n'y ai pas pensé avant. C'est évident, non ? Nous pourrions nous marier, puis vivre en Écosse en tant qu'époux, et il n'y aurait rien que votre mère ou quiconque pourrait y faire.

— Elle pourrait essayer d'empêcher le mariage.

— Pas si nous nous enfuyons, dit-il en souriant. Quel est cet endroit où les couples s'enfuient ? Gretna quelque chose.

— Green, dit faiblement Helen. Gretna Green[1].

— C'est en Écosse, non ? Nous pourrions nous marier en chemin et arriver en tant que couple marié.

— Mais je ne pourrais pas ! chuchota Helen, choquée. Ma mère…

— Votre mère n'en saurait rien. Et quand elle le découvrirait, il serait trop tard.

1. N.d.T. : Gretna Green est un village du sud de l'Écosse, célèbre pour la possibilité qu'il offrait aux couples mineurs de s'y marier sans autorisation des parents.

Charlie sourit.

— Allez, qu'en dites-vous ?

— Je-je ne sais pas quoi dire.

Helen le regarda bouche bée, puis elle se tourna vers Antonio qui les observait ouvertement maintenant. Elle était trop bouleversée par l'idée que quelqu'un l'aime suffisamment pour vouloir l'épouser pour penser à autre chose.

— Alors, dites oui.

Helen ouvrit puis referma la bouche, mais aucun son n'en sortit. C'est Antonio qui finit par parler.

— Alors là, mon ami. Si vous voulez que la jeune dame accepte votre demande, vous allez devoir en faire une meilleure que celle-ci ! rit-il.

Charlie jeta un coup d'œil à Helen. Puis, avec un grand effort et en se soutenant au dossier de sa chaise, il se mit lentement sur son bon genou.

Helen eut l'impression de se trouver dans un rêve étrange alors qu'il prit sa main dans la sienne.

— Helen Tremayne — sa voix était solennelle, mais ses yeux pétillaient d'hilarité quand ils rencontrèrent les siens —, me feriez-vous le plus grand des honneurs d'accepter de vous enfuir avec moi et être ma femme ?

Helen baissa les yeux vers lui. Toutes sortes de pensées lui traversèrent la tête. C'était impossible, impulsif, complètement fou, et jamais ils ne s'en sortiraient impunément. Elle pouvait presque voir sa mère, le visage pincé de désapprobation, rejetant l'idée en son nom.

— Oui, volontiers, dit-elle.

CHAPITRE 57

Elle courut tout le chemin du retour à la maison des infirmières avec la tête qui tournait. Venait-elle juste d'accepter la demande en mariage de Charlie ? Elle pouvait à peine y croire. Elle n'avait jamais fait quoi que ce soit d'impulsif de sa vie.

Alors qu'elle faisait la queue avec les autres pour son tour dans la salle de bains, elle réprima à grand-peine son envie d'éclater de rire. Elle n'avait aucune idée dans quoi elle s'était embarquée. Elle avait laissé Charlie alors qu'il lui promettait une voiture pour les emmener à Gretna Green. Tout ce qu'elle avait à faire était de faire ses bagages et d'être prête à partir pour l'heure du thé le lendemain.

Mais le lendemain était aussi la journée où elle devait rencontrer sa mère pour préparer son déménagement à Saint-Andrew.

« D'une manière ou d'une autre, je vais en Écosse », pensa-t-elle en se souriant dans le miroir de la salle de bains alors qu'elle se brossait les dents.

Millie avait, comme à son habitude, ignoré le couvre-feu de 22 h pour aller dîner avec sa tante, mais Dora était déjà au lit quand Helen se glissa dans leur chambre juste au moment où sœur Sutton indiquait l'extinction des feux.

Elle se dévêtit rapidement dans le noir et enfila sa robe de nuit de flanelle, frissonnant dans le froid. C'était une chaude nuit d'été, mais leur chambre du grenier était glaciale comme toujours.

En se déplaçant silencieusement afin de ne pas déranger Dora, Helen ouvrit doucement les portes du placard et tâtonna dans le noir à la recherche de ses quelques vêtements. De toute façon, il n'y avait pas grand-chose à emballer. Elle sortit prudemment sa valise de sous son lit et juste quand elle venait de l'ouvrir, la voix endormie de Dora émergea de l'obscurité.

— Que fais-tu ?

Helen leva vivement la tête. Elle put voir Dora couchée sur le côté, ses yeux scintillants dans le noir, en train de la regarder.

— Je pensais que tu dormais.

— Je vois ça.

Dora s'assit en tirant la couverture autour de son menton.

— Vas-tu quelque part ?

— J'ai... seulement pensé que je devais me préparer pour l'Écosse.

Au moins, ce n'était pas un mensonge, se dit-elle.

Dora se tourna vers Helen dans l'obscurité.

— Je croyais que tu ne partais pas avant encore quelques jours ?

— C'est le cas.

— Alors, pourquoi as-tu décidé de faire tes bagages au milieu de la nuit ?

Helen entendit le ton rusé que Dora employa. On ne pouvait pas la duper. Elle possédait trop d'ingéniosité de l'East End pour ça.

— Tu prépares quelque chose, n'est-ce pas ? lâcha-t-elle. Ça va, tu n'as pas besoin de me raconter. Pas si tu ne le veux pas.

Helen hésita. Elle savait qu'elle pouvait faire confiance à Dora. Elle semblait être le genre à garder un secret. Elle grimpa dans son lit, frissonna quand ses pieds nus touchèrent les draps glaciaux amidonnés.

— Je m'enfuis, dit-elle.

Dora écouta attentivement alors qu'Helen lui expliqua son plan d'escapade avec Charlie jusqu'à Gretna Green.

— Cela semble très romantique, finit-elle par dire.

— C'est la seule manière pour que nous puissions être ensemble, dit Helen.

— Et que ferez-vous quand vous serez mariés ? As-tu pensé à cela ?

— Je..., bafouilla Helen.

— Tu ne pourras plus poursuivre ta formation. Pas en Écosse ou ici ou nulle part ailleurs.

— Peu importe, dit courageusement Helen. Tant que je suis avec Charlie.

— Tu dis peut-être ça maintenant, mais comment te sentiras-tu dans quelques années ? Tu auras abandonné beaucoup pour être avec lui, tu sais ?

— Cela en vaudra la peine.

— J'espère que tu as raison. J'espère que ton Charlie vaut la peine de couper tous tes ponts, parce que c'est ce que tu feras, ne t'y trompe pas.

Helen entendit les ressorts du lit grincer quand Dora se rallongea. Elle était aussi étendue sur le dos, fixant le plafond dans l'obscurité. Elle sentit une partie de sa confiance décliner. Dora avait raison. Dès qu'elle aurait épousé Charlie, sa vie allait entièrement changer. Elle n'allait pas uniquement abandonner sa carrière d'infirmière, elle allait tout abandonner. Sa mère ne lui parlerait plus jamais et elle ferait en sorte que le reste de la famille fasse pareil. Même si elle aimait Charlie, était-elle prête à jouer son destin avec un jeune homme qu'elle ne connaissait que depuis quelques mois ?

— Et je vais te dire autre chose, dit Dora. Si tu fais une fugue maintenant, tu prouveras à ta mère qu'elle a raison, non ? Tu prouveras que Charlie est une mauvaise influence et que tu ne peux pas être digne de confiance pour réfléchir par toi-même.

Helen observa les ombres s'assombrir sur la pente de la corniche. Dora avait encore raison, pensa-t-elle misérablement.

— Alors, que puis-je faire ? chuchota-t-elle.

Dora se roula sur le côté pour lui faire face dans le noir.

— Parle à ta mère. Je sais que tu penses ne pas le pouvoir, mais tu le peux, l'incita-t-elle quand Helen ouvrit la bouche pour riposter. Quel est le pire qu'elle puisse faire ? Tempêter un peu, peut-être ? Te donner une bonne correction ? Mais peu importe ce qu'elle peut faire, ce ne peut pas être si dévastateur. Tout ce que tu as à faire est de lui tenir tête.

— Lui tenir tête ?

Le cœur d'Helen se mit à battre plus rapidement à cette pensée.

— Je ne suis pas certaine de le pouvoir, chuchota-t-elle.

— C'est soit cela ou soit perdre Charlie, dit Dora. Cela dépend de ce que tu crois être en mesure de supporter.

Après une nuit blanche à se tourner et se retourner dans son lit, Helen avait pris une décision. Elle avait pris des dispositions pour rencontrer sa mère durant sa pause d'après-midi, après le dîner. Mais tard dans la matinée, il y eut une urgence dans la salle et Helen était restée pour aider. Elle avait sauté le dîner, mais avait quand même cinq minutes de retard quand elle se précipita dans la cour à la rencontre de sa mère. Son estomac se mit à s'agiter quand elle vit Constance assise sur le banc sous les arbres.

Elle semblait si perdue dans ses pensées, qu'elle ne remarqua pas Helen avant qu'elle soit devant elle.

— Mère ?

Constance leva les yeux.

— Oh, Helen. Te voilà.

Elle s'était préparée pour l'inévitable remontrance à propos du retard, alors le sourire hésitant de sa mère la prit complètement au dépourvu.

— Je-je suis désolée d'être en retard, bredouilla-t-elle. Il y a eu une urgence.

— Ce n'est pas grave. Des choses arrivent dans un hôpital, n'est-ce pas ?

Sa mère écarta le sujet.

— As-tu mangé quelque chose ?

Helen secoua la tête.

— Je n'ai pas eu le temps.

— Alors, il faut que tu manges.

Constance se leva, prit son sac à main et l'accrocha à son bras.

— Suis-moi.

Elle mena la marche vers le chemin principal, marchant en de grandes foulées.

— Où aimerais-tu aller ?

Helen la regarda, abasourdie par la question. Sa mère ne lui demandait jamais son opinion sur quoi que ce soit.

— Ça-ça m'est égal, réussit-elle enfin à dire.

— Alors, je suggère que nous trouvions quelque chose tout près parce que je crois qu'il va pleuvoir.

Sa mère tendit la main et plissa les yeux vers le ciel.

Helen regarda vers les nuages sombres. Quelque chose n'allait pas. Il se passait quelque chose de très étrange. Et cela n'avait rien à voir avec le temps.

Alors qu'elles s'approchaient du café, Helen constata avec affolement qu'il s'agissait du même endroit où Charlie et elle s'étaient trouvés la veille.

— Devrions-nous aller ailleurs ? suggéra-t-elle rapidement.

Sa mère la regarda en fronçant les sourcils.

— Je croyais que tu n'avais pas de préférence ?

— Je-je n'en ai pas, mais il y a un autre endroit de l'autre côté du parc dont j'ai entendu dire du bien, inventa-t-elle précipitamment.

— Mais voyons, nous sommes ici maintenant.

Constance ouvrait déjà la porte. La cloche tinta, faisant sursauter Helen. Elle pria pour que le propriétaire ne soit pas là. Elle poussa un soupir de soulagement quand les rideaux au fond s'ouvrirent et qu'une jeune fille apparut en portant un plateau chargé de théières.

Le hasard fit en sorte que sa mère choisisse exactement la même table à la fenêtre que Charlie et Helen occupaient la journée précédente. Helen prit le menu et le parcourut avec abattement et attendit que sa mère commande.

La serveuse s'approcha, son bloc-notes prêt. Helen écouta sa mère passer à travers sa routine ennuyeuse, questionnant attentivement la fille sur la fraîcheur des sandwichs et la qualité du thé : « Est-il indien ? Est-ce que vous réchauffez d'abord les théières ? Tellement d'endroits ne le font pas et je peux toujours le déceler, vous savez. »

Helen se désintéressa et regarda la rue par la fenêtre. La pluie avait commencé à tomber sur la chaussée, faisant courir les gens pour se mettre à l'abri dans les embrasures des portes ou sous les arbres.

Elle se demanda ce que faisait Charlie. Avait-il tenu sa promesse et trouvé une voiture pour faire leur fugue ? Elle sourit en pensant à ce qu'il était prêt à faire afin de s'assurer qu'ils restent ensemble. Avec tous les efforts qu'il faisait, la moindre des choses qu'elle pouvait faire était de parler à sa mère.

Et si son plan fonctionnait, ils n'auraient peut-être pas à quitter Londres du tout.

— Helen ?

La voix sévère de sa mère la ramena à la réalité. Elle leva les yeux. Constance et la serveuse attendaient dans l'expectative.

— Que veux-tu commander ? La serveuse n'a pas toute la journée, tu sais.

Helen replongea dans le menu avec affolement. Sa mère ne lui avait jamais demandé avant ce qu'elle voulait, elle avait toujours choisi sa nourriture comme elle avait toujours choisi tout le reste.

— Juste une théière et une brioche grillée, s'il vous plaît, finit-elle par dire.

— Ce n'est pas suffisant, commenta sa mère d'un ton désapprobateur, la bouche pincée quand la serveuse retourna dans la cuisine avec leurs commandes. Tu vas t'évanouir plus tard en service.

Mais elle ne rappela pas la serveuse ni ne changea la commande d'Helen. Helen fixa sa mère.

— Est-ce que ça va, mère ? interrogea-t-elle anxieusement.

— Bien sûr que oui. Pourquoi ça n'irait pas ?

Mais Constance semblait agitée et mal à l'aise alors qu'elle tripotait les boutons de ses gants. Elle ne paraissait pas aussi sûre d'elle qu'à son habitude.

La cloche tinta et Helen sentit un frisson glacial courir le long de sa colonne quand elle entendit les joyeuses intonations italiennes cockneys d'Antonio le propriétaire.

— Il tombe des cordes, annonça-t-il aux clients assis aux tables. Je crois que vous êtes au meilleur endroit.

Helen n'osa pas lever la tête pour le regarder quand il passa précipitamment, les bras chargés de boîtes en carton. Elle pria pour qu'il ne la voie pas.

— Maintenant, commença sa mère. Au sujet de Saint-Andrew.

Helen sentit les paumes de ses mains devenir moites de peur. C'était maintenant ou jamais. La panique et la nervosité la firent oublier ce qu'elle avait préparé soigneusement durant la nuit. Soudainement, elle eut l'impression que sa langue avait enflé dans sa bouche, l'empêchant de parler.

— Mère, j'ai réfléchi, commença-t-elle.

Mais à ce moment, Antonio réapparut derrière le rideau. Il aperçut Helen et sourit largement

— Eh bien, bonjour, l'accueillit-il. Déjà de retour à ce que je vois. Eh Jenny, lança-t-il à la serveuse à travers le rideau. C'est la fille dont je te parlais. Celle à qui le petit ami a fait une demande en mariage hier soir.

Le silence de mort qui suivit sembla aspirer tout l'air de la pièce. Helen fixa la table de bois, n'osant pas croiser le regard de sa mère.

— Demande en mariage ? dit froidement Constance.

— Je peux vous expliquer, dit Helen puis se rendit compte qu'elle ne le pouvait pas.

— Je crois que tu ferais mieux.

Sa mère attendit, le visage crispé par les émotions qu'elle retenait.

Mais avant qu'elle ait le temps de commencer à parler, la cloche au-dessus de la porte tinta de nouveau et Charlie entra, lourdement appuyé sur sa canne, les cheveux trempés par la pluie.

— Et voici le type qui a fait la demande ! lança Antonio avec délice de derrière le comptoir. Dépêche-toi, Jenny, tu rates tout le plaisir ici !

Tout le monde dans le café devint silencieux, les observant, alors que Charlie s'avançait vers leur table. Helen retint son souffle.

— Que faites-vous ici ? chuchota-t-elle. Comment saviez-vous où nous étions ?

— Je vous ai suivies de l'hôpital.

Il se tourna vers Constance qui était assise aussi rigide qu'une statue en face d'eux.

— Bonjour, Mme Tremayne. Je m'appelle Charlie Denton. Je suis heureux de vous rencontrer.

Il tendit la main. Mme Tremayne la fixa avec mépris comme s'il lui présentait un poisson mort.

— J'aimerais pouvoir dire la même chose à votre sujet, dit-elle fermement.

La main de Charlie retomba mollement, mais il refusa d'être intimidé.

— Je suis désolé de vous interrompre, Mme Tremayne, mais j'ai quelque chose à dire à Helen, continua-t-il courageusement.

— Cela ne peut pas attendre ? implora-t-elle en jetant nerveusement des regards dans le café bondé.

— Non, ça ne peut pas attendre.

Charlie prit une profonde inspiration.

— J'ai changé d'idée, dit-il. J'ai décidé que je ne voulais pas vous épouser.

— Pardon ? firent en chœur Helen et sa mère.

— Jenny ! beugla Antonio à travers le rideau. Dépose ce pain et viens ici tout de suite !

— Enfin, je veux vous épouser un jour. Mais pas maintenant. Pas de cette manière.

Il se retourna vers Mme Tremayne.

— Est-ce que cela vous dérange si je m'assois ? Je ne peux pas rester longtemps debout sur ma jambe.

La mère d'Helen fit un signe de la tête, et Charlie tira une chaise et s'y affaissa lourdement. Il se retourna de nouveau vers Helen. Il avait le visage défait, avec des ombres violettes sous ses yeux bleus. Helen supposa qu'il avait lui aussi passé une nuit blanche.

— J'y ai réfléchi, dit-il. Je vous aime, Helen. Trop pour nous enfuir.

— Vous enfuir ? entendit-elle sa mère lâcher faiblement.

— Quand je vous épouserai, je veux que ce soit parce que nous le voulons tous les deux, poursuivit Charlie, pas parce que c'est le seul moyen d'être ensemble. Et je veux que toutes nos familles soient là aussi, pour nous voir échanger nos vœux. Même vous, Mme T.

Il sourit à Constance.

— Je veux que la terre entière voie à quel point je vous aime. Et je veux que vous terminiez d'abord votre formation, ajouta-t-il. Parce que je crois que vous êtes une merveilleuse infirmière, Helen, et vous méritez de le faire.

Il y eut un long silence. Quelqu'un soupira à l'autre bout du café. Du coin de l'œil, Helen vit Antonio essuyer une larme avec son tablier sale.

Charlie et elle se tournèrent vers sa mère. Mme Tremayne était assise droite comme un piquet. Helen vit le regard glacial dans ses yeux et comprit avec un sentiment de terreur insidieux qu'elle allait fermement remettre Charlie à sa place.

— Nous avons beaucoup entendu ce que vous vouliez, jeune homme, dit-elle d'un ton sec. Avez-vous considéré demander à ma fille ce qu'elle peut vouloir ?

Elle se tourna vers Helen.

— Qu'as-tu à dire ?

Helen passa du visage implorant de Charlie à l'expression glaciale de sa mère. Elle put le sentir l'encourager silencieusement, la poussant à dire ce qu'elle pensait.

Elle déglutit la boule sèche de peur qui bloquait sa gorge.

— Je ne veux pas aller en Écosse, parvint-elle à dire. Je veux rester au Nightingale et terminer ma formation.

Elle se força à regarder sa mère, attendant le coup de tonnerre de rage qui allait éclater au-dessus de sa tête. Le visage de Constance demeura impassible.

— Très bien, dit-elle.

Helen et Charlie se regardèrent.

— Est-ce que vous le pensez réellement ? chuchota Helen.

Elle était certaine que ce ne pouvait pas être aussi facile.

— Bien sûr. Tu ne pensais certainement pas que j'allais t'envoyer de force à Aberdeen sans ton accord, n'est-ce pas ?

Constance avait l'air incrédule.

— Si tu préfères rester au Nightingale, alors je parlerai à l'infirmière en chef et prendrai des arrangements. Je suis certaine qu'elle aura quelque chose à dire sur le sujet, mais je n'ai aucun doute que nous arriverons à un accord.

Ses lèvres étaient pincées.

— Mais je m'attends à ce que tu travailles très dur durant ta dernière année. Et si j'entends quelque chose qui suggérerait le contraire, elle décocha un regard sévère à Charlie, je serai obligée de reconsidérer ma décision.

— Oui, mère.

Helen sentit la joie monter en elle. Elle aurait voulu l'étreindre, mais ne crut pas que Constance apprécierait une telle démonstration publique.

Ou peut-être que si. Il y a cinq minutes, elle était certaine que sa mère allait envoyer balader Charlie et allait probablement bannir Helen dans un couvent pour simplement avoir osé penser à s'enfuir pour se marier. Mais elle était là, acceptant tout calmement.

Helen chercha la main de Charlie sous la table et la serra fermement. Elle ne pouvait pas imaginer ce qui avait pu faire changer d'avis sa mère, mais elle en était reconnaissante. La serveuse apporta leur plateau et déposa le thé devant eux. Constance plaça sa main contre le bord de la théière, la testant.

— Vous n'avez pas réchauffé cette théière, n'est-ce pas ? s'indigna-t-elle. Je vous l'ai dit, je le décèle toujours. Rapportez-la immédiatement.

Helen se sourit. Il était bon de voir que sa mère n'avait pas complètement changé.

CHAPITRE 58

— C'est ma tournée !

Alf Doyle jeta un coup d'œil à travers la salle du bar du pub Rose & Crown, se sentant comme le roi Pearly[1] de Bethnal Green. Il avait fait un gros gain sur les courses de chevaux, avait de l'argent dans les poches et tout le monde dans le pub était ses amis.

— Tu es un sacré veinard, Alf, dit Len Pike en levant sa pinte à son intention. Pour commencer, les chevaux puis cette jolie dame qui t'attend à la maison. Je te le dis, si j'avais une si belle femme qui m'attendait à la maison, je ne serais pas ici en train de perdre mon temps à boire de la bière avec des couillons comme nous ! s'exclama-t-il en grimaçant. En fait, je dois me bourrer la gueule avant d'entrer à la maison et voir ma vieille bonne femme !

1. N.d.T. : Le Pearly Kings and Queens (rois et reines des perles) est une œuvre caritative traditionnelle de la classe ouvrière de Londres.

Alf rit, mais il ne pensait pas à Rose. C'est vrai qu'elle était encore une belle femme et elle prenait bien soin de lui. Mais elle venait d'avoir 40 ans, il y avait du gris dans ses cheveux et elle ne le branchait plus.

Pas comme Josie… Il sourit et humecta ses lèvres du bout de sa langue en pensant à elle.

Il but d'un trait sa pinte, salua ses amis et sortit dans l'air frais du soir. Il rentra lentement vers la maison en titubant, passa les docks et traversa la sombre petite allée que les gens du coin appelaient la ruelle de l'égorgeur. Ce nom ne le dérangeait pas. Il était souvent rentré à la maison en passant par là et il n'avait jamais eu de problème. De toute façon, il pouvait prendre soin de lui. Il était un type costaud, et peu d'hommes étaient assez courageux pour s'en prendre à lui.

Il était en train d'essayer de débattre s'il allait s'offrir des anguilles en gelée quand le poing sortit de nulle part, le faisant tomber directement sur le dos. Alf sentit le sang couler de son nez alors qu'il était allongé à chercher son souffle sur le pavé. Tout à coup, il sut qu'il avait été idiot d'étaler son argent au pub. Maintenant, sa chance le quittait.

Il tâtonna sa poche pour son portefeuille, le sortit et le jeta vers les ombres.

— Voilà mon argent, balbutia-t-il. Prenez-le. Tout ce que vous voulez.

— Je ne veux pas de ton argent.

Un instant plus tard, une forme sortit des ombres et entra dans les lumières verdâtres, et Alf plissa les yeux en signe de confusion devant le visage familier qui le surplombait.

— Salut, Alf, dit Nick Riley. J'aimerais discuter un peu, si tu as une minute.

La nouvelle qu'Alf Doyle s'était enfui se répandit sur la rue Griffin comme une traînée de poudre. Et il ne fallut pas longtemps pour que les rumeurs se mettent à s'éparpiller. Certaines personnes pensaient qu'il avait une femme sur l'île aux Chiens, d'autres affirmaient qu'il s'était tiré pour échapper à une grosse dette de jeu. La seule chose sur laquelle tous s'entendaient était qu'Alf Doyle était un réservé et que c'était les pires.

Dans tout cela, Rose Doyle avait gardé un silence digne. Elle avait continué de travailler tous les jours, prenant des reprisages, nettoyant sa maison et surveillant ses enfants, toujours prête à offrir un mot gentil ou un sourire aux voisins, même si elle savait qu'ils comméraient dans son dos. Mais en privé, Dora voyait qu'elle était dévastée.

— Je ne comprends pas, disait-elle encore et encore. Je croyais que nous étions très heureux. Pourquoi est-il simplement parti ainsi ?

Parfois, elle se convainquait que quelque chose d'épouvantable lui était arrivé.

— Mon Alf n'aurait pas tous laissé en plan et quitté sa famille. Personne ne l'a vu au travail non plus. Quelque chose lui est arrivé, je le sais. Il a peut-être été assassiné quelque part. Ou alors, il s'est flingué.

— Les gens ne font pas leurs bagages s'ils ont prévu de se tirer une balle, Rose, faisait remarquer mémé Winnie. Regarde les choses en face, ma fille, personne ne connaissait Alf aussi bien que nous le croyions.

Josie et Dora avaient échangé des regards, mais n'avaient rien dit. Elles ne comprenaient pas non plus, même si Dora savait que sa sœur était aussi reconnaissante qu'elle pour sa disparition mystérieuse.

— Crois-tu qu'il va revenir ? avait demandé craintivement Josie juste après qu'il eut disparu.

— Je ne sais pas, Josie. J'aimerais pouvoir te répondre.

— Je me demande pourquoi il est parti.

Dora avait haussé les épaules.

— Peut-être s'est-il rendu compte de ce qu'il avait fait et a décidé qu'il ne pouvait plus se regarder en face ?

Mais cela paraissait peu probable après la manière dont il l'avait traitée.

— Eh bien, j'espère qu'il est mort, avait dit Josie avec émotion. J'espère qu'il gît au fond de la Tamise.

— Chut, ne laisse pas maman t'entendre parler ainsi, l'avait prévenue Dora.

Elle se sentait désespérément triste pour sa mère. Peu importe à quel point Alf les avait maltraitées, elle détestait voir Rose Doyle souffrir. C'était tellement cruel de la part d'Alf de l'avoir ainsi laissé tomber.

Elle se sentit encore pire quand elle entendit les commérages des voisins.

— Eh bien, qui l'aurait cru ?

Lettie Pike pouvait à peine contenir sa jubilation.

— On dirait que les Doyle sont revenus les pieds sur terre. Pauvre Rose, comment va-t-elle s'en sortir sans aucun homme pour prendre soin d'elle ?

— De la même manière que toi, j'ose dire, avait répondu avec brusquerie mémé Winnie. Je ne vois pas ton Len en train de se décarcasser pour prendre soin de toi. Sinon pourquoi vas-tu frotter les planchers de l'hôpital ?

La seule qui avait démontré de la sympathie à sa mère était June Riley.

— Je sais ce que c'est que de voir son mari se sauver, leur rappela-t-elle. Mon Reg a fait exactement la même chose, vous vous en souvenez ? Parti sans crier gare.

Dora pensa à Reg Riley qui était disparu en pleine nuit. D'une manière, c'était comme Alf. À l'exception que tout le monde savait que c'était Nick qui l'avait chassé.

Cela lui fit se demander si Nick avait quelque chose à voir dans la disparition d'Alf. Mais pourquoi ? Ce n'était pas comme si Alf avait fait quelque chose à Nick. Pas comme son brutal de père.

Mais tout de même, l'idée la perturbait.

— Tu ne saurais pas où est allé Alf ? lui avait-elle demandé un soir alors qu'il se trouvait dans la cour arrière en train de fumer une cigarette.

Il la fixa, ses yeux bleus indéchiffrables.

— Pourquoi le saurais-je ?

— Sans raison.

Elle était idiote de même y avoir songé, s'était-elle dit.

Avant qu'il puisse ajouter quelque chose, Ruby sortit dans la cour, sur son trente-et-un comme toujours, dans une robe émeraude et un chapeau assorti attaché sur ses boucles blondes grâce à des épingles aux bouts perlés.

— Te voilà, avait-elle dit, ses lèvres écarlates s'étirant en un large sourire.

Dora l'avait observée s'avancer d'une manière aguichante vers Nick et enrouler son bras autour du sien de manière possessive.

— As-tu vu l'heure ? Nous devrions y aller bientôt.

Il avait jeté son mégot et s'était levé.

— Prêt quand tu l'es.

— Vous allez dans un bel endroit ? avait demandé Dora à la légère.

— Nick m'emmène danser.

Ruby ne pouvait réprimer son grand sourire de satisfaction.

— Il y a un nouvel orchestre au Palais.

Dora l'avait regardé.

— Je ne savais pas que tu aimais danser ?

— Il n'a jamais essayé, n'est-ce pas, Nicky ? Ce sera une nouvelle expérience pour toi. La première de plusieurs, j'espère.

Elle avait jeté un clin d'œil vers Dora.

Nick lui avait lancé un dernier regard avant de suivre Ruby par le portail arrière. Dora avait pensé avoir vu une étincelle de désir dans ses yeux, mais elle avait dû prendre ses propres désirs pour des réalités. Elle s'était assise sur un seau renversé et avait levé la tête vers le ciel. « Foutu Alf Doyle », avait-elle juré silencieusement. Il était peut-être sorti de sa vie, mais il ne sortirait jamais de sa tête.

Cela faisait longtemps que Kathleen n'avait pas vu Amelia Benedict dans son bureau. La jeune fille s'était lancée dans ses études quand elle était revenue au Nightingale le mois précédent. Et d'après les rapports du service, ses compétences de soins infirmiers s'amélioraient aussi. C'est alors avec une grande déception qu'elle entendit les nouvelles que Benedict avait à lui annoncer.

— Vous êtes fiancée ? Est-ce que cela signifie que vous allez quitter le Nightingale ?

— Oh, non, infirmière en chef. Pas du tout. Seb, Sebastian, mon fiancé, et moi en avons discuté et nous prévoyons de longues fiançailles. Nous n'allons même pas penser au mariage avant que j'aie complété ma formation ici.

— Je vois.

Kathleen réfléchit pendant un moment.

— Je dois dire qu'il est bien dommage que vous ne deveniez pas infirmière ici au Nightingale. Nous avions de grands espoirs en vous.

— Vraiment, infirmière en chef ?

Benedict parut sincèrement surprise.

— Bien sûr. Mais nous ne le saurons jamais, n'est-ce pas ?

Kathleen soutint son regard.

— J'espère que vous ne laisserez pas vos préparatifs de mariage vous distraire de vos études ?

— Oh, non, infirmière en chef.

— Nous verrons bien, murmura Kathleen après avoir congédié Benedict. Je crains que les robes de mariée et tout le reste lui fassent oublier complètement ce qu'elle est censée faire, se confia-t-elle à Mlle Hanley.

— Ce serait peut-être une bonne chose, dit sur un ton irrité l'assistante de l'infirmière en chef. Je n'ai jamais entendu une idée aussi ridicule ! Que diable est le but de perdre tout ce temps et cette énergie à former la fille si elle n'exerce pas la profession et n'utilise pas ses compétences ?

— Je suis d'accord, fit Kathleen. Cela semble être un énorme gaspillage, n'est-ce pas ? Mais Benedict a encore deux années de formation. Qui sait ce qui pourra se produire durant cette période ? Les gens changent d'avis, pas vrai ?

« Prenez simplement Constance Tremayne », pensa-t-elle.

Il y a deux semaines, elle n'aurait jamais imaginé qu'elle pourrait changer d'idée sur quoi que ce soit. Et malgré tout, elle l'avait fait. Kathleen n'était pas encore certaine de ce qui l'avait décidée à autoriser Helen à demeurer au Nightingale, mais cela avait été un grand soulagement.

Et en y repensant, elle n'avait pas vu Mme Tremayne depuis qu'elle avait pris sa décision. Et Mlle Hanley avait commencé à paraître légèrement ennuyée quand son nom était mentionné. Kathleen se demanda si elles s'étaient querellées. Aussi désagréable que cela puisse être, elle espérait que ce soit le cas, puisque cela lui donnait une vie beaucoup plus paisible quand elles n'étaient pas liguées contre elle en une alliance méprisante.

On frappa doucement à la porte et la domestique entra en portant le plateau pour le thé. Kathleen se tourna vers son assistante.

— Voyez-vous cela, Mlle Hanley. Nous sommes d'accord sur un point.

Elle sourit et prit la théière.

— Il y a peut-être de l'espoir pour nous, dit-elle.

Helen était en train de se changer à la maison des infirmières quand Millie arriva précipitamment.

— Désolée, je suis en retard, dit-elle à bout de souffle en lançant sa grande cape lignée rouge et entreprit de défaire sa coiffe. Sœur Willis était vraiment méchante et refusait de me laisser partir. Et ensuite, j'ai dû faire le grand détour par-derrière parce que sœur Holmes et sœur Wren discutaient dans l'escalier.

Elle ôta la dernière épingle et secoua ses boucles blondes pour les libérer.

— Voilà, c'est mieux.

Helen sourit quand Millie s'effondra sur son lit, les bras étendus.

— Comment s'est passée ta rencontre avec l'infirmière en chef ?

— Pas trop mal, tout bien considéré. Je n'étais pas trop certaine de la manière qu'elle le prendrait. Je m'attendais à moitié qu'elle me dise de ne plus jamais frapper à la porte du Nightingale, mais elle a été assez gentille en fait. Mais je ne suis pas certaine si la vieille « Monsieur » Hanley était ravie par contre.

— Elle s'inquiète sûrement que tu n'aies pas la tête à tes études maintenant que tu es fiancée, fit observer Helen en accrochant soigneusement son uniforme.

— Eh bien, c'est stupide. Je ne serais pas ici si je ne voulais pas réussir mes examens. Seb et moi sommes d'accord, nous n'allons même pas penser au mariage avant d'avoir mon diplôme. Je n'en aurais parlé à personne, mais grand-maman est allée de l'avant et l'a annoncé dans le *Times*. Je suis certaine qu'elle a agi de la sorte pour que je ne fasse pas marche arrière et change d'avis.

— Tu ne voudrais pas changer d'avis, n'est-ce pas ?

— Bien sûr que non. Pourquoi le ferais-je ?

« Pourquoi en effet ? », pensa Helen.

Les fiançailles de Millie avaient été si typiquement soudaines et impulsives qu'Helen se demanda si Millie y avait réellement réfléchi. Mais elle semblait heureuse, et son fiancé semblait être un gentil garçon avec une bonne tête sur les épaules. Peut-être était-il ce dont Millie avait besoin pour réfréner ses folles impulsions.

Contrairement à son frère. Helen eut un pincement au cœur en se rappelant l'expression de William quand elle lui avait annoncé la nouvelle des fiançailles de Millie.

— Eh bien, c'est merveilleux. Je suis ravi pour elle.

Il avait fait un large sourire. Mais Helen avait vu l'éclair de douleur dans ses yeux et elle le connaissait trop bien pour être dupée.

Pendant un instant, elle s'était demandé si elle avait fait une erreur en les empêchant d'être ensemble. Elle avait été tellement certaine que son attirance pour Millie n'était qu'une passade, mais ses sentiments pour elle semblaient être beaucoup plus profonds. Est-ce qu'Helen avait réussi à l'écarter de l'amour de sa vie ? Elle espérait sincèrement que non. William méritait de trouver quelqu'un qui le rendrait aussi heureux qu'elle l'était avec Charlie…

— En parlant de faire marche arrière… j'espère que tu n'as pas changé d'avis pour cet après-midi ?

Millie roula sur son lit et appuya son menton dans sa main pour regarder Helen.

Elle déglutit avec peine.

— Bien sûr que non.

— Bien. Parce que le rendez-vous est dans — elle consulta sa montre — 30 minutes.

— J'ai hâte.

C'était un mensonge, évidemment. Helen était restée éveillée une partie de la nuit à se demander si elle faisait le bon choix.

— Est-ce que Doyle vient toujours avec nous ?

— Je lui ai donné rendez-vous là-bas, répondit Millie en roulant en bas du lit. Je ferais mieux de me dépêcher, n'est-ce pas ? lança-t-elle en défaisant son col. On ne veut pas faire attendre Madame Daphne, non ?

Comme d'habitude, Millie prit un temps fou à se préparer et Dora les attendait déjà quand elles traversèrent rapidement la rue juste un peu après 15 h.

— Je pensais que tu avais changé d'avis, sourit-elle.

— Franchement, pourquoi tout le monde croit que je vais changer d'avis ? rétorqua Helen.

Dora et Millie échangèrent un regard.

— Tu as changé d'avis la semaine dernière, lui rappela Millie.

— Eh bien, je ne changerai pas d'avis maintenant.

Helen prit une profonde inspiration et poussa la porte devant elle.

Elle ne croyait pas n'avoir jamais vu autant de teintes de roses qu'il y avait dans le salon de coiffure de Madame Daphne. L'air avait une odeur de lavande mélangée à du peroxyde et de la laque à cheveux. Helen n'était jamais entrée dans un tel endroit. Cela semblait terriblement frivole. Madame Daphne les accueillit avec effusion. C'était une petite femme ronde avec une blouse rose qui s'harmonisait parfaitement avec son rouge à lèvres. Pour une femme qui affirmait être française, elle avait l'accent de l'East End le plus prononcé qu'Helen avait jamais entendu.

— Je n'ai jamais vu une si belle chevelure, dit-elle avec admiration en brossant les mèches noires d'Helen. Elle descend presque jusqu'à votre taille. Et elle est si brillante aussi. C'est presque dommage de la couper.

— Ah oui ?

Helen déglutit en se regardant dans le miroir.

Peut-être avait-elle raison ? Peut-être que tout ceci était une grave erreur ? C'était l'idée de Millie, mais elle était tellement irréfléchie…

— Mais une chevelure courte est à la mode maintenant, lui assura précipitamment Madame Daphne en voyant l'affolement d'Helen. Regardez-moi.

Helen la regarda. Sa couronne de boucles crépues ne la rassura pas.

— Tu peux changer d'avis si tu veux, chuchota Millie.

— Non, elle ne peut pas, interrompit Dora. Je n'ai pas pris une journée de congé pour la regarder avoir les jetons. En outre, elle sait qu'elle veut la couper. Elle en parle depuis des lustres. Coupez-la, ordonna-t-elle à la coiffeuse.

Madame Daphne sourit à Helen dans le miroir, les ciseaux prêts.

— J'y vais ?

Helen hésita. Dora avait raison, elle voulait couper sa chevelure depuis des lustres. Et Charlie était d'accord aussi.

— Vous seriez encore magnifique à mes yeux si votre tête était rasée et portiez un chapeau fait de bananes, lui avait-il assuré.

Helen sourit en pensant à lui. Elle avait peine à croire qu'une année plus tôt elle était si seule. Maintenant, elle avait un petit ami qui l'adorait et des amies qui tenaient à elle. Même sa mère faisait des efforts pour la comprendre. Même si Helen n'était pas certaine de la manière dont elle réagirait si elle faisait couper sa chevelure. Constance Tremayne avait toujours eu des opinions très fortes sur l'apparence d'Helen et elle allait assurément être très furieuse qu'elle ne l'ait pas consultée. Helen pouvait presque voir le visage de sa mère dans le miroir, son expression crispée par la désapprobation.

— Les cheveux courts sont vulgaires, Helen.

« Oui, mère, répliqua-t-elle dans sa tête. Mais ce sont mes cheveux et ma vie. »

Elle croisa le regard de Madame Daphne au-dessus d'elle, les ciseaux claquant avec impatience à quelques centimètres de son oreille.

— Allez-y, dit-elle.

REMERCIEMENTS

Pour commencer, un gros merci à mon agente Caroline Sheldon et à mon éditrice Rosie de Courcy d'avoir misé sur moi et de m'avoir laissé libérer les filles du Nightingale. J'espère avoir justifié votre foi en moi !

Je suis aussi reconnaissante au Royal College of Nursing Archives et à Graham Thurgood pour m'avoir permise de piller dans ses recherches de doctorat de l'Université d'Huddersfield. Et envers toutes les véritables infirmières qui se sont proposées de me raconter leur histoire. J'aimerais particulièrement remercier Lucy Staples et Alison Heath et leurs amies pour un magnifique après-midi à prendre le thé et à évoquer des souvenirs. J'attends avec impatience une prochaine rencontre !

Enfin, j'aimerais remercier mon mari Ken et ma fille Harriet pour avoir enduré mon désespoir et mes crises, mes amis pour ne pas avoir vu d'inconvénient à ce que je les néglige pendant des mois et l'équipe du magazine *Your Local Link* dans le York pour avoir su quand ne pas demander comment le livre avançait.

Achevé d'imprimer en Espagne
par BlackPrint CPI Ibérica S.L.
Sant Andreu de la Barca (08740)

Dépôt légal : octobre 2016